O REINO

OBRAS DO AUTOR PUBLICADAS PELA EDITORA RECORD

Headhunters
Sangue na neve
O sol da meia-noite
Macbeth
O filho
O reino

Série ***Harry Hole***
O morcego
Baratas
Garganta vermelha
A Casa da Dor
A estrela do diabo
O redentor
Boneco de Neve
O leopardo
O fantasma
Polícia
A sede
Faca

JO NESBØ
O REINO

tradução de **Márcia Alves**

1ª edição

EDITORA RECORD
RIO DE JANEIRO • SÃO PAULO
2021

EDITORA-EXECUTIVA
Renata Pettengill

SUBGERENTE EDITORIAL
Mariana Ferreira

ASSISTENTE EDITORIAL
Pedro de Lima

AUXILIAR EDITORIAL
Júlia Moreira
Juliana Brandt

REVISÃO
Marcos Aurélio Souza
Wilson Pereira

CAPA
Leonardo Iaccarino

IMAGEM DE CAPA
Shutterstock / OSTILL is Franck Camhi
Focused Collection / Caiaimage

DIAGRAMAÇÃO
Abreu's System

TÍTULO ORIGINAL
Kongeriket

CIP-BRASIL. CATALOGAÇÃO NA PUBLICAÇÃO
SINDICATO NACIONAL DOS EDITORES DE LIVROS, RJ

N372r

Nesbø, Jo, 1960-
O reino / Jo Nesbø; tradução de Márcia Cláudia Reynaldo Alves.
– 1ª ed. – Rio de Janeiro: Record, 2021.

Tradução de: The Kingdom
ISBN 978-65-55-87240-8

1. Ficção norueguesa. I. Alves, Márcia Cláudia Reynaldo. II. Título.

21-72975

CDD: 839.823
CDU: 82-3(481)

Meri Gleice Rodrigues de Souza – Bibliotecária – CRB-7/6439

Copyright © Jo Nesbø, 2020
Publicado mediante acordo com Salomonsson Agency

Todos os direitos reservados.
Proibida a reprodução, no todo ou em parte, através de quaisquer meios.
Os direitos morais do autor foram assegurados.

Texto revisado segundo o novo Acordo Ortográfico da Língua Portuguesa.

Direitos exclusivos de publicação em língua portuguesa somente para o Brasil
adquiridos pela
EDITORA RECORD LTDA.
Rua Argentina, 171 – Rio de Janeiro, RJ – 20921-380 – Tel.: (21) 2585-2000,
que se reserva a propriedade literária desta tradução.

Impresso no Brasil

ISBN 978-65-55-87240-8

Seja um leitor preferencial Record.
Cadastre-se no site www.record.com.br e receba informações
sobre nossos lançamentos e nossas promoções.

Atendimento e venda direta ao leitor:
sac@record.com.br

PRÓLOGO

FOI NO DIA EM que Dog morreu.

Eu tinha 16 anos e Carl, 15.

Dias antes, papai mostrou para nós a faca de caça com a qual eu o mataria. Tinha uma lâmina larga que brilhava ao sol e laterais estriadas. Papai explicou que os sulcos eram para o sangue escorrer quando se esquartejava a caça. Carl, só de ouvir isso, já empalideceu, e papai perguntou se ele ia vomitar de novo. Acho que foi por isso que Carl jurou que ia dar um tiro em alguma coisa, em qualquer coisa, e esquartejaria e cortaria em pedacinhos, se era isso que precisava ser feito.

— Depois vou assar e a gente vai comer — disse ele enquanto estávamos perto do celeiro, eu com a cara enfiada no capô, olhando o motor do Cadillac DeVille de papai. — Ele, mamãe, você e eu. Tá bom?

— Tá — respondi ao girar a tampa do distribuidor para localizar o ponto de ignição.

— Dog também pode comer um pedaço — continuou ele. — Vai ter o bastante para todo mundo.

— Vai, sim.

Papai sempre dizia que tinha dado o nome de Dog ao cachorro porque na hora não conseguiu pensar em mais nada. Mas acho que na verdade ele adorava esse nome. Era a cara dele. Nunca falava além do estritamente necessário, e tão estadunidense que só podia ser norueguês. E papai adorava aquele cachorro. Tenho a impressão de que preferia a companhia dele à de qualquer ser humano.

Talvez a nossa fazenda na montanha não fosse lá grande coisa, mas tinha uma bela vista e era isolada, o suficiente para papai se referir a ela como o seu reino. E dia após dia, sempre curvado sobre o capô daquele Cadillac, eu via Carl sair com o cachorro de papai, o rifle de papai e a faca de papai. Dava para vê-los ao longe se transformarem em meros pontos contra a encosta descoberta da montanha. Mas nunca ouvi nenhum disparo. E, quando voltava para a fazenda, Carl sempre dizia que não tinha visto nenhuma ave de caça, e eu ficava de boca fechada, mesmo que tivesse visto um pequeno bando de tetrazes atrás do outro levantando voo da encosta da montanha, o que me indicava mais ou menos onde Carl e Dog estavam.

E então um dia enfim ouvi um tiro.

O susto foi tão grande que bati com a cabeça na parte de baixo do capô. Limpei o óleo dos dedos e olhei para a encosta da montanha coberta de urze, enquanto o som daquele disparo ecoava como um trovão pelo vilarejo e descia até o lago Budal. Dez minutos depois, Carl veio correndo, diminuindo o passo quando chegou a um trecho em que já podia ser visto, da casa da fazenda, por mamãe ou papai. Dog não vinha com ele, e Carl também não estava com a espingarda. Eu já havia em parte adivinhado o que tinha acontecido, e parti ao encontro dele. Ao me ver, ele se virou e começou a subir devagar pelo caminho que tinha descido. Quando o alcancei, vi que o rosto dele estava coberto de lágrimas.

— Eu tentei — chorou ele. — Elas levantaram voo bem na nossa frente. Eram muitas. Apontei, mas simplesmente não consegui atirar. Depois quis que todos soubessem que eu pelo menos tinha tentado, então abaixei a espingarda e puxei o gatilho. Quando as aves se foram, olhei para baixo e lá estava Dog, caído.

— Morto? — perguntei.

— Não — disse Carl, e nessa hora ele começou a chorar para valer — Mas ele... ele vai morrer. Está sangrando pela boca e os olhos estão destroçados. Ele está lá jogado, ganindo e tremendo.

— Corre.

Corremos, e minutos depois vimos algo se mexendo no meio da urze. Era um rabo. O rabo de Dog. Ele reconheceu o nosso cheiro. Fomos até bem perto dele. Os olhos de Dog pareciam fiapos de gema de ovo.

— Ele já era — comentei. Não porque fosse um veterinário tarimbado, como todo cowboy dos filmes de faroeste parece ser, mas porque, mesmo que Dog sobrevivesse por um milagre, a vida de um cão de caça cego não parecia valer a pena ser vivida. — Você tem que atirar nele.

— Eu?! — exclamou Carl, como se não pudesse acreditar que eu estivesse de fato sugerindo que ele, Carl, tirasse a vida do que quer que fosse.

Olhei para ele, para o meu irmãozinho.

— Me dá a faca — pedi.

Ele me entregou a faca de caça de papai.

Apoiei uma das mãos na cabeça de Dog, que a recebeu com uma lambida, e agarrei a pele da parte posterior do pescoço. Com a outra cortei a garganta dele. Mas, por ter sido cauteloso demais, nada aconteceu, Dog apenas se sacudiu. Foi só na terceira tentativa que consegui cortar direito, então foi como quando se faz um buraco perto do fundo de uma caixa de suco, o sangue jorrou de montão como se estivesse esperando a oportunidade de se libertar.

— Pronto — eu disse e deixei cair a faca na urze. Vi sangue respingado na terra e me perguntei se havia espirrado no meu rosto, porque sentia algo quente escorrendo pela bochecha.

— Você está chorando — disse Carl.

— Não conta para o papai.

— Que você estava chorando?

— Que você não conseguiu... não conseguiu dar cabo dele. Olha, vamos dizer que fui eu que decidi o que tinha que ser feito, mas quem fez foi você. Tá bom?

Carl assentiu.

— Tá.

Joguei o cadáver do cachorro no ombro. Era mais pesado do que eu imaginava e não parava de escorregar. Carl se ofereceu para carregá-lo, mas percebi o alívio nos seus olhos quando falei que não.

Deixei Dog na rampa em frente ao celeiro, entrei em casa e fui falar com papai. Enquanto saíamos, contei a ele a história que eu e Carl tínhamos combinado. Papai não disse nada, apenas se agachou ao lado do seu cachorro, assentiu como se fosse algo que de alguma forma já esperava, como se a culpa fosse dele. Então se levantou, tirou a espingarda das mãos de Carl e carregou Dog debaixo do braço.

— Venham — chamou ele, e então subiu a rampa até o palheiro.

Deitou Dog numa cama de palha e se ajoelhou, abaixou a cabeça e balbuciou alguma coisa — parecia um daqueles salmos estadunidenses que ele conhecia. Fiquei olhando para o meu pai, um homem para quem eu olhava todos os dias da minha curta vida, mas que nunca havia visto daquele jeito. Ele parecia prestes a sucumbir.

Quando se virou para nós, o rosto continuava pálido, mas os lábios já não tremiam e o olhar voltou a ser calmo e decidido.

— Agora é a nossa vez — disse ele.

E foi mesmo. Ainda que papai nunca tivesse batido em nenhum de nós, Carl, que estava de pé ao meu lado, pareceu encolher. Papai alisou o cano da espingarda.

— Qual de vocês... — ele fez uma pausa buscando as palavras enquanto acariciava aquela espingarda — ... retalhou o meu Dog?

Carl piscava convulsivamente, como alguém fora de si de tanto pavor. Ele abriu a boca.

— Foi o Carl — respondi. — Eu disse o que tinha que ser feito, mas quem tinha que fazer era ele.

— Ah, é mesmo? — Os olhos de papai se direcionaram de mim para Carl e de volta para mim. — Sabem de uma coisa? O meu coração está aos prantos. Aos prantos, mas tenho um único consolo. Sabem qual é?

Ficamos imóveis e em silêncio. A ideia não era responder quando papai fazia uma pergunta assim.

— É que tenho dois filhos que hoje provaram ser homens. Mostraram responsabilidade e tomaram decisões. As agruras da escolha... Sabem o que isso significa? Quando é o ato de escolher que sufoca, não a escolha que se faz no fim. Quando nos damos conta de que, independentemente da escolha, vamos passar noites em claro, angustiados, nos questionando se foi a melhor decisão. Vocês poderiam ter evitado tudo isso, mas encararam de frente o caminho mais difícil. Deixar Dog viver e sofrer ou deixá-lo morrer e ser o seu assassino. É preciso coragem para não virar as costas quando se é confrontado com uma situação dessa.

Ele estendeu as manzorras. Uma delas direto à frente que pousou no meu ombro e a outra um pouco mais acima no ombro de Carl. E a voz de papai ganhou um vibrato do qual o pastor Armand teria ficado orgulhoso.

— É a capacidade de não tomar o caminho mais fácil, mas o caminho da mais alta moralidade, que diferencia humanos de animais. — Ele estava de olhos marejados de lágrimas outra vez. — Estou aqui de coração partido. Mas muito, muito orgulhoso dos filhos que tenho.

Não só foi o discurso mais impressionante como também o mais intenso que eu havia escutado do meu pai. Carl começou a chorar, e estaria mentindo se dissesse que eu não estava com um nó bem apertado na garganta.

— Agora vamos entrar e contar para a sua mãe.

Era disso que tínhamos medo. Mamãe, que precisava sair para uma longa caminhada toda vez que papai ia abater uma cabra e sempre voltava de olhos vermelhos. No caminho para casa, papai me deteve um pouco, até Carl abrir certa distância de nós.

— Antes que ela escute essa versão, é melhor você lavar bem as mãos — disse ele.

Ergui os olhos, pronto para qualquer coisa, mas no rosto dele vi apenas brandura e total resignação. Então ele acariciou a minha nuca. Até onde eu me lembrava, ele nunca tinha feito aquilo antes e nunca voltou a fazê-lo.

— Você e eu somos parecidos, Roy. Somos mais resistentes que pessoas como a mamãe e o Carl. Por isso temos que cuidar deles. Sempre. Entendeu?

— Entendi.

— Somos uma família. Temos um ao outro e a mais ninguém. Amigos, namoradas, vizinhos, o pessoal do vilarejo, o governo... Tudo isso é ilusão e não vai valer de nada no dia em que você realmente precisar. Então somos nós contra eles, Roy. Nós contra todo mundo. Certo?

— Certo.

PARTE UM

1

OUVI-O ANTES DE VÊ-LO.

Carl estava de volta. Não sei por que me lembrei de Dog passados quase vinte anos. Talvez desconfiasse que o motivo desse retorno inesperado ao lar fosse o mesmo que daquela vez, ou seja, o de sempre. Ele precisava da ajuda do irmão mais velho. De pé no quintal, olhei para o relógio. Duas e meia. Ele enviou uma mensagem de texto, só isso. Disse que provavelmente chegariam por volta das duas. Mas o meu irmãozinho sempre foi um otimista, sempre prometia mais do que podia cumprir. Observei a paisagem. O pouco que dava para ver acima das nuvens abaixo. O declive do outro lado do vale que parecia boiar num mar cinzento. A vegetação aqui no alto já estava com o tom vermelho outonal. Acima de mim o céu era azul-turquesa e tão límpido quanto o olhar de uma virgem. O ar puro e fresco fustigava os pulmões se respirasse rápido demais. Eu sentia como se estivesse absolutamente sozinho com o mundo inteiro só para mim. Quero dizer, um mundo que se limitava ao monte Ararat e a uma fazenda. Turistas às vezes pegavam a estrada sinuosa lá no vilarejo para apreciar a vista e acabavam parando aqui no nosso quintal. Costumavam perguntar se eu ainda administrava o sítio. Esses idiotas deviam se referir à propriedade como sítio porque pensavam que uma fazenda de verdade teria que ser como aquelas das planícies, com campos vastos, celeiros enormes e casas de fazenda suntuosas. Nunca viram o que uma tempestade nas montanhas é capaz de fazer com um telhado um pouco maior do que deveria ou nem experimentaram acender uma lareira num cômodo amplo com um vendaval trinta graus abaixo de zero soprando as paredes. Nem sabiam a diferença entre terra cultivada e natureza selvagem, nem que uma fazenda na montanha serve de pastagem para animais e que tem tudo para ser um reino de natureza selvagem muitas vezes maior que os campos de milho cintilantes e amarelos dos fazendeiros das planícies.

Moro aqui sozinho há quinze anos, mas isso acabou. Um motor V8 roncava em algum ponto abaixo do véu de nuvens. Soava tão próximo que já devia ter ultrapassado a Japansvingen que marcava a metade da subida. O motorista pisou fundo no acelerador, tirou o pé, fez uma curva fechada e tornou a pisar fundo. Cada vez mais e mais perto. Dava para perceber que ele já havia transitado por essas curvas. E, agora que eu conseguia escutar as nuances do som do motor, os chiados profundos quando trocava de marcha, aquela nota grave e profunda exclusiva de um Cadillac em baixa velocidade, soube que era um DeVille. Tal qual o monstrão preto que o nosso pai havia dirigido. É claro.

E lá estava a protuberância agressiva da grade do radiador de um DeVille fazendo a curva da Geitesvingen. Preto, sim, mas um modelo mais recente; chutei um 1985. As especificações, no entanto, eram as mesmas.

O carro veio direto até mim, e a janela do motorista baixou. Torcia para não dar nas vistas, mas o meu coração batia como um pistão. Quantas cartas, mensagens de texto, e-mails e ligações havíamos trocado em todos esses anos? Não muitos. Ainda assim, será que se passava um único dia em que eu não pensava em Carl? É provável que não. Mas era melhor sentir saudades dele a ter que lidar com o problema chamado Carl. A primeira coisa que notei foi que parecia mais velho.

— Perdão incomodar, meu bom homem, mas essa fazenda pertence aos famosos irmãos Opgard?

Então abriu um sorriso largo para mim. Aquele sorriso afetuoso, franco e irresistível, e foi como se o tempo tivesse sido apagado do rosto dele, assim como o calendário que me dizia que haviam se passado quinze anos desde a última vez. Mas também havia algo de peculiar no rosto de Carl, como se estivesse sondando o terreno. Eu não queria sorrir. Ainda não. Mas não pude evitar.

A porta do carro foi aberta. Ele abriu bem os braços, e eu me inclinei para o abraço. Algo me dizia que devia ter sido o contrário. Que era eu, o irmão mais velho, que devia tê-lo convidado para o abraço. Mas, em algum ponto ao longo do tempo, a nossa divisão de papéis ficou incerta. Ele havia crescido mais que eu, tanto fisicamente quanto como pessoa, e, pelo menos quando estávamos na companhia de outros, era ele quem dava as cartas. Trêmulo, fechei os olhos, respirei com o ar entrecortado e senti cheiro de outono, Cadillac e irmãozinho. Estava usando algum tipo de "fragrância masculina", como dizem.

A porta do passageiro foi aberta.

Carl me soltou do abraço e me conduziu pela ampla frente do carro até onde ela estava, encarando o vale.

— É lindo mesmo — comentou ela.

Era magra e franzina, mas tinha uma voz grave. O sotaque era evidente, mas, embora tivesse errado a entonação, pelo menos foi em norueguês. Eu me perguntei se ela veio ensaiando no caminho até aqui, algo que já havia decidido dizer, estivesse ou não sendo sincera. Algo que faria com que eu gostasse dela, quisesse eu ou não. Então ela se virou para mim e sorriu. A primeira coisa que notei foi que o rosto era branco. Não pálido, mas branco como a neve que reflete a luz de tal forma que fica difícil distinguir contornos. A segunda coisa foi a pálpebra de um dos seus olhos, caída como uma persiana meio fechada. Como se metade dela estivesse muito sonolenta e a outra, acordadíssima. Um vívido olho castanho me espiava por baixo de fartos cabelos curtos, ruivos e flamejantes. Usava um casaco preto simples sem corte lateral e não havia indicação da forma debaixo dele, apenas um suéter preto de gola rulê despontando acima da lapela. A primeira impressão geral foi de uma criança magricela fotografada num filme preto e branco com cabelos coloridos posteriormente.

Carl sempre teve jeito com garotas; por isso, sendo sincero, fiquei um pouco desapontado. Não que não fosse bonita, e era mesmo, mas não era um *arraso*, como dizem por aqui. Ela ainda sorria, e, como os dentes mal se distinguiam da pele, deviam ser brancos também. Carl também tinha dentes brancos, sempre teve, ao contrário de mim. Ele costumava brincar dizendo que eram assim por causa do sol, porque ele sorria muito mais que eu. Talvez fosse por isso que tivessem se apaixonado um pelo outro, por causa dos dentes brancos. Reflexos no espelho. Porque, embora Carl fosse alto e forte, loiro de olhos azuis, pude notar as semelhanças na hora. Algo capaz de melhorar a vida dos outros, como dizem. Algo de otimista que está disposto a ver o melhor nas pessoas. Em si mesmo ou nos outros. Bem, não dava para ter certeza, já que eu ainda não conhecia a garota.

— Essa é a... — começou Carl.

— Shannon Alleyne — interrompeu ela, estendendo a mão que, de tão pequena, tive a impressão de estar segurando um pé de galinha.

— Opgard — acrescentou Carl, todo orgulhoso.

Shannon Alleyne Opgard queria que o aperto de mão tivesse durado mais tempo que eu. Vi Carl nisso também. Alguns têm mais pressa em ser amados que outros.

— Estão com jet-lag? — perguntei e logo me arrependi, me sentindo um idiota. Não porque não soubesse o que era jet-lag, mas porque Carl sabia que eu nunca havia cruzado sequer um único fuso horário e que, qualquer que fosse a resposta, não significaria muito para mim.

Carl fez que não.

— Aterrissamos tem dois dias. A gente teve que esperar pelo carro, veio de barco.

Assenti e dei uma olhada na placa. MC. Mônaco. Exótico, mas não o bastante para eu perguntar se o carro precisaria de um novo licenciamento. Nas paredes do escritório do posto de gasolina, eu tinha placas obsoletas da África Equatorial Francesa, da Birmânia, da Basutolândia, das Honduras Britânicas e de Johor. A barra estava lá em cima.

Shannon olhou de Carl para mim e de volta para Carl. Sorriu. Não entendi por quê. Talvez estivesse feliz de ver Carl e o irmão mais velho — seu único parente próximo — rindo juntos. Porque a leve tensão inicial havia sumido. Porque ele... *eles* eram bem-vindos em casa.

— Por que você não mostra a casa para a Shannon enquanto pego as malas? — sugeriu Carl e abriu o *maleiro*, como papai costumava chamar.

— A gente deve levar mais ou menos o mesmo tempo — murmurei para Shannon enquanto ela me seguia.

Demos a volta até o lado norte da casa, onde ficava a entrada principal. Por que papai não havia colocado a porta dando para o jardim, e para a estrada eu realmente não sabia. Talvez gostasse de ver as suas terras todo dia quando botava os pés do lado de fora. Ou talvez fosse mais importante ter o sol aquecendo a cozinha que o corredor. Entramos e abri uma das três portas no corredor.

— A cozinha — eu disse, percebendo o cheiro rançoso de gordura velha. Será que sempre esteve ali?

— Que adorável — mentiu ela.

Certo, eu até tinha arrumado e feito faxina, mas "adorável" não era a descrição mais precisa. De olhos bem abertos, e talvez um pouco ansiosa, seu olhar acompanhou o cano que saía do fogão a lenha e atravessava um buraco serrado no teto e ia dar no piso superior. Carpintaria de alta precisão, era como papai chamava essa obra, pela forma como a tubulação circular atravessava com segurança as toras de madeira ao subir. Então, se fosse verdade, aquela perfuração, juntamente com os dois orifícios igualmente circulares no banheiro externo, seria o único exemplo disso em toda a fazenda. Acendi e apaguei a luz para mostrar a ela que ao menos tínhamos a própria eletricidade.

— Café? — ofereci e abri a torneira.

— Obrigada, talvez mais tarde.

Ao menos ela dominava as regras de etiqueta da Noruega.

— O Carl vai querer — falei enquanto abria o armário da cozinha. Revirei as coisas dentro dele até encontrar o bule. Tinha até comprado, pela primeira vez em séculos, café moído à moda antiga. Eu me virava com café solúvel e reparei que, enquanto segurava o bule embaixo da torneira, havia aberto, por força do hábito, a água quente. Senti um rubor ao redor das orelhas. E daí? Quem disse que é *deprimente* fazer café solúvel com água quente da torneira? Café é café. Água é água.

Coloquei o bule no difusor de calor, acendi o forno e dei os dois passos necessários para se chegar à porta de um dos dois cômodos entre os quais ficava a cozinha. O cômodo voltado para o oeste era a sala de jantar, mantida fechada durante o inverno, já que servia de escudo contra o vento oeste, e fazíamos todas as refeições na cozinha. Para o leste ficava a sala de visitas com as estantes de livros, a TV e outro fogão a lenha. Na ala sul, papai havia se permitido construir o único luxo da casa: um terraço com telhado de vidro que ele chamava de o *alpendre* e mamãe de "o jardim de inverno", mesmo que, é claro, passasse o inverno todo fechado e solidamente protegido por barricadas de persianas de madeira. No verão, papai se sentava lá e mascava fumo da Berry e tomava uma ou duas Budweiser — outros dois luxos. Ele precisava ir até a cidade para comprar a cerveja leve estadunidense; já as latinhas verdes e prateadas do fumo de mascar eram enviadas por um parente dos Estados Unidos. Papai me explicou em algum momento no passado que, ao contrário da porcaria sueca, o fumo de mascar estadunidense passava por um processo de fermentação e dava para saboreá-lo. "Como se fosse bourbon", dizia papai, que afirmava que os noruegueses só mascavam a porcaria sueca porque não sabiam que havia coisa melhor. Bom... eu, pelo menos, sabia. Por isso, quando comecei, era o da Berry que mascava. Carl e eu costumávamos contar as garrafas vazias que papai enfileirava no parapeito da janela. Sabíamos que, se tomasse mais de quatro, ele ficaria todo choroso, e ninguém iria querer ver papai chorando. Pensando em retrospecto, talvez seja por isso que raramente bebo mais que uma ou duas cervejas. Não quero ficar choroso. Carl era o bêbado feliz, então não precisava se preocupar tanto em estabelecer esse tipo de limite.

Tudo isso passava pela minha cabeça enquanto perambulávamos de um lado para o outro e eu mostrava a Shannon o quarto maior, aquele a que papai se referia, em inglês, como *the master bedroom*.

— Fantástico — comentou ela.

Apresentei a ela o novo banheiro que já não era tão novo, mas continuava sendo o cômodo mais novo da casa. Era bem provável que ela não fosse acreditar em mim se lhe confessasse que crescemos sem ter um, que nos lavávamos lá embaixo na cozinha com água aquecida no fogão e que o banheiro veio depois do acidente de carro. Se o que Carl havia escrito nas mensagens fosse mesmo verdade, que ela era de Barbados, de uma família capaz de mandá-la para a faculdade no Canadá, então seria naturalmente difícil para ela imaginar compartilhar água suja com o irmão, enquanto os dois tremiam de frio sobre uma bacia em pleno inverno, embora papai, por mais paradoxal que fosse, tivesse um Cadillac DeVille estacionado lá fora no jardim, porque um carro decente definitivamente era algo que deveríamos ter.

É claro que a porta do quarto dos meninos estava empenada, e tive que sacudir um pouco para abri-la. Uma lufada de lembranças e de ar viciado nos envolveu, como aquele cheiro de roupa velha esquecida dentro do guarda-roupa. Encostada numa das paredes havia uma mesa com duas cadeiras, uma ao lado da outra; na parede oposta, um beliche. O duto de aquecimento que atravessava o buraco no chão vindo da cozinha no andar de baixo passava por um dos cantos.

— Esse era o nosso quarto. Meu e do Carl — falei.

Shannon indicou o beliche com um aceno de cabeça.

— E quem ficava em cima?

— Eu — respondi. — O mais velho. — Passei o dedo numa camada de poeira nas costas de uma das cadeiras. — Vou me mudar para cá hoje. Daí vocês dois podem ficar no quarto grande.

Ela olhou para mim preocupada.

— Mas, Roy, é claro que a gente não quer...

Concentrei o meu olhar no seu único olho aberto. Não é um pouco estranho ter olhos castanhos quando se tem cabelo ruivo e pele branca como neve?

— Vocês são dois e eu sou só um. Não tem problema. Tá bom?

Ela passou os olhos pelo quarto.

— Obrigada — falou.

Eu a conduzi para o quarto de papai e mamãe, que havia deixado arejar por completo. Seja qual for o cheiro das pessoas, não gosto de senti-lo. Exceto o de Carl. Carl tinha um cheiro que, embora não fosse exatamente *bom*, ao menos parecia *certo*. Ele cheirava a mim. A *nós*. Quando Carl ficava doente no inverno, e ele sempre ficava, eu me aconchegava a ele. Seu cheiro estava sempre certo, embora a sua pele estivesse coberta de suor febril seco e o seu hálito cheirasse a doença. Eu inalava o cheiro de Carl e tremia perto do seu corpo lustroso, usando o calor que ele perdia para aquecer a minha própria carcaça. A febre de um homem é a fonte de aquecimento de outro. Viver aqui faz as pessoas ficarem práticas.

Shannon atravessou o quarto, foi até a janela e olhou lá para fora. Não havia sequer desabotoado o casaco. Devia achar que a casa estava fria. Em pleno outono. Não era um bom sinal para o inverno que estava a caminho. Ouvi Carl subir a escada estreita com as malas.

— Carl diz que vocês não são ricos — disse ela. — Mas você e ele são donos de tudo o que a vista alcança daqui.

— Isso é verdade. Mas tudo isso não passa de um descampado.

— Descampado?

— Uma região inóspita — disse Carl em pé à porta, ofegante e sorridente. — Pasto para ovelhas e cabras. Não há muito que se possa cultivar numa fazenda na montanha. Pode comprovar por si mesma, não tem nem mesmo muitas árvores. Mas vamos fazer algo a respeito da linha do horizonte aqui. Não é, Roy?

Assenti lentamente. Lentamente, como havia visto os velhos fazendeiros assentirem quando eu era apenas um garoto e acreditava que por trás daqueles cenhos franzidos passavam tantos pensamentos complexos que levaria tempo demais ou talvez fosse impossível expressá-los todos com o simples dialeto do nosso vilarejo. E aqueles homens adultos que assentiam com a cabeça pareciam ter uma compreensão telepática um do outro, de forma que o assentir lento de um seria respondido pelo assentir lento do outro. Agora eu dava aquele mesmo assentir lento, embora soubesse pouco mais que naquela época.

É claro que eu poderia ter perguntado tudo isso a Carl, mas provavelmente não obteria a resposta. Respostas sim, muitas delas, mas não *a* resposta. Talvez eu nem precisasse de uma. Estava tão feliz por ter Carl de volta que não pretendia incomodá-lo com a pergunta: por que raios você voltou?

— Roy é tão gentil — disse Shannon. — Ele vai nos dar esse quarto.

— Imaginei que você não teria voltado só para poder dormir no quarto dos meninos — eu disse.

Carl assentiu. Lentamente.

— Então isso aqui nem vai valer muito como presente — disse ele, segurando uma caixa grande de papelão.

Reconheci na hora o que era e peguei o pacote. Berry. Fumo de mascar dos Estados Unidos.

— Caramba, é bom ver você de novo, irmão — disse Carl, com voz embargada.

Ele se aproximou de mim e me abraçou de novo. Dessa vez me deu um abraço de verdade. Retribuí. Senti o seu corpo mais macio. Um pouco mais cheio aqui e ali. A pele do queixo dele na minha um pouco mais frouxa, senti o arranhar da sua barba, embora estivesse barbeado. O paletó de lã parecia de boa qualidade, tricotado bem justo, e a camisa... ele jamais havia usado uma camisa. Até o jeito de falar estava diferente, Carl tinha o sotaque da cidade que eu e ele usávamos às vezes quando imitávamos mamãe. Mas tudo bem. O cheiro dele permanecia o mesmo. Ele cheirava a *Carl*. Deu um passo para trás e olhou para mim. Olhos tão bonitos e brilhantes quanto os de uma garota. E daí? Os meus brilhavam também.

— O café está quente — falei, a voz não tão embargada, e fui para a escada.

Naquela noite na cama fiquei atento aos sons. A casa soava diferente agora que havia pessoas morando nela outra vez? Não. Rangia, rilhava e assobiava como sempre. Também prestei atenção aos sons vindos do *master bedroom*. As paredes eram finas; por isso, mesmo com o banheiro entre os dois quartos, ainda dava para ouvir o que se passava do outro lado. Será que estavam falando de mim? Será que Shannon perguntava a Carl se o seu irmão mais velho era sempre assim, tão calmo? Se Carl achava que Roy tinha gostado do *chilli con carne* que ela havia preparado? Se o irmão caladão tinha realmente gostado do presente que ela havia trazido para ele, que tinha dado um trabalhão conseguir por intermédio de alguns parentes, uma placa de carro usada vinda de Barbados? Se o irmão mais velho tinha gostado dela? E Carl respondia que Roy era assim com todo mundo, que só precisava dar mais tempo a ele. E ela dizia que talvez Roy tivesse ciúmes dela, que Roy poderia pensar que ela havia lhe roubado o irmão, o irmão que era tudo para ele. E Carl achava engraçado, acariciando o seu rosto e dizendo que não era para ela se preocupar com coisas assim depois de apenas um dia, que ia dar tudo certo. E ela apoiava a cabeça no ombro dele, dizendo que tinha certeza de que ele tinha razão, mas que, de qualquer forma, estava feliz por Carl não ser como o irmão. Que era estranho que, numa terra quase sem crimes, as pessoas andassem por aí de cara feia como se vivessem com medo de serem roubadas.

Ou talvez estivessem transando.

Na cama de mamãe e papai.

— Quem ficou em cima? — eu devia perguntar no café da manhã. — O mais velho? — E ver aquelas caras de espanto. Sair para o ar fresco da manhã, entrar no carro, soltar o freio de mão, sentir a trava do volante, ver a Geitesvingen se aproximando.

Um longo, triste e adorável canto vinha lá de fora. O maçarico. O pássaro solitário, magricela e sério da montanha. Um pássaro que o acompanha quando você está caminhando, que o vigia, mas sempre de uma distância segura. Como se tivesse muito medo de fazer amigos, embora ainda precisasse de alguém para ouvi-lo cantar a sua solidão.

2

CHEGUEI AO POSTO DE gasolina às cinco e meia, trinta minutos mais cedo que o normal para uma segunda-feira. Egil estava atrás do balcão. Ele parecia cansado.

— Bom dia, chefe — disse num tom arrastado. Egil era igual a um maçarico: falava sempre no mesmo tom.

— Bom dia. Noite movimentada?

— Não — respondeu sem se dar conta de que era, como dizem, uma pergunta retórica, de que eu sabia que nunca havia muito movimento, já que o fluxo de visitantes dos chalés tomando o caminho de volta para a cidade diminuía no domingo à noite, de que eu estava perguntando isso porque a área em torno das bombas de combustível não tinha sido arrumada nem limpa. A regra em qualquer outro posto vinte e quatro horas era de que atendentes do turno da noite que trabalhassem sozinhos não deviam sair da loja, mas eu odeio sujeira e, com o bando de rapazes nos seus carros de corrida customizados usando as dependências do posto como uma combinação de lanchonete, ponto de encontro para fumantes e motel, há sempre um bocado de papel, guimbas de cigarro e, sim, até camisinhas usadas. Porém, como os cachorros-quentes, os cigarros e as camisinhas eram adquiridos na loja de conveniência do posto, não quero expulsar os meus clientes jovens, eles são bem-vindos para se sentar no carro e ver a vida passar. Por isso, faço com que os meus funcionários do turno da noite limpem quando têm a oportunidade. Eu tinha colocado um aviso no banheiro de funcionários que os encarava toda vez que se sentavam no trono: FAÇA O QUE TEM QUE SER FEITO. TUDO DEPENDE DE VOCÊ. FAÇA AGORA. Egil devia achar que tinha algo a ver com cagar. Eu já havia mencionado isso sobre limpeza e assumir responsabilidades tantas vezes que qualquer um concluiria que Egil teria entendido a piadinha sobre uma noite agitada. Mas Egil não estava só cansado, ele era um rapaz simplório de 20 anos que tinha sido alvo de piadas tantas vezes na vida que isso nem o deixava aborrecido. Para quem quer levar a vida com o mínimo de esforço, fingir entender menos do que de fato entende não é a tática mais estúpida a se empregar. Então talvez Egil não fosse tão burro no fim das contas.

— Chegou cedo, chefe.

Não cedo demais para você ainda não ter limpado a área das bombas de combustível, me fazendo acreditar que o lugar tivesse passado a noite toda em perfeitas condições, pensei.

— Não consegui dormir. — Fui até a caixa registradora e apertei o comando para encerrar o expediente. Isso finalizou o turno da noite, e ouvi a impressora do escritório começar a trabalhar. — Vai para casa e dorme um pouco.

— Obrigado.

Entrei no escritório e comecei a examinar as vendas enquanto o papel ainda era expelido. Pareciam ótimas. Mais um domingo agitado. A nossa estrada principal podia até não ser a mais transitada do país, mas, por causa dos trinta e cinco quilômetros até o posto de gasolina mais próximo nas duas direções, havíamos nos tornado algo como um oásis para motoristas, em especial para aqueles com filhos pequenos a caminho de casa depois do fim de semana no chalé. Eu tinha instalado algumas mesas e bancos junto ao bosque de bétulas com vista para o lago Budal, onde as pessoas podiam se acomodar com hambúrgueres, pães doces e refrigerantes. Foram quase trezentos pãezinhos vendidos na véspera. Eu tinha a consciência menos pesada com relação às emissões de CO_2 que com toda a intolerância a glúten que eu causava ao planeta. Corri os olhos pelo extrato de vendas e notei o número de cachorros-quentes que Egil havia jogado fora. Nada mais justo, mas havia, como sempre, alguns além do número de vendas. Ele havia se trocado e se dirigia à porta.

— Egil?

Ele parou de supetão.

— Sim?

— Parece que alguém se divertiu enrolando papel-toalha na bomba de gasolina número dois.

— Vou dar um jeito nisso, chefe. — Ele sorriu e saiu.

Suspirei. Não é fácil encontrar bons funcionários num vilarejo tão pequeno como esse. Os espertos vão para Oslo ou Bergen para estudar; os trabalhadores, para Notodden, Skien ou Kongsberg para ganhar dinheiro. Se eu o demitisse, ele iria direto para o seguro-desemprego e não comeria menos cachorros-quentes. A única diferença é que ficaria do outro lado do balcão, pagando pelo que consumisse. Dizem que a obesidade é primordialmente um problema de cidades pequenas, e parece óbvio como é fácil começar a comer como válvula de escape quando se trabalha num posto de gasolina, onde todo mundo a quem você atende está indo para outro lugar, um lugar que você diz a si mesmo que tem que ser melhor que aqui, e em carros que você nunca vai conseguir comprar, na companhia de mulheres com as quais você nem ousaria falar a menos que fosse a um baile do vilarejo e você estivesse puto da vida. Mas logo seria necessário ter uma conversa com Egil. A diretoria não estava interessada em pessoas como ele, apenas nos lucros. Mais que justo. Em 1969, eram setecentos mil carros e mais de quatro mil postos de gasolina na Noruega. Quarenta e cinco anos depois o número de carros quase quadruplicou, enquanto os postos de gasolina foram reduzidos a menos da metade. Era difícil para eles, era difícil para nós. Eu me atualizava sobre as estatísticas e sabia que na Suécia e na Dinamarca mais da metade dos postos de gasolina eram automatizados, sem atendentes. O padrão difundido de estabelecimentos aqui na Noruega demonstra que ainda não chegamos lá, mas é óbvio que, mesmo aqui, os frentistas são uma raça em extinção. Na verdade, já estamos extintos. Quando foi a última vez que você viu alguém do posto colocar gasolina num carro? Estamos ocupados demais vendendo cachorros-quentes, refrigerantes, bolas de praia, carvão para churrasco, limpador de para-brisas e água mineral que não é diferente daquela que sai da torneira, mas vem de avião e custa mais que os filmes que temos à venda. Mas não estou reclamando. Quando a rede de postos de gasolina mostrou interesse pela oficina de carros que assumi aos 23 anos, não foi por causa das duas bombas de gasolina que eu tinha no pátio nem porque o negócio estava indo bem financeiramente, mas em razão da localização. E disseram estar impressionados com a forma como eu havia resistido por tanto tempo, pois as oficinas da região tinham sumido do mapa muito antes. Me ofereceram o cargo de chefe do posto junto com uma pequena quantia em troca do imóvel. Eu poderia, talvez, ter conseguido um pouco mais, mas nós, os Opgards, não barganhamos. Eu não tinha nem 30 anos e sentia que havia chegado ao fim da linha. Usei a pequena quantia para construir o banheiro da fazenda para que eu pudesse sair da caminha de solteiro que tinha montado na oficina. Havia bastante espaço no local, então a diretoria da rede construiu um posto de gasolina ao lado da oficina e modernizou o antigo lava-jato.

A porta bateu forte depois que Egil saiu, e me lembrei de que a diretoria tinha concordado em substituir as portas antigas por aquelas automáticas de correr que eu havia solicitado. O gerente de vendas que nos visitava a cada catorze dias estava sempre sorrindo e contando piadas de mau gosto. De vez em quando, ele colocava a mão no meu ombro e dizia, como se fosse uma informação sigilosa, que estavam satisfeitos. Claro que estavam. Tomaram conhecimento dos lucros e viram que estávamos travando uma boa e lucrativa batalha contra a extinção, apesar de o pátio ao redor das bombas de combustível, quando Egil trabalhava no turno da noite, nem sempre estar nos trinques.

Quinze para as seis. Eu estava pincelando manteiga nos pãezinhos que haviam descongelado e fermentado durante a noite, e isso me fez pensar nos bons tempos, quando trabalhava no poço de graxa lubrificando carros. Era um trabalho pesado. Sabia que a recompensa estava à minha espera, os aluguéis dos chalés na montanha, o segredo que ninguém deve descobrir. Vi um trator se aproximando do lava-jato. Sabia que, quando o fazendeiro terminasse de lavar o monstro, eu precisaria limpar o chão com mangueira. Como gerente do estabelecimento, tinha total responsabilidade por contratações e demissões, pela contabilidade, pelas conversas com o pessoal e todo o resto; mas adivinha o que ocupa a maior parte do tempo de um gerente de posto de gasolina? Limpeza. E assar pães colado em segundo lugar.

Prestei atenção ao silêncio, embora nunca ficasse absolutamente silencioso. Há uma sinfonia interminável de sons que não cessam até que o fim de semana acabe, até que o pessoal dos chalés volte para casa e comecemos a fechar o estabelecimento para a noite. Temos máquinas de café, equipamento para preparo de cachorro-quente, congeladores e refrigeradores. Cada um tem um som especial, embora o mais notável seja o aquecedor de pães para hambúrguer. Seu crepitar é aconchegante, quase como um motor bem lubrificado se se fechar os olhos e se imaginar nos velhos tempos. Da última vez que o gerente de vendas esteve aqui, ele sugeriu que eu pensasse em instalar música ambiente na loja. Explicou que pesquisas provaram que sons apropriados estimulam tanto o desejo de gastar como aguçam o apetite. Assenti devagar, mas não me comprometi a nada. Gosto do silêncio. Logo a porta se abrirá. Provavelmente um comerciante, em geral são os comerciantes que querem gasolina e café antes das sete.

Fiquei observando o fazendeiro encher o tanque do trator com diesel livre de impostos para caminhões. Eu sabia que um tanto do combustível ia acabar no tanque do carro particular dele, assim que voltasse para casa, mas isso era um assunto entre ele e a polícia, e para mim não fazia a menor diferença.

O meu olhar passou pelas bombas de combustível, atravessou a estrada, a ciclovia, a calçada e repousou numa das casas de madeira típicas do vilarejo, três andares, construída logo depois da guerra, uma varanda que dava para o lago Budal, janelas sujas de poeira da estrada, um grande cartaz pregado na parede anunciando cortes de cabelo e um solário de um jeito que devia dar a quem lia o anúncio a impressão de que o corte de cabelo e o banho de sol aconteciam *simultaneamente*, como dizem. Algo realizado na sala de estar dos próprios moradores. Eu nunca tinha visto ninguém, além de vizinhos, entrando ali, e todo mundo no vilarejo sabia muito bem onde Grete Smitt morava; portanto, o objetivo real do cartaz não era claro. E naquele instante vi Grete parada à beira da estrada, congelando de Crocs e camiseta, virando o rosto para a esquerda e para a direita antes de atravessar para o nosso lado.

Foi há apenas seis meses que um motorista de Oslo, que afirmou não ter visto a placa de limite de velocidade de cinquenta quilômetros por hora, atropelou o nosso professor de norueguês um pouco mais à frente na estrada. Há vantagens e desvantagens em se administrar um posto de gasolina num vilarejo. As vantagens são que o pessoal faz as compras aqui e que o limite de velocidade de cinquenta quilômetros por hora significa que os veículos de fora entram no posto por impulso. Quando eu tinha a oficina, também contribuía para a economia local porque qualquer cliente de fora da cidade que precisasse de maiores reparos tomaria café e passaria a noite num dos chalés à beira do lago. A desvantagem é que é apenas questão de tempo até perder o fluxo intenso de veículos. Os motoristas querem estradas retas e limites de velocidade de noventa quilômetros por hora, e não serem compelidos a se arrastar pelas cidadezinhas no caminho dos seus destinos. Planos para uma nova rodovia que contornasse Os estavam prontos havia muito tempo, mas até agora tínhamos sido salvos pela nossa geografia; ficava caro demais para as autoridades responsáveis pelo sistema rodoviário abrir um túnel através da montanha. Mas haverá um túnel, isso é tão certo quanto o sol explodindo o nosso sistema solar daqui a dois bilhões de anos, só que a nova rodovia chegará muito antes disso, o que significaria, é claro, o fim não só para todos nós que ganhamos a vida com o trânsito mas para o restante do vilarejo também. O impacto seria semelhante a quando o sol diz adeus. Os fazendeiros ainda ordenhariam as vacas e plantariam o que fosse possível plantar aqui no alto, mas o que todo o resto faria sem a estrada principal? Cortar o cabelo uns dos outros e se bronzear até ficarem torrados?

A porta se abriu. Quando éramos adolescentes, Grete tinha um tom de pele cinza desbotado e cabelos lisos e sem brilho. Agora ainda tinha a mesma cor acinzentada, mas com um permanente nos cabelos que lhe dava um ar verdadeiramente assustador, na minha opinião. É claro que ser bonito não é um direito humano, mas o Criador foi de fato muito mesquinho com Grete. As costas, o pescoço, os joelhos, tudo era meio desconjuntado; até o nariz enorme e torto parecia deslocado, como se tivesse sido imposto à força ao rosto. Mas, se o Criador tinha sido pródigo com o nariz, então também tinha sido proporcionalmente malvado com o resto dela. Sobrancelhas, cílios, seios, quadris, bochechas... Grete não tinha nada disso. Os lábios eram finos e pareciam minhocas. Na adolescência, ela cobria esses vermes pálidos com uma espessa camada de batom vermelho brilhante, e isso realmente lhe caía bem. Mas, de repente, ela parou de usar maquiagem. Deve ter sido por volta da época que Carl deixou a cidade.

Tá bom, é possível que nem todo mundo visse Grete dessa mesma forma. Talvez ela fosse atraente à sua maneira, e o que eu via quando olhava para o seu exterior fosse afetado pelo que eu conhecia dela como pessoa. E não estou dizendo que Grete Smitt seja má, tenho certeza de que há algum diagnóstico psiquiátrico ou algo assim que forneça uma definição mais lisonjeira, como dizem.

— Está cortante hoje — disse Grete.

Presumi que se referia ao vento norte. Quando ele vinha varrendo o vale, trazia sempre o cheiro das geleiras e o aviso do esvanecimento do verão. Grete cresceu no vilarejo, mas devia ter aprendido a se expressar assim com os pais, que tinham vindo do norte para cá, administraram um negócio de camping até falirem e passaram a viver da previdência social depois de terem sido diagnosticados com uma forma rara de neuropatia periférica como consequência do diabetes. Aparentemente, faz a pessoa sentir como se estivesse pisando em cacos de vidro. O vizinho de Grete me contou que a neuropatia não é de forma alguma contagiosa, então isso deve ter sido um milagre estatístico. Mas milagres estatísticos acontecem o tempo todo, e agora o pai e a mãe moravam no último andar, logo acima do cartaz que anunciava SALÃO DE CABELEIREIRO E BANHO DE SOL DA GRETE, embora não fossem vistos com frequência.

— O Carl voltou?

— Ã-hã — respondi, mesmo sabendo que não era uma pergunta de sim ou não, mas uma declaração com um ponto de interrogação anexado, requisitando mais informações. Eu não tinha a menor intenção de acrescentar nada. A relação de Grete com Carl não era saudável.

— Em que posso ajudar?

— Achei que ele estivesse se dando bem no Canadá.

— Às vezes as pessoas têm vontade de viajar para casa mesmo quando as coisas vão bem.

— Ouvi dizer que o mercado imobiliário de lá é bastante imprevisível.

— Verdade, as coisas valorizam ou rápido demais, ou não tão rápido demais. Quer café? Pão doce?

— Fico me perguntando o que poderia levar uma pessoa influente de Toronto a voltar para o nosso pequeno vilarejo.

— As pessoas — respondi.

— Talvez — disse ela, avaliando a minha expressão impassível. — Mas ouvi dizer que ele trouxe uma cubana.

Naquele momento teria sido fácil sentir pena de Grete. Os pais dependendo da previdência social, uma cratera de meteorito no lugar do nariz, sem fregueses, sem sobrancelhas, sem marido, sem Carl e aparentemente sem desejo por mais ninguém. Mas havia aquela essência maligna que só se podia notar depois de ter visto pessoas brigando com ela. Talvez fosse a lei de Newton, sobre cada ação ter uma reação correspondente, talvez toda a dor que ela sofreu tivesse que ser repassada para os outros. Se Carl não tivesse trepado com ela debaixo de uma árvore quando ele era jovem e estava bêbado numa festa, talvez ela não tivesse acabado assim. Ou talvez tivesse.

— Uma *cubana* — eu disse ainda limpando o balcão. — Parece que você está falando de um charuto.

— Pois é, né? — respondeu ela e se debruçou no balcão, como se estivéssemos compartilhando segredos proibidos. — Marrom, bom de colocar na boca e... e...

Uma delícia, acrescentou a minha mente num impulso, embora o que eu mais quisesse fosse enfiar um pão doce na boca de Grete para pôr fim àquela baboseira.

— ... e muito fedido — enfim concluiu, sorrindo com aquela boca de minhoca. Grete parecia satisfeita com a analogia, como dizem.

— Só que ela não é de Cuba — falei. — É de Barbados.

— Sim, sim — disse Grete. — Tailândia, Rússia, não importa, uma criada, espero.

Perdi a paciência. Não dava mais para disfarçar o quanto ela estava me provocando.

— Como é? O que foi que você acabou de dizer?

— Que ela é bonita, espero. — Grete sorriu, ciente da vitória.

— O que você quer, Grete?

Grete passou os olhos pelas prateleiras atrás de mim.

— Mamãe precisa de pilhas novas para o controle remoto.

Duvidei que fosse verdade, porque a mãe dela tinha vindo aqui dois dias antes, andando com grande dificuldade como se o piso fosse de lava. Entreguei as pilhas a Grete e bati o preço.

— Shannon — disse Grete enquanto inseria o cartão na maquininha. — Vi as fotos no Instagram. Tem algo de errado com ela?

— Não que eu tenha notado.

— Ah... não vem com essa! Ninguém é tão branco se vem de Barbados. E o que tem de errado com o olho dela?

— Agora o controle remoto deve funcionar perfeitamente.

Grete retirou o cartão e o enfiou de volta na bolsa.

— Até mais, Roy.

Assenti devagar. É claro que nos veríamos de novo. Isso vale para tudo e para todos no vilarejo. Mas ela estava tentando me dizer algo mais. Por isso acenei com a cabeça como se tivesse entendido e torci para que ela não me incomodasse mais com esse assunto.

A porta deslizou e fechou depois que Grete saiu, mas não por completo, apesar de eu ter ajustado o mecanismo. Estava mesmo na hora de uma nova porta. Automática.

* * *

Lá pelas nove um dos funcionários já havia chegado, então pude sair para limpar a sujeira deixada pelo trator. Como era de esperar, havia enormes torrões de barro e terra no chão. Usei Fritz, um produto para limpeza pesada que acabava com quase toda a sujeira, e uma mangueira, pensando em quando éramos adolescentes e achávamos que a nossa vida podia virar de ponta-cabeça todos os dias e em como a nossa vida *virava* de ponta-cabeça todos os dias, e foi aí que senti uma ardência nas costas, bem entre as escápulas, como o calor vindo daquelas miras a laser quando uma equipe da SWAT pega você no flagra. E foi por isso que não me surpreendi quando ouvi alguém pigarrear atrás de mim. Me virei.

— Rolou uma luta na lama aqui? — perguntou o xerife com um cigarro apertado entre os lábios finos.

— Trator — expliquei.

Ele assentiu.

— Então o seu irmão está de volta?

Kurt Olsen, o xerife, era um sujeito magro de rosto macilento, bigode desleixado, sempre com um cigarro enrolado à mão nos lábios, jeans apertado e botas de couro de cobra que o pai dele costumava usar. Na verdade, Kurt estava cada vez mais parecido com Sigmund Olsen, o velho xerife, que também tinha cabelos longos e claros, o que sempre me fazia pensar em Dennis Hopper naquele filme, *Sem destino*. Kurt Olsen tinha pernas arqueadas como as de alguns jogadores de futebol, e quando jovem era capitão do time do vilarejo que jogava na quarta divisão. Técnica coesa, bom senso tático, capaz de correr os noventa minutos, embora fosse um fumante inveterado. Todos diziam que Kurt devia ter jogado numa divisão superior. Mas isso teria significado se mudar para um lugar maior com o risco de acabar num banco de reservas. E para que sacrificar o status de herói local por uma coisa dessas?

— Carl chegou ontem — confirmei. — Como você ficou sabendo?

— Isso — disse ele, desenrolando um cartaz e erguendo-o.

Fechei a mangueira. REALIZE SEU SONHO!, era o título. Logo abaixo: HOTEL NA MONTANHA E SPA OS. Continuei lendo. O xerife me deu um bom tempo para ler. Tínhamos mais ou menos a mesma idade.

Por isso talvez ele soubesse que o professor da nossa turma havia me descrito como "levemente disléxico". Quando o professor informou isso aos meus pais, explicou também que a dislexia é em geral hereditária. Ao ouvir isso, o meu pai se exaltou e perguntou se ele estava insinuando que o menino era filho ilegítimo. Mas então mamãe o lembrou de Olav, um dos primos de papai que moravam em Oslo, que era disléxico e para quem as coisas não deram muito certo. Quando Carl ficou sabendo, ofereceu-se para ser o meu "tutor de leitura", nas palavras dele. E eu sabia que ele estava falando sério, que teria dado o seu tempo de bom grado para a tarefa. Mas eu recusei. Quem vai querer que o seu irmão-zinho seja seu professor? Em vez disso, a minha professora acabou se tornando a minha namorada secreta, e a escola, um chalé de veraneio no alto das montanhas. Mas isso foi muitos anos depois.

O cartaz era um convite para uma reunião de investidores no centro comunitário de Årtun. Todos são bem-vindos, afirmava. Serão servidos café e waffles, e o comparecimento não criava nenhum vínculo.

Entendi a jogada antes mesmo de chegar ao nome e à assinatura ao fim. Então aí estava. O motivo para Carl ter voltado para casa.

Havia um título depois do nome. Carl Abel Opgard. Pós-graduado em administração de empresas. Nem mais nem menos!

Eu não sabia o que pensar, a não ser que cheirava a confusão.

— Isso está em todos os pontos de ônibus e postes ao longo da estrada principal — disse o xerife.

Então não era só o xerife que sabia. Obviamente, Carl também tinha se levantado cedo.

O xerife enrolou o cartaz.

— Fazer isso sem permissão é uma violação do parágrafo 33 da Lei de Rodovias. Você pode pedir a ele que retire os cartazes?

— Por que você mesmo não pede?

— Não tenho o telefone dele e... — ele enfiou o cartaz debaixo do braço, enganchou os polegares no cinto da calça e apontou para o norte — ... vai me poupar a viagem, se me fizer esse favor. Pode ser?

Assenti devagar, olhando na direção do local para onde o xerife queria poupar uma viagem. Não se podia ver Opgard do posto de gasolina, embora desse para vislumbrar a Geitesvingen e uma área cinzenta no topo do precipício. A casa fica fora do campo de visão, acima e atrás dele, onde o terreno se aplanava. Mas hoje vi algo lá. Algo vermelho. Então entendi o que era. A bandeira da Noruega. Não acredito que Carl tivesse içado a bandeira numa segunda-feira. Não era isso que o rei fazia para avisar que estava em casa? Quase caí na gargalhada.

— Ele pode pedir uma licença — disse o xerife e olhou para o relógio. — E então vamos ver o que acontece.

— Então tá bom.

— Beleza. — Kurt Olsen ergueu dois dedos para o chapéu de cowboy que deveria estar usando.

Nós dois sabíamos que levaria um dia para os cartazes serem retirados, e até lá o propósito já teria se cumprido. Quem não tivesse visto o convite, teria ouvido falar a respeito.

Eu me afastei e abri a mangueira outra vez. Mas aquele calor ainda estava lá entre as escápulas. Como esteve durante todos esses anos. A suspeita de Kurt Olsen que, devagar e sempre, abria caminho atravessando roupa, pele, parando somente quando esbarrava na solidez de um osso, na força de vontade e na teimosia, na falta de provas e de fatos concretos.

— O que é aquilo lá? — ouvi Kurt Olsen perguntar.

Eu me virei, espantado ao vê-lo ainda ali. Ele indicou com um aceno a grade metálica do ralo por onde a água escorria.

— O quê?

O xerife se agachou.

— Tem sangue saindo dali — disse ele. — Isso é carne.

— Deve ser.

Ele olhou para mim de relance. Tudo o que restava do seu cigarro era a ponta incandescente.

— Alce — falei. — Atropelado. Ficou preso na grade dianteira. Vieram aqui para lavar a sujeira.

— Mas você não acabou de dizer que foi um trator, Roy?

— Talvez tenha sido um carro de ontem à noite — eu disse. — Posso perguntar ao Egil se houver alguma coisa que você queira... — O xerife deu um salto para trás quando direcionei o fluxo de água para liberar o pedaço de carne da grade e deixar que escorresse pelo piso de cimento.

— ... *investigar.* — Os olhos de Kurt Olsen brilharam. Ele passou a mão nas calças embora estivessem secas. Não sei se ele usou a palavra intencionalmente, mas foi a mesma que disse antes. *Investigar.* Porque é claro que teria que haver uma investigação. Eu não tinha nenhum problema com Kurt Olsen. Ele era um cara legal que só estava fazendo o seu trabalho. Mas, francamente, eu não gostava nada das *investigações* dele e duvido que ele teria se dado ao trabalho de recolher esses cartazes se o nome Opgard não estivesse neles.

Quando voltei para a loja de conveniência, havia duas adolescentes paradas lá dentro. Uma era Julie, que tinha assumido o controle atrás do balcão ao fim do turno de Egil. A outra, a cliente, estava de costas para mim. Tinha a cabeça inclinada, aguardava ser atendida, mas não deu nenhuma indicação de querer se virar, mesmo quando a porta se abriu. Ainda assim, pensei ter reconhecido a jovem Natalie Moe, filha do telhador. Eu a via de vez em quando com a gangue de garotos que apostavam rachas e faziam ponto lá fora. Enquanto Julie era alegre, do tipo esfuziante, como dizem, havia algo de sensível e ao mesmo tempo de dissimulado no rosto inexpressivo de Natalie, como se ela acreditasse que qualquer sentimento que demonstrasse seria motivo de chacota ou ridicularizado. Devia ser coisa da idade, embora sem dúvida já estivesse no ensino médio. Não importa, percebi o que era, vergonha, o que se confirmou quando Julie me cumprimentou enquanto apontava para a prateleira com pílulas do dia seguinte. Julie tem apenas 17 anos; portanto, não está autorizada a vender nem tabaco nem remédios.

Passei para trás do balcão e resolvi acabar com o acanhamento da jovem Moe o mais rápido possível.

— EllaOne? — perguntei e coloquei a caixinha branca no balcão diante dela.

— Hein? — disse Natalie Moe.

— A sua pílula do dia seguinte — disse Julie, impiedosamente.

Coloquei o meu cartão na maquininha para parecer que um adulto presumivelmente responsável havia feito a compra. A garota Moe foi embora.

— Ela está transando com o Trond-Bertil — disse Julie e estourou a bola do chiclete que mascava. — Ele tem mais de 30 anos, esposa e filhos.

— Ela é jovem — eu disse

— Jovem para quê? — Julie me encarou. Era estranho, ela não era uma garota corpulenta, mas tudo nela parecia grande. Os cabelos encaracolados, as mãos, os seios sob os ombros largos. A boca quase vulgar. E os olhos. Aquelas enormes pupilas azuis observadoras que olhavam nos meus olhos. — Para estar transando com alguém com mais de 30 anos?

— Jovem para tomar decisões sensatas o tempo todo — falei. — Talvez ela aprenda.

Julie bufou e disse:

— Não é por isso que chamam de pílula do dia seguinte. E só porque uma garota é jovem não significa que ela não saiba o que quer.

— Acredito que você esteja certa quanto a isso.

— Mas é só fazer carinha de inocente, como aquelazinha ali, e todos vocês, homens, pensam: coitadinha. Que é justamente o que queremos que pensem. — Ela riu. — Vocês são tão *simples*.

Coloquei um par de luvas de plástico e comecei a passar manteiga em algumas baguetes.

— Existe uma sociedade secreta? — perguntei.

— Quê?

— Todas vocês, mulheres, acham que sabem como as outras mulheres se sentem. Vocês contam umas para as outras como funciona para que tenham uma visão geral interna? Porque, quando se trata de outros homens, tudo o que sei é que não sei merda nenhuma. Que tudo é possível. Que, no máximo, quarenta por cento do que acho que sei sobre um homem se revela certo. — Acrescentei salame e ovo, entregues já fatiados. — E isso se aplica a nós que supostamente somos *simples*.

Então tudo o que posso fazer é felicitá-la por ter uma visão cem por cento segura sobre a outra metade da raça humana.

Julie não respondeu. Vi que engoliu em seco. Deve ter sido a falta de sono da noite anterior que me levou a usar esse tipo de artilharia contra uma adolescente que largou o ensino médio. O tipo de garota que só se enfia em coisa errada e não arruma nada certo. Mas isso pode mudar. Tinha *personalidade forte*, como papai costumava dizer, era rebelde, mas, ainda assim, mais carente de incentivo que de resistência. Precisava das duas coisas, é claro, mas principalmente de incentivo.

— Então você está começando a entender como se troca um pneu — falei.

Apesar de ainda ser setembro, tinha nevado nos chalés que ficavam nas áreas mais altas da montanha. E, apesar de não vendermos pneus nem anunciarmos serviço de troca de pneus, ainda recebemos gente da cidade que chega com os seus suvs e implora por ajuda. Homens e mulheres. As pessoas simplesmente não sabem realizar as tarefas mais básicas. Vai todo mundo estar morto antes do fim de semana no dia em que uma tempestade solar desligar todos os aparelhos elétricos do planeta.

Julie sorriu. Ela parecia feliz *até demais*. O seu humor era instável.

— O povo da cidade acha que as estradas têm andado escorregadias — comentou Julie. — Imagina quando fizer frio de verdade: menos vinte, menos trinta...

— Aí as pistas ficam menos escorregadias — acrescentei.

Ela olhou intrigada para mim.

— O gelo é mais escorregadio quando está próximo do ponto de derretimento. — expliquei. — E mais escorregadio ainda quando chega exatamente a sete graus negativos. É a temperatura que tentam manter nos estádios de hóquei no gelo. A gente não escorrega numa camada fina e invisível de água por causa da pressão e do atrito, como as pessoas costumavam pensar, mas por causa do gás que é formado pelas moléculas soltas a essas temperaturas.

— Como você sabe essas coisas, Roy? — Ela me encarou com um olhar de imerecida admiração.

Isso, é claro, fez com que eu me sentisse como um daqueles idiotas que não suporto, sempre se exibindo com fragmentos aleatórios e superficiais de informação.

— É o tipo de coisa que dá para ler nas revistas que a gente vende — eu disse, apontando para as prateleiras onde a *Popular Science* estava empilhada ao lado de revistas sobre carros, barcos, caça e pesca, *True Crime* e, por insistência do gerente de vendas, algumas poucas revistas de moda.

Mas Julie não ia deixar que eu descesse do pedestal assim tão rápido.

— Se alguém me perguntasse, eu diria que 30 não é tão velho assim. Pelo menos é melhor que os de 20 que acham que são adultos só porque tiraram carteira de motorista.

— Eu tenho mais de 30, Julie.

— Sério? Então quantos anos o seu irmão tem?

— Trinta e cinco.

— Ele veio reabastecer o carro ontem — disse ela.

— Mas você estava de folga ontem.

— Vim aqui com uns amigos no carro do Knerten. Foi ele que me disse que era o seu irmão. Sabe o que os meus amigos disseram? Disseram que o seu irmão era um Daddy.

Não respondi.

— Mas sabe de uma coisa? Você é bem mais Daddy que ele.

Lancei um olhar repreensivo. Ela se limitou a sorrir. Empertigou-se quase imperceptivelmente esticando os ombros largos.

— Daddy significa...

— Obrigado, mas acho que sei o que significa. Você vai cuidar da entrega da Asko?

Um caminhão da Asko havia estacionado no posto. Refrigerantes e doces.

Julie me encarou com aquele seu olhar de vou-morrer-de-tédio. Soprou uma bola de chiclete e a estourou. Levantou a cabeça com ímpeto e saiu.

3

— AQUI? — PERGUNTEI, INCRÉDULO E com o olhar perdido nas nossas terras isoladas.

— Aqui — respondeu Carl.

Rochas cobertas de urze. A encosta da montanha descoberta varrida pelo vento. Uma vista fantástica, sem dúvida, com cumes de montanha azuis em todas as direções e o sol reluzindo na água lá embaixo. Mas, mesmo assim:

— Você vai ter que construir uma estrada até aqui em cima. Água. Esgoto. Eletricidade.

— Vou. — Carl riu.

— Fazer a manutenção de uma coisa que está na... na porra do *topo de uma montanha.*

— É bem autêntico, não acha?

— E lindo — disse Shannon. Ela estava de pé atrás de nós, de braços cruzados, tremendo no seu casaco preto. — Vai ficar lindo.

Eu tinha voltado para casa mais cedo e, claro, a primeira coisa que fiz foi ter uma conversa séria com Carl sobre esses cartazes.

— Sem me dizer porra nenhuma? — perguntei. — Você faz ideia de quantas perguntas me fizeram hoje?

— Quantas? Foram positivas? — O jeito ansioso de Carl me fez perceber que ele não se importava nem um pouco com o que eu sentia por ter sido desprezado e ignorado.

— Pelo amor de Deus — falei —, por que você não me avisou que era por isso que estava voltando?

— Porque eu não queria que você escutasse apenas parte da história, Roy. — Carl passou um braço pelos meus ombros e me deu aquele maldito sorriso afetuoso. — Não queria que você ficasse perambulando por aqui pensando em todo tipo de dificuldade. Você já nasceu cético e sabe muito bem disso. Então, vamos jantar e eu te conto a história toda. Pode ser?

E sim, é verdade, o meu humor melhorou um pouco, no mínimo porque aquela seria a primeira vez, desde que mamãe e papai se foram, que havia uma refeição preparada e servida à mesa quando voltei para casa do trabalho. Depois de comermos até nos fartar, Carl mostrou os projetos do hotel. Parecia um iglu na lua. A única diferença era que nessa lua havia um casal de renas vagando. Aquelas renas e um pouco de musgo eram tudo o que o arquiteto tinha fornecido como acessórios da composição arquitetônica. Fora isso, a construção parecia bastante estéril e moderna. O engraçado foi que eu gostei, mas provavelmente porque vi algo que parecia um posto de gasolina em Marte, e não um hotel onde as pessoas pudessem relaxar e se divertir. Quero dizer, com certeza as pessoas querem que lugares como esses tenham um pouco mais de aconchego e sofisticação, um pouco mais do ar romântico norueguês tradicional, com pinturas de rosas em painéis de madeira e telhados de grama, como o palácio de algum rei de conto de fadas ou qualquer coisa do tipo.

Então andamos pouco menos de um quilômetro, da casa até o terreno onde o projeto seria construído, o sol do crepúsculo iluminando a urze e o granito polido dos picos.

— Veja como se molda à paisagem — disse Carl enquanto desenhava no ar o hotel que tínhamos visto na sala de jantar. — A paisagem e as funcionalidades são o que importa, não as expectativas das pessoas sobre como deve ser um hotel na montanha. Esse hotel vai transformar a noção que as pessoas têm de arquitetura, e não repetir a mesma lenga-lenga tediosa e antiquada.

— Então tá bom — respondi, sem dúvida soando tão cético quanto acreditava que houvesse motivo para ser.

Carl explicou que o hotel teria cerca de onze mil metros quadrados e duzentos quartos, que poderia estar em funcionamento dentro de dois anos depois da primeira pá de terra ter sido deslocada. Ou o primeiro explosivo detonado, já que não havia muita terra aqui em cima. Na estimativa pessimista de Carl, isso custaria quatrocentos milhões.

— E como você pretende conseguir...

— No banco.

— O Banco de Poupança de Os?

— Não, não. — Ele riu. — Muito pequeno para isso. Um banco da cidade. No DnB.

— E por que emprestariam quatrocentos milhões para essa...? — Na verdade não cheguei a *dizer* "loucura", mas ficou bastante óbvio que era nisso que estava pensando.

— Porque não vamos abrir uma empresa limitada. Vamos constituir uma sociedade limitada.

— Sociedade limitada?

— Uma sociedade de responsabilidade limitada. As pessoas do vilarejo não têm muito dinheiro. O que elas têm são as fazendas e as terras onde vivem. Com uma sociedade limitada, não precisam colocar nem uma única coroa para se unir a nós nessa empreitada. E todo mundo que aderir, seja grande ou pequeno, tem a mesma participação e obtém o mesmo lucro. As pessoas podem simplesmente relaxar e deixar que o seu patrimônio faça o trabalho por elas. Os banqueiros vão salivar pela oportunidade de financiar tudo isso, porque nunca receberam garantia melhor que um vilarejo inteiro!

Cocei a cabeça.

— Você quer dizer que, se a coisa toda for um desastre, então...

— Então cada investidor vai ser responsável apenas pela parte que lhe cabe. Se formos cem, e a empresa for à falência com uma dívida de cem mil, então só se é responsável, você e cada um dos investidores, por mil coroas cada. Mesmo que alguns dos investidores não consigam as mil, isso não é problema seu, é problema dos credores.

— Deus do céu.

— É lindo, não acha? Por isso, quanto maior o número de envolvidos, menor é o risco individual. Mas é claro que isso também significa que vão ganhar menos quando esse projeto decolar de verdade.

Era muita informação para absorver. Um tipo de empresa em que não é necessário colocar uma única coroa e só ir acumulando grana se tudo correr de acordo com o planejado. E, se a coisa toda der errado, só se é responsável pela própria parte.

— Entendi — eu disse, tentando descobrir onde a pegadinha poderia estar. — Então, por que convidar pessoas para uma reunião de investidores se elas não vão investir nada?

— Porque "investidor" soa bem melhor que apenas "participante". Não concorda? — Carl enfiou os polegares no cinto e falou com uma voz engraçada: — *Não sou só um fazendeiro, sou um investidor em um hotel, sabia?* — Ele deu uma boa gargalhada. — É psicologia pura. Quando metade do vilarejo tiver assinado, quem ficar de fora não vai suportar a ideia de os vizinhos estarem comprando Audis e se autodenominando proprietários de hotéis e vai tratar de fazer parte também. Melhor correr o risco de perder algumas coroas, desde que o seu vizinho faça o mesmo.

Assenti devagar. Ele provavelmente tinha acertado na questão psicológica.

— O projeto é seguro. A parte complicada é dar o pontapé inicial. — Carl deu um chute na terra. — Conseguir que os primeiros se comprometam, pessoas que possam provar às outras que acham o projeto atraente o bastante para querer fazer parte dele. Se a gente conseguir isso, todos vão querer subir a bordo, e a coisa vai seguir por conta própria.

— Certo. E como você vai persuadir os primeiros a subirem a bordo?

— Quando não consigo convencer nem o meu próprio irmão, é isso que você quer dizer? — Ele deu aquele sorriso franco e irresistível com olhos ligeiramente tristes. — Basta um — disse antes que eu pudesse responder.

— E esse "um" é ...?

— O mandachuva da comunidade. Aas.

Mas é claro. O velho presidente do Conselho Municipal. Pai de Mari. Membro do Partido Trabalhista, ocupou o posto por mais de vinte anos, governando esse município com mão firme nos dias bons e ruins até que ele mesmo decidiu que já tinha sido o suficiente. Já devia ter passado dos 70 anos a essa altura e provavelmente se ocupava com a casa na fazenda. Mas às vezes o velho Aas escrevia artigos para o jornal local, o *Tribuna de Os*, e as pessoas liam o que ele escrevia. Mesmo aqueles que discordavam das suas posições passaram a olhar a vida com uma nova luz, a luz da sabedoria e da habilidade inquestionável de sempre tomar as decisões certas. As pessoas realmente acreditavam que os planos para uma rodovia nacional que contornasse o vilarejo nunca seriam materializados se Aas ainda fosse presidente do Conselho, porque ele teria explicado como isso arruinaria tudo, privaria o vilarejo da renda extra que o tráfego lhe trazia, apagaria do mapa uma comunidade inteira e a transformaria numa cidade fantasma com apenas alguns agricultores subsidiados perto de se aposentarem que ainda se mantinham firmes. E alguém havia sugerido que Aas, e não o atual presidente do Conselho, liderasse uma delegação à capital para levar algum juízo ao ministro dos Transportes.

Dei uma cusparada. Aqui, só para deixar bem claro, esse gesto é o oposto do bom e velho aceno com a cabeça, e significa que a pessoa *não* concorda.

— Então você acha mesmo que o Aas está morrendo de vontade de arriscar a fazenda e as terras que possui num hotel spa no alto de uma montanha descampada? Que vai colocar o destino nas mãos do cara que traiu a filha dele e depois fugiu para o exterior?

Carl fez que não com a cabeça.

— Você não está entendendo. O Aas gostava de mim, Roy. Eu não era só o futuro genro dele, eu era o filho que ele nunca teve.

— *Todo mundo* gostava de você, Carl. Mas quando você transou com a melhor amiga dela...

Carl me encarou com um olhar de advertência, então baixei a voz e verifiquei se Shannon, agachada perto das urzes observando alguma coisa, estava longe o bastante para não me escutar.

— ... você caiu algumas posições na lista dos queridinhos do vilarejo.

— O Aas nunca soube o que aconteceu entre mim e Grete — disse Carl. — Tudo o que ele sabe é que a filha me deixou.

— Ah, é mesmo? — falei, desacreditado. Um instante depois, porém, fico um pouco menos desacreditado ao me lembrar de um detalhe: Mari, que sempre se preocupou muito com as aparências, tinha naturalmente preferido a versão oficial de ter sido ela a terminar o namoro com o destruidor de corações do vilarejo e a alegação não verbalizada de que tinha planos muito melhores que ficar com o menino Opgard da fazenda na montanha.

— Logo depois que a Mari terminou comigo, o Aas me chamou e confessou que estava muito decepcionado — disse Carl. — Ele gostaria de saber se eu e a Mari não voltaríamos. Ele me explicou que a esposa e ele também tiveram períodos difíceis, mas que estavam juntos havia mais de quarenta anos. Respondi que também gostaria de uma vida assim, mas que naquele momento eu precisava ir para o exterior por uns tempos. Ele disse que entendia e me deu algumas sugestões. A Mari tinha dito a ele que as minhas notas no colégio eram boas, e ele me falou que talvez conseguisse arrumar uma bolsa de estudo para mim numa universidade nos Estados Unidos

— Minnesota? Foi o Aas?

— Ele tinha alguns contatos com a comunidade norueguesa-americana de lá.

— Você nunca mencionou isso.

Carl deu de ombros.

— É que fiquei com vergonha. Eu tinha sido infiel com a filha dele e, ainda assim, permiti que me ajudasse de boa-fé. Mas acho que ele tinha as suas razões, provavelmente torcia para que eu voltasse com um diploma universitário e reconquistasse a princesa e metade do reino, como o menino do conto de fadas.

— Então agora você quer que ele te ajude mais uma vez?

— Não a mim — disse Carl. — Ao vilarejo.

— Ah, entendi. O vilarejo. E desde quando, exatamente, você começou a ter esses pensamentos afetuosos para com o vilarejo?

— E quando, exatamente, você se tornou tão frio e cínico?

Dou um sorriso. Eu poderia ter dito a ele o dia e a hora em que isso aconteceu.

Carl respirou fundo.

— Acontece alguma coisa quando se está do outro lado do mundo se perguntando quem você *realmente* é. De onde você vem. Qual é o seu povo.

— Então você descobriu que esse é o seu povo? — Gesticulei para o vilarejo mil metros abaixo de nós.

— Na alegria e na tristeza, sim. É como uma herança que não se pode repassar, que sempre acaba retornando, quer você queira ou não.

— Foi por isso que você largou o sotaque? É você se voltando contra a própria cultura?

— De jeito algum. Essa é a cultura de mamãe.

— Mamãe falava com o sotaque do pessoal da cidade porque passou muito tempo trabalhando como empregada doméstica, não porque era o dialeto dela desde a infância.

— Então vamos dizer o seguinte: a nossa herança é a capacidade de adaptação de mamãe. Tem uma infinidade de noruegueses em Minnesota, e sempre fui levado mais a sério, especialmente por potenciais investidores, quando falava como mamãe.

Ele falou com voz anasalada, do jeito que mamãe fazia, e com sotaque exagerado. Caímos na gargalhada.

— Logo vou voltar a falar como antigamente — disse Carl. — Sou de Os. De Opgard, para ser mais exato. Esse é o meu povo verdadeiro, Roy. E, acima de tudo, tem *você*. Se a rodovia federal der a volta no vilarejo e ninguém mais passar por aqui, então o seu posto de gasolina...

— O posto não é *meu*, Carl. Eu só trabalho lá. Sou capaz de gerenciar um posto de gasolina em qualquer lugar, a empresa tem quinhentos deles e por isso não precisa tentar me salvar.

— Eu devo isso a você.

— Já disse que não preciso de nada...

— Não senhor, você precisa de uma coisa. Você precisa desesperadamente ter a porra de um posto de gasolina só seu.

Calei a boca. Tá bom, ele tinha acertado em cheio. Era o meu irmão, afinal de contas. Ninguém me conhecia melhor.

— E com esse projeto, Roy, você vai conseguir levantar o capital de que precisa. Para comprar um posto aqui ou em qualquer outro lugar.

Eu vinha economizando. Economizando cada mísera coroa que não precisava para comida e eletricidade para aquecer as pizzas tamanho família que comia quando não jantava no posto, para a gasolina do velho Volvo e para manter a casa em razoável bom estado. Eu havia conversado com a sede sobre a possibilidade de assumir o controle do posto mediante um contrato de franquia. E eles não foram totalmente contrários ao perceberem que a estrada principal e todo o tráfego que passava por ela logo desapareceriam. Mas o preço não tinha caído tanto quanto eu esperava, o que era, paradoxalmente e em grande parte, minha culpa, já que estávamos indo muito bem.

— Vamos supor que eu *concorde* com essa coisa de sociedade limitada...

— Sim! — gritou ele. Típico de Carl, comemorar como se eu já estivesse dentro.

Irritado, meneio a cabeça.

— Ainda faltam dois anos até o seu hotel estar pronto para funcionar. Mais outros dois, no mínimo, antes de começar a entrar dinheiro. Isso se nada der errado, é claro. Mas, se no decorrer da próxima década surgir a oportunidade de comprar o posto e eu precisar de um empréstimo rápido, o banco vai dizer "não, você está endividado até o pescoço com esse projeto aqui de sociedade limitada".

Carl nem se deu ao trabalho de implicar com a mentirada ridícula que eu tinha acabado de contar. Com ou sem sociedade limitada, pelo andar da carruagem, banco nenhum daria um empréstimo para a compra de um posto de gasolina no meio do nada.

— Você vai fazer parte desse projeto hoteleiro, Roy. E, mais importante, vai ter o dinheiro para o seu posto antes mesmo de começarmos a construir o hotel.

Olhei para ele.

— O que você quer dizer com isso?

— A sociedade limitada tem que comprar o terreno no qual o hotel vai ser construído. E a quem pertence esse terreno?

— A nós dois. E daí? Não dá para ficar rico vendendo terra descampada na encosta de uma montanha.

— Depende de quem põe o preço — disse Carl.

Não costumo ser lerdo quando se trata de lógica e pensamento prático, mas ainda assim foram necessários alguns segundos até a ficha cair.

— Você quer dizer...

— Quero dizer que eu sou o responsável pela descrição do projeto, sim. E isso significa que sou eu quem define os itens no orçamento que vou apresentar na reunião de investidores. Claro que não vou mentir o valor do terreno, mas, se fixarmos em vinte milhões...

— Vinte milhões! — Exasperado, dei um tapa numa urze. — Por *isso*?

— ... essa seria, relativamente falando, uma quantia tão irrisória se comparada ao total de quatrocentos milhões, que vai ser um mero detalhe quando dividirmos o valor do imóvel e distribuirmos entre os outros itens. Item um: estrada e arredores; item dois: estacionamento; item três: o hotel em si...

— E se alguém perguntar o preço por hectare?

— Aí é óbvio que falamos. Nós não somos ladrões.

— Se nós não somos ladrões, então o quê...? — "Nós"? Como ele conseguiu de repente me meter nessa? Certo, certo, não era hora de ficar me preocupando com detalhes. — Então o que nós somos?

— Somos homens de negócio seguindo as regras do jogo.

— Jogo? São aldeões, pessoas sem preparo, Carl.

— Jecas do interior, você quer dizer? Sim, bom, isso a gente sabe, né? Somos daqui. — Ele deu uma cusparada — Como quando papai comprou o Cadillac. Isso sem dúvida incomodou as pessoas, pode apostar.

Ele deu um sorriso torto.

— Esse projeto vai aumentar o preço da terra aqui para todo mundo, Roy. Assim que o hotel estiver financiado, a gente lança a segunda etapa. Um teleférico para o alto de uma pista de esqui, chalés e alojamentos. É aí que corre o dinheiro de verdade. Então, por que devemos vender a preço de banana agora, sabendo que os preços vão disparar? Principalmente porque somos *nós* que fizemos acontecer. Não estamos enganando ninguém, Roy, não precisamos gritar aos quatro ventos que os irmãos Opgard estão colhendo um lucro considerável com os primeiros milhões. Então... — Ele olhou para mim. — Quer o dinheiro para o posto ou não?

Não respondi de imediato.

— Pense nisso enquanto vou mijar — disse Carl.

Ele se virou e foi até o alto do morro, provavelmente pensando que estaria protegido de olhares do outro lado.

E foi assim que Carl me concedeu o tempo que se leva para esvaziar a bexiga para que eu decidisse se queria vender uma propriedade que estava nas mãos da nossa família há quatro gerações. Por um preço que, em outras circunstâncias, seria considerado um assalto. Eu nem precisava pensar. Não dou a mínima para esse papo de gerações, pelo menos no que diz respeito a essa família, e estamos falando de uma região erma que não tem nenhum valor sentimental, nem nenhum outro tipo de valor, a menos que alguém descubra de repente uma mina de algum metal raro no terreno. E, se Carl estivesse certo e os milhões que estávamos prestes a arrecadar fossem apenas a cereja de um bolo do qual cada participante do vilarejo teria uma parte em seu devido tempo, então por mim tudo bem. Vinte milhões. Dez para mim. Dava para conseguir um posto de gasolina muito bom por dez milhões. De alta categoria, uma boa localização, sem um centavo de dívida. Lava--jato totalmente automatizado. Restaurante em separado...

— Roy?

Eu me virei. Não tinha ouvido Shannon se aproximar por causa da direção do vento. Ela olhou para mim.

— Acho que é alguma doença — disse ela.

Por um instante pensei que se referia a si mesma. Ela parecia tão afetada pelo vento e com tanto frio parada ali, os grandes olhos castanhos me olhando por baixo da velha boina de tricô que eu usava quando criança. Então me dei conta de que ela estava com as mãos em concha, protegendo algo. Ela as abriu.

Um passarinho. Coroa preta numa cabeça branca, pescoço marrom-claro. Cores tão suaves que tinha que ser macho. Parecia sem vida.

— Um borrelho — eu disse.

— Estava caído ali — falou e apontou para um buraco na urze, onde avistei um ovo. — Quase pisei nele.

Eu me agachei e toquei no ovo.

— Ã-hã, o borrelho nem ia se mexer, ele ia continuar chocando os ovos e seria capaz de morrer pisoteado só para não deixar o ninho.

— Pensei que os pássaros daqui saíssem dos ovos na primavera, como no Canadá.

— E saem, mas esse ovo nunca eclodiu porque não tem vida dentro dele. Ele obviamente não percebeu, coitadinho.

— *Ele?*

— É o borrelho macho quem choca e cuida dos filhotes. — Eu me levantei e acariciei o peito do pássaro ainda nas mãos de Shannon. Senti uma pulsação rápida na ponta dos dedos. — Ele está se fingindo de morto. Para desviar a nossa atenção do ovo.

Shannon olhou em volta.

— Onde eles estão? E onde está a fêmea?

— A fêmea deve estar em algum lugar mandando ver com outro macho.

— Mandando ver?

— Você sabe, acasalando. Fazendo sexo.

Ela me olhou com descrença.

— Aves fazem sexo fora do período de acasalamento?

— Estou brincando, mas sempre podemos torcer para que sim — eu disse. — Enfim, chamam isso de poliandria.

Ela acariciou o dorso do pássaro.

— Um macho que sacrifica tudo pelos filhotes, que mantém a família unida mesmo quando a mãe é infiel. Que coisa rara.

— Não é exatamente isso que poliandria significa — falei. — É...

— .... uma forma de casamento em que a mulher tem vários maridos — completou ela.

— Hã?

— Pois é. A poliandria é encontrada em vários lugares do mundo. Especialmente na Índia e no Tibete.

— Meu Deus. Por quê... — eu estava prestes a completar com "você sabe isso?", mas mudei para: — ... eles fazem isso?

— Em geral são irmãos que se casam com a mesma mulher, e a razão é para não romper vínculos familiares.

— Eu não sabia disso.

Ela inclinou a cabeça para o lado.

— Talvez você saiba mais sobre pássaros que sobre pessoas.

Não falei nada. Então ela riu, abriu a mão e jogou o pássaro para o alto. O borrelho abriu as asas e voou numa linha reta, para longe de nós. Segui o seu voo até que de repente detectei movimento na minha visão periférica. O meu primeiro pensamento foi que se tratava de uma cobra. Me virei e vi um vulto escuro descendo a encosta rochosa, serpenteando na nossa direção. Olhei para cima e vi Carl de pé lá no alto, observando a paisagem como o Cristo Redentor no Rio, ainda mijando. Eu me afastei, pigarreei. Shannon viu o fluxo de urina e fez o mesmo. O vulto continuou descendo em direção ao vilarejo.

— O que você acha de vendermos o terreno aqui por vinte milhões de coroas? — perguntei.

— Parece bastante dinheiro. Onde você acha que o ninho pode estar?

— São dois milhões e meio de dólares. Vamos construir uma casa com duzentas camas.

Ela sorriu, se virou e tomou o caminho pelo qual viemos.

— É muito. Mas o borrelho chegou aqui primeiro.

Faltou luz pouco antes da hora de dormir.

Eu estava sentado na cozinha, examinando a documentação das prestações de conta mais recentes e calculando como a sede ia abater os lucros futuros do preço do posto no caso de uma venda. Eu tinha calculado que com dez milhões não só compraria uma franquia de dez anos como também o pacote todo, inclusive os prédios e o terreno. Então eu seria dono *de verdade* de um posto de gasolina.

Me levantei e olhei para o vilarejo. Também não havia energia lá embaixo. Ótimo, isso significava que o problema não era só aqui em cima. Dei alguns passos em direção à sala de estar, abri a porta e espreitei a escuridão lá dentro.

— Olá — chamei.

— Oi — veio a resposta em uníssono de Carl e Shannon.

Meio desajeitado, fui até a cadeira de balanço de mamãe. Me sentei. As molas rangeram com o vaivém no piso de madeira. Shannon deu uma risadinha. Eles tinham bebido.

— Desculpa pela escuridão — falei. — Não foi só aqui, foi...

— Não tem problema — disse Shannon. — Quando eu era criança, cortavam a energia o tempo todo.

Perguntei à escuridão:

— É um país muito pobre? Barbados?

— Não — respondeu Shannon. — É uma das ilhas mais ricas do Caribe. Mas onde eu cresci muita gente fazia *gato*... como se diz isso em norueguês?

— Acho que a gente não tem uma palavra para isso — disse Carl.

— Eles roubavam eletricidade se conectando direto à rede elétrica. E isso deixava a rede toda instável. Eu até me acostumei com esse conceito, sabe, de que tudo pode desaparecer a qualquer momento.

Algo me dizia que ela não estava falando só da eletricidade. Talvez de casa, da família... Ela não havia desistido até encontrar o ninho do borrelho e resolveu espetar um galho no chão como aviso para não pisarmos ali numa próxima vez.

— Fale mais sobre isso — pedi.

Por alguns instantes, o silêncio na escuridão foi total.

Depois ela deu uma risada discreta, como se estivesse se desculpando.

— Em vez disso, por que você não nos fala das coisas daqui, Roy?

O que me surpreendeu foi que, embora ela nunca tivesse errado uma palavra em norueguês, ou cometido um erro na sintaxe, ainda assim o sotaque fazia com que se pensasse nela como estrangeira. Ou talvez tenha sido aquela comida que ela havia preparado. Aquele *mofongo*, um prato caribenho.

— Isso mesmo, deixa o Roy falar, ele é bom em contar histórias no escuro. Ele fazia isso para mim quando eu não conseguia dormir.

Quando você não conseguia dormir porque estava *chorando*, pensei. Quando eu descia do beliche para a sua cama, depois que a luz voltava, e o abraçava, sentia a sua pele tão quente contra a minha e lhe dizia que não pensasse em mais nada, a não ser na história que eu estava contando, e deixasse o sono vir. E, enquanto eu pensava nisso, percebi que não era o sotaque nem o *mofongo*, era o fato de ela estar aqui, no escuro, comigo e com Carl. No escuro na nossa casa, o escuro que pertencia a ele e a mim e a mais ninguém.

4

CARL JÁ ESTAVA À porta, esperando para cumprimentar os convidados. Ouvimos os primeiros carros lutando para conseguir subir até a Geitesvingen, reduzindo a marcha uma vez, reduzindo de novo. Shannon me encarou com um olhar intrigado quando derramei mais um pouco da bebida forte na poncheira.

— Eles gostam que tenha mais gosto de álcool que de fruta — eu disse ao olhar pela janela da cozinha.

Um Passat parou em frente à casa, e seis pessoas desceram do carro de cinco lugares. Era sempre o mesmo roteiro; eles viajavam em grupo e as mulheres dirigiam. Não sei por que os caras acham que têm prioridade quando se trata de um convite para festas com bebida ou por que as mulheres se oferecem como voluntárias para dirigir mesmo antes de serem solicitadas, mas é assim que as coisas são. Os rapazes que vieram porque eram solteiros ou porque alguém tinha que ficar em casa para cuidar dos filhos jogavam pedra, papel e tesoura para ver quem ia dirigir. Quando Carl e eu éramos crianças, as pessoas dirigiam mesmo bêbadas. Como papai. Mas agora as pessoas não bebem e dirigem. Ainda batem nas esposas, mas de jeito nenhum bebem e dirigem.

Havia uma faixa na sala de estar com BOAS-VINDAS escrito. Para mim, era um pouco estranho porque sempre pensei que, nesse costume estadunidense de festa de boas-vindas, eram a família e os amigos que organizavam o evento, não o próprio bem-vindo. Mas Shannon apenas achou graça e disse que, se ninguém mais se propunha a fazer, então o jeito era fazer você mesmo.

— Pode deixar que eu preparo o ponche — disse Shannon, que tinha se aproximado de mim enquanto preparava a mistura de aguardente caseira e coquetel de frutas nos copos que eu havia tirado do armário para serem usados. Ela usava as mesmas roupas de quando chegou: suéter preto de gola rulê e calça preta. Quero dizer, deviam ser outras peças, mas pareciam exatamente as mesmas. Não entendo muito de roupas, mas algo me dizia que as dela eram do tipo discreto e exclusivo.

— Obrigado, mas acho que consigo fazer isso sozinho — respondi.

— Não — disse a pequena senhorita e me tirou do caminho. — Vai conversar com os seus amigos, enquanto eu passo servindo e já aproveito para conhecer o pessoal um pouquinho melhor.

— Então tá — eu disse, sem me dar ao trabalho de explicar que aqueles eram amigos de Carl e que eu não tinha amigos. Mas, de qualquer forma, foi bom vê-los meio chapados, envergonhados e prontos para beber abraçando Carl na entrada, perto da porta, dando-lhe tapas nas costas como se ele tivesse se engasgado, rindo e falando algo que haviam pensado durante todo o trajeto.

Comigo trocaram apertos de mão.

Dentre todas as coisas, essa era talvez a maior diferença entre mim e o meu irmão. Essas eram pessoas que Carl não via havia quinze anos, mas que me viam quase todo dia no posto de gasolina, ano após ano. Ainda assim, sentiam como se o conhecessem melhor que a mim. Fiquei ali parado, observando como ele apreciava o carinho e a proximidade dos nossos amigos, coisas que nunca apreciei... Será que eu o invejava? Bom, presumo que todos queremos ser amados. Mas será que eu toparia trocar de lugar com ele? Será que estaria disposto a permitir que as pessoas chegassem assim tão perto de mim? Não parecia custar nada a ele. Mas, para mim, o preço teria sido muito alto.

— Oi, Roy. É raro ver você com uma cerveja.

Era Mari Aas. Ela estava bem bonita. Mari sempre estava bonita, mesmo quando empurrava o carrinho de bebê com os gêmeos esperneando de dor de barriga. E eu sei o quanto isso irritava as outras mulheres, que esperavam enfim poder ver a pequena Miss Perfeita passando uns maus bocados como o restante de nós, meros mortais. A menina que tinha tudo. Porque, além de nascer em berço de ouro, ser inteligente o bastante para obter as melhores notas no colégio e receber o respeito que acompanhava o sobrenome Aas, tinha a beleza para combinar com tudo isso. Da mãe, Mari Aas herdou o tom de pele e as curvas femininas, e do pai, o cabelo loiro e os olhos espertos e azuis como gelo. E talvez tenham sido aqueles olhos de raposa, a língua afiada, o ar de superioridade e a frieza que mantiveram os rapazes a uma distância estranhamente respeitosa.

— É engraçado não nos encontrarmos com mais frequência — disse Mari. — Então, como você está de verdade?

Aquele "de verdade" era sinal de que ela não queria a resposta padrão "bem, obrigado", mas de que se importava e queria saber detalhes. E acho que estava sendo sincera. Mari era naturalmente simpática e prestativa. Ainda assim, passava a impressão de olhar para os outros de cima a baixo. É claro que isso poderia ser pelo fato de ela ter um e oitenta de altura, mas me lembro de uma vez, quando estávamos nós três voltando de uma festa — eu dirigia, Carl estava bêbado e Mari, irritada e furiosa —, em que ela disse: "Carl, eu não posso ter um namorado que vai me rebaixar para o nível da gentinha dessa cidade, entendeu?"

Mas, mesmo que não se sentisse satisfeita com o nível, estava evidente que era aqui mesmo que queria estar. Embora tenha sido melhor aluna que Carl na escola, ela não tinha o mesmo empenho, a mesma empolgação de viajar e *ser* alguém. Talvez porque já estivesse lá em cima, voando perto do sol. Então tudo se resumia a permanecer onde estava. Talvez tenha sido por isso que, depois de ter terminado com Carl, ela fez um curso de ciência política — ou ciência *postiça* como os engraçadinhos o apelidaram — e depois voltou direto para casa com Dan Krane e um anel de noivado no dedo. E, enquanto ele começava a trabalhar como editor do jornal local do Partido Trabalhista, ela aparentemente ainda se dedicava a um trabalho de conclusão de curso que, ao que tudo indicava, jamais iria terminar.

— Tudo bem — respondi. — Veio sozinha?

— Dan quis ficar cuidando dos meninos.

Assenti. Eu sabia que os avós, que moravam na casa ao lado, teriam ficado felizes em ajudar a tomar conta dos netos, mas que Dan tinha insistido. Eu tinha visto o rosto inexpressivo dele no posto de gasolina quando apareceu para encher os pneus da bicicleta que parecia caríssima e ia usar na corrida de longa distância de Birken. Mas ele fingiu que não sabia quem eu era. A sua animosidade era palpável, e só porque eu compartilhava muito DNA com o cara que havia transado com a moça que agora era a sua legítima esposa. Dan definitivamente não devia sentir nenhum ímpeto muito forte de subir a montanha e celebrar o retorno de um conterrâneo seu que, por acaso, também era ex-namorado da sua esposa.

— Você foi apresentada à Shannon? — indaguei.

— Não — disse Mari, sondando a sala já lotada. Havíamos arrastado todos os móveis para um canto para abrir espaço. — Mas o Carl é tão obcecado por aparência que ela deve ser linda, então vai ser fácil identificá-la.

Pela maneira como ela se expressou, ficou evidente o que pensava a respeito dessa conversa sobre aparências. Quando Mari fez o discurso em nome dos formandos da sua turma do ensino médio, o diretor que fez as apresentações disse que ela "não só era inteligente como também tinha uma beleza estonteante". Mari havia começado o seu discurso dizendo: "Obrigada, diretor. Gostaria de dizer algumas palavras de agradecimento por tudo o que o senhor fez por nós nesses últimos três anos, mas eu não sabia bem como me expressar, então vou apenas dizer que o senhor teve muita sorte em ter a aparência que tem." As risadas foram isoladas, a declaração verbalizada com uma dose extra de veneno. Mas, por ser filha do presidente do Conselho Municipal, não ficou muito claro se estava sendo malcriada ou não.

— Você deve ser a Mari.

Mari olhou em volta antes de olhar para baixo. E lá, três palmos abaixo, o rosto e o sorriso brancos de Shannon direcionados a nós.

— Ponche?

Mari ergueu uma sobrancelha sem entender muito bem até que Shannon ergueu mais a bandeja.

— Obrigada — disse Mari. — Mas não, obrigada.

— Ah, não! Você perdeu no pedra, papel e tesoura?

Mari olhou para ela sem entender nada.

Pigarreei.

— Eu contei para a Shannon sobre o hábito de dirigir e...

— Ah, claro — interrompeu Mari com um sorrisinho. — O meu marido e eu não bebemos.

— Ah! — disse Shannon. — Porque vocês são alcoólatras ou porque não faz bem para a saúde?

Vi Mari fechar a cara.

— Não somos alcoólatras, mas, num nível mundial, álcool mata mais pessoas por ano que guerras, assassinatos e drogas.

— Sim, graças a Deus — disse Shannon, sorrindo. — Quero dizer, por não haver mais guerras, assassinatos e drogas.

— O que estou tentando dizer é que álcool não é uma necessidade — falou Mari.

— Tenho certeza de que não — respondeu Shannon. — Mas pelo menos fez com que as pessoas que vieram aqui nessa noite conversassem um pouco mais do que quando chegaram. Você veio dirigindo?

— É claro. Mulheres não dirigem lá de onde você vem?

— Claro que dirigem, só que pela esquerda.

Mari me encarou com curiosidade no olhar, como se perguntasse se havia alguma piada que ela não entendeu.

Dei uma tossidela.

— Em Barbados as pessoas dirigem à esquerda.

Shannon gargalhou, e Mari deu um sorriso indulgente como quando uma criança conta uma piadinha constrangedora.

— Você deve ter dedicado muito tempo e esforço para aprender a língua do seu marido. Você nunca considerou a possibilidade de ele aprender a sua?

— Boa pergunta, Mari; mas as pessoas falam inglês em Barbados. E, claro, quero saber o que todos vocês estão dizendo pelas minhas costas. — Shannon riu de novo.

Nem sempre entendo o que as mulheres estão dizendo quando conversam, mas até eu pude notar que estavam brigando, e o meu único papel era sair do caminho.

— De qualquer modo, prefiro o norueguês do que o inglês. O inglês tem a pior língua escrita do mundo.

— Prefere norueguês *ao* inglês, é isso?

— A ideia por trás do alfabeto latino é de que os símbolos reflitam os sons. Então, por exemplo, quando se escreve um "a" em norueguês, alemão, espanhol, italiano e assim por diante, a pronúncia é "a". Mas em inglês um "a" escrito pode ser qualquer coisa. *Car, care, cat, call. ABC.* E a anarquia continua. Ainda no século XVIII, Ephraim Chambers acreditava que a ortografia inglesa era mais caótica que qualquer outra língua conhecida. Foi então que descobri que, sem saber uma única palavra de norueguês, consegui ler em voz alta um texto da Sigrid Undset, e o Carl compreendeu todas as palavras! — Shannon sorriu e olhou para mim. — Norueguês devia ser a língua universal, não inglês!

— Hum, talvez — disse Mari. — Mas, se você está levando a sério a igualdade sexual, então não deveria estar lendo Sigrid Undset. Ela era uma reacionária antifeminista.

— Bom, estou inclinada a pensar na Undset mais como uma espécie de feminista da *segunda onda*, como Erica Jong. Obrigada pelo conselho sobre o que não se deve ler, mas tento ler também escritores de cujos pontos de visão discordo.

— *Pontos de vista* — corrigiu Mari. — Vejo que você passa muito tempo refletindo sobre linguagem e literatura, Shannon. Você provavelmente ia preferir conversar com Rita Willumsen ou com o nosso médico, Stanley Spind.

— Em vez de...?

Mari deu um leve sorriso.

— Ou talvez você devesse pensar em fazer algo de útil com os seus conhecimentos de norueguês. Como procurar um emprego. Contribuir para a comunidade aqui em Os.

— Felizmente não preciso procurar emprego.

— Claro, tenho certeza de que não precisa — disse Mari, e pude ver que ela estava de novo na ofensiva. Aquele olhar desdenhoso e condescendente que ela achava que mantinha tão bem escondido das pessoas do vilarejo estava ali agora nos seus olhos quando ela disse:

— Afinal de contas, você tem um... marido.

Olhei para Shannon. As pessoas vinham se servindo dos copos da bandeja enquanto estávamos ali parados, e ela reposicionou os que tinham restado para restaurar o equilíbrio.

— Não preciso procurar emprego porque já tenho um. Um trabalho que posso fazer de casa.

Mari pareceu surpresa e, na sequência, quase decepcionada.

— Trabalho esse que seria...?

— Eu desenho.

Mari voltou a se animar.

— Você desenha — repetiu ela num tom exageradamente positivo, como se alguém com um trabalho desses sem dúvida precisasse de incentivo. — Você é uma artista — anunciou em tom de deboche.

— Não tenho muita certeza quanto a esse título. Quem sabe um dia. E você, o que você faz, Mari?

Mari ficou desorientada por um instante antes de se recompor o suficiente para dizer:

— Sou cientista política.

— Que maravilha! E esses profissionais são muito requisitados por aqui em Os?

Mari deu um sorriso breve, do tipo que as pessoas dão quando sentem uma fisgada de dor em algum lugar.

— Nesse momento sou mãe. De gêmeos.

— Jura! Sério?! — exclamou Shannon, incrédula.

— Sim. Eu não mentiria sobre...

— Fotos! Você tem alguma foto?

Mari olhou de esguelha para Shannon. Hesitou. Talvez aqueles olhos espertos de raposa tenham pensado por um instante em resistir. Uma coisinha esquelética e caolha... Será que ela era tão perigosa assim? Mari pegou o telefone. Digitou alguma coisa. Virou a tela para Shannon, que deu vazão a um desses *aahhhs* prolongados que supostamente expressam o quanto algo é adorável antes de entregar a mim a bandeja com copos para que pudesse segurar o telefone de Mari e refestelar os olhos com os gêmeos.

— O que você teve que *fazer* para conseguir dois assim, Mari?

Não sei se Shannon estava apenas bajulando-a, mas, se estava, foi uma representação teatral brilhante. Boa o suficiente para que a hostilidade desaparecesse do rosto de Mari Aas.

— Tem mais? — perguntou Shannon. — Posso olhar?

— Claro, pode.

— Você pode servir os convidados, Roy? — disse Shannon sem afastar os olhos da tela.

Abrindo caminho entre os convidados, dei uma volta com a bandeja, e os copos desapareceram antes que eu tivesse que me envolver em conversa fiada. Quando a bandeja ficou vazia, voltei para a cozinha que estava igualmente lotada.

— Oi, Roy. Vi a sua latinha prateada de fumo ali. Você pode me oferecer um pouco?

Era Erik Nerell. Ele estava recostado na geladeira com uma cerveja na mão. Erik puxava ferro, e sua cabeça era tão pequena no pescoço grosso e musculoso que mal se via onde terminava um e começava o outro; parecia um tronco de árvore que acabou de crescer no alto da camiseta. No topo de tudo isso vinha um concentrado de fios amarelos num corte escovinha, lembrando um feixe de espaguete cru. Ele tinha ombros que desciam em direção a dois bíceps que pareciam ter acabado de ser inflados. E talvez tivessem sido mesmo. Ex-paraquedista, ele agora gerenciava o único bar de verdade do vilarejo, o Fritt Fall. Anteriormente um café, ao assumir o lugar Erik o transformou num bar com discoteca, karaokê, bingo às segundas e quiz toda quarta.

Peguei a lata de fumo da Berry e entreguei a ele, que foi logo enfiando um punhado debaixo do lábio superior.

— Só quero ver qual é o gosto. Nunca vi ninguém além de você usando fumo estadunidense. Onde você consegue isso?

Dei de ombros.

— Por aí. Peço às pessoas que estão viajando para fora para trazer para mim.

— É uma lata interessante — comentou ele ao devolvê-la. — Você já esteve nos Estados Unidos?

— Nunca.

— Tem outra coisa que sempre quis saber — disse ele. — Por que você coloca o fumo debaixo do lábio *inferior*?

— *The American way* — respondi. — Era assim que papai fazia. Ele sempre dizia que só os suecos colocavam debaixo do lábio superior, e todo mundo sabe como os suecos se acovardaram durante a guerra...

Erik Nerell gargalhou, o lábio superior saltando para fora, protuberante.

— Belo pedaço de mau caminho o seu irmão conseguiu.

Não falei nada.

— Ela fala norueguês tão bem que chega a ser esquisito.

— Você falou com ela?

— Só perguntei se ela dançava.

— Você perguntou se ela *dançava*? Por quê?

Erik deu de ombros.

— Porque ela parece uma bailarina. Você se lembra daquela música do Elton John? "Tiny Dancer", sabe? E ela é de Barbados. Calypsos e aquele... Como é mesmo o nome daquele ritmo? Soca!

Alguma coisa no meu rosto deve ter feito com que ele risse.

— Vai com calma, Roy, ela levou na boa e disse que ia ensinar a gente a dançar mais tarde, ainda essa noite. Você já viu soca? Sexy pra cacete.

— Tá bom — eu disse e imaginei que fosse um conselho muito bom. Ir com calma.

Erik tomou um gole da garrafa de cerveja e disfarçou um arroto tapando a boca com a palma da mão. Acho que viver com uma mulher faz isso com você.

— Sabe se tem tido muito deslizamento de pedras em Huken por esses dias?

— Sei não — respondi. — Por que a pergunta?

— Ninguém comentou nada com você?

— Comentou o quê? — Senti uma friagem, um vento gelado soprando através do rejunte descascado da janela.

— O xerife quer que a gente verifique o paredão da mina com um drone, e, se estiver em ordem, vamos descer de rapel até os destroços. Uns anos atrás eu teria feito sem pestanejar, mas agora, com Thea em casa com um bebê a caminho, as coisas parecem mesmo um pouco diferentes.

Não, não apenas uma rajada de vento frio. Mas uma seringa hipodérmica, pulverizando jatos de água congelante. Os escombros. O Cadillac. Parado ali há dezoito anos, pensei. Fiz que não com a cabeça.

— Olha... com certeza está em ordem, mas ouvi mesmo dizer que tem acontecido deslizamentos de pedras. Acontece o tempo todo.

Erik me encarou com um olhar meio desconfiado. Não sei se pensava no perigo das pedras se soltando ou na minha honestidade. Talvez em ambos. Ele deve ter ouvido a história do que aconteceu quando uma equipe foi recuperar os corpos de mamãe e papai em Huken. Dois homens da equipe de resgate desceram a encosta com facilidade e, quando começaram a içar os corpos, as macas bateram na rocha, mas naquele momento nenhuma pedra se soltou. O acidente só aconteceu quando os homens do resgate estavam subindo a encosta. Uma rocha foi desalojada pela pessoa que subia na corda e caiu no homem que vinha mais abaixo cuidando da corda e esmagou a articulação do ombro dele. Carl e eu tínhamos ficado na Geitesvingen, atrás da ambulância, da equipe de resgate e do xerife, e ainda me lembro dos gritos do alpinista ferido que não víamos, mas ouvíamos; os gritos, frios e plácidos, atravessaram o ar noturno. Eles foram atirados de um lado para o outro na face rochosa num movimento pendular lento e controlado, quase como se estivessem mensurando a dor, como o grasnar de alarme de um corvo.

— Ei, vamos lá, discurso! — exclamou Erik.

Escutei a voz de Carl vindo da sala de visitas e vi pessoas se acotovelando para entrar. Encontrei um lugar para ficar no vão da porta.

Embora Carl fosse mais alto que a maioria, ele ainda subiu numa cadeira.

— Meus queridos, queridos amigos — ecoou sua voz. — É tão bom nos encontrarmos todos novamente. Quinze anos... — Ele deixou essas últimas palavras ficarem suspensas no ar para serem saboreadas. — A maioria de vocês tem se visto todos os dias; por isso nem notaram as mudanças graduais, e que, na verdade, envelhecemos. Então, preciso deixar uma coisa bem clara: pelo visto... — ele respirou fundo e passeou os olhos pela sala, sempre com aquele sorriso atrevido e provocador — ... parece que a passagem dos anos foi mais generosa comigo que com vocês

Risadas e vaias barulhentas.

— É verdade, é sim! — gritou Carl. — E é ainda mais notável quando se percebe que eu era o único aqui que tinha alguma beleza para perder.

Mais gargalhadas, assovios e zombaria. Alguém tentou puxá-lo da cadeira.

— Mas — continuou Carl, enquanto outra pessoa o ajudava a se equilibrar na cadeira — com as moças aconteceu o contrário. Elas parecem bem melhores agora que naquela época.

Vivas e aplausos das mulheres.

Uma voz masculina falou:

— Cuidado, Carl!

Eu me virei e procurei Mari. Era automático, nunca perdi o hábito. Shannon estava sentada de costas arqueadas na bancada da cozinha para conseguir uma visão melhor. Erik Nerell estava de pé ao lado da geladeira, observando-a. Saí da sala e subi a escada para o quarto dos meninos, fechei a porta e me deitei na cama superior do beliche. Ouvi a voz de Carl que subia pela cozinha através do cano que vinha do fogão. Não dava para ouvir todas as palavras, mas entendi o essencial. Ouvi, inclusive, o meu próprio nome, e então uma pausa.

Uma voz masculina:

— Ele vai ficar encalhado.

Gargalhadas.

O nome de Shannon. A voz profunda e masculina dela. Um pardal com canto de coruja. Algumas palavras e, depois, aplausos educados e comedidos.

Tomei um gole de cerveja, olhei fixamente para o teto. Fechei os olhos.

Quando tornei a abri-los, estava mais silencioso. Notei que tinha dormido durante a festa e que os últimos convidados estavam indo embora. Motores sendo ligados, acelerando. O barulho do cascalho sob os pneus. Luzes vermelhas refletindo nas cortinas enquanto freavam antes da Geitesvingen.

E então o silêncio foi quase total. Alguns passos leves e algumas vozes baixas vindos da cozinha. Vozes adultas em conversa normal, cotidiana, sobre assuntos corriqueiros e práticos. Os sons que acalentavam o meu sono quando criança. Sons seguros. Uma segurança que se acha que vai durar para sempre porque é tão inequívoca, tão boa, tão imutável.

Eu havia sonhado. Com um carro que, por um instante, flutua e parece que está indo para o espaço sideral. Mas então a gravidade e o mundo real se apoderam dele, e lentamente a parte dianteira, mais pesada por causa do motor, começa a descer. Para a escuridão. Para Huken. Ouve-se um grito. Não é de papai. Não é de mamãe. E não é do alpinista. É o meu grito.

Ouço Shannon dar uma risadinha e sussurrar "Não!" do outro lado da porta, depois a voz de Carl, bêbado.

— Roy só pensa que é aconchegante. Agora vou mostrar para você como era para a gente.

Fiquei tenso, apesar de ter percebido que ele não mostraria a ela como era *realmente* para a gente.

A porta se abriu.

— Tá dormindo, mano?

Senti o bafo de bebida no meu rosto.

— Estou — respondi.

— Vamos — sussurrou Shannon, mas senti a cama balançar quando do Carl se deitou na cama de baixo do beliche e a puxou para perto.

— A gente sentiu a sua falta na festa — disse Carl.

— Foi mal — falei. — Eu precisava de um pouco de tempo e acabei dormindo.

— É preciso se esforçar para dormir com toda a algazarra daquele *rånergjengen*.

— Verdade — respondi.

— O que é um *rånergjengen*? — indagou Shannon.

— Um bando de garotos apostando rachas pelas ruas. Uns cretininhos barulhentos que apreciam as coisas simples da vida — resmungou Carl. — Cantando pneu nos seus carros adaptados para corridas e passando as noites nas ruas. — Pude ouvi-lo tomar um gole de bebida de uma garrafa. — Mas os que estiveram aqui essa noite são proibidos de fazer isso pelas suas velhas senhoras. A tradição é mantida pelos jovens que frequentam o posto de gasolina do Roy.

— Então um *råne* é o quê? — perguntou Shannon.

— Um porco — respondi. — Um porco macho. Perigoso e com enorme apetite sexual.

— Mas *tem* que ser perigoso?

— Bom, sempre dá para castrá-lo. Aí ele se torna um *galte*.

— *Galte* — repetiu ela.

— Falando francamente, o que tivemos aqui essa noite na verdade não foi um *rånegjeng*, mas um *galtegjeng*. — Carl deu risada. — Casados, acomodados, castrados, mas obviamente ainda capazes de procriar.

— *Galtegjeng*. E alguns deles dirigem carros estadunidenses que vocês chamam de Amcars. — Dava para notar que cada palavra que dizíamos em norueguês entrava diretamente no cérebro linguista de Shannon.

— Shannon adora carros dos Estados Unidos — continuou Carl. — Ela dirigia o próprio Buick quando tinha 11 anos. Puxa!

Ouvi lá de baixo Shannon reclamando aos sussurros.

— Um Buick?! — exclamei. — Nada mau.

— Ele está mentindo, eu não *dirigia* — disse Shannon. — A minha avó me deixava segurar o volante daquele carro velho e enferrujado herdado do meu tio-avô Leo. Ele foi morto em Cuba, lutando ao lado de

Castro contra Batista. Tanto o carro quanto Leo voltaram de Havana aos pedaços, e a minha avó remontou o carro sozinha.

Carl gargalhou.

— Mas ela conseguiu remontar o tio Leo?

— Qual era o modelo do Buick? — indaguei.

— Um Roadmaster 1954 — respondeu Shannon. — Quando eu fazia faculdade em Bridgetown, a vovó me levava naquele carro todos os dias.

Eu devia estar muito cansado ou então ainda grogue por conta do ponche e da cerveja, porque quase comentei que um Buick Roadmaster vintage era o carro mais bonito que já tinha visto.

— Uma pena você ter dormido durante a festa, Roy — disse Shannon.

— Ah, ele não se importa — disse Carl. — É que Roy não gosta muito de pessoas. Exceto de mim, é claro.

— É verdade que você salvou a vida dele, Roy? — indagou Shannon.

— Não — respondi.

— Salvou, sim! — disse Carl. — Naquela vez que a gente comprou equipamento de mergulho de segunda mão do Willumsen, mas não tinha dinheiro suficiente para pagar o curso, então foi experimentar sem saber porra nenhuma.

— A culpa foi minha. Fui eu que disse que bastava usar lógica e praticar bastante.

— É o que ele diz. Claro que ele se virou bem — comentou Carl. — Mas, quando chegou a minha vez, entrou água na minha máscara, eu surtei e cuspi o bocal. Se não fosse pelo Roy...

— Não, não, eu só me inclinei pela lateral do barco e puxei você para a superfície — falei.

— Naquela mesma noite vendi a minha parte do equipamento de mergulho. Nunca mais quis olhar para aquilo. Quanto você deu por ele, Roy? Cem? Foi isso?

Eu sentia os cantos dos meus lábios se alargando.

— Eu só lembro que pelo menos daquela vez pensei ter conseguido um bom preço com você.

— Qualquer preço já seria muito! — gritou Shannon. — E você fez alguma coisa em troca para o seu irmão mais velho?

— Não — disse Carl. — O Roy é um irmão muito melhor que eu.

Shannon gargalhou de repente e o beliche sacudiu; acho que ele deve ter feito cócegas nela.

— É sério? — perguntou Shannon e soluçou.

Não houve resposta, então percebi que era a mim que ela perguntava.

— Não — eu disse. — Ele está mentindo.

— Está mesmo? Como foi que ele te ajudou então?

— Ele revisava os deveres de casa para mim.

— Não. Não revisava, não! — reclamou Carl.

— Sempre que eu tinha que entregar alguma redação, na véspera ele se levantava daí de onde você está agora, ia de fininho até a minha mochila, levava o meu caderno de exercícios para o banheiro e corrigia todos os erros de ortografia. Depois colocava o livro de volta e se enfiava na cama. E ele nunca disse nenhuma palavra sobre isso.

— Isso deve ter acontecido uma vez só! — disse Carl.

— Era sempre — retruquei. — E eu também nunca disse nada sobre isso.

— Por que não? — Os sussurros de Shannon tinham a mesma qualidade sombria que a escuridão do quarto.

— Eu não podia deixar que as pessoas soubessem que eu deixava o meu irmão mais novo resolver as coisas por mim — eu disse. — Mas, por outro lado, precisava de uma nota boa para passar em norueguês.

— Duas vezes — disse Carl. — Talvez três.

Ficamos deitados em silêncio. Compartilhamos o silêncio. Ouvi o som da respiração de Carl e, de tão familiar, parecia que estava ouvindo a minha própria. Agora havia uma terceira pessoa respirando no quarto, e senti uma pontada de ciúmes. Por não ser eu deitado lá embaixo, com os meus braços em volta dele. Houve um grasnido assustador; parecia vir de longe. Ou de Huken.

Ouvi murmúrios na cama de baixo do beliche.

— Ela está perguntando que tipo de animal foi esse — disse Carl. — Um corvo, né?

— Isso mesmo — eu disse e esperei. O corvo, pelo menos o que morava aqui no alto da montanha, costumava fazer isso duas vezes, mas não foi o caso.

— Significa perigo? — indagou Shannon.

— Pode ser — respondi. — Ou está respondendo a outro corvo, um que não conseguimos ouvir daqui porque está a meia dúzia de quilômetros.

— Eles têm grasnados diferentes?

— Têm. Tem um grasnado diferente se você chega muito perto do ninho. As fêmeas são as que mais grasnam. Às vezes, um coral inteiro, e não dá para saber o motivo.

Carl gargalhou. Adoro esse som. Por ele espalhar carinho, bondade.

— Roy sabe mais sobre pássaros que sobre qualquer outra coisa. Além de carros, talvez. E postos de gasolina.

— Mas não sobre pessoas — disse Shannon. Pela entonação não dava para afirmar se era uma pergunta ou uma declaração.

— Exato — disse Carl. — Por isso ele dá às pessoas nomes de pássaros. Papai era a cotovia-da-montanha; mamãe, o chasco. Tio Bernard era o pardal porque estava treinando para ser padre antes de se tornar mecânico de carros, e pardais têm um colarinho branco.

Shannon riu.

— E o que você era, querido?

— Eu era... O que era mesmo?

— O peruinho-do-campo — respondi calmamente.

— Presumo então que o peruinho-do-campo seja bonito, forte e inteligente. — Shannon riu.

— Talvez — eu disse.

— É porque voa mais alto que todos os outros — disse Carl. — E, além disso, é um falastrão arrogante que pratica... como é mesmo o nome?

— *Fluktspill* — eu disse.

— *Fluktspill* — repetiu Shannon. — Que palavra bonita. O que significa?

Bufei como se fosse muito incômodo ter que explicar tudo.

— Depois de voar o mais alto que pode, o pássaro começa a cantar, para que todos possam ver quão alto ele está. Depois plana de volta para a terra de asas estendidas, mostrando todo truque e acrobacia que é capaz de fazer.

— Carl fez um ponto — gritou Shannon.

— E mais um ponto! — disse Carl.

— E mais um ponto! — repetiu ela.

— Mas, ainda que o peruinho-do-campo goste de se exibir, ele não é um vigarista sem princípios — eu disse. — Na verdade, é um pássaro muito fácil de se enganar. Isso faz dele um dos alvos preferidos de um cuco procurando um ninho alheio para pôr os seus ovos.

— Coitadinho do Carl — disse Shannon, e ouvi um grande beijo molhado. — Roy, que tipo de pássaro você diria que eu sou?

Refleti um pouco.

— Não sei.

— Vamos lá! — disse Carl.

— Não sei. Um beija-flor? Só conheço pássaros das montanhas.

— Não quero ser um beija-flor! — reclamou Shannon. — São muito pequenos e gostam de coisas açucaradas. Será que posso ser aquele que encontrei. O borrelho?

Pensei na cabeça branca do borrelho. Olhos pretos. A coroa que quase parece um corte à escovinha.

— Certo — falei. — Você é o borrelho.

— E você, Roy, o que você é?

— Eu? Não sou nada.

— Todo mundo é alguma coisa. Anda, diz.

Não respondi.

— Roy é o contador de histórias que nos diz quem nós somos — disse Carl. — Então isso faz dele todo mundo e ninguém. Ele é o pássaro da montanha que não tem nome.

— A ave solitária da montanha sem nome — disse ela. — Que tipo de canto um macho sem nome como você canta para atrair uma companheira?

Carl riu.

— Desculpa, Roy, mas essa aqui não vai parar até você ter contado a sua vida inteira para ela.

— Tudo bem — eu disse. — Uma característica do pássaro macho da montanha é que ele não canta para uma fêmea. Ele acha isso uma besteirada, mas, de qualquer forma, aqui nas montanhas não tem árvores para ele se empoleirar e cantar. Então, o que ele faz é construir um ninho para impressioná-la.

— Hotéis? — perguntou ela. — Ou postos de gasolina?

— Parece que hotéis dão melhor resultado — falei.

E caíram na gargalhada.

— Agora vamos dar um pouco de descanso ao tordo da montanha lá em cima — disse Carl.

Eles saíram do beliche.

— Boa noite — disse Carl e passou a mão na minha cabeça.

A porta se fechou depois que saíram, e fiquei ali deitado de ouvidos atentos.

Ele lembrou. Uma vez, há muito tempo, eu lhe disse que era o tordo da montanha, o melro-de-peito-branco. Um pássaro tímido e cauteloso que se esconde entre as rochas. E ele me assegurou de que eu não precisava me esconder, de que não havia nada lá fora a temer. E eu falei que sabia disso, mas que tinha medo mesmo assim.

Adormeci. Tive o mesmo sonho, como se tivesse sido pausado e estivesse esperando por mim. Quando acordei com o grito do alpinista sendo atingido pela pedra, percebi que era o grito de Shannon. Ela gritou de novo. E de novo. Carl a estava fodendo bem. Bom para eles. Mas, é claro, difícil dormir com esses gritos. Fiquei prestando atenção por um tempo, achei que ela tivesse chegado ao clímax, mas não parou, então coloquei um travesseiro sobre a cabeça. Depois de um tempo tirei o travesseiro. Agora estava tudo silencioso lá dentro. Provavelmente estavam dormindo, mas eu não conseguia pegar no sono. Virei de um lado para o outro, e a cama rangia enquanto pensava no que Erik Nerell tinha dito sobre o xerife querer enviar alpinistas ao Huken para dar uma olhada no Cadillac.

E ele enfim veio.

O segundo grasnado do corvo.

E eu soube que daquela vez ele advertia para o perigo. Não um perigo imediato, mas um destino, uma sina que estava lá fora, esperando em algum lugar. Que esperava havia muito tempo. Paciente. Sem nunca esquecer. Encrenca.

PARTE DOIS

5

CARL. ELE ESTÁ EM quase todas as lembranças da minha infância. Carl na cama de baixo do beliche. Carl, era ao lado dele que eu me deitava quando o termômetro caía para menos quinze graus ou quando a outra situação demandava de alguma forma. Carl, o meu irmão mais novo, com quem eu brigava até ele chorar de raiva e fugir de mim, e o resultado era sempre o mesmo: eu o derrubava com facilidade, me ajoelhava escarranchado sobre os braços dele e beliscava o seu nariz. Quando ele parava de resistir e só chorava, eu sentia como a sua fraqueza e a sua resignação me irritavam. Até que, por fim, ele me encarava com aquele olhar de irmãozinho indefeso. Então eu ficava com um nó na garganta, o soltava, colocava um braço em volta dele e prometia alguma coisa. Mas o nó na garganta e a consciência pesada continuavam lá um bom tempo depois de Carl ter secado as lágrimas. Uma vez, papai nos viu brigar. Ele não disse nada, simplesmente nos deixou seguir em frente, como fazem as pessoas como nós que vivem nas montanhas, que deixam a natureza seguir o seu curso brutal sem interferir, a menos que envolva as nossas cabras. A briga acabou comigo e com Carl sentados no sofá, eu com o braço em volta dele, nós dois chorando. Ele apenas balançou a cabeça exasperado e saiu da sala.

E me lembro de quando eu tinha 12 anos e Carl 11, quando o nosso tio Bernard fez 50. Ele resolveu comemorar de um jeito que, pela reação de mamãe e papai, deduzimos ser de fato grandioso. Ele convidou todo mundo para ir à cidade — à cidade *grande* — para celebrar no Grand Hotel. Mamãe havia mencionado que tinha uma piscina, e Carl e eu estávamos enlouquecidos de tanta empolgação. Mas, quando chegamos lá, não havia piscina, nem nunca havia existido, e eu fiquei bem irritado. Carl, porém, não parecia muito aborrecido, e, quando um dos funcionários do hotel se ofereceu para levar o garoto de 11 anos para fazer um tour pelo lugar, vi o volume no bolso da jaqueta de Carl, onde ele tinha enfiado a sunga. Quando voltou, contou todas as coisas incríveis que havia visto, disse que o hotel era um tremendo palácio e que um dia iria construir um palácio tão foda quanto aquele. Sim, ele disse isso. Menos os palavrões. E, nos anos que se seguiram, ele continuou jurando ter nadado na piscina no Grand Hotel naquela noite.

Acho que isso era algo que Carl e mamãe tinham em comum: a ideia de que o sonho podia superar a realidade, de que a embalagem era mais importante que o conteúdo. Se as coisas não fossem exatamente como queriam, então eles as recriariam na imaginação até que fossem e se faziam mais ou menos de cegos para o que não deveria ter estado lá. Por exemplo, mamãe sempre usou a palavra "hall" para se referir à passagem da nossa casa que fedia a esterco e estábulo. O *haaall* — era assim que ela pronunciava. Havia trabalhado como empregada doméstica e governanta para uma família de proprietários de navios desde a adolescência e gostava que as coisas soassem inglesas e de classe alta.

Papai era o oposto. Ele chamava a pá do estábulo de pá de merda e queria que tudo ao seu redor fosse, soasse e passasse a sensação de ser estadunidense. Não o estadunidense das metrópoles, mas do Meio-Oeste, como Minnesota, onde tinha vivido dos 4 aos 12 anos com o pai que nunca havíamos conhecido. Os Estados Unidos foram e continuaram sendo a terra prometida para papai, com os Cadillacs, a Igreja metodista e *the pursuit of happiness*, sempre falado em inglês. Originalmente ele queria me dar o nome de Calvin, em homenagem ao presidente dos Estados Unidos Calvin Coolidge. Um republicano, óbvio. Ao contrário do predecessor mais carismático, Warren Harding, que tinha deixado um rastro de escândalos que começavam com *c* —

cortesãs, cartas, corrupção e cocaína —, Calvin era trabalhador, sério, lento, taciturno e grosseiro, um homem que, de acordo com papai, não tinha apressado as coisas, mas galgado um a um os degraus da carreira. Mas mamãe reclamara, então eles chegaram a um meio-termo com Roy; Calvin seria o nome do meio.

O nome do meio de Carl era Abel, em homenagem ao secretário de Estado Abel Parker Upshur, um homem inteligente e encantador, segundo papai, e que também tinha grandes sonhos. Tão grandes que organizou a anexação do Texas aos Estados Unidos em 1845 e, ao fazê-lo, tornou o país bem maior da noite para o dia. Como parte do acordo, Abel aceitou que o Texas continuasse com a escravização de pessoas. Mas naquelas circunstâncias isso era, de acordo com papai, mero detalhe.

Pode ser que Carl e eu combinássemos muito bem com os dois homenageados de quem recebemos os nomes. Mas ninguém no vilarejo — exceto, talvez, o ex-presidente do Conselho Municipal, Aas — sabia qualquer coisa sobre o Calvin e o Abel originais. Eles apenas comentavam que eu tinha puxado ao papai e Carl, à mamãe. Mas as pessoas em Os não sabem do que estão falando, elas apenas falam.

Eu tinha 10 anos quando papai voltou para casa num Cadillac DeVille. Willum Willumsen, do Ferro-Velho e Carros Usados do Willumsen, tinha se gabado desse belo espécime que o proprietário importou dos Estados Unidos para depois descobrir que não tinha como pagar o imposto de importação e precisar vender. Em outras palavras, o carro, modelo 1979, não tinha feito nada além de atravessar estradas sem curvas nos desertos secos do Nevada; portanto, não havia nenhuma ferrugem com que se preocupar. Papai provavelmente assentiu lenta-mente. Ele não sacava nada de carros, e o meu interesse ainda estava no futuro. Papai fechou negócio sem sequer barganhar, e, quando o carro foi parar na oficina duas semanas depois, ficou óbvio que estava tão cheio de problemas e peças falsas quanto aqueles destroços em cima de pilhas de tijolos nas ruas de Havana. Os consertos acabaram custando mais que o carro. Os moradores do vilarejo morreram de rir e disseram que era isso que se conseguia por não entender nada de carros. Ponto para Willumsen, aquele velho negociante ardiloso. Mas eu ganhei um brinquedo novo. Não, foi mais que isso, ganhei instrução. Uma engenhoca de mil peças mecânicas com a qual aprendi que, se você dispuser de tempo para entender a montagem e usar o cérebro e os dedos, é possível consertar coisas.

Comecei a passar mais tempo na oficina do tio Bernard. Ele me permitiu "ajudá-lo", como dizia, embora logo de cara eu fosse mais um estorvo que uma ajuda. E papai me ensinou a lutar boxe. Naquela época, Carl ainda era um ser um pouco nebuloso para mim. Mas isso foi antes de ele ter espichado. No início parecia que eu seria o irmão mais alto, e por um tempo naquela época ele teve espinhas horríveis. Ele se saía bem na escola, mas era calado, tinha poucos amigos e passava a maior parte do tempo sozinho. Mas, quando entrou no ensino médio e eu estava passando cada vez mais tempo na oficina, muitas vezes já era hora de dormir e ainda não tínhamos nos visto.

Me lembro de uma noite, conversando sobre o quanto eu estava ansioso para fazer 18 anos, chegar à idade adulta, tirar a carteira de motorista, em que mamãe derramou uma pequena lágrima e me perguntou se a única coisa em que eu pensava era em pular dentro do carro e fugir de Opgard.

E, é claro, em retrospecto, é fácil dizer que teria sido melhor. Mas as coisas já tinham começado a desmoronar, e eu não podia simplesmente fugir. Precisava repará-las. Consertá-las. Mas, pensando bem, para onde eu iria?

Então veio o dia em que mamãe e papai morreram, e Carl aparece de volta em todas essas imagens do passado. Eu tinha quase 18 anos e ele, 16. Eu e ele ficamos olhando enquanto o Cadillac se afastava do pátio e descia para a Geitesvingen. Mesmo agora ainda é como um filme a que posso assistir e perceber novos detalhes a cada vez.

Duas toneladas de peças da General Motors seguindo pela estrada e ganhando velocidade aos poucos. Agora está tão distante de mim que mal consigo ouvir o barulho dos pneus no cascalho. Silêncio, silêncio e as luzes traseiras vermelhas. Sinto o meu coração pulsando mais rápido e a velocidade aumentando lá também. Mais vinte metros até a Geitesvingen. O Departamento de Manutenção de Rodovias estava pronto para erguer uma mureta quando a prefeitura descobriu que os últimos cem metros até a fazenda eram propriedade particular e, portanto, responsabilidade da família Opgard. Faltavam dez metros para o fim. As luzes do freio — como duas barras, dois hifens entre a tampa da mala e a barra brilhante do para-choque — se acenderam por um instante. Depois se foram. Tudo se foi.

6

— AGORA VAMOS VER, ROY. Você estava de pé do lado de fora de casa na noite do acidente, às sete e meia... — O xerife Sigmund Olsen estava sentado com a cabeça inclinada enquanto examinava uns documentos. Sua cabeleira loira me remetia ao esfregão no ginásio da escola. Toda a extensão do cabelo tinha o mesmo comprimento, na frente, nos lados e na nuca. Também usava bigode de morsa. Provavelmente, tinha esse visual de esfregão e morsa desde os anos setenta. Porque podia. Não havia um indício sequer de calvície na sua cabeça inclinada. — ... da noite. E você viu os seus pais ultrapassarem a beirada?

Assenti.

— E você diz ter visto as luzes do freio se acenderem?

— Vi.

— Tem certeza de que não foram os faróis traseiros? Você sabe que ambos são vermelhos, né?

— As luzes do freio são mais brilhantes.

Ele me espiou de relance.

— Você logo vai fazer 18, certo?

Assenti de novo. Talvez a informação estivesse na papelada que ele carregava ou talvez se recordasse de que eu estivera uma turma à frente do seu filho Kurt no ensino fundamental.

— Está no ensino médio?

— Trabalho na oficina do meu tio.

O xerife se inclinou sobre a escrivaninha novamente.

— Ótimo, então vai entender por que achamos estranho não encontrar nenhuma marca de derrapagem. E, mesmo que o exame de sangue mostre que o seu pai tinha tomado alguma bebida alcoólica, não devia ser suficiente para que ele esquecesse a curva, colocasse o pé no pedal errado ou adormecesse ao volante.

Não falei nada. Ele havia eliminado três explicações possíveis numa tacada só. E eu não tinha uma quarta para oferecer.

— Carl nos disse que vocês iam visitar o seu tio Bernard Opgard no hospital. É para ele que você trabalha?

— É, sim.

— Mas conversamos com Bernard, e ele diz que não sabia de nenhuma visita planejada. Os seus pais costumavam fazer visitas sem avisar?

— Não.

O xerife assentiu lentamente. Voltou a examinar a papelada. Ele parecia se sentir mais confortável naquela posição.

— O seu pai estava deprimido, você acha?

— Não.

— Tem certeza? Outras pessoas com quem conversamos disseram que ele parecia muito abatido.

— Você quer que eu diga que ele estava deprimido?

Olsen ergueu os olhos de novo.

— O que você quer dizer com isso, Roy?

— Que talvez isso tornasse o caso mais simples. Se você puder dizer que ele se matou com mamãe junto.

— Por que você acha que isso torna o caso mais simples?

— Ninguém gostava dele.

— Isso não é verdade, Roy.

Dei de ombros.

— Então tá. Tenho certeza de que ele estava deprimido. Ele passava muito tempo sozinho. Ficava a maior parte do tempo sentado dentro de casa e lá também não falava muito. Tomava cerveja. É isso que pessoas deprimidas fazem.

— Pessoas que sofrem de depressão podem ser muito boas em disfarçar a condição. — O olhar do xerife Olsen tentava capturar o meu e, quando conseguiu, ele teve dificuldade para sustentá-lo. — O seu pai alguma vez disse algo sobre... sobre não gostar de estar vivo?

Não gostar de estar vivo. Assim que ele disse essas palavras, foi como se Sigmund Olsen tivesse superado o pior de tudo. O olhar dele repousou calmamente sobre mim.

— E quem é que gosta de estar vivo, porra?

Por um instante, Olsen pareceu chocado com a minha resposta. Ele virou a cabeça para o lado e vi que o cabelo hippie batia no ombro. Talvez *fosse* um esfregão. Eu sabia que, escondido atrás da escrivaninha, ele tinha um cinto com uma imensa fivela com um crânio branco de búfalo e um par de botas de couro de cobra. Nós nos vestimos de morte.

— Por que viver se você não gosta, Roy?

— Não é óbvio?

— É mesmo?

— Porque estar morto pode ser ainda pior.

Meu décimo oitavo aniversário estava prestes a chegar, mas, de acordo com leis estúpidas, Carl e eu ainda precisávamos de um tutor. O governador do condado nomeou o meu tio Bernard nosso tutor. Duas assistentes sociais de Notodden vieram verificar as instalações do tio Bernard e evidentemente encontraram tudo adequado. Bernard lhes mostrou o quarto que nos havia sido destinado e prometeu manter contato regular com a escola para ver como Carl estava se saindo.

Depois que as assistentes sociais foram embora, perguntei ao tio Bernard se haveria problema se eu e Carl passássemos algumas noites em Opgard, porque no vilarejo entrava muito barulho da estrada principal pela janela do quarto.

Bernard disse que tudo bem e nos deu uma panelona de *lapskaus* para levar.

Depois disso, nunca mais voltamos para a casa dele, embora oficialmente o nosso endereço fosse o do tio Bernard. Isso não significava que ele não cuidasse de nós, e o dinheiro que recebia do Estado como tutor ele nos repassava direto.

Anos mais tarde, e um bom tempo depois que comecei a pensar naquela noite como a Noite do Fritz, tio Bernard foi internado de novo. O câncer tinha se espalhado. Me sentei chorando de soluçar ao lado da sua cama e ele me disse:

— Você passa a desconfiar que não tem muito mais tempo quando os abutres se mudam para a sua casa sem perguntar se podem.

Ele se referia à filha e ao genro.

Tio Bernard sempre dizia que ela nunca havia lhe feito mal nenhum, ele só não gostava muito dela, mas eu sabia em quem ele pensava quando me contou a história de piratas que acendiam fogueiras para atrair navios durante a noite e os saqueavam quando encalhavam.

Ela o visitou duas vezes no hospital. A primeira para saber quanto tempo lhe restava de vida, a segunda para pegar a chave da casa.

Tio Bernard colocou a mão no meu ombro e contou umas piadas bobinhas sobre carros da Volkswagen, provavelmente tentando me alegrar.

— Você vai morrer! — gritei. Eu estava muito zangado.

— Você também — disse ele. — E essa é a ordem correta para morrer. Certo?

— Mas como você consegue ficar deitado aí contando piadas?

— Bom — respondeu ele —, quando se está atolado até o pescoço em merda, não dá para se esquecer de manter a cabeça erguida.

Não resisti e caí na gargalhada.

— Tenho um último pedido — disse ele.

— Um cigarro?

— Isso também. O outro é que você faça a prova teórica como aprendiz nesse outono.

— Mas já? Eu não preciso de cinco anos de prática?

— Você *tem* cinco anos de prática, somando todas as horas extras que trabalhou.

— Mas isso não conta...

— Para *mim*, conta. Eu nunca deixaria um mecânico não qualificado fazer a prova teórica, você sabe disso. Mas você é o melhor mecânico que tenho. Por isso dentro daquele envelope em cima da mesa tem uns documentos que provam que você trabalhou para mim por cinco anos. Pouco importam as datas que estão neles. Entendeu?

— Bulhufas — respondi.

Era uma piada interna nossa. Um mecânico que trabalhava para ele não sabia o que significava, por isso usava errado o tempo todo, e Bernard nunca explicou. Essa foi a última vez que ouvi a risada do tio Bernard.

Alguns meses depois de eu ter passado nas provas teórica e prática, tio Bernard entrou em coma. E, depois de a filha dele dizer aos médicos que desligassem os aparelhos que o mantinham vivo, acabou que fui eu, um rapaz de 21 anos, que passou a administrar a oficina. Foi um choque... Não, choque é uma palavra muito forte, mas uma *surpresa* quando o testamento foi lido, revelando que o tio Bernard havia deixado o negócio para mim.

A filha reclamou, naturalmente, afirmando que durante as horas que passei ao lado do seu pobre pai eu o estava manipulando. Falei que não ia perder o meu tempo discutindo, que o tio Bernard não tinha deixado a oficina para que eu enriquecesse, mas para que ficasse na família. Então, se ela quisesse, eu compraria a sua parte pelo preço que pedisse, porque assim pelo menos os desejos do tio seriam respeitados. Então ela deu o preço. Eu disse que nós, os Opgards, nunca barganhamos, mas que por aquele valor eu não poderia comprar e que era desproporcional à renda da oficina.

Ela colocou o negócio à venda, mas, como não conseguiu compradores, apesar de ter baixado o preço mais de uma vez, voltou para mim. Paguei o que havia oferecido no início. Ela assinou o contrato, mas saiu da oficina furiosa como se tivesse sido enganada.

Administrei o negócio da melhor forma que pude, o que não é dizer muito, já que não tinha a experiência nem a tendência do mercado a meu favor. Mas também não me saí muito mal, pois as outras oficinas da região começaram a fechar e os serviços que elas prestavam vieram para mim. O suficiente para que eu mantivesse Markus em meio período. Mas, quando me sentei à noite e analisei as contas com Carl — que estava fazendo um curso de administração e sabia a diferença entre débito e crédito —, ficou evidente que as duas bombas de gasolina que ficavam em frente ao setor de lubrificação traziam mais receita que a oficina.

— O pessoal da Administração de Estradas Públicas passou para fiscalizar o posto — eu disse. — Para manter a minha licença, precisamos renovar o equipamento.

— Quanto? — perguntou Carl.

— Duzentos mil. Talvez mais.

— Você não vai conseguir isso aqui.

— Eu sei. Então o que nós vamos fazer?

Eu disse "nós" porque a oficina nos mantinha. E perguntei a Carl, embora já soubesse a resposta, porque preferia que ele verbalizasse.

— Vender a oficina e manter as bombas — disse Carl.

Esfreguei a nuca, onde Grete Smitt tinha usado a máquina de barbear, e senti o restolho na ponta dos dedos. Um *corte à escovinha*, foi como chamou. Não um corte da moda, mas um clássico, o que significava que, quando eu visse fotos daqui a dez anos, não iria me encolher de vergonha. Depois as pessoas disseram que eu parecia ainda mais o meu pai, que era ele cuspido e escarrado, e odiei ouvir aquilo, porque sabia que tinham razão.

— Sei que você prefere consertar carros a encher tanques de gasolina — disse Carl após uma longa pausa durante a qual não fiz que sim com a cabeça nem dei uma cusparada.

— Tá bom. Tem cada vez menos procura por serviços de qualquer forma — eu disse. Não se fazem mais carros como antigamente, e a maioria dos trabalhos que recebemos qualquer idiota sabe fazer. Não é mais necessário ter intuição para o trabalho hoje em dia. Eu tinha 21 anos e soava como alguém de 60.

No dia seguinte, Willum Willumsen apareceu para dar uma espiada na oficina. Willumsen era um homem naturalmente gordo. Em primeiro lugar, era um pré-requisito das proporções dele — barriga, coxas e queixo enormes — para que o todo fosse harmônico e compusesse o homem por inteiro. Em segundo lugar, ele andava, falava e gesticulava como um homem gordo, embora eu não soubesse exatamente como explicar isso. Mas tudo bem, vou tentar: Willumsen bamboleava por aí com os pés para fora feito um pato. Ele falava em voz alta e desinibida e ilustrava o que dizia com caretas e gestos expansivos. Em suma: Willumsen ocupava muito espaço. E, em terceiro lugar, ele fumava charutos. A menos que o seu nome seja Clint Eastwood, você *não pode* ser gordo e esperar que o levem a sério como fumante de charutos. Até Winston Churchill e Orson Welles teriam tido dificuldade. Willumsen vendia carros usados e desmanchava os que não conseguia convencer ninguém a comprar. De vez em quando eu comprava peças sobressalentes com ele. Também vendia outras coisas de segunda mão, e havia rumores de que, se você estivesse tentando se livrar de mercadorias roubadas, Willumsen era quem devia procurar. O mesmo valia se precisasse de um empréstimo rápido, mas não desfrutasse da confiança do seu banco. Mas era melhor pedir intervenção divina se não pagasse no prazo. Então ele mandava vir da Jutlândia um capanga dinamarquês mestre em alicates e em outras ferramentas do ofício que logo o convenceria a pagar o que devia, mesmo que isso significasse roubar a própria mãe. Na verdade, ninguém jamais tinha visto esse tal capanga, mas o boato havia feito a nossa imaginação voar como se fôssemos criancinhas, quando um belo dia vimos um Jaguar E-Type branco com placa da Dinamarca estacionado em frente ao Ferro-Velho e Carros Usados do Willumsen. O carro branco do capanga dinamarquês. Era só disso que precisávamos.

Antes de fazer uma oferta, Willumsen verificou os equipamentos, as ferramentas e tudo o que podia ser desmontado ou repartido.

— Isso é muito pouco — eu disse. — Você conhece o negócio o suficiente para saber que tudo aqui é equipamento de primeira.

— Você mesmo acabou de dizer, Roy. O equipamento precisa ser atualizado para continuar credenciado.

— No entanto, você não vai administrar uma oficina autorizada, Willumsen. Tudo o que vai fazer são reparos suficientes para que aqueles destroços que você vende continuem funcionando por uma semana depois de comprados.

Willumsen deu uma sonora gargalhada.

— Não estou colocando preço numa coisa que tem valor para você, Roy Opgard. Estou colocando preço numa coisa que *não* tem valor para você.

Todo dia eu aprendia algo novo.

— Com uma condição — eu disse. — Você aceitar o Markus como parte do acordo.

— Parte do acordo? Tipo aquela lenda do troll que vem junto com a fazenda? Qual é? Esse Markus está mais para um troll que para um mecânico.

— É isso ou não tem acordo, Willumsen.

— Eu realmente não sei se consigo dar algum uso para um trollzinho feito o Markus, Roy. Plano de saúde. Direitos trabalhistas...

— Sim, sim, eu sei de tudo isso. Mas o Markus vai garantir que os carros que você vende não sejam um perigo para o trânsito. E isso é mais do que você faz.

Willumsen coçou a última das várias dobras do queixo e pareceu calcular os custos. Ele me encarou com um dos seus grandes olhos de polvo e ofereceu um preço ainda mais baixo.

Eu não aguentava mais. Disse "tá bom" e Willumsen imediatamente estendeu a mão, provavelmente para ter certeza de que eu não mudaria de ideia.

Olhei para aqueles cinco dedos estendidos, pequenos, brancos como uma luva de látex cheia de água. Estremeci ao apertá-la.

— Volto amanhã para pegar tudo — avisou Willumsen.

Willumsen demitiu Markus três meses depois, ainda no período de experiência, para que não fosse obrigado a pagar a rescisão. Ele disse a Markus que o mandou embora porque ele chegou atrasado, recebeu uma advertência e chegou atrasado de novo.

— E isso é verdade? — perguntei a Markus quando ele me procurou querendo um emprego no que agora era o meu posto de gasolina de um homem só, o lugar onde eu passava doze horas por dia, todos os dias úteis.

— É — respondeu Markus. — Dez minutos em setembro e quatro em novembro.

Então, com isso, havia três caras vivendo de duas bombas de gasolina. Eu tinha instalado uma máquina de refrigerantes e biscoitos na antiga oficina, mas, para os moradores, o mercado ficava mais perto e tinha mais opções.

— Não vai dar certo — disse Carl, apontando para o balanço de pagamentos que tínhamos elaborado juntos.

— Mais acima no vale estão vendendo chalés em três novas localidades — eu disse. — É só esperar o inverno chegar e vamos ter todos os novos proprietários de chalés passando na nossa porta.

Carl suspirou.

— Você não desiste mesmo, hein.

Um dia, um SUV parou no pátio. Dois caras desceram e vaguearam pelo prédio da oficina e pelo lava-jato como se estivessem procurando alguma coisa.

— Se estão procurando o banheiro, é ali. — Apontei.

Eles vieram na minha direção, cada um deu para mim um cartão de visita, e então soube que eram funcionários da maior rede de postos de gasolina do país e perguntaram se podíamos ter aquela conversa.

— Que conversa? — perguntei. E foi então que percebi que aquilo tinha o dedo de Carl. Eles disseram estar impressionados com o quanto eu tinha conseguido com tão pouco e explicaram o quanto eu podia ganhar com só um pouquinho mais.

— Acordo de franquia — disseram eles. — Dez anos.

Eles também tinham ouvido falar do investimento maciço em novos chalés mais acima no vale e do prognóstico de tráfego para a nossa estrada principal.

— O que você respondeu? — indagou Carl todo entusiasmado quando voltei para casa.

— Disse obrigado — respondi e me sentei à mesa da cozinha. Carl tinha esquentado umas almôndegas.

— *Obrigado?* — disse Carl. — Tipo... — Ele leu a expressão no meu rosto enquanto eu me ajeitava na cadeira. — Tipo... *não*, obrigado? Que merda é essa, Roy?

— Eles queriam comprar tudo — expliquei. — Os prédios, o terreno. Muito dinheiro, é claro, mas acho que gosto de ser o dono. Deve ser o fazendeiro que vive em mim.

— Pelo amor de Deus, essa é a única alternativa para a gente sair do sufoco aqui.

— Você devia ter me falado que eles estavam vindo.

— Você teria dito não antes mesmo de ouvir o que eles tinham a dizer.

— Você provavelmente está certo.

Carl tapou o rosto com as mãos. Ficou assim por um tempo. Suspirou.

— Você está certo — disse ele. — Eu não devia me envolver. Desculpa. Só estava tentando ajudar.

— Eu sei. Obrigado.

Ele abriu os dedos de uma das mãos que cobria o rosto e olhou para mim com um olho.

— Então você não conseguiu nada com a visita?

— Claro que consegui.

— Ah, é...?

— Eles tinham uma longa viagem de volta, e então precisaram encher o tanque.

7

EMBORA PAPAI TIVESSE ME ensinado um pouco de boxe, eu não sabia se era, de fato, um bom pugilista.

Havia um baile em Årtun. A banda de sempre, todos de terno branco e justo, tocando sucessos da Suécia. O vocalista, um cara magrinho que todo mundo chamava de Rod por causa da sua ambição de ser igual ao Rod Stewart e de transar com o máximo de garotas possível, dava o ritmo da noite, uivando numa mistura de norueguês e sueco que o fazia soar como Armand, o pastor itinerante que, de vez em quando, passava pelo vilarejo prevendo uma grande onda de despertar que quebrava na terra e dizendo como isso era bom, porque o Dia do Juízo Final estava próximo. Se estivesse em Årtun naquela noite, o pastor teria percebido que ainda havia muito trabalho a ser feito. Pessoas de todas as idades e de ambos os sexos, bêbadas de uma bebida caseira que seria confiscada se tentassem levá-la para dentro do salão, onde casais dançavam cambaleando ao som de Rod cantando sobre *olhos castanhos dourados*, até que, quando não aguentavam mais, saíam para o gramado em busca de mais bebida ou então para transar entre as bétulas, ou para vomitar, ou para cagar. Alguns nem mesmo se preocupavam em ir até as árvores. As pessoas comentavam sobre a vez que o nosso Rod convidou uma fã ansiosa para subir ao palco e cantar uma das composições da banda, "Are You Thinking of Me Tonight". Era tão parecida com "Wonderful Tonight", de Eric

Clapton, que foi um milagre ele ter se mantido impassível. Depois das duas primeiras estrofes, ele conseguiu fazer com que o guitarrista tocasse um solo extralongo e desapareceu atrás das cortinas levando a garota e o microfone. Quando chegou a hora da terceira estrofe, ouviu-se uma voz ofegante vinda dos bastidores. Na metade da estrofe, Rod retornou ao palco com ar pomposo, lançou piscadelas para duas garotas à beira do palco e, ao notar a expressão horrorizada das duas, olhou de relance para baixo e viu que tinha manchas de sangue nas calças brancas. Ele cantou a última estrofe, colocou o microfone de volta no pedestal e com um suspiro, um sorriso e um "ora, ora, ora..." iniciou a última canção.

Noites de verão longas e reluzentes. Era de praxe que as brigas só começassem depois das dez.

Dois rapazes, e o motivo era quase sempre uma garota.

Uma garota com quem alguém tinha falado, dançado várias vezes ou colado o corpo ao dançar. Talvez o motivo fosse muito anterior àquela noite de sábado específica em Årtun, mas era lá, numa noite regada a álcool e instigada pelos espectadores, que a coisa ficava feia de verdade. Às vezes a garota era só uma desculpa para os meninos que queriam brigar, e havia muitos desse tipo. Rapazes que se achavam bons de briga e só usavam os bailes em Årtun como palco.

E, claro, havia outros momentos em que o ciúme era real. Ocasiões que geralmente envolviam Carl, embora ele nunca desse o primeiro soco. O novo Carl era afável demais para isso, muito charmoso e tão distante do arruaceiro padrão que não havia motivo para brigar com ele, a não ser no calor do momento. Às vezes Carl não tinha feito absolutamente nada além de levar as garotas a darem umas risadas ou terem uma atitude um pouco mais romântica do que os seus namorados podiam aturar, ou apenas trocado olhares com alguma garota e nada mais. Porque Carl tinha namorada, ninguém menos que a filha do presidente do Conselho Municipal. Ele não deveria ser uma ameaça, mas as coisas provavelmente pareciam diferentes através da névoa do uísque, e eles queriam dar uma lição no garoto de fala mansa. Naquele dia, o empurra-empurra começou, ficou ruim depois de Carl receber o primeiro soco com uma expressão de surpresa genuína e um tanto condescendente e piorou ainda mais quando ele não se defendeu.

E é nesse momento que entro na história.

Acho que o meu talento é mais para *desarmar* pessoas, impedi-las de causar estragos, da mesma forma que se desarmam bombas. Sou uma pessoa prática. Entendo como as coisas funcionam. Talvez seja por isso. Entendia centro de gravidade, massa, velocidade, coisas desse tipo. Então fiz o necessário para deter aqueles que tentavam bater no meu irmãozinho. O estritamente *necessário*, nem mais nem menos. Mas, é claro, às vezes era preciso um pouco *mais*. Um nariz quebrado, uma ocasional costela e ao menos uma mandíbula. Que foi o que aconteceu com um cara de fora da cidade que tinha dado um soco forte no nariz de Carl.

Fui muito rápido. Me lembro dos nós dos dedos sangrando, do sangue nas mangas da minha camisa e de alguém dizendo:

— Já está de bom tamanho, Roy.

Mas não, não estava de bom tamanho. Mais um soco naquela cara sangrenta embaixo de mim. Mais um soco, e o problema seria resolvido para sempre.

— O xerife está vindo, Roy.

Eu me abaixo e sussurro na orelha toda ensanguentada.

— Jamais encoste um dedo no meu irmão, sacou?

Um olhar vítreo, vazio por causa da bebida e da dor, está grudado em mim, mas olhando para dentro de si mesmo. Ergo o braço. A cabeça abaixo de mim assente. Eu me levanto, passo as mãos nas roupas para tirar a sujeira, vou até o Volvo 240 com motor ligado e a porta do motorista aberta. Carl está deitado no banco de trás.

— Não suja a merda da capa do meu banco de sangue — digo ao engrenar a marcha e acelerar tanto que pedaços do gramado saem voando ao nosso redor.

— Roy — chama uma voz grogue quando passamos pelas primeiras curvas da subida da montanha.

— Não — eu digo. — Eu não vou dizer nada para a Mari.

— Não é isso.

— Você vai vomitar?

— Não. Quero te dizer uma coisa.

— Por que você não tenta...?

— Eu te amo, mano.

— Carl, para...

— Sim! Eu sou burro e idiota, mas você... você não se incomoda com isso, você vem e sempre me *livra das encrencas*. — Choroso agora. — Roy, escuta... você é tudo o que tenho.

Olho para o punho ensanguentado que segura o volante. Estou bem desperto e o sangue vibra agradavelmente pelo meu corpo. Eu poderia ter dado um último soco naquele sujeito. O cara no chão debaixo de mim era apenas um ninguém invejoso, um babaca qualquer, realmente não teria sido necessário. Mas, Deus do céu, como eu *queria*.

Acontece que o cara cuja mandíbula eu quebrei tinha a reputação de aparecer em festas onde as pessoas nem desconfiavam que ele sabia lutar e provocar alguém na intenção de lhe dar uma boa surra. Depois que eu soube da mandíbula, esperava uma intimação judicial que nunca chegou. Pelo contrário, ouvi dizer que o cara tinha ido ao xerife, que o aconselhou a esquecer o assunto, pois Carl tinha quebrado uma costela, o que não era verdade. Depois disso, percebi que o maxilar quebrado havia sido um bom investimento. Aquilo me deu fama, então muitas vezes era suficiente eu me preparar para a briga, caso Carl se metesse em confusão, para as pessoas recuarem.

— Merda! — diz Carl entre uma fungada e outra, meio sufocado e bêbado, quando nos deitamos nas nossas camas mais tarde. — Eu sou um sujeito pacífico. Faço as garotas rirem. Mas os caras ficam irritados, e aí você vem e resolve tudo para o seu irmão, e fiz muitos novos inimigos para você. Merda. — Ele funga de novo. — Me desculpa. — Ele bate no estrado do meu colchão. — Tá me ouvindo? Me desculpa.

— Eles são idiotas — digo. — Agora vê se dorme.

— Desculpa!

— Falei para você dormir!

— Sim, sim. Tá bom. Mas, Roy...

— Hum.

— Obrigado. Obrigado por... por...

— Só cala a boca, tá bom?

— ... por ser o meu irmão. Boa noite.

Silêncio. Depois a respiração regular daquele que dorme na cama de baixo do beliche. Em segurança. Nada é tão bom quanto o som de um irmãozinho a salvo.

Contudo, na festa que fez Carl abandonar a cidade e a mim, não houve nenhum soco. Carl estava bêbado, Rod estava rouco e Mari tinha ido para casa. Será que ele e Mari haviam se desentendido? Talvez. Como Mari era filha do presidente do Conselho Municipal, não seria de estranhar que estivesse mais preocupada com as aparências que Carl ou talvez cansada de ver Carl se embebedar nas festas. Ou talvez Mari precisasse acordar cedo no dia seguinte, ir à igreja com os pais ou estudar para provas. Não, ela não era assim tão santa nem compreensiva. Decente, sim, mas nem santa nem compreensiva. Ela só não gostava de cuidar de Carl quando ele estava de porre e transferia a tarefa para a melhor amiga, Grete, que a aceitava com o maior prazer. Era preciso ser bem míope para não ver que Grete estava apaixonada por Carl, mas, é claro, era bem possível que Mari não tivesse notado, e sem dúvida jamais imaginou o que estava prestes a acontecer. Que Grete — depois de aguentar Carl na pista de dança enquanto Rod encerrava a noite com a costumeira "Love Me Tender" — o arrastaria para o bosque de bétulas. Que eles transariam de pé, encostados num tronco. Carl disse depois que não estava muito consciente do que se passava e só despertou com o som da jaqueta dela raspando na casca da bétula. Um som que cessou de repente quando o nylon rasgou e chumaços do enchimento, como pequenos anjos, flutuaram ao redor deles. Foi assim que Carl se referiu a eles. Como *pequenos anjos*. No silêncio que se seguiu, ele percebeu que Grete não tinha feito barulho nenhum, fosse porque não queria quebrar o feitiço ou porque não estava tirando muito proveito da situação. Foi aí que ele parou.

— Eu disse que compraria uma jaqueta nova para ela — falou Carl da cama de baixo do beliche na manhã seguinte. — Ela respondeu que estava tudo bem, que podia costurar. Então perguntei... — Carl grunhiu. Seu bafo de álcool pairava no ar. — ... perguntei... se ela queria que eu ajudasse com a costura.

Eu ri de chorar na cama de cima e ouvi quando ele cobriu a cabeça com o edredom. Me inclinei para fora da cama.

— E o que você vai fazer agora, Don Juan?

— Não sei — disse ele por baixo do edredom.

— Alguém viu vocês?

Ninguém os tinha visto. De qualquer forma, uma semana se passou e nós não tínhamos ouvido nenhuma fofoca sobre Grete e Carl. Aparentemente, Mari também não soube de nada. Começava a parecer que Carl não corria risco nenhum.

Até o dia que em Grete veio nos fazer uma visita. Carl e eu estávamos sentados no jardim de inverno e a vimos de bicicleta fazendo a curva da Geitesvingen.

— Merda — disse Carl.

— Deve estar procurando a jaqueta, ou seja, você.

Carl suplicou tanto que acabei saindo de casa e avisando que ele estava com um resfriado terrível. Muito contagioso. Grete me encarou quase como se estivesse mirando com aquele nariz enorme, suado e brilhante. Depois ela se virou e foi embora. Já na bicicleta, colocou a jaqueta que tinha guardado na cestinha. Os pontos eram como uma cicatriz que corria pelas costas do casaco.

Ela retornou no dia seguinte. Carl atendeu, e, antes que ele pudesse abrir a boca, ela disse que o amava. E ele respondeu que era um erro, que tinha feito algo realmente estúpido, que estava arrependido.

No dia seguinte, Mari ligou e disse que Grete havia lhe contado tudo e que não poderia ficar com alguém infiel. Carl disse depois que Mari tinha chorado, mas que estava calma, e que não conseguia entender nada. Não por que Mari terminou com ele, mas por que Grete contou para Mari o que havia acontecido no bosque de bétulas. Dava para entender que Grete estivesse chateada com ele por causa da jaqueta.

Vingança. É justo. Mas perder a única amiga que tinha no mundo não era um tiro no pé, como costumam dizer?

Eu não tinha muito a comentar sobre aquilo, mas me lembrei de um caso que o tio Bernard havia contado sobre piratas, na época das caravelas, que davam sinais falsos aos navegantes e os atraíam até áreas de recife submerso para que pudessem pilhar os destroços do naufrágio. E foi assim que passei a pensar em Grete como um recife submerso, imóvel, invisível, de tocaia, esperando a oportunidade de rasgar um casco. De certa forma eu sentia pena de Grete, prisioneira da violência das próprias emoções, mas ela havia traído Mari tanto quanto Carl. E percebi algo naquela mulher que Carl não tinha visto. Uma maldade oculta. Em que a dor que se sente ao destruir coisas para si é menor que o prazer de levar outros junto para o inferno. A psicologia dos tiroteios em massa nas escolas. A diferença é que nesse caso a atiradora ainda estava viva. Ou pelo menos ainda existia. Para queimar pessoas. Cortar os seus cabelos.

Algumas semanas depois, Mari se mudou de repente de Os para a cidade, alegando que esse era o plano o tempo todo, ir para lá estudar.

E, umas semanas depois disso — também inesperadamente —, Carl revelou que havia recebido uma bolsa de estudos para cursar finanças e administração de empresas em Minnesota, Estados Unidos.

— Bom, é óbvio, você não pode recusar — falei e engoli em seco.

— Acho que não — disse ele, como se estivesse incerto. Mas, é claro, ele não conseguia me enganar, percebi que já tinha tomado uma decisão havia muito tempo.

Os dias seguintes foram uma correria. Eu tinha muito o que fazer no posto de gasolina, e ele estava completamente ocupado em se preparar para partir, então não tivemos muito tempo para conversar sobre a viagem. Eu o levei para o aeroporto, uma viagem de várias horas, mas estranhamente não conversamos muito no trajeto. Caía um pé-d'água, e o barulho do vaivém dos limpadores de para-brisa camuflou o silêncio.

Quando paramos em frente à entrada do acesso à área de embarque e desliguei o carro, tive que pigarrear para recuperar a voz.

— Você vai voltar?

— O quê? Claro que vou — mentiu ele com um sorriso carinhoso e radiante, e então me deu um abraço.

A chuva não ofereceu trégua no caminho de volta para Os.

Já estava escuro quando estacionei no pátio e voltei para os fantasmas dentro de casa.

8

CARL ESTAVA DE VOLTA. Era sexta-feira à noite e eu estava sozinho no posto de gasolina. Sozinho com os meus pensamentos, como costumam dizer.

Quando Carl partiu para os Estados Unidos, eu havia imaginado, é claro, que era para fazer bom uso dos resultados das suas provas na escola e dos seus talentos inatos e sair dessa lixeira, ampliar os horizontes. Eu também havia imaginado que era para se afastar das lembranças, das sombras pesadas e opressivas sobre Opgard. Só agora, agora que ele estava de volta, me ocorreu que talvez tivesse tido algo a ver com Mari Aas.

Ela havia terminado com Carl por ele ter transado com a sua melhor amiga, mas será que não havia a mínima possibilidade de que isso tivesse servido a ela como desculpa para terminar o namoro? Porque, convenhamos, Mari mirava alguém de nível mais alto que um rapaz do campo, um Opgard. E a sua escolha de marido parecia confirmar isso. Mari e Dan Krane se conheceram na universidade em Oslo. Ambos eram membros ativos do Partido Trabalhista, e ele vinha de um lar luxuoso no extremo oeste da cidade. Dan conseguiu o cargo de editor do *Tribuna de Os*. Ele e Mari tiveram dois filhos e reformaram a casa até o lugar ficar maior que a casa principal onde moravam os pais de Mari. Com isso, fora silenciada aquela fofoca maliciosa, porém risível, de que aparentemente ela não era boa o suficiente para Carl Opgard. Mari teve a sua vingança e muito mais.

Quanto ao dilema de Carl, tudo permanecia igual: como recuperar a honra perdida e o prestígio local? Será que era a isso que se resumia a volta para casa? Exibir a esposa e o Cadillac como troféus, para construir um hotel maior que qualquer pessoa por aqui já tenha visto?

Porque esse projeto era loucura. Em primeiro lugar, por causa da insistência em que o hotel fosse erguido acima da linha das árvores, o que significava que vários quilômetros de estrada teriam que ser construídos. E tudo para que não fosse tachado de mentiroso quando o anunciasse como um "hotel no topo da montanha", como outros hotéis abaixo da linha das árvores fazem sem o menor pudor. E em segundo lugar: quem se dirige às montanhas para se sentar numa sauna a vapor e se banhar em água morna de xixi? Não é esse tipo de coisa que pessoas nas cidades e nos vilarejos das planícies fazem?

E em terceiro lugar: ele jamais conseguiria persuadir um punhado de fazendeiros a arriscarem as fazendas e as terras por um castelo no ar. Onde já se viu fazer isso num lugar em que o ceticismo em relação a qualquer novidade vinda de fora — salvo um carro da Ford ou um filme do Schwarzenegger — vem do berço, como costumam dizer?

E, por fim, havia, é claro, a questão da motivação. Carl disse que era para construir um spa e um hotel resort no topo da montanha que colocaria o vilarejo no mapa e o livraria de uma morte lenta e silenciosa.

Mas será que as pessoas daqui não conseguiriam enxergar através das aparências? Não perceberiam que a verdadeira intenção era colocar a si mesmo — Carl Opgard — num pedestal? Porque é por isso que pessoas como Carl voltam para casa, pessoas que ganham projeção no exterior, mas quando voltam para as suas cidades continuam sendo aqueles sujeitinhos desprezíveis que levaram um pé na bunda da filha do presidente do Conselho Municipal e deram no pé. Não há nada como ser reconhecido na sua própria cidade, um lugar em que você acredita que foi mal compreendido e, ao mesmo tempo, um lugar em que o compreendem tão bem que chega a ser libertador. "Eu te conheço", diriam num tom ao mesmo tempo ameaçador e reconfortante, que significa que conhecem de verdade, que não é possível se esconder atrás de mentiras e aparências para o resto da vida.

O meu olhar traçou uma linha imaginária da estrada principal até a praça.

Transparência. Essa é a maldição e a glória de todo pequeno vilarejo. Mais cedo ou mais tarde, tudo vai ser revelado. Tudo. Esse era um risco que Carl estava disposto a correr para ter a sua estátua na praça, o tipo de posteridade que normalmente é reservado a presidentes do Conselho Municipal, pastores e vocalistas de banda.

Os meus pensamentos foram interrompidos quando a porta se abriu e Julie entrou.

— *Você* está trabalhando no turno da noite agora? — perguntou em voz alta, revirando os olhos e exagerando na surpresa. Mascou com força o chiclete, balançando-se ao trocar o pé de apoio. Estava arrumadinha: jaqueta curta por cima da camiseta justa e maquiagem mais carregada que o normal. Não havia contado com a minha presença ali, o que a fez se sentir um tanto constrangida por eu a ver nesse papel em particular: uma garota pronta para uma noite de sexta com a gangue dos rachas de carro. Por mim, não havia problema nenhum, mas estava claro que não era o mesmo caso para ela.

— Egil não está bem — expliquei.

— Então você devia ligar para um dos outros — disse ela. — Para mim, por exemplo. Não devia ser você que...

— Muito em cima da hora. Mas não tem problema. Em que posso ajudar, Julie?

— Nada — respondeu ela, acrescentando uma espécie de ponto final ao estourar uma bola de chiclete. — Só passei para dar um oi ao Egil.

— Certo, vou dizer a ele que você passou aqui.

Ela olhou para mim e mascou o chiclete. Os seus olhos brilhavam. Tinha se recuperado da surpresa, pelo menos superficialmente, e reassumido o papel da Julie durona.

— O que vocês faziam nas noites de sexta quando eram jovens, Roy? — A fala de Julie estava um pouco arrastada, e percebi que tinha tomado um trago num dos carros.

— A gente dançava — eu disse.

Ela arregalou os olhos.

— *Você* dançava?

— Dá para dizer que sim.

Lá fora, um motor acelerou. Como o rosnado de um predador noturno. Ou um chamado para o acasalamento. Julie olhou de relance com falsa irritação por cima do ombro para a porta. Então se virou de costas para a caixa registradora, apoiou as mãos no balcão atrás dela, o que fez suspender a barra da jaqueta, respirou fundo e tomou impulso, deslizando a bunda para cima do balcão.

— Você pegava muitas garotas, Roy?

— Não — eu disse e verifiquei as câmeras de segurança das bombas. Quando digo às pessoas que todo fim de semana pelo menos um motorista por dia enche o tanque de gasolina e sai sem pagar, elas ficam chocadas e dizem que os proprietários daqueles chalés são um bando de ladrões. Eu discordo, digo que eles fazem porque são ricos e não pensam em dinheiro. Que em nove de cada dez vezes, quando enviamos um aviso de cobrança ao endereço obtido pelo número da placa, eles pagam na íntegra e mandam um bilhete pedindo sinceras desculpas, dizendo que simplesmente esqueceram. Isso porque nunca tiveram que ficar ao lado das bombas de gasolina, como papai, Carl e eu, observando os contadores enquanto enchiam o tanque de um Cadillac, vendo aquelas centenas de coroas sendo consumidas e, com elas, todas as outras coisas que poderiam ter comprado: CDs, roupas, aquela viagem para os Estados Unidos de que papai sempre havia falado.

— Por que não? — disse Julie. — Quero dizer, você é muito gato, sabia? — Ela deu uma risadinha.

— Provavelmente eu não era gato naquela época, acho.

— E agora? Como você não tem uma namorada?

— Eu tive — respondi quando terminei de lavar as bandejas de comida. As vendas tinham sido boas, mas naquela hora os turistas estavam nos seus chalés, e não voltaríamos a vê-los até que retornassem para casa. — A gente se casou quando tinha 19 anos. Mas ela se afogou na nossa lua de mel.

— Quê?! — exclamou Julie, embora soubesse que era tudo invenção minha.

— Caiu da borda do meu veleiro no Pacífico. Deve ter exagerado no champanhe. Gorgolejou que me amava e afundou.

— Você não mergulhou atrás dela?

— É impossível nadar tão rápido quanto um veleiro daqueles. Nós dois teríamos nos afogado.

— Mesmo assim. Você a amava de verdade?

— Amava, por isso joguei uma boia salva-vidas.

— Ah, nesse caso então tudo bem. — Julie se inclinou para a frente, as palmas apoiadas no balcão. — Mas você conseguiu continuar vivendo depois da perda?

— É incrível o que se pode fazer mesmo depois de perder alguém. Espera só, você vai ver.

— Não — murmurou ela. — Não vou esperar para ver nada. Vou conseguir tudo o que quero.

— Entendi. E o que você quer?

A pergunta simplesmente escapou. Indolente e sem foco. Eu tinha devolvido a bola para o outro lado da quadra, uma bola fraca e sem rumo. Eu poderia ter mordido a língua quando vi o seu olhar embaciado buscar o meu e o rubor nas bochechas.

— Então vou chutar que você vê muito filme pornô. Já que a garota dos seus sonhos se afogou. E, se ela tinha 19, isso quer dizer que você procura alguém de 19? Com seios fartos?

Levei um tempão para responder, e me dei conta de que ela interpretou essa demora como se tivesse acertado na mosca. Foi então que me atrapalhei ainda mais com as palavras. Essa conversa já havia saído dos trilhos. Julie tinha 17, eu era o patrão que ela havia convencido a si mesma de que desejava, e agora aqui estava ela, um pouco bêbada, um pouco ousada demais, jogando um jogo que achava que podia controlar porque funcionava com os rapazes sentados lá fora nos seus carros esperando-a. Eu poderia ter dito tudo isso a ela e salvado o meu orgulho, mas teria sido como chutar uma adolescente de pileque para fora do meu veleiro. Então, em vez disso, procurei um salva-vidas para ela e para mim.

E o salva-vidas apareceu no abrir da porta. Julie desceu do balcão de pronto.

Um homem estava de pé na entrada. Não o reconheci imediatamente, mas, como nenhum carro havia estacionado no pátio, tinha que ser alguém de perto. As costas eram tortas, e as bochechas encovadas davam ao seu rosto um formato de ampulheta. Tirando algumas mechas de cabelo, era careca.

Ele parou na entrada. Me encarou, parecendo que tudo o que queria era dar meia-volta e ir embora. Talvez fosse alguém com quem briguei no gramado de Årtun, alguém em quem deixei a minha marca, alguém que não esqueceu. Foi titubeante até o rack de CDs. Remexeu neles, olhando de relance para nós uma vez ou outra.

— Quem é esse? — sussurrei.

— O pai da Natalie Moe — respondeu Julie, também aos sussurros.

O telhador! Mas é claro. Ele havia mudado. Parecia um pouco abatido, como costumam dizer. Talvez estivesse doente. Me fez pensar no tio Bernard, nos seus últimos dias.

Moe se aproximou de nós e pôs um CD no balcão. *Roger Whittaker's Greatest Hits*. A preço de banana. Ele parecia um pouco constrangido, como se não sentisse orgulho do seu gosto musical.

— Trinta coroas — eu disse. — Cartão ou...

— Dinheiro — respondeu Moe. — O Egil não está trabalhando hoje?

— Ele não está se sentindo bem. Deseja mais alguma coisa?

Moe hesitou.

— Não. — Ele pegou o troco e o CD e saiu.

— Cruzes — disse Julie ao subir de novo no balcão.

— Cruzes o quê?

— Você não viu? Ele fingiu que não me conhece.

— Tudo o que notei foi que parecia estressado e que teria preferido que o Egil estivesse aqui. Seja lá o que quisesse comprar com ele.

— O que você quer dizer com isso?

— Ninguém sai de casa e vem aqui numa sexta à noite porque de repente a coisa mais importante que tem para fazer é ouvir Roger Whittaker. E ele não ficou constrangido com a escolha musical, ele só pegou o mais barato.

— Então é provável que quisesse camisinhas e tenha se acovardado.

— Ela riu, dando a impressão de já ter passado por isso. — Deve estar tendo um caso. Mal de família.

— Deixa disso — eu disse.

— Ou então uns antidepressivos, já que foi à falência. Você não reparou que ele estava olhando para os remédios na prateleira atrás de você?

— Você quer dizer que ele acha que a gente tem alguma coisa mais forte que analgésicos para dor de cabeça? Eu não sabia que ele tinha ido à falência.

— Ai, meu Deus, Roy, você não conversa com as pessoas, é por isso que elas não contam nada para você.

— Pode ser. Então? Não vai sair e celebrar a sua juventude?

— Juventude! — Ela bufou e continuou sentada, dando a impressão de vasculhar o cérebro em busca de um pretexto para permanecer onde estava. Uma bola de chiclete cresceu diante do seu rosto e explodiu como um tiro de canhão. — Simon disse que o hotel parece uma fábrica. Disse que ninguém vai investir.

Simon Nergard era tio de Julie. Eu tinha certeza de ter deixado a minha marca nele. Era um cara durão de uma turma um ano à frente da minha, fez aulas de boxe e chegou a lutar em competições na cidade. Carl dançou com a garota que Simon gostava, e isso bastou. Quando cheguei e perguntei qual era o problema, uma multidão estava reunida em torno de Carl e Simon, que o agarrava pelo pescoço. Enrolei um lenço no meu punho e dei um soco nele assim que abriu a boca para responder. Senti os dentes cederem um pouco.

Simon cambaleou, cuspiu sangue e olhou para mim, mais surpreso que temeroso. Caras que treinam artes marciais acham que existem regras, e por isso perdem. Mas Simon merece crédito: ele não desistiu. Em vez disso, ficou dando pulinhos na minha frente, com punhos erguidos em guarda na altura da boca. Dei um chute no joelho dele, então parou de saltitar. Dei um chute na coxa dele e vi os seus olhos se arregalarem de choque com o efeito. Ele provavelmente nunca havia parado para pensar no que acontece quando músculos tão grandes como os da coxa começam a sangrar internamente. Não conseguia mais se mexer; ficou apenas parado, esperando ser abatido como um pelotão cercado pelo inimigo, mas decidido a lutar até o último homem. Mas não dei a ele nem mesmo a suposta honra de levar uma surra de verdade. Em vez disso, virei as costas, olhei para o relógio e, fingindo ter um compromisso e tempo de sobra para cumpri-lo, fui embora tranquilamente. A multidão pediu a Simon que fosse atrás de mim. Ninguém mais sabia o que eu sabia: que Simon não seria capaz de dar um único passo. Então começaram a gritar, a zombar dele e a ridicularizá-lo por isso e por aquilo, e foi essa, e não aqueles dois dentes excessivamente brancos que o dentista implantou, a marca que deixei em Simon naquela noite.

— Então o seu tio acha que viu os projetos?

— Ele conhece alguém que trabalha no banco da cidade que os viu. E disse que lembra uma fábrica de celulose.

— Celulose — repeti. — Acima da linha das árvores. Interessante.

— Hã?

Lá fora, um motor rugiu e outro respondeu.

— Os meninos-testosterona estão te chamando — eu disse. — As emissões de carbono vão cair quando você sair e se juntar a eles.

Julie bufou.

— Eles são tão infantis, Roy.

— Então vai para casa e ouve isso — falei e entreguei a ela uma das cinco cópias de *Naturally*, de J. J. Cale, que tive que acabar retirando do rack de CDs. Eu as encomendei de caso pensado, convencido de que as pessoas do vilarejo iriam se encantar com o blues suave e os solos da guitarra minimalista de Cale. Mas Julie estava certa, eu não conversava com as pessoas, não as conhecia. Ela pegou o CD, fechou a cara, desceu do balcão, foi até a porta e me mostrou o dedo do meio enquanto rebolava a bunda num convite escandaloso, com toda a inocência fria e calculista de que só uma garota de 17 anos dispõe.

Me ocorreu, embora eu não tenha certeza do motivo, que, na verdade, ela era um pouco menos inocente que a garota de 16 anos que contratei para trabalhar aqui. Que merda estava acontecendo comigo? Eu nunca tinha pensado em Julie dessa maneira. Ou já? Não, não mesmo. Deve ter sido naquele instante em que ela colocou os braços para trás para tomar impulso e se sentar no balcão, a forma como a jaqueta se abriu, esfregando nos seios, pressionando os mamilos visíveis através do sutiã e da camiseta. Mas, pelo amor de Deus, a garota tinha seios grandes desde os 13 anos e eu nunca havia pensado neles, então o que era isso agora? Eu não era um homem vidrado em peitões, nem gostava de garotas adolescentes, nunca procurei peitos grandes nem garotas de 19.

E esse não era o único mistério.

Havia também aquela expressão de vergonha. Não de Julie, quando ela achou que eu a tinha flagrado na versão de sexta-feira com a gangue de rapazes dos rachas de carro. Mas aquela no rosto do telhador. O olhar de Moe volteando feito uma mariposa para não cruzar com o meu. Julie disse que aquele olhar esvoaçante mirava as prateleiras atrás de mim. Eu me virei e as examinei. Uma suspeita cruzou a minha mente, mas foi logo descartada. Mas daí retornou, como aquela bola de tênis que não passava de um pontinho branco no fliperama que Carl e eu jogávamos à época em que o vilarejo teve o seu primeiro e único caça-níqueis, ao lado da sorveteria dentro da cafeteria. Papai costumava nos levar e, enquanto esperávamos numa fila, ele ficava com um brilho no olhar que parecia até que tinha nos levado para a Disney.

Eu já tinha visto uma vergonha como essa. Em casa. No espelho. Eu a reconheci. Não poderia ser mais profunda. Não só porque o pecado cometido era completamente desprezível e imperdoável, mas porque seria cometido repetidas vezes. E, apesar de a imagem no espelho jurar para você que tinha sido a última vez, continuava acontecendo. Vergonha pelo ato; porém, mais que isso, vergonha da própria fraqueza, por fazer o que não se quer fazer. Se fosse algo que se quisesse fazer, então ao menos poderia colocar a culpa na maldade nua, crua e inexorável da própria natureza.

9

Manhã de sábado. Markus tinha ficado cuidando do posto de gasolina, e eu dirigi morro acima em segunda marcha. Parei em frente de casa e acelerei o motor para avisar que havia chegado.

Carl e Shannon estavam sentados na cozinha, analisando os projetos do hotel e discutindo a apresentação.

— De acordo com Simon Nergard, ninguém vai investir — eu disse com um bocejo, encostado no batente da porta. — Ele ouviu isso de um funcionário do banco que viu os projetos.

— E eu conversei com pelo menos doze pessoas que adoraram — disse Carl.

— Aqui no vilarejo?

— Em Toronto. Gente que sabe do que está falando.

Dei de ombros.

— As pessoas que você tem que convencer não moram em Toronto nem sabem do que estão falando. Boa sorte. Vou para a cama.

— Jo Aas aceitou o meu convite para uma reunião hoje — disse Carl.

Congelei.

— Sério?

— Sim. Pedi à Mari durante o coquetel se ela poderia arranjar isso para mim.

— Excelente. Foi para isso que você a convidou?

— Em parte, sim. E também queria que ela e a Shannon se conhecessem. Se vamos morar aqui, então o melhor é que essas duas não tivessem que andar por aí olhando feio uma para a outra. E quer saber o melhor? — Ele pousou a mão no ombro de Shannon. — Acho que a minha garota derreteu a rainha de gelo.

— Derreti? — indagou Shannon e revirou os olhos. — Querido, aquela mulher me odeia. Você não concorda, Roy?

— Hum — murmurei. — Um pouco menos depois daquela sua performance ao ver as fotos dos gêmeos.

Pela primeira vez desde que tinha entrado em casa olhei diretamente para Shannon. Vestia um roupão branco e longo, e o cabelo ainda estava molhado do banho. Não tinha exibido tanta pele até então, sempre de pulôver e calça preta, mas agora eu podia ver que a pele das pernas esguias e ao redor da gola do roupão era tão branca e imaculada quanto a do rosto. O cabelo molhado estava mais escuro e menos brilhante, quase vermelho-ferrugem, e descobri algo que ainda não havia notado, as sardas claras espalhadas ao redor do nariz. Ela sorriu, mas havia algo na expressão, um quê de tristeza. Carl disse algo errado? Eu disse algo errado? Pode ter sido por eu ter mais que insinuado que ela havia sido cínica ao fingir que achava os gêmeos tão fantásticos, é claro, mas algo me dizia que ela não teria problemas em admitir esse tipo de cinismo. Que uma garota como Shannon fazia o que tinha que ser feito sem pedir licença a ninguém.

— Shannon disse que quer preparar um prato norueguês para nós hoje à noite — disse Carl. — Então pensei...

— Tenho que trabalhar hoje à noite também — eu disse. — Um dos funcionários está em casa, doente.

— É mesmo? — Carl ergueu uma sobrancelha. — Você não tem outras cinco pessoas que poderiam te substituir?

— Ninguém dá conta do recado. É fim de semana e avisaram em cima da hora.

Abri os braços como se dissesse ser essa a sina do chefe de um posto de gasolina, ter que cobrir o expediente de todo mundo. Pude ver que Carl não acreditou em mim nem por um segundo. Esse é o problema com irmãos, eles reconhecem cada nota em falso, mas o que mais eu poderia dizer? Que não conseguia dormir porque eles não paravam de foder?

— Vou dar uma cochilada.

Fui acordado por um barulho. Não por ter sido particularmente alto, mas porque, em primeiro lugar, não há muitos sons aqui nas montanhas e, em segundo lugar, não pertencia ao ambiente daqui do alto, o que provavelmente foi o motivo para o meu cérebro não o ignorar.

Uma espécie de zumbido sibilante, algo entre uma vespa e um cortador de grama.

Olhei para fora pela janela. Me levantei, vesti algo, desci correndo a escada e andei lentamente na direção da Geitesvingen.

O xerife Kurt Olsen estava lá com Erik Nerell e um sujeito operando um controle remoto com antenas. Todos observavam a coisa que me acordou, um drone branco do tamanho de um prato pairando a um metro acima da cabeça deles.

— Opa — cumprimentei, e só então notaram a minha presença. — Vocês estão procurando cartazes da reunião com os investidores?

— Bom dia, Roy — disse o xerife sem tocar no cigarro que saltitava entre os seus lábios ao ritmo das palavras.

— Essa é uma estrada particular, como você sabe. — Eu estava afivelando o cinto que tinha esquecido por causa da pressa. — Então estamos combinados, não é?

— Bom, existem coisas privadas e coisas privadas.

— É mesmo? — eu disse, então percebi que era melhor me acalmar. Que, se não tomasse cuidado, ficaria muito nervoso. — Se fosse uma via pública, as autoridades de trânsito teriam pagado pela mureta, você não acha?

— É verdade, Roy. Mas toda a área ao redor daqui não é demarcada. Daí o direito de acesso público se aplica.

— Estou falando dos cartazes, e não se você tem ou não o direito de estar onde está, xerife. Acabei de chegar do trabalho no turno da noite. Se você estava planejando me acordar com aquele drone, poderia ter me avisado.

— Poderia, sim — disse o xerife Olsen. — Mas a gente não queria incomodar ninguém, Roy. Não vai demorar muito, são só algumas fotos. Se concluirmos que é seguro o bastante, vamos voltar e fazer as equipes descerem. Aí é claro que a gente vai avisar com antecedência.

Ele olhou para mim. Não com frieza, mas como se me observasse, como se tirasse fotos minhas, da mesma forma que o drone que havia desaparecido no penhasco agora certamente tirava fotos lá embaixo em Huken. Assenti com a cabeça, tentando manter o meu rosto inexpressivo.

— Sinto muito — continuou Olsen. — Sei que é um assunto... delicado. — Ele se demorou na palavra, como um padre. — Eu devia ter avisado, mas não lembrava que era tão perto da sua casa. O que posso dizer? Você pode ficar feliz por saber que é o dinheiro dos contribuintes que está sendo usado para definir exatamente como o acidente aconteceu. Isso é algo que todos nós queremos saber.

Todos nós? Gritei por dentro. Você quer dizer "você", não é? É o mesmo imperativo moral de merda de sempre, Kurt Olsen, você quer descobrir o que o seu pai não foi capaz.

— Tudo bem — eu disse. — E você está certo, é um assunto delicado. Carl e eu temos uma visão geral do que aconteceu, então o nosso foco foi mais em esquecer do que entender cada mínimo detalhe. — Fique calmo. Assim, isso. Assim mesmo.

— Naturalmente — disse Olsen.

O drone apareceu sobre a borda novamente. Parou, apenas pairando no ar, incomodando os ouvidos. Então voou na nossa direção e pousou na mão do sujeito com o controle remoto, como se fosse um daqueles falcões treinados que eu tinha visto no YouTube pousando na luva do dono. Foi desagradável, como algo saído de um filme de ficção científica ambientado num estado fascista do tipo "O Grande Irmão Está Observando Você" e se sabe que o cara com o drone tem um emaranhado de fios elétricos correndo sob a pele.

— Foi um passeio rápido — disse o xerife, largando a guimba do cigarro no chão e pisando nela.

— Ele consome mais bateria no ar rarefeito — comentou o operador do drone.

— Mas conseguiu tirar alguma foto?

O operador tocou na tela do celular e nos reunimos em volta dele.

Sem iluminação, as imagens do vídeo estavam granuladas, além de não terem som. Ou talvez tivesse equipamento de gravação e só estivesse silencioso demais lá embaixo. A carcaça do Cadillac DeVille de papai parecia um besouro que havia pousado de costas e morrido ali mesmo com as pernas para o alto se debatendo em desespero até que um transeunte desavisado pisa nele. O chassi e as rodas virados para cima, enferrujados e parcialmente cobertos de musgo, não estavam danificados, mas a frente e a traseira do carro foram comprimidas uma contra a outra, como se tivessem passado pela prensa de compactação de veículos no ferro-velho de Willumsen. Talvez por causa do silêncio e da escuridão lá embaixo eu tenha me lembrado de um documentário a que havia assistido sobre mergulhadores descendo até os destroços do *Titanic*. Talvez tenha sido a visão do Cadillac, outro destroço com as belas linhas de uma época que se foi, mais uma narrativa de morte súbita transformada em tragédia repetida tantas vezes na minha imaginação e na imaginação de outros que, com o passar dos anos, passou a ser vista como algo que devia estar lá, algo escrito nas estrelas. O espetáculo física e metaforicamente impressionante, a suposta invencibilidade da máquina exposta enquanto despencava nas profundezas. Representações sobre como deve ter sido, o medo dos passageiros quando perceberam que a morte estava aqui e agora. Não uma morte qualquer, não uma vida vivida gradualmente e se desintegrando, mas o não anunciado, a separação repentina, as coincidências assassinas. Senti um arrepio.

— Tem umas pedras soltas no fundo — comentou Erik Nerell.

— Podem ter caído lá há mil anos ou cem — disse Kurt Olsen. — Não tem nenhuma em cima do carro. E não vejo marcas ou amassados no chassi, então, até onde sabemos, não caiu nenhuma pedra lá desde aquela que atingiu o alpinista.

— Ele não está mais escalando — disse Nerell enquanto olhava para a tela do celular. — O braço dele só fica parado caído e tem metade do tamanho que costumava ter. Ele toma analgésicos há anos. Doses cavalares.

— Pelo menos está vivo — interrompeu Olsen com impaciência, o rosto ruborizado.

Será que, quando ele disse "vivo", quis dizer ao contrário daqueles que estavam sentados no Cadillac? Não, foi só uma resposta que lhe ocorreu. E, no entanto, ainda havia mais coisa. Será que ele se referia ao antigo xerife? Sigmund Olsen, o pai dele?

— A maior parte do que cai nesse funil pode atingir o carro — disse Olsen e apontou para a tela. — E ainda está coberto de musgo. Não tem uma marca sequer. Isso conta uma história. A gente pode aprender com ela. As linhas que traçamos para trás também podem ser traçadas para a frente.

— Até cair uma pedra no seu ombro — eu disse. — Ou na sua cabeça.

Vi Erik Nerell assentir lentamente enquanto cofiava o queixo. Olsen ficou ainda mais ruborizado.

— Como eu disse, dá para ouvir as pedras despencando o tempo todo em Huken. — Eu estava com os olhos fixos em Olsen, mas as palavras eram, é claro, dirigidas a Erik Nerell. Era ele que logo se tornaria pai. Era ele que faria a avaliação profissional que diria se era justificável enviar equipes para investigar o acidente. E é claro que Olsen não poderia ir contra isso sem perder o emprego caso um acidente acontecesse. — Talvez as pedras não atinjam os destroços diretamente. Mas ao lado. Imagino que seja onde está planejando que a sua equipe se posicione.

Não precisei ouvir a resposta de Olsen. Pelo canto do olho vi que tinha ganhado essa batalha.

Fiquei ali na Geitesvingen enquanto o som dos carros diminuía. Vi um corvo passar voando, esperando até que tudo ficasse totalmente silencioso novamente.

Shannon, como sempre de preto, estava encostada na bancada da cozinha quando entrei. Mais uma vez me ocorreu que, apesar de a roupa enfatizar que tinha o corpo de um garoto esguio, havia algo distintamente feminino. As mãozinhas se aqueciam numa xícara fumegante com a cordinha de um sachê de chá pendurada na borda.

— Quem era? — perguntou ela.

— O xerife. Quer investigar os destroços. Ele acha que é necessário descobrir por que papai caiu no Huken.

— E não é necessário?

Dei de ombros.

— Eu vi tudo. Quando ele freou, já era tarde demais. É importante frear a tempo.

— É importante frear a tempo — repetiu ela, assentindo com a cabeça lentamente, como um fazendeiro.

Parecia que ela já estava aprendendo a nossa linguagem corporal também. O que me fez pensar naqueles filmes de ficção científica de novo.

— Carl me disse que é impossível recuperar os destroços. Você se importa que estejam lá?

— Tirando a poluição? Não, não me importo.

— Não? — Ela ergueu a xícara de chá com as duas mãos e tomou um golinho. — Por que não?

— Se eles tivessem morrido na cama de casal, também não a teríamos jogado fora.

Ela sorriu.

— Isso é ser sentimental ou o exato oposto?

Também sorri. Eu quase já não reparava na pálpebra caída. Ou talvez não estivesse tão caída como quando ela chegou e ainda estava cansada depois de toda a viagem.

— Acho que as circunstâncias práticas determinam a nossa vida emocional bem mais do que a gente imagina — eu disse. — Mesmo que os contos românticos nos falem de amores impossíveis, nove em cada dez pessoas se apaixonam por alguém que sabem que podem ter.

— Tem certeza?

— Oito em cada dez — consertei.

Fiquei ao lado dela e percebi que me observava enquanto eu usava a colher medidora amarela para colocar o pó de café no bule.

— Praticidade na morte e no amor — eu disse. — É isso que acontece quando as coisas estão difíceis para as pessoas que vivem aqui. Provavelmente não é normal para você.

— E por que não deveria ser normal?

— Barbados é uma ilha rica, você disse. Você dirigia um Buick, fez faculdade. Se mudou para Toronto...

Ela pareceu hesitar por um instante antes de responder.

— Isso se chama mobilidade social.

— Está dizendo que cresceu pobre?

— Sim e não. — Ela respirou fundo. — Sou uma *redleg*.

— *Redleg*?

— Você já deve ter ouvido falar da classe pobre branca dos Apalaches nos Estados Unidos que as pessoas chamam de *hillbillies*.

— Tipo *Amargo pesadelo*? Banjos e incesto?

— É o estereótipo, sim. Infelizmente parte dele é bem precisa, assim como acontece com os *redlegs*, que são a classe pobre branca de Barbados. Os *redlegs* são descendentes de irlandeses e escoceses que foram para as ilhas no século XVII, muitos deles prisioneiros, feito o que aconteceu na Austrália. Na prática eram escravizados e constituíam toda a força de trabalho, até que Barbados começou a importar pessoas escravizadas da África. Mas, assim que a escravização foi abolida e os descendentes africanos começaram a subir na escala social, a maioria dos *redlegs* brancos ficou para trás. A maior parte de nós mora em favelas. Se não me engano, vocês chamam de *rønner* em norueguês. Somos uma sociedade à margem da sociedade, presa na armadilha da pobreza. Educação zero, alcoolismo, incesto, doenças. É raro os *redlegs* de St. John, em Barbados, possuírem alguma coisa, exceto os poucos que têm sítios e pequenas lojas servindo aos negros mais ricos. Outros *redlegs* vivem da assistência do Estado, financiada pelos bajaneres negras. Você sabe como se reconhece um *redleg*? Pelos dentes. Se ainda tiver algum na boca, eles normalmente são marrons por causa da... *decay?* — concluiu ela usando uma palavra em inglês.

— *Råte* — ofereci em norueguês. — Mas os seus dentes são...

— A minha mãe garantiu que eu recebesse comida decente e escovasse os dentes todo dia. Ela estava decidida a me fazer ter uma vida melhor. Quando ela morreu, a minha avó assumiu a tarefa.

— Meu Deus — eu disse por não conseguir pensar em mais nada a dizer.

Ela soprou o chá.

— Pelo menos nós, *redlegs*, somos a prova de que não são só os negros e os latinos que nunca conseguem escapar das garras da pobreza.

— Mas pelo menos você escapou.

— Escapei, e sou racista o suficiente para acreditar que foram os meus genes africanos que me tiraram de lá.

— Você? Africana?

— A minha mãe e a minha avó são afro-bajanere. — Ela riu quando viu a minha expressão de incredulidade. — O meu cabelo e a minha pele vêm de um *redleg* irlandês que morreu de tanto beber antes de eu completar 3 anos.

— E aí?

Ela encolheu os ombros estreitos.

— Embora a minha avó e a minha mãe morassem em St. John e tivessem se casado com um irlandês e um escocês, respectivamente, nunca fui considerada uma autêntica *redleg*. Em parte porque a gente tinha um pequeno terreno, mas principalmente depois que me matriculei na Universidade das Índias Ocidentais, em Bridgetown. Não só fui a primeira da família a fazer faculdade como também a primeira do bairro todo.

Olhei para Shannon. Era a descrição mais longa que tinha feito da própria vida desde a sua chegada. E a razão talvez fosse bem simples: eu ainda não havia pedido a ela que me contasse a história da sua vida. Pelo menos desde o dia em que ela e Carl se deitaram na cama de baixo do beliche e ela disse preferir ouvir a falar. Talvez quisesse me avaliar primeiro, e agora conseguiu.

Pigarreei.

— Deve ter sido muito complicado fazer uma escolha dessas.

Shannon meneou a cabeça.

— Foi a minha avó que cuidou de tudo. Ela fez com que a família inteira, tios, tias, outros parentes, diluísse as despesas da minha educação.

— *Dividisse* as despesas da sua educação — corrigi.

— Dividisse as despesas da minha educação e depois dos estudos em Toronto. A minha avó me levava e me buscava na faculdade porque a gente não tinha dinheiro para que eu morasse na cidade grande. Um professor achou que eu era um exemplo da nova mobilidade social de Barbados. Eu respondi que, mesmo depois de quatrocentos anos, os *redlegs* ainda estão chapinhando na base da pirâmide social e que eu tenho que agradecer à minha família, e não às reformas sociais. Sou uma *redleg* que deve tudo à família. Então, mesmo que eu tenha vivido em melhores condições em Toronto, Opgard ainda é um luxo para mim. Você entende?

Assenti.

— O que aconteceu com o Buick?

Ela olhou para mim como se quisesse ter certeza de que eu não estava querendo ser engraçadinho.

— Não vai perguntar o que aconteceu com a minha avó?

— Está viva e bem de saúde — eu disse.

— Como você sabe disso?

— Pela sua voz quando fala a respeito dela. Voz firme.

— Então você é mecânico de carros *e* psicólogo?

— Mecânico de carros — respondi. — O Buick se foi, acertei?

— Por engano, a minha avó deixou a marcha engatada quando estacionou em frente à nossa casa. O carro desceu um morro e se espatifou no depósito de lixo mais embaixo. Chorei por dias. Você ouviu isso na minha voz quando eu estava falando do carro?

— Sim. Um Buick Roadmaster 1954. Dá para entender

Ela inclinou a cabeça para um lado e para o outro como se quisesse me ver de vários ângulos, como se eu fosse a porra de um cubo mágico.

— Carros e beleza — disse ela, quase como se falasse para si mesma. — Sabe, ontem à noite sonhei com um livro que li tem muito tempo. Provavelmente por causa daquele acidente de carro em Huken. Se chama *Crash*, de J. G. Ballard. É sobre pessoas que ficam excitadas com acidentes de carro. Com os destroços e os machucados. Os próprios ou de terceiros. Você já viu o filme?

Me esforcei para me lembrar

— David Cronenberg — acrescentou ela, tentando me ajudar.

Balancei a cabeça.

Ela hesitou, como se lamentasse ter começado a falar de um assunto que não interessaria nem um pouco um cara que trabalhava num posto de gasolina.

— Prefiro livros a filmes — disse para ajudá-la. — Mas não li esse.

— No livro tem uma descrição de um ponto cego na Mulholland Drive, onde os carros passam na beira de um penhasco à noite e, num descuido, despencam numa vastidão erma. Como é muito caro recuperar os carros, uma espécie de cemitério de automóveis acabou se formando lá embaixo, e a pilha fica mais alta a cada ano. Um dia não vai ter queda nenhuma. Qualquer um que passar da borda vai ser salvo pela montanha de destroços.

Abanei a cabeça lentamente.

— Salvo pelos destroços de um carro. Talvez eu deva ler ou ver o filme.

— Na verdade, prefiro o filme — disse ela. — O livro é narrado na primeira pessoa, o que o torna perverso de um jeito subjetivo e... — Ela fez uma pausa. — Como se diz "invasivo" em norueguês?

— Desculpa, mas vamos ter que perguntar essa para o Carl.

— Ele saiu para uma reunião com Jo Aas.

Olhei para a mesa da cozinha. As plantas do hotel ainda estavam lá, e Carl também não tinha levado o notebook. Talvez achasse que teria maiores chances de convencer Aas de que o vilarejo precisava de um hotel spa se não o atolasse de informações.

— *Påtrengende?* — sugeri.

— Obrigada — disse ela. — O filme não é tão *påtrengende*. Em geral, a câmera é mais objetiva que a caneta. E Cronenberg conseguiu captar a essência.

— Que é?

Uma espécie de centelha surgiu no seu olho bom e a sua voz ficou animada ao perceber que eu estava genuinamente interessado.

— A beleza de uma coisa estragada — explicou ela. — A estátua grega parcialmente destruída é muito bonita, porque daquilo que não foi danificado conseguimos ver como poderia ter sido, deveria ter sido, deve ter sido. — Colocou as mãos na bancada como se estivesse prestes a tomar impulso para se sentar nela de costas arqueadas como tinha feito na festa. *Tiny dancer*. Deus do céu!

— Interessante — falei. — Eu devia tentar dormir mais um pouco.

A centelha nos olhos de Shannon se apagou.

— Mas e o seu café? — disse ela, e pude ouvir a decepção na sua voz. Logo agora que finalmente tinha alguém para conversar. As pessoas deviam conversar o tempo todo em Barbados.

— Preciso de mais umas horas de sono. — Desliguei o difusor de calor e tirei o bule do lugar.

— É claro — disse ela e afastou as mãos da bancada.

Passei meia hora deitado. Tentei adormecer, não pensar em nada. Ouvi as teclas do notebook através do buraco, o farfalhar de papel. Sem a menor chance de dormir.

Repeti o ritual: levantar, me vestir e sair correndo. Gritar "até mais" antes de bater a porta. Deve ter parecido que eu estava fugindo de alguma coisa.

10

— Hum, oi — disse Egil ao abrir a porta. Ele pareceu envergonhado. Devia estar assim porque eu conseguia ouvir o barulho de um *wargame* e da gritaria dos amigos na sala de estar. — Pois é, na verdade estou melhor agora — adiantou-se. — Posso trabalhar essa noite.

— Leve o tempo que precisar para se recuperar — eu disse. — Mas não foi por isso que vim.

Ele pareceu vasculhar a consciência para descobrir o motivo. Claramente havia algumas opções.

— O que o Moe costuma comprar? — perguntei.

— Moe? — Egil disse isso como se nunca tivesse ouvido o nome.

— O telhador — expliquei. — Ele perguntou por você.

Egil sorriu, mas havia medo nos seus olhos.

— O que ele costuma comprar? — repeti, como se achasse que Egil tivesse esquecido a pergunta.

— Nada em especial — disse ele.

— Me diz mesmo assim.

— Difícil de lembrar.

— Mas ele paga em dinheiro?

— Paga.

— Se você consegue se lembrar disso, também pode se lembrar do que ele compra. Vamos, diz logo.

Egil me encarou. E naquele seu olhar dócil entrevi um pedido de permissão para confessar.

Suspirei.

— Isso é algo que está atormentando você, Egil.

— Como é?

— Ele tem algo contra você, é isso? Ele está te ameaçando de alguma forma?

— O Moe? Não.

— Então por que você o está acobertando?

Egil ficou ali parado, piscando rápido de nervosismo. Atrás dele, na sala de estar, a guerra estava violenta. Vi caos por trás daquele olhar desesperado.

— Ele... Ele...

Eu sinceramente não estava com paciência para isso, mas, para aumentar o drama, baixei a voz.

— Agora, não me venha inventar mentiras, Egil.

O pomo de adão do rapaz subia e descia como um elevador. Ele deu meio passo atrás entrando no hall e pareceu prestes a bater a porta num acesso de pânico, mas desistiu. Talvez tenha percebido algo no meu olhar que o seu cérebro associou ao que ele ouviu sobre os caras em Årtun que desmaiavam depois de levarem uma senhora surra.

Egil se rendeu.

— Ele me deixa ficar com o troco sempre que compra alguma coisa — confessou.

Assenti devagar. Óbvio que eu tinha avisado a Egil quando ele começou a trabalhar para mim que não aceitamos gorjetas; porém, se o cliente insistir, colocamos o dinheiro na caixa registradora e deixamos para o caso de um de nós errar na hora de dar troco. Egil costumava fazer isso, mas ele pode ter esquecido, e agora não era hora de relembrá-lo; o que eu queria era ter as minhas suspeitas confirmadas.

— E o que ele compra?

— A gente não fez nada ilegal — disse Egil.

Nem me dei ao trabalho de explicar a ele que o fato de ter usado o pretérito havia me indicado que qualquer acordo que tivesse tido com

Moe estava agora encerrado e, portanto, com mínimas chances de ter sido legal. Aguardei.

— EllaOne — disse Egil.

Então era isso. A pílula do dia seguinte.

— Com que frequência? — perguntei.

— Uma vez por semana — disse Egil.

— E ele pediu que você não contasse a ninguém?

Egil assentiu. Ele estava pálido. Bem, ele era pálido. Pálido e estúpido, mas não deficiente mental, como dizem. O que quero dizer é que trocam essas nomenclaturas como trocam de roupa, então deve ter outro nome agora. Mas, seja como for, Egil provavelmente conseguiu somar dois mais dois, mesmo que Moe tivesse apostado no contrário. Então vi que ele não estava apenas envergonhado do que tinha feito mas atormentado. E não há punição mais severa que essa. Acredite em mim, como alguém que tomou copos e mais copos dessa bebida amarga. Como alguém que sabe que não há nada que um juiz possa fazer que aumente essa vergonha.

— Vamos supor, então, que você esteja doente, sim, mas amanhã já vai estar melhor — eu disse. — Combinado?

— Combinado — disse ele na segunda tentativa de fazer a voz ser ouvida.

Não escutei a porta se fechar atrás de mim. Provavelmente ainda estava parado me olhando, se perguntando o que ia acontecer agora.

Entrei no salão de cabeleireiro de Grete Smitt. Foi como sair de uma máquina do tempo que pousou nos Estados Unidos no pós-Guerra. Num canto havia uma cadeira de barbeiro enorme revestida de couro vermelho com remendos aqui e ali, na qual Grete jurava que Louis Armstrong havia se sentado. No outro canto um secador de cabelo dos anos cinquenta, um daqueles com capacete acoplado, onde bruxas velhas enfiavam a cabeça enquanto liam revistas e fofocavam nos filmes estadunidenses antigos, embora o tal secador sempre me faça pensar em Jonathan Pryce e na cena da lobotomia em *Brazil: o filme*. O capacete é usado para um serviço que Grete convencionou chamar de *xampu e penteado* e que consistia em lavar o cabelo com um xampu especial, colocar bobes e secar o cabelo bem lentamente enfiando a cabeça no capacete, de preferência coberta com um lenço para não encostar em nada que, naquele modelo dos anos cinquenta, parecia o interior brilhante de uma torradeira. De acordo com Grete, o *xampu e penteado* agora era retrô e estava voltando. O problema era que aqui em Os nunca havia saído de moda por completo. Em todo caso, se me perguntassem, eu diria que a própria Grete era quem mais devia usar aquele capacete para manter os cachos permanentes castanhos feito pelo de rato que pendiam da sua cabeça.

Nas paredes havia fotos de antigas estrelas de Hollywood. A única coisa não estadunidense era a famosa tesoura de cabeleireiro que Grete usava, uma tesoura de aço reluzente que ela dizia a qualquer um que pudesse ouvir que era uma Niigata 1000 japonesa que havia custado quinze mil dólares e vinha com garantia vitalícia.

Grete ergueu os olhos, mas a Niigata continuou cortando.

— Olsen — falei.

— Oi, Roy. Ele está se bronzeando.

— Eu sei. Vi o carro dele. Onde fica a câmara de bronzeamento? — Observei a supertesoura japonesa cortar perigosamente perto do lóbulo da orelha de uma cliente.

— Não acho que ele queira ser perturbado...

— Ali dentro? — Apontei para a outra porta da sala, onde havia um cartaz com a foto de uma garota bronzeada de biquíni dando um sorriso enorme.

— Ele vai terminar em... — ela olhou para um controle remoto na mesa ao lado da porta. — ... quatorze minutos. Você não pode esperar lá fora?

— Eu até poderia. Mas mesmo homens são capazes de fazer duas coisas ao mesmo tempo, ainda mais se for apenas se bronzear e conversar. — Cumprimentei a senhora na cadeira do barbeiro que me olhava pelo espelho e abri a porta.

Era como ter entrado num filme *trash* de terror. O cômodo estava escuro, exceto por uma luz azulada que vazava da fenda na lateral de uma das duas câmaras de bronzeamento, verdadeiros caixões do Drácula. Havia também uma cadeira onde descansavam o jeans e a jaqueta de couro de Kurt Olsen. As lâmpadas de bronzeamento emitiam um som vibrante e ameaçador que ampliava a sensação de que algo iria acontecer muito em breve.

Puxei a cadeira para a lateral da cama de bronzeamento. Ouvi música zumbindo de fones de ouvido. Por um instante pensei que fosse Roger Whittaker e que isso *era* mesmo um filme de terror, antes de reconhecer os acordes de "Take Me Home, Country Roads", de John Denver.

— Eu vim te avisar — eu disse.

Ouvi movimento vindo lá de dentro, algo bateu na parte interna da tampa, o que fez a coisa toda balançar, e houve um palavrão abafado. O zumbido da música cessou.

— É sobre um possível caso de agressão sexual — eu disse.

— É mesmo? — A voz de Olsen parecia escapar de uma lata, e não havia como saber se ele reconhecia a minha voz.

— Uma pessoa mantém relações sexuais com alguém da família, um parente bem próximo.

— Prossiga.

Congelei. Talvez porque de repente me ocorreu que a situação tinha as mais bizarras semelhanças com um confessionário católico, exceto pelo fato de que o pecador não era eu. Não daquela vez.

— O Moe, o telhador, tem comprado pílulas do dia seguinte uma vez por semana. Como você sabe, ele tem uma filha adolescente. Ela comprou essas pílulas outro dia.

Aguardei, dando tempo para que o xerife Olsen chegasse à óbvia conclusão.

— Por que uma vez por semana e por que aqui? — indagou ele.

— Por que não comprar no atacado? Ou dar para a garota pílulas anticoncepcionais?

— Porque ele acha que toda vez vai ser a última — eu disse. — Ele acha que consegue parar.

Ouvi o clique de um isqueiro vindo do interior.

— Como você sabe disso?

Procurei a maneira certa de responder enquanto fumaça de cigarro escorria do caixão do Drácula, se dissipava na luz azul e desaparecia na escuridão. Senti o mesmo desejo de Egil: de confessar. Pular da beirada. Cair.

— Todo mundo gosta de acreditar que amanhã vai ser uma pessoa melhor — eu disse.

— Não é fácil manter algo assim em segredo num vilarejo como esse pelo tempo que for — disse Olsen. — Nunca ouvi ninguém suspeitar do Moe por qualquer coisa que fosse.

— Ele foi à falência — eu disse. — Fica em casa sem nada para fazer.

— E é bom lembrar que ele é abstêmio — disse Olsen, mostrando que pelo menos seguia a minha linha de raciocínio. — Nem todo mundo passa a comer a própria filha quando as coisas começam a dar errado.

— Nem a comprar pílulas do dia seguinte uma vez por semana — retruquei.

— Vai ver, ele não quer que a esposa engravide de novo. Ou talvez a filha esteja se divertindo com algum rapaz, e o Moe seja só um pai preocupado. — Ouvi Olsen dar uma tragada ali dentro. — Ele não quer que ela use algo mais permanente, porque aí vai ficar preocupado com a possibilidade de ela transar o tempo todo com qualquer um. O Moe é da Igreja pentecostal, sabia?

— Não, não sabia, o que não diminui a possibilidade de um pequeno incesto.

Percebi uma reação sob a tampa do caixão quando usei a palavra que começa com "i".

— Se você vai fazer uma acusação séria como essa, deveria ter um pouco mais de provas além da compra de anticoncepcionais pela pessoa em questão — disse Olsen. — Você tem?

O que eu poderia dizer? Que tinha visto a vergonha no olhar dele? Uma vergonha tão intensa que para mim era uma prova mais contundente que qualquer coisa?

123

— Bom, agora você está avisado — eu disse. — Sugiro que fale com a filha.

Não era para eu ter usado "sugiro". Eu devia ter imaginado que pareceria que estava dizendo a Olsen como fazer o seu trabalho. Por outro lado, talvez eu soubesse dessa possível consequência e tenha dito mesmo assim. Paciência. A voz de Olsen subiu um semitom e um decibel.

— E sugiro que você deixe isso com a gente, embora já possa adiantar com toda franqueza que vamos priorizar questões mais urgentes. — O tom de voz abriu espaço para o meu nome bem no fim, mas ele deixou como estava. Devia estar pensando que, se mais tarde eu provasse estar certo e a sala do xerife não tivesse feito nada, seria mais simples para ele se pudesse afirmar que a dica recebida tinha vindo de uma fonte anônima. Por mim, tudo bem.

— E que casos urgentes seriam esses? — perguntei sem a menor necessidade.

— Não são da sua conta. Nesse meio-tempo sugiro que mantenha essa fofoca de cidade pequena para você. Não precisamos desse tipo de histeria aqui.

Tive que engolir essa. Antes que pudesse dizer qualquer coisa, John Denver voltou a tocar.

Me levantei da cadeira e voltei para o salão. Grete e a cliente tinham se transferido para a pia onde enxaguavam o cabelo e conversavam. Sempre achei que o cabelo era lavado *antes* do corte, mas isso aqui era sem dúvida algo diferente, uma espécie de guerra química sendo travada contra os fios. De qualquer forma, havia vários tubos na borda da pia, e elas estavam muito envolvidas nessas coisas para notar a minha presença. Peguei o controle remoto que estava perto da porta e que indicava que Olsen ainda tinha dez minutos. Pressionei a seta que apontava para cima até o visor mostrar vinte. Pressionei o botão acima de BRONZEAMENTO FACIAL e surgiu um display mostrando uma escala com um ponto. Três toques na seta e estava no máximo. Nós que trabalhamos no setor de serviços sabemos como é importante que os clientes sintam que o seu dinheiro está sendo (muito) valorizado.

Ao passar por Grete e pela cliente, entreouvi as palavras:

— ... com ciúmes agora, porque é claro que ele estava apaixonado pelo irmão mais novo.

O rosto de Grete endureceu quando ela me viu; mas apenas assenti com a cabeça e fingi não ter ouvido.

Lá fora, ao ar livre, pensei em como essa merda era uma repetição sem fim. Tudo isso já havia acontecido. Tudo voltaria a acontecer. E o resultado seria o mesmo de sempre.

11

NEM MESMO O FESTIVAL anual do dia do vilarejo atraía tanta gente. Havíamos colocado seiscentas cadeiras no salão principal do centro comunitário, mas ainda assim muitas pessoas tiveram que ficar de pé. Sentado, me virei e olhei para o fundo do salão, fingindo procurar alguém. Todo mundo estava lá. Mari e o marido, Dan Krane, que fazia o reconhecimento com tino de jornalista. Willum Willumsen, revendedor de carros usados, com Rita, sua alta e elegante esposa, pelo menos um palmo maior que ele mesmo sentada. O novo presidente do Conselho Municipal, Voss Gilbert, que também era árbitro dos jogos no campo do Os Futebol Clube, não que isso fosse lá grande coisa. Erik Nerell estava com Thea, sua esposa gravidíssima. O xerife Kurt Olsen, de rosto chamuscado brilhando feito uma lanterna vermelha e olhar cheio de ódio para mim, havia vindo também. Grete Smitt veio acompanhada dos pais, o Sr. e a Sra. Smitt; pude vê-los arrastando os pés com pressa pelo estacionamento até a entrada. Natalie Moe estava sentada entre os pais. Tentei encarar o pai dela, mas ele já havia desviado o olhar. Talvez porque suspeitasse que eu sabia. Ou talvez porque soubesse que todos sabiam que o seu negócio de telhados estava à beira da falência e que, se investisse no projeto do hotel, seria um escárnio a todos os seus credores no vilarejo. Mas é provável que não fosse arrumar nenhum problema por simplesmente ter comparecido à reunião. A maioria dos presentes com toda certeza estava lá por mera curiosidade, e não por desejo de investir. Sim, Jo Aas, o ex-presidente do Conselho Municipal, não via esse lugar tão cheio desde os anos setenta, quando o pastor Armand veio. Aas estava no palco encarando a plateia. Alto, esguio e magro como um mastro de bandeira. As sobrancelhas brancas apontando para cima cresciam mais e mais a cada ano.

— Houve uma época em que entretenimentos como falar em línguas e curar enfermos e inválidos eram tão populares quanto ver filmes no nosso cinema local — disse Aas. — Sem contar que eram de graça.

As devidas risadas soaram.

— Mas agora vocês não vieram para me ouvir, mas para ouvir Carl Abel Opgard, um dos nossos filhos que está de volta ao nosso convívio. Não sei se o sermão dele vai trazer a salvação e a vida eterna para esse vilarejo, cabe a vocês decidirem. Concordei em apresentar esse jovem e o seu projeto porque esse vilarejo, no presente momento, na situação em que se encontra, deveria acolher toda e qualquer iniciativa. *Precisamos* de novas ideias. Precisamos de comprometimento. Mas também precisamos das antigas ideias. Ideias que resistiram ao tempo e nos permitiram continuar vivendo aqui nessas terras áridas mas belas. É por isso que peço que ouçam de mente aberta e justa um jovem que provou que um simples fazendeiro dessas bandas também pode ter sucesso no mundo. Carl, o palco é seu!

Soaram aplausos estrondosos que diminuíram notavelmente quando Carl subiu ao palco; provavelmente foram destinados mais a Aas que ao meu irmão. Carl usava terno e gravata, mas havia tirado o paletó e enrolado as mangas da camisa. Ele havia experimentado o traje em casa e pedido a nossa opinião. Shannon quis saber por que ele não usaria o paletó, e expliquei que Carl tinha visto candidatos à presidência dos Estados Unidos buscando parecer homens comuns ao se dirigir aos trabalhadores das fábricas durante a campanha.

— Eles usam blusão e boné de beisebol — disse Shannon.

— É uma questão de encontrar o equilíbrio perfeito — disse Carl. — Não queremos parecer conservadores e pomposos. Somos daqui; afinal, onde as pessoas dirigem tratores e andam com botas de borracha. Mas, ao mesmo tempo, precisamos transmitir seriedade e profissionalismo. Aqui não se vai a uma celebração de crisma sem gravata, senão é óbvio que não vai ser crismado. O fato de eu *ter* um paletó, mas tê-lo tirado, é um jeito de sinalizar que respeito a tarefa que tenho pela frente e a levo a sério e que, ao mesmo tempo, estou ansioso, empolgado e pronto para começar.

— Sem medo de meter a mão na massa — acrescentei.

— Exato — disse Carl.

Quando saímos para pegar o carro, Shannon, contendo uma risada, sussurrou para mim:

— Sabe de uma coisa? Eu achava que a expressão tinha algo a ver com "sujar as mãos". Está muito errado?

— Depende do que está querendo dizer — respondi.

— O que eu gostaria de dizer... — começou Carl, descansando as mãos no púlpito — ... *antes* de começar a falar do empreendimento para o qual estou convidando todos a se juntarem a mim, é que gostaria que soubessem que estar nesse palco diante de velhos amigos e rostos familiares é emocionante de verdade. Muito comovente.

Notei um ar de cautelosa expectativa. Carl havia sido muito querido na cidade. Pelo menos por aqueles cujas mulheres não foram apaixonadas por ele e principalmente como o homem que era quando saiu daqui. Mas ele continuava sendo o Carl de sempre? O criador de confusão alegre, o cara divertido com um sorriso luminoso, o menino gentil e atencioso com uma palavra amigável para todos, homens e mulheres, crianças e adultos. Ou havia se transformado naquilo que o convite descrevia: pós-graduado em administração de empresas? Um pássaro da montanha capaz de voar em alturas onde outros não conseguiriam respirar? Canadá. Empreendedor imobiliário bem-sucedido. Uma esposa caribenha exótica e bem instruída sentada ali com roupas elegantes. Será que uma garota normal daqui do vilarejo teria alguma chance com ele agora?

— Emocionante e comovente — repetiu Carl. — Porque agora, finalmente, sinto o gostinho de como deve ter sido estar de pé aqui e ser... — uma pausa engenhosa enquanto passeava os olhos pela plateia e ajeitava a gravata — ... Rod.

Um breve instante. E então vieram as risadas.

O sorriso branco de Carl. Confiante agora, seguro de que havia conquistado o público. Ele descansou os braços longos nas laterais do púlpito como se fosse o dono do lugar.

— Contos de fadas geralmente começam com "Era uma vez", mas esse conto de fadas ainda não foi escrito. E, quando chegar a hora, vai começar assim: "Era uma vez uma reunião no centro comunitário de Årtun em que falaram de um hotel que iriam construir." E hoje é *desse* hotel que vamos falar...

Ele tocou no controle remoto. As plantas arquitetônicas surgiram na tela gigante na parede ao fundo do palco. Houve um suspiro generalizado, porém breve, mas pude notar que Carl esperava uma reação mais entusiasmada, no mínimo um suspiro positivo. Notei isso porque ele é meu irmão. Porque, como já disse, acho que as pessoas em geral preferem lareiras e uma atmosfera caseira a um iglu na lua. Por outro lado, não se podia negar que arquitetonicamente o projeto tinha certa elegância. As proporções e as linhas eram de uma beleza universal, como as dos cristais de gelo, da espuma das ondas quebrando, da face imaculada de uma montanha. Ou até mesmo de um posto de gasolina.

Carl via que teria que se esforçar para convencer os presentes. Percebi que ele refazia o plano. Se preparava para agir. Reunia forças para o próximo ataque. Ele apontou para a planta do projeto e explicou cada mínimo detalhe, onde ficariam o spa, a academia, a piscina, o salão de jogos para crianças, as diferentes categorias de quarto, a recepção, o lobby e o restaurante. Ressaltou que tudo ali seria da mais alta qualidade e que o público-alvo do hotel seriam principalmente hóspedes com altas expectativas. Em outras palavras, pessoas com carteiras recheadas. E o nome do hotel seria igual ao do vilarejo: Hotel na Montanha e Spa Os. Um nome que seria anunciado em todas as mídias. O nome do vilarejo se tornaria sinônimo de qualidade, ele disse. Sim, talvez até de certa exclusividade, mas não *excludente*. Deveria ser possível para uma família de renda média se hospedar por um fim de semana. Teria que ser algo para o qual ela economizasse, algo que deveria aguardar ansiosamente. O nome do vilarejo devia estar associado à alegria. Carl sorriu, mostrando a eles um pouco dessa alegria. Tive a impressão de que aos poucos estava levando a plateia a subir a bordo com ele. Até me atreveria a dizer que o público começava a mostrar sinais de entusiasmo, o que não é pouca coisa por essas bandas. Ainda assim, o suspiro seguinte só veio depois que ele anunciou o preço total.

Quatrocentos milhões.

Um suspiro coletivo. A temperatura da sala despencou.

Carl havia esperado que suspirassem. Mas, como notei pela sua expressão, não com tanta intensidade.

Ele começou a falar mais rápido, estava com medo de perder o público agora. Disse que, para os proprietários de terras da região, o aumento do preço dos imóveis em decorrência do hotel e dos projetos subsequentes, dos empreendimentos de chalés, por si só, tornaria o investimento lucrativo. O mesmo aconteceria com os setores de comércio e serviços, porque o hotel e os chalés trariam um fluxo maior de consumidores, pessoas com muito dinheiro para gastar. De fato, analisando separadamente, o vilarejo se beneficiaria mais com a receita disso que com o próprio hotel.

Ele fez uma pausa por alguns instantes. As pessoas ficaram sentadas, imóveis e em silêncio. Era como se tudo estivesse em suspenso. De onde eu estava, sentado na quinta fileira, percebi uma movimentação, como um mastro de bandeira sob ventos fortes. Era Aas sentado na primeira fila, com cabelos brancos que se projetavam acima das outras cabeças. Ele assentiu. Assentiu lentamente. Todo mundo viu.

Então Carl deu a cartada final.

— Mas o pré-requisito para tudo isso é o hotel ser construído e inaugurado. As pessoas estarem dispostas a realizar o esforço necessário. *Determinadas pessoas* estarem dispostas a aceitar certo grau de risco e financiar o projeto. Para o bem de todos. De *todos* do vilarejo.

As pessoas daqui têm um nível de escolaridade médio inferior ao das pessoas nas cidades e não são tão rápidas em captar a mensagem de filmes inteligentes e sitcoms urbanas. Mas compreendem o que está nas entrelinhas. Como o ideal em Os é não falar mais que o necessário, as pessoas desenvolveram uma boa compreensão do não dito. E o que ficou não dito aqui foi que, se você não se juntasse às fileiras de *certas pessoas* que investiram no projeto, isso faria de você um *dos outros,* ou seja, um daqueles que se beneficiariam sem ter contribuído.

Vi mais algumas pessoas assentirem lentamente. O movimento parecia estar se espalhando.

Mas então um homem ergueu a voz. Willumsen, o sujeito que vendeu o Cadillac para papai.

— Se esse investimento é tão bom assim, Carl — disse Willumsen —, por que você precisa de todos nós? Por que não ficar com o bolo inteiro só para você? Ou com o tanto que conseguir sozinho para depois arranjar outros figurões para cobrir o restante?

— Porque — disse Carl — eu não sou um figurão. Assim como a maioria de vocês. Eu poderia ter ficado com uma fatia maior, com certeza, e vou ficar feliz em assumir o que sobrar se o investimento não for totalmente coberto. Mas a minha visão quando voltei para casa com esse projeto era de que *todos* deveriam ter a oportunidade de participar, não só aqueles com dinheiro sobrando. É por isso que vejo isso como uma sociedade limitada. Responsabilidade limitada. Isso significa que ninguém precisa investir dinheiro nenhum para se tornar coproprietário desse hotel. Nem um único centavo!

Carl bateu com a mão no púlpito.

Pausa. Silêncio. Dava para sentir o que estavam pensando: *Que merda de mágica era essa? É o pastor Armand que está aqui de novo?*

Então Carl leu a boa-nova para eles. Sobre como se pode possuir sem pagar. E, enquanto o pós-graduado em administração de empresas falava, eles ouviam.

— Isso significa — disse ele — que, quanto maior o número de investidores, menor o risco no nível individual. Se todo mundo se inscrever, nenhum de nós arrisca mais do que o que se paga por um carro. Quer dizer, a não ser que compremos um usado do Willumsen aqui presente.

Risadas. Até mesmo alguns aplausos do fundo do salão. Todos conheciam a história da venda do carro, e naquele momento ninguém pareceu pensar no destino do automóvel. Um Carl sorridente apontou para alguém com a mão erguida.

Um homem se levantou. Alto, tão alto quanto Carl. Percebi que foi só naquele instante que Carl o reconheceu. Talvez tenha se arrependido de ter convidado o cara para falar. Simon Nergard abriu uma boca com dois dentes visivelmente mais brancos que os demais. Eu podia estar enganado, mas me pareceu que ainda dava para escutar um assobio escapando das narinas dele enquanto falava, do osso que não cicatrizou direito.

— Já que esse hotel vai ficar num terreno que pertence a você e ao seu irmão... — Ele fez uma pausa, deixando a frase suspensa no ar por um instante.

— Sim? — disse Carl em voz alta e firme. Provavelmente ninguém além de mim percebeu que aquele "sim" saiu alto e firme demais.

— ... seria interessante saber quanto vocês vão pedir pela terra.

— Pedir? — Carl passou os olhos pelo público sem mover a cabeça. O salão ficou em silêncio novamente. Sem sombra de dúvida, dava a impressão de que Carl estava ganhando tempo, e essa impressão não era só minha. Ao menos Simon tinha notado, porque, quando voltou a falar, havia um leve tom de triunfo na voz.

— Talvez o pós-graduado em administração de empresas vá entender melhor se eu disser "quanto dinheiro" — falou ele.

Risadas dispersas. Um silêncio de expectativa. As pessoas levantaram a cabeça, como animais bebendo água numa lagoa que de repente veem o leão se aproximando, embora ainda a uma distância segura.

Carl sorriu. Ele se curvou sobre os documentos à frente, e os seus ombros tremeram como se ele estivesse rindo de um chute na canela desferido por um velho amigo. Organizou os papéis numa pilha e pareceu estar dando uma pausa enquanto pensava na melhor forma de enunciar a resposta. Foi a minha impressão e, depois de uma rápida olhada em volta, percebi que todo mundo pensava igual. A hora da verdade. Vi costas empertigadas se endireitarem ainda mais duas fileiras à frente. Shannon. Ao olhar para o púlpito, vi Carl me encarando. Li algo nesse olhar. Um pedido de desculpas. Ele tinha perdido. Ferrado tudo. Ferrado tudo para a família. Nós dois sabíamos disso. Ele não conseguiria o hotel, nem eu o meu posto de gasolina.

— Não queremos nada — disse Carl. — Roy e eu estamos *doando* o terreno.

A princípio pensei ter ouvido errado e pude ver que Simon também. Mas então ouvi um burburinho que se espalhou pelo salão e percebi que as pessoas tinham escutado o mesmo que eu. Alguém começou a aplaudir.

— Não, não — disse Carl erguendo as mãos espalmadas. — Ainda temos um longo caminho a percorrer. O que precisamos agora é de que um número suficiente de pessoas assine um documento preliminar de intenção de adesão para que, quando solicitarmos a autorização ao Conselho Municipal, eles possam ver que esse é um projeto sério. Obrigado!

Os aplausos aumentaram. Mais e mais. Não demorou, e logo todos estavam batendo palmas. À exceção de Simon. E talvez de Willumsen. E de mim.

— Não tive escolha — disse Carl. — Era tudo ou nada. Você não percebeu?

Ele me seguiu meio correndo de volta para o carro. Abri a porta e me sentei ao volante. Foi Carl quem sugeriu que fôssemos para a reunião no meu Volvo 240, cinza e branco, em vez de naquele carro dele que parece uma caixa registradora e mostra o quanto é louco por dinheiro. Virei a chave na ignição, e já tinha engrenado a marcha antes mesmo que ele fechasse a porta do lado do passageiro.

— Pelo amor de Deus, Roy!

— Pelo amor de Deus, o quê? — gritei e ajustei o espelho. Vi Årtun desaparecer atrás de nós. Vi o rosto silencioso e assustado de Shannon no banco de trás. — Você prometeu! Você falou que diria a eles quanto custaria o terreno se perguntassem, seu idiota.

— Dá um tempo, Roy! Você também sentiu o clima. Não mente, eu percebi que você também sentiu. Você sabe que, se eu tivesse dito "Ah, sim, agora que você perguntou, Simon, Roy e eu estamos pedindo vinte milhões por aquele pedaço de rocha", seria o fim da história. E você não ia conseguir o dinheiro para o seu posto de gasolina de jeito nenhum.

— Você mentiu!

— Menti, sim. Porque assim você ainda tem a chance de ter o seu próprio posto de gasolina.

— Que chance, porra? — Apoiei o pé no assoalho do carro, sentindo a vibração dos pneus enquanto passavam pelo cascalho quando girei o volante e derrapamos na estrada principal. Os pneus cantaram antes que a borracha fosse sugada para o asfalto, e do banco de trás veio um gritinho. — Aquele prazo de dez anos para o hotel começar a dar algum retorno? — perguntei, irritado, enquanto afundava o pé no acelerador. — A questão é que você mentiu, Carl! Você mentiu e deu para eles cento e trinta hectares da minha... da *minha* terra por nada!

— Não dez anos, seu cabeça dura. Você vai ter a sua oportunidade em um ano, no máximo.

No nosso vocabulário, "cabeça dura" não estava longe de ser um termo carinhoso, e percebi que era um pedido de trégua.

— Sim, um ano e depois o quê?

— Aí os terrenos para os chalés são colocados à venda.

— Lotes de terreno para chalés? — Dei um tapa no volante. — Deus do céu, esquece os chalés, Carl! Você não soube? O Conselho Municipal votou para impedir mais loteamentos de chalés.

— Tem certeza?

— O conselho não consegue receita com os chalés, só despesas.

— Sério?

— Os proprietários de chalés pagam impostos onde moram, mas, como só passam aqui uma média de seis fins de semana por ano, não deixam dinheiro suficiente para cobrir o que esses chalés custam à comunidade. Água, esgoto, coleta de lixo, limpeza da neve. Proprietários de chalés abastecem o carro, compram hambúrgueres de mim, e isso é bom para o posto de gasolina e alguns dos outros negócios, mas para o conselho é o mesmo que nada.

— Eu não sabia disso.

Olhei de relance para ele. O idiota sorriu para mim. Claro que ele sabia.

— O que vamos fazer com o Conselho Municipal é vender camas quentes. Ao contrário de camas frias — disse Carl.

— O que você disse?

— Chalés são camas frias, vazias nove fins de semana em dez. Hotéis são camas quentes. Ocupadas todas as noites durante o ano todo com gente que gasta dinheiro sem custar nada ao conselho. Camas quentes são o sonho molhado de todo conselho municipal, Roy. Não importa o que os regulamentos dizem, eles jogam autorizações na sua mão. É assim no Canadá e é assim aqui. Não é o hotel que vai trazer muito dinheiro para você e para mim. É a gente obter as permissões para a venda de lotes para chalés. E é isso que vamos fazer, porque a gente vai oferecer ao conselho um negócio de trinta-setenta.

— Trinta-setenta?

— Oferecemos a eles trinta por cento de camas quentes em troca da autorização para a construção de setenta por cento de camas frias.

Dei uma diminuída na velocidade.

— E você acha que vão aceitar?

— Normalmente eles só aceitam o contrário. Setenta por cento quente. Mas pensa na reunião do conselho na semana que vem, quando também vão discutir as consequências do redirecionamento da estrada principal, e eu apresento esse projeto e oferecemos a eles um hotel que toda a comunidade votou a favor essa noite. E eles olham de relance para o banco da plateia e lá está Abraham Lincoln e ele está assentindo com a cabeça sinalizando que é uma boa.

Lincoln foi o apelido que papai deu a Jo Aas. E, sim, consigo visualizar. Eles dariam a Carl exatamente o que ele pediu.

Olhei pelo espelho retrovisor.

— O que você acha?

— O que eu acho? Acho que você está dirigindo feito um porco no cio.

O meu olhar cruzou com o dela. Então começamos a rir. E logo nós três caímos na gargalhada. E eu ria tanto que Carl precisou segurar o volante e dirigir, para mim. Mas assumi o volante de novo, diminuí a velocidade e virei na estrada de cascalho que levava à curva fechada em direção à nossa fazenda.

— Olha — disse Shannon.

E nós olhamos.

Um carro com uma luz azul intermitente no meio da estrada. Diminuímos ainda mais a velocidade, e os faróis iluminaram Kurt Olsen. Estava encostado no Land Rover de braços cruzados. Só parei quando o meu para-choque estava quase encostando nos seus joelhos, mas ele não moveu um músculo. Olsen veio até a lateral do carro e abaixei a janela.

— Teste do bafômetro — disse ele e apontou a lanterna para o meu rosto. — Sai do carro.

— Sair do carro? — perguntei, protegendo o meu rosto com uma das mãos. — Não posso simplesmente soprar sentado aqui?

— Pra fora — disse ele. Sério, calmo e frio.

Olhei para Carl. Ele assentiu com a cabeça duas vezes. A primeira para me dizer que era para fazer o que Olsen disse; a segunda, sim, ele ia cuidar de tudo daqui por diante.

Saí do carro.

— Está vendo aquilo? — disse Olsen apontando a lanterna para um risco mais ou menos reto no cascalho. Percebi que ele tinha feito isso com o salto da bota de cowboy. — Quero que você caminhe ao longo dessa linha.

— Você está de brincadeira, né?

— Não, eu não brinco, Roy Calvin Opgard. Começa aqui. Segue em frente.

Fiz o que ele mandou. Só para acabar com isso.

— Opa, cuidado, com cuidado agora — disse Olsen. — E de novo, lentamente. Pensa nisso como uma linha. Coloca o pé na linha toda vez que der um passo.

— Que tipo de linha? — perguntei enquanto retomava o teste.

— Do tipo que se suspende de um lado até o outro de uma ravina. Por exemplo, uma ravina com pedras tão soltas que as pessoas que afirmam saber dessas coisas escrevem, num relatório, que desaconselham qualquer investigação no local. Um passo em falso nessa linha, Roy, e você cai.

Não sei se foi por ter que desfilar como a porra de um modelo masculino ou por causa da luz bruxuleante da lanterna, mas ficou extremamente difícil manter o equilíbrio.

— Você sabe que eu não bebo — eu disse. — Então o que é isso?

— Você não bebe, eu sei. E isso significa que o seu irmão pode beber por dois. O que me faz pensar que é em você que a gente tem que ficar de olho. Pessoas sempre sóbrias estão escondendo alguma coisa, não acha? Elas têm medo de revelar os seus segredos se ficarem bêbadas. Então ficam longe de pessoas e festas.

— Se está atrás de algum caso, Olsen, procura o Moe, o telhador. Você já foi vê-lo?

— Chega disso, Roy. Eu sei que você está tentando me distrair. — A voz dele começava a perder a calma.

— Você acha mesmo que tentar impedir abuso sexual é uma distração? Você acha que fazer o teste do bafômetro num abstêmio é o melhor uso do seu tempo?

— Opa! Você pisou fora ali — disse Olsen.

Olhei para baixo.

— Pisei porra nenhuma.

— Olha ali, está vendo? — Ele apontou a lanterna para uma pegada fora da linha com a marca do solado de uma bota de cowboy. — É melhor você vir comigo.

— Mas que merda, Olsen, traz a porra do seu bafômetro!

— Alguém quebrou o aparelho. Apertou os botões errados e ele parou de funcionar — disse ele. — Você não passou no teste de equilíbrio, então é com isso que a gente tem que lidar. Como você sabe, temos uma cela aconchegante na sala do xerife, onde você pode esperar até o médico chegar e colher uma amostra de sangue.

Olhei para Olsen com tanto espanto e sem acreditar no que estava acontecendo que ele colocou a lanterna debaixo do queixo, com o facho de luz iluminando o rosto, e gritou:

— Bu! — Então deu uma risada fantasmagórica.

— Cuidado com essa luz — eu disse. — Parece que você já teve radiação suficiente por hoje.

Ele não parecia particularmente irritado. Ainda rindo, se desvencilhou das algemas encaixadas no cinto.

— De costas, Roy.

PARTE TRÊS

12

Já era tarde da noite quando ouvi o barulho através do tubo de aquecimento. Eu tinha 16 e quase havia adormecido ao som contínuo da conversa lá embaixo na cozinha. Embora não tivesse muito a dizer, era ela que falava. Papai só abria a boca para dizer sim ou não, exceto nas poucas ocasiões em que fazia com que ela se calasse e explicava de forma clara e concisa como as coisas eram e como deveriam ou não ser feitas, dependendo do caso. Isso quase sempre acontecia sem que ele levantasse a voz, mas depois, normalmente, ela ficava calada por um tempo antes de voltar a falar com calma de algo diferente, como se o assunto anterior nunca tivesse existido. Sei que pode parecer estranho, mas nunca conheci de verdade a minha mãe. Talvez por não a compreender, ou por não ter me interessado, ou porque ela era tão sem brilho se comparada a papai que simplesmente sumia para mim. É claro que é esquisito que a pessoa com quem você mais teve intimidade na vida, que lhe trouxe ao mundo, com quem você passou todos os dias por dezoito anos, possa continuar sendo alguém cujos pontos de vista e sentimentos são um completo mistério. Será que ela era feliz? Quais eram os seus sonhos? Por que ela conseguia conversar com papai e um pouco com Carl, mas quase nada comigo? Será que tinha tão pouca compreensão de mim quanto eu tinha dela? Em apenas uma ocasião tive um vislumbre do que estava por trás de mamãe na cozinha, mamãe no estábulo, mamãe que remendava roupas e nos dizia para obedecermos às ordens do nosso pai, e isso foi naquela noite no Grand, quando tio Bernard fez 50 anos. Depois da refeição no salão rococó, os adultos dançaram ao som de um trio de homens gordos de jaqueta branca e, enquanto Carl era levado para um tour pelo hotel, me sentei à mesa e vi que mamãe observava os dançarinos com um olhar que eu nunca tinha visto antes: algo meio sonhador, meio sorridente e ligeiramente dissimulado. E, pela primeira vez na vida, me ocorreu que a minha mãe podia ser bonita, *bonita*, sentada ali cantarolando, num vestido vermelho que combinava com a cor da bebida diante dela. Eu nunca tinha visto mamãe beber, exceto na véspera do Natal e mesmo assim uma única dose de aquavit, e tinha um tom afetuoso na voz, que eu nunca havia notado, quando perguntou a papai se ele queria dançar. Ele fez que não, mas sorriu para ela. Talvez ele tivesse visto a mesma coisa que eu. Então um homem pouco mais jovem que papai se aproximou e convidou mamãe para dançar. Papai tomou um gole de cerveja, assentiu e sorriu para o homem como se demonstrasse orgulho. Não me contive e deixei que os meus olhos acompanhassem mamãe até a pista de dança. Eu só torcia para que não fosse muito constrangedor. Eu a vi dizendo algumas palavras ao homem. Ele assentiu e começaram a dançar. Primeiro mamãe dançou bem perto dele, depois mais colado ainda, então se afastou, em seguida dançou rápido, e por fim devagar. Ela realmente sabia dançar, o que para mim foi uma grande surpresa. Porém, havia algo mais. A maneira como ela olhava para aquele desconhecido. Os olhos semicerrados e aquele leve sorriso como um gato atiçando um rato que pretende comer mais tarde. Então percebi papai ao meu lado ficando inquieto. De repente me ocorreu que o desconhecido não era o homem, mas ela, a mulher que eu chamava de mamãe.

Então a música acabou, e ela voltou a se sentar conosco. Mais tarde naquela noite, depois que Carl adormeceu ao meu lado no quarto de hotel que dividíamos, ouvi vozes no corredor. Reconheci a de mamãe, atipicamente alta e intensa. Me levantei e abri uma fresta na porta, o suficiente para ver a porta do quarto deles. Papai disse alguma coisa, mamãe ergueu a mão e bateu nele. Papai tocou o rosto e disse alguma coisa em voz baixa e calma. Ela levantou a outra mão e o acertou de novo. Então ela agarrou a chave da mão dele, destrancou a porta e desapareceu quarto adentro. Papai ficou onde estava, ligeiramente curvado, esfregando o rosto e olhando para a porta onde eu estava parado no escuro. Ele parecia triste e solitário, quase como uma criança que tivesse perdido o seu ursinho de pelúcia. Não sei se ele percebeu que a porta estava entreaberta. Mas sei que naquela noite pensei em algo que tinha a ver com mamãe e papai. Algo que não entendia muito bem. Algo que não tinha certeza se queria entender. E no dia seguinte, voltando para casa em Os, tudo estava como sempre tinha sido. Mamãe conversava com papai, uma conversa tranquila sobre assuntos corriqueiros, e ele dizia sim, e às vezes não, ou então tinha um acesso de tosse durante o qual ela ficava em silêncio por um tempo.

O motivo para eu escutar com particular interesse naquela noite, tantos anos atrás, foi por ter sido papai que, depois de uma longa pausa, começou a falar. E parecia que era algo que vinha avaliando qual seria a melhor maneira de dizer. Ele também manteve a voz ainda mais baixa que o normal. Quase um sussurro. Vale dizer, é claro, que os meus pais sabiam que podíamos ouvi-los através do buraco do tubo de aquecimento que vinha do fogão para o nosso quarto; mas o que eles não sabiam era que dava para ouvir *tudo*. O buraco era uma coisa, mas o próprio duto funcionava como um amplificador tão potente que era como estar sentado ao lado deles. Carl e eu tínhamos concordado que não havia motivo para lhes revelar essas coisas.

— Sigmund Olsen mencionou isso hoje — disse ele.

— Hã?

— Ele recebeu o que chamou de um "bilhete de advertência" de uma das professoras do Carl.

— E...?

— Ela disse para o Olsen que em duas ocasiões viu sangue nos fundilhos da calça do Carl, mas que, ao ser questionado, Carl deu o que ela chamou de "uma explicação bastante improvável".

— E qual foi? — Mamãe também baixou a voz.

— O Olsen não deu detalhes, só queria repassar a mensagem que o pessoal do xerife queria falar com o Carl. Aparentemente, eles têm que informar os pais quando interrogam menores de 16 anos.

Senti como se um balde de água fria tivesse sido derramado na minha cabeça.

— O Olsen disse que a gente pode estar presente, se o Carl quiser, e que o Carl não está juridicamente obrigado a falar com eles. Só para ficarmos cientes.

— O que você disse? — sussurrou a minha mãe.

— Que é claro que o meu filho não se recusaria a falar com a polícia, mas que eu gostaria de falar com ele primeiro, que seria bom saber que tipo de "explicação bastante improvável" o Carl deu à professora.

— E o que o xerife disse sobre isso?

— Ele refletiu a respeito. Disse que conhece o Carl, é claro, porque ele está na mesma turma do seu filho... Qual é o nome dele?

— Kurt.

— Kurt, isso mesmo. Por isso ele sabe que o Carl é um rapaz honesto e correto e diz que pessoalmente acredita na explicação do Carl. Ele também disse que a professora acabou de se graduar no curso de formação de professores e que hoje em dia eles são doutrinados a ficar atentos, ou seja, veem coisa até onde não tem.

— É claro que veem coisa onde não tem, pelo amor de Deus! Qual foi essa resposta do Carl à professora?

— O Carl disse que foi descansar numa pilha de tábuas atrás do celeiro e se sentou direto num prego com a ponta para fora.

Fiquei aguardando a próxima pergunta de mamãe: *Duas vezes?* Nunca foi feita. Será que ela sabia? Tinha adivinhado? Engoli em seco.

— Ai, meu Deus, Raymond — foi tudo o que ela disse.

— Essa pilha de tábuas devia ter sido retirada há muito tempo — disse ele. — Estou pensando em fazer isso amanhã. Então vamos ter uma conversa com o Carl. Não podemos permitir que ele se machuque assim e não nos diga. Pregos enferrujados... Isso pode dar uma infecção séria e Deus sabe mais o quê.

144

— É melhor a gente conversar com ele. E diz para o Roy ficar de olho no irmão mais novo.

— Não vai ser necessário, é só isso que o Roy faz. Na verdade, acho que pode até ser um pouco doentia a maneira como ele cuida do Carl o tempo todo.

— Doentia?

— Eles parecem um casal.

Uma pausa. Chegou a hora, pensei.

— O Carl precisa aprender a ser independente — disse papai. — Estive pensando, está na hora de os meninos terem cada um o próprio quarto.

— Mas a gente não tem espaço para isso.

— Ah, Margit, você sabe que a gente não tem dinheiro para fazer o banheiro que você quer entre os quartos, mas mover umas paredes para um quarto extra não vai custar muito caro. Posso fazer isso em duas ou três semanas.

— Será?

— Vou começar nesse fim de semana.

Obviamente, a decisão havia sido tomada muito antes de ele lhe sugerir a ideia de separar os meninos. O que Carl e eu poderíamos achar disso era irrelevante. Cerrei os punhos e engoli palavrões. Eu o odiava. Odiava muito. E confiava em Carl para manter a boca fechada, mas isso não seria o suficiente. O xerife. A escola. Mamãe. Papai. Estava fora de controle, pessoas demais sabiam alguma coisa, viram alguma coisa e, de repente, compreenderam tudo. Logo uma onda de vergonha nos envolveria, nos arrastaria. A vergonha, a vergonha, a vergonha. Era insuportável. *Nenhum de nós* seria capaz de suportar.

13

A NOITE DO FRITZ.

Carl e eu nunca usamos essa expressão para identificar aquela noite. Fui eu que a inventei e usava apenas quando ficava remoendo o ocorrido.

Tinha sido um dia escaldante de quente de outono. Eu tinha 20 anos. Dois anos haviam se passado desde que o Cadillac com mamãe e papai despencara no Huken.

— Está se sentindo um pouco melhor agora? — perguntou Sigmund Olsen ao lançar a linha da vara de pesca. Ela alçou voo, e o molinete retiniu, o tom diminuindo cada vez mais, como o canto de um pássaro que eu não conhecia.

Não respondi, me limitei a acompanhar a *spinner* enquanto ela reluzia momentaneamente ao sol antes de desaparecer sob a superfície da água num ponto tão afastado do bote em que estávamos sentados que não deu para ouvir quando bateu na água. Quis perguntar por que ele precisava arremessar a isca tão longe, já que bastava mover o barco para onde se desejava que a isca mergulhasse. Talvez tenha algo a ver com o fato de que a isca se parece mais com um peixe vivo nadando mais ou menos horizontalmente quando a linha é puxada. Não sei nada sobre pescaria nem tenho vontade de aprender. Por isso fiquei de boca fechada.

— Porque, mesmo que nem sempre seja o caso, é verdade quando dizem que "o tempo cura todas as feridas" — disse o xerife enquanto afastava o cabelo das lentes dos óculos de sol. — Algumas feridas, pelo menos — acrescentou.

Eu não tinha o que dizer sobre isso.

— Como está o Bernard? — perguntou ele.

— Vai bem — eu disse, já que não fazia ideia de que ele tinha apenas mais uns meses de vida.

— Ouvi dizer que você e o seu irmão têm passado mais tempo em Opgard que com o Bernard de acordo com o pessoal do serviço social.

Eu também não tinha resposta para isso.

— Bom, de qualquer maneira, você já tem idade suficiente para que isso não tenha mais importância, então não vou causar nenhum rebuliço. O Carl ainda está na escola, né?

— Isso mesmo.

— E ele está bem?

— Está, sim. — O que mais eu poderia dizer? Não era mentira. Ele dizia que ainda pensava muito em mamãe, e às vezes passava dias e noites sozinho no jardim de inverno, onde se sentava para fazer o dever de casa e ler sem parar os dois romances estadunidenses que papai trouxe quando voltou para a Noruega: *Uma tragédia americana* e *O grande Gatsby*. Nunca o vi ler nenhum outro romance, mas adorava esses dois, especialmente *Uma tragédia americana*, e às vezes à noite ele se sentava, lia para mim e traduzia as palavras difíceis.

Uma vez ele jurou ter ouvido gritos de mamãe e papai vindos de Huken, mas eu expliquei que eram apenas corvos. Fiquei inquieto quando ele disse que tinha pesadelos sobre nós dois acabarmos na prisão. Mas aos poucos as coisas se acalmaram. Ele continuava pálido e magro, mas comia bem e estava espichando, e sem demora era um palmo mais alto que eu.

Então, por mais incrível que pareça, as coisas entraram nos eixos. Se acalmaram. Eu mal podia acreditar. O fim do mundo passou, e nós tínhamos sobrevivido, pelo menos alguns de nós. Será que os que morreram foram aqueles a quem papai costumava chamar de "danos colaterais"? Mortes não intencionais, mas necessárias quando há uma guerra a ser vencida? Não sei. Nem mesmo sei se a guerra foi vencida. Sem dúvida houve um cessar-fogo e, caso um cessar-fogo perdure por tempo suficiente, é fácil confundi-lo com paz. Era nesse pé que as coisas pareciam estar na véspera da noite do Fritz.

— Eu costumava trazer o Kurt comigo — disse Olsen. — Mas acho que ele não tem tanto interesse assim em pescar.

— Sério? — eu disse como se achasse a ideia de pescar incrível.

— Para falar a verdade, acho que ele não tem interesse em nada que faço. E você, Roy? Vai ser mecânico de carros?

Eu não fazia ideia de por que ele tinha me levado para passear de barco no lago Budal. Talvez tenha pensado que eu fosse relaxar e declarar algo que não tivesse dito quando estava sendo interrogado. Ou talvez fosse simplesmente porque, como xerife, sentia certa responsabilidade e queria conversar, saber como as coisas iam.

— Vou, por que não? — respondi.

— É bom, porque você sempre gostou de mexer nas coisas — disse ele. — No momento, o único interesse do Kurt são garotas. Ele sempre está saindo para conhecer alguma nova. E você e o Carl? Alguma garota no radar de vocês dois?

Ele deixou a pergunta em aberto enquanto eu olhava para a escuridão abaixo da superfície da água tentando localizar a isca.

— Você nunca teve uma namorada, acertei?

Dei de ombros. Há uma grande diferença entre perguntar a um jovem de 20 anos se ele tem namorada e se *alguma vez* teve namorada. E Sigmund Olsen sabia disso. Fui forçado a imaginar quantos anos ele tinha quando fez aquele corte de cabelo que parecia um esfregão. Presumo que deva ter funcionado para ele apesar dos pesares.

— Não vi nada que me interessasse — eu disse. — Não adianta ter uma namorada só para dizer que tem.

— Claro que não — disse Olsen. — E tem aqueles que nem mesmo querem garotas. Cada um na sua.

— Pois é. — Ah, se ele soubesse como isso era verdade... Mas ninguém sabia. Apenas Carl.

— Contanto que ninguém saia ferido — disse Olsen.

— Claro. — Fiquei me perguntando sobre o que exatamente estávamos conversando e quanto tempo ainda ia demorar essa pesca. Eu tinha um carro na oficina que deveria entregar no dia seguinte, e estávamos longe demais da terra firme para o meu gosto. O lago Budal era grande e fundo. De brincadeira, papai o apelidou de *o grande desconhecido*, porque era a coisa mais próxima que tínhamos de um mar. Na escola, aprendemos que o vento, o fluxo e o afluxo dos três rios criavam correntes horizontais no lago Budal, mas o assustador eram as diferenças de temperatura na água, sobretudo na primavera, que provocavam fortes correntes verticais. Eu não sabia se eram suficientes para puxar para as profundezas alguém tão ansioso para cair na água que acaba indo nadar em março, mas naquela aula ficamos sentados de olhos arregalados, imaginando que sim. Talvez por isso eu nunca realmente tenha me sentido à vontade nesse lago, fosse nadando ou navegando. Quando Carl e eu testamos aquele equipamento de mergulho, fizemos esse teste num dos lagos menores nas montanhas, onde não havia correntes e poderíamos nadar até a margem se o barco afundasse.

— Você se lembra de quando conversamos logo depois que os seus pais morreram e eu disse que é comum as pessoas esconderem que estão sofrendo de depressão? — Olsen recolheu a linha de pesca que pingava.

— Lembro.

— Lembra? Boa memória. Bom, eu tive um gostinho de como é ficar deprimido.

— É mesmo? — eu disse com um tom de surpresa na voz, já que supus que era o que ele esperava ouvir.

— Até tomei remédio. — Ele olhou para mim e sorriu. — Deveria ser normal admitir isso, já que até primeiros-ministros admitem. De qualquer forma, já faz muito tempo.

— Faz, é?

— Mas nunca pensei em tirar a minha própria vida — disse ele. — Sabe o que seria necessário para eu fazer isso? Para eu simplesmente acabar com tudo e deixar esposa e dois filhos para trás?

Engoli em seco. Algo me dizia que o cessar-fogo estava em perigo.

— Vergonha — disse ele. — O que você acha, Roy?

— Não sei.

— Não sabe?

— Não. — Dei uma fungada com o nariz seco. — O que você realmente está pescando aqui? — Enfrentei o seu olhar por alguns segundos antes de acenar para a água. — Bacalhau e linguado, badejo e salmão?

Ele fez algo com o molinete, travou-o, acho, e prendeu a vara entre o fundo do bote e um dos bancos. Tirou os óculos de sol e enrolou o macacão por dentro do cinto. Tinha um celular numa capa de couro presa por um clipe ao cinto. De vez em quando ele dava uma checada. Fixou os olhos em mim.

— Os seus pais eram conservadores — disse ele. — Cristãos rigorosos.

— Não tenho tanta certeza assim — falei.

— Eram membros da Igreja metodista.

— Isso foi basicamente algo que o meu pai trouxe dos Estados Unidos.

— Os seus pais não eram exatamente tolerantes com a homossexualidade.

— Mamãe não tinha nenhum problema quanto a isso, mas o meu pai era totalmente contra. A menos que fossem estadunidenses e se candidatassem à eleição pelo Partido Republicano. — Eu não estava brincando, apenas repeti palavra por palavra o que papai dizia sem mencionar que mais tarde ele acrescentou soldados japoneses à sua seleta lista de preferidos, já que eram, como ele mesmo tinha dito, adversários valorosos. Ele disse isso como se tivesse de fato lutado na guerra. O que papai admirava era o ritual do *hara-kiri*. Ele acreditava que era algo que todo soldado japonês fazia sempre que a situação o exigia. "Olha só o que uma pequena população é capaz de fazer quando percebe que não há espaço para falhas", disse papai uma vez quando me sentei e fiquei observando-o polir a faca de caça. "Quando compreende que qualquer um que falhe tem que se apartar do corpo da sociedade como um tumor maligno." Eu poderia ter dito isso a Olsen. Mas por que faria isso?

Olsen tossiu.

— Qual é a sua opinião em relação à homossexualidade?

— A minha opinião? O que é ter uma opinião? Que opinião se deve ter em relação às pessoas com cabelos castanhos?

Olsen pegou a vara outra vez e continuou girando o molinete. Me ocorreu, então, que ele movia a mão da mesma maneira quando queria encorajar as pessoas a continuar falando, a *formular* as coisas, como dizem. Mas mantive a boca fechada.

— Vou direto ao ponto, Roy. Você é gay?

Não sei por que ele começou a falar de "homossexualidade" e depois pulou para falar sobre ser "gay". Talvez ele achasse que corria menos riscos de me ofender. Vi a isca brilhar na água, um brilho prolongado, como se a luz viajasse mais lentamente sob a superfície.

— Você está dando em cima de mim, Olsen?

Ele provavelmente não esperava essa. Parou de puxar a linha, ergueu a vara de pescar e olhou para mim com horror.

— Hã? Puta que pariu, não. Eu...

Bem naquele instante a isca rompeu a superfície da água e flutuou sobre a amurada como um peixe-voador. Deu uma volta sobre a nossa cabeça antes de retornar para a vara, pousando suavemente na parte de trás da cabeça de Olsen. A cabeleira dele era claramente ainda mais grossa do que parecia, porque ele nem notou a isca pousar.

— Se eu for gay, ainda não saí do armário; caso contrário, você e todo mundo do vilarejo saberiam em quinze minutos. Então isso deve significar que prefiro o armário. A outra possibilidade é eu não ser gay.

A princípio, Olsen pareceu surpreso. Então deu a impressão de estar ruminando a lógica das minhas palavras.

— Sou o xerife, Roy. Conheci o seu pai e nunca vou conseguir digerir essa história de suicídio. Pelo menos não que ele levaria a sua mãe junto.

— É porque não foi suicídio — eu disse em voz baixa, embora gritasse essas palavras dentro da minha cabeça. — Eu digo isso o tempo todo, ele não fez a curva.

— Talvez. — Olsen coçou o queixo.

Ele tinha um quê de maluco.

— Conversei com a Anna Olaussen tem uns dias — disse ele. — Sabe, ela era enfermeira no hospital. Está agora numa casa de repouso com Alzheimer. Ela é prima da minha esposa, então a gente ligou e marcou para vê-la. Quando a minha esposa foi buscar água para molhar as flores, a Anna me disse que tinha uma coisa de que ela sempre se arrependeu. Que ela nunca havia quebrado a promessa de confidencialidade, e me contou sobre quando o seu irmão Carl foi ao consultório e ela viu que ele tinha equimose anal. Significa que tinha lacerações. O seu irmão não quis contar a ela como isso aconteceu, mas não existem muitas opções. Por outro lado, a Anna achou que ele parecia tão calmo quando disse que não, não teve relações sexuais com um homem, que ela pensou que talvez não envolvesse estupro. Que podia ter sido consensual. Porque o Carl era... — Olsen olhou para a água. A isca estava pendurada na parte de trás da sua cabeça —... bom, um menino tão bonito.

Ele tornou a se virar para mim.

— A Anna não me contou, mas ela alertou a sua mãe e o seu pai. E que dois dias depois disso o seu pai lançou o carro sobre a beirada e despencou no Huken.

Desviei os olhos do seu olhar penetrante. Vi uma gaivota voando baixo sobre as águas calmas em busca de comida.

— Como eu disse, a Anna sofre de demência, e a gente tem que dar um desconto em tudo que ela diz. Mas relacionei isso a um bilhete de advertência da escola alguns anos antes, de uma professora que havia notado por duas vezes que o Carl tinha sangue nos fundilhos da calça.

— Pregos — sussurrei.

— Não entendi.

— Pregos!

A minha voz pairou sobre a superfície estranhamente tranquila da água em direção à margem, atingiu a face da rocha e voltou ecoando duas vezes... *egos... egos.* Tudo volta, pensei.

— Eu tinha esperanças de que você pudesse me ajudar a esclarecer por que o seu pai e a sua mãe não queriam mais viver, Roy.

— Foi um acidente — eu disse. — A gente pode voltar agora?

— Roy, você precisa entender; não posso deixar isso passar em branco. Tudo vai vir à tona mais cedo ou mais tarde, então a melhor coisa para você agora é me dizer exatamente o que estava acontecendo entre você e o Carl. Não precisa se preocupar, porque não vai ser usado contra você, isso não é um interrogatório oficial em nenhum aspecto jurídico. Somos só você e eu numa pescaria. Vou tornar tudo o mais fácil possível para todos os envolvidos, e, se você cooperar, vou garantir que qualquer potencial punição seja a mais branda possível. Porque do jeito como as coisas se apresentam no momento, isso acontecia enquanto o Carl ainda era menor de idade, o que significa que você, sendo um ano mais velho, corre o risco...

— Escuta — interrompi com um nó tão apertado na garganta que a voz soou como se saísse por um tubo de aquecimento. — Tenho um carro que precisa ser consertado, e parece que você não vai pescar nada para comer hoje, xerife.

Olsen ficou me olhando por um tempão como se quisesse que eu acreditasse que ele poderia ler os meus pensamentos, como dizem. Então ele assentiu, chegou para o lado para deitar a vara no bote e praguejou quando o anzol furou e arranhou o seu pescoço queimado de sol abaixo da sua cabeleira. Ele usou dois dedos para tirar o gancho e pude ver uma única gota de sangue que estremeceu sobre a pele, mas que não escorreu para lugar nenhum. Olsen ligou o motor de popa e cinco minutos depois puxávamos o bote para a casa de barcos do seu chalé. De lá, dirigimos até o centro do vilarejo no Peugeot de Olsen, e ele me deixou na oficina. Uma viagem de quinze minutos extremamente silenciosa.

Eu estava trabalhando no Corolla havia apenas meia hora, e, quando fui trocar o mecanismo de direção, ouvi o telefone tocar no lava-jato. Alguns segundos depois, a voz do tio Bernard:

— Roy, é para você. É o Carl.

Larguei tudo que estava segurando. Carl não ligava para a oficina. Em casa, tínhamos por hábito não ligar para lugar nenhum, a menos que houvesse uma emergência.

— O que foi? — gritei mais alto que o barulho da mangueira, que aumentava ou diminuía dependendo de onde o jato de água batia no carro.

— É o xerife Olsen — disse Carl com a voz entrecortada. Foi o bastante para perceber que era de fato uma emergência e me preparei. Será que aquele filho da puta já tinha ido a público divulgar as suas suspeitas de que era eu, o irmão mais velho, o pederasta que transava com Carl?

— Ele desapareceu — disse Carl.

— Desapareceu? — Dei risada. — Besteira. Eu o vi tem quarenta e cinco minutos.

— É sério. Acho que ele está morto.

Apertei o telefone com força.

— Como assim você *acha* que ele está morto?

— Quero dizer que não sei. Como eu disse, ele desapareceu. Mas posso sentir, Roy. Tenho quase certeza de que ele está morto.

Três pensamentos me ocorreram em rápida sucessão. O primeiro era que Carl tinha ficado doido de vez. Ele não parecia nem remotamente chateado e, embora fosse um pouco molenga, não era do tipo supersensível que *via* coisas. O segundo era que seria absurdamente conveniente se o xerife Sigmund Olsen tivesse desaparecido da face da Terra justamente quando eu mais precisava. O terceiro era que parecia uma reprise de Dog. Não tive escolha. Ao trair o meu irmão mais novo, eu havia contraído uma dívida que teria que pagar até a morte. E essa era só mais uma parcela a vencer.

14

— As coisas mudaram depois que papai desapareceu — disse Kurt Olsen ao colocar uma xícara de café na mesa diante de mim. — Não é como se o meu destino fosse ser policial.

Ele se sentou, afastou o topete loiro para o lado e começou a enrolar um cigarro. Estávamos sentados numa sala que funcionava como cela, mas que obviamente também era usada como depósito. Havia pastas e documentos empilhados no chão ao longo das paredes. Talvez a ideia fosse que as pessoas mantidas sob custódia poderiam passar o tempo verificando os seus registros e também os de qualquer outra pessoa enquanto estavam ali.

— Mas as coisas mudam um pouco depois que o nosso pai se vai, não é mesmo?

Tomei um gole de café. Ele havia me trazido até aqui para me fazer um teste que sabia, tanto quanto eu, que não mostraria álcool nenhum no sangue. Agora ele me oferecia uma trégua. Por mim, tudo bem.

— A gente meio que cresce de um dia para o outro — disse Kurt. — Porque é preciso. E começa a entender algo sobre a responsabilidade que ele tinha e como a gente havia feito de tudo para dificultar as coisas. Ignorado todos os conselhos, desconsiderado o que ele pensava e dizia e feito de tudo para ser o mais diferente dele. Talvez porque houvesse algo lá dentro dizendo que era assim que as coisas iam acabar. Como uma cópia do pai. Porque andamos em círculos. O único lugar para onde vamos é de volta para o lugar de onde viemos. Todo mundo é assim. Sei que você se interessava por pássaros da montanha. O Carl levou para a escola algumas penas que roubou de você. Como ele foi sacaneado por causa disso. — Kurt sorriu ao se lembrar, feliz com a memória. — Pensa nos pássaros, Roy, eles voam para todo lugar. Fazem migração, não é isso? Mas nunca vão para onde os seus antepassados não tenham ido. Os mesmos hábitat e locais de acasalamento nas mesmas épocas do ano. Livre como um pássaro? Estamos enganando a nós mesmos. É algo em que gostaríamos de acreditar. No entanto, nos movemos dentro da mesma porcaria de círculo. Somos pássaros engaiolados, mas, como a gaiola é tão grande e as grades tão finas, não percebemos.

Ele me observou para verificar se o seu monólogo tinha surtido algum efeito. Cheguei a cogitar assentir devagar, mas desisti.

— E é igual para você e para mim, Roy. Círculos grandes e círculos pequenos. O grande círculo sou eu assumindo o posto de xerife depois do meu pai. O pequeno é que ele tinha um caso não resolvido para o qual sempre retornava, e eu também tenho o meu. O meu é o desaparecimento do meu pai. Existem semelhanças, você não acha? Dois homens desesperados ou deprimidos tirando a própria vida.

Dei de ombros e tentei mostrar desinteresse. Merda, esse show todo foi por causa disso? O desaparecimento do xerife Sigmund Olsen?

— A diferença é que no caso do meu pai não há corpo nem local exato — disse Kurt. — Apenas o lago.

— *O grande desconhecido* — eu disse, assentindo devagar com a cabeça.

Kurt olhou atentamente para mim. E então começou a assentir com a cabeça ao mesmo tempo que eu, de modo que, por um instante, ficamos como duas bombas sincronizadas.

— E já que, de fato, você foi a penúltima pessoa a ver o meu pai vivo, e o seu irmão a última, tenho algumas perguntas a fazer.

— Acho que todos temos — eu disse e tomei outro gole de café. — Mas contei para você em detalhes sobre aquela pescaria com o seu pai. Tenho certeza de que você tem uma transcrição aqui. — Indiquei com a cabeça a papelada empilhada contra a parede. — E, de qualquer forma, vim aqui para fazer o teste de álcool no sangue, não é?

— Com certeza — disse Kurt Olsen. Ao terminar de enrolar o cigarro, guardou-o na tabaqueira. — Portanto, esse não é um interrogatório oficial. Nenhuma anotação vai ser feita e não há testemunhas de nada que possa ser dito aqui.

Igualzinho àquela pescaria, pensei.

— Estou especificamente interessado em descobrir o que aconteceu depois que o meu pai deixou você na oficina mecânica às seis para que você trabalhasse num carro.

Respirei fundo.

— Especificamente? Troquei o mecanismo de direção e os rolamentos de um Toyota Corolla. Acho que era um modelo de 1989.

Os olhos de Kurt se endureceram, a trégua estava obviamente sob ameaça. Optei por fazer uma retirada estratégica.

— O seu pai foi até a fazenda e conversou com o Carl. Depois que ele foi embora, o Carl me ligou porque a energia estava fraca e ele não conseguia descobrir o motivo. O gerador é antigo e a gente teve algumas falhas de aterramento. Ele não é exatamente um faz-tudo, então peguei o carro, fui até lá e consertei. Demorou algumas horas porque estava ficando escuro. Aí já era tarde quando voltei para a oficina.

— De acordo com a transcrição, você voltou às onze.

— Deve ter sido isso mesmo. Já faz muito tempo.

— E uma testemunha achou ter visto o meu pai dirigindo pelo vilarejo às nove. Mas já estava escuro e a pessoa em questão não tinha certeza.

— Certo.

— A pergunta é: o que o meu pai ficou fazendo entre seis e meia quando saiu da fazenda, de acordo com o Carl, até as nove?

— Eis o seu enigma.

Ele me encarou.

— Alguma teoria?

Olhei para ele com surpresa.

— Eu? Não.

Ouvi um carro estacionar lá fora. Deve ser o médico. Kurt olhou para o relógio. Imaginei que ele tivesse dito ao médico que não precisava se apressar.

— Falando nisso, como ficou o conserto daquele carro? — perguntou Kurt como se fosse algo casual.

— Carro?

— O Toyota Corolla.

— Acho que ficou tudo bem.

— Verifiquei os testemunhos e os proprietários de Toyotas antigos. Você está certo, era um modelo de 1989. Acontece que o Willumsen queria consertá-lo antes de vendê-lo. Apenas o suficiente para que desse a partida, suponho.

— Deve ter sido isso mesmo — eu disse.

— Mas não era o caso.

— Hã?! — exclamei.

— Falei com o Willumsen ontem. Ele se lembrou do Bernard prometendo que você arrumaria o carro para que pudesse ser dirigido. Ele lembra claramente, porque o cliente fez um test-drive de cem quilômetros, mas o carro não tinha sido consertado da maneira que você prometeu que seria.

— É mesmo? — Estreitei os olhos, tentando parecer um homem perscrutando as brumas do passado. — Então provavelmente acabei me atrasando porque demorei para encontrar o defeito do aterramento e depois consertá-lo.

— Bem, de fato você gastou um bocado de tempo nisso.

— Foi mesmo?

— Conversei com a Grete Smitt anteontem. É incrível como as pessoas se lembram de trivialidades do dia a dia quando podem relacionar isso a um evento especial, como o desaparecimento do xerife. Ela se lembra de ter acordado às cinco da manhã, olhado pela janela e visto que havia uma luz acesa na oficina e que o seu carro estava estacionado lá.

— Quando se faz uma promessa a um cliente, é necessário fazer de tudo para cumpri-la — eu disse. — E, mesmo que não consiga, ainda é uma boa regra de conduta.

Kurt Olsen me encarou como se eu tivesse acabado de contar uma piada particularmente ofensiva.

— Sim, sim — eu disse como se não estivesse nem aí. — Mas, então, em que pé está o assunto da descida em Huken?

— Ainda vamos ter que ver.

— O Nerell é contra?

— Ainda vamos ter que ver — repetiu Olsen.

A porta se abriu. Era Stanley Spind, o médico que fez estágio aqui e depois voltou para trabalhar em tempo integral, um sujeito do Cinturão Bíblico dos Estados Unidos. Ele estava na casa dos trinta, era amistoso e extrovertido, e tanto as roupas quanto os cabelos eram habilmente desgrenhados, mas combinavam muito bem com aquele jeito blasé de dizer: "Elegante, eu? Acabei de jogar uma roupa qualquer no corpo e por acaso elas parecem combinar. E não penteei o meu cabelo, ele que é assim mesmo." O corpo dele era uma mistura estranha de firmeza e maciez, como se tivesse comprado os músculos em alguma loja. As pessoas diziam que era gay e que tinha um amante com mulher e filhos em Kongsberg.

— Pronto para o exame de sangue? — perguntou ele, forçando os erres.

— Parece que sim — disse Kurt Olsen sem tirar os olhos de mim.

Saí junto de Stanley depois que ele colheu a amostra de sangue.

Desde que o médico entrou na sala, Kurt Olsen parou de falar sobre o caso, confirmando o que tinha dito antes, que nessa fase a investigação ainda é um assunto estritamente confidencial. Kurt deu apenas um leve aceno de cabeça quando saímos.

— Estive em Årtun — disse Stanley enquanto inalávamos o ar fresco e frio da praça em frente à sala do xerife, que ficava no mesmo prédio sem personalidade dos anos oitenta que também abrigava os escritórios das autoridades locais. — O seu irmão certamente deixou todo mundo animado. Então, será que agora vamos conseguir um hotel spa?

— Tem que passar pelo Conselho Municipal primeiro.

— Se eles disserem que sim, definitivamente estou dentro.

Assenti.

— Quer uma carona para algum lugar? — perguntou Stanley.

— Não, obrigado, vou ligar para o Carl.

— Tem certeza? Não fica muito longe do meu caminho. — Talvez ele tenha se demorado uma fração de segundo a mais ao me encarar. Ou, então, o que é igualmente provável, talvez eu que seja um pouco paranoico.

Abanei a cabeça.

— Fica para outra hora — disse ele e abriu a porta do carro.

Stanley obviamente havia parado de trancar o carro depois de se mudar para cá como as pessoas da cidade costumam fazer. Existe essa ideia romântica de que os moradores dos vilarejos do interior não trancam nada. Mas isso é mentira. Trancamos as nossas casas, as casas de barcos e, sobretudo, trancamos os nossos carros. Fiquei vendo as lanternas traseiras do carro dele sumirem, enquanto tirava o celular do bolso e partia a pé para me encontrar com Carl. Quando o Cadillac parou no acostamento a minha frente, vinte minutos mais tarde, era Shannon quem estava ao volante. Ela explicou que Carl tinha aberto um champanhe ao voltarem para casa. E, como ele tinha bebido além da conta, enquanto ela apenas dera uma bicadinha, conseguiu persuadi-lo a lhe dar a chave do carro.

— Estavam celebrando a minha prisão?

— Ele falou que tinha certeza de que você diria isso e que eu deveria responder que ele estava celebrando a sua liberdade. Ele é bom em encontrar motivos para comemorar.

— Verdade — eu disse. — E o invejo por isso também. — Me dei conta de que esse "também" podia dar margem a mal-entendidos e já ia me justificar. Dizer a ela que, quando enfatizei "inveja", o "também" significava tanto que era verdade quanto que invejava a capacidade que ele tinha de *compartimentalizar* as coisas, como dizem. Por isso, o "também" não se aplicava no sentido de que havia outra coisa que eu também invejasse nele. Mas sempre tive tendência a complicar as coisas.

— Você pensa muito — disse Shannon.

— Não muito.

Ela sorriu. O volante parecia gigante entre as suas mãos.

— Você enxerga direito? — perguntei, apontando para a escuridão enquanto os cones de luz iluminavam o caminho diante de nós.

— Chama-se *ptosis* — disse ela. — É a palavra grega para o verbo "cair". No meu caso é congênito. Dá para treinar o olho e assim diminuir as possibilidades de desenvolver ambliopia, o que as pessoas chamam de "olho preguiçoso". Não sou preguiçosa. E vejo tudo.

— Que bom — eu disse.

Ela trocou de marcha ao se aproximar da primeira curva fechada.

— Por exemplo, eu vejo que é um problema para você, que você acha que afastei você do Carl.

Ela acelerou, e uma chuva de cascalho retiniu no para-lama. Por um instante me perguntei se devia fingir não ter ouvido o que havia acabado de dizer. Mas eu tinha certeza absoluta de que, se eu deixasse passar, ela simplesmente repetiria.

Eu me virei para ela.

— Obrigada — disse, antes que eu abrisse a boca.

— Obrigada?

— Obrigada por estar abrindo mão de tantas coisas. Obrigada por ser um homem bom e sábio. Sei o quanto você e o Carl significam um para o outro. Além de ser uma completa estranha que se casou com o seu irmão, invadi o seu domínio físico, literalmente, e me apoderei do lugar onde você costumava dormir. Você deveria me odiar.

— Bom — eu disse, então respirei fundo. Havia sido um dia muito longo. — Não sou exatamente conhecido por ser um homem bom. O verdadeiro problema é que, infelizmente, tem muito pouco para se odiar em você.

— Conversei com algumas pessoas que trabalham para você.

— Conversou? — perguntei, genuinamente surpreso.

— Esse é um lugar muito pequeno — disse Shannon. — Provavelmente sou um pouco mais de conversar com as pessoas que você. E você está enganado. Elas consideram, *sim*, você um homem bom.

Bufei.

— Então você não deve ter conversado com alguém de quem arranquei os dentes.

— Talvez não. Mas mesmo isso foi algo que você fez para proteger o seu irmão.

— Acho que você está esperando muito de mim. Só vou te decepcionar.

— Acho que já sei o que esperar de você — disse ela. — A vantagem em se ter um olho preguiçoso é que as pessoas se revelam para você, acham que você não está ouvindo direito.

— Então você acha que sabe tudo o que há para saber sobre o Carl, é isso que está dizendo?

Ela sorriu.

— O amor é cego, é isso que você está dizendo?

— Em norueguês, dizemos que o amor *te deixa* cego.

— Haha! — Ela deu uma risada leve. — Mas isso é ainda mais preciso que o meu "o amor é cego" em inglês. Que as pessoas usam de um jeito completamente errado de qualquer maneira.

— É mesmo?

— Usam a expressão "o amor é cego" para dizer que vemos apenas o lado bom das pessoas que amamos. Mas, na verdade, se refere ao fato de que o Cupido usa uma venda sobre os olhos quando atira as suas flechas. O que quer dizer que as flechas acertam ao acaso, e não somos nós que escolhemos por quem nos apaixonamos.

— Mas isso está certo? Aleatoriamente?

— Ainda estamos falando sobre o Carl e eu?

— Sim, para servir de exemplo.

— Bom, talvez não ao acaso, mas se apaixonar nem sempre é um ato consciente.

— Eu realmente não tenho tanta certeza de que nós, homens da montanha, sejamos tão práticos em questões de amor e morte quanto você parece pensar que somos.

Os faróis atingiram a parede de casa enquanto o carro vencia o aclive final. Um rosto, branco feito um fantasma àquela luz e com olhos como dois buracos negros, nos encarava por trás da janela da sala de estar.

Shannon parou o carro, desengatou a marcha, apagou o farol e desligou o motor.

O silêncio baixa rapidamente por aqui quando se desliga a única fonte de som. Como um rugido repentino. Permaneci sentado. Shannon também.

— Quanto você sabe? — perguntei. — Sobre nós. Sobre a nossa família?

— Quase tudo, eu acho — disse ela. — Como condição para casar e vir morar aqui, eu disse ao Carl que ele teria que me contar absolutamente tudo. Inclusive as coisas ruins. Em especial as coisas ruins. E o que ele não me disse eu vi com os meus próprios olhos desde que cheguei aqui. — Shannon apontou para a pálpebra semicerrada.

— E você... — Fiz uma pausa. — Você acha que consegue viver com você-sabe-o-quê?

— Cresci numa rua onde irmãos fodiam irmãs. Pais estupravam filhas. Filhos repetiam os pecados dos pais e se tornavam parricidas. Mas a vida continua.

Assenti com a cabeça bem devagar, sem a menor ironia, enquanto apanhava a minha latinha de tabaco de mascar.

— Acho que continua mesmo. Mas parece muita coisa para suportar.

— Sim — disse Shannon. — E é. Mas todo mundo tem alguma coisa com que precisa lidar. E isso foi há muito tempo. As pessoas mudam, e eu realmente acredito nisso.

Continuei sentado e me perguntei por que eu tinha imaginado que essa era a pior coisa que poderia acontecer comigo — que algum estranho descobrisse — quando, para dizer a verdade, simplesmente não foi o que aconteceu. E a razão estava na cara: Shannon Alleyne Opgard não era uma estranha.

— Família — eu disse ao colocar o tabaco por baixo do lábio superior. — Isso significa muito para você, não é?

— Significa tudo — respondeu ela sem hesitar.

— O amor pela família também te deixa cega?

— Como assim?

— Na cozinha, quando você falou de Barbados, achei que tivesse dito que acreditava que a lealdade das pessoas estava mais ligada à família e aos sentimentos que aos princípios. Mais ainda que a posicionamentos políticos e opiniões das pessoas em geral sobre que é certo e errado. Entendi direito?

— Ã-hã. Família é o único princípio norteador. E o certo e o errado procedem dela. Todo o resto é secundário.

— Será mesmo?

Ela olhou pelo para-brisa para a nossa pequena casa.

— A gente tinha um professor de ética em Bridgetown. Ele nos disse que a Justitia, que simboliza o Estado de Direito, tem nas mãos uma balança e uma espada que representam a justiça e o castigo e que ela usa venda nos olhos como o Cupido. A interpretação usual é que todas as pessoas são iguais perante a lei, que a lei não toma partido, não se preocupa com família nem com amor, apenas com a própria lei.

Ela se virou e me encarou, o seu rosto branco como neve brilhava no interior escuro do carro.

— Mas com uma venda não se pode ver os pratos da balança nem onde a espada atinge. O professor também nos ensinou que, na mitologia grega, olhos vendados significavam que apenas o olho interior era usado, o olho que encontrava a resposta dentro do próprio indivíduo. Onde sábios e cegos veem apenas o que amam, e o que está no exterior não significa nada.

Assenti lentamente com a cabeça.

— Nós: você, eu e o Carl somos uma família?

— Não temos o mesmo sangue, mas somos família.

— Que bom — eu disse. — Então, como membro da família, você pode se juntar ao Carl e a mim quando tivermos os nossos conselhos de guerra, em vez de apenas ouvir pelo tubo de aquecimento.

— Tubo de aquecimento?

— É só uma figura de linguagem.

Carl tinha dado a volta pela porta da frente e agora se dirigia a nós pelo cascalho.

— E por que conselho de guerra? — perguntou Shannon.

— Porque estamos em guerra — eu disse.

Olhei para ela. Os seus olhos brilhavam como a deusa Atenas pronta para a batalha. Meu Deus, como era linda.

Então contei a ela sobre a noite do Fritz.

15

FALEI AO TELEFONE TORCENDO para que o barulho da mangueira impedisse que o tio Bernard me ouvisse.

— Carl, do que você está falando? Tem certeza de que ele está morto?

— Ele deve ter caído de uma altura enorme. E não consigo ouvir nada vindo lá de baixo. Mas não tenho certeza, ele desapareceu.

— Desapareceu? Onde?

— No fundo de Huken, é claro. Ele se foi, nem quando me debruço na borda consigo vê-lo.

— Carl, fica onde está. Não diz nada para ninguém, não toca em nada, não faz nada, entendeu?

— Vem rápido. Quanto tempo até...

— Quinze minutos. Tá bom?

Desliguei, saí do lava-jato e ergui os olhos para a Geitesvingen. Não dava para ver o trecho onde a montanha tinha sido escavada, mas, se alguém dirigisse por lá, daria para ver a metade superior do carro. Se uma pessoa está na beira do despenhadeiro usando roupas de cores vivas, pode ser vista num dia claro, mas agora o sol estava muito baixo.

— Tenho que ir em casa resolver uma coisa — gritei.

Tio Bernard girou o bocal da mangueira e cortou o fluxo de água.

— O que houve?

— Problema de aterramento.

— Ah, é? É tão urgente assim?

— O Carl precisa de luz essa noite — eu disse. — Ele precisa terminar umas coisas da escola. Mais tarde eu volto.

— Tá bom. Olha, vou sair daqui a meia hora, mas você tem as chaves.

Entrei no Volvo e parti. Mantive a velocidade no limite, embora as chances de ser parado fossem poucas, já que o único homem da lei estava prostrado no fundo de uma ravina.

Quando cheguei, Carl estava parado na Geitesvingen. Estacionei, desliguei o motor e puxei o freio de mão.

— Ouviu alguma coisa? — perguntei, apontando para Huken.

Carl fez que não com a cabeça. Ele não disse nada, e havia uma expressão de fúria nos seus olhos. Eu nunca o tinha visto assim antes. O cabelo estava todo arrepiado, como se tivesse esfregado as mãos na cabeça. As pupilas estavam dilatadas como se estivesse em estado de choque. Ele provavelmente estava em choque, pobre coitado.

— O que aconteceu?

Carl se sentou no meio da curva, como as cabras costumam fazer. Abaixou a cabeça e escondeu o rosto entre as mãos, o que lançou uma sombra alongada no cascalho, feito a de um troll.

— Ele veio aqui — gaguejou Carl. — Disse que você e ele estavam pescando, e aí ele começou a fazer um monte de perguntas, e eu... — Carl se calou.

— Sigmund Olsen veio aqui — retomei a fala do meu irmão, me sentando ao lado dele. — Ele provavelmente disse que contei umas coisas para ele e pediu que você confirmasse se eu tinha abusado de você quando era menor de idade.

— Isso! — gritou Carl.

— Fala baixo! — eu disse.

— Ele falou que o melhor seria a gente confessar e encerrar o assunto o mais rápido possível. A alternativa era ele usar as evidências que tinha para iniciar um processo judicial longo, doloroso e público. Eu disse que você nunca tocou em mim, não daquele jeito, não... — Carl falava e gesticulava para o chão, como se eu nem sequer estivesse ali.

— O Olsen disse que não era incomum as vítimas simpatizarem com o agressor em situações como essas, que elas mesmas assumiam parte da culpa pelo que havia acontecido, ainda mais se já vinha acontecendo há algum tempo.

E eu concluí que, bom, o xerife Olsen tinha acertado.

Um soluço escapou dos lábios de Carl.

— Então ele me disse que a Anna, aquela enfermeira, contou para mamãe e papai o que a gente estava fazendo, e isso aconteceu dois dias antes de eles caírem da pedreira de Huken. O Olsen disse que papai sabia que um dia isso viria a público e que, por ser um cristão conservador, não conseguiria conviver com a vergonha.

E levou mamãe junto, pensei, em vez dos dois sodomitas no quarto dos meninos.

— Tentei dizer que não, que ele estava errado, que tinha sido um acidente. Um simples acidente, mas ele não quis me ouvir e continuou. O Olsen disse que o nível de álcool no sangue de papai era mínimo e que ninguém perde uma curva como aquela quando está sóbrio. E então eu fiquei desesperado, percebi que ele realmente ia seguir em frente com o...

— Sim — eu disse, dando um peteleco numa pedrinha pontiaguda sobre a qual eu estava sentado. — O Olsen só quer *esclarecer* a porra do seu grande caso.

— Mas e a gente, Roy? A gente vai para a cadeia?

Dei um sorriso. Cadeia? Sim, talvez. Eu não tinha pensado muito sobre isso. Porque sabia que, se toda a verdade viesse à tona, eu não conseguiria conviver com a vergonha, e não com o fato de estar na prisão. Porque, se eles, os outros, os moradores do vilarejo descobrissem, não seria apenas a vergonha com a qual tive que lidar sozinho no escuro por tantos anos. Toda essa história vergonhosa e pérfida viria a público, seria condenada, ridicularizada. A família Opgard seria humilhada. Talvez fosse uma falha na personalidade, como dizem, mas papai tinha compreendido a lógica por trás do *hara-kiri*, e eu também. De que a morte era a única saída para alguém esmagado pela vergonha. Por outro lado, ninguém quer morrer a menos que seja necessário.

— A gente não tem muito tempo — eu disse. — O que aconteceu?

— Fiquei desesperado — disse Carl e olhou de relance para mim do jeito que ele fazia quando estava prestes a confessar alguma coisa. — Então eu disse que sabia que tinha sido um acidente, que eu podia provar.

— Você disse o *quê*?

— Eu tinha que dizer *alguma coisa*, Roy! Então falei que um dos pneus estava furado, e foi por isso que eles caíram do penhasco. O que quero dizer é que ninguém tinha verificado se estava tudo em ordem no carro, só içaram os corpos. Aí, aquele alpinista foi atingido por uma pedra e depois disso ninguém se arriscou a descer lá de novo. Eu disse que não era de espantar que eles não tivessem notado o furo, porque não dá para dizer que um pneu está furado quando o carro está com as rodas para cima, e eu disse também que algumas semanas atrás peguei um binóculo e desci por uma encosta com algumas pedras firmes para se segurar e me debrucei para ver o carro. E disse que vi como o pneu dianteiro esquerdo estava visivelmente um pouco murcho, e que o furo deve ter acontecido *antes* de o carro cair da beirada, porque o chassi estava totalmente intacto, o carro deu meia cambalhota no ar e caiu de rodas para cima, e ponto final.

— E o Olsen comprou essa história?

— Não. Ele quis ver com os próprios olhos.

Eu podia ver aonde isso estava nos levando.

— Então você pegou o binóculo e...

— Ele escalou até a borda e... — Carl bufou e continuou de olhos fechados. — Ouvi o som de pedras se soltando, um grito. Então ele se foi.

Se foi, pensei, mas não se foi de todo.

— Você não acredita em mim?

Fiquei olhando para o despenhadeiro. Uma lembrança de quando eu tinha 12 anos, no quinquagésimo aniversário do tio Bernard, comemorado no Grand Hotel, pipocou na minha mente.

— Você percebe o que isso vai parecer? — eu disse. — O xerife vem aqui para interrogar você a respeito de um crime e acaba morto lá embaixo. Se é que está morto.

Carl assentiu lentamente. Claro que ele estava ciente. Ou então teria ligado para a central de resgate ou para o médico em vez de para mim. Me levantei do chão e limpei a poeira da calça.

— Vai buscar a corda que está no celeiro — pedi. — A mais longa.

Amarrei uma das pontas da corda no engate do carro e a outra na cintura. Então comecei a descer em direção à Geitesvingen enquanto a corda desenrolava. Contei cem passos até a corda esticar. Eu estava a dez metros da beira do penhasco.

— Agora! — gritei. — E não esquece: devagar!

Carl deu sinal de positivo com o polegar para fora da janela do meu Volvo e começou a dar ré.

O truque era manter a corda esticada, conforme eu havia explicado a ele, e agora não tinha volta. Me agarrei com toda a força à corda e segui em direção ao precipício como se estivesse com pressa para nos levar lá para baixo, para o abismo. A beirada era o pior trecho. O meu corpo reclamou por não estar tão convicto quanto a minha mente de que estava tudo em ordem, o que me fez hesitar. A corda afrouxou porque Carl não notou que eu havia parado ali na beirada. Gritei para dirigir um pouco para a frente, mas ele não me ouviu. Então virei as costas para a pedreira Huken, dei um passo atrás e me joguei. Não deve ter sido mais de um metro, mas, quando a corda se fechou ao redor da minha cintura, fiquei sem ar e me esqueci de endireitar as pernas, indo de encontro ao paredão rochoso com os joelhos e a testa. Praguejei, apoiei as solas dos sapatos no paredão e comecei a descer de costas a face rochosa vertical. Olhei para o céu que agora estava azul-claro e translúcido, e já podiam ser vistas algumas estrelas. Não conseguia mais ouvir o carro; de fato, o silêncio era absoluto. Talvez tenham sido o silêncio, as estrelas e estar suspenso no ar que me deram a sensação de ser um astronauta pairando no espaço conectado a uma cápsula espacial. Pensei no major Tom da música do Bowie. E por um instante desejei poder continuar assim, e até terminar assim, poder apenas pairar para longe.

Então alcancei a base do paredão de pedra, toquei no chão firme e observei a corda se enrolando feito uma cobra na minha frente. Duas, três voltas e parou. E aí acompanhei o seu trajeto de volta até o topo. Notei uma nuvem de fumaça esgarçada saindo do escapamento. Carl deve ter parado o carro no limite do precipício. A corda tinha sido longa o suficiente, nem um único centímetro a mais.

Me virei. Estava de pé sobre uma pilha de pedras grandes e pequenas que o passar do tempo havia arrancado das encostas ao meu redor e depositado na base. A queda da Geitesvingen era vertical, mas a parede mais embaixo e com pedras afiadas se inclinavam ligeiramente, de modo que o quadrado do céu noturno acima de mim era maior que os cerca de cem metros quadrados de solo rochoso em que eu estava. Nada florescia naquele lugar que nunca viu nenhum raio de sol, nenhum odor. Apenas pedras. Espaço e pedras.

A nave espacial, o Cadillac DeVille preto de papai, estava do jeito que eu tinha imaginado que estaria naquela vez que os homens do resgate na montanha descreveram a cena.

O carro estava caído com as rodas para cima. A parte traseira do cupê ficou achatada, com a frente tão pouco danificada que se poderia até supor que os passageiros sentados ali teriam sobrevivido. Mamãe e papai foram encontrados fora do carro; foram arremessados pelo para-brisa quando a dianteira atingiu o solo. O fato de não estarem usando cinto de segurança fortaleceu a teoria de suicídio, embora eu tivesse explicado que papai era contra cintos de segurança. Não porque não entendesse a importância do uso, mas porque era uma obrigatoriedade imposta pelo que ele chamava de "Estado-babá". A única razão para o xerife Olsen pensar ter visto papai usando o cinto tantas vezes enquanto dirigia no centro do vilarejo era que papai o colocava quando achava que havia algum agente da lei por perto, porque o seu ódio às multas era maior que o ódio ao Estado-babá.

Um corvo pousado na barriga do xerife Olsen me olhava desconfiado, as garras se prendiam com firmeza à grande fivela com o crânio de búfalo. Olsen tinha caído de um jeito que a metade inferior do seu corpo estava sobre a extremidade traseira do chassi, e o restante pendurado na lateral fora do meu campo de visão. A cabeça do corvo girou e me acompanhou enquanto eu contornava o carro. Vidro quebrado estalou sob a sola dos meus sapatos, e tive que me apoiar com as mãos para passar por algumas pedras soltas enormes. A parte superior do corpo de Olsen estava pendurada diante da placa e do porta-malas. O ângulo incomum de noventa graus em que a sua coluna foi partida lembrava um espantalho, uma figura sem articulações, com fardos de palha enfiados dentro das roupas e um esfregão no lugar da cabeça que pingava sangue no chão de pedras, produzindo uma série de ruídos breves e secos. Suspenso ali com as mãos no ar — isto é, em direção ao chão —, parecia tentar avisar que estava desistindo. Porque, como papai sempre dizia: "Se você está morto, então perdeu." Olsen estava completamente morto. E fedia.

Dei um passo adiante, e o corvo grasnou para mim sem se mover. Provavelmente me via como uma espécie de mandrião-do-ártico, um tipo sorrateiro de ave marinha que vive de roubar a comida de outros pássaros. Peguei uma pedra e joguei no corvo, que alçou voo crocitando duas vezes: uma vez cheio de ódio dirigido a mim, e a outra uma expressão do próprio pesar.

A escuridão já se intensificava na encosta da montanha e eu precisava ser rápido.

Tive que pensar em como iríamos içar o corpo de Olsen pela encosta rochosa usando apenas uma corda com risco mínimo de ficar preso em algum lugar ou de escapulir. Porque o corpo humano parece a porra do Houdini. Se você amarra a corda em volta do peito, os braços e os ombros se comprimem e o corpo escorrega. Amarre a corda na fivela do cinto ou em volta da cintura e arraste o corpo feito um camarão amarrado e em algum momento o centro de gravidade será alterado e o corpo vai virar de cabeça para baixo e escapar da corda ou das calças. Então resolvi que a coisa mais simples seria fazer um nó corrediço e amarrá-lo ao pescoço. O centro de gravidade seria tão baixo que ele não conseguiria se inclinar em direção nenhuma, e com a cabeça e os ombros abrindo caminho havia menores chances de ele ficar agarrado em alguma coisa. E é claro que você pode muito bem estar se perguntando como é que eu sabia dar um nó que em geral só aprende quem pensa em se enforcar.

Trabalhei de forma sistemática e me concentrei nos aspectos práticos. Sou bom nisso. Sabia que essas imagens me atormentariam no futuro, essa visão de Olsen como carranca adornando a proa de uma espaçonave preta. Mas eu me preocuparia com isso em outro momento, em outro lugar.

Já estava escuro quando liguei para Carl avisando que o pacote estava pronto. Tive que ligar três vezes; ele estava escutando Whitney Houston no CD Player do carro, e a voz dela cantando "I Will Aways Love You" ecoava pelas montanhas. Ele ligou o motor e eu ouvi quando deixou o pé na embreagem para manter o carro em baixa velocidade. A corda esticou, eu segurei o corpo, o ajudei a ultrapassar uma rocha saliente e daí o soltei. Fiquei embaixo observando-o se erguer para o céu como um anjo de pescoço estendido. Lentamente o corpo foi engolido pela escuridão até que tudo o que eu ouvia era o som do corpo arranhando a rocha. Em seguida, um breve assobio na escuridão e o estalo de algo duro atingindo o chão a apenas alguns metros de mim. Merda, o corpo deve ter esbarrado no paredão e deslocado algumas pedras, e podia haver mais. Me abriguei no único lugar possível. Entrei engatinhando pelo para-brisa do Cadillac. Me sentei, vi os mostradores do painel e tentei, de cabeça para baixo, ler as informações. Pensei no que viria a seguir. Em como lidar com a próxima parte do plano. Os detalhes práticos, tudo que precisava ser feito com exatidão e as outras opções para o caso de algo dar errado com o plano A. Deve ter sido esse simples ato de pensar que me deixou mais calmo. A situação era insana, sem dúvida. Eu estava tentando encobrir o fato de que um homem estava morto, e isso me acalmou. Ou talvez não fossem esses pensamentos práticos, mas os odores. O cheiro do couro dos assentos impregnados do suor de papai, dos cigarros e do perfume de mamãe e do vômito de Carl da vez que fomos ao centro do vilarejo no Cadillac recém-comprado e ele passou mal no carro e vomitou nos assentos antes mesmo de termos atravessado todas as curvas fechadas a caminho do vilarejo. Mamãe apagou o cigarro, baixou o vidro e pegou uma porção de fumo da caixinha prateada de papai. Mas Carl continuou vomitando enquanto saíamos do vilarejo. Então, de repente, e sem nenhum aviso de que ele não tinha tido tempo de abrir o saco de vômito, o interior do carro fedia como a porra de uma câmara de gás, mesmo com todas as janelas abertas. Carl se deitou no banco de trás com a cabeça no meu colo, fechou os olhos e tudo se acalmou. Depois que mamãe limpou o vômito, ela nos entregou o saco de biscoitos, e papai cantou "Love Me Tender" bem devagar e num vibrato duplo. Olhando agora em retrospecto eu me lembrei de que aquele foi o nosso melhor passeio.

O resto aconteceu bem rápido.

Carl jogou a corda para baixo, eu me amarrei, avisei que estava pronto e fiz o meu caminho subindo a face da rocha da mesma forma que havia descido, como um filme sendo exibido de trás para a frente. Embora eu não conseguisse ver onde pisava, nada se soltou. Porém, não diria que a montanha era segura, pois foi por muito pouco que não fui atingido na cabeça.

Olsen foi colocado na Geitesvingen sob a luz dos faróis do Volvo. Não havia muitos sinais visíveis de danos externos ao corpo. A juba de cabelo estava encharcada de sangue, uma das mãos parecia ter sido esmagada e havia marcas lívidas no pescoço por causa do nó corrediço. Não sei se era uma descoloração por causa da corda ou se um cadáver fresco pode sofrer hemorragia. Mas, claro, havia ali uma coluna vertebral quebrada e ferimentos internos suficientes para um patologista ser capaz de determinar que a causa da morte não foi exatamente por enforcamento. Nem por afogamento.

Enfiei a mão num dos bolsos traseiros de Olsen e peguei as chaves do carro; no outro encontrei o molho de chaves que ele usou quando trancou a casa de barcos.

— Vai buscar a faca de caça de papai — eu disse.

— Quê?

— Está pendurada no hall de entrada ao lado da espingarda. Anda, vai!

Enquanto Carl corria de volta para casa, apanhei a pá de neve que todo morador das montanhas mantém o ano inteiro na mala do carro, aplanei o cascalho por onde Olsen tinha sido arrastado e joguei a pá em Huken, desaparecendo sem fazer ruído.

— Aqui — disse Carl, ofegante.

Ele me entregou a faca, aquela com ranhuras na lâmina que eu tinha usado para matar Dog.

E agora, como antes, Carl estava parado atrás de mim, olhando para longe, enquanto eu usava a faca. Agarrei a cabeleira e segurei a cabeça da mesma forma que tinha segurado a de Dog, coloquei a ponta da lâmina na sua testa, forcei-a através da pele até atingir o osso, então cortei um círculo em ângulo descendente, ao redor da cabeça, logo acima da orelha e do aglomerado de vértebras do pescoço enquanto a ponta da faca seguia a linha do crânio sem parar. Papai havia me mostrado como esfolar uma raposa, mas isso era diferente. Isso era um escalpelamento.

— Chega para lá, Carl, você está bloqueando a luz.

Ouvi Carl se virar para mim, bocejar e ir para o outro lado do carro.

Enquanto tentava desprender o couro cabeludo da parte inferior da cabeça, ouvi Whitney Houston voltar a cantar sobre como ela nunca, nunca *mesmo*, iria deixar de te amar.

Espalhamos sacos de lixo no assoalho do meu Volvo, tiramos as botas de couro de cobra de Sigmund Olsen e colocamos o cadáver mutilado no porta-malas. Depois me sentei ao volante do Peugeot de Olsen, olhei no espelho e ajeitei o escalpo na minha cabeça. Mesmo com aquela cabeleira loira, eu não consegui ficar parecido com Sigmund Olsen, mas, quando coloquei os óculos de sol dele, a ilusão era boa o suficiente para enganar quem me visse de fora, no escuro, e dificilmente alguém iria imaginar que *não* fosse o xerife dirigindo o próprio carro.

Dirigi devagar, mas não muito, pelo vilarejo. Não havia necessidade de chamar a atenção. Algumas pessoas andavam pela calçada, e vi cabeças se virarem no automático. Sabia que os seus cérebros registrariam o carro do xerife e se perguntariam instintivamente para onde ele estava indo; de qualquer maneira, pensariam que ele seguia na direção do lago. Talvez no cérebro de fazendeiros não completamente alerta tenham imaginado que ele estava indo para o chalé, se soubessem onde ficava.

Quando cheguei ao chalé, dirigi até a casa de barcos e desliguei o carro, mas deixei as chaves na ignição. Apaguei os faróis, não porque alguém morasse perto o bastante para poder enxergar o que se passava ali, mas porque nunca se sabe. Se algum conhecido de Sigmund Olsen passasse de carro e visse os faróis, poderia resolver parar e dar um oi. Limpei o volante, o câmbio da marcha e os puxadores das portas. Olhei para o relógio. Instruí Carl a levar o meu Volvo até a oficina, estacionar do lado de fora para que todo mundo pudesse ver, abrir o lugar com as chaves que eu havia lhe dado e acender as luzes para que desse a impressão de que eu estava trabalhando. Também disse que era para ele deixar o corpo de Olsen onde estava, no porta-malas do carro. Esperar uns vinte minutos mais ou menos e verificar se não havia ninguém andando pela rua antes de sair da oficina e se juntar a mim no chalé.

Destranquei a casa de barcos e arrastei para fora o bote, que ressoava enquanto deslizava pela trilha de tábuas de madeira até que, enfim, o lago o acolheu com o que pareceu ser um suspiro de alívio. Sequei as botas de couro de cobra com um pano, coloquei o molho de chaves de Sigmund Olsen dentro do pé direito da bota, atirei as botas no bote e o empurrei para a água. Fiquei observando enquanto ele deslizava para o *grande desconhecido* e quase senti orgulho de mim mesmo. O negócio das botas foi um toque de mestre, como dizem. Quero dizer, quando encontrarem um bote vazio com apenas as chaves e um par de botas, comprovando que o dono do barco saiu de casa naquele dia, do que mais poderiam suspeitar? E não são as botas em si uma espécie de bilhete suicida, símbolo de que as perambulações por esse mundo chegaram ao fim? "Atenciosamente, o xerife deprimido." Seria quase belo, se não fosse idiota pra caralho. Despencar de um barranco de uns cem metros bem na frente do indivíduo que se está investigando. Totalmente inacreditável. Na verdade, nem eu mesmo tinha certeza de que acreditava nessa história. E, enquanto estava lá matutando sobre tudo isso, a idiotice ficou mais idiota ainda quando o barco começou a boiar de volta para onde eu estava. Dei outro empurrão, com mais força dessa vez, mas aconteceu a mesma coisa, e um minuto depois a quilha estava novamente se esfregando nas rochas à beira da água. Não entendi. Eu me lembrava do nosso professor explicando as correntes horizontais do lago Budal, a direção do vento e a vazão e, portanto, o bote deveria estar se afastando de mim. Talvez estivéssemos em águas de refluxo, onde tudo andava em círculos e voltava numa eterna repetição. Devia ser isso. O barco precisava estar mais longe da margem antes de encontrar as correntes de escoamento e o rio Kjetterelva ao sul, de modo que a área de onde Olsen poderia ter pulado fosse tão grande que não seria surpresa se o seu corpo jamais fosse encontrado. Subi a bordo, liguei o motor, fui bem devagar e o desliguei novamente enquanto ainda avançava para longe da margem. Limpei o leme, mas só isso. Se alguém verificasse se havia impressões digitais no bote, seria muito suspeito se *não* encontrassem nenhuma das minhas; afinal, eu estivera a bordo mais cedo naquele mesmo dia. Olhei para a costa. Duzentos metros. Achei que daria conta. Avaliei se seria boa ideia pular na água pela lateral do barco, mas então percebi que isso iria conter o movimento para a frente; então, em vez disso, subi no banquinho do remador e mergulhei. O choque do meu corpo com a água fria surtiu um efeito surpreendente: uma libertação, pois o meu cérebro superaquecido de repente esfriou por alguns instantes. Então comecei a nadar. Nadar de roupa era mais difícil do que eu imaginava e os meus movimentos eram desajeitados. Pensei nas correntes verticais do meu professor e tive a sensação de senti-las me puxando para baixo, até que lembrei que era outono, não primavera, enquanto abria caminho pela água num longo e desajeitado nado de peito. Eu não tinha nenhum ponto de referência, então pensei que deveria ter deixado os faróis acesos. Lembrei que me ensinaram que as pernas são mais fortes que os braços, e as bati com toda a minha disposição.

E então, de repente, fiquei preso.

Afundei, engoli água, subi à superfície, me debatendo ensandecidamente para me livrar do que quer que tenha me atacado. Não era a corrente, era... outra coisa. Algo que não largava a minha mão. Dava para sentir os dentes ou pelo menos as mandíbulas presas no meu pulso. Afundei de novo, mas pelo menos dessa vez consegui manter a boca fechada. Juntei os dedos, fechei com força as mãos e as trouxe para junto do corpo. Eu estava livre. De volta à superfície, arfei em busca ar. E lá, a um metro de distância à frente no escuro, vi alguma coisa clara boiando. Cortiça. Eu tinha nadado para dentro de uma rede de cerco.

Recuperei o fôlego e, quando um carro com farol alto passou ao longo da rodovia principal, vi o contorno da casa de barcos de Olsen. O restante do nado foi suave, como dizem. Tirando o fato de que, ao rastejar pela margem, percebi que não era a casa de barcos de Olsen que eu tinha visto, mas provavelmente a do dono da rede de cerco. Eu não tinha ido parar muito longe, mas já bastou para provar como é fácil se perder. Com os sapatos rangendo, segui o caminho por um bosque em direção à rodovia e, de lá, de volta para o chalé de Olsen.

Eu estava sentado, escondido atrás de uma árvore, quando Carl finalmente apareceu dirigindo o Volvo.

— Você está encharcado! — exclamou ele, como se essa fosse a coisa mais surpreendente que tivesse visto naquela noite.

— Tenho roupas secas na oficina — tentei dizer, mas eu batia tanto os dentes quanto um Wartburg 353 com motor de dois tempos da Alemanha Oriental. — Dirige logo!

Quinze minutos depois, eu estava seco e usando dois macacões, um em cima do outro, e mesmo assim o meu corpo ainda tremia. Entramos de ré com o Volvo, fechamos a porta, tiramos o corpo do porta-malas e o colocamos no chão, onde o deitamos de costas com braços e pernas abertos. Olhei para ele. Parecia estar faltando algo, algo que estivera lá durante a nossa pescaria. Talvez fosse aquela cabeleira. Ou as botas. Ou seria outra coisa? Não acredito em alma, mas definitivamente havia algo, algo que fazia Olsen ser Olsen.

Saí com o Volvo e estacionei num local bem visível fora da oficina. A tarefa que estava à nossa frente era uma questão meramente prática e técnica, algo que não dependia de sorte nem de inspiração, apenas das ferramentas certas. E, se havia algo que tínhamos aqui, eram ferramentas. Não há necessidade de entrar em detalhes sobre o que usamos e onde usamos. Basta dizer que primeiro removemos o cinto de Olsen e depois cortamos as roupas e, em seguida, todas as partes do corpo. Ou melhor, eu cortei. Carl estava enjoado de novo. Vasculhei os bolsos de Olsen e retirei tudo que havia de metal; moedas, cinto e fivela e o Zippo. Eu os jogaria no lago quando tivesse oportunidade. Depois disso, carreguei todas as partes do corpo e o emaranhado de cabelo para a caçamba do trator que o tio Bernard usava para limpar a neve no inverno. Quando terminei, peguei seis tambores de metal de Fritz para limpeza pesada.

— O que é isso? — perguntou Carl.

— Um produto que a gente usa para limpar o lava-rápido — eu disse. — Ele acaba com tudo, diesel, asfalto, dissolve até gesso. A gente dilui, um decilitro para cinco litros de água, ou seja, se você não diluir, ele corrói absolutamente *tudo*.

— Como você *sabe* disso?

— Tio Bernard me contou. Ou melhor, nas palavras dele: "Se você encostar um dedo nisso e não lavar imediatamente, pode dizer adeus ao dedo."

Eu disse isso a ele para desanuviar o ambiente, mas Carl não conseguia nem sorrir. Como se tudo isso fosse culpa *minha*. Não segui por essa linha de raciocínio, porque senão eu acabaria pensando que a culpa realmente era *minha*, como sempre foi.

— De qualquer forma — eu disse —, acho que é por isso que vem em tambores de metal e não de plástico.

Cobrimos bocas e narizes com uns trapos, removemos as tampas dos tambores e os esvaziamos na caçamba, um após o outro, até que o líquido cinza e esbranquiçado cobrisse por completo o corpo desmembrado de Sigmund Olsen.

E esperamos.

Nada aconteceu.

— Será que não deveríamos apagar a luz? — perguntou Carl com a boca coberta por um pano de limpeza. — Alguém pode entrar para dar um alô.

— Não — eu disse. — Dá para ver que o carro que está lá fora é o meu, não o do tio Bernard. E não sou exatamente...

— Ah, sim, sim — interrompeu Carl, então não houve necessidade de eu concluir com "... o tipo de cara por quem as pessoas param para bater um papo".

Mais alguns minutos se passaram. Tentei não me mexer muito para que o macacão encostasse o mínimo possível nos meus países baixos, como dizem. Eu não sei mesmo o que havia imaginado que aconteceria na caçamba, mas o que quer que tenha sido não aconteceu. Será que era propaganda enganosa?

— Talvez a gente devesse enterrá-lo em vez disso — disse Carl, tossindo.

Fiz que não.

— Cachorros, texugos e raposas demais por aqui, eles o desenterrariam.

Era verdade, raposas no cemitério haviam cavado buracos até o túmulo da família Bonaker.

— Hum, Roy?

— Quê?

— Se o Olsen ainda estivesse vivo quando você chegou lá no fundo de Huken...

Eu sabia que ele ia perguntar isso, mas esperava que não.

— ... o que você teria feito?

— Depende — respondi, tentando resistir à tentação de coçar o meu saco, porque tinha percebido que, por baixo, estava usando o macacão do tio Bernard.

— Como com Dog? — perguntou Carl.

Pensei um pouco.

— Se ele tivesse sobrevivido, pelo menos a gente teria uma testemunha de que tinha sido um acidente — eu disse.

Carl assentiu. Trocou o pé de apoio.

— Mas quando eu disse que o Olsen só caiu, não foi bem...

— Xiu — eu disse.

Ouvimos um som baixo e crepitante, como um ovo na frigideira. Olhamos para a caçamba. O cinza meio esbranquiçado tinha ficado ainda mais branco, não dava mais para ver as partes do corpo, e bolhas boiavam na superfície.

— Dá uma olhada — falei. — Fritz está se divertindo.

* * *

— Então o que aconteceu depois disso? — perguntou Shannon. — O corpo todo se dissolveu?

— Ã-hã — respondi.

— Mas não naquela noite — disse Carl. — Não os ossos.

— Então o que vocês fizeram?

Respirei fundo. A lua estava acima do cume da montanha e olhava para nós três sentados no capô do Cadillac na Geitesvingen. Uma brisa excepcionalmente quente soprava do sudeste, um vento seco da montanha que eu gostava de fingir que vinha lá de longe da Tailândia e daqueles outros países em que nunca estive nem nunca estarei.

— A gente esperou até faltar pouco para a alvorada — continuei.

— Então levamos o trator até o lava-jato e esvaziamos a caçamba. Alguns ossos e fibras carnudas ficaram presos na grade do ralo. Aí atiramos tudo de volta na caçamba e enchemos com mais Fritz. Depois a gente estacionou o trator nos fundos da oficina e levantou a caçamba o máximo possível. — Ilustrei isso levantando as mãos sobre a cabeça. — Para o caso de algum transeunte se sentir tentado a dar uma olhada lá dentro. Dois dias depois, despejei o resto no lava-jato.

— E o tio Bernard? — perguntou Shannon. — Ele não fez perguntas?

Dei de ombros.

— Ele perguntou por que eu tinha mudado o trator de lugar, e eu disse que recebi três ligações de pessoas que queriam consertar o carro no mesmo horário. A gente precisava de espaço. Claro, foi estranho que nenhum dos três tenha aparecido, mas acontece. Ele estava mais chateado por eu não ter conseguido terminar o Toyota do Willumsen.

— É que você andava muito ocupado — disse Carl. — De qualquer forma, como todo mundo no vilarejo, ele estava mais preocupado com o fato de o xerife ter se afogado. Encontraram o bote e as botas e estavam procurando o corpo, mas isso eu já te contei.

— Já, mas não com tantos detalhes — disse Shannon.

— Acho que o Roy se lembra disso melhor que eu.

— E isso é tudo? — perguntou Shannon. — Vocês foram as últimas pessoas a vê-lo vivo; ninguém interrogou vocês?

— Ah, interrogaram, sim — eu disse. — Uma breve conversa com o xerife do distrito vizinho. A gente contou a verdade, que o Olsen perguntou como a gente estava depois do acidente, porque ele era um homem muito atencioso. Na verdade, eu disse que ele *é* um homem atencioso, como se esperasse que estivesse vivo, embora todo mundo imaginasse que ele tivesse se afogado. Uma testemunha, dono de um chalé naquela área, achou ter ouvido o carro de Olsen chegar depois de escurecer, o motor do bote dando partida e, pouco depois, algo que poderia ter sido o barulho de alguma coisa caindo na água. Então ele deu uma olhada rápida no lago em frente à casa de barcos, mas não viu nada.

— E não ficaram admirados por não terem achado o corpo? — perguntou Shannon.

Balancei a cabeça.

— As pessoas deduzem que corpos na água sempre aparecem mais cedo ou mais tarde. Boiam até a superfície, são levados pelas marés até terra firme, são localizados por alguém. Mas essas são as exceções. Como regra, sempre somem para sempre.

— Então, o que o filho pode saber que nós não sabemos que ele sabe? — perguntou Shannon, sentada no capô entre nós dois. Primeiro ela se virou para mim, depois para Carl.

— Provavelmente nada — disse Carl. — Não tem pontas soltas. Pelo menos nada que já não tenha sido lavado pela chuva, pela geada e pela passagem do tempo. Acho que ele é igual ao pai, recebeu um caso não solucionado que não consegue esquecer. Para o pai era o Cadillac lá embaixo, e para Kurt é o desaparecimento do próprio pai que não deixou sequer uma mensagem. Então ele começou a procurar respostas que não existem. Estou certo, Roy?

— Talvez, embora eu nunca o tenha visto investigando esse caso. Por que começar agora?

— Talvez porque eu voltei para casa — disse Carl. — A última pessoa a ver o pai dele. O colega que foi da turma dele uma vez, um zé-ninguém da fazenda Opgard, mas que agora o jornal local diz que se deu bem no Canadá e que acha que voltou para salvar o vilarejo.

Colocado dessa forma, sou a caça, e ele o caçador. Só que ele não tem nada concreto além do pressentimento de que algo não cheira bem no fato de o pai dele ter desaparecido depois de vir falar comigo. Então, agora que voltei para casa, esses pensamentos voltaram à tona. Os anos se passaram, ele tem outra perspectiva das coisas, a cabeça está tranquila, ele consegue pensar com mais clareza. Então começa a levantar hipóteses. Se o pai não foi parar no lago, onde então? Ele acha que deve ter sido em Huken.

— Talvez — digo. — Mas ele tem algo em mente. Existe algum motivo para ele estar tão determinado a descer a pedreira. E mais cedo ou mais tarde ele vai.

— Você não disse que Erik Nerell ia recomendar que ele não fizesse isso por causa do risco de pedras soltas? — perguntou Carl.

— Sim, mas, quando perguntei isso ao Olsen, ele disse "vamos ver" de um jeito arrogante. Acho que ele pensou em outra maneira de fazer isso, mas o que é mais importante é: que porra ele está procurando?

— Ele acha que o corpo está num esconderijo perfeito — disse Shannon, de olhos fechados e com o rosto voltado para a lua como se estivesse tomando sol. — Ele acha que a gente o colocou na mala do carro destruído lá embaixo.

Analisei-a de lado. Havia algo no luar em seu rosto que tornava impossível afastar os olhos dela. Será que foi isso que aconteceu com Erik Nerell enquanto ele a encarava com cobiça na festa? Não, tudo o que ele viu foi uma mulher com quem não se importaria nem um pouco de transar. O que eu vi foi... bom, o que será que eu vi? Um pássaro diferente de qualquer outro que já tinha visto nas montanhas. Shannon Alleyne Opgard pertencia à família *Sylviidae*. Como Shannon, são pequenos, alguns menores até que o beija-flor, e ágeis em aprender o canto de outras espécies que passam a imitar na mesma hora. São altamente adaptáveis, e alguns chegam até a trocar as penas e as cores para se fundir melhor com o ambiente quando as ameaças do inverno se aproximam. Quando Shannon se incluiu, quando disse daquela maneira tão natural que *"a gente* o colocou", não causou o menor estranhamento. Tinha se adaptado ao novo território em que se encontrava sem sentir que precisava renunciar a nada. Ela me chamou de irmão, sem nem mesmo hesitar. Porque agora éramos a sua família.

— Exatamente! — disse Carl, usando uma palavra pela qual se apaixonou enquanto esteve no exterior e a inseriu no vocabulário. — E, se o Kurt acredita nisso, então devemos tornar mais fácil para ele ir até lá embaixo e ver com os próprios olhos o quanto está errado e tirar isso da cabeça. A gente tem uma proposta de negócio que precisa de financiamento, precisamos da boa vontade de todos no vilarejo. Não podemos nos dar ao luxo de ter nenhum tipo de suspeita pairando sobre nós.

— Talvez — eu disse e esfreguei a bochecha. Não porque estivesse coçando, mas vez ou outra esse tipo de distração pode levar a pensar em algo que nunca se tinha pensado antes, e foi essa a sensação que tive naquela hora. Que ali estava uma ideia que nunca antes havia me ocorrido. — Mas eu queria mesmo saber o que ele estava procurando lá embaixo.

— Pergunte a ele — sugeriu Carl.

Balancei a cabeça.

— Quando o Kurt Olsen e o Erik Nerell estiveram aqui, o Kurt mentiu e fingiu que era sobre o acidente, não sobre o pai. Então não tem como o Kurt Olsen abrir o jogo.

Ficamos em silêncio. O capô sob nós estava frio.

— Talvez esse Erik tenha visto a jogada dele — disse Shannon. — Talvez pudesse nos dizer.

Nos viramos para ela, que ainda estava de olhos fechados.

— Por que ele faria isso? — perguntei.

— Porque vai ser melhor para ele do que não contar.

— Como assim?

Ela se virou para mim, abriu os olhos e sorriu; os seus dentes brilhavam ao luar. É claro que eu não sabia o que Shannon tinha em mente, mas sabia que ela era como o meu pai e seguia a lei da natureza que diz que família vem em primeiro lugar. Antes até mesmo do que é certo e errado. Antes do resto da humanidade. Que seremos sempre nós contra o resto do mundo.

16

No dia seguinte o vento tinha mudado de direção.

Quando me levantei e desci para a cozinha, encontrei Shannon ao lado do fogão a lenha, de braços cruzados, metida num dos meus velhos suéteres de lã. Chegava a ser engraçado de tão grande que ficava nela. Então passou pela minha cabeça que devia ter esgotado os pulôveres de "artista" de gola rulê.

— Bom dia — disse ela. Os lábios estavam pálidos.

— Acordou cedo. — Indiquei com a cabeça as folhas de papel na mesa da cozinha. — Como vão os desenhos?

— Mais ou menos. — Ela deu dois passos à frente e os recolheu antes que eu pudesse dar uma olhada. — Mas mesmo fazer um trabalho medíocre é melhor que ficar deitada na cama sem conseguir dormir. — Ela guardou os desenhos numa pasta e voltou para perto do fogão. — Me diz uma coisa, isso é normal?

— Normal?

— Para a época do ano?

— A temperatura? É, sim.

— Mas ontem...

— É normal também — eu disse indo até a janela e olhando para o céu. — Quero dizer que é normal que mude tão rápido aqui nas montanhas.

Ela assentiu. Pareceu ter se acostumado a essa palavra "montanha" como justificativa para a maioria dos fatos. Apontei para o bule no meio do difusor de calor.

— Recém-passado e gostoso — disse ela.

Servi uma xícara para mim e olhei para ela, que recusou com um aceno de cabeça.

— Andei pensando em Erik Nerell — disse ela. — Ele tem uma namorada grávida, não tem?

— Tem — respondi e tomei um gole. Bom. O que significa, objetivamente falando, que eu sabia que não estava bom, mas era assim mesmo que eu gostava. A menos que compartilhássemos o mesmo paladar para café, ela devia ter me observado enquanto eu preparava. — Não acho que seja urgente arrancar alguma coisa dele no momento.

— É mesmo? — perguntou ela.

— Parece que temos neve a caminho.

— Neve? — Ela olhou para mim como se não acreditasse. — Em setembro?

— Se a gente tiver sorte.

Ela assentiu vagarosamente. Uma garota inteligente que não precisava perguntar por quê. O que quer que Kurt Olsen estivesse pensando em fazer no fundo de Huken, a neve faria com que a tarefa de chegar lá em segurança e ter a sorte de encontrar algo ficasse bem mais difícil.

— Mas pode parar de nevar — disse ela. — As coisas mudam tão rápido aqui... — Ela me deu um sorriso sonolento. — Aqui nas montanhas.

Achei graça.

— Achei que em Toronto também fizesse bastante frio.

— Na casa em que a gente morava só dava para saber se estava frio se fôssemos na rua.

— Vai melhorar — eu disse. — Dias como esses são os piores, quando o vento sopra do norte e a primeira geada atinge o solo. Fica mais ameno quando chega o inverno e tem mais neve. Demora uns dias, depois de acendermos a lareira, para o calor penetrar nas paredes.

— Quer dizer que até lá — disse ela, e só então me dei conta de que ela estava tremendo de frio — a gente simplesmente congela?

Sorri e coloquei a minha caneca de café na bancada.

— Vou te ajudar a se aquecer — falei e fui até ela. Os nossos olhos se encontraram, ela se assustou e cruzou os braços ainda mais firme sobre o peito estreito. Um rubor se espalhou como línguas de fogo nas suas bochechas brancas. Eu me abaixei na frente dela, abri a porta do fogão a lenha e vi, como esperava, que o fogo estava se apagando porque as toras eram muito grandes e numerosas. Retirei a maior com a mão, coloquei na placa base na frente do fogão onde ficou fumegando, usei o fole e, quando fechei a porta novamente, o fogo ardia intensamente.

Carl entrou enquanto eu me levantava. Ele estava sem camisa e descabelado. Segurava o telefone e tinha um sorriso enorme nos lábios.

— Foi anunciada a ordem do dia da reunião do conselho. Somos o número um da agenda.

Já no posto de gasolina, disse a Markus que colocasse as pás de neve em exposição ao lado dos raspadores de gelo e das garrafas de anti-congelante que eu havia encomendado semanas antes.

Li o *Tribuna de Os*, que havia dedicado a maior parte da capa às eleições do Conselho Municipal que ocorrerão no próximo ano, mas ao menos havia uma referência à reunião de investidores em Årtun nas páginas internas. Uma página inteira, com algumas linhas de texto e duas fotos grandes. Uma mostrava a sala de reuniões lotada e a outra era de Carl posando com um sorriso e um braço nos ombros do ex-presidente do conselho Jo Aas, ligeiramente perplexo, como alguém pego de surpresa pela câmera. O editorial de Dan Krane mencionava o novo hotel spa, mas era difícil dizer se ele era a favor ou contra. Ou, melhor dizendo, não era difícil ver que no fundo ele queria jogar o negócio todo no lixo, como quando citou uma fonte não identificada que se referiu ao projeto como o "hotel do spa-nico", algo a que as pessoas estavam se agarrando na esperança de salvar o vilarejo. Suspeitei que essa fonte anônima fosse o próprio Krane, mas ele estava claramente diante de um dilema. Se fosse muito positivo, daria a impressão de estar usando o jornal local para apoiar o sogro. Se fosse muito negativo, as pessoas poderiam acusá-lo de querer puxar o tapete do ex-namorado da esposa. Ser jornalista num jornal local é um trabalho de equilibrista, imagino.

Às nove, uma leve garoa começou a cair. Pude ver que caía como neve em Geitesvingen.

Às onze, começou a cair como neve no vilarejo também.

Ao meio-dia, o chefe de vendas chegou e veio falar comigo.

— Pronto para todas as eventualidades, como sempre? — perguntou ele com um sorriso assim que terminei de atender um cliente que saiu com uma das minhas pás na mão.

— Vivemos na Noruega.

— Temos uma proposta para você — disse ele, e desconfiei de que fosse mais uma campanha de vendas que estava prestes a nos impor. Nada de errado com as campanhas: oito em cada dez delas davam bom resultado, o que garantia, então, que o pessoal da sede sabia o que estava fazendo. Mas às vezes essas campanhas especiais de âmbito nacional, com ofertas de guarda-sol e bolas de vôlei ou algum tipo exótico de linguiça espanhola com uma Pepsi Max, eram um pouco genéricas demais. Conhecimento das características locais, como necessidades e preferências, também devia ser levado em conta. — Você vai receber uma ligação de um dos diretores.

— É mesmo?

— Um dos maiores postos de gasolina de Sørlandet está passando por maus bocados. Boa localização com instalações modernas, mas o gerente do posto não conseguiu fazer as coisas deslancharem por lá. Ele não acompanha as campanhas, não entrega os relatórios na data nem da forma como deveria, a equipe não está motivada e.... bom, você sabe, eles precisam de alguém que possa dar a volta por cima. Não faz parte do meu trabalho, como você sabe. Só estou deixando você de sobreaviso, já que fui eu que sugeri que conversassem com você. — Ele abriu os braços como se quisesse dizer que não era nada, logo percebi que esperava uma expansiva demonstração de gratidão.

— Obrigado — eu disse.

Ele sorriu, na expectativa. Talvez ele achasse que eu devia lhe dizer qual seria a minha resposta.

— Isso é muito repentino — continuei. — Vou ouvir o que eles têm a dizer e pensar um pouco...

— Vai pensar um *pouco*? — O chefe de vendas riu. — Isso é algo em que você deveria pensar *muito*. Uma proposta como essa não significa só mais dinheiro, Roy, é uma chance de mostrar o que você pode fazer sob os holofotes.

Se estava tentando me convencer a aceitar a oferta, como uma espécie de *fazedor de reis* do interior da Noruega, então tinha feito uma péssima escolha de palavras, como dizem. Mas é claro que ele não tinha como saber que a simples ideia de ficar em destaque sob qualquer holofote era o suficiente para fazer as minhas mãos suarem.

— Vou pensar — eu disse. — Que tal uma campanha de cheese-burger? O que você acha?

À uma da tarde, Julie entrou.

Não havia ninguém no posto e ela veio direto e me deu um beijo na bochecha. Manteve os lábios macios de propósito, deixou que se demorassem um pouco além de um beijinho entre amigos. Não sei qual perfume usava, só que era muito forte.

— O que foi isso? — perguntei enquanto ela se afastava e olhava para mim.

— Só precisava experimentar o meu novo batom — disse ela, enxugando a minha bochecha. — Vou sair com o Alex depois do trabalho.

— Granada-Alex? Você está checando quanto batom resta nos seus lábios depois de um beijo?

— Não, quanto de sensação se perde nos lábios por causa do batom. Assim como vocês homens fazem com camisinhas... mais ou menos.

Não respondi. Essa era uma conversa que eu não queria ter.

— Alex é um amor de pessoa — disse Julie. Ela inclinou a cabeça para o lado e ficou me encarando — Talvez a gente faça mais do que só se beijar.

— Sorte do Alex — eu disse enquanto colocava a minha jaqueta.
— Você vai ficar bem sozinha?

— Sozinha? — Vi decepção no seu rosto. — A gente não vai...

— Claro. Volto daqui a uma hora, no máximo. Tá bom?

A decepção desapareceu, mas então uma ruga surgiu na testa dela.

— As lojas estão fechadas. É uma mulher?

Apenas sorri.

— Liga se precisar de alguma coisa.

Atravessei o vilarejo e depois virei ao longo do lago Budal. Não havia neve quando se chegava à estrada e aos campos na parte de baixo, mas eu conseguia vê-la mais acima nas colinas. Verifiquei o relógio. As chances de encontrar um telhador desempregado em casa e sozinho à uma da tarde num dia normal de trabalho devem ser muito altas. Bocejei. Tinha dormido mal. Fiquei acordado tentando ouvir os sons do quarto deles. Mas não houve som nenhum, o que tornou tudo quase tão ruim quanto, já que me fez ouvir os ruídos de fora ainda mais intensamente, e isso me deixou nervoso.

Enquanto dirigia para a casa do telhador, percebi que havia pelo menos cem metros de terras cultivadas entre a casa branca dele e o vizinho mais próximo.

Anton Moe provavelmente ouviu e viu o carro chegando. Ele abriu a porta segundos depois de eu tocar a campainha; o seu cabelo ralo esvoaçava ao vento. Ele me olhou intrigado.

— Posso entrar? — perguntei.

Moe hesitou, talvez pensando em alguma desculpa para dizer não, mas então deu um passo para o lado e me deixou passar.

— Não precisa tirar os sapatos — disse ele.

Nos sentamos frente a frente à mesa da cozinha. Acima na parede havia alguns bordados emoldurados com versículos da Bíblia e uma cruz. Ele percebeu que eu havia notado o bule cheio de café em cima da bancada.

— Quer café?

— Não, obrigado.

— Se está procurando pessoas para investir no hotel do seu irmão, posso poupar o incômodo. Não tem muito dinheiro fluindo por aqui no momento. — Moe deu um sorriso tímido.

— É sobre a sua filha.

— Ah, é?

Olhei para um pequeno martelo no parapeito da janela.

— Ela tem 16 anos e faz o ensino médio em Årtun, certo?

— Certo.

Havia uma frase gravada no martelo. *Telhador do ano, 2017.*

— Quero que ela saia de lá e vá para a escola de Notodden — eu disse.

Moe olhou para mim com espanto.

— E por quê?

— Os cursos que eles oferecem são mais orientados para o futuro.

Ele me encarou.

— O que exatamente você quer dizer com isso, Opgard?

— Quero dizer que é isso que você deve falar para a Natalie quando contar para ela por que a está enviando para lá, que os cursos são mais orientados para o futuro.

— Notodden? São duas horas de carro.

O rosto não demonstrava nada, mas acho que estava começando a ficar claro para ele.

— É muito bom você se preocupar com o bem-estar da Natalie, Opgard, mas acho que Årtun está bom. Ela já está no segundo ano lá. Notodden é um lugar grande e coisas ruins podem acontecer em lugares grandes, você sabe.

Eu tossi.

— O que quero dizer é que Notodden é o melhor para todos os envolvidos.

— Todos?

Respirei fundo.

— A sua filha pode ir para a cama toda noite sem se preocupar se o pai vai aparecer para comer ela. Você pode ir para a cama sem humilhar a sua filha, a sua família e a si mesmo noite após noite, para que em algum momento no futuro vocês possam esquecer tudo isso e fingir que nunca aconteceu.

Anton Moe olhou para mim. O rosto estava em chamas e os olhos pareciam prestes a explodir.

— Do que você está falando, Opgard? Você bebeu?

— Estou falando de vergonha — eu disse. — A soma total da vergonha na sua família. Porque todo mundo sabe e ninguém faz nada, todo mundo pensa que tem parte na culpa, que tudo já está perdido, então não há nada a perder ao se permitir que continue. Porque, quando tudo está perdido, pelo menos uma coisa permanece. A família. Uns aos outros.

— Você está doente, cara! — Ele ergueu a voz que, mesmo assim, parecia mais fraca e diminuta. Ele se levantou. — Acho melhor você sair agora, Opgard.

Fiquei sentado.

— Posso ir até o quarto da sua filha, retirar o lençol e entregá-lo ao xerife para verificar se há manchas de esperma e se são suas. Você não vai conseguir me impedir, mas estou supondo que isso não importa, porque a sua filha não vai ajudar a polícia testemunhando contra você, ela vai querer ajudar o pai. Sempre, não importa o que aconteça. Portanto, a única maneira de acabar com isso é... — Fiz uma pausa, olhei para cima, encontrei os olhos dele. — Porque todos nós queremos acabar com isso, não é?

Ele não disse nada, só ficou me encarando. O olhar era frio e sem vida.

— Há outra maneira; eu te mato se a Natalie não se mudar para Notodden. Ela vai passar os fins de semana lá, e você não vai visitar. A mãe dela, sim, mas você não. Nem uma única visita. Quando a Natalie estiver em casa para o Natal, você vai convidar os seus pais ou sogros para comemorar e ficar com você. — Alisei o vinco da toalha xadrez sobre a mesa. — Perguntas?

Uma mosca zumbia e zunia contra a vidraça.

— E como você me mataria?

— Eu estava pensando numa surra. É bem adequado... — estalei os lábios, *jogos mentais* — ... biblicamente, não é?

— Bom, você com certeza tinha a reputação de bater nas pessoas.

— Estamos de acordo, Moe?

— Está vendo aquele versículo da Bíblia lá em cima, Opgard? — Ele apontou para um dos bordados acima de nós e fui soletrando as palavras conforme desvendava as letras floreadas. *O Senhor é meu pastor, nada me faltará.*

Ouvi uma pancada seca e gritei enquanto a dor na mão direita subia pelo meu braço. Moe segurava no alto o martelo de *telhador do ano*, pronto para abaixá-lo novamente, e eu quase não consegui afastar a mão esquerda antes de o martelo atingir a mesa. A minha mão direita doía tanto que me senti tonto ao me levantar, mas usei a velocidade para lançar um *uppercut* de esquerda. Atingi o queixo dele, mas, com a mesa entre nós, o ângulo era muito amplo para eu conseguir força suficiente no golpe. Ele mirou o martelo na minha cabeça, mas me esquivei e me afastei. Ele veio ligeiro na minha direção. A mesa foi arrastada e cadeiras voaram. Blefei, ele acreditou, e o meu punho esquerdo atingiu o seu nariz. Ele urrou e brandiu o martelo novamente. Ele pode até ter sido o telhador do ano de 2017, mas fez merda dessa vez. Me aproximei enquanto ele ainda estava sem equilíbrio e usei a minha esquerda para desferir três socos rápidos e diretos no rim. Eu o ouvi ofegar de dor e, quando dei sequência, ergui o pé e bati com toda a força no joelho dele. Senti algo estalar e ceder e soube que ele estava acabado. Caiu no chão, girando no linóleo cinzento, e agarrou as minhas pernas com os braços. Tentei me manter de pé e me apoiei no fogão com a mão direita, e foi então que me dei conta de que o martelo de Moe deve ter ferido seriamente a minha mão e não consegui me sustentar. Caí de costas e pouco depois Moe estava em cima de mim, segurando os meus braços com os joelhos e pressionando a minha laringe com o cabo do martelo. Em vão, busquei ar e senti que desmaiava. O rosto de Moe estava bem ao meu lado, e ele sibilou no meu ouvido:

— Quem você pensa que é, entrando na minha casa e ameaçando a mim e à minha família? Vou te dizer quem você é, seu pagão imundo do topo da montanha.

Ele deu uma risada soturna e se inclinou para a frente, fazendo com que o peso do seu corpo forçasse a sair o que restava de ar nos meus pulmões, e senti o prenúncio de uma tontura prazerosa, como quando se adormece no banco traseiro do carro, entrelaçado ao corpo macio e adormecido do irmão mais novo, vendo estrelas no céu pela janela e escutando os pais conversando e rindo em voz baixa no banco da frente. Momentos em que se relaxa e se permite se perder em si mesmo. Eu sentia o bafo de café e cigarro no meu rosto e gotículas de saliva.

— Sua bicha de perna torta, disléxica e fodedora de cabras — rosnou Moe.

Desse jeito, pensei. É assim que ele fala com ela.

Enrijeci os músculos do estômago, fiz uma ponte das minhas costas, enrijeci novamente e dei um soco. Acertei alguma coisa. Em geral seria o nariz, mas, seja lá o que tenha sido, foi suficiente para aliviar a pressão na minha laringe por um instante, e consegui puxar ar suficiente aos pulmões para servir o restante da minha musculatura de oxigênio. Liberei a mão esquerda do seu joelho e o acertei com força na orelha. Ele perdeu o equilíbrio, consegui tirá-lo de cima de mim e ataquei novamente com a esquerda. E de novo. E de novo.

Quando parei, um pequeno fio de sangue escorria do nariz de Moe, que estava agachado em posição fetal no chão de linóleo. O sangue parou quando tocou o assento de uma das cadeiras tombadas.

Me inclinei sobre ele e não sei se me ouviu ou não, mas de qualquer maneira sussurrei no seu ouvido ensanguentado:

— Não tenho perna torta porra nenhuma.

— A má notícia é que a articulação interna provavelmente está despedaçada — disse Stanley Spind do outro lado da mesa. — A boa é que não encontramos nenhum vestígio de álcool no seu sangue.

— Despedaçada? — eu disse e olhei bem para o meu dedo médio que estava num ângulo estranho e com o dobro do tamanho normal. A pele estava rasgada e com uma cor escura que me fez pensar na praga. — Tem certeza?

— Tenho. Mas vou fazer um pedido para que você possa realizar uma radiografia no hospital da cidade.

— E por que eu deveria se você tem tanta certeza?

Stanley deu de ombros.

— Provavelmente vai precisar de cirurgia.

— E se eu não...?

— Então posso garantir que você nunca mais vai conseguir mexer esse dedo.

— E com a cirurgia?

— De qualquer forma, as probabilidades são grandes de você nunca mais conseguir mexer esse dedo.

Olhei para o dedo. Nada bom. Mas sem dúvida seria muito pior se eu ainda estivesse trabalhando como mecânico.

— Obrigado — eu disse e me levantei.

— Espera, ainda não terminou — disse Stanley, arrastando a cadeira de rodinhas até uma maca coberta por uma folha de papel. — Senta aqui. Esse dedo está na posição errada, precisamos reposicioná-lo.

— Como assim?

— Colocá-lo no lugar.

— Parece que vai doer.

— Você vai receber anestesia local.

— Ainda parece doloroso.

Stanley deu um sorriso torto.

— Numa escala de um a dez? — perguntei.

— Oito.

Sorri para ele.

Depois de me dar a anestesia, ele avisou que demoraria alguns minutos para fazer efeito. Ficamos sentados em silêncio, o que para ele parecia mais confortável que para mim. O silêncio foi crescendo até se tornar ensurdecedor, e finalmente apontei para os fones de ouvido na sua mesa e perguntei o que ele gostava de ouvir.

— Audiolivros — disse ele. — Qualquer coisa do Chuck Palahniuk. Você já viu *Clube da luta*?

— Não. O que tem de tão bom nele?

— Eu não disse que era tão bom. — Stanley sorriu. — Mas ele pensa como eu. E consegue expressar o que pensa. Está pronto?

— Palahniuk — repeti e estendi a mão. O olhar dele encontrou o meu.

— Só para constar, não acreditei nessa explicação de que você escorregou na neve fresca e tentou amortecer a queda — disse Stanley.

— Tá bom.

Pude sentir a mão quente em volta do meu dedo. E eu ainda tinha esperanças de que estivesse completamente anestesiado.

— E, por falar em *Clube da luta* — disse ele ao começar a distender o meu dedo —, me parece que você veio direto de uma reunião do clube.

O oito da escala não era exagero.

Ao sair da cirurgia, passei por Mari Aas na sala de espera.

— Oi, Roy — cumprimentou ela. Dava aquele seu sorriso de superioridade, mas pude ver que as bochechas estavam coradas. Esse negócio de usar o nome da pessoa quando se diz oi era algo que ela e Carl passaram a fazer quando estavam juntos. Carl tinha lido sobre um projeto de pesquisa que provou que a resposta positiva das pessoas aumentava em quarenta por cento sem que percebessem quando os pesquisadores as chamavam pelo nome ao se dirigir a elas. Eu não tinha sido parte das cobaias desse estudo.

— Oi — respondi com a mão nas costas. — Cedo para a neve. — Viu? É assim que se diz oi para alguém daqui do vilarejo.

De volta ao carro, me perguntei como ia dar a partida sem usar o dedo enfaixado e latejante e por que Mari tinha ficado ruborizada lá no atendimento médico. Será que ela havia feito algo de errado e estava com vergonha? Ou será que estava com vergonha do fato de que não havia nada de errado com ela? Porque Mari não era de se envergonhar. Quando ela e Carl estavam juntos, era eu que corava se ela aparecia inesperadamente na minha frente. Embora, na verdade, sim, eu a tivesse visto corar algumas vezes. Uma vez foi depois que Carl comprou um colar de aniversário para ela. Mesmo que não fosse chamativo, Mari sabia que Carl não tinha grana nenhuma, e o forçou a admitir que havia roubado duzentas coroas da gaveta da mesa do tio Bernard. Eu sabia, é claro, e, quando o tio Bernard elogiou Mari pelo belo colar, eu a vi corar tão intensamente que tive medo de que ela pudesse romper um vaso sanguíneo. Talvez ela fosse igual a mim nesse aspecto, talvez nunca superasse coisas como um pequeno roubo, uma rejeição trivial. Essas experiências são como caroços no corpo que ficam encapsulados, mas que ainda podem doer em dias frios e, em certas noites, de repente começarem a latejar. Você pode ter 100 anos e ainda sentir o rubor da vergonha subindo pelo rosto.

Julie disse que sentia pena de mim, que o Dr. Spind devia ter me dado um analgésico mais forte e que a história com Alex era mentira; ela não ia se encontrar com ninguém e com certeza não deixaria ninguém beijá-la. Nem prestei muita atenção. A minha mão latejava e eu deveria ter ido para casa, mas sabia que lá só encontraria mais dor.

Julie se inclinou para perto de mim enquanto estudava o meu dedo enfaixado com uma expressão preocupada no rosto. Eu sentia o seu peito macio no meu braço e a respiração doce de chiclete no meu rosto. A boca estava tão perto do meu ouvido que a mastigação parecia uma vaca pastando no pântano.

— Você não sentiu nem um pouco de ciúmes hoje? — sussurrou ela com toda a inocência dissimulada que uma jovem de 17 anos é capaz de emular.

— Hoje? — perguntei. — Olha, eu sinto ciúmes desde os 5 anos.

Ela riu como se eu estivesse brincando, e forcei um sorriso para confirmar que sim.

17

TALVEZ EU SENTISSE CIÚMES de Carl desde o dia em que ele nasceu. Talvez até antes disso, quando vi mamãe acariciando a barriga redonda e dizendo que um irmão estava a caminho. Mas foi com 5 anos que, pela primeira vez, me defrontei com o ciúme, quando alguém deu nome a essa sensação intensa e sofrida.

— Não tenha ciúmes do seu irmão mais novo.

Acho que foi mamãe que disse isso, com Carl sentado no colo. Ele já estava sentado ali fazia muito tempo. Mamãe disse mais tarde que Carl recebia mais amor porque precisava de mais amor. Talvez precisasse mesmo, mas ela não disse a outra coisa que poderia ter dito: que Carl era mais fácil de amar.

E era eu quem mais o amava.

Por isso eu sentia ciúmes não só do amor incondicional que as pessoas ao seu redor demonstravam mas também daqueles a quem Carl demonstrava seu amor. Como Dog.

Como o menino que veio passar as férias de verão com os pais num chalé alugado perto da nossa casa. E ele era tão bonito quanto Carl, e os dois passavam manhã, tarde e noite juntos enquanto eu ficava contando os dias para o verão terminar.

Como Mari.

Durante os primeiros meses que eles estavam juntos, eu costumava fantasiar que Mari sofria um acidente e que era eu que devia confortar Carl. Não sei exatamente quando o ciúme se transformou em amor, se é que algum dia isso aconteceu, talvez os dois sentimentos coexistissem lado a lado. Mas, de qualquer jeito, foi o amor que asfixiou todo o resto. Era igual a uma doença horrenda. Eu não conseguia comer, nem dormir, nem me concentrar numa conversa qualquer.

Eu tanto temia quanto desejava as visitas que Mari fazia a Carl; enrubescia quando ela me dava um abraço, falava comigo do nada ou olhava para mim. Era natural que eu me sentisse profundamente envergonhado dos meus sentimentos, de não ser capaz de me afastar um pouco e ser grato por qualquer migalha, como me sentar na mesma sala que eles, tentando justificar a minha presença ao fingir ser o que não era: divertido ou interessante. No fim das contas, achei um personagem para representar. Era para ser o caladão, aquele que ouvia, que ria das piadas de Carl ou assentia com a cabeça lentamente para algo que Mari havia lido ou escutado do pai, o presidente do Conselho Municipal. Eu os levava de carro a festas onde Carl ficava bêbado e Mari fazia o possível para garantir que ele se comportasse. Quando Mari perguntou se eu não achava chato estar sempre sóbrio, respondi que tudo bem, que eu preferia dirigir carros a beber e que às vezes Carl precisava de duas pessoas para cuidar dele, não é? Ela sorriu e não me perguntou de novo. Acho que ela entendeu. Acho que todo mundo entendeu. Todo mundo, menos Carl.

— Claro que o Roy tem que vir com a gente! — dizia ele sempre que havia uma conversa sobre esquiar, ou ir a uma festa na cidade no fim de semana, ou cavalgar nos pangarés velhos de Aas. Ele não dava um motivo, mas o seu rosto feliz e ingênuo era argumento suficiente, garantia de que o mundo era um bom lugar, com apenas pessoas boas habitando nele, e que todos deveriam estar felizes por viver.

Evidentemente, nunca dei em cima dela, como dizem. Não era tão idiota assim a ponto de pensar que Mari via em mim qualquer coisa que não um cara caladão, o abnegado irmão mais velho que estava sempre pronto para ajudá-los.

Mas então, numa noite de sábado no salão do vilarejo, Grete veio me dizer que Mari estava apaixonada por mim. Carl estava em casa de cama com uma gripe que eu pegara na semana anterior, então eu não tinha nenhuma obrigação de dirigir e havia bebido um pouco da cerveja caseira que Erik Nerell sempre trazia. Grete também estava bêbada e os seus olhos bailavam a dança da bruxa má. E eu sabia que ela estava de sacanagem, tentando foder um pouco as coisas, porque eu a conhecia e tinha visto o jeito como ela olhava para Carl. Mas tanto faz. Foi igual a quando Armand, o pastor, e sua *big band* de sotaque sueco gritaram que o nosso redentor vive e que existe vida após a morte. Se alguém disser algo muito improvável, mas que você deseja ardentemente ouvir, há uma pequena parte sua — a parte fraca — que escolhe acreditar.

Vi Mari parada na entrada. Estava conversando com um garoto, e não era ninguém do vilarejo, porque os rapazes daqui tinham muito medo de Mari a ponto de paquerá-la. Não por ser a garota de Carl, mas porque sabiam que ela era mais inteligente que eles, que os menosprezava e que, quando os rejeitasse, todo mundo ficaria sabendo, já que o povo inteiro de Årtun prestava atenção em tudo que a filha do presidente do Conselho Municipal fazia.

Mas tudo bem se fosse eu, irmão de Carl, a abordá-la. Tudo bem para mim e para ela, pelo menos.

— Oi, Roy. — Ela sorriu. — Esse é o Otto. Ele está estudando ciência política em Oslo. Ele acha que eu deveria fazer o mesmo.

Olhei para Otto. Ele levou uma garrafa de cerveja aos lábios e desviou os olhos, provavelmente não querendo que eu me envolvesse na conversa, mas, sim, que sumisse o mais rápido possível. Foi preciso me conter para não dar um tapa no fundo da garrafa. Eu me concentrei em Mari. Umedeci os lábios.

— Vamos dançar?

Ela me olhou com surpresa.

— Mas você não dança, Roy.

Dei de ombros.

— Posso aprender.

Era evidente que eu estava mais bêbado do que imaginava.

Mari deu uma risada barulhenta e fez que não com a cabeça.

— Não comigo. Eu mesma preciso de um professor.

— Nisso posso ajudar — disse Otto. — Na verdade, dou aula de swing no meu tempo livre.

— Sim, por favor! — exclamou Mari. Deu a ele aquele sorriso radiante que ela conseguia exibir num piscar de olhos e que o fazia se sentir a única pessoa viva no mundo. — Desde que não se importe que as pessoas riam de nós.

Otto sorriu.

— Ah, acho que não vai ser tão ruim assim — disse ele, deixando a garrafa de cerveja no degrau, o que me fez desejar tê-la enfiado na goela dele quando tive a oportunidade.

— Isso é o que chamo de um homem corajoso — disse Mari, colocando a mão no ombro dele. — Tudo bem para você, Roy?

— Sim, claro — eu disse, procurando uma parede em que pudesse bater a minha cabeça.

— Então, *dois* homens valentes — disse Mari, apoiando a outra mão no meu ombro. — Professor e aluno, vou gostar de ver vocês dois na pista de dança juntos.

E com isso ela se foi, e se passaram alguns segundos antes que eu entendesse o que tinha acontecido. O tal Otto e eu ficamos de pé olhando um para o outro.

— Você prefere brigar? — perguntei.

— Claro — disse ele e, revirando os olhos, pegou a garrafa de cerveja e foi embora.

Foi justo, eu estava muito bêbado mesmo. A dor de cabeça e o sentimento de culpa pela bebedeira quando acordei na manhã seguinte foram piores que qualquer surra que Otto pudesse ter me dado. Carl tossiu, riu e tossiu de novo quando contei o que havia acontecido, deixando de fora o que Grete tinha dito.

— Você é foda demais! Topa até *dançar* para manter aqueles idiotas longe da garota do irmão.

Grunhi.

— Dançar só com a Mari, não com aquele tal Otto.

— Mesmo assim, deixa eu te dar um beijão por essa!

Eu o empurrei para longe.

— Não, obrigado. Não quero ficar gripado de novo.

Eu não me sentia nem um pouco culpado por não confessar a Carl o que sentia por Mari. O que me deixava surpreso era ele não ter percebido por conta própria. Eu poderia ter contado tudo a ele. Poderia, sim, e ele teria entendido. Ou no mínimo *dito* que entendia. Ele inclinaria a cabeça, me lançaria um olhar pensativo e diria que esse tipo de coisa acontece, que esse tipo de coisa passa. Eu sabia disso, e assim mantive a boca fechada e esperei passar. Nunca mais convidei Mari para dançar, nem metafórica nem literalmente.

Mas Mari me convidou.

Foi alguns meses depois de Grete ter contado a Mari sobre ela e Carl terem transado e Mari ter terminado com Carl. Carl tinha ido estudar em Minnesota e eu estava morando sozinho na fazenda. Um dia, alguém bateu à porta. Era Mari. Ela me deu um abraço, empurrando os seios contra o meu peito, não deixou que eu me afastasse e perguntou se eu queria ir para a cama com ela.

— Quer ir para a cama comigo? — foram as palavras que sussurrou no meu ouvido. Então acrescentou: — Roy. — Com certeza não por causa da pesquisa que mostra que usar o nome de uma pessoa a coloca num estado de espírito mais receptivo, porém para enfatizar que era eu, Roy, que ela queria.

Ao perceber a minha hesitação, disse:

— Eu sei que você quer. Sempre soube, Roy.

— Não. Você está enganada.

— Não mente — disse ela deslizando a mão entre o nosso corpo.

Me afastei dela. É claro que eu sabia por que ela tinha vindo. Embora tenha sido ela quem terminou com Carl, foi ela também quem se sentiu desprezada. Talvez ela nem quisesse ter terminado o namoro, mas achou que não tinha escolha. Porque, é claro, Mari Aas, a filha do presidente do Conselho Municipal, não conseguia conviver com o fato de que o filho de um fazendeiro das montanhas havia sido infiel a ela, sobretudo depois de Grete fazer o possível e o impossível para espalhar para metade do vilarejo. Porém, simplesmente mandar Carl plantar batata, como dizem, não era o suficiente. O equilíbrio precisava ser restaurado. O fato de que haviam se passado dois meses indicava que Mari tinha tomado a decisão com relutância. Em outras palavras, se fôssemos para a cama agora, não seria eu tirando proveito de uma mulher numa situação vulnerável depois de um término, mas ela tirando proveito de um irmão que tinha acabado de ser deixado para trás pela pessoa que mais amava.

— Vamos — disse ela. — Me deixa te ajudar.

Abanei a cabeça.

— Não é nada com você, Mari.

Ela parou no meio da sala e me encarou incrédula.

— Então é verdade?

— O que é verdade?

— O que as pessoas dizem.

— E eu lá vou saber o que as pessoas dizem.

— Que você não se interessa por garotas. Que as únicas coisas na sua cabeça são... — Ela fez uma pausa. Fingiu estar procurando as palavras certas. E então Mari Aas as encontrou: — ... carros e pássaros.

— O que quero dizer é que o problema não é com você, Mari. É o Carl. Só não acho certo.

— Correto. Não seria.

E foi assim que também senti na pele aquele desprezo condescendente com que ela tratava as pessoas do vilarejo. Mas havia outra coisa, como se ela soubesse de alguma coisa que não deveria saber. O que Carl teria contado para ela?

— É melhor encontrar outra maneira de se vingar — eu disse. — Pede conselhos para a Grete. Ela é boa em coisas assim.

E então o rosto de Mari corou, e dessa vez ela ficou realmente sem palavras. Saiu de casa com passos pesados, entrou no carro e deixou uma nuvem de cascalho para trás ao acelerar em direção à Geitesvingen.

Quando a vi na cidade alguns dias depois, ela corou de novo e fingiu não me ver. Isso aconteceu várias vezes — num vilarejo como o nosso, é impossível não esbarrar nas pessoas. Mas o tempo passou, Mari foi para Oslo, estudou ciência política e, quando voltou, conseguíamos nos falar quase como antes. Quase. Porque tínhamos perdido um ao outro. Ela sabia o que eu sabia, o que, para ela, era como um tumor maligno no seu corpo: não por tê-la rejeitado, mas porque eu a *vi*. Vi a essência dela. A essência crua, as partes feias.

Quanto aos meus tumores malignos, provavelmente ainda havia um lá com o nome Mari, mas que tinha parado de crescer. E pacientemente aguardei o fim dessa paixonite. E o engraçado é que isso aconteceu quase no instante em que tudo acabou entre ela e Carl.

18

DOIS DIAS DEPOIS DA visita que fiz a Moe, o telhador, a sede me ligou oferecendo um posto de gasolina em Sørlandet. Eles pareceram desapontados quando eu disse não, obrigado. Perguntaram o motivo, e dei um. Disse que o posto que eu administrava estava enfrentando alguns desafios interessantes, agora que a rodovia principal estava sendo redirecionada, e que eu estava ansioso para enfrentá-los. Eles pareceram impressionados e disseram que era uma pena, que realmente acreditavam que eu era o homem que precisavam para lá.

Mais tarde naquele mesmo dia, Kurt Olsen apareceu no posto.

Ele ficou lá parado, pernas afastadas, em frente ao balcão, passou o indicador e o polegar no bigode à la *Sem destino* e esperou até que eu terminasse de servir um cliente e a loja ficasse vazia.

— O Anton Moe fez uma denúncia contra você por lesões corporais graves.

— Que escolha de palavras mais fofa — eu disse.

— Talvez. Ele me contou sobre as acusações que você fez, e eu conversei com a Natalie. Ela confirmou que o pai nunca tocou nela.

— O que você esperava? Que ela dissesse sim, agora que você perguntou, o meu pai tem me comido mesmo?

— Se foi uma questão de estupro, então não duvido...

— Deus do céu, eu nunca disse que era estupro. Não tecnicamente. Mas é estupro da mesma forma, você sem dúvida consegue entender isso.

— Não.

— Talvez ela acredite que não tenha resistido o suficiente, que deveria saber que era errado, mesmo que fosse muito jovem quando tudo começou.

— Vai com calma. Você não tem como saber...

— Olha só, as crianças acham que tudo que os pais fazem é certo, entendeu? E ela também lembra que disseram para manter isso em segredo. Então talvez alguma parte dela tenha compreendido que não estava certo. E, já que ela toma parte no segredo, e porque a lealdade à família vem antes da lealdade a Deus e ao xerife, ela assume um pouco da culpa. Quando ela fizer 16 anos, talvez seja mais fácil suportar o fardo de convencer a si mesma de que foi uma participante voluntária.

Olsen cofiou o bigode.

— Parece que você acabou de fazer um curso de ciências sociais e morou na casa do Moe enquanto estudava.

Não respondi

Ele suspirou.

— Não posso forçar uma garota de 16 anos a depor contra o pai, você deve compreender isso. Por outro lado, ela tem idade suficiente para assumir a responsabilidade por tudo que disser.

— Então o que você está dizendo é que opta por fazer vista grossa porque pode ser consensual e a menina não é mais menor de idade?

— Não! — Kurt Olsen olhou em volta para se certificar de que ainda estávamos sozinhos e baixou a voz de novo. — Incesto na linha direta de descendência é punível por lei em qualquer circunstância. O Moe corre o risco de pegar seis anos de prisão mesmo que a filha tivesse 30 anos e tudo fosse cem por cento consensual, mas como posso provar qualquer coisa se ninguém revela nada? Tudo o que vai acontecer se eu prender o pai é um escândalo que vai arruinar a vida de todos os envolvidos. Haveria um grande investimento de recursos em algo que não levaria a uma condenação. Além disso, o nome do vilarejo seria arrastado para a lama na imprensa nacional.

E se esqueceu de dizer que você pessoalmente acabaria com uma marca muito negativa no nome, pensei. Mas, quando olhei para ele, pude ver que o desespero no seu rosto e na sua voz era genuíno.

— Então, o que se pode fazer? — Ele suspirou e abriu bem os braços.

— Certifique-se de que a menina fique longe do pai — eu disse. — Se mudando para Notodden, por exemplo.

Ele desviou o olhar de mim, focou no expositor de jornais, como se houvesse algo de interessante ali, e foi assentindo aos poucos.

— Seja como for, ele apresentou uma queixa formal contra você, e preciso fazer algo a respeito disso. Você entende, né? A pena máxima é de quatro anos.

— Quatro anos?

— A mandíbula está quebrada em dois lugares e ele corre o risco de ficar surdo de um ouvido pelo resto da vida.

— Então ele ainda tem um sobrando. Sussurra no ouvido bom dele que, se retirar a queixa, então ao menos esse negócio com a filha não vai cair na boca do povo. Eu sei, você sabe e ele sabe que a única razão para retirar essa queixa é que, se não fizer isso, vai deixar a impressão de que havia alguma verdade na acusação que eu fiz.

— Entendo o seu raciocínio, Roy, mas como xerife não posso fechar os olhos para o fato de que você incapacitou outro homem.

Dei de ombros.

— Legítima defesa. Ele me atacou com o martelo antes mesmo de eu tocar nele.

Olsen deu uma risada curta que nem chegou aos olhos.

— E como você vai me fazer acreditar nisso? Que um pentecostal que nunca teve problemas antes atacou Roy Calvin Opgard, um cara conhecido em todo o vilarejo como alguém que não gosta de mais nada na vida a não ser de uma boa briga?

— Fazendo uso da sua cabeça e dos seus olhos.

Espalmei as mãos no balcão.

Ele ficou olhando.

— E...?

— Eu sou destro. Todo mundo com quem já briguei vai dizer para você que foi nocauteado com a direita. Então como é possível que não haja um único pedaço de pele nas juntas da minha mão esquerda, enquanto a minha direita está intacta, fora esse dedo? Explica para o Moe a impressão que isso tudo vai passar, não apenas a filha, mas a lesão corporal grave, quando ficar provado que foi ele que me atacou.

Olsen cofiou o bigode com mais atenção. Acenou com a cabeça.

— Vou ter uma conversa com ele.

— Obrigado.

Ele ergueu a cabeça e me olhou fixamente. Vi nos seus olhos um lampejo de raiva. Como se, com o meu agradecimento, eu estivesse zombando dele. Que ele não estava fazendo isso por mim, mas por si mesmo. Talvez por Natalie e pelo vilarejo também, mas, de qualquer forma, não por mim.

— A neve não vai durar muito — disse ele.

— Não? — perguntei, casualmente.

— A previsão é de clima ameno semana que vem.

A reunião do conselho começou às cinco. Antes de partir, Carl, Shannon e eu comemos truta-selvagem-das-montanhas com batatas, salada de pepino e *sour cream* que eu servi na sala de jantar.

— Você cozinha bem — comentou Shannon ao tirar a mesa.

— Obrigado, mas na verdade não tem como ser mais simples que isso aqui — eu disse, ouvindo a pulsação do motor enquanto o Cadillac se afastava.

Nos sentamos na sala de estar onde servi café.

— O hotel é o primeiro item da pauta — eu disse dando uma olhada no relógio. — Então o Carl provavelmente vai entrar em ação em breve. Só nos resta cruzar os dedos e torcer para que ele consiga *klare brasene*.

— *Klare brasene*? — perguntou Shannon.

— Você ainda não ouviu essa frase? Significa "superar as dificuldades".

— O que significa *"braser"*?

— Não faço ideia. Algo marítimo. Não é a minha praia.

— A gente precisa de um pouco de vinho.

Shannon foi para a cozinha e voltou com duas taças e uma garrafa de espumante que Carl tinha colocado na geladeira para esfriar.

— Então, Roy, qual *é* a sua praia?

— A minha praia? — eu disse, observando-a abrir a garrafa. — Quero um posto de gasolina. Só meu... Acho que é só isso.

— Esposa? Filhos?

— Se acontecer, tudo bem.

— Por que você nunca teve uma namorada?

Dei de ombros.

— Acho que não estou qualificado para ter uma.

— Quer dizer que você não se acha atraente? É isso que você está dizendo?

— Estava meio de brincadeira, mas sim.

— Bom, então vou te dizer que isso não é verdade, Roy. E não estou dizendo isso porque sinto pena de você, mas porque é um fato.

— Um fato? — Peguei a taça que ela me ofereceu. — Mas essas coisas não são... subjetivas?

— Algumas são subjetivas. E a atração que um homem desperta provavelmente está mais nos olhos de quem vê que o contrário.

— Você acha que isso é injusto?

— O homem talvez seja mais livre porque atribuem menos importância à sua aparência. Em compensação, o status social importa muito. Quando as mulheres reclamam de serem julgadas pela aparência, os homens deveriam reclamar das pressões do status.

— E quem não tem nem beleza nem status social?

Shannon havia tirado os sapatos e colocado os pés na cadeira. Ela tomou um longo gole de vinho. Parecia estar se divertindo.

— Assim como a beleza, o status é medido por diferentes pesos e medidas — disse ela. — Nada impede que um pintor miserável, maltrapilho e genial possa ter um harém. Mulheres são atraídas por homens engenhosos, homens que se destacam da multidão. Se alguém não tem beleza nem status, então tem que compensar tendo charme, ou força de caráter, bom humor ou alguma outra qualidade.

Achei graça.

— E é aí que marco um ponto? É isso que você acha?

— Sim — disse ela de maneira direta. — Saúde!

— Saúde! E muito, muito, muitíssimo obrigado — eu disse e ergui a taça.

As bolhinhas entraram em ebulição e sussurraram alguma coisa que não consegui entender.

— De nada.

— E com o Carl, pelo que você se apaixonou? Pela aparência, pelo status ou pelo charme? — perguntei, percebendo com surpresa que a minha taça estava quase vazia.

— Pela insegurança — disse ela. — Pela bondade. É onde reside a beleza de Carl.

Ergui a mão direita para agitar um dedo indicador de advertência, mas, como não consegui dobrar o dedo médio enfaixado, tive que usar o da mão esquerda.

— Você não pode propor esse tipo de teoria darwiniana de reprodução e, ao mesmo tempo, afirmar ser uma exceção a ela. Insegurança e bondade não valem.

Ela sorriu e encheu as taças.

— Você está certo, é claro, mas foi isso que eu *senti*. Sei que o meu cérebro animal racional deve ter procurado alguém para gerar a minha prole, mas a minha mente desmiolada viu e se apaixonou pela beleza vulnerável de um homem.

Meneei a cabeça.

— Aparência, status ou outras qualidades compensatórias?

— Hum, deixa eu ver — disse Shannon erguendo a taça contra a luz do abajur sobre a mesa. — Aparência.

Eu não disse nada, mas assenti e me lembrei de Carl e Grete na floresta. O roçar agourento das costas da jaqueta antes de se rasgar. E havia outro som também. Um som de algo chapinhando, como uma vaca no pântano. Um seio macio. Julie. Me forcei a parar de pensar nisso.

— Claro que beleza não é uma qualidade absoluta — disse Shannon.

— Mas é o que nós, cada um de nós como indivíduos, dizemos que é.

A beleza está sempre num contexto em relação às nossas experiências passadas, a tudo o que sentimos, aprendemos e reunimos numa unidade. Pessoas do mundo inteiro tendem a pensar que o hino nacional do seu país é o melhor do mundo, que as suas mães são as melhores cozinheiras, que a garota mais bonita da cidade é também a mais bonita da face da Terra, assim por diante. Você não vai gostar de uma música nova e estranha quando escutá-la pela primeira vez. Quer dizer, se for *realmente* estranha. Quando as pessoas afirmam gostar ou até *adorar* músicas que são completamente novas para elas, é porque gostam da ideia do exótico, é estimulante e, além disso, dá a elas a sensação de possuir uma sensibilidade e uma compreensão cósmica superior à da pessoa ao lado. Mas o que elas realmente gostam é daquilo que inconscientemente reconhecem. Com o passar do tempo, o que antes era novo se torna parte da base experiencial e o condicionalmente aprendido, a doutrinação sobre o que é maravilhoso e o que é belo, parte do senso estético. No início do século XX, os filmes estadunidenses começaram a ensinar às pessoas a encontrar beleza nas estrelas do cinema brancas. E, com o tempo, nas estrelas negras também. Nos últimos cinquenta anos, os filmes asiáticos fizeram o mesmo pelas suas estrelas. Embora seja como música, a beleza tem que ser algo reconhecido pelo público. Um asiático não deve ser muito asiático, mas, sim, ter similaridade com um padrão consagrado de beleza, um ideal que ainda é branco. Visto dessa perspectiva, a palavra *percepção* quando usada para a estética é, na melhor das hipóteses, imprecisa. Nascemos com visão e audição, mas na estética todos partimos de uma folha em branco. Nós...

Ela parou de repente. Deu um sorriso rápido e levou a taça aos lábios como se percebesse que estava dando uma aula para um público meio desinteressado. Ficamos um tempo sentados e em silêncio. Dei uma tossida.

— Li em algum lugar que todos, mesmo as tribos mais isoladas, gostam de simetria num rosto. Isso não sugere que algumas coisas são congênitas?

Shannon olhou para mim. Um sorriso apareceu no seu rosto e ela se inclinou para a frente na cadeira.

— Talvez. Por outro lado, as regras que regem a simetria são tão simples e rígidas que não é de surpreender que compartilhemos o gosto por tudo isso no mundo inteiro. Da mesma forma que a crença numa força superior é algo fácil de aceitar e o torna universal, mas não congênito.

— E se eu dissesse que acho você bonita? — As palavras simplesmente escaparam da minha boca.

Na hora ela pareceu surpresa, então apontou para o olho caído, e, quando voltou a falar, a sua voz não era afetuosa e soturna, mas tinha um tom ríspido e metálico.

— Então, ou é mentira, ou você falhou em compreender os princípios mais elementares por trás da ideia de beleza.

Percebi que havia cruzado algum tipo de linha imaginária.

— Então, existem princípios? — eu disse, tentando retomar o rumo.

Ela me encarou com um olhar que parecia tentar decidir se me deixava escapar impune ou não.

— Simetria — disse por fim. — A proporção suprema. Formas que imitam a natureza. Cores complementares. Toques harmonizadores.

Concordei, satisfeito pela conversa ter voltado aos trilhos, mas sabendo que teria dificuldade em perdoar a mim mesmo pelo deslize.

— Ou na arquitetura, onde há formas funcionais — continuou ela — que são na verdade idênticas às formas que imitam a natureza. As células hexagonais de uma colmeia. A barragem do castor. A rede de túneis das raposas. O ninho do pica-pau que se torna lar para outros pássaros. Eles não foram construídos para ser bonitos, mas são. Uma casa gostosa de morar é linda. Na verdade, é simples assim.

— Que tal um posto de gasolina?

— Isso também pode ser bonito, desde que a sua função seja algo que consideramos digno de elogios.

— E um patíbulo...?

Shannon sorriu.

— ... pode ser lindo, desde que as penas de morte sejam consideradas necessárias.

— Você não teria que odiar o condenado para pensar assim?

Shannon umedeceu os lábios, como se testasse a ideia.

— Acho que considerar a execução necessária já seria suficiente.

— Mas um Cadillac é lindo — eu disse, servindo mais vinho. — Apesar de, comparado com os carros atuais, o seu design não ser especificamente funcional.

— Tem linhas que imitam a natureza e parece que foi criado para voar feito uma águia, exibir os dentes como uma hiena e deslizar pela água feito um tubarão. Parece aerodinâmico e tem espaço para um motor de foguete que pode nos lançar ao espaço sideral.

— Mas a forma subverte a função, e nós sabemos disso. Mas ainda assim achamos bonito.

— Bom, até ateus podem achar igrejas lindas. Mas os fiéis provavelmente as consideram ainda mais lindas porque estão relacionadas à vida eterna, da mesma forma que o corpo feminino sensibiliza um homem que deseja transmitir os próprios genes. Mesmo inconsciente disso, o desejo de um homem por um corpo feminino vai ser ligeiramente menor se ele souber que ela não é fértil.

— Você acha?

— Podemos testar.

— Como?

Ela deu um sorrisinho.

— Tenho endometriose.

— O que é isso?

— É uma condição em que células semelhantes às da camada de tecido que normalmente cobre o interior do útero crescem fora dele. Isso significa que é pouco provável que eu tenha filhos. Você concorda que ficar sabendo que falta algo no interior torna o exterior um pouco menos atraente?

Olhei pra ela.

— Não.

Ela sorriu.

— Essa é a sua resposta superficial e consciente. Deixa o seu inconsciente ruminar as informações por um tempo.

Talvez fosse o vinho que coloria as suas bochechas em geral brancas como a neve. Eu estava prestes a responder quando ela me interrompeu com uma gargalhada.

— De qualquer forma, você é o meu cunhado, então não é muito apropriado como cobaia.

Concordei. Então me levantei e fui até o CD Player. Botei para tocar *Naturally*, do J. J. Cale.

Ouvimos o álbum em silêncio e, quando acabou, Shannon me pediu que tocasse mais uma vez, desde o início.

A porta se abriu no meio de "Don't Go to Strangers" e na soleira estava Carl. Ele tinha uma expressão séria e resignada no rosto e indicou com a cabeça a garrafa de espumante.

— Por que vocês abriram isso? — perguntou ele em voz baixa.

— Porque a gente sabia que você ia convencer o conselho de que esse lugar precisa de um hotel — disse Shannon, erguendo a taça e fazendo um brinde. — Que vão permitir que você construa quantos chalés quiser. Estamos comemorando antecipadamente.

— Estou mesmo com cara de que foi isso que aconteceu? — disse ele, nos encarando com um olhar soturno.

— Você está com cara de quem é mesmo um péssimo ator — disse Shannon. Ela tomou um gole. — Pega uma taça para você, querido.

Carl deu uma risada alta e veio na nossa direção de braços abertos.

— Apenas um voto contra. Eles adoraram!

Uma auréola de entusiasmo parecia pairar sobre Carl enquanto ele bebia quase tudo que restou do espumante e nos dava uma descrição vívida dos eventos na reunião.

— Eles engoliram tudo, cada palavra. Sabe o que um deles disse? "Um dos nossos mantras no Partido de Esquerda é que tudo pode ser feito de um jeito melhor, mas hoje", ele disse, "não tinha como melhorar." Eles concordaram com os planos de zoneamento no local, então agora temos os nossos chalés. — Ele apontou para a janela. — Depois da reunião, Willumsen veio até a mim, disse que tinha assistido como espectador e me parabenizou não só por tornar a mim e a minha família rica mas por transformar as terras de cada habitante do vilarejo em nada menos que um campo de petróleo. Ele comentou que se arrependia muito por não possuir ainda mais terras aqui na montanha e nos ofereceu três milhões pela nossa terra.

— E o que você disse? — perguntei.

— Que isso talvez fosse o dobro do que a terra valia ontem, mas que agora o preço havia subido dez vezes. Não! Cinquenta vezes! Saúde!

Shannon e eu erguemos as taças vazias.

— E o hotel? — perguntou Shannon.

— Eles adoraram. *Amaram*. As mudanças que solicitaram foram mínimas.

— Mudanças? — A sobrancelha clara sobre o olho direito dela se ergueu.

— Eles acharam que era um pouco... estéril, acho que essa foi a palavra. Eles querem um pouco mais do estilo norueguês. Nada com que se preocupar.

— Estilo norueguês? O que isso quer dizer?

— Detalhes. Eles querem telhados de turfa, toras de madeira aqui e ali. Dois grandes trolls esculpidos em madeira de cada lado da entrada. Coisas bobas assim.

— E?

Carl deu de ombros.

— E eu disse sim. *No big deal* — acrescentou ele em inglês.

— Você o *quê*?

— Olha, querida, é psicologia. Eles precisam sentir que estão no controle, que não são apenas um bando de camponeses sendo atropelados por um falastrão que acabou de voltar do exterior, entendeu? Portanto, temos que dar *algo* a eles. Eu agi como se essas concessões fossem nos custar caro. Então agora eles acham que pressionaram o máximo que podiam e não vão exigir mais nada.

— Sem concessões — disse Shannon. — Você prometeu. — O olho que encarava Carl exibiu um lampejo de raiva.

— Relaxa, querida. Dentro de um mês, quando a gente virar a primeira pá de terra, vamos ser os únicos no comando, e aí daremos a eles alguma explicação prática de por que não podemos usar esse material kitsch. Até lá vamos deixar que pensem que vão conseguir o que querem.

— Do jeito que você deixa todo mundo imaginando que vai ter o que quer?

Havia uma frieza na voz dela que eu nunca tinha ouvido antes. Carl se contorceu na cadeira.

— Querida, é hora de comemorar, não...

Shannon se levantou de repente. E saiu apressada.

— O que foi isso? — perguntei quando a porta da frente bateu.

Carl suspirou.

— O hotel é dela.

— Dela?

— O projeto arquitetônico é dela.

— *Ela* projetou? Não foi um arquiteto?

— Shannon *é* arquiteta, Roy.

— É?

— A melhor de Toronto, se quer saber. Mas ela tem estilo e opiniões próprias e, infelizmente, é um pouco como Howard Roark.

— Um pouco como quem?

— É um arquiteto que botou abaixo o prédio que ele mesmo projetou por não ter sido construído exatamente como queria. Shannon vai criar problema com cada detalhezinho. Se tivesse sido um pouco mais flexível, ela não só teria sido a melhor como também a arquiteta mais requisitada de Toronto.

— Não que isso importe tanto assim, mas por que raios você nunca disse que foi ela que fez o projeto do hotel?

Carl suspirou.

— Os desenhos são assinados pela empresa dela. Achei que fosse o suficiente. Quando o líder de um projeto permite que a sua jovem esposa estrangeira o desenhe, as pessoas vão automaticamente suspeitar que o projeto carece de profissionalismo. Claro, vai ficar tudo certo quando virem o histórico dela, mas a minha ideia era tocarmos em frente sem fazer alarde, até que os investidores e o conselho estivessem a bordo. E a Shannon concordou.

— Tá bom, mas por que nenhum de vocês *me* contou?

Carl abriu bem os braços.

— Para que você não tivesse que sair por aí contando mentiras também. O que quero dizer é que não é mentira, o nome da empresa dela está lá, mas... bom, você entende.

— Menos pontas soltas?

— Puta que pariu, Roy. — Ele me encarou com olhos tristes e belos. — Estou lidando com um monte de coisa aqui. Por isso, quero ter o mínimo de distração possível.

Puxei o ar através dos dentes. Eu devia ter adquirido esse hábito havia pouco tempo. Papai fazia isso e me deixava irritado.

— Tá bom — eu disse.

— Ótimo.

— Falando em lidar com um monte de coisa, encontrei a Mari no centro cirúrgico no outro dia. Ela ficou toda vermelha quando me viu.

— Ficou, é?

— Como se tivesse vergonha de alguma coisa.

— Alguma coisa tipo...?

— Não sei. Mas, depois de todos aqueles lances envolvendo você e a Grete e você indo para os Estados Unidos, ela tentou se vingar.

— O que ela fez?

Respirei fundo.

— Ela se ofereceu para transar comigo.

— Com você? — Carl caiu numa sonora gargalhada. — E você reclama que eu não mantenho a família informada?

— Era isso que ela queria, que você descobrisse. E ficasse magoado.

Carl meneou a cabeça. Com sotaque local, disse:

— Nunca subestime uma mulher humilhada. E você topou?

— Não. Quando a vi ruborizar tanto de vergonha, percebi que ela nunca conseguiu se vingar, e que a Mari Aas não é do tipo que esquece, que aquele negócio ainda está dentro dela como uma espécie de cisto encapsulado. Então, acho melhor você tomar cuidado.

— Você acha que ela está planejando alguma coisa?

— Ou talvez já tenha feito alguma coisa tão extrema que até se sente envergonhada ao encontrar um membro da nossa família.

Carl coçou o queixo.

— Algo que, por exemplo, poderia prejudicar o nosso projeto?

— Ela pode ter arrumado alguma coisa que vai estragar as coisas para você. Só estou dizendo.

— E você deduziu tudo isso porque a viu corar quando estava passando?

— Sei que parece idiota — eu disse. — Mas a Mari não é do tipo que fica ruborizada, a gente sabe bem disso. Ela é uma dama autoconfiante e não tem quase nada que a deixe constrangida. Mas ela também é cheia de princípios. Você se lembra daquele colar que comprou para ela com o dinheiro que roubou do tio Bernard?

Carl assentiu.

— Foi assim que ela ficou. Como se tivesse feito parte de algo que sabia que era errado, mas tarde demais para se arrepender.

— Entendi — disse Carl. — Vou tomar cuidado com ela.

Fui para a cama cedo. Pelo piso dava para ouvir Carl e Shannon na sala de estar. Não as palavras, só a briga. Depois, ficaram em silêncio. Passos na escada, porta do quarto se fechando. Então transaram.

Pressionei o travesseiro nas orelhas e cantei "Don't Go to Strangers", de J. J. Cale, dentro da minha cabeça.

19

A NEVE HAVIA DERRETIDO.

Parei na janela da cozinha e olhei para fora.

— Cadê o Carl? — perguntei.

— Conversando com os empreiteiros — disse Shannon sentada na bancada atrás de mim lendo a *Tribuna de Os*. — Provavelmente estão no terreno.

— A arquiteta não deveria estar lá também?

Ela deu de ombros.

— Carl queria lidar com isso sozinho.

— O que o jornal diz?

— Que o conselho abriu as comportas. Que Os vai se transformar num acampamento de férias para os ricos da cidade grande e nós vamos ser os servos. Que seria melhor construirmos campos de refugiados para pessoas que realmente precisam de nós.

— Meu Deus! Foi o Dan Krane que escreveu isso?

— É uma matéria enviada por um leitor, mas deram bastante destaque e tem uma chamada para isso na capa.

— Qual o assunto do editorial do Krane?

— Uma história sobre um tal pastor Armand. Cultos revivalistas e curas milagrosas. Uma semana depois que ele foi embora de Os com a caixa de dízimo recheada, as pessoas que curou estavam de volta às suas cadeiras de rodas.

Dei risada e analisei o céu acima de Ottertind, a montanha no extremo sul do lago Budal. Estava cheio de sinais contraditórios e pouco revelava sobre o tipo de clima que poderíamos esperar.

— Então Krane não se atreve a criticar Carl abertamente — eu disse. — Mas dá bastante espaço para quem quiser fazer isso.

— Bom, de qualquer maneira, não parece que a gente tem muito a temer vindo do jornal — disse Shannon.

— Talvez não de lá. — Eu me virei para ela. — Se você ainda acha que pode descobrir o que o Kurt Olsen está procurando, imagino que agora seria um bom momento.

Fritt Fall era o tipo de bar que se moldava ao tamanho do seu mercado, o que, no caso do Fritt, significava que tinha que satisfazer um pouco todas as necessidades. Um longo balcão com banquetas altas para quem tem sede de cerveja, mesinhas redondas para quem tem fome, uma pequena pista de dança com luzes de balada para quem procura ação, uma mesa de bilhar com feltro esburacado para os inquietos e bilhetes de apostas, cupons e uma tela de TV mostrando corridas para os que nunca perdem as esperanças. À qual necessidade o galo preto que às vezes se pavoneava entre as mesas satisfazia eu não saberia dizer, mas o galináceo não incomodava ninguém, nem ninguém o incomodava, e ele nem anotava os pedidos de cerveja, nem atendia ao ser chamado pelo nome, Giovanni. Mas sem dúvida faria falta quando morresse e — de acordo com Erik Nerell — seria servido aos frequentadores mais assíduos num coq au vin ligeiramente duro, mas agradável.

Shannon e eu entramos no bar às três. Não vi nenhum sinal de Giovanni, apenas dois homens olhando para a tela da TV, onde cavalos com crinas esvoaçantes se aglomeravam numa trilha de cascalho. Nos sentamos a uma das mesas à janela e, conforme combinado, peguei o notebook de Shannon e o coloquei sobre a mesa entre nós. Me levantei e fui até o bar de onde Erik Nerell nos observava desde que entramos, fingindo ler a *Tribuna de Os*.

— Dois cafés — pedi.

— Certo. — Ele colocou uma xícara sob o bico de uma garrafa térmica preta e apertou a tampa.

— Alguma novidade? — perguntei.

Ele olhou para mim com desconfiança. Indiquei com a testa o jornal.

— Ah, aqui — disse ele. — Não. Bom, na verdade... — Ele trocou as xícaras de lugar. — Não.

Shannon estava com o notebook ligado quando voltei com os cafés. Me sentei ao seu lado. O protetor de tela era um retângulo com ar sombrio que aos meus olhos parecia um arranha-céu bastante comum, mas que ela me explicou ser uma obra-prima: o prédio da IBM em Chicago. Disse que foi projetado por alguém chamado Mies.

Passei os olhos pelo bar.

— Certo. Como você quer fazer isso?

— A gente fica só de conversa fiada enquanto toma o café que, a propósito, é nojento, mas não vou fazer careta porque ele está olhando para cá.

— O Erik?

— É. E aqueles dois perto da TV. Assim que terminar o café, pega o notebook e finge que está muito preocupado com alguma coisa que acabou de ler. Digita uma coisa qualquer. Não levanta os olhos e deixa o resto comigo.

— Entendi — eu disse e tomei um golinho de café. Ela estava certa, era quimicamente repugnante. Água quente da torneira seria mais gostosa. — Pesquisei "endometriose" no Google. E lá diz que, se o método convencional não funcionar, dá para experimentar inseminação artificial. Vocês dois já pensaram nisso?

Ela abriu bem um olho, parecia furiosa.

— Foi você que falou em conversa fiada — justifiquei.

— Isso não é conversa fiada — proferiu com voz esganiçada. — Isso é conversa séria.

— Posso falar de postos de gasolina, se preferir — eu disse dando de ombros. — Ou dos problemas cômicos e humilhantes que surgem quando se está com o dedo do meio da mão direita rígido.

Ela sorriu. O seu humor se alterou tão rápido quanto a temperatura acima da marca dos dois mil metros, mas ser envolvido naquele sorriso era como deslizar numa banheira quente.

— Quero filhos. É o que mais quero. Não com o meu cérebro, é claro, mas com o meu coração.

Ela olhou por cima do meu ombro para onde Erik estava. Sorriu como se o olhar tivesse sido correspondido. E se Erik não soubesse o que Kurt estava procurando? Eu já não tinha mais tanta certeza de que havia sido uma boa ideia.

— E quanto a você? — perguntou ela.

— Eu?

— Filhos.

— Ah, Deus do céu. É claro. Eu só...

— Você só...?

— Só não sei se me sairia muito bem como pai.

— Você *sabe* que se sairia, sim, Roy.

— Mas a mãe teria que ser, no mínimo, tudo o que eu não sou. E teria que entender que gerir um posto de gasolina toma um bocado de tempo.

— No dia em que você se tornar pai, talvez pare de pensar que o mundo gira em torno de postos de gasolina.

— Ou de arranha-céus em alumínio anodizado.

Ela sorriu.

— Chegou a hora.

Os nossos olhares se encontraram por um instante, então puxei o notebook para perto, abri um documento do Word e comecei a escrever. Deixei as palavras surgirem, me concentrando apenas em soletrá-las corretamente. Depois de fazer isso por um tempo eu a ouvi se levantar e atravessar o bar. Eu não precisava olhar para saber que ela deu uma rebolada extra. Aquela porra de *soca swing*. Eu estava de costas para o balcão. Ouvi as pernas de uma banqueta arranharem o piso e soube que havia se sentado e estava conversando com Erik Nerell, cujo olhar se fixava nela do jeito que tinha feito no coquetel de boas-vindas. Enquanto estava lá sentado totalmente absorto nos meus exercícios de ortografia, alguém se jogou na cadeira do outro lado da mesa. Por um instante, pensei que fosse Shannon já de volta com a missão não cumprida e senti um alívio estranhamente paradoxal. Mas não era Shannon.

— Oi — disse Grete.

A primeira coisa que notei foi que o seu permanente agora era loiro.

— Oi — eu disse, tentando transmitir daquela forma monossilábica que estava extremamente ocupado.

— Ora, ora, então ela é bela e sedutora — disse Grete.

O meu olhar seguiu automaticamente o dela.

Shannon e Erik estavam inclinados para perto um do outro na extremidade mais estreita do balcão, de tal modo que nós os víamos de perfil. Shannon riu de alguma coisa, sorriu, e vi Erik desfrutando daquele mesmo afeto no qual eu estivera banhado. E talvez tenha sido só porque Grete havia preparado o meu espírito com aquele "bela", mas agora eu realmente *via*. Shannon Alleyne Opgard não era apenas bonita, ela era linda. Havia algo na maneira como simultaneamente absorvia e refletia a luz. E eu não conseguia tirar os meus infelizes olhos dela. Não até ouvir a voz de Grete outra vez.

— Hum.

Me virei. Ela não estava mais olhando para Shannon, mas para mim.

— O que foi?

— Nada — disse ela com um sorrisinho azedo naqueles lábios de minhoca.

— Onde o Carl está hoje?

— No terreno do hotel, eu acho.

Grete meneou a cabeça, e tentei não imaginar como ela poderia saber que não.

— Então não faço ideia. Conversando com investidores, talvez.

— Isso é bem mais provável — disse ela, parecendo se perguntar se deveria dizer mais alguma coisa.

— Não sabia que você era frequentadora do Fritt Fall — comentei para mudar de assunto.

Ela ergueu um punhado de bilhetes de aposta que devia ter apanhado na mesa debaixo da TV ao entrar.

— Para o papai — explicou —, mesmo que ele venha dizendo que está pensando em apoiar o hotel em vez de cavalos. O princípio é o mesmo de acordo com ele. Despesa mínima com possibilidade de grande lucro. Será que ele entendeu direito?

— Sem despesas — eu disse. — Possibilidade de algum lucro, sim. Mas também de uma conta pesada. Primeiro ele deveria se certificar de que pode arcar com o pior cenário.

— E o que isso significa?

— Que tudo pode ir para o espaço.

— Ah, isso. — Ela enfiou os bilhetes na bolsa. — Acho que o Carl é melhor em vender que você, Roy. — Ela olhou para mim e sorriu. — Mas também é o que ele sempre fez. Dá um alô para ele por mim. E cuidado com aquela boneca Barbie dele. Parece que ela está tentando competir com ele ali.

Me virei e olhei para Shannon e Erik. Ambos digitavam no celular. Quando me virei de volta, Grete estava saindo.

Olhei para a tela à minha frente e comecei a ler o que havia escrito. Droga. Será que eu tinha perdido o juízo? Ouvi o arranhar da banqueta do bar, e na hora arrastei o documento para a lixeira.

— Pronto? — perguntou Shannon.

— Sim — eu disse, fechando o notebook e me levantando. — E aí? — perguntei quando nos sentávamos no Volvo.

— Acho que vai ser hoje à noite.

Depois de levar Shannon de volta à fazenda, fui para o posto e substituí Markus, que havia pedido para sair mais cedo.

— Alguma novidade? — perguntei a Julie.

— Não — disse ela e soprou uma bola de chiclete. — O Alex está puto, dizendo que só fico provocando. E a Natalie vai se mudar.

— Mudar? Para onde?

— Para Notodden. Dá para entender, nunca acontece nada aqui.

— Absolutamente nada — concordei e peguei uma chave na gaveta debaixo da caixa registradora. — Estou indo para a oficina, tá bom?

Mantive a porta da garagem trancada e usei a porta do escritório. Percebi, pelo ar rançoso, que fazia um tempo desde a última vez que havia entrado ali. Levávamos carros para dentro para trocar pneus em dias muito frios, mas o poço de graxa quase não tinha sido usado desde o fechamento da oficina. Depois que Carl partiu e fiquei sozinho na fazenda, construí um puxadinho na parede nos fundos com espaço para uma cama, uma TV, um aquecedor e uma minicozinha. Morei ali durante os meses mais frios do inverno, quando a estrada e a fazenda estavam cobertas de neve e não parecia fazer o menor sentido aquecer a casa para as poucas horas que passava lá e não no posto. Fechei as portas do lava-jato e tomei banho. Nunca estive tão limpo. Voltei para a oficina e verifiquei o colchão. Seco. O aquecedor funcionava. Até a TV funcionou depois de uns minutos de hesitação.

Entrei na oficina.

Parei exatamente onde nós tínhamos amputado os braços, as pernas e a cabeça do velho Olsen. Onde *eu* tinha amputado. Carl não aguentou nem mesmo olhar. Por mim tudo bem; por que deveria olhar? O trator tinha ficado do lado de fora com a caçamba para o alto por três dias seguidos, até que o levei até o lava-jato para esvaziar o conteúdo e observar enquanto tudo escorria tranquilamente pelas grades do ralo. Depois limpei a caçamba com a mangueira e pronto. Qual foi a sensação de estar no mesmo lugar? Será que havia fantasmas aqui? Foi há dezesseis anos. E eu não senti muita coisa naquela noite, simplesmente não havia motivo para isso. E quaisquer fantasmas que existissem estavam em Huken, não aqui.

— Roy — disse Julie quando voltei, arrastando as vogais como se fosse um nome bem comprido —, qual seria a viagem dos seus sonhos? — Ela folheava uma revista de viagens e me mostrou uma foto de uma praia onde um jovem casal em roupas sumárias relaxava sob um sol escaldante.

— Para Notodden, eu acho — respondi.

Ela ficou boquiaberta.

— Qual o lugar mais distante em que você já esteve?

— Não estive em lugar nenhum — eu disse.

— Ah, não vem com essa!

— Já fui para o sul. E para o norte. Mas nunca saí do país.

— Claro que já! — Ela inclinou a cabeça para o lado, me estudando, e acrescentou com um pouco menos de arrogância: — Todo mundo já saiu do país.

— Estive em alguns lugares distantes — eu disse. — Mas isso foi aqui. — Toquei cuidadosamente a minha testa com o dedo enfaixado.

— Como assim? — Ela deu um sorrisinho. — Você quer dizer que é louco?

— Já esquartejei seres humanos e atirei em cães indefesos.

— Claro, e jogou um salva-vidas para a sua esposa quando ela estava se afogando bêbada de tanto champanhe. — Julie riu. — Por que os garotos da minha idade não são engraçados como você?

— É preciso de tempo para ser engraçado — eu disse. — Tempo e esforço.

Quando voltei para a fazenda naquela noite, Shannon estava sentada no jardim de inverno usando o velho anorak acolchoado de Carl e um dos meus chapéus com um cobertor de lã sobre as pernas.

— Está frio, mas é tão bom ficar aqui logo depois que o sol se põe — disse ela. — Em Barbados o pôr do sol é tão rápido que de repente fica escuro. E em Toronto é tão plano e são tantos prédios altos que em alguns pontos o sol simplesmente desaparece. Mas aqui dá para ver tudo acontecendo em câmera lenta.

— *Sakte kino*, em norueguês — eu disse.

— *Sakte kino*? Cinema lento? — Ela riu. — Gostei. Porque tanta coisa acontece com a luz. A luz no lago, a luz na montanha, a luz *atrás* da montanha. É como um fotógrafo que enlouqueceu com a iluminação. Eu amo a natureza norueguesa. — E acrescentou com uma sinceridade irônica e exagerada: — A natureza selvagem da Noruega nua e crua.

Me sentei ao lado dela com a xícara de café que trouxe da cozinha.

— E o Carl?

— Ele teve que persuadir alguém importante para o projeto. Um vendedor de carros usados.

— Willumsen — eu disse. — Algo mais?

— Algo mais?

— Aconteceu mais alguma coisa?

— Como o quê?

Através de um vão entre as nuvens a lua mostrou o seu rosto pálido. Como um ator espiando o público por trás da cortina antes do show começar. E, na luz refletida que iluminava o rosto de Shannon, pude ver naquele momento o que ela era: uma atriz que mal podia esperar para o show começar.

— Ele esperou até as oito — disse ela, então tirou a mão de debaixo do cobertor e me passou o celular. — Eu falei que gostava dele, que estava entediada, e perguntei se podia me mandar algumas fotos. Ele quis saber de que tipo, e falei que queria a natureza norueguesa. A natureza norueguesa nua e crua. De preferência em plena floração.

— E aí ele mandou isso para você? — Olhei para a selfie de Erik Nerell. *Nude* era uma forma amena de descrever. Ele estava deitado nu na frente de uma lareira sobre o que parecia ser uma pele de rena e havia passado algum tipo de creme no corpo que dava aos músculos flexionados um brilho opaco. E no centro da foto havia uma ereção exemplar.

Não, o rosto não estava visível, mas havia mais que o suficiente para uma namorada grávida reconhecer.

— Ele pode alegar que me entendeu mal — disse Shannon. — Mas acho isso terrivelmente ofensivo. E acho que o sogro dele vai concordar.

— O sogro dele? — indaguei. — Não a namorada?

— Refleti um pouco sobre isso. O Erik foi bem esperto na escolha de palavras. Então, acho que ele sabe que consegue se safar dessa com a namorada grávida. Se ajoelhar e implorar perdão, blá-blá-blá. Por outro lado, um sogro...

Dei uma risada.

— Você é mesmo muito malvada.

— Não — disse ela, séria. — Eu sou boa. Amo aqueles a quem amo e faço o que for preciso para protegê-los. Mesmo que isso signifique fazer coisas más.

Assenti. Algo me dizia que essa não tinha sido a primeira vez. Eu estava prestes a dizer algo quando ouvi o ronco baixo de um motor estadunidense de oito cilindros. Cones de luz, depois o Cadillac fazendo a curva da Geitesvingen. Vimos Carl estacionar e sair. Ele ficou perto do carro e levou o celular ao ouvido. Falava baixinho enquanto se dirigia para casa. Me recostei na cadeira e apertei o interruptor na parede atrás de nós. Vi Carl tomar um susto quando nos avistou. Como se tivesse sido pego no flagra. Mas era eu que não queria ser pego no flagra, me escondendo no escuro com Shannon. Apaguei a luz de volta para mostrar que preferíamos ficar no escuro, só isso. E soube ao fazer isso que tinha sido a decisão certa.

— Vou me mudar para a oficina — eu disse em voz baixa.

— O quê? — perguntou Shannon, também em voz baixa. — Por quê?

— Dar a vocês dois um pouco mais de espaço.

— Espaço? A gente tem espaço de sobra. Uma casa inteira e uma montanha inteira para apenas três pessoas. Você não pode ficar, Roy? Por mim.

Tentei ver o rosto dela, mas a lua havia se escondido novamente, e Shannon não falou mais nada.

Carl entrou pela porta da sala e se juntou a nós.

— E, com isso, o prazo para fazer parte da sociedade limitada Hotel na Montanha e Spa Os acabou — anunciou ele e afundou numa das cadeiras de vime segurando uma cerveja aberta. — Quatrocentos e vinte sócios, o que significa todo mundo do vilarejo que tem condições de pagar. O banco está pronto e falei com os empreiteiros. A princípio, poderíamos colocar escavadores para trabalhar depois da reunião da empresa amanhã.

— Para cavar o quê? — perguntei. — O terreno vai ter que ser dinamitado primeiro.

— Claro, claro, era só força de expressão. Eu meio que vejo os escavadores como tanques que vão avançar e conquistar essa montanha.

— Faz como os Estados Unidos e bombardeia primeiro — eu disse. — Extermina tudo. E *depois* avança e conquista.

Ouvi o arranhar da sua barba no colarinho quando ele virou a cabeça para mim no escuro. Ele provavelmente estava se perguntando se eu queria dizer algo além do que realmente tinha dito. Seja lá o que fosse.

— O Willum Willumsen e o Jo Aas concordaram em ocupar a diretoria — disse Carl — na condição de que a empresa votasse em mim para gerente.

— Parece que você vai ter controle total.

— Pode-se dizer que sim — disse Carl. — A vantagem de uma sociedade limitada é que a lei não exige que tenha uma diretoria, um conselho fiscal nem qualquer tipo de controle. Vamos ter uma diretoria e um contador porque o banco exige, mas na prática o gerente pode administrar a empresa como um déspota esclarecido, o que facilita as coisas pra cacete. — Ouvi um gole sendo tomado da garrafa de cerveja.

— Roy disse que está de mudança — comentou Shannon. — Para a oficina.

— Bobagem — disse Carl.

— Ele disse que a gente precisa de mais espaço.

— Tá bom, tá bom — eu disse. — Talvez seja eu quem precisa de espaço. Talvez todos esses anos morando sozinho tenham me tornado um esquisitão.

— Então eu e a Shannon é que devíamos nos mudar — disse Carl.

— Não. Estou feliz por ter mais de uma pessoa morando aqui. A *casa* também está feliz.

— Nesse caso, três têm que ser ainda melhor que dois — disse Carl, e senti que ele colocou a mão no colo de Shannon. — E quem sabe um dia podemos ser quatro. — Por alguns segundos houve silêncio absoluto, então ele meio que despertou. — Ou não. O que me fez pensar nisso foi que acabei de ver o Erik e a Gro saírem para um passeio à noite. Ela está bem grande agora. — Silêncio. Mais goles na garrafa. Carl arrotou. — Por que nós três passamos tanto tempo sentados no escuro enquanto conversamos?

Assim o nosso rosto não revela nada, pensei.

— Vou ter uma conversa com o Erik amanhã — avisei. — E vou me mudar à noite.

Carl suspirou.

— Roy...

Me levantei.

— Estou indo para a cama agora. Vocês são pessoas fantásticas e amo os dois, mas estou ansioso para não precisar ver o rosto de ninguém quando me levantar de manhã.

Naquela noite dormi feito uma pedra.

20

ERIK NERELL MORAVA FORA da cidade. Eu tinha explicado a Shannon que, quando dizíamos "fora da cidade", significava às margens do lago Budal, em direção ao ponto onde a água desaguava no rio Kjetterelva. E, considerando que o lago tinha o formato de um vê de ponta-cabeça, com o vilarejo no vértice, então "na cidade" e "fora da cidade" não eram orientações da bússola, mas apenas um jeito de informar qual rumo tomar de um determinado ponto de partida, já que a estrada principal seguia o lago de qualquer maneira. Aas, o telhador Moe e Willumsen moravam "na cidade", o que era considerado um pouco melhor, porque os campos eram mais planos e recebiam mais sol, enquanto o chalé de Olsen e a fazenda Nerell ficavam "fora da cidade", no lado coberto pelas sombras. O caminho até o chalé de Aas, para onde Carl, Mari e uma gangue de adolescentes costumavam escapar para fazer festas que duravam até o amanhecer, também ficava "fora da cidade".

Eu pensava um pouco sobre isso enquanto dirigia.

Estacionei atrás do Ford Cortina *sleeper* que estava em frente ao celeiro. Gro, a companheira de Erik, abriu a porta e, quando indaguei por ele, não pude deixar de me perguntar como aqueles braços curtos conseguiam se estender além da barriga protuberante para alcançar a maçaneta da porta. Talvez ela não tenha encarado a porta de frente, do mesmo jeito que eu planejava abordar a questão.

— Ele está malhando — respondeu ela, apontando para o celeiro.

— Obrigado. Não falta muito, né?

Ela sorriu.

— Pois é.

— Mas imagino que você e o Erik ainda façam aquele passeio noturno, certo?

— Tenho que exercitar a velha senhora e o cachorro. — Gro sorriu.

— Mas agora nunca além de trezentos metros de casa.

Erik não me viu nem me ouviu quando entrei. Ele estava deitado num banco puxando ferro, ofegando e resfolegando com a barra no peito e soltando um rugido ao suspendê-la. Esperei até que a barra estivesse mais uma vez no suporte antes de entrar no seu campo de visão. Ele tirou os fones dos ouvidos, e pude escutar a letra de "Start Me Up".

— Roy — disse ele. — Acordou cedo.

— Você parece estar em forma — comentei.

— Obrigado. — Ele se levantou e cobriu a camiseta suada do Hollywood Brats com um casaco de lã. Um primo dele, Casino Steel, foi tecladista dessa banda, e Erik sempre insistiu em que, se a conjuntura tivesse sido um pouco mais favorável, o Hollywood Brats seria maior que o Sex Pistols e o New York Dolls. Ele chegou a tocar algumas das músicas para nós, e me lembro de pensar que o problema não era só a conjuntura. Mas eu achava legal que ele se importasse com o primo. No geral, eu gostava mesmo de Erik Nerell. Mas isso não vinha ao caso.

— A gente precisa resolver uma coisa — eu disse. — A foto que você mandou para a Shannon não caiu muito bem.

Erik ficou pálido. Ele piscou três vezes.

— Ela veio falar comigo, não queria mostrar para o Carl porque senão ele ia ficar maluco. Mas ela quis ir até xerife. Prestar uma queixa. Para a lei isso aqui é realmente um ato obsceno.

— Não, não, espera um minuto, Roy. Ela disse...

— Ela disse alguma coisa sobre fotos da natureza. Não importa, consegui persuadi-la a não prestar queixa, expliquei que seria um aborrecimento enorme para todo mundo e um baita de um trauma para a Gro.

Vi os músculos da mandíbula dele contraírem à menção do nome da companheira.

— Quando a Shannon soube que vocês estavam esperando um filho, ela disse que então ia mostrar a foto para o pai da Gro, o seu sogro, e caberia a ele decidir o que fazer. E lamento dizer que a Shannon é uma moça muito determinada.

A boca de Erik ainda estava aberta, mas nada saiu dela.

— Vim aqui porque quero te ajudar. Ver se consigo impedi-la. Eu realmente não gosto de muita confusão e briga, você sabe disso.

— Sei — disse Erik, com um quase inaudível ponto de interrogação no fim.

— Por exemplo, não gosto quando as pessoas ficam fuçando a nossa propriedade, onde mamãe e papai morreram. E, se esse for o caso, preciso mesmo saber o que está acontecendo.

Erik piscou de novo, como se quisesse sinalizar com os olhos que tinha entendido que eu estava procurando uma moeda de troca.

— O Olsen vai mandar um pessoal para o fundo de Huken de qualquer maneira, não é?

Erik assentiu.

— Ele encomendou da Alemanha um traje de segurança. Como o que os esquadrões antibomba usam. Isso significa que vai ser um procedimento seguro, a menos que uma pedra despenque na cabeça da pessoa. Além disso, dá para se movimentar com esse traje.

— O que ele está procurando?

— Tudo o que sei é que o Olsen quer descer lá, Roy.

— Não. Não é ele que vai lá embaixo, é você. E, sendo assim, ele deve ter dito o que procurar.

— Se eu soubesse, não teria permissão para contar a ninguém, Roy, você precisa entender isso.

— Claro — eu disse. — E você precisa entender que eu não sinto que tenho permissão para deter uma moça que foi tão ultrajantemente ofendida como a Shannon.

Erik Nerell se sentou no banco e me encarou com um olhar melancólico. Ombros caídos, mãos no colo. "Start Me Up" ainda zumbia nos fones de ouvido entre as coxas dele.

— Você me enganou — disse ele. — Você e aquela vagabunda. Está lá embaixo, não é?

— O que está lá embaixo?

— O celular do antigo xerife.

Dirigi o Volvo com uma das mãos enquanto segurava o telefone com a outra.

— O celular do Sigmund Olsen continuou com sinal até as dez da noite em que ele desapareceu.

— Do que você está falando? — resmungou Carl. Ele parecia de ressaca.

— Um celular ligado envia um sinal a cada meia hora, que é registrado nas estações-base que dão cobertura ao telefone. Trocando em miúdos, os registros das estações-base são o livro de registro de onde o telefone estava e quando.

— E daí?

— O Kurt Olsen esteve na cidade tem pouco tempo e falou com a companhia telefônica. Ele conseguiu os registros do dia em que o pai desapareceu.

— Eles ainda têm registros daquela época?

— Pelo visto têm. O celular do Sigmund Olsen está registrado em duas estações-base, o que significa que não tinha como ele, ou pelo menos o celular dele, ter saído do chalé na hora em que a testemunha disse ter ouvido um carro parar e o motor de uma lancha ligar. Porque isso foi depois de escurecer. O que as estações-base mostram é que o telefone dele estava na verdade numa área que cobre a nossa fazenda, Huken, a fazenda de Simon Nergard e o bosque entre lá e o vilarejo. E isso não bate com o que você disse para a polícia sobre Sigmund Olsen ter saído da nossa fazenda às seis e meia.

— Eu não disse para onde o xerife foi, só falei que ele saiu da fazenda. — Carl parecia bem desperto e consciente agora. — Até onde eu sei, ele pode ter parado em algum lugar entre a nossa casa e o vilarejo. E talvez aquele carro e aquele barco que a testemunha ouviu depois de escurecer pertencessem a outra pessoa; afinal, outras pessoas além do Olsen têm chalés por lá. Ou talvez a testemunha esteja enganada sobre a hora, porque esse não é exatamente o tipo de coisa que se guarda na memória.

— Concordo — eu disse quando vi que estava me aproximando de um trator. — Mas perguntas pipocando sobre a linha temporal não são o que mais me preocupa. É se o Kurt encontrar o telefone lá no fundo de Huken, porque, de acordo com Erik Nerell, é *isso* que o Kurt quer procurar lá embaixo.

— Ai, merda. Mas será que pode estar lá? Você não limpou tudo depois?

— Limpei. E nada dele ficou para trás. Mas você lembra que estava escurecendo quando a gente arrastou o corpo para cima e eu ouvi pedras caindo e eu me abriguei nos destroços do carro?

— E daí?

Cruzei para a outra pista. Vi que o trator estava muito perto da curva, mas arrisquei mesmo assim. Enfiei o pé no acelerador e o ultrapassei no início da curva, bem a tempo de ver pelo espelho retrovisor o motorista balançar a cabeça.

— Não eram pedras caindo, era o celular dele. Ele o guardava num daqueles clipes que prendem no cinto. E, quando ele foi empurrado pela face da rocha, o suporte acabou sendo arrancado e caiu, mas é claro que no escuro eu não conseguiria ver nada disso.

— Como você pode ter tanta certeza assim?

— Porque, quando a gente estava na oficina desmembrando o corpo, tirei o cinto dele e cortei as roupas. Vasculhei os bolsos para remover qualquer coisa de metal antes de deixar o resto para o Fritz. Havia moedas, a fivela do cinto e um isqueiro. Mas nenhum celular. E, porra, nem me ocorreu, e eu *sabia* que ele tinha aquela capa de couro idiota com um clipe.

Carl ficou em silêncio por um tempo.

— Então, o que a gente vai fazer? — perguntou ele.

— A gente tem que descer em Huken de novo — eu disse. — Antes que o Kurt desça.

— E quando vai ser isso?

— O traje de segurança do Kurt chegou ontem. O Erik vai se encontrar com ele para experimentar às dez e daí vão direto para Huken.

A respiração de Carl crepitou pelo telefone.

— Ai, merda — disse ele.

233

21

FOI COMO SE A repetição, a segunda descida, tivesse sido mais lenta e ao mesmo tempo mais rápida. Mais rápida, porque havíamos resolvido os problemas práticos, e de fato nos lembrávamos das soluções. Mais lenta, porque tinha que ser rápido, já que não sabíamos quando Kurt e sua equipe de escalada viriam, e isso me deu aquela sensação que se tem naqueles pesadelos em que se está sendo perseguido e você tenta correr rápido, mas tudo que consegue é patinhar na lama. Shannon estava parada na beirada externa da Geitesvingen, de onde conseguia ver carros saindo da rodovia.

Carl e eu usamos a mesma corda de antes, o que significa que Carl sabia exatamente o quanto teria que dar ré no Volvo para que eu chegasse lá embaixo.

Quando enfim toquei a base com o rosto virado para a rocha, me soltei da corda antes de me virar lentamente. Dezessete anos. Mas era como se o tempo tivesse parado aqui embaixo. Por causa do paredão inferior parcialmente saliente no lado sul, a chuva não cai direto aqui, mas desce escorrendo pela face vertical mais alta da Geitesvingen e é drenada pelas rochas. Talvez por isso houvesse tão pouca ferrugem no carro destruído, e os pneus permaneciam intactos, embora a borracha parecesse ligeiramente apodrecida. Nenhum animal tinha feito uma casa no Cadillac de papai, e o revestimento dos assentos e dos painéis estava em perfeito estado.

Olhei para o relógio. Dez e meia. Merda. Fechei os olhos e tentei me lembrar de onde tinha vindo o som de alguma coisa batendo no chão naquela vez. Não consegui. Foi há muito tempo. Mas, como havia sido exposto apenas à força da gravidade, o aparelho deve ter caído verticalmente em relação ao corpo. O fio de prumo. A lei básica da física que diz que qualquer coisa que não tenha velocidade horizontal cairá em linha reta. Eu tinha conscientemente descartado esse pensamento naquela época e poderia muito bem fazer o mesmo agora. Eu carregava uma lanterna e comecei a procurar entre as pedras perto da rocha onde a corda estava pendurada. Como planejamos ser uma repetição exata, dando ré com o carro ao longo da mesma trilha estreita lá em cima, eu sabia que o telefone devia ter caído em algum lugar por ali. Mas havia centenas de vãos entre as rochas onde o celular poderia ter escorregado e se escondido. E, naturalmente, também pode ter quicado nas rochas e pousado em qualquer lugar. Um fator positivo era o celular estar dentro de uma capa de couro, então provavelmente não estaria todo espalhado e estraçalhado. Isso se eu encontrasse aquela merda.

Eu sabia que precisava ser mais sistemático, não me deixar levar por palpites sobre onde poderia ter caído e começar a correr feito aquelas galinhas que mamãe não conseguia carregar depois que papai lhes arrancava a cabeça. Defini um quadrado dentro do qual seria razoável presumir que o telefone deveria estar e comecei pelo canto superior esquerdo. Iniciei as buscas de joelhos, erguendo as pedras que não eram muito pesadas ou apontando a lanterna para os vãos entre as pedras pesadas. Nos espaços que não conseguia ver nem sentir com a mão usei o celular e o pau de selfie de Carl. Coloquei a câmera em vídeo e liguei o flash.

Quinze minutos depois, já no centro do quadrado, eu tinha acabado de enfiar o pau de selfie entre duas pedras do tamanho de geladeiras, quando ouvi a voz de Carl lá de cima.

— Roy...

É claro que eu sabia do que se tratava.

— Shannon os viu chegando!

— Onde? — gritei.

— Eles estão começando a subir a montanha agora.

Tínhamos no máximo três minutos. Retirei o pau de selfie e reproduzi o vídeo. Dei um pulo quando vi um par de olhos no escuro. A porra de um rato. Ele se afastou da luz e com um movimento da cauda foi embora. Só então vi buracos com marcas de dentes na capa de couro preto. Não havia dúvida, eu tinha encontrado o telefone do xerife Olsen.

Me deitei de bruços e enfiei o braço sob as rochas, mas ele não era longo o bastante, e os meus dedos só arranharam granito ou ar. Merda! Se fui capaz de encontrá-lo, eles também seriam. Tinha que tirar essa merda de pedra do caminho. Pressionei as costas nela, dobrei os joelhos, firmei os pés na face da rocha e fiz força. Não se mexeu.

— Eles estão na curva em Japansvingen — berrou Carl.

Tentei de novo. Senti o suor brotando na testa. Os meus músculos e tendões se estenderam até quase partir. Houve mesmo um leve movimento na pedra? Empurrei outra vez e, sim, havia movimento. Nas minhas costas. Gritei de dor. Meu Deeeus! Fui ao chão. Será que ainda seria capaz de me mexer? Sim, porra! Só doía pra caralho.

— Roy, eles estão...

— Quando eu disser "vai", coloca o pé no pedal e avança dois metros!

Dei um puxão na corda. Eu não tinha folga suficiente para enrolar mais que uma vez ao redor da pedra, prendendo-a com o que papai chamava de lais de guia. Fiquei atrás da pedra pronto para empurrar se o Volvo conseguisse levantá-la ligeiramente.

— Vai!

Ouvi o motor acelerando e, de repente, uma saraivada de pedrinhas caiu sobre mim; uma me atingiu bem no cocuruto. Mas pude sentir a pedra se mexendo e fiz força contra ela como um *linebacker* do futebol americano. A pedra ficou na vertical e estremeceu um pouco enquanto os giros dos pneus do Volvo faziam chover cascalho. Então a pedra tombou, e um cheiro de algo parecido com mau hálito podre subiu do chão. Tive um vislumbre de insetos correndo para longe da luminosidade repentina quando caí de joelhos e peguei o celular. Naquele mesmo instante, ouviu-se um estrondo. Olhei para cima a tempo de ver a ponta puída da corda bater no paredão e um pedregulho vir na minha direção. Dei um salto para trás e caí de bunda, tremendo de susto e sem ar, olhando para a pedra que havia retornado ao seu lugar, como uma mandíbula da qual eu havia acabado de escapar.

Lá em cima o Volvo havia parado, provavelmente percebendo que não havia mais resistência. No lugar dele, ouvi outro motor, o ronco semelhante ao de um Land Rover subindo uma encosta íngreme. O som se propagava bem, e eles ainda deviam estar a algumas voltas; a ponta da corda, porém, estava agora a sete ou oito metros de distância do paredão rochoso.

— Engrena a ré! — gritei enquanto afrouxava o que restava da corda em volta da pedra. Enrolei-a e a enfiei no bolso da jaqueta, por cima do celular antigo de Olsen.

A ponta da corda pendurada estava mais perto agora, mas ainda a quase três metros de altura, e percebi que Carl dera ré até a borda. Com a mão esquerda boa, encontrei apoio para subir e senti a pedra inteira se mexer. Eu menti sobre todas aquelas pedras soltas que disse que ouvíamos caindo aqui — mas era verdade, estavam soltas, *sim*! De qualquer forma, não tinha escolha. Firmei a mão direita numa saliência e, por sorte, a dor nas minhas costas era tão intensa que nem percebi o dedo médio latejando. Consegui colocar os pés no alto da pedra, a minha mão encontrou apoio acima e fiz força com as pernas, a minha bunda se projetando feito uma lagarta, até que me endireitei e segurei a corda com a mão direita. E depois? Tive que usar a outra mão para me segurar, e não tinha condições de dar um nó com apenas uma das mãos.

— Roy! — Era a voz de Shannon. — Eles estão chegando na última curva.

— Vai! — gritei, agarrando a corda meio metro acima da ponta enquanto conseguia enrolá-la uma vez e meia em volta do pulso. — Vai! Vai!

Ouvi a mensagem sendo repassada lá em cima, e, quando senti a corda começar a me puxar, coloquei a mão esquerda na corda, ao mesmo tempo que tencionava os músculos do abdômen, erguia as pernas e firmava os pés na face da rocha. E então fui direto para o céu. Eu tinha dito a Carl que acelerasse, não porque Olsen e a sua equipe estavam se aproximando, mas porque havia um limite para o número de segundos que dá para se aguentar numa corda usando apenas as mãos. E gosto de dizer a mim mesmo que naquela manhã bati uma espécie de recorde mundial para os cem metros verticais. E, como os melhores velocistas do mundo, acho que não respirei uma única vez sequer durante toda a subida. Só pensava no tombo que ficava cada vez maior abaixo de mim e na morte que ficava cada vez mais certa com a passagem dos segundos e dos mais de dez metros percorridos. E, quando alcancei o topo da Geitesvingen, não soltei a corda, mas a segurei firme e me deixei ser arrastado pelo cascalho por vários metros antes de sentir que era seguro soltá-la. Shannon me ajudou a levantar, corremos para o carro e mergulhamos lá dentro.

— Dirige para os fundos do celeiro — eu disse.

Assim que viramos para o campo lamacento, vi de esguelha o Land Rover de Olsen fazendo a curva em Geitesvingen e torci para ele não nos ver, nem a corda que se retorcia pela grama como uma anaconda na esteira do Volvo.

Me sentei no banco do passageiro, tentando recuperar o fôlego enquanto Carl descia para enrolar a corda. Shannon correu para o canto do celeiro e olhou para Geitesvingen.

— Eles pararam lá — avisou ela. — Parece que estão com um... como é apicultor em norueguês?

— *Birøkter* — disse Carl. — Eles devem estar preocupados com a possibilidade de ter vespas lá embaixo.

Dei risada, e senti, ao contrair os músculos, como se alguém estivesse enfiando facas nas minhas costas.

— Carl — chamei baixinho —, por que você disse que estava no Willumsen ontem à noite?

— Quê?

— O Willumsen mora na cidade. O Erik e a esposa, que você encontrou ontem à noite, vivem fora da cidade.

Carl não respondeu.

— O que você acha? — enfim perguntou.

— Você quer que eu dê um chute para decidir se vai ou não contar a verdade?

— Tá bom — disse Carl, verificando pelo retrovisor se Shannon ainda estava no canto do celeiro observando Olsen e a equipe. — Eu podia ter dito que precisava dar uma volta só para pensar. E teria sido verdade. O nosso principal empreiteiro aumentou o preço de repente ontem em quinze por cento.

— Sério?

— Eles estiveram aqui. Estão adiando o início do trabalho porque dizem que não demos a eles uma descrição precisa das condições do terreno nem o grau de exposição às condições climáticas.

— E o que o banco acha disso?

— Eles não sabem. E, agora que vendi toda essa empresa para os participantes por quatrocentos milhões, não posso apresentar a eles uma estimativa revisada de outros sessenta milhões antes mesmo de começar.

— Então, o que você vai fazer?

— Vou mandar o empreiteiro-chefe se foder. Eu mesmo faço os acordos com os subcontratantes. Vai dar mais trabalho, vou ter que lidar com carpinteiros, pedreiros, eletricistas, todos eles, e me certificar de que tudo está sendo feito. Mas vai ser muito mais barato que ter um empreiteiro que vai ficar com dez ou vinte por cento só para contratar uma empresa de eletricistas.

— Mas não foi por isso que você saiu ontem à noite, foi?

Carl fez que não com a cabeça.

— Eu...

Ele parou quando a porta se abriu e Shannon se sentou no banco de trás.

— Eles estão se preparando para descer — avisou ela. — Pode demorar um pouco. Do que vocês estão falando?

— Roy estava perguntando onde eu estive ontem. E eu estava prestes a dizer que fui de carro até o chalé do Olsen. Até a casa de barcos.

Tentei imaginar tudo o que Roy deve ter passado naquela noite. — Carl respirou fundo. — Você montou uma cena de suicídio e quase se afogou, Roy. E tudo isso para me salvar. Você nunca se cansa, Roy?

— Nunca me canso do quê?

— De dar um jeito na minha bagunça?

— O Olsen caiu em Huken por culpa sua — eu disse.

Ele olhou para mim. E não sei se conseguia ler os meus pensamentos sobre a lei do fio de prumo, sobre Sigmund Olsen ter ido parar na parte de trás do carro, a cinco metros do paredão rochoso. Não sei se foi mesmo isso que o levou a respirar fundo e começar a falar.

— Roy, tem uma coisa que você precisa saber sobre isso...

— Eu sei tudo que preciso saber — interrompi. — E isso porque sou o seu irmão mais velho.

Carl concordou. Ele sorria, mas parecia estar à beira das lágrimas.

— É assim tão simples, Roy?

— É — eu disse. — Simples assim.

22

ESTÁVAMOS SENTADOS NA COZINHA tomando café quando terminaram o trabalho lá na Geitesvingen. Eu tinha pegado o binóculo e focalizado nos rostos lá embaixo. Eram três da tarde, eles estavam lá havia quase quatro horas, e abri um pouco a janela para que pudéssemos ouvir Kurt Olsen gritar alguma coisa. Os lábios de Kurt — sem cigarro pela primeira vez — articulavam palavras inconfundíveis, e a vermelhidão do seu rosto não era mais só por causa da overdose de radiação ultravioleta. A linguagem corporal de Erik expressava indiferença e possivelmente desejo de sair de lá. Talvez ele tivesse adivinhado que Olsen suspeitava de algo. Os dois homens da equipe do xerife e Nerell pareciam um pouco confusos. Era provável que não soubessem quase nada do real propósito da operação, já que Olsen devia entender o suficiente das fofocas do vilarejo para manter as coisas na base do *estritamente necessário*, como dizem.

Assim que Erik se livrou daquele traje antibombas cômico, ele e os outros dois da equipe entraram no Land Rover de Kurt, enquanto o próprio Kurt permaneceu de pé com a cabeça voltada para a nossa casa. Claro que eu entendia que, com a luz do sol batendo diretamente na janela, ele não conseguia nos ver, mas talvez houvesse um reflexo nos binóculos. Ou talvez ele tenha notado as marcas recentes de pneus e uma corda no cascalho. Ou talvez eu esteja apenas sendo paranoico. De qualquer forma, ele cuspiu no chão, entrou no carro e todos foram embora.

Fui de cômodo em cômodo, recolhendo os meus pertences. Pelo menos as coisas que julguei que usaria. E, mesmo que não estivesse indo para longe e não precisasse refletir muito sobre a tarefa, refleti mesmo assim. Embalei tudo como se nunca fosse voltar.

Eu estava no quarto dos meninos colocando o edredom e o meu travesseiro numa grande bolsa de viagem azul da IKEA quando ouvi a voz de Shannon atrás de mim.

— É simples assim?

— Me mudar? — indaguei sem me virar.

— Que você é o irmão mais velho. E é por isso que sempre o ajuda.

— E por que mais seria?

Ela entrou e fechou a porta. Encostou-se na parede e cruzou os braços.

— Quando eu estava no segundo ano do ensino fundamental, dei um empurrão numa colega. Ela bateu com a cabeça no asfalto. Pouco depois ela começou a usar óculos. Como ela nunca tinha reclamado de não enxergar direito antes, convenci a mim mesma de que a culpa era minha. Embora ela nunca tivesse dito nada, torcia para que me empurrasse para que eu também batesse com a cabeça no asfalto. Quando estávamos no quinto ano, ela ainda não tinha namorado e disse que era por causa dos óculos, e eu me culpava por isso também e passava mais tempo do que realmente queria com ela. Ela não era muito boa na escola e teve que repetir o sexto ano. Eu tinha certeza de que era por causa daquela pancada na cabeça. Então eu repeti o sexto ano com ela.

Parei de arrumar as coisas.

— Você fez o quê?

— Eu faltava às aulas, nunca fazia o meu dever de casa e nas provas orais eu dava respostas erradas às perguntas mais fáceis de propósito.

Abri o guarda-roupa e comecei a colocar numa mala camisetas, meias e cuecas dobradas.

— E deu tudo certo para ela?

— Deu, sim — disse Shannon. — Ela parou de usar óculos. E um dia a peguei com o meu namorado. Ela disse que lamentava muito e que esperava que um dia eu tivesse a chance de partir o seu coração do jeito que ela partiu o meu.

Sorri enquanto colocava a placa de Barbados na mala.

— E qual é a moral da história?

— Às vezes, o sentimento de culpa não serve para nada e não faz bem a nenhum dos envolvidos.

— Você acha que me sinto culpado por alguma coisa?

Ela inclinou a cabeça de lado.

— Você se sente?

— E pelo que eu me sentiria culpado?

— Não sei.

— Nem eu — falei e fechei o zíper da bolsa.

Quando eu estava prestes a abrir a porta, ela pôs a mão no meu peito. O toque fez calor e frio percorrerem o meu corpo.

— Acho que o Carl não me contou tudo, né?

— Tudo sobre o quê?

— Sobre vocês dois.

— É impossível contar tudo — eu disse. — Sobre quem quer que seja.

Depois disso, saí do quarto.

Carl se despediu de mim no *haaall* de mamãe com um forte e caloroso abraço silencioso.

Então fui embora.

Joguei a mala e a bolsa de viagem da IKEA no banco de trás do carro, entrei e bati a testa no volante antes de virar a chave na ignição e acelerar na direção da Geitesvingen. E, por um instante, a possibilidade passou pela minha mente. Uma solução permanente. E uma pilha de carros e cadáveres que não parava de crescer.

Três dias depois, eu estava no campo do Os Futebol Clube e quase lamentei ter virado o volante na Geitesvingen. Caía um pé-d'água, fazia cinco graus e estava três a zero. Não que o placar me incomodasse, não dou a mínima para futebol. Mas tinha acabado de me dar conta de que o outro jogo, aquele contra Olsen e o passado, aquele que pensei que tínhamos vencido, não havia nem chegado ao intervalo.

23

CARL FOI ME BUSCAR no Cadillac.

— Obrigado por me fazer companhia — disse ele enquanto caminhava a esmo pela oficina.

— Contra quem estamos jogando? — perguntei ao calçar as botas.

— Não lembro — disse Carl, que tinha parado diante do torno. — Mas parece que é um jogo que precisamos vencer, senão vamos ser rebaixados.

— Para qual divisão?

— O que te faz pensar que eu sei mais de futebol que você? — Ele passou a mão nas ferramentas penduradas na parede, aquelas que Willumsen não havia levado. — Deus do céu, tive alguns pesadelos com esse lugar.

Talvez Carl tenha se lembrado de algumas ferramentas que usei para o desmembramento.

— Eu vomitei naquela noite, né?

— Um pouco — respondi.

Ele deu risada. E eu me lembrei de algo que o tio Bernard havia dito: "Com o tempo, todas as lembranças se transformam em boas lembranças."

Ele retirou uma embalagem de plástico da prateleira.

— Você ainda usa aquele produto de limpeza?

— O Fritz para limpezas pesadas? Com certeza. Mas por lei não pode mais ser vendido na fórmula concentrada. Regras da União Europeia. Estou pronto.

— Ótimo, então vamos. — Carl sorriu e girou seu boné. — *Heia Os, knus og mos, tygg og spytt en aprikos!* Lembra disso?

Sim, eu me lembrava, mas os demais torcedores do time da casa, cerca de cento e cinquenta almas tiritantes, pareciam ter esquecido o grito de guerra daquela época. Ou então não viram razão para entoá--lo, já que, com dez minutos de jogo, já perdíamos por dois a zero.

— Por que mesmo a gente veio para cá? — perguntei a Carl. Estávamos em pé na parte inferior da arquibancada principal, uma estrutura circular de sete metros de largura e dois e meio de altura, construída na metade do lado oeste do campo do AstroTurf. Conforme vários cartazes anunciavam, a arquibancada de madeira havia sido patrocinada pelo Os Sparebank. Todos sabiam que foi Willumsen quem pagou pela grama artificial que agora cobria o velho campo de concreto. Willumsen alegou que a havia comprado em condições de pouco uso de um clube de ponta no leste do país, mas na verdade era uma superfície desgastada dos primórdios da grama artificial, numa época em que os jogadores costumavam sair de campo com marcas de queimadura, tornozelos torcidos e pelo menos um ligamento rompido. E Willumsen tinha recebido a grama de graça, na condição de que ele próprio a removesse para que pudesse ser substituída por um material novo que oferecesse mais segurança aos jogadores.

A arquibancada oferecia certo grau de visão geral, mas a mais importante função dela era fornecer abrigo contra o vento oeste e atuar como área VIP não oficial para os cidadãos mais influentes do vilarejo, que ocupavam as sete fileiras superiores. Era ali que o árbitro e o novo presidente do conselho, Voss Gilbert, ficavam em pé. O gerente do Os Sparebank, cujo logotipo adornava a frente das camisetas azuis do Os F.C., estava ao lado de Willum Willumsen, que havia conseguido que o logo do Ferro-Velho e Carros Usados do Willumsen ficasse espremido acima dos números nas costas das camisetas.

— A gente veio para demonstrar apoio ao nosso clube local — respondeu Carl.

— Então talvez devêssemos começar a fazer alguma coisa — eu disse. — Estamos sendo massacrados.

— Hoje é só para mostrar que a gente se importa — disse Carl. — Então, no ano que vem, quando apoiarmos o clube financeiramente, as pessoas vão saber que o dinheiro vem de dois fãs de coração que acompanhavam o clube na saúde e na doença.

Bufei.

— Esse é o primeiro jogo que vejo em dois anos, e a primeira vez que você vem aqui em quinze.

— Mas vamos estar em todos os três jogos restantes dessa temporada.

— Mesmo que o time tenha sido rebaixado?

— *Justamente* por isso. Não viramos as costas na hora da derrota, as pessoas percebem esse tipo de coisa. E, quando começarem a ganhar dinheiro, todos os jogos para os quais não fomos vão ser esquecidos. A propósito, de agora em diante não somos "eles", somos "nós". O clube e Opgard formam uma equipe.

— Por quê?

— Porque o hotel precisa de toda boa vontade que puder angariar. Precisamos ser considerados apoiadores. No ano que vem, o clube vai comprar um importante atacante da Nigéria, e onde hoje está escrito "Os Sparebank" nas camisetas vai ser "Hotel na Montanha e Spa Os".

— Você quer dizer um jogador profissional?

— Não! Tá maluco? Mas conheço alguém que conhece um nigeriano que trabalha no Hotel Radisson, em Oslo, e que jogou futebol. Não faço ideia se ele é bom ou não em campo, mas vamos oferecer para ele o mesmo cargo no nosso hotel com salário mais alto. Talvez isso o anime a aceitar.

— Sim, por que não? — eu disse. — Ele não tem como ser pior que os atletas desse time.

Em campo, o nosso lateral esquerdo havia tentado dar um carrinho no adversário, mesmo debaixo dessa chuva. Infelizmente, ainda havia muita resistência naqueles tufos de plástico verdes brilhantes e ele acabou tropeçando e caiu de barriga a cinco metros do alvo.

— Vou querer que você fique ali — disse Carl com um aceno indicando a fileira superior das arquibancadas. Eu me virei para lá. Voss Gilbert, o novo presidente do Conselho Municipal, estava ao lado do gerente do banco e de Willumsen. Carl me disse que Gilbert havia concordado em cavar a primeira pá de terra para marcar o início oficial do processo de construção. Carl já havia feito acordos com os empreiteiros mais importantes e agora a obra estava para começar antes da primeira geada, o que indicava que o processo de construção tinha sido antecipado.

Me virei e avistei Kurt Olsen parado perto do banco dos reservas conversando com o técnico do Os F.C.. Dava para notar que o técnico parecia desconfortável, mas dificilmente iria se recusar abertamente a aceitar o conselho do antigo artilheiro com recorde de gols. Kurt Olsen me viu, colocou a mão no ombro do técnico, deu-lhe um último conselho e veio com aquelas pernas tortas na nossa direção.

— Não sabia que os meninos Opgard se interessavam por futebol — disse ele.

Carl sorriu.

— Oi, eu me lembro da vez em que você fez um gol na Copa contra uma das grandes equipes. Que coisa, né?

— Sim — disse Olsen. — A gente perdeu de nove a um.

— Kurt! — chamou uma voz atrás de nós. — Você devia estar lá agora, Kurt!

Risadas. Mesmo com o cigarro entre os lábios, Kurt Olsen sorriu para a voz e acenou com a cabeça antes de voltar a atenção para nós.

— De qualquer forma, fico contente por estarem aqui, porque tem uma coisa que quero perguntar para você, Carl. E, Roy, você é muito bem-vindo também. Vocês querem conversar aqui ou a caminho da barraca de cachorro-quente?

Carl hesitou.

— Um cachorro-quente cairia bem — disse ele.

Atravessamos vento forte e chuva a caminho da barraquinha de cachorro-quente localizada atrás de uma das traves. Suspeitei que os espectadores estavam nos observando. Naquele momento específico, com o placar de dois a zero e a resolução do conselho aprovada, Carl Opgard era provavelmente mais interessante que o Os F.C..

— É sobre a linha temporal no dia em que o meu pai desapareceu — disse Kurt Olsen. — Você disse que ele deixou Opgard às seis. É isso mesmo?

— Já faz muito tempo — disse Carl. — Mas, sim, se é isso que diz o relatório.

— Sim, é isso. Mas os sinais recebidos pelas estações-base mostram que o telefone do meu pai ficou na área ao redor da sua fazenda até as dez da noite. Depois disso, não há mais sinal. Pode ser que a bateria tenha descarregado, que alguém tenha removido o chip ou que o aparelho tenha sido danificado ou enterrado tão fundo que os sinais já não seriam transmitidos. Isso significa que vamos ter que esquadrinhar a área ao redor da fazenda com detectores de metal. O que significa que ninguém pode tocar em nada lá em cima e que aquela data de início das obras da qual ouvi falar vai ter que ser adiada até uma nova ordem.

— Como é que é? — gaguejou Carl. — Mas...

— Mas o quê? — Olsen parou perto da barraca de cachorro-quente, acariciou o bigode e olhou tranquilamente para Carl.

— De quanto tempo estamos falando?

— Hum. — Olsen esticou o lábio inferior e parecia estar calculando. — É uma grande área. Três semanas. Talvez quatro.

Carl grunhiu.

— Pelo amor de Deus, Kurt, isso vai nos custar uma fortuna do caralho. Tem empreiteiros chegando em datas combinadas para executar o trabalho. E a geada...

— Sinto muito — disse Olsen. — Mas as investigações sobre a suspeita de um crime não têm que levar em consideração o seu desejo de gerar lucro.

— Não estamos falando só do meu lucro — disse Carl com a voz levemente trêmula. — É do vilarejo inteiro. E acho que você vai descobrir que Jo Aas concorda comigo.

— O antigo presidente do conselho? — Kurt ergueu um dedo para a senhora da barraca de cachorro-quente, o que obviamente significava alguma coisa, visto que ela agarrou a pinça de salsicha e a enfiou na panela à sua frente. — Eu estava conversando hoje cedo com o novo presidente, aquele que realmente *toma as decisões*. Voss Gilbert, ali em cima. — Olsen acenou com a cabeça na direção da arquibancada. — Quando Gilbert ouviu o que eu tinha a dizer sobre o assunto, ficou muito preocupado com o vazamento da notícia de que o homem por trás do projeto do novo hotel estivesse envolvido num possível caso de assassinato. — A mulher entregou a Olsen o cachorro-quente servido num pedaço de papel-manteiga. — Mas ele disse, é claro, que não tinha autoridade para me impedir.

— E o que a gente vai dizer à imprensa? — perguntei. — Quando anunciarmos que o início foi adiado?

Kurt Olsen se virou e me encarou. Mastigou a salsicha que emitiu um som molhado e gosmento.

— Não faço ideia — disse ele, a boca cheia de vísceras de porco. — Mas sim, é bem possível que Dan Krane considere uma história interessante. Pois bem, agora tenho a minha resposta sobre a linha temporal e você foi informado de que não pode começar a construir, Carl. Boa sorte no segundo tempo.

Kurt Olsen ergueu dois dedos para o chapéu de cowboy imaginário e saiu.

Carl se virou e olhou para mim.

Óbvio que ele olhou para mim.

Saímos do jogo faltando quinze minutos para o fim, quando o time perdia de quatro a zero.

Fomos direto para a oficina.

Eu tinha pensado um pouco.

Acho que tínhamos coisas a fazer.

— Simples assim? — perguntou Carl. A voz ecoou pelas paredes da oficina vazia.

Me debrucei sobre o torno giratório e inspecionei o resultado. Carl tinha usado uma verruma para raspar as letras maiúsculas no metal do celular de Olsen. SIGMUND OLSEN podia ser lido com clareza. Talvez com clareza *até demais*.

— Podemos esfregar um pouco de verde — eu disse e coloquei o celular de volta na capa de couro e depois o amarrei a um pedaço de barbante grosso que estava na oficina e o joguei algumas vezes para cima e para baixo feito um ioiô para conferir se o clipe mantinha o telefone preso. — Vamos.

Abri a porta do guarda-roupa de metal que ficava no corredor entre a oficina e o escritório. E ali estava.

— Meu Deus — disse Carl. — Você manteve isso aqui todos esses anos?

— É que, tirando aquela vez que a gente testou, nunca mais foi usado — eu disse, e balancei o tanque de oxigênio amarelo e torci de leve a roupa de mergulho um pouco deteriorada. A máscara e o snorkel estavam na prateleira.

— É melhor eu ligar para a Shannon e avisar que vou me atrasar — disse ele.

24

QUANDO VOLTEI À OFICINA naquela noite, sentia tanto frio que não parava de tremer. Carl me entregou a frasqueira dele para afastar o frio, como dizem. Me agarrei à frasqueira quando Carl foi para casa, para Shannon, que imaginei estar deitada na cama de casal quentinha esperando por ele. Claro que eu estava com inveja e tinha desistido de fingir que não. Mas e daí? Era algo que eu não podia ter, que eu não *queria* ter. Eu era como Moe, o telhador, lutando uma batalha inútil contra a própria luxúria. Era um merda de doença horrível da qual pensava ter me livrado, mas que estava ali de novo. Eu sabia que distância e esquecimento eram as minhas únicas opções, mas também sabia que ninguém interviria no meu caso, ninguém enviaria uma pessoa para Notodden. Era um caminho que eu precisava percorrer sozinho.

Destranquei o lava-jato, conectei a mangueira a um cano vertical, abri toda a água quente, tirei a roupa e fiquei na frente do jato escaldante. Não sei se foi o aumento repentino da temperatura, se foi a mesma reação fisiológica que homens têm quando são enforcados no cadafalso ou se o calor da água se transformou na minha mente no calor sob o edredom na cama de casal, e era eu deitado lá. Mas parado ali em pé, de olhos fechados, senti pelo menos duas coisas. Um choro contido na garganta. E uma ereção latejante.

O barulho da água deve ter abafado o som da chave girando na fechadura. Só ouvi a porta se abrir no exato instante em que abri os olhos. Reconheci o contorno do corpo dela na escuridão do outro lado da porta e me virei de costas o mais rápido que pude.

— Ah, desculpa! — ouvi Julie falar mais alto que o turbilhão da água. — Vi luzes acesas, mas o lava-jato devia estar fechado, então...

— Tudo bem! — interrompi com a voz grossa de uísque, das lágrimas não derramadas e da vergonha.

Ouvi a porta se fechar atrás de mim e fiquei lá com a cabeça inclinada. Olhei para mim mesmo. A excitação havia passado, a ereção estava se esvaindo, e restava apenas um coração batendo em pânico, como se eu tivesse acabado de ser desmascarado. Como se agora todos soubessem quem ele era e o que tinha feito, aquele traidor maldito, o covarde, o assassino, o libertino. Nu, exposto pra caralho. Mas então o meu coração desacelerou também. "O lado bom de se perder tudo é que você não tem mais nada para perder", disse tio Bernard quando fui vê-lo no hospital, depois que ele soube que iria morrer. "E, de certa forma, isso é um alívio, Roy. Porque então não há mais nada a temer."

Então não posso ter perdido tudo; afinal, porque ainda sentia medo.

Me sequei e coloquei a calça. Me virei para pegar os sapatos.

Julie estava sentada numa cadeira ao lado da porta.

— Você está bem? — perguntou ela.

— Não, quebrei o meu dedo.

— Não seja bobo. Eu te vi.

— Bom — falei enquanto calçava os sapatos —, já que você me viu, é um pouco ofensivo da sua parte perguntar se está tudo bem.

— Para de palhaçada — disse ela. — Você estava chorando.

— Não. Mas não é incomum respingar água no rosto durante o banho. Você não deveria estar trabalhando essa noite.

— E não estou. Eu estava sentada num dos carros e precisava fazer xixi. Não quero ir até as árvores. Posso usar o seu banheiro?

Hesitei. Eu poderia ter sugerido que usasse o do posto, mas tínhamos dito aos garotos dos rachas que já era ruim o bastante eles usarem a nossa vaga de estacionamento como ponto de encontro; portanto, seria o cúmulo que ainda por cima ficassem entrando e saindo do banheiro do posto. E agora era ela que pedia, eu não poderia simplesmente dizer que fosse atrás de uma árvore.

Terminei de me vestir e ela foi atrás de mim pela oficina.

— Aconchegante — disse depois de usar o banheiro. Ela passou os olhos pelas paredes do meu quarto. — Por que tem uma roupa de mergulho molhada pendurada lá no corredor?

— Para secar — eu disse.

Ela fez beicinho.

— Posso tomar uma xícara? — E, antes que eu dissesse qualquer coisa, foi até a cafeteira, pegou uma caneca limpa do escorredor e se serviu.

— Eles devem estar esperando por você — avisei. — Logo vão começar a procurar pelas árvores.

— Que nada — disse ela e se sentou na cama ao meu lado. — Briguei com o Alex; acho então que eles foram para casa. O que você faz aqui? Vê TV?

— Esse tipo de coisa.

— O que é aquilo? — Ela apontou para a placa que eu tinha pendurado num prego no nicho da cozinha. Eu tinha pesquisado no meu livro *Placas de registro de veículos do mundo*, e descobri que o jota significava o distrito de St. John. Quatro números seguiam a letra. Não havia bandeira nem nada para identificar a nacionalidade, como acontecia com as placas de Mônaco no Cadillac. Talvez porque Barbados fosse uma ilha e os carros registrados lá provavelmente nunca cruzariam uma fronteira internacional. Também tinha dado um Google em *"redlegs"* e descobri que St. John era o distrito onde se concentrava a maioria deles.

— É uma placa de um carro de Johor — eu disse. Enfim o meu corpo estava aquecido. Aquecido e relaxado. — Um antigo sultanato na Malásia.

— Caralho — disse ela num tom admirado que se referia à placa, ou ao sultanato, ou a mim. Julie estava sentada tão perto que o seu braço tocou o meu, então ela virou a cabeça para mim e esperou que eu fizesse o mesmo. Eu estava tentando descobrir uma maneira de fugir dali, quando Julie jogou o meu telefone na ponta da cama, me envolveu com os braços e pressionou o rosto no meu pescoço. — A gente pode se deitar um pouco?

— Você sabe muito bem que não, Julie. — Não me mexi nem respondi ao abraço.

Ela ergueu o rosto para perto do meu.

— Você cheira a bebida, Roy. Andou bebendo?

— Um pouco. E você também, eu suponho.

— Então, nesse caso, nós dois temos uma desculpa — disse ela e riu.

Não respondi.

Ela me empurrou para trás, se sentou em cima de mim e pressionou os calcanhares nas minhas coxas como se esporeasse um cavalo. Eu poderia facilmente tê-la afastado, mas não fiz. Ela olhou para mim.

— Te peguei — sussurrou ela.

Continuei em silêncio. Mas sentia que estava ficando duro novamente. E eu sabia que ela também sentia. Julie começou a se mexer com cuidado. Não fiz nada a não ser observá-la enquanto o seu olhar nublava e a sua respiração ficava mais pesada. Então fechei os olhos e pensei em Carl. Senti as mãos de Julie pressionando os meus pulsos contra o colchão, o seu hálito de chiclete no meu rosto. Num único movimento fiz com que o corpo dela rolasse em direção à parede e me levantei.

— O que foi? — perguntou Julie enquanto eu ia até a bancada. Enchi um copo de água da torneira, bebi e o enchi de novo.

— É melhor você ir embora.

— Mas você quer! — protestou ela.

— Sim — eu disse. — E é por isso que deve ir embora.

— Mas ninguém precisa saber. Eles acham que eu fui para casa, e lá em casa vão achar que vou ficar na casa do Alex.

— Não posso, Julie.

— Por que não?

— Você tem 17 anos...

— Dezoito. Vou fazer 18 daqui a dois dias.

— ... eu sou o seu patrão...

— Posso pedir demissão amanhã!

— ... e... — Parei.

— E...? — gritou ela. — "E" o quê?

— E eu gosto de outra pessoa.

— Gosta?

— Amo. Estou apaixonado por outra pessoa.

No silêncio que se seguiu ouvi o eco moribundo das minhas próprias palavras. Porque eu as tinha dito para mim. Disse-as em voz alta para ouvir se soavam verdadeiras. E, sim, soavam verdadeiras, sim.

— Quem então? — Ela soluçou. — O médico?

— Quê?

— Dr. Spind?

Não pude responder, apenas fiquei lá com o copo na mão enquanto ela saía da cama e vestia a jaqueta.

— Sabia! — sibilou ela enquanto passava por mim para sair.

Eu a segui, fiquei na porta e observei enquanto ela dava passos pesados, como se estivesse tentando quebrar o asfalto. Então tranquei a porta, voltei e me deitei. Conectei os fones de ouvido ao meu telefone e dei play em "Crying Eyes", de. J. J. Cale.

25

NA MANHÃ SEGUINTE, UM Porsche Cayenne entrou no posto e parou ao lado de uma bomba de gasolina. Dois homens e uma mulher desceram. Um deles foi reabastecer o carro, a mulher e o outro homem foram esticar as pernas. A mulher tinha cabelos loiros e usava roupas sóbrias, bem ao estilo norueguês, mas, ainda assim, não me parecia ser uma das frequentadoras dos chalés. O homem vestia um imaculado sobretudo de lã e cachecol, e seus óculos de sol eram tão grandes que chegava a ser engraçado, do tipo que mulheres usam quando querem que você saiba que podem não ser bonitas, mas ainda têm algo de interessante. Com linguagem corporal exagerada e muitos movimentos dos braços, ele apontava e explicava os arredores para a mulher, embora eu estivesse pronto para apostar que ele nunca tinha estado aqui antes. Eu também apostaria que nem norueguês ele era.

Estava tudo calmo, eu me sentia entediado, e os turistas às vezes têm histórias interessantes para contar. Então fui até eles, limpei o para-brisa do Porsche e perguntei para onde estavam indo.

— Para o oeste — disse a mulher.

— Bom, realmente não tem como deixar de visitar — eu disse.

A mulher riu e traduziu em inglês para o cara de óculos de sol que também riu.

— Estamos procurando locações para o meu novo filme — disse ele em inglês. — Esse lugar também parece interessante.

— Você é diretor? — perguntei.

— Diretor e ator — respondeu ele e tirou os óculos de sol. Os olhos dele eram extremamente azuis e a cútis, bem-cuidada. Notei que ele estava à espera de uma reação da minha parte.

— Esse é Dennis Quarry — disse a mulher com discrição.

— Roy Calvin Opgard. — Sorri, sequei o para-brisa do Porsche e me afastei para cuidar das outras bombas, já que estava por ali. Tá bom, pode ser que dessa vez não tivesse tido muita graça, mas *às vezes* turistas têm histórias bem interessantes para contar.

O Cadillac deslizou para o pátio e Carl desceu, desengatou uma das mangueiras da bomba e, ao me ver, ergueu as sobrancelhas como se buscasse respostas. Ele havia feito a mesma pergunta dez vezes nos dois dias que se passaram desde a partida de futebol e o mergulho: eles morderam a isca? Meneei a cabeça, e o meu coração parou de bater quando avistei Shannon no banco do passageiro. E talvez o coração dela tenha batido mais rápido ao ver o estadunidense de olhos azuis, porque ela tapou a boca, vasculhou a bolsa atrás de caneta e papel, saiu do carro e foi até ele, e pude ver o sujeito sorrir ao dar o autógrafo. O assistente se aproximou e se sentou no Porsche enquanto Dennis Quarry conversava com Shannon. Ela já se afastava quando ele a chamou, pegou a caneta e o papel de volta e rabiscou alguma coisa.

Fui até Carl. O rosto dele estava sombrio.

— Preocupado? — perguntei.

— Um pouco.

— Ele é um astro do cinema.

Carl deu um sorriso de desdém.

— Não por causa disso.

Ele sabia que eu estava brincando. Carl nunca compreendeu o ciúme, o que era uma das razões para jamais ter conseguido avaliar corretamente as circunstâncias nos bailes de Årtun até ser tarde demais.

— É o início oficial das obras. — Ele suspirou. — O Gilbert ligou e disse que não pode cavar a primeira pá, que algo aconteceu. Ele não me disse o que era, mas obviamente é o Kurt Olsen. Aquele merda!

257

— Calma.

— Calma? A gente convidou jornalistas de tudo que é canto. Isso é uma crise. — Carl esfregou a mão livre no rosto e conseguiu dizer "oi" e sorrir para um funcionário do banco que entrou no posto. — Você não imagina as manchetes? — continuou Carl assim que o cara estava longe o bastante para não ouvi-lo. — "*Construção de hotel adiada por causa de investigação de assassinato. Empresário é o principal suspeito.*"

— Em primeiro lugar, eles não têm motivos para escrever sobre assassinato nem sobre suspeitos, e, em segundo lugar, o início oficial ainda está a dois dias. E as coisas podem muito bem mudar antes disso.

— Precisam mudar *agora*, Roy. Se vamos cancelar a cerimônia do início das obras, tem que ser hoje ainda.

— Uma rede de pesca lançada à noite costuma ser recolhida na manhã seguinte — eu disse.

— Você está dizendo que algo deu errado?

— Estou dizendo que é *possível* que o dono da rede esteja demorando para recolhê-la.

— Mas você disse que, se ele deixar a rede lá por muito tempo, a isca vai ser comida pelos outros peixes lá embaixo.

— Exatamente — eu disse e perguntei a mim mesmo quando foi que comecei a dizer "exatamente". — Então é provável que essa rede tenha sido puxada hoje de manhã. Ou talvez o dono esteja apenas demorando para relatar. Agora fica calmo.

Enquanto o SUV que transportava o pessoal do filme entrava na rodovia principal, Shannon se aproximava de nós, o rosto radiante e a mão no peito como se quisesse manter o coração no lugar.

— Está apaixonada? — perguntou Carl.

— De jeito nenhum — disse Shannon, e Carl caiu na gargalhada como se já tivesse deixado a nossa conversa para trás.

Uma hora depois, mais um veículo conhecido parou no pátio da bomba de diesel, e pensei em como esse dia estava ficando cada vez mais movimentado. Deixei a loja de conveniência enquanto Kurt Olsen saía do Land Rover e, quando vi a expressão de raiva no rosto dele, pensei: *finalmente* vem aí uma história interessante.

Mergulhei a esponja no balde e afastei os limpadores de para-brisa.

— Não precisa — protestou ele, mas eu já tinha jogado água com sabão.

— Visibilidade nunca é demais — eu disse. — Ainda mais agora com o outono a caminho.

— Acho que enxergo bem sem a sua ajuda, Roy.

— Não diz isso — falei, espalhando mais sabão no vidro. — O Carl ligou. Ele vai ter que cancelar a cerimônia do início das obras em algum momento hoje.

— Hoje? — disse Kurt Olsen erguendo os olhos.

— Sim. Uma pena. Os jovens da banda de metais da escola vão ficar decepcionados, eles têm praticado tanto... E a gente comprou cinquenta bandeiras da Noruega e não sobrou nenhuma. Não tem a menor chance de a gente ser salvo agora no finalzinho do segundo tempo?

Kurt Olsen baixou os olhos. Cuspiu no chão.

— Diga para o seu irmão que ele pode seguir em frente com a abertura.

— Hã?

— É isso mesmo — disse Olsen em voz baixa.

— Novidades no caso? — Além da minha escolha de palavras eu tentava não soar irônico. Joguei mais água com sabão.

Olsen se endireitou. Tossiu.

— Recebi uma ligação do Åge Fredriksen hoje de manhã. Ele mora perto do nosso chalé e joga a rede de pesca bem na frente da nossa casa de barcos. Ele faz isso há anos.

— É mesmo? — eu disse, jogando a esponja no balde, pegando o rodo e fingindo não notar o olhar penetrante de Kurt.

— E hoje de manhã ele pegou um peixe estranho. O celular do meu pai.

— Deus do céu — falei. A borracha do rodo guinchou quando puxei a água do para-brisa.

— Fredriksen acha que o telefone passou dezesseis anos no mesmo lugar coberto de lama, de tal modo que os mergulhadores que desceram procurando por papai naquela época não encontraram nada. Cada vez que Fredriksen lança a rede, ela passa pelo telefone. E, quando ele a puxou essa manhã, as argolas inferiores simplesmente deslizaram sob o clipe na capa e o telefone veio junto.

— Mas que coisa — eu disse, destacando uma folha do rolo de papel e limpando o perfil do rodo.

— Não é estranho? — disse ele. — Dezesseis anos lançando aquela rede, e o telefone fica preso nela justo agora.

— Não é essa a essência daquilo que as pessoas chamam de teoria do caos? Que mais cedo ou mais tarde tudo acaba acontecendo, inclusive as coisas mais improváveis?

— Vou aceitar isso. O que não estou engolindo é o sincronismo. É um pouco bom demais para ser verdade.

Ele poderia muito bem ter dito: *bom demais para você e Carl.*

— E não se encaixa na linha temporal daquela época — continuou e ficou me encarando.

Eu sabia o que ele queria. Que eu discordasse. Que dissesse que as testemunhas nem sempre são confiáveis. Ou que as atitudes de um homem em tão profundo desespero, capaz de tirar a própria vida, talvez nem sempre sejam as mais lógicas. Ou mesmo que as estações-base possam ter cometido um erro. Mas resisti à tentação. Segurei o queixo entre o indicador e polegar. E assenti com a cabeça devagar. Bem devagar, e disse:

— Pois é, parece que não se encaixa mesmo. Vai abastecer com diesel?

Ele parecia querer me bater.

— Bom — eu disse —, pelo menos agora você vai enxergar a estrada.

Ele bateu a porta do carro com força ao entrar e ligou o motor. Mas aliviou no pedal, deu meia-volta com calma e entrou lentamente na rodovia. Eu sabia que ele estava me olhando pelo retrovisor e tive que me conter para não acenar.

26

ERA UMA VISÃO INCOMUM.

Um vento forte soprava do noroeste e chovia canivetes, como dizem por aqui. No entanto, algumas centenas de almas tremendo nas capas de chuva estavam lá em cima na montanha observando um Carl de terno e gravata posar para fotos ao lado de Voss Gilbert, que exibia o seu colar com a insígnia do cargo e o seu melhor sorriso de político. Ambos seguravam pás. O jornal local e outros fotógrafos da imprensa batiam fotos sem parar e ao fundo, entre uma rajada de vento e outra, quase dava para ouvir a banda de metais da escola de Årtun tocando "Mellom Bakkar og Berg". Com um toque de humor, Gilbert foi apresentado como "o novo presidente do conselho", embora não houvesse motivo para ressentimentos, pois todos os presidentes desde Jo Aas foram assim chamados. Eu não tinha nada específico contra Voss Gilbert, mas ele era calvo na *frente* e o seu nome parecia mais um sobrenome, então definitivamente havia algo suspeito nele. Mas não o suficiente para impedi-lo de ser o presidente do Conselho Municipal de Os. Obviamente, porém, qualquer expansão futura no tamanho do condado levaria a uma competição mais acirrada pelo martelo emblemático do cargo, mas com esse penteado não seria nada fácil para Gilbert.

Carl sinalizou para Gilbert que ele deveria fazer a primeira marca com a pá, uma vez que a sua tinha sido decorada com fitas e flores para a ocasião. Então Gilbert cumpriu a solenidade e sorriu para os fotógrafos, evidentemente sem se dar conta de que uma mecha de cabelo molhado havia grudado na sua careca numa espécie de penteado improvisado. Gilbert gritou algumas palavras espirituosas que ninguém ouviu, mas todos ao seu redor riram obedientemente e aplaudiram, e Gilbert correu para um assistente que segurava o seu guarda-chuva invertido, e todos que assistiam à solenidade marcharam montanha abaixo até os ônibus estacionados na estrada, prontos para levá-los ao Fritt Fall, onde a ocasião seria festejada.

O galo Giovanni desfilava as penas pretas entre as pernas dos convidados e as pernas das mesas e das cadeiras enquanto eu pegava a minha bebida no bar onde Erik me olhava de cara amarrada. Pensei em me juntar a Carl que conversava com Willumsen, Jo Aas e Dan Krane, mas em vez disso fui até Shannon, que estava à mesa de apostas com Stanley, Gilbert e Simon Nergard. Concluí que deviam estar conversando sobre Bowie e Ziggy Stardust, porque "Starman" tocava nos alto-falantes.

— Claro que o cara era um pervertido, ele se vestia de mulher — disse Simon, já ligeiramente bêbado e agressivo.

— Se por pervertido você quer dizer homossexual, bom, também tem homens heterossexuais que preferem se parecer com mulheres — disse Stanley.

— Para mim é coisa de gente doente pra caralho — acrescentou Simon, olhando para o novo presidente do conselho. — Não é natural.

— Não necessariamente — disse Stanley. — Animais também se travestem. Você, Roy, com o seu interesse por pássaros, provavelmente sabe que em certas espécies de pássaros o macho imita a fêmea. Eles se disfarçam de fêmeas usando a mesma plumagem.

Todos olharam para mim, e me senti ruborizar.

— E não apenas em ocasiões especiais — continuou Stanley. — Eles carregam esse fenótipo feminino por toda a vida, não é?

— Nenhum dos pássaros da montanha que conheço — eu disse.

— Viu? — disse Simon, e Stanley me lançou um olhar breve sinalizando que eu o havia frustrado. — A natureza é prática, então qual seria a vantagem em se vestir de mulher?

— Muito simples — respondeu Shannon. — Os machos disfarçados evitam a atenção dos machos alfa que querem lutar contra possíveis competidores no mercado sexual. Enquanto os machos alfa lutam, os travestidos acasalam na surdina, por assim dizer.

O presidente Gilbert deu uma boa gargalhada.

— Não é uma estratégia ruim.

Stanley apoiou a mão no braço de Shannon.

— Aqui, finalmente, temos alguém que entende as complexidades dos jogos do amor.

— Não é nada de outro mundo — disse Shannon, sorrindo. — Estamos todos procurando uma estratégia de sobrevivência mais confortável. E, se nos encontrarmos numa situação, pessoal ou social, em que a estratégia que temos não funciona mais, tentamos então outra que seja necessária, embora provavelmente um pouco menos confortável.

— O que você quer dizer com estratégia mais confortável? — perguntou Voss Gilbert.

— Aquela que segue as regras da sociedade para que não se corra o risco de sofrer penalidades. Também conhecida como moralidade, Sr. Presidente. Se isso não funcionar, quebramos as regras.

Gilbert ergueu uma das suas sobrancelhas pesadas.

— Muita gente se comporta de acordo com a moral, mesmo que não seja necessariamente a estratégia mais confortável.

— A razão para isso é que, para algumas pessoas, a ideia de ser considerado imoral é tão desagradável que passa a ter um peso importante na decisão. Mas, se fôssemos invisíveis e não tivéssemos nada a perder, nem nos importaríamos. No fundo somos todos oportunistas com a sobrevivência e a promoção da nossa própria herança genética como objetivo primordial da vida. É por isso que estamos todos dispostos a vender a alma. Acontece que alguns de nós pedem um preço diferente dos outros.

— Graças a Deus — disse Stanley.

Gilbert riu e balançou a cabeça.

— Isso é que é conversa de gente da cidade grande. Isso ultrapassa a nossa capacidade de compreensão, não é, Simon?

— Também podemos chamar de "baboseira" — complementou Simon, esvaziando a taça e olhando em volta para reabastecê-la.

— Olha lá, Simon — disse o presidente. — Mas você deve se lembrar, fru Opgard, que a gente veio de uma parte do país em que as pessoas sacrificaram a vida pelos valores morais corretos durante a Segunda Guerra Mundial.

— Ele se refere aos doze homens que fizeram aquela sabotagem na água. Ainda fazemos filmes sobre isso — disse Stanley. — O restante da população mais ou menos deixou os nazistas fazerem o que quisessem.

— Cala essa sua boca — disse Simon com o cenho franzido e os olhos semicerrados.

— Esses doze homens provavelmente não sacrificaram a vida por valores morais — disse Shannon. — Eles fizeram isso pelo país. Pelo vilarejo. Pelas famílias. Se Hitler tivesse nascido na Noruega, onde a situação econômica e política era igual à da Alemanha, ele também teria chegado ao poder aqui. E os seus sabotadores teriam lutado ao lado de Hitler, em vez de...

— Que porra é essa! — rosnou Simon, e dei um passo à frente para o caso de ele precisar ser contido.

Shannon, porém, não pôde ser contida e foi em frente:

— Ou você acredita que os alemães que viveram nos anos trinta e quarenta eram uma geração de completos depravados, enquanto os seus contemporâneos noruegueses tiveram a sorte de não serem?

— Essas são afirmações muito fortes, fru Opgard.

— Fortes? Posso ver que são provocativas e talvez ofensivas aos noruegueses com grande apego emocional à história do país. Tudo o que estou tentando dizer é que a moralidade como força motivadora é superestimada em nós, humanos, enquanto a lealdade ao nosso rebanho é subestimada. Moldamos a moralidade para que sirva aos nossos propósitos quando sentimos que o nosso rebanho está sob ameaça. Vendetas familiares e genocídios ao longo da história não são obra de monstros, mas de seres humanos como nós que acreditaram agir de forma moralmente correta. A nossa lealdade é primordialmente para com os nossos e secundariamente para com as variações de moralidade, a qual em determinado momento atende às necessidades do nosso grupo.

264

Meu tio-avô participou da revolução em Cuba, e até hoje existem duas visões dogmáticas diametralmente opostas de Fidel Castro. E o que determina a sua visão sobre ele não é você estar politicamente à direita ou à esquerda, mas o quanto Castro influenciou a história dos seus parentes mais próximos, tenham eles acabado como parte do regime em Havana ou como refugiados em Miami. Todo o resto é secundário.

Senti um puxão na manga da minha jaqueta e me virei.

Era Grete.

— Posso dar uma palavrinha com você? — sussurrou ela.

— Oi, Grete. A gente está no meio de uma conversa sobre...

— Acasalamento na surdina — disse Grete. — Eu ouvi.

Algo na forma como ela se expressou me fez olhá-la com atenção. E essas palavras, elas condiziam com um palpite que eu havia tido, algo que eu já pensara.

— Uma palavrinha — eu disse, e, enquanto seguíamos na direção ao bar, senti os olhos de Stanley e Shannon nas minhas costas.

— Tem uma coisa que quero que passe para a esposa do Carl — disse Grete, assim que estávamos distantes da mesa de Shannon.

— Por quê? — Perguntei "por quê" em vez de "o quê" porque eu já sabia o "quê". Tinha visto nos olhos sombrios dela.

— Porque ela vai acreditar em você.

— Por que ela deveria acreditar se é algo que estou apenas transmitindo?

— Porque você vai contar para ela como se viesse diretamente de você.

— E por que eu faria isso?

— Porque você quer a mesma coisa que eu, Roy.

— E o que seria?

— Que eles se separem.

Não fiquei chocado. Nem mesmo surpreso. Simplesmente fascinado.

— Olha, Roy, a gente sabe que o Carl e aquela garota do Sul não se encaixam. Estamos só fazendo o melhor para os dois. E vai poupá-la do lento tormento de descobrir por si mesma, coitadinha.

Tentei umedecer a garganta. Queria me virar e escapar dali, mas não consegui.

— Descobrir? Descobrir o quê?

— Que o Carl está se divertindo com a Mari de novo.

Olhei para ela. O cabelo com permanente se destacava ao redor do rosto pálido como uma auréola. Sempre me deixou pasmo que as pessoas se permitissem iludir com anúncios de xampu que prometiam revitalizar o cabelo. O cabelo nunca teve uma vida que pudesse ser *re*vitalizada. Cabelo é uma coisa morta, uma cutícula de queratina crescendo de um folículo. Tem tanta vida e DNA quanto o excremento que se caga. Cabelo é história, é o que você foi, o que comeu e o que fez. E não dá para voltar atrás. O permanente da Grete era um passado mumificado, tão assustador quanto a própria morte.

— Eles se encontram no chalé do Aas.

Não falei nada.

— Vi com os meus próprios olhos — continuou Grete. — Eles estacionam no bosque, de modo que não dá para ver os carros da estrada, e se encontram no chalé.

Quis perguntar quanto tempo ela gastava na cola de Carl, mas desisti.

— Mas não é surpresa que o Carl saia fodendo por aí — disse ela.

Era óbvio que Grete esperava que eu perguntasse o que ela queria dizer com isso. Mas alguma coisa — a expressão no rosto, a certeza de algo, me lembrou de quando mamãe leu *Chapeuzinho Vermelho* para nós — me convenceu a não perguntar. Porque, quando criança, eu nunca entendi por que Chapeuzinho Vermelho tinha que fazer essa pergunta final ao lobo disfarçado — por que você tem dentes tão grandes — se ela já desconfiava de que era o lobo. Será que ela ainda não havia entendido que, assim que o lobo percebesse que fora desmascarado, iria agarrá-la e comê-la? O que aprendi com isso foi: não vá adiante depois de "por que você tem orelhas tão grandes?" Diz que vai buscar mais lenha no depósito de madeira, então dê o fora. Mas eu fiquei lá. E, como a merda da Chapeuzinho Vermelho, perguntei:

— O que você quer dizer com isso?

— Com ele sair fodendo por aí? Porque é o que gente abusada sexualmente quando criança costuma fazer.

Prendi a respiração. Não consegui mexer um músculo. E a minha voz saiu um pouco rouca quando eu disse:

— E o que faz você pensar que Carl foi abusado, porra?

— Ele mesmo me contou. Quando estava bêbado, depois de ter me comido no bosque em Årtun. Ele chorou, disse que estava arrependido, mas que não conseguia evitar, que tinha lido em algum lugar que pessoas como ele se tornavam promíscuas.

Mexi a língua pela boca procurando saliva, mas estava tão seca quanto o interior de um celeiro de feno.

— Promíscuas — foi tudo o que consegui sussurrar, mas ela pareceu não ter escutado.

— E ele disse que você se culpava por ele ter sido abusado. Que por isso você sempre cuidou dele. Que você sentia que devia alguma coisa a ele.

Consegui um pouco mais de som nas minhas cordas vocais.

— Você tem mentido por tanto tempo que acabou acreditando na mentira.

Grete sorriu enquanto balançava a cabeça fingindo arrependimento.

— O Carl estava tão bêbado que deve ter esquecido que me disse isso, mas ele disse mesmo. Eu perguntei a ele por que você se culpava, já que não era você, mas o pai de vocês, que abusava dele. O Carl disse que achava que era por você ser o irmão mais velho. Que você achava que era a sua tarefa cuidar dele. E foi por isso que no fim você o resgatou.

— Então você acha que consegue se lembrar dele dizendo isso?

— Bem que tentei, mas pude notar que não surtiu efeito algum nela.

— Foi o que ele disse. — Ela assentiu. — Mas, quando perguntei, ele não explicou *como* você o resgatou.

Para mim não dava mais. Vi aqueles lábios semelhantes a minhocas se mexendo.

— Então, estou perguntando agora: o que você fez, Roy?

Levantei a cabeça e olhei nos seus olhos. Ansiedade. Alegria. A boca entreaberta, só faltava enfiar o garfo. Senti o meu peito borbulhando, um sorriso a caminho, simplesmente não consegui evitar.

— Hein? — disse Grete, e a expressão no rosto dela se transformou em surpresa quando dei uma bela gargalhada.

Eu estava... Como é que eu estava? Feliz? Aliviado? Como assassinos desmascarados que se sentem livres porque a espera acabou e finalmente não estão mais sozinhos com o terrível segredo. Ou eu só estava louco? Porque com certeza deve ser loucura preferir que as pessoas acreditem que era eu que abusava do meu irmão mais novo e não o pai que estuprava o filho, enquanto eu, o irmão mais velho, não fazia nada a respeito. Ou talvez não seja loucura, talvez eu simplesmente consiga suportar a repulsa de um vilarejo inteiro enraizado em mentiras e boatos, mas não se houvesse um mísero elemento de verdade. E a verdade sobre o que aconteceu em Opgard não era apenas um pai abusador mas um irmão mais velho covarde e submisso que poderia ter interferido, mas não ousou; que sabia de tudo, mas manteve a boca fechada; que tinha vergonha de si mesmo, mas manteve a cabeça tão baixa que mal podia suportar a visão do próprio reflexo no espelho. E agora o pior que poderia acontecer havia acontecido. Quando Grete Smitt sabia de algo e falava disso, todos no salão de beleza ficavam sabendo, e logo o vilarejo inteiro, simples assim. Então por que achei graça? Porque o pior que poderia acontecer tinha acabado de acontecer, tinha acontecido alguns segundos atrás a essa altura. Agora tudo podia ir para o inferno. Eu estava livre.

— Ora, ora — disse Carl animado. — O que tem de tão interessante por aqui?

Ele pôs um braço no meu ombro e o outro no de Grete. Bafejou champanhe em mim.

— Hummm — eu disse. — O que você diria, Grete?

— Andaduras.

— Andaduras? — Carl riu alto e pegou uma taça de champanhe da bandeja sobre o balcão. Ele estava ficando muito bêbado, sem dúvida.
— Eu não sabia que o Roy acompanhava corridas de cavalos.

— Estou tentando fazer com que ele se interesse — disse Grete.

— E qual é o seu *pitch*?

— O meu *pitch*?

— Sim, o papo para convencê-lo.

— Se não jogar, nunca vai vencer. Acho que o Roy sabe disso.

Carl se virou para mim.

— Você sabe?

Dei de ombros.

— O Roy é mais do tipo que pensa que, se não jogar, nunca vai perder — disse Carl

— O negócio é encontrar um jogo em que todos saiam ganhando — comentou Grete. — Como com o seu hotel, Carl. Ninguém perde, todo mundo vence e final feliz.

— Um brinde a isso! — exclamou Carl. Ele e Grete brindaram com um tim-tim e então Carl se virou para mim, a taça ainda erguida.

Percebi que eu ainda tinha na cara aquele sorriso idiota.

— Deixei a minha taça ali — eu disse, indicando com a cabeça a mesa em que estive, e saí sem planos de voltar.

Enquanto voltava até a mesa, o meu coração estava em festa. Paradoxal, despreocupado, e quase zombeteiro, como o chasco que se acomodou numa lápide e desatou o seu canto enquanto o padre cobria de terra os caixões dos meus pais. Não há finais felizes, mas há momentos de felicidade sem sentido, e cada um desses momentos pode ser o último, então por que não cantar a plenos pulmões? Se mostrar para o mundo. E então deixar a vida — ou a morte — derrubá-lo em outro dia.

Enquanto me aproximava, Stanley virou a cabeça como se soubesse que eu estava a caminho. Ele não sorriu, apenas procurou os meus olhos. Um calor correu pelo meu corpo. Eu não sabia o motivo, tudo que sabia era que a hora havia chegado. O momento que eu iria dirigir até a Geitesvingen e *não* completar a curva. E sairia da estrada e despencaria em queda livre, com a certeza de que o único prêmio que me aguardava eram aqueles poucos segundos de liberdade, compreensão, verdade e todas essas coisas. E então chegaria ao fim, esmagado contra o solo num lugar onde os destroços jamais seriam recuperados, onde poderia apodrecer numa solidão abençoada, paz e sossego.

Não sei por que escolhi aquele momento em particular. Talvez porque aquela taça de champanhe tivesse me dado coragem suficiente. Talvez porque eu soubesse que tinha que destruir imediatamente a pouca esperança que Grete tinha me dado antes que eu pudesse desejá-la e a deixasse crescer. Porque eu não queria o prêmio que ela estava me oferecendo, seria pior que toda a solidão que uma vida poderia proporcionar.

Passei por Stanley, peguei a taça de champanhe ao lado dos cupons das corridas de cavalo e fiquei atrás de Shannon, que ouvia o novo prefeito falar com entusiasmo sobre o que o hotel significaria para o vilarejo, embora o que ele provavelmente quisesse dizer fosse para a próxima eleição do conselho. Toquei o ombro de Shannon levemente, me inclinei para perto do ouvido dela, tão perto que pude sentir o seu cheiro, tão diferente do cheiro de qualquer mulher que eu conheci ou com quem fiz amor, e ainda tão familiar, como se pudesse ser o meu próprio cheiro.

— Sinto muito — sussurrei. — Mas não há nada que eu possa fazer a respeito. Eu te amo.

Ela não se virou para mim. Não me pediu que repetisse o que tinha acabado de dizer. Apenas continuou olhando para Gilbert com a mesma expressão inalterada no rosto, como se eu tivesse sussurrado uma tradução de algo que ele estava dizendo. Mas por um instante pude sentir o cheiro dela ficar mais forte, o calor que fluía através de mim fluiu através dela, levantou as moléculas do cheiro da sua pele enquanto subia na minha direção. Continuei indo até a porta, parei perto da velha máquina caça-níqueis, engoli o restante do champanhe e coloquei a taça em cima da máquina. Dei de cara com Giovanni parado ali, me encarando com o seu olhar duro e reprovador de galo, antes que ele — numa atitude de quase desdém — fosse embora com um cocorocó que fez o seu topete vermelho à la Hitler se enrijecer.

Saí. Fechei os olhos e inspirei o ar banhado pela chuva, tão cortante quanto uma lâmina de navalha na bochecha. Ah, sim, o inverno viria mais cedo esse ano.

Quando cheguei ao posto, liguei para a sede e pedi para falar com o gerente de pessoal.

— Aqui é o Roy Opgard. Eu queria saber se a vaga para gerente do posto em Sørlandet ainda está aberta.

PARTE QUATRO

PARTE QUATRO

27

DIZEM QUE SOU MAIS parecido com papai.

Calado e firme. Gentil e prático. Um tipo comum, trabalhador, sem talento óbvio para nada em particular, mas que sempre consegue se virar, talvez principalmente porque nunca exige muito da vida. Um pouco solitário, não obstante sociável quando necessário, com empatia suficiente para saber quando alguém está com problemas, porém com bastante noção de compaixão para não interferir na vida dos outros. Assim como papai não deixava que os outros interferissem na dele. Dizem que ele era orgulhoso sem ser arrogante e que o respeito que demonstrava pelos outros era correspondido, embora ele nunca tenha sido um líder para o vilarejo. Ele deixava isso para os mais eruditos, mais eloquentes, mais agressivos, mais carismáticos e visionários, os de sobrenome Aas e os Carls da vida. Aqueles com menos vergonha.

Porque ele sentia vergonha, sim. E essa qualidade eu definitivamente herdei dele.

Ele sentia vergonha do que era e do que fazia. Eu sentia vergonha do que eu era e do que *não* fiz.

Papai gostava de mim. Eu o amava. E ele amava Carl.

Por ser o filho mais velho, recebi uma base sólida sobre como administrar uma fazenda na montanha com trinta cabras. O número de cabras da Noruega tinha sido cinco vezes maior na época do meu avô, e o de criadores de cabras caíra pela metade nos últimos dez anos.

Papai provavelmente percebeu que no futuro não seria possível tirar o sustento da família criando cabras em escala tão reduzida como em Opgard. Mas, como ele dizia, há sempre a possibilidade de que um dia tudo saísse dos eixos e o mundo fosse lançado num caos em que seria cada um por si. E aí pessoas como eu sobreviveriam.

E pessoas como Carl sucumbiriam.

E talvez fosse por isso que ele amava mais a Carl.

Ou talvez fosse porque Carl não o idolatrava tanto quanto eu.

Não sei se eram os instintos protetores de papai combinados com a necessidade de ser amado pelo filho. Ou se Carl era muito parecido com mamãe quando ela e papai se conheceram. Parecidos na maneira de falar, de rir, de pensar e de se movimentar, e até nas fotos de mamãe daquela época. Carl é tão bonito quanto Elvis, papai costumava dizer. Talvez tenha sido por isso que ele se apaixonou por mamãe. Pelo visual de Elvis dela. Um Elvis loiro, mas com as mesmas características latinas ou indianas: olhos amendoados, pele sedosa e brilhante, sobrancelhas proeminentes. O sorriso e a risada que pareciam estar sempre logo abaixo da superfície. Talvez tenha sido por isso que papai se apaixonou por mamãe. E mais tarde por Carl.

Não sei.

Tudo o que sei é que papai se encarregou da leitura na hora de dormir no quarto dos meninos e que ele passava mais e mais tempo fazendo isso. Que seguia lendo por muito tempo depois de eu ter adormecido na cama de cima e que eu não sabia de nada que estava acontecendo, até que uma noite fui acordado com o choro de Carl e a voz de papai tentando silenciá-lo. Olhei por cima da borda do beliche e vi que a cadeira de papai estava vazia e concluí que ele tivesse se deitado na cama de Carl.

— O que foi? — perguntei.

Não houve resposta, então repeti a pergunta.

— O Carl estava só tendo um pesadelo — disse papai. — Volte a dormir, Roy.

Voltei a dormir. Dormi o sono culpado dos inocentes. E continuei fazendo isso até que uma noite Carl começou a chorar de novo e dessa vez papai foi embora, então o meu irmãozinho ficou sozinho, sem ninguém para confortá-lo. Por isso desci para o seu beliche, passei os meus braços em volta dele e lhe pedi que me contasse com o que tinha sonhado, porque assim todos os monstros desapareceriam.

E Carl fungou e falou que os monstros disseram que ele não deveria contar a ninguém, do contrário eles viriam e levariam a mim e a mamãe para Huken e nos comeriam.

— Mas não levariam papai? — perguntei.

Carl não respondeu, e não sei se entendi e reprimi ali mesmo ou se só entendi mais tarde, quando *quis* entender: que o monstro era o nosso pai. Papai. Também não sei se mamãe queria entender, mas no caso dela faltou vontade, porque estava acontecendo bem diante dos nossos olhos e ouvidos. E isso a tornava tão culpada quanto eu por olhar para o outro lado e não tentar dar um basta.

Quando finalmente consegui reagir, tinha 17 anos e só papai e eu estávamos no celeiro. Eu segurava a escada para que ele trocasse as lâmpadas lá no alto. Celeiros em fazendas de montanha não têm o pé-direito muito alto, mas ainda assim percebi que eu o intimidava por estar alguns metros abaixo com a sua vida nas minhas mãos.

— Você não vai mais fazer o que faz com o Carl.

— Tudo bem, então — sussurrou papai e terminou a troca das lâmpadas.

Então ele desceu da escada que eu segurava tão firme quanto possível. Ele deixou as lâmpadas queimadas no chão antes de me atacar. Não me bateu no rosto, apenas no corpo, em todo lugar macio onde doía mais. Enquanto eu estava deitado no feno, incapaz de respirar, ele se inclinou sobre mim e sussurrou com voz grossa e rouca:

— Não acusa o seu pai de uma coisa dessas ou eu te mato, Roy. Só tem um jeito de impedir um pai de fazer o que ele quer, que é mantendo a boca fechada e esperando a oportunidade para matá-lo. Entendeu?

Claro que entendi. Era isso que a Chapeuzinho Vermelho deveria ter feito. Mas eu não conseguia falar nem assentir com a cabeça, apenas levantei o rosto um pouco e vi que ele tinha lágrimas nos olhos.

Papai me ajudou a ficar de pé, jantamos e naquela noite lá estava ele mais uma vez no beliche com Carl.

No dia seguinte, ele me levou para o celeiro, onde suspendeu o grande saco de pancadas que trouxe de Minnesota. Por um tempo ele quis que Carl e eu lutássemos boxe, mas não estávamos interessados, nem mesmo quando ele nos contou sobre os famosos irmãos boxeadores Mike e Tommy Gibbons, de Minnesota. Tommy Gibbons era o favorito de papai. Ele tinha nos mostrado fotos do pugilista, disse que Carl se parecia com Tommy, o lutador alto, loiro e peso-pesado. Eu era mais como Mike, o irmão mais velho que, no entanto, era mais baixo e cuja carreira não foi tão bem-sucedida. De qualquer forma, nenhum deles havia sido campeão. Tommy tinha chegado perto em 1923, quando lutou por quinze assaltos, mas acabou perdendo por pontos para o grande Jack Dempsey. Isso aconteceu na cidadezinha de Shelby, num cruzamento da Great Northern Railway, que o diretor da ferrovia Peter Shelby — a cidade recebeu o nome dele — chamou de "um buraco de lama miserável". A cidade tinha prometido que a luta os colocaria no mapa dos Estados Unidos e eles investiram tudo o que tinham e mais um pouco. Um grande estádio foi construído, mas apenas sete mil compareceram ao evento, além de outros que entraram de penetra, e a cidade inteira — inclusive quatro bancos — foram à falência. Tommy Gibbons deixou a cidade arruinada sem o título, de bolsos vazios, mas com a certeza de que pelo menos havia tentado ser campeão.

— Ainda com dor no corpo? — perguntou papai.

— Estou bem — eu disse, embora ainda estivesse doendo.

Papai me ensinou como ficar em pé e a técnica dos socos básicos. Depois amarrou luvas de boxe surradas nas minhas mãos.

— E quanto à *defesa*? — perguntei, relembrando um noticiário que vi sobre a luta Dempsey contra Gibbons.

— Você bate forte e bate primeiro, aí não vai precisar se defender — respondeu ele e se posicionou atrás do saco de pancadas. — Esse saco é o inimigo. Diz para si mesmo que precisa matá-lo antes que ele te mate.

E matei. Papai segurou o saco de pancadas com firmeza para evitar que balançasse demais, mas às vezes ele mostrava a cara como se quisesse me avisar que o propósito daquele treino era matá-lo.

— Nada mau — comentou ele enquanto eu pingava suor com as mãos apoiadas nos joelhos. — Agora vamos colocar bandagem nos seus pulsos e recomeçar sem as luvas.

Em três semanas, fiz furos no saco de pancadas, e o revestimento teve que ser costurado com barbante grosso. Batia naqueles pontos até os meus dedos sangrarem e os deixava cicatrizar por dois dias e voltava a bater. Eu me sentia melhor assim, a dor amortecia a dor, amortecia a vergonha que eu sentia por estar apenas ali de pé, socando, sem poder fazer mais nada.

Porque o abuso continuava.

Talvez não com tanta frequência quanto antes. Não lembro direito.

Mas recordo que para ele pouco importava se eu estivesse dormindo ou não, se mamãe estivesse dormindo ou não. A única preocupação era provar que ele era o dono da casa e que o dono faz o que bem entende. E recordo também que ele havia me preparado para ser um oponente do seu nível, talvez para provar que nos controlava espiritualmente, não fisicamente. Porque o que é físico é evanescente e enfraquece, enquanto o espiritual é eterno.

E eu sentia vergonha. Vergonha quando a minha mente tentava apagar os sons vindos de baixo: os rangidos da estrutura dos beliches, os rangidos da própria casa. E, depois que ele ia embora, eu descia e abraçava Carl para que ele parasse de chorar, e sussurrava no seu ouvido que um dia, um dia iríamos para algum lugar bem longe. Que eu iria fazê-lo parar. Impediria aquela merda da minha imagem espelhada. Palavras vazias que só aumentavam a minha vergonha.

Crescemos o suficiente para ir a festas. Carl bebia mais do que devia. E se metia em confusão com mais frequência do que deveria. Mas para mim foi bom porque abria um espaço onde eu poderia fazer o que jamais conseguiria fazer em casa: proteger o meu irmão mais novo. E era muito simples. Eu só fazia o que papai me ensinara: batia primeiro e batia forte. Batia nos rostos como se fossem sacos de pancada pintados com o rosto de papai.

Mas o dia haveria de chegar.

E chegou.

Carl veio me contar que tinha ido à clínica. Que eles o examinaram e fizeram muitas perguntas. E que tinham suspeitas. Perguntei o que havia de errado, e ele abaixou as calças e me mostrou. Fiquei com tanta raiva que comecei a chorar.

Antes de ir para a cama naquela noite, fui até a varanda e peguei a faca de caça. Coloquei-a debaixo do travesseiro e fiquei à espera.

Na quarta noite, ele veio. Como sempre, fui acordado pelo rangido da porta. Ele apagou a luz do corredor, então tudo que vi foi um corpo no vão da porta. Coloquei a minha mão debaixo do travesseiro e agarrei o cabo da faca. Eu havia perguntado ao tio Bernard, que tinha lido tudo sobre os sabotadores em Os durante a guerra, e ele disse que matar silenciosamente era algo que se fazia ao enfiar a faca nas costas do inimigo na altura dos rins. Que cortar a garganta de alguém era muito mais difícil do que parecia nos filmes, sem falar no risco de acabar cortando o próprio polegar que segurava o inimigo. Eu não sabia muito bem a que altura os rins ficavam, mas o meu plano era esfaquear repetidas vezes, de modo que uma das estocadas acertaria o alvo. Caso contrário, eu avançaria para o pescoço, e foda-se o meu polegar.

O vulto na porta oscilou levemente, talvez ele tivesse bebido algumas cervejas além do normal. Ele apenas ficou lá, indeciso, como se não soubesse se havia tomado o caminho certo. Como de fato tinha. Durante anos. Mas essa seria a última vez.

Ouvi um som, como se ele estivesse ofegando. Ou farejando o ar.

A porta se fechou, a escuridão tomou conta de tudo, eu me preparei. O meu coração batia tão forte que eu podia senti-lo literalmente pressionando as minhas costelas. Então ouvi passos na escada e percebi que ele havia mudado de ideia.

Depois a porta da frente se abriu.

Será que havia pressentido alguma coisa? Eu tinha lido em algum lugar que a adrenalina tem um cheiro inconfundível que o nosso cérebro reconhece consciente ou inconscientemente e nos coloca em alerta de pronto. Ou será que havia tomado a decisão ali no vão da porta? A decisão de não apenas desistir essa noite mas para todo o sempre. Que isso nunca mais voltaria a acontecer.

Ainda deitado, senti o meu corpo tremer. E, quando um som áspero escapou da minha garganta ao respirar, percebi que estava prendendo a respiração desde o instante que ouvi a porta ranger. Alguns minutos depois, ouvi um choro baixinho. Prendi a respiração de novo, mas aquele choro não vinha de Carl, que respirava normalmente, mas subia pelo tubo de aquecimento.

Saí da cama furtivamente, vesti qualquer coisa e desci a escada.

Na penumbra da cozinha vi mamãe sentada perto da bancada. Ela vestia o roupão vermelho que parecia um casacão acolchoado e olhava pela janela para o celeiro, onde as luzes estavam acesas. Segurava um copo e sobre a mesa estava a garrafa de bourbon que durante anos permanecera fechada no armário da sala de jantar.

Me sentei.

Olhei na mesma direção que ela, para o celeiro.

Ela esvaziou o copo e o encheu novamente. Era a primeira vez desde aquela noite no Grand Hotel que eu a via beber num dia que não era a véspera do Natal.

Quando ela enfim falou, a voz era rouca e entrecortada.

— Sabe, Roy, eu amo tanto o seu pai que não conseguiria viver sem ele.

Parecia a conclusão de um longo e silencioso embate que havia tido consigo mesma.

Não falei nada, apenas olhei para o celeiro. Esperava ouvir alguma coisa vindo de lá.

— Mas ele pode viver sem mim — continuou ela. — Sabe, houve complicações quando o Carl nasceu. Eu havia perdido muito sangue e estava inconsciente, e o médico teve que deixar para o seu pai a decisão. Havia duas opções: uma que era arriscada para o feto; e a outra, para a mãe. O seu pai optou por aquela que era arriscada para mim, Roy. Tempos depois ele disse que é claro que eu teria feito a mesma escolha, e ele estava certo. Mas não fui eu que escolhi, Roy. Foi ele.

Que som eu esperava ouvir do celeiro? Eu sabia o que era. Um tiro. A porta da varanda estava aberta quando desci a escada. E a espingarda que costumava ficar pendurada no alto da parede havia sumido.

— Mas, Roy, se eu tivesse que escolher entre salvar a sua vida ou a do Carl, eu teria salvado o Carl. Então agora você sabe. Essa é a mãe que fui para você. — Ela levou o copo à boca. Eu nunca a tinha ouvido falar assim, mas também não me importei. O meu único pensamento era no que estaria acontecendo no celeiro.

Me levantei e saí de casa. Estávamos no fim do verão, e senti o ar noturno gelado nas minhas bochechas quentes. Eu não estava com pressa. Andei com passos calculados, quase como um adulto. À luz da porta aberta do celeiro vi a espingarda encostada no batente. Cheguei mais perto e encontrei a escada encostada numa das vigas de sustentação do telhado de onde pendia uma corda.

Ouvi o barulho seco de socos desferidos na capa plastificada do saco de pancadas.

Parei antes de chegar à porta, porém perto o suficiente para vê-lo socar e bater no saco. Será que ele sabia que o rosto que eu havia desenhado no saco de pancadas era o dele? Provavelmente sim.

Será que aquela espingarda estava encostada ali porque ele não tinha conseguido terminar o que havia começado? Ou era um convite para mim?

As minhas bochechas não estavam mais quentes. De repente, assim como o restante do meu corpo, ficaram geladas, e a leve brisa noturna soprou direto em mim e atravessou o meu corpo como se eu fosse a porra de um fantasma.

Fiquei lá parado observando papai. É claro que eu sabia que ele queria que eu o parasse, que parasse o que ele estava fazendo, que fizesse o seu coração parar. Tudo estava organizado. Ele havia preparado as coisas para que parecesse que tinha feito tudo sozinho, até mesmo aquela corda enviava uma mensagem incontestável. Então, tudo o que eu precisava fazer era atirar à queima-roupa e colocar a espingarda ao lado do corpo. Senti um tremor. Já não conseguia controlar o meu corpo, nada obedecia, as minhas pernas tremiam sem parar. Eu não sentia mais raiva nem medo, mas impotência e vergonha por não conseguir fazer o que *tinha* que ser feito. *Ele* queria morrer, *eu* queria que ele morresse, mas ainda não conseguia agir, porra. Porque ele era eu. E eu o odiava e precisava dele, tanto quanto eu me odiava e precisava de mim mesmo. Quando me virei e comecei a me afastar, ouvi-o gemer e socar, praguejar e socar, chorar e socar.

No café da manhã do dia seguinte, foi como se nada tivesse acontecido. Como se eu tivesse sonhado tudo aquilo. Papai olhou pela janela da cozinha e fez um comentário sobre o tempo, e mamãe apressou Carl para que ele não se atrasasse para a escola.

28

MESES DEPOIS DE DAR as costas para o meu pai no celeiro, fru Willumsen parou em frente à oficina e combinou um serviço para o seu Saab Sonett 1958, de dois lugares, o único conversível do vilarejo.

As pessoas do vilarejo diziam que a esposa de Willumsen era obcecada por uma diva pop norueguesa dos anos setenta e tentava copiá-la em tudo: carro, roupas, maquiagem e jeito de caminhar. E que ela havia inclusive chegado ao extremo de tentar copiar a famosa voz grave da diva. Eu era muito jovem para me lembrar dessa estrela pop, mas fru Willumsen era uma diva com certeza, disso ninguém duvidava.

Tio Bernard tinha ido a uma consulta médica, por isso fiquei encarregado de cuidar sozinho do Sonett para ver se havia algum problema óbvio.

— Belas curvas — eu disse, acariciando um dos aerofólios dianteiros. Plástico reforçado com fibra de vidro. De acordo com o tio Bernard, a Saab havia produzido menos de dez exemplares desses, e deve ter custado a Willumsen bem mais do que ele teria desejado.

— Obrigada — disse ela.

Abri o capô e examinei o motor. Conferi os condutores e se as tampas estavam colocadas corretamente, tudo conforme orientação do tio Bernard.

— Parece que você sabe o que está fazendo — comentou ela. — Mesmo parecendo tão jovem.

Foi a minha vez de agradecer.

Era um dia muito quente; eu estivera trabalhando num caminhão e havia abaixado a parte de cima do macacão, e o meu peito estava nu quando ela chegou. Naquela época eu praticava boxe no celeiro e tinha músculos onde antes havia apenas pele e osso, e os olhos dela percorreram o meu corpo enquanto ela me relatava os problemas no carro. Quando vesti uma camiseta, fru Willumsen pareceu um tantinho desapontada.

Fechei o capô e me virei para ela. Os saltos altos que usava significavam que ela não era apenas mais alta que eu mas que se avultava aos meus olhos.

— E então? — quis saber ela e continuou a falar depois de uma longa pausa. — Você gosta do que vê?

— Parece bom — eu disse com pretensa autoconfiança, como se fosse eu, e não o tio Bernard, quem mexeria no carro. — Mas preciso examinar melhor...

Me ocorreu que ela era mais velha do que aparentava. As sobrancelhas pareciam ter sido raspadas e redesenhadas. Havia pequenas rugas na pele acima do lábio superior. Mesmo assim, fru Willumsen era do tipo que o tio Bernard chamaria de *com tudo em cima*.

— E depois? — Ela inclinou a cabeça para o lado e me avaliou, como se eu fosse um pedaço de carne na vitrine do açougue.

— Vamos revisar o motor e trocar tudo o que precisa ser trocado — eu disse. — Dentro dos limites do razoável e aceitável, naturalmente.

Outra frase que peguei emprestado do tio Bernard, tirando a pausa que fiz no meio da sentença para engolir em seco.

— Razoável e aceitável. — Ela sorriu, como se eu tivesse acabado de fazer um chiste na aula sobre Oscar Wilde. Sem mencionar que até aquele momento eu nunca tinha ouvido falar de Oscar Wilde. Mas então reparei que eu não era o único plantado no lugar desvendando as fantasias sexuais ocultas na conversa. Não havia mais dúvida: a fru Willumsen estava flertando comigo. Não que eu me enganasse e achasse que ela quisesse avançar para outro nível, mas ela definitivamente estava reservando um tempo para um joguinho com um garoto de 17 anos, como um gato adulto dando tapinhas em novelos de lã na caixa de costura antes de seguir o seu caminho. E isso por si só foi o suficiente para fazer com que eu me sentisse orgulhoso e um pouco arrogante naquele momento.

— Mas já posso dizer que não há muito aqui que precisa ser reparado — falei, pescando a minha caixinha de prata de fumo do bolso do macacão ao recostar no capô. — O carro parece estar em excelente estado para a idade.

Fru Willumsen riu.

— Rita — disse ela estendendo a mão incrivelmente branca com unhas vermelho-sangue para me cumprimentar.

Se estivesse mais engajado, provavelmente a teria beijado, mas em vez disso deixei a caixinha de fumo de lado, limpei a mão na estopa pendurada no bolso traseiro e lhe dei um firme aperto de mão.

— Roy — me apresentei.

Ela me lançou um olhar atencioso.

— Certo, Roy. Mas não é preciso apertar com tanta força.

— Hã?

— Não diga "hã". Diga "o quê?". Ou "desculpe". Tente de novo.

Ela ofereceu a mão mais uma vez.

Eu a peguei novamente. Com cuidado agora. Ela a recolheu.

— Não falei para tratar a minha mão como se a tivesse roubado, Roy. Estou lhe dando a minha mão e, por esses breves momentos, ela é sua. Portanto, use-a, seja bondoso com ela, trate-a de um jeito que garanta que haverá uma próxima vez.

Ela me ofereceu a mão pela terceira vez.

E eu a envolvi nas minhas mãos.

Acariciei-a. Pressionei-a no meu rosto. Não faço ideia de onde tirei tanta ousadia. Só sabia que naquele instante eu tive toda a coragem que me faltou quando estive do lado de fora do celeiro e vi a espingarda na porta.

Rita Willumsen riu, olhou em volta rapidamente como se confirmasse que não estávamos sendo observados e deixou que eu segurasse a sua mão um pouco mais antes de puxá-la devagarinho.

— Você aprende rápido. Bem rápido. Logo vai ser um homem. Acho que você vai fazer alguém muito feliz, Roy.

Uma Mercedes parou na nossa frente. Willumsen saiu do carro e mal teve tempo de me cumprimentar de tão ocupado que estava abrindo a porta para fru Willumsen. Que agora era *Rita* Willumsen. Ele segurou a mão dela enquanto ela se ajeitava para se sentar, salto alto, penteado alto, saia justa. E quando se foram senti uma mistura de excitação e confusão ao imaginar o que agora, de repente, estava diante de mim. A excitação veio de ter a mão de fru Willumsen na minha, as unhas longas arranhando a palma da minha mão. E o fato de ela ser a esposa claramente adorada de Willumsen, o homem que enganou papai na compra do Cadillac e se gabou disso depois. A confusão foi causada pelo compartimento do motor. Tudo parecia estar de trás para a frente. O que quero dizer é que a caixa de câmbio estava *na frente* do motor. Só mais tarde tio Bernard me explicou que era por causa da dispersão especial do peso num Sonett, que a montadora tinha até virado o virabrequim para que o motor do carro ficasse na direção oposta de todos os outros. Saab Sonett. Que carro! Que peça linda e inútil de beleza ultrapassada.

Trabalhei no Saab até tarde da noite, checando, apertando, substituindo. Eu estava impregnado de uma energia nova e intensa que não sabia bem de onde vinha. Não, na verdade, sabia sim. Vinha de Rita Willumsen. Ela havia me tocado. Eu a tocara. Ela me viu como homem. Ou, pelo menos, como o homem que eu *poderia* me tornar. E isso mudou alguma coisa. A certa altura, enquanto eu estava lá no poço de graxa e passei a mão no chassi do carro, tive uma ereção. Fechei os olhos e imaginei. *Tentei* imaginar. Uma Rita Willumsen seminua no capô do Saab me chamando com o indicador. Aquele esmalte vermelho. Ai, Deus.

Apurei os ouvidos para ter certeza de que estava sozinho na oficina antes de abrir o zíper do macacão.

— Roy? — sussurrou Carl no escuro quando eu estava prestes a subir no beliche.

Estava prestes a lhe dizer algo sobre ter feito horas extras na oficina e que devíamos dormir agora, mas algo na voz dele me fez parar. Acendi a luz acima da sua cama. Os olhos dele estavam vermelhos de tanto chorar e uma das bochechas estava inchada. Senti um nó na garganta. Depois daquele incidente com a espingarda no celeiro, papai tinha se mantido afastado.

— Ele esteve aqui de novo? — sussurrei.

Carl apenas assentiu com a cabeça.

— Ele... Ele te *bateu* também?

— Bateu. Pensei que fosse me estrangular. Ele estava furioso. Perguntou onde você estava.

— Merda — eu disse.

— Você tem que ficar aqui — disse Carl. — Ele não vai vir se você estiver aqui.

— Nem sempre posso estar aqui, Carl.

— Então vou ter que ir embora. Não aguento mais... Não quero mais viver com alguém que...

Passei um braço em volta de Carl e o outro na parte de trás da sua cabeça, pressionando-a contra o meu peito para que o seu choro não acordasse nem mamãe nem papai.

— Vou dar um jeito nisso, Carl — sussurrei no seu cabelo loiro. — Juro. Você não vai ter que fugir dele. Vou dar um jeito nisso, tá me ouvindo?

Com a chegada da primeira luz pálida da manhã, o meu plano estava completo.

Elaborar um plano não me colocava nenhum dever, mas me dava a certeza de que agora eu estava pronto. Pensei no que Rita Willumsen tinha dito, que em breve eu seria um homem. Agora seria "em breve" mesmo. E dessa vez eu não ia recuar. Não me afastaria daquela espingarda.

29

Eu TINHA APRENDIDO ALGUMAS coisas nas horas que passei trabalhando no Saab Sonett. Não apenas que o motor era montado de trás para a frente mas que o sistema de frenagem era também mais simples. Carros modernos têm sistemas de freio duplo, de modo que, se uma das mangueiras for cortada, os freios ainda funcionarão, pelo menos em duas rodas. Mas no Sonett só é preciso cortar uma mangueira e pronto, você tem vagão descarrilhado, uma bomba-relógio. E me ocorreu que esse, em geral, era o caso da maioria dos carros antigos, inclusive do Cadillac DeVille 1979 de papai, embora tivesse, de fato, duas mangueiras de freio.

Quando homens nessa região do país não morrem de alguma doença comum, morrem num acidente de carro numa estrada rural ou num celeiro na ponta de uma corda ou de um cano de espingarda. Eu tinha falhado naquela vez que papai me deu a chance de usar a espingarda, e talvez tivesse deduzido que ele não me daria uma segunda chance. Que agora eu tinha que descobrir algo por conta própria. Depois de muito pensar e avaliar, soube que tinha achado a solução. Não se tratava de o capitão ter que afundar com o próprio navio nem nada parecido, mas algo essencialmente prático. Um acidente de carro não seria investigado da mesma forma que um tiro na cabeça. Pelo menos eu havia me convencido disso. Eu não conseguia bolar um jeito de levar papai para o celeiro e atirar nele sem que mamãe ficasse sabendo o que tinha acontecido. E só Deus sabe se ela estaria disposta a mentir para a polícia quando o homem sem o qual não poderia viver fosse assassinado. *Essa é a mãe que fui para você.* Mas sabotar os freios do Cadillac era uma tarefa simples. E as consequências fáceis de prever. Toda manhã, papai se levantava e ia cuidar das cabras. Depois esquentava o café e em silêncio observava Carl e eu tomando o café da manhã. Depois que eu e Carl saíamos de bicicleta — ele para a escola, eu para a oficina —, papai se sentava no Cadillac e dirigia até o vilarejo para buscar a correspondência e comprar o jornal.

O Cadillac ficava no celeiro e eu o havia visto fazer isso inúmeras vezes. Ligar o carro e partir e, a menos que houvesse neve e gelo na estrada, ele não pisava nos freios nem fazia curva até que estivesse entrando na Geitesvingen.

Jantamos na sala de jantar e então eu disse que ia para o celeiro treinar no saco de pancadas.

Ninguém disse nada. Mamãe e Carl limparam o prato, enquanto papai me lançou um olhar interrogativo. Talvez porque nenhum de nós dois tivesse o hábito de anunciar o que ia fazer, simplesmente fazia e pronto.

Peguei a minha sacola de treino, agora com a ferramenta que havia trazido da oficina. O trabalho foi um pouco mais complicado do que eu havia imaginado, mas depois de meia hora soltei o parafuso de fixação e aquele que prendia a barra de direção ao rack, fiz furos em ambas as mangueiras de freio e recolhi o fluido de freio num balde. Vesti a minha roupa de treino e passei uns trinta minutos treinando no saco de pancadas; então, quando entrei na sala de estar onde mamãe e papai estavam sentados como o casal de um anúncio dos anos sessenta — ele com o jornal, mamãe com o tricô —, eu pingava suor.

— Você chegou tarde ontem à noite — disse papai sem tirar os olhos do jornal.

— Hora extra — eu disse.

— Você tem permissão para nos dizer se conheceu uma garota — disse mamãe com um sorriso, como se fôssemos exatamente isso: a família-padrão numa porra de anúncio.

— Só estava fazendo hora extra.

— Bom — disse papai, dobrando o jornal —, pode ser que você precise fazer mais horas extras de agora em diante. Acabaram de ligar do hospital em Notodden. O Bernard foi internado. Parece que notaram algo preocupante na consulta de ontem. Talvez precise ser operado.

— Sério? — eu disse e senti o meu corpo gelar.

— Sim, e a filha dele está em Maiorca com a família e não pode interromper as férias. Então o hospital quer que a gente vá.

Carl entrou.

— O que houve? — perguntou ele. A voz ainda soava como se estivesse anestesiado, e tinha um hematoma horrível na bochecha, embora menos inchado.

— Estamos indo para Notodden — disse papai, se erguendo da cadeira. — Vão se vestir.

Senti pânico, como naquelas manhãs em que se abre a porta da frente e não se está preparado para o fato de que a temperatura caiu para menos trinta, o vento sopra forte e não se sente frio, apenas uma repentina e completa paralisia. Abri a boca e tornei a fechá-la. Porque a paralisia também afeta o cérebro.

— Tenho uma prova importante amanhã — disse Carl, e notei que ele olhava para mim. — E o Roy prometeu repassar a matéria comigo.

Eu não tinha ouvido nada sobre prova nenhuma e não sabia exatamente o que Carl tinha ou não entendido, apenas que ele percebeu que eu estava procurando desesperadamente um jeito de escapar dessa viagem para Notodden.

— Bom — disse mamãe, olhando para papai —, eles podem...

— Nada disso — disse papai, sem rodeios. — Família em primeiro lugar.

— Carl e eu podemos pegar o ônibus para Notodden depois da escola amanhã.

Todos me olharam surpresos. Porque acho que todos ouviram. De repente soei como papai, como quando ele tomava uma decisão e não havia discussão, porque era assim que as coisas deveriam ser.

— Tudo bem — disse mamãe, parecendo aliviada.

Papai não disse nada, mas manteve o olhar fixo em mim.

Quando mamãe e papai estavam prontos para sair, Carl e eu os seguimos até o pátio.

Paramos na frente do carro ao anoitecer, uma família de quatro se dividindo depois do jantar.

— Dirija com cuidado — eu disse.

Papai acenou com a cabeça. Lentamente. Claro, é possível que eu, assim como outras pessoas, valorize demais as famosas últimas palavras. Ou, no caso de papai, o último aceno silencioso. Mas sem dúvida havia algo que lembrava uma espécie de constatação. Ou seria reconhecimento? Reconhecimento de que o filho havia se tornado adulto.

Ele e mamãe se sentaram no Cadillac e tudo começou com um ronco. O ronco se transformou num ronronar suave. E então partiram na direção da Geitesvingen.

Vimos as luzes de freio do Cadillac se acenderem. Elas são conectadas ao pedal. Então, mesmo que os freios não funcionem, as luzes funcionam. A velocidade deles aumentou. Carl fez algum barulho. Eu conseguia visualizar papai girando o volante, ouvindo o som de arranhões na barra de direção, sentindo o volante girar sem encontrar resistência, sem afetar as rodas. E tenho certeza de que naquele instante ele entendeu. Acredito que sim. Ele entendeu e aceitou. Aceitou que incluía mamãe e que dava na mesma. Ela poderia conviver com o que ele fez, mas não viver sem ele.

Foi discreto e com uma estranha ausência de drama. Sem clamores desesperados da buzina, sem borracha derrapando, sem gritos. Tudo o que eu ouvia era o barulho dos pneus, então o carro havia sumido e o maçarico-dourado cantou a sua música de solidão.

A queda em Huken soou como um trovão bem distante. Não ouvi o que Carl disse ou gritou. Pensei apenas que de agora em diante Carl e eu estaríamos sozinhos aqui no mundo. Que a estrada à nossa frente estava vazia, que tudo o que podíamos ver naquele anoitecer era a silhueta da montanha contra um céu colorido de laranja a oeste e de rosa ao norte e ao sul. E me pareceu a coisa mais linda que eu já tinha visto na vida. O pôr do sol e o nascer do sol acontecendo ao mesmo tempo.

30

TENHO APENAS ALGUNS FLASHES do enterro.

Tio Bernard estava em pé novamente. Os médicos haviam decidido não operar, e ele e Carl foram os únicos que vi chorando. A igreja estava repleta de pessoas que, até onde eu sabia, mamãe e papai mal conheciam, fora o absolutamente inevitável e superficial contato num vilarejo como Os. Tio Bernard disse algumas palavras e leu as mensagens de condolências nas coroas de flores. A maior das coroas tinha sido enviada pelo Ferro-Velho e Carros Usados do Willumsen, o que provavelmente significava que Willumsen poderia colocar o custo na conta do atendimento ao cliente por questões fiscais. Nem Carl nem eu expressamos nenhum desejo de dizer nada, e o celebrante não nos pressionou. Acho que para ele tinha sido a solução perfeita para administrar uma audiência tão numerosa. Mas não me lembro do que ele disse, nem acho que estivesse prestando atenção. Os pêsames vieram depois, uma fila interminável de rostos pálidos e tristes, como se estivessem sentados dentro de um carro numa passagem de nível vendo o trem passar, rostos olhando para fora, aparentemente olhando para você, mas na verdade a caminho de outros lugares.

Muitas pessoas disseram que sentiam muito por mim, mas é claro que eu não poderia dizer que, se sentissem por mim de verdade, não estariam se sentindo tão mal.

Me lembro de Carl e eu parados na sala de jantar da fazenda, um dia antes da nossa mudança para a casa do tio Bernard. Não sabíamos, é claro, que duraria apenas alguns dias e que mudaríamos de volta para Opgard. Estava tão silencioso lá dentro.

— Tudo isso é nosso agora? — perguntou Carl.

— Sim. Mas tem algo que você queira?

— Isso — disse Carl, apontando para o armário onde papai guardava as caixas de Budweiser e as garrafas de bourbon. Peguei a caixa de latas de fumo da Berry, e foi assim que comecei a usá-lo. Não com muita frequência, porque nunca se sabe quando será possível conseguir outro da Berry quando acabar, e ninguém quer usar aquela merda sueca, não depois de conhecer o sabor do tabaco apropriadamente fermentado.

Mesmo antes do velório nós dois fomos interrogados pelo xerife, embora ele se referisse ao interrogatório como "apenas uma conversa". Sigmund Olsen perguntou por que não havia marcas de frenagem na Geitesvingen e se o meu pai estava deprimido. Mas Carl e eu mantivemos a nossa história de que havia parecido um acidente. Talvez por irem um pouco rápido demais ou por uma falta de atenção momentânea quando olhava pelo retrovisor para verificar se os estávamos seguindo. Algo do gênero. E, por fim, o xerife pareceu satisfeito. Mas também me ocorreu que, para a nossa sorte, essas eram as duas únicas teorias que ele tinha: acidente ou suicídio. Eu sabia que fazer alguns furos nas mangueiras do freio e drenar fluido o bastante para reduzir significativamente a potência de frenagem do carro não seria suficiente para levantar suspeitas caso isso fosse descoberto. Ar no sistema de frenagem é algo que acontece o tempo todo em carros antigos. Seria pior se descobrissem que o parafuso de fixação da barra de direção tinha sido afrouxado, fazendo com que a direção não funcionasse. O carro havia caído com as rodas para cima, e não aconteceu a destruição total que eu esperava. Se fossem até o carro, talvez chegassem à conclusão de que qualquer coisa que seja consertada também pode se soltar, inclusive parafusos de fixação. Mas parafusos soltos *mais* furos nas mangueiras de freio? E por que não há vestígios de vazamento do fluido de freio no solo embaixo do carro? Como eu disse, tivemos sorte. Ou, mais precisamente, *eu* havia tido sorte. Claro que eu sabia que Carl tinha certeza de que, de um jeito ou de outro, eu estava por trás do acidente. Por instinto, ele havia percebido que nós dois não devíamos entrar no Cadillac naquela noite. Sem falar na promessa que eu tinha feito de que daria um jeito nas coisas. Mas ele nunca perguntou como isso seria feito. Ele provavelmente percebeu que foram os freios, porque viu as luzes se acenderem sem que o Cadillac desacelerasse. Mas ele nunca me perguntou nada, então por que eu contaria? Não se pode ser punido por algo que não seja do seu conhecimento, e, se eu fosse acusado do assassinato dos nossos pais, poderia levar a culpa sozinho, não precisava ter Carl ao meu lado, não da forma que papai tinha mamãe. Porque, ao contrário deles, Carl poderia facilmente viver sem mim. Ou era o que eu imaginava.

31

CARL NASCEU NO INÍCIO do outono e eu, nas férias de verão. O que significava que no aniversário ele ganhava presentes dos colegas de classe e até dava festa, enquanto o meu passava em branco. Não que eu reclamasse. Mas foi por isso que demorei alguns segundos para processar que as palavras cantadas eram realmente dirigidas a mim.

— Feliz aniversário de 18 anos!

Eu estava num intervalo, sentado ao sol sobre alguns pallets, de olhos fechados ouvindo Cream nos fones de ouvido. Olhei para cima e tirei os fones. Tive que proteger os olhos do sol. Não que eu não me lembrasse daquela voz. Era Rita Willumsen.

— Obrigado — eu disse, sentindo o rosto e as orelhas começarem a queimar como se eu tivesse sido pego fazendo algo que não devia. — Quem te contou?

— Maior de idade — foi tudo o que ela disse. — Direito de votar. Carteira de motorista. E agora podem botar você na prisão.

O Saab Sonett estava estacionado atrás dela, como estivera meses atrás. Mas, ao mesmo tempo, algo parecia diferente, como se ela tivesse me feito uma promessa e agora viesse cumpri-la. Senti a mão tremer levemente enquanto colocava os fones de ouvido no bolso de trás. Eu já tinha dado alguns beijos e me arriscado um pouco por baixo de um sutiã nos fundos do salão do vilarejo em Årtun, mas sem dúvida alguma ainda era virgem.

— O Sonett tem feito uns barulhos esquisitos — comentou ela.

— Que tipo de barulho? — perguntei.

— Talvez a gente devesse dar uma volta para você poder ouvir.

— Claro. Só um momento. — Entrei no escritório e avisei: — Vou sair por um tempo.

— Tá bom — disse o tio Bernard sem desviar os olhos da "maldita papelada", que era como ele costumava chamá-la e que, depois da estiada no hospital, havia se transformado em pilhas enormes que agora o rodeavam. — Que horas você volta?

— Não sei.

Ele retirou os óculos de leitura e olhou para mim.

— Certo — disse ele em tom de pergunta, meio que querendo saber se eu tinha mais alguma coisa para dizer. E, se não tivesse, tudo bem, ele confiava em mim.

Meneei a cabeça e voltei para a luz do sol.

— A gente devia abrir a capota num dia como esse — disse Rita Willumsen enquanto dirigia o Sonett para a rodovia principal.

Eu não tinha perguntado por que não havíamos aberto.

— Que tipo de barulho você tem ouvido? — perguntei.

— As pessoas daqui perguntam se comprei esse carro por ser conversível. O verão por aqui só dura um mês e meio, elas devem pensar. Mas você sabe qual foi o motivo, Roy?

— A cor?

— Agora você está sendo machista. — Ela riu. — Por causa do nome. Sonett. Você sabe o que é isso?

— É um Saab.

— É uma composição poética, um soneto. Uma espécie de poema de amor com dois quartetos e dois tercetos, quatorze versos no total. O maior sonetista foi um italiano chamado Francesco Petrarca, que estava perdidamente apaixonado por uma mulher chamada Laura, que era casada com um conde. Ao todo, ele escreveu trezentos e dezessete sonetos para ela. Bastante, não acha?

— Uma pena ela ser casada.

— De modo algum. O segredo da paixão é nunca ter por completo a pessoa amada. Nós, seres humanos, somos feitos de um modo pouco prático quando se trata desse tipo de coisa.

— É mesmo?

— Você tem muito a aprender, dá para sentir que tem.

— Talvez. Mas não ouço nenhum barulho estranho vindo do carro. Ela olhou de relance para o espelho.

— O barulho aparece quando dou a partida de manhã, assim que o motor aquece. Vamos estacionar um pouco, dar ao motor um tempo para esfriar.

Ela apontou e desceu por uma trilha arborizada. Obviamente tinha dirigido por ali antes e, depois de alguns quilômetros, seguiu por um trecho ainda mais estreito e parou o carro debaixo de alguns galhos de pinheiro.

O silêncio repentino quando ela desligou o motor me pegou de surpresa. Os meus instintos me diziam que o silêncio tinha que ser preenchido, porque estava mais pesado do que qualquer coisa que eu pudesse pensar em dizer. E eu, que havia me tornado um assassino, não me atrevi a mexer um dedo ou olhar para ela.

— Então me diz, Roy. Conheceu alguma garota desde a última vez que nos falamos?

— Algumas.

— Alguém especial?

Balancei a cabeça e dei uma espiada pelo canto do olho. Ela usava um lenço vermelho de seda e uma blusa larga, mas dava para ver perfeitamente os contornos dos seios. Além disso, a saia havia subido e eu podia ver os joelhos.

— Alguém com quem tenha... feito de tudo, Roy?

Senti uma pressão agradável no estômago. Pensei em mentir, mas o que eu tinha a ganhar com isso?

— Não, tudo não — respondi.

— Que bom. — E aos poucos retirava o lenço de seda. Os três primeiros botões da blusa estavam abertos.

Eu estava excitado, senti pressionar a calça e tapei a virilha para disfarçar. Porque eu sabia que os meus hormônios estavam descontrolados naquele momento, e não tinha certeza de ter interpretado direito o que estava acontecendo.

— Vamos ver se você já está melhor em segurar a mão de uma mulher — disse ela e colocou a mão direita sobre a minha que cobria a virilha. E foi como se o calor irradiasse através da mão e alcançasse o meu sexo. Por um instante tive medo de gozar bem ali.

Deixei que ela pegasse a minha mão, puxasse para si, e fiquei observando quando abriu a blusa um pouquinho e conduziu a minha mão para dentro, sobre o sutiã no seio esquerdo.

— Você esperou muito tempo por isso, Roy. — Ela riu baixinho. — Me segura com firmeza, Roy. Aperta um pouco o mamilo. Nós que não somos jovens garotinhas gostamos de um *pouco* mais de força. Calma, calma, aí foi um pouco demais. Isso. Sabe de uma coisa, Roy? Acho que você tem um talento nato.

Ela se inclinou para perto de mim, segurou o meu queixo entre o polegar e o indicador e me beijou. Tudo em Rita Willumsen era grande, incluindo a língua que se enrolava áspera e forte como uma enguia em volta da minha. E havia muito mais gosto nela do que nas duas garotas que eu havia beijado. Não que fosse melhor, mas havia mais gosto. Talvez até um pouco demais. Os meus sentidos estavam eletrificados, sobrecarregados. Ela terminou o beijo.

— Ainda temos um longo caminho a percorrer.

Ela sorriu enquanto deslizava a mão por baixo da minha camiseta e acariciava o meu peito. E, mesmo estando tão duro que poderia quebrar pedras com o pênis, senti que ficava mais calmo. Porque não era pedido muito de mim, era ela quem estava dirigindo, encarregada da velocidade e do caminho a seguir.

— Vamos dar uma caminhada — disse ela.

Abri a porta e saí para o chilrear intenso e estridente dos pássaros no calor forte do verão. Pela primeira vez notei que ela usava tênis azul.

Seguimos uma trilha que fazia curvas subindo uma colina. Eram férias de verão, menos gente no vilarejo e nas estradas, e aqui as chances de encontrar alguém eram mínimas. Mesmo assim, ela pediu que eu ficasse cinquenta metros atrás para que eu pudesse me esconder atrás de uma árvore se ela desse um sinal.

Perto do topo da colina ela parou e acenou para mim.

Apontou para o chalé pintado de vermelho abaixo de nós.

— Esse é o do xerife — avisou ela. — E aquele ali... — Ela apontou para uma pequena fazenda de veraneio. — ... é nosso.

Eu não tinha certeza se por "nosso" ela queria dizer dela e minha ou dela e do marido, mas ao menos eu sabia que era para lá que estávamos indo.

Ela destrancou a porta e entramos num cômodo quente e abafado. Fechou a porta depois que entrei. Tirou os tênis, os chutou para longe e apoiou as mãos nos meus ombros. Mesmo descalça ela era mais alta que eu. Estávamos ambos ofegantes. Tínhamos acelerado no último trecho. Por isso ofegávamos um na boca do outro quando nos beijamos.

Os dedos dela desafivelaram o meu cinto como se essa fosse a única coisa que ela havia feito na vida, enquanto eu tentava soltar o fecho do seu sutiã, que eu havia concluído ser a minha função. Mas aparentemente não, porque ela me levou para o que devia ser o quarto principal, onde as cortinas estavam fechadas, me empurrou para a cama e me deixou vê-la enquanto se despia. Então se aproximou, e a sua pele estava fria de suor seco. Ela me beijou, se esfregou no meu corpo nu, e logo estávamos suando de novo, deslizando um do outro como duas focas molhadas. O seu cheiro era bom e forte, e ela afastava as minhas mãos quando estavam sendo muito íntimas. Eu oscilava entre ser muito ativo e intoleravelmente passivo, e no fim ela me segurou e me guiou.

— Não se mexe — disse ela, sentada imóvel em cima de mim. — Apenas sente.

E eu senti. E pensei que agora era oficial. Roy Opgard não era mais virgem.

— Pensei que fosse amanhã — disse o tio Bernard quando voltei naquela tarde.

— Amanhã? O quê?

— Que você fosse fazer a prova para tirar a carteira de motorista.

— *É* amanhã.

— Sério mesmo? A julgar pelo seu sorriso, achei que você tivesse passado e já estivesse com a carteira em mãos.

32

TIO BERNARD ME DEU um Volvo 240 de presente pelo meu aniversário de 18 anos.

Fiquei sem palavras.

— Não me olha assim, rapaz — disse ele com timidez. — É de segunda mão, nada especial. Você e o Carl precisam de um carro lá na montanha, porque não vão conseguir andar de bicicleta durante o inverno.

O bom do Volvo 240 é que ele é o carro perfeito para se manter em ótimo estado, pois as peças sobressalentes são fáceis de comprar, embora a produção tenha sido interrompida em 1993. Então, se for cuidadoso, será um carro para a vida toda. Os rolamentos e as buchas da suspensão dianteira estavam um pouco desgastados, assim como a trava-aranha do eixo intermediário, mas o resto se encontrava em excelentes condições e sem pontos de ferrugem.

Me sentei ao volante, coloquei a carteira de motorista novinha em folha no porta-luvas, liguei o motor e enquanto corria pela estrada principal passei pela placa que anunciava o vilarejo de Os e me dei conta de que a estrada seguia em frente e mais em frente, de que havia um mundo inteiro diante daquele capô vermelho.

Foi um verão longo e quente.

Toda manhã eu levava Carl até o mercado, onde ele tinha um emprego temporário de verão, e depois seguia para a oficina.

No decorrer daquelas semanas e meses, me tornei não só um motorista útil mas também, de acordo com Rita Willumsen, um amante satisfatório, quase experiente.

Normalmente nos encontrávamos no fim da manhã. Cada um dirigia o próprio carro, e eu estacionava numa trilha de fazenda que não fosse a dela para que ninguém fizesse a conexão entre nós.

Rita Willumsen impôs apenas uma condição.

— Enquanto estiver comigo, não quero que você saia com outras garotas.

Havia três razões para isso.

A primeira era que ela não queria pegar nenhuma das infecções sexualmente transmissíveis que sabia, por causa do trabalho no hospital, serem abundantes no vilarejo, e as meninas com quem pessoas como eu transavam eram sempre piranhas. Não que tivesse medo de doenças venéreas, como clamídia ou chatos, que poderiam ser rapidamente resolvidas por um médico em Notodden, mas porque de vez em quando Willumsen ainda cobrava os direitos conjugais.

A segunda razão era que até piranhas podem se apaixonar e passar a analisar cada palavra que o rapaz diz, tomar nota de cada escapada, fazer perguntas sobre cada viagem à floresta sem uma boa justificativa, e acabam descobrindo coisas que não deveriam saber e de repente estaríamos diante de um grande escândalo.

A terceira razão era que ela queria continuar comigo. Não porque eu fosse de alguma forma especial, mas porque os riscos de trocar de amante num lugarzinho como Os eram grandes demais.

Em resumo, a condição era que Willumsen não descobrisse. E a razão para isso era que Willumsen — como o empresário esperto que era — havia insistido num acordo pré-nupcial, e fru Willumsen não possuía nada além dos atributos físicos, como dizem. Ela dependia do marido se quisesse continuar vivendo a vida à qual se habituara. E para mim era ótimo, porque de repente eu tinha uma vida que valia a pena ser vivida.

O que fru Willumsen possuía de fato era cultura, nas suas próprias palavras. Ela veio de uma boa família do leste do país, mas, depois que o pai desperdiçou a fortuna da família, ela preferiu segurança à insegurança e se casou com o nada charmoso vendedor de carros usados, porém rico e trabalhador, e por vinte anos ela o convenceu de que não estava tomando anticoncepcionais e que devia haver algo errado com os espermatozoides dele. E todas as palavras eruditas, todo o conhecimento inútil sobre arte e literatura que ela não conseguiu lhe impingir foram passados para mim. Ela me mostrou pinturas de Cézanne e van Gogh. Leu em voz alta trechos de *Hamlet* e *Brand*. E de *O Lobo da Estepe* e *As portas da percepção*, que até então eu achava eram só nomes de bandas, não títulos de livros. Mas o melhor de tudo: ela gostava de ler os sonetos de Petrarca para Laura. Normalmente numa refinada nova tradução norueguesa, lidos com um ligeiro tremor na voz. Fumávamos haxixe, embora Rita nunca revelasse onde conseguia a droga, e ouvíamos Glenn Gould tocando as Variações Goldberg. Eu poderia dizer que a escola que frequentei na época em que Rita Willumsen e eu nos encontrávamos em segredo no seu chalé fez mais por mim do que qualquer universidade poderia fazer, mas isso provavelmente seria exagero. Mas causou em mim o mesmo efeito de quando saí do vilarejo dirigindo o Volvo 240; aquilo abriu os meus olhos para o fato de que havia um mundo inteiro lá fora. Um que eu poderia sonhar em chamar de meu, se ao menos pudesse aprender os códigos esotéricos. Mas isso nunca aconteceria, não comigo, o irmão disléxico.

Não que Carl também demonstrasse algum ímpeto de viajar pelo mundo.

Pelo contrário. Quando o verão abriu passagem para o outono e o inverno, Carl começou a se isolar cada vez mais. Quando eu perguntava no que estava pensando e o convidava para dar um passeio no Volvo, ele apenas me olhava com um sorriso vago e suave, quase como se eu não estivesse ali.

— Tenho tido uns sonhos estranhos — disse ele numa noite, completamente do nada, enquanto estávamos sentados no jardim de inverno. — Sonho que você é um matador. Que você é perigoso. E te invejo por ser perigoso.

Eu sabia, é claro, que de alguma forma Carl compreendia que fui eu quem deu um jeito nas coisas para que o Cadillac ultrapassasse a beirada da Geitesvingen naquela noite, mas, como ele nunca disse nenhuma palavra sobre isso, não vi razão para contar e torná-lo cúmplice por ter ouvido uma confissão e não a ter relatado. Então não falei nada, apenas lhe dei boa noite e virei as costas.

Foi o mais próximo que cheguei de uma fase feliz na minha vida. Adorava o meu trabalho, tinha um carro para me levar aonde quisesse e estava vivendo o sonho erótico de todo adolescente. Não que pudesse me gabar disso, nem mesmo com Carl, porque Rita tinha dito "absolutamente ninguém", e eu havia jurado pela vida do meu irmão.

Então, certa noite, o inevitável aconteceu. Como sempre, Rita havia saído do chalé antes de mim para evitar que fôssemos vistos juntos. Como sempre, dei a ela vinte minutos, mas naquela noite estávamos atrasados, eu havia trabalhado muito na oficina na noite anterior e durante o dia inteiro, e eu estava totalmente relaxado deitado na cama. Porque, embora o chalé tivesse sido comprado e reformado com o dinheiro de Herr Willumsen, segundo Rita ele nunca mais voltaria a pôr os pés lá, por ser gordo e pachorrento demais e o caminho tão longo e íngreme. Ela me disse que ele comprou o lugar em parte porque era maior e ficava numa posição mais elevada que o chalé do presidente Aas, em parte como investimento especulativo na natureza campestre numa época em que o petróleo estava em processo de transformar a Noruega numa nação rica. Já então Willumsen sentia o cheiro do boom dos chalés nas montanhas que aconteceria muitos anos depois. Ter ficado no caminho da rodovia foi um golpe de sorte, e certos conselhos foram mais rápidos em aproveitar o momento que o nosso, mas ainda assim foi um investimento bem pensado de Willumsen. De qualquer forma, deitado ali e esperando o tempo passar para poder sair, peguei no sono. Só fui acordar às quatro da manhã.

Quarenta e cinco minutos depois eu estava em Opgard.

Nem Carl nem eu queríamos dormir no quarto de mamãe e papai, então fui pé ante pé para o quarto dos meninos, para não acordar Carl. Mas, quando estava prestes a me esgueirar para a cama de cima do beliche, ele tomou um susto e eu dei de cara com um par de olhos bem abertos brilhando na escuridão.

— A gente vai para a cadeia — sussurrou ele meio grogue de sono.

— Hã?

Ele piscou duas vezes antes de dar de ombros, e percebi que estivera sonhando.

— Onde você esteve? — perguntou ele.

— Consertando um carro — respondi, passando a minha perna por cima da grade de proteção.

— Não.

— Não?

— Tio Bernard passou por aqui trazendo uma panela de ensopado e perguntou onde você estava.

Respirei fundo.

— Estava com uma mulher.

— Uma mulher? Não uma garota?

— Amanhã a gente fala sobre isso, Carl. Temos que levantar daqui a duas horas.

Fiquei ouvindo para ver se a sua respiração acalmava. Não funcionou.

— O que foi aquilo sobre prisão? — perguntei, por fim.

— Sonhei que iam colocar a gente na cadeia por assassinato — disse ele.

Respirei fundo.

— Por matar quem?

— Essa é a parte louca do sonho. Por matarmos um ao outro.

33

ERA BEM CEDO DE manhã. Eu estava ansioso para ter um dia com carros e problemas mecânicos simples para resolver. Mal sabia eu que não teria nada disso.

Estava na oficina como fazia mais ou menos todos os dias dos últimos dois anos, prestes a começar a trabalhar num carro, quando tio Bernard apareceu e disse que havia uma ligação para mim. Eu o segui de volta ao escritório.

Era Sigmund Olsen, o xerife. Ele queria ter uma conversa comigo, foi o que disse. Saber em que pé estavam as coisas. E me levaria para uma curta pescaria perto do seu chalé, a apenas alguns quilômetros da estrada principal. Ele poderia me pegar em algumas horas. E, mesmo que a sua voz fosse suave ao telefone, pude perceber que não se tratava de um convite, mas de uma ordem.

O que evidentemente me fez parar para pensar: por que a pressa se era apenas uma conversinha inofensiva?

Continuei trabalhando no motor, e depois do almoço me deitei no carrinho-esteira e me enfiei debaixo do carro e para longe desse mundo. Não há nada mais tranquilizador que trabalhar num motor quando se tem a cabeça cheia de caraminholas. Não sei por quanto tempo fiquei deitado lá embaixo, até ouvir alguém tossir. Tive uma premonição desagradável, talvez por isso esperei um pouco antes de aparecer.

— Você é o Roy — disse o homem parado ali, olhando para mim.
— Você tem uma coisa que pertenceu a mim.

O homem era Willum Willumsen. *Pertenceu.* No pretérito.

Fiquei deitado abaixo dele, totalmente indefeso.

— E o que seria, Willumsen?

— Você sabe muito bem o que é.

Engoli em seco. Não daria para fazer nada antes que ele arrancasse a minha vida com chutes e pisadas. Vi isso acontecer uma vez em Årtun, e tinha alguma ideia de como fazer, mas não de como se defender. As lições que eu tinha aprendido eram bater primeiro e com força, não de como me proteger. Balancei a cabeça.

— Um macacão de neoprene — disse ele. — Pés de pato, máscara, cilindro de oxigênio, válvula e um snorkel. Oito mil quinhentas e sessenta coroas.

Ele riu alto quando viu a expressão de alívio no meu rosto, que obviamente devia ter interpretado como espanto.

— Eu nunca esqueço um acordo, Roy.

— Ah, não? — eu disse, me levantando e limpando os dedos num trapo comprido. — Nem mesmo de quando o meu pai comprou o Cadillac?

— Não. — Willumsen olhou para cima, rindo, como se fosse uma boa lembrança. — Ele não gostava de pechinchar, o seu pai. Se eu soubesse a aversão que ele tinha de regatear, teria começado com um preço um pouco mais baixo.

— É mesmo? Quer dizer que você tem a consciência pesada, então?
— Talvez eu estivesse tentando me antecipar a ele, se era isso que ele tinha vindo me perguntar. A melhor defesa é o ataque, dizem. Não que eu achasse que precisasse me defender, e eu não estava envergonhado. Não por isso. Eu era só um rapaz que tinha sido assediado por uma mulher casada. E daí? Isso era algo que eles teriam que resolver entre si. Eu não ia me envolver numa disputa por direitos territoriais. Mesmo assim, torci o trapo e envolvi os nós dos dedos da minha mão direita.

— Sempre — disse ele sorrindo. — Mas se há um talento com o qual eu nasci é como lidar com consciência pesada.

— É mesmo? O que você faz?

Ele sorriu até que os seus olhos desapareceram entre as rugas do rosto carnudo e apontou para um dos ombros.

— Quando o diabo à minha direita discute as coisas com o anjo à minha esquerda, deixo o diabo apresentar os argumentos primeiro. E então é a minha vez de botar um ponto final na discussão.

Willumsen riu de novo. Dessa vez a risada foi seguida de um som áspero, o som do engate da ré quando o carro está indo para a frente. O som de um homem que vai morrer em algum momento incerto no futuro.

— Vim aqui por causa da Rita — disse ele.

Avaliei a situação. Willumsen era maior e mais pesado que eu, mas, a menos que puxasse uma arma, ele não representava nenhuma ameaça física. E com o que mais ele poderia me ameaçar? Eu não dependia dele, nem economicamente nem de qualquer outra forma, e ele não tinha como ameaçar Carl ou tio Bernard. Não que eu soubesse.

Mas é claro que havia uma pessoa que ele poderia ameaçar. Rita.

— Ela disse que está muito satisfeita com você.

Não falei nada. Um carro passou devagar na estrada lá fora, mas estávamos sozinhos na oficina.

— Ela disse que o Sonett nunca esteve melhor. Então eu trouxe um carro que quero que você verifique e corrija tudo o que precisa ser corrigido. Mas nada além disso.

Olhei por cima do ombro dele e vi o Toyota Corolla azul estacionado lá fora. Tentei não demonstrar o alívio que sentia.

— A questão é que ele tem que ficar pronto até amanhã — disse Willumsen. — Tenho um cliente que vem de muito longe e cuja compra está praticamente acertada por telefone. Seria uma pena para nós dois se ele ficasse desapontado. Entendeu?

— Entendi. Isso está me cheirando a horas extras.

— Há! O Bernard provavelmente fica feliz em aceitar qualquer trabalho que apareça no caminho cobrando por hora.

— Isso é algo que você vai ter que discutir com ele.

Willumsen assentiu.

306

— Considerando o estado de saúde do Bernard, é provável que seja só questão de tempo até você e eu estarmos discutindo o preço por hora, Roy; portanto, quero que saiba mesmo nessa fase inicial quem é o cliente mais importante dessa oficina. — Ele me entregou as chaves do carro, disse que parecia que finalmente não ia chover hoje e foi embora.

Fui buscar o Toyota, abri o c..pô e dei um gemido. Teria que trabalhar noite adentro. E não dava nem mesmo para começar agora, porque Sigmund Olsen dali a meia hora viria me buscar para a pescaria. De repente eu tinha algumas coisas para ocupar a mente. Tudo bem, essa ainda era a fase feliz. Mas, como descobri depois, o último dia da fase feliz.

34

— WILLUMSEN FICOU PUTO PORQUE o carro não ficou pronto — disse tio Bernard quando cheguei atrasado na oficina na manhã seguinte à noite do Fritz.

— Eu tive mais coisa para fazer do que o previsto — expliquei.

Tio Bernard inclinou a cabeça grande e quadrada para o lado. Ela ficava em cima de um corpo pequeno e igualmente quadrado. Às vezes, só de implicância, Carl e eu o chamávamos de Homem-Lego. Nós o amávamos de verdade.

— Como o quê, por exemplo? — perguntou ele.

— Sexo — respondi enquanto abria o capô do Corolla.

— Hã?

— Eu meio que acabei colocando duas coisas na minha agenda de ontem — confessei. — Eu também tinha combinado uma trepada.

Tio Bernard deixou escapar uma risada curta. Se esforçou para fazer cara de sério.

— Trabalho vem antes de sexo, Roy. Entendido?

— Entendido.

— O que o trator está fazendo lá fora?

— Falta de espaço, tenho três carros chegando mais tarde ainda hoje. Pessoal dos chalés.

— Entendi. E por que a caçamba está para cima?

— Ocupa menos espaço.

— Você acha que falta espaço lá fora no estacionamento?

— Tá bom, eu admito. É uma homenagem ao compromisso de ontem à noite. Não estou me referindo ao Corolla.

Tio Bernard olhou para o trator com o braço de elevação para cima. Balançou a cabeça e foi embora. Mas pude ouvi-lo rir novamente no escritório.

Continuei trabalhando no Corolla. Já era tarde da noite quando os rumores sobre o desaparecimento do xerife Sigmund Olsen começaram a *circular*, como dizem.

Quando o barco com as botas de Sigmund Olsen foi encontrado, ninguém duvidou de que ele tinha se suicidado e não havia mais nada a discutir. Muito pelo contrário, as pessoas procuravam superar umas às outras dizendo como tinham notado sinais.

— É óbvio, Sigmund sempre teve aquele ar meio sombrio por trás do sorriso e das piadas, mas ninguém notava. As pessoas não enxergam coisas assim.

— Um dia antes ele me disse que as nuvens estavam cinza, e, é claro, imaginei que estivesse falando do tempo.

— É claro que o pessoal da clínica mantém sigilo, mas ouvi dizer que estavam prescrevendo aquelas pílulas da felicidade para o Sigmund. Ah, sim, alguns anos atrás, quando as bochechas dele eram firmes e redondas, lembra disso? Mas ultimamente as bochechas dele estavam encovadas. Parou de tomar as pílulas.

— Dava para ver que ele tinha algo em mente. Alguma coisa o perturbava e ele não conseguia se resolver. E, quando não encontramos respostas, quando não conseguimos encontrar um propósito de vida, não conseguimos encontrar Jesus, bom... Esse é o tipo de coisa que pode acontecer.

Uma xerife veio do condado vizinho e provavelmente ouviu tudo isso, mas ela ainda queria falar com aqueles que estiveram pessoalmente com Sigmund no dia em que ele desapareceu. Carl e eu discutimos o que ele deveria dizer. Sugeri que seria melhor se manter o mais perto possível da verdade e omitir apenas o que fosse absolutamente necessário. Dizer quando Sigmund Olsen veio vê-lo na fazenda, e aproximadamente a que horas saiu, que não notou nada de diferente. Mas Carl reclamou disso, argumentando que deveria dizer que Olsen parecia deprimido, mas eu lhe expliquei que, em primeiro lugar, a xerife conversaria com outras pessoas que iriam afirmar que Olsen parecia o homem de sempre naquele dia. E, em segundo lugar, supondo-se que ela suspeitasse do envolvimento de outras pessoas, não seria nisso que tentariam fazer com que acreditasse?

— Se você se mostrar ansioso demais para convencê-los de que o Olsen se suicidou, isso pode levantar suspeitas.

Carl assentiu.

— Claro. Obrigado, Roy.

Duas semanas depois, e pela primeira vez desde a noite do Fritz, eu estava deitado na cama do chalé novamente.

Para ser sincero, eu não tinha feito nada de diferente, mas Rita Willumsen parecia ter apreciado mais que o usual aquilo que se tornara nossos regulares rituais de amor.

Agora ela estava deitada com a cabeça apoiada na mão enquanto fumava um cigarro mentolado e me estudava com os olhos.

— Você mudou — comentou ela.

— Sério? — perguntei com um punhado de tabaco sob o meu lábio inferior.

— Mais maduro.

— E o que tem de surpreendente nisso? Já faz um bom tempo desde que você me desvirginou.

Ela tomou um leve susto. Normalmente eu não falava assim com ela.

— Quero dizer, desde a última vez que nos encontramos — disse ela. — Você é outra pessoa.

— Melhor ou pior que a anterior? — perguntei, pegando o punhado de fumo com o indicador e colocando-o no cinzeiro ao lado da cama. Eu me virei para ela. Coloquei a mão na sua coxa. Ela olhou para a minha mão de um jeito afetuoso. Um dos acordos tácitos dizia que era ela quem decidia quando fazíamos amor e quando descansávamos, não eu.

— Sabe, Roy — começou ela, dando uma tragada no cigarro —, eu tinha decidido dizer a você hoje que era hora de encerrarmos o nosso caso.

— Sério?

— Uma amiga me disse que aquela cabeleireira, a Grete Smitt, está espalhando boatos sobre eu ter encontros secretos com um rapaz.

Assenti com a cabeça, mas não lhe disse que eu também estava achando que poderia ser hora de acabar. Eu vinha me cansando de como os encontros estavam ficando repetitivos. Dirigir até o chalé, foder, comer a comida que ela trazia de casa, foder e voltar para casa. Mas, quando eu disse essa frase em voz alta para mim, não consegui identificar do que de fato eu estava cansado. E não era como se eu tivesse alguma outra fru Willumsen esperando por mim.

— Mas, depois do que você fez comigo hoje, acho que podemos esperar um pouco antes de nos separar — concluiu, apagando o cigarro no cinzeiro, e se virou para mim.

— Por quê? — perguntei.

— Por quê? — Ela me lançou um olhar longo e pensativo, buscando uma resposta. — Talvez seja o afogamento do Sigmund Olsen. A noção de que num belo dia pode-se acordar morto. Porque com certeza não podemos adiar a morte, mas podemos adiar a nossa separação.

Ela acariciou o meu peito e a minha barriga.

— O Olsen tirou a própria vida — eu disse. — Ele *queria* morrer.

— Exatamente. — Ela olhou para a própria mão com as unhas pintadas de vermelho enquanto a descia ainda mais. — E isso pode acontecer com qualquer um de nós.

— Talvez — eu disse, pegando o meu relógio na mesa de cabeceira. — Mas tenho que ir agora. Espero que você não se importe que eu saia primeiro dessa vez.

A princípio ela pareceu um pouco surpresa, mas depois se recompôs, deu um sorrisinho e perguntou para me provocar se eu tinha um encontro com outra garota.

Em resposta, dei um sorriso igualmente provocador, me levantei e comecei a me vestir.

— Ele vai estar fora esse fim de semana — comentou ela, me olhando da cama com uma expressão ligeiramente mal-humorada.

O nome Willum Willumsen nunca era mencionado.

— Você pode vir me visitar.

Parei de me vestir.

— Na sua *casa*?

Ela se inclinou para o lado da cama, mergulhou a mão na bolsa, pescou um molho de chaves e liberou uma delas.

— Vem depois de escurecer, usa o jardim, onde nenhum vizinho pode ver você. Essa chave é da porta do porão.

Ela sacudiu a chave na minha frente. Fiquei tão surpreso que tudo que consegui fazer foi olhar para a chave.

— Pega, seu bobo! — sibilou ela.

Peguei e a enfiei no bolso, mesmo sabendo que não a usaria. Eu a havia pegado porque, pela primeira vez, enxerguei o que parecia ser vulnerabilidade no rosto de Rita Willumsen. E, com aquele tom de irritação na voz, ela tentava esconder algo que eu jamais havia imaginado; que ela talvez tivesse medo de ser rejeitada.

E, enquanto me afastava do chalé pela trilha de volta, soube que o equilíbrio de forças entre mim e Rita Willumsen não era o mesmo.

Carl também havia mudado.

Ele estava diferente. Andava de costas retas e parecia ter perdido a timidez, a ponto de começar a sair e conhecer pessoas. Havia aconteci-do quase do dia para a noite. A noite do Fritz. Talvez ele tenha sentido, assim como eu, que a experiência da noite do Fritz nos fez alcançar outro patamar. No dia em que mamãe e papai caíram em Huken, Carl era um espectador passivo, uma vítima se livrando do carrasco. Mas na noite do Fritz ele havia participado, feito o que precisava ser feito, inclusive coisas que pessoas em torno de nós nem ousariam imaginar. Havíamos cruzado os limites mais de uma vez, e ninguém conseguiria passar pelo que passamos sem sofrer mudanças. Ou, quem sabe, talvez só agora Carl pudesse se apresentar como a pessoa que realmente era desde sempre. Talvez a noite do Fritz tenha apenas aberto uma fissura no casulo que permitiu que a borboleta escapasse. Ele já tinha ficado mais alto que eu, mas, no decorrer do inverno, deixara para trás o rapaz frágil e tímido para se tornar um jovem que sabia que não tinha nada do que se envergonhar. Ele sempre foi amado, e agora também era popular. Comecei a notar que, quando estava com os amigos, o líder era ele, as pessoas ouviam os seus comentários, riam das suas piadas, era para ele que olhavam quando estavam tentando impressionar ou fazer o grupo cair na gargalhada. Era a ele que os outros imitavam. E as meninas também notaram. Não apenas porque a beleza suave e juvenil de Carl havia amadurecido e se transformado em belos traços masculinos mas também seu jeito de agir mudara. Percebi, quando estávamos nas festas em Årtun, que ele havia adquirido uma autoconfiança natural tanto na maneira de falar quanto no modo de se mover. Era capaz de levar absolutamente tudo na brincadeira, como se não houvesse nada sério de verdade na vida, ou então de se sentar com um amigo que estava tendo dificuldade com garotas, ou com uma amiga de coração partido, e ouvir com empatia o que tinham a dizer e lhes dar conselhos, como se possuísse uma experiência e uma sabedoria que eles ainda não tinham.

Quanto a mim, acho que a minha autoconfiança se fortaleceu, é claro. Porque agora eu sabia que, quando realmente importava, eu era capaz de fazer o que precisava ser feito.

— *Você* sentado aqui, *lendo?* — disse Carl numa noite de sábado. Passava da meia-noite, ele tinha acabado de chegar, obviamente um pouco bêbado, e eu estava sentado no jardim de inverno com um exemplar de *Uma tragédia americana* aberto no colo.

E, de repente, eu nos via como um observador de fora. Eu havia tomado o lugar dele. Sozinho numa sala sem companhia. Só que não era o lugar dele. Era ele que havia pegado o meu lugar emprestado por um tempo.

— Por onde você andou? — perguntei.

— Numa festa.

— Você não prometeu ao tio Bernard que ia pegar leve com a farra?

— Claro — disse ele. Havia uma risada na sua voz, mas também arrependimento de verdade. — Quebrei a promessa.

Caímos na gargalhada.

Era muito divertido cair na gargalhada com Carl.

— E você se divertiu? — perguntei ao fechar o livro.

— Dancei com a Mari Aas.

— Foi mesmo?

— Foi. E acho que estou um pouco apaixonado.

Não sei por quê, mas as palavras me feriram como uma faca.

— Mari Aas? — eu disse. — A filha do presidente do Conselho Municipal com um garoto Opgard?

— Por que não?

— Bom, claro, não tem nenhuma lei que diga que é proibido sonhar — comentei e notei o quanto a minha risada soou desagradável e maldosa.

— Acho que você está certo — concedeu ele com um sorriso. — Vou subir e sonhar um pouco.

Algumas semanas depois vi Mari Aas na cafeteria.

Ela era muito bonita. E pelo visto "perigosamente inteligente", como disse alguém certa vez. Mas uma coisa é certa: ela sabia se expressar. De acordo com o jornal local, ela superou aspirantes a políticos bem mais velhos quando representou a AUF num debate em Notodden antes das eleições locais. Mari Aas ficou parada, com o dorso ligeiramente para a frente, duas tranças loiras e grossas, seios pressionando a foto do Che Guevara estampada na camiseta, olhos ferozes, frios e azuis, que passaram por mim lá na cafeteria como se eu não existisse, em busca de algo que valesse a pena caçar, e não era eu. Tinha um olhar destemido, foi o que achei. O olhar de alguém no topo da cadeia alimentar.

O verão voltou, e Rita Willumsen, que tinha viajado para os Estados Unidos com *ele*, o marido, enviou uma mensagem de texto dizendo que queria se encontrar comigo no chalé. Ela escreveu que estava com saudades de mim. Ela, que costumava tomar as decisões, passou a escrever coisas assim nas mensagens, especialmente porque nunca apareci na sua casa pela porta do porão naquele fim de semana que ela estava sozinha.

Quando cheguei ao chalé, ela parecia inusitadamente animada. Tinha trazido presentes para mim. Desembrulhei uma cueca de seda e um frasquinho daquilo que chamam de perfume para homens, ambos comprados na cidade de Nova York, disse ela. Mas o melhor de tudo foram as duas caixas de fumo da Berry, embora eu não tivesse permissão de levar nada para casa, porque tudo pertencia ao nosso mundo no chalé, disse ela. Então, o tabaco foi guardado na geladeira. E percebi que ela pensava nisso como um incentivo extra para mim quando acabasse o que eu tinha em casa.

— Tira a roupa — mandei.

Ela olhou para mim com espanto, mas fez o que eu disse.

Depois, ficamos deitados na cama, suados e com os corpos escorregadios de fluidos corporais. O quarto parecia um forno de padaria, o sol de verão queimando o telhado. Me libertei do abraço literalmente úmido de Rita.

Peguei o livro de sonetos de Petrarca na mesa de cabeceira, abri numa página aleatória e comecei a ler em voz alta: *Límpidas e frescas águas onde ela, a única que para mim parecia mulher.*

Fechei o livro com um estampido.

Rita Willumsen me olhou sem entender nada.

— Água — disse ela. — Vamos nadar. Eu levo o vinho.

Nós nos vestimos, ela com um maiô por baixo, e eu a segui até o lago da montanha que ficava atrás de algumas colinas acima do chalé. Lá, debaixo de galhos pendentes de bétulas, estava um pequeno bote vermelho que obviamente pertencia aos Willumsens. No espaço daquela curta caminhada, o céu havia nublado, mas ainda estávamos quentes e molhados de suor do sexo e da subida íngreme, então carregamos o barco para a água, e remei até estarmos tão longe da terra que tínhamos certeza de que ninguém que passasse por ali conseguiria nos identificar.

— Vamos nadar — sugeriu Rita quando estávamos na metade da garrafa de vinho.

— Muito frio.

— Seu molenga — disse ela, e começou a tirar a roupa que usava sobre o maiô justo nos lugares certos. E foi então que me lembrei da sua explicação para o corpo atlético e os ombros largos: que, quando jovem, tinha sido uma promissora nadadora. Ela ficou num lado do banco do remador, e tive que me debruçar do outro para que o bote não virasse. O vento ficou mais forte e a superfície da água ganhou uma tonalidade cinza e esbranquiçada, como um olho cego. Ondas pequenas vieram numa sucessão rápida e impetuosa; na verdade, estavam mais para ondulações, e só me dei conta do que significavam no instante em que ela dobrou os joelhos para mergulhar.

— Espera! — gritei.

— Haha! — disse ela e pulou. O seu corpo descreveu uma elegante parábola no ar, porque, como tantos outros nadadores, Rita Willumsen conhecia a arte do mergulho. Mas ela desconhecia a arte de avaliar a profundidade ao analisar a forma como o vento moldava a superfície da água. O seu corpo cortou silenciosamente a água antes de estancar de repente. Por um instante, ela parecia o mergulhador na capa de um álbum do Pink Floyd que tio Bernard havia me mostrado, aquele que o cara está plantando bananeira com as mãos debaixo da água e o corpo parece crescer da superfície espelhada. Tio Bernard me disse que o fotógrafo demorou vários dias para conseguir aquela única foto, que o maior problema eram as bolhas de ar que estragavam a superfície quando o mergulhador expirava o ar do cilindro. O que estragou a imagem ali foi que as pernas retas de fru Willumsen e a parte inferior do seu corpo desabaram. Era como aquelas filmagens que são vistas na televisão de uma demolição controlada de um arranha-céu, só que sem controle.

E, quando ela se ajeitou, exibia um olhar furioso, limo esverdeado grudado na testa e a água estava na altura do umbigo. Dei tanta risada que o bote quase virou.

— Idiota! — sibilou ela.

Eu poderia ter parado por aí. Eu deveria ter parado por aí. Talvez culpar o vinho, dizer que eu não estava acostumado a beber. Mas...

peguei o colete salva-vidas que estava sob o banco do remador e joguei para ela. O colete caiu na água ao seu lado e lá ficou boiando, e foi quando entendi que era tarde demais. Rita Willumsen, a mulher que me olhou de cima a baixo naquela pela primeira vez na oficina, que tomou as rédeas e me guiou passo a passo pelo caminho que havíamos percorrido, ali, naquele momento, parecia uma alma perdida, uma jovem abandonada com roupas de mulher mais velha. Porque naquela hora, sob a luz impiedosa do sol e sem maquiagem, dava para enxergar as rugas e os anos que existiam entre nós. A pele era branca e flácida com pelancas nas extremidades do maiô. Eu havia parado de rir, e talvez pela minha expressão ela tenha percebido o que eu tinha visto, porque cruzou os braços para se proteger do meu olhar.

— Desculpa — eu disse. Talvez fosse a única coisa certa a dizer, mas talvez fosse também a pior coisa a dizer. Ou talvez não fizesse diferença alguma.

— Vou voltar nadando — avisou ela e nadou para longe debaixo da água, desaparecendo de vista.

Não voltei a ver Rita Willumsen por um bom tempo.

Ela nadou mais rápido do que eu remei e, quando cheguei à praia, vi apenas as marcas dos seus pés descalços. Puxei o bote para fora da água, tomei o que restava do vinho e catei as suas roupas. Quando cheguei ao chalé, ela já havia ido embora. Deitei na cama, peguei um punhado de fumo da embalagem prateada da Berry e dei uma olhada no relógio para ver quanto tempo restava da meia hora previamente combinada. Senti a queimação daquele tabaco fermentado debaixo do meu lábio superior e uma vergonha profunda. Vergonha por tê-la feito se sentir envergonhada. Por que isso era pior que a vergonha da minha inadequação? Por que era pior rir um pouco além da conta da mulher que me escolheu, quando garoto, como amante que matar a própria mãe e esquartejar o corpo de um xerife? Não sei, mas era assim que eu me sentia.

Esperei vinte minutos. Então fui para casa. Mesmo sabendo que jamais voltaria, resisti à tentação de levar a caixa do Berry comigo.

35

ERA UM DOMINGO NO fim do verão. Como combinado, tio Bernard chegou a Opgard trazendo uma caçarola de *lapskaus* que botei para esquentar enquanto ele se sentava à mesa da cozinha e conversava sobre qualquer coisa, exceto a sua saúde. Ele estava tão magro que esse era um assunto que nós dois evitávamos.

— E o Carl?

— Já vai chegar — eu disse.

— Como ele está?

— Bem. Indo bem no colégio.

— Ele bebe?

Demorei um pouco para balançar a cabeça. Sabia que tio Bernard se lembrava do hábito de beber de papai.

— O seu pai ficaria orgulhoso de vocês — comentou ele.

— É mesmo? — foi tudo o que consegui dizer.

— Ele não teria dito isso com tantas palavras, mas pode acreditar.

— Bom, se você diz...

Tio Bernard suspirou e olhou pela janela.

— E *eu*, é claro, estou orgulhoso de vocês. A propósito, aí vem o seu irmão mais novo. E vem acompanhado.

Não tive tempo de olhar pela janela antes que Carl e a sua companhia tivessem desaparecido na face norte da casa. Depois ouvi passos pelo corredor e vozes sussurradas, quase íntimas, uma delas feminina. Então a porta da cozinha se abriu.

— Essa é a Mari — apresentou Carl. — Tem *lapskaus* suficiente?

Me levantei da cadeira e olhei para o meu irmão caçula todo empertigado ao lado de uma loira alta de olhos ferozes. A minha mão mexia mecanicamente a colher na caçarola borbulhante.

Será que eu tinha previsto isso ou não?

Por um lado, era algo saído direto de um conto de fadas, o órfão de um fazendeiro da montanha que havia conquistado a filha do rei, a princesa que ninguém conseguia controlar; por outro, havia um quê de inevitabilidade no enredo desse conto, era visível que eles formavam o casal perfeito, tão em harmonia quanto a lua e as estrelas que brilhavam sobre o vilarejo de Os naquele instante. Mesmo assim, eu o encarei. Pensar que ele, o meu irmão mais novo, aquele que eu tinha abraçado, aquele que não conseguiu botar um fim no sofrimento de Dog, que entrou em pânico e pediu a minha ajuda na noite do Fritz, ousara fazer algo que eu jamais teria ousado. Abordar uma garota como Mari Aas, falar com ela, se apresentar. Supor que seria digno da atenção dela.

E eu a encarei. Parecia bem diferente desde a última vez que a vi no Kaffistova. Ela sorriu para mim, e aquele olhar gélido de predador foi substituído por algo ameno, acolhedor, quase carinhoso. Entendi, é claro, que não era eu, mas as circunstâncias que evocavam aquele sorriso, mas naquele momento era quase como se ela também estivesse incluindo o irmão mais velho da pequena fazenda na sua esfera de influência.

— E aí? — disse tio Bernard. — É sério ou vocês dois são só bons amigos?

Mari deu uma risada alta e entrecortada que sinalizou o seu nervosismo.

— Ah, sabe, acho que diríamos...

— Sério — interrompeu Carl.

Ela se afastou um pouco e o encarou de sobrancelhas erguidas, então deslizou a mão por baixo do braço dele.

— É, então vamos dizer que é isso mesmo — disse ela.

* * *

O verão acabou, e o outono foi interminável e chuvoso.

Rita ligou uma vez em outubro e de novo em novembro. Vi o erre na tela, mas não atendi.

Tio Bernard foi hospitalizado de novo. A cada semana que passava ele ficava mais doente, mais fraco e menor. Eu trabalhava muito e comia pouco. Ia de carro ao hospital de Notodden duas ou três vezes por semana. Não porque acreditava ser minha obrigação, mas porque gostava das conversas minimalistas que tinha com o tio e das longas viagens de ida e volta pela rodovia escutando J. J. Cale.

Às vezes Carl me fazia companhia, mas ele andava muito ocupado. Ele e Mari se tornaram o casal glamoroso do vilarejo e sempre havia eventos sociais acontecendo em torno deles. Quando sobrava tempo, eu ia junto. Por algum motivo, Carl gostava da minha companhia, e acabei percebendo que eu não tinha amigos. Não que me sentisse solitário, sem alguém com quem conversar. Eu simplesmente não tinha o hábito de sair e achava que seria chato. Por isso, preferia ficar soletrando as palavras das páginas dos livros que Rita recomendava e que em geral encontrava na biblioteca de Notodden. Como eu lia bem devagar, não podia pegar muitos emprestado de uma só vez, mas os que eu lia, lia do início ao fim. *On the Road. O senhor das moscas. As virgens suicidas. O sol também se levanta. Fábrica de vespas.* E li em voz alta para tio Bernard um livro chamado *Cartas na rua*, do Charles Bukowski, o que fez com que o tio, que nunca tinha lido nem um único livro em toda a vida, acabasse tendo um ataque de tosse de tanto rir. Depois disso, ele pareceu cansado. Agradeceu pela visita, mas disse que seria melhor que eu fosse embora.

E então chegou o dia em que ele disse que ia morrer. E emendou com uma piada sobre a Volkswagen.

E a filha dele apareceu e levou as chaves de casa.

Imaginei que Carl fosse cair no choro quando lhe dei a notícia da morte do tio, mas ele pareceu conformado e se limitou a balançar a cabeça com tristeza por um bom tempo, como se assim conseguisse enxotar para longe o desalento. Do mesmo jeito que parecia ter se livrado das lembranças da noite do Fritz. Às vezes dava a impressão de que ele tinha se esquecido dos acontecimentos daquela noite. Nunca mais conversamos a respeito, e era como se nós dois percebêssemos que, se embrulhássemos a noite do Fritz em camadas e mais camadas de silêncio e tempo, um dia as lembranças se tornariam um eco do passado, como flashbacks de antigos pesadelos que por uma fração de segundo parecem reais, mas aí você dá por si e o coração volta a bater normalmente.

Falei para Carl que achava que ele devia se mudar para o quarto de mamãe e papai, porque, como era oito centímetros mais alto que eu, precisava de uma cama mais comprida. E foi assim que Carl deixou de ouvir os gritos vindos de Huken. Agora era eu que os ouvia.

Carl preparou um longo e belo elogio para ler no enterro, enaltecendo a bondade, a sinceridade e o bom humor de tio Bernard. Talvez algumas pessoas achassem estranho que fosse Carl, e não eu, o irmão mais velho, a falar em nome de nós dois, mas eu havia pedido a ele que fizesse isso por mim, por medo de me emocionar e cair no choro. Carl concordou e pegou de mim todas as piadas e pensamentos, já que eu era o mais próximo de Bernard. Carl fez anotações, escreveu, reescreveu, acrescentou as próprias falas, ensaiou na frente do espelho e realmente deu tudo de si. Eu nunca tinha percebido que o meu irmão era capaz de elaborar tantos pensamentos refinados, mas é assim que as coisas são: acha-se que se conhece alguém tão bem quanto a palma da mão, e de repente a pessoa exibe um lado completamente desconhecido. Mas a verdade é que os bolsos das calças, inclusive das próprias calças, não passam de uma escuridão na qual se tateia às cegas. E vez ou outra se encontra uma moedinha de dez centavos, um bilhete de loteria ou um comprimido para dor de cabeça no fundo do forro. Ou pode-se se apaixonar tão perdidamente por uma garota que se sente disposto a tirar a própria vida, mesmo sabendo lá no fundo que ainda não a conhece bem. Então começa-se a se perguntar se a moeda no bolso não é só aquela de ontem, se o amor não foi inventado, se a moça não é só um pretexto, uma desculpa para ir a um lugar que se deseja ir: qualquer lugar contanto que seja longe daqui? Mas eu nunca dirigia para além do perímetro do vilarejo quando precisava pensar com os meus botões ou para além de Notodden, quando precisava levar ou buscar livros. Também nunca pensei em atravessar o interior da montanha, entrando pela abertura do túnel ao fim daquele trecho longo e reto, ou repetir o que aconteceu em Huken. Eu sempre voltava, dava o dia por encerrado e esperava o seguinte, quando veria ou não Mari. Foi nessa época que comecei a bater nas pessoas.

36

O PERÍODO APÓS A morte de tio Bernard foi desolador. Eu tinha assumido a oficina e trabalhava sem parar, e acho que foi isso que me salvou. Isso e as brigas em Årtun.

A única distração eram os bailes de sábado à noite em que Carl ficava bêbado e flertava com todas as garotas e eu aguardava até que algum namorado ciumento perdesse o controle e fosse tirar satisfação para que eu tivesse a chance de dar um soco na minha patética imagem espelho, socos e mais socos até derrubá-la, semana sim, semana também.

Em geral isso acontecia nas primeiras horas da manhã, antes de voltarmos para casa daqueles bailes de sábado à noite. Carl desabava na cama de baixo, de ressaca, peidando e rindo. E, depois de repassarmos as aventuras da noite, ele costumava dizer:

— Ai, meu Deus, como é bom ter um irmão maior!

E isso aquecia o meu coração, mesmo que fosse mentira. Porque nós dois sabíamos que agora ele era o irmão maior.

Nem uma vez pensei em confessar a Carl que estava apaixonado pela namorada dele. E também não tinha contado a tio Bernard, nem dado nenhum sinal a Mari, é óbvio. A vergonha que eu sentia era algo que teria que suportar sozinho. Eu mal conseguia me olhar no espelho. Será que papai também havia sentido isso? Teria ele pensado que um homem que deseja o próprio filho não merece viver, e foi por isso que deixou aquela espingarda do lado de fora do celeiro na esperança de que eu terminasse com o seu tormento? Eu acreditava que o compreendia melhor agora, o que me assustava pra caralho e não ajudava em nada a diminuir o desprezo que sentia por mim mesmo.

Não consigo me lembrar direito do que pensei ou disse quando Carl me contou que queria fazer faculdade. Na verdade, era bem óbvio, não só por causa das boas notas que costumava tirar na escola ou pelo fato de ele não ser exatamente uma pessoa prática, mas porque Mari estava claramente destinada a continuar os estudos. E, é claro, estudariam na mesma cidade. Eu os havia imaginado dividindo um pequeno apartamento em Oslo ou em Bergen, voltando para o vilarejo para passarem as férias juntos e saírem com a antiga turma. E eu iria com eles.

Mas então surgiu aquela história com Grete e Carl em Årtun. Grete revelou para Mari, e de repente tudo virou de cabeça para baixo. E, quando Carl foi embora para Minnesota, fiquei com a impressão de que ele havia fugido. Do escândalo no pequeno vilarejo e de Mari Aas. Das responsabilidades na fazenda. De mim, que havia me tornado mais dependente dele que ele de mim. E, embora não possa afirmar, talvez ele tivesse voltado a escutar aqueles gritos de Huken.

Pelo menos tudo ficou calmo depois que ele foi embora.

Calmo até demais.

A empresa petrolífera comprou a oficina e o terreno, e de repente eu, um rapaz de vinte e poucos anos, administrava um posto de gasolina. Não faço ideia se viram em mim algo que eu não via. Só sei que trabalhava dia e noite sem parar. Não porque fosse ambicioso, isso veio depois. Mas porque ficar lá na fazenda tendo que ouvir os sons de Huken e o gorjeio solitário do maçarico-dourado era bem pior do que esperava. Um pássaro à procura de companhia. Não de um amigo, necessariamente, mas de companhia. Tudo isso podia ser amenizado no trabalho, com pessoas ao redor, barulho, coisas para fazer, tendo os meus pensamentos voltados para algo útil, e não apenas remoendo a mesma merda de sempre.

Arranquei Mari dos meus pensamentos como um tumor depois de uma cirurgia bem-sucedida. Percebi, é claro, que não foi coincidência isso ter acontecido ao mesmo tempo que ela e Carl terminaram o namoro, mas tentei não pensar muito a respeito. Não devia ser nada simples, e eu tinha acabado de ler *Metamorfose*, do Kafka — sobre o cara que acorda um dia e descobre que se transformou num inseto nojento —, então me toquei que, se começasse a vasculhar o meu inconsciente e tudo mais, as chances de encontrar algo de que não gostasse eram bem altas.

Claro que de vez em quando eu esbarrava por acaso com Rita Willumsen. Ela estava ótima, os anos não pareciam ter cobrado o seu preço. Mas vinha sempre acompanhada ou havia pessoas por perto, de modo que tudo o que consegui foi o sorriso amigável entre dois conhecidos e uma pergunta sobre como o posto de gasolina estava indo ou sobre Carl lá nos Estados Unidos.

Um dia a vi lá fora no posto, perto das bombas de combustível. Estava conversando com Markus, que completava o tanque do Sonett com gasolina. Normalmente era o próprio Willumsen que abastecia os carros, mas Markus é um rapaz bonito, tranquilo e gentil, e por um instante me perguntei se Markus seria o novo projeto dela. Foi esquisito, mas não me incomodou; apenas desejei tudo de bom aos dois. Quando Markus recolocou a tampa no tanque de gasolina e Rita estava prestes a entrar no carro, ela olhou para a loja de conveniência. Duvido que pudesse me ver, mas ela ergueu a mão quase num aceno, e eu acenei. Quando Markus voltou, me contou que ficou sabendo que Willum Willumsen estava com câncer, mas o prognóstico era de que ele se recuperaria completamente.

Vi Rita de novo na celebração anual do Dia da Constituição, em 17 de maio, em Årtun. Ela estava maravilhosa no traje típico. E andava de mãos dadas com o marido, algo que eu nunca tinha visto antes. Willumsen estava magro ou pelo menos não tão gordo e, se quer saber, a magreza não lhe caía bem. As pregas da papada sacudiam como as de um lagarto. Contudo, quando ele e Rita trocavam algumas palavras, um se inclinava para perto do outro para escutar, talvez no intuito de não deixar nada escapar, e sorriam, acenavam com a cabeça, trocavam olhares... Talvez o câncer tenha sido uma *epifania*, uma espécie de revelação. Talvez ela tivesse descoberto um jeito de amar aquele homem que a adorava. E, quem sabe, talvez Willumsen também não fosse tão cego quanto eu julgava. De qualquer forma, percebi que aquele aceno lá na bomba de gasolina havia sido o último adeus. E estava tudo bem, tínhamos sido importantes um para o outro num momento em que ambos precisávamos disso. Pelo que sei, pouquíssimos romances têm um final feliz, mas, quando os vi juntos, me pareceu que, de certa forma, Rita Willumsen e eu éramos dois dos sortudos. E talvez Willum Willumsen fosse o terceiro.

Então eu era de novo o maçarico-dourado.

Mas, cerca de um ano depois, conheci a mulher que seria a minha namorada secreta pelos cinco anos seguintes. No jantar depois da reunião na sede, em Oslo, conheci Pia Syse. Era gerente do RH e estava sentada à minha esquerda, por isso não era o meu par oficial naquele jantar formal. Em certo momento, porém, ela se virou para mim e perguntou se eu a salvaria do cavalheiro sentado à sua esquerda, que tinha passado a última hora falando de gasolina, que definitivamente não era um assunto que rendia tanto assim. Eu havia bebido duas taças de vinho e fui logo perguntando se não era de certa forma sexista destinar ao homem a imensa responsabilidade de entreter a mulher, e não o contrário. Ela concordou, então lhe dei três minutos para dizer algo que eu achasse interessante, que me fizesse rir ou me desafiasse. Se não conseguisse, então teria que me desculpar caso eu voltasse a atenção à mulher sentada à minha direita e que fora oficialmente destinada a fazer dupla comigo no jantar, uma mulher de cabelos pretos e óculos, funcionária da Kongsberg, que disse se chamar Unni e não falou muito além disso. Quanto à Pia Syse, ela superou os três desafios em menos de três minutos.

Depois fomos dançar, e ela disse que eu era o pior parceiro de dança que ela já havia tido.

No elevador, a caminho dos nossos quartos, começamos a nos beijar, e ela me disse que eu também não sabia beijar.

E, quando acordamos na cama do quarto dela no hotel — como gerente do RH, tinha recebido uma das suítes, ela disse sem rodeios que o sexo foi bem abaixo da média.

Mas, em compensação, raramente ria tanto quanto nas últimas doze horas.

Eu disse que uma em cada quatro estava acima da média para mim, e ela riu outra vez. Então passei a hora seguinte tentando remendar a primeira impressão, e acho que consegui. De qualquer forma, Pia Syse disse que me convocaria para visitar a sede em algum momento nos próximos quatorze dias e que a agenda de compromissos seria "livre".

De pé na fila para fazer o check-out na recepção, Unni, o meu par no jantar formal, quis saber se eu voltaria para Os de carro e, se fosse o caso, se poderia pegar uma carona até Kongsberg.

Não conversamos muito durante a viagem.

Ela fez perguntas sobre o carro, e expliquei que era um presente de um tio e tinha grande valor sentimental. Eu poderia ter dito a ela que, mesmo que cada maldita peça fosse substituída pelo menos uma vez, o Volvo 240 era uma maravilha mecânica. Que não tinha, por exemplo, nenhum dos problemas associados ao elegante V 70, que muitas vezes apresentava defeitos na biela de aperto e no sistema de direção. E que um dia eu esperava ser enterrado no chassi do meu 240. Mas, em vez de tagarelar sobre coisas desinteressantes, fiz perguntas desinteressantes, e ela me disse que trabalhava na contabilidade, tinha dois filhos e que o marido era diretor de uma escola de ensino médio em Kongsberg. Ela trabalhava de casa duas vezes por semana, às sextas tirava folga e nos outros dias ia para Oslo.

— E o que você faz no seu dia de folga? — perguntei.

— Nada.

— Não é difícil? — perguntei. — Não fazer nada?

— Não — respondeu ela.

E a nossa conversa não passou disso.

Botei J. J. Cale para tocar e senti uma paz profunda tomar conta de mim, provavelmente por causa da falta de sono, do minimalismo descontraído de Cale e por perceber que o padrão de Unni era o silêncio, igual a mim.

Quando acordei assustado, olhando para os carros que vinham da direção oposta cujos faróis cobriam todo o para-brisa por causa da chuva, o meu cérebro chegou à conclusão de que eu devia: a) ter adormecido ao volante, b) ter dormido por mais de alguns segundos, já que não conseguia me lembrar da chuva nem de ter acionado os limpadores de para-brisa e c) ter parado no acostamento para descansar horas atrás. Automaticamente, ergui a mão e a coloquei no volante. Mas, em vez do volante, a minha mão se fechou em torno de outra mão quente que tinha assumido a direção.

— Acho que você adormeceu — comentou Unni.

— Foi gentileza sua não ter me acordado — eu disse.

Ela não riu. Olhei para ela. Talvez houvesse um indício de sorriso no canto dos lábios. Com o tempo, eu entenderia que aquilo era o máximo que aquele rosto chegava em se tratando de expressar sentimentos. E só naquele momento me dei conta de como ela era bonita. Não me refiro à beleza clássica de Mari Aas, nem à beleza deslumbrante de Rita Willumsen nas fotos que me mostrou de quando era jovem. Para falar a verdade, não sei se a beleza de Unni Holm-Jensen se encaixava em quaisquer outros padrões que não fossem os dela mesma. O que estou tentando dizer é que naquele instante, sob aquela luz e naquele ângulo, ela estava mais bela que antes. Não do tipo de beleza que desperta paixões. Nunca me apaixonei por Unni Holm-Jensen e, ao longo de cinco anos, ela também nunca se apaixonou por mim. Mas naquele momento tinha uma beleza do tipo que dava vontade de continuar olhando. E é claro que eu poderia olhar à vontade, pois era ela que mantinha os olhos na estrada e a mão ao volante, e foi assim que percebi que ali estava alguém com quem realmente se podia contar.

Só mesmo depois de nos encontrarmos algumas vezes no meio do caminho entre as nossas casas, ou seja, em Notodden, para tomarmos um café que reservamos um quarto no Hotel Brattrein e ela me contou que durante o jantar em Oslo já tinha tomado a decisão de transar comigo.

— Você e a Pia gostaram um do outro — disse ela.

— Foi — concordei.

— Mas eu gostei mais de você. E sabia que você gostaria mais de mim.

— Por quê?

— Porque você e eu somos iguais, mas você e a Pia não. E porque eu moro mais perto.

Dei risada.

— Você acha que eu gosto mais de *você* porque Notodden é *mais* perto que Oslo?

— Em geral, as nossas simpatias têm base prática.

Dei risada de novo e ela sorriu. De leve.

Unni não era exatamente infeliz no casamento, de acordo com ela mesma.

— Ele é um homem decente e bom pai, mas nunca me toca. — O corpo de Unni era fino e firme, feito um menino magro. Ela malhava um pouco: corrida e levantamento de peso. — Todo mundo precisa ser tocado.

Ela não se preocupava muito com a reação do marido, caso ele viesse a descobrir que ela tinha um caso. Achava que ele entenderia. Era com as crianças que ela se preocupava.

— Eles têm uma casa boa e segura. Não posso permitir que nada atrapalhe isso. Os meus filhos vão sempre vir em primeiro lugar, à frente desse tipo de felicidade. Gosto muito desses momentos com você, mas vou desistir de tudo, na hora, se houver a menor infelicidade ou insegurança para os meus filhos. Você entende?

A pergunta foi feita com uma intensidade repentina, como quando se baixa um aplicativo divertido e, de repente, um formulário muito sério, quase ameaçador, aparece, é preciso preenchê-lo e ele vem repleto de condições que têm que ser aceitas antes que a diversão comece.

Um dia perguntei se ela, diante de uma crise hipotética, estaria disposta a atirar em mim e no marido se isso aumentasse em quarenta por cento a probabilidade de os seus filhos sobreviverem. O cérebro de contador de Unni precisou de alguns segundos antes de responder.

— Sim.

— Trinta por cento?

— Sim.

— Vinte?

— Não.

O bom em Unni era que eu sabia exatamente com o que estava lidando.

37

CARL ME ENVIAVA E-MAILS e fotos da faculdade. Parecia que estava tudo ótimo. Um sorriso branco e amigos que pareciam conhecê-lo desde pequeno. Carl sempre foi capaz de se adaptar às mais diversas circunstâncias. "Joga esse menino na água e ele vai criar guelras antes mesmo de se molhar", mamãe costumava dizer. Me lembro de que, no fim de um verão em que Carl havia passado os dias brincando com aquele menino bonito cuja família alugou um chalé perto da nossa casa e de quem eu morria de ciúmes, Carl aprendeu a falar com o sotaque de Oslo. E agora expressões estadunidenses pipocavam cada vez mais nos e-mails dele e numa quantidade bem maior do que papai usava. Era como se o seu norueguês definhasse paulatinamente. E talvez fosse essa mesma a intenção. Embrulhar tudo o que aconteceu aqui em camadas e camadas de esquecimento e distância. Quando Stanley Spind, o novo médico, me ouviu chamar o porta-malas do carro de "maleiro", ele me contou algo relacionado com esquecimento.

— Em Vest-Agder, onde cresci, vilarejos inteiros emigraram para os Estados Unidos. Algumas pessoas voltaram. E descobriu-se que aqueles que esqueceram o norueguês tinham também esquecido quase tudo sobre a terra natal. É como se a língua preservasse a memória.

Nos dias que se seguiram, me distraí com a ideia de aprender um novo idioma e de nunca mais falar norueguês, para ver se ajudava.

Porque agora não eram apenas gritos que eu ouvia vindos de Huken, mas, quando o silêncio caía, podia ouvir murmúrios baixinhos, como se os mortos estivessem conversando lá embaixo. Planejando algo. Conspirando.

Carl escreveu dizendo que estava sem dinheiro. Havia sido reprovado em algumas matérias e perdido a bolsa. Enviei dinheiro. Isso não era problema, eu recebia um salário, as minhas despesas eram mínimas e até conseguia poupar um pouco.

No ano seguinte a faculdade ficou mais cara e ele precisou de mais dinheiro. Naquele inverno, preparei um quarto na oficina desativada, o que significou economia de eletricidade e gasolina. Tentei alugar a fazenda, mas ninguém se interessou. Quando sugeri a Unni que mudássemos o nosso ponto de encontro do Hotel Brattrein para o Hotel Notodden, que era mais barato, ela perguntou se eu estava passando por dificuldades financeiras. E sugeriu que dividíssemos o custo do quarto, como ela havia insistido em fazer por um bom tempo. Eu disse não, e continuamos a nos encontrar no Brattrein. No encontro seguinte, Unni me disse que havia verificado as contas e notou que eu estava recebendo um salário inferior ao de gerentes de postos de gasolina menores que o meu.

Liguei para a sede e, depois de idas e vindas, transferiram a ligação para alguém que, conforme me disseram, poderia tomar decisões sobre aumentos salariais.

A voz que atendeu a ligação era animada.

— Alô. Pia Syse falando.

Desliguei.

Antes do último semestre — pelo menos ele havia afirmado ser o último —, Carl ligou no meio da noite e disse que estava devendo vinte e um mil dólares, duzentas mil coroas norueguesas. Ele esperava receber uma bolsa de estudos da Sociedade Norueguesa de Minneapolis, mas tinha acabado de descobrir que não receberia e, portanto, precisava do dinheiro para pagar a faculdade antes das nove da manhã do dia seguinte ou seria excluído e impedido de fazer as provas finais. E, sem isso, todos os anos de estudo estariam perdidos, ele disse.

— *Administração de empresas* não é sobre o que você sabe, mas o que as pessoas presumem que você sabe, Roy. E elas valorizam títulos e diplomas.

— Mas, Carl, a anuidade realmente duplicou desde que você começou a estudar? — perguntei.

— É de fato... *unfortunate* — disse Carl, passando para o inglês. — Lamento ter que te pedir, mas o presidente da Sociedade Norueguesa me disse dois meses atrás que não teria problema nenhum.

Eu estava esperando do lado de fora quando as portas do banco se abriram. O gerente me ouviu pedir um empréstimo de duzentas mil coroas e sugerir dar a fazenda como garantia.

— Você e Carl são os dois donos da fazenda e do terreno, e para isso precisaremos da sua assinatura e da do seu irmão — disse o gerente do banco, um homem de gravata-borboleta e olhos de são-bernardo. — E o processo e a documentação levam alguns dias para ficar prontos. Mas, como eu sei que você precisa disso hoje, fui autorizado pela sede a lhe dar cem mil em razão da sua idoneidade.

— Sem garantia?

— Confiamos nas pessoas daqui do vilarejo, Roy.

— Eu preciso de duzentos mil.

— Mas nem tanto. — Ele sorriu, e os seus olhos ficaram ainda mais tristonhos.

— Carl vai ser expulso às nove. Quatro horas, na Noruega.

— Nunca ouvi falar de universidades operando em condições tão rígidas — disse o gerente do banco, esfregando as mãos. — Mas, se você diz... — Ele tornou a esfregar as mãos.

— Então...? — perguntei com impaciência, olhando para o relógio. Restavam seis horas e meia.

— Bom, você nunca me ouviu dizer isso, mas talvez devesse contatar o Willumsen.

Encarei o gerente do banco. Então era mesmo verdade o que as pessoas diziam? Que Willumsen emprestava dinheiro sem exigir garantia e a juros exorbitantes? Quero dizer, nenhuma garantia a não ser a certeza de que Willumsen, de alguma forma, em algum momento, cobraria a dívida. E no caso de haver alguma dificuldade corria o boato de que ele mandava vir aquele sicário da Dinamarca para resolver a questão. Na verdade, eu sabia que Erik Nerell havia pegado dinheiro emprestado de Willumsen quando comprou o Fritt Fall, mas nunca ouvi falar em brutalidade. Muito pelo contrário, Erik disse que Willumsen foi paciente e esperou, e, mesmo quando pediu um adiamento do prazo, Willumsen respondeu: "Enquanto houver juros chegando, não vou fazer nada, Nerell, porque juros compostos são o paraíso na Terra."

Dirigi até o pátio do Carros Usados e Ferro-Velho do Willumsen. Sabia que Rita não estaria lá, porque ela odiava o lugar. Willumsen me atendeu no escritório. Na parede acima da mesa havia uma cabeça de veado que parecia tê-la atravessado e olhava assustado para tudo o que a sua vista alcançava. Willumsen se sentava recostado debaixo do animal empalhado, a papada dupla cobria o colarinho da camisa, os dedos pequenos e rechonchudos estavam cruzados sobre o peito. De vez em quando ele erguia a mão direita para bater a cinza do charuto. Inclinou a cabeça e me estudou com ar pensativo. Um processo conhecido como "classificação de crédito", percebi.

— Taxa de juros de dois por cento — disse ele depois que expliquei o meu problema e o prazo. — Pagável mensalmente. Posso ligar para o banco e transferir o dinheiro agora.

Peguei a minha caixinha de fumo e enfiei um punhado debaixo do lábio enquanto fazia umas contas de cabeça.

— Isso é mais de vinte e cinco por cento ao ano.

Willumsen retirou o charuto dos lábios.

— O menino sabe fazer conta. Você herdou isso do seu pai.

— E dessa vez você achou que eu também não ia pechinchar?

Willumsen riu.

— Sim, esses são os juros mais baixos que posso oferecer. É pegar ou largar. O tempo urge.

— Onde assino?

— Isso já está de bom tamanho — disse Willumsen estendendo a mão por cima da mesa. Parecia uma penca de salsichas gordas. Reprimi um calafrio e a apertei.

* * *

– Você já se apaixonou alguma vez? — perguntou Unni. Estávamos caminhando pelo extenso jardim do Hotel Brattrein. Nuvens cruzavam o céu sobre o lago Heddal e as suas cores variavam com a luz. Ouvi dizer que a maioria dos casais conversa menos com o passar dos anos. No nosso caso, aconteceu o contrário. Nenhum de nós era do tipo falante e, nas primeiras vezes que nos encontramos, era eu que mais falava. Havia cinco anos nos encontrávamos uma vez ao mês ou coisa assim, e, embora Unni fosse mais acessível agora que nos primeiros encontros, era incomum ela abordar um tema como esse sem um preâmbulo.

— Uma vez — eu disse. — E você?

— Nunca. E o que você achou?

— O que eu achei de estar apaixonado?

— É.

— Não é algo para se desejar — respondi, suspendendo a gola da minha jaqueta para me abrigar das rajadas de vento.

Olhei para ela e vi aquele quase invisível indício de sorriso. Me perguntei aonde essa conversa ia dar.

— Li em algum lugar que as pessoas só se apaixonam de verdade duas vezes na vida — disse ela. — Que a primeira vez é ação e a segunda, reação. Esses são os dois terremotos. Os demais são apenas abalos secundários.

— Entendi. Então isso significa que ainda há uma chance para você.

— Mas não quero nenhum terremoto. Tenho filhos.

— Compreendo. Mas terremotos acontecem, quer queira ou não.

— Acontecem — concedeu ela. — E, quando você disse que não é algo a se desejar, é porque o amor não foi correspondido, acertei?

— Acho que dá para dizer que sim.

— Então, o mais seguro é abandonar qualquer lugar sujeito a terremotos — continuou ela.

Fui assentindo com a cabeça bem devagar e comecei a entender do que ela estava falando.

— Acho que estou começando a me apaixonar por você, Roy. — Ela parou de caminhar. — E não acho que a casa que chamo de lar suportaria um terremoto.

— Então...

Ela suspirou.

— Então vou ter que me afastar...

— ... de qualquer lugar sujeito a terremotos — concluí por ela.

— Isso.

— Permanentemente?

— Sim.

Ficamos em silêncio.

— Você não vai...?

— Não — respondi. — Você decidiu por mim. E provavelmente sou como o meu pai.

— O seu pai?

— Ele não sabia barganhar.

Passamos as nossas últimas horas juntos no quarto. Eu havia reservado a suíte, e da cama tínhamos vista para o lago. O céu se desanuviara ao pôr do sol, e Unni disse que isso lhe trazia à memória aquela música do Deep Purple que falava de um hotel perto do lago Genebra, na Suíça.

— O hotel pega fogo naquela música — comentei.

— Pega.

Fizemos o check-out antes da meia-noite, demos um beijo de despedida no estacionamento e deixamos Notodden para trás, cada um tomando o próprio rumo. Nunca mais voltamos a nos encontrar.

Carl me ligou na véspera do Natal daquele mesmo ano. Dava para ouvir ao fundo o burburinho de festa e Mariah Carey cantando "All I Want for Christmas is You". Quanto a mim, eu estava sentado sozinho no meu quarto na oficina com uma garrafa de aquavit e um prato de costeletas de cordeiro com linguiça *vossa* e purê de nabo-redondo, tudo comida semipronta da Fjordland.

— Está se sentindo solitário? — indagou ele.

Hesitei.

— Um pouco.

— Um pouco?

— Bastante. E você?

— Temos um jantar de Natal aqui no escritório. A gente apagou a luz e...

— Carl! Carl, vem dançar! — A voz feminina parte lamuriosa e parte constipada que interrompeu o nosso papo veio direto do alto-falante do telefone. Parecia que ela estava sentada no colo de Carl.

— Olha só, Roy, preciso desligar agora. Mas te enviei um presentinho de Natal.

— Jura?

— Juro. Dá uma olhada na sua conta bancária.

Ele desligou.

Fiz o que ele disse. Loguei e vi que havia uma transferência de um banco dos Estados Unidos. No campo de comentários estava escrito: "Obrigado pelo empréstimo, querido irmão. E feliz Natal!" Seiscentas mil coroas. Muito mais do que eu havia enviado para pagar a faculdade, mesmo levando em conta os juros simples e compostos.

Fiquei tão feliz que abri um sorriso. Não por causa do dinheiro; afinal, eu conseguia sobreviver. Mas por causa de Carl, por *ele* estar se virando. É claro que eu poderia ter feito perguntas sobre como ele tinha conseguido ganhar tanto dinheiro em apenas alguns meses com o salário inicial numa imobiliária. Mas eu sabia que destino daria ao dinheiro: instalaria um isolamento térmico adequado e construiria um banheiro na casa da fazenda. De jeito nenhum passaria outro Natal na oficina.

Aqui no vilarejo, a única vez que pagãos como eu visitavam a igreja era no Natal. Não na véspera do Natal, como fazem na cidade, mas no próprio Natal.

Na saída, depois do culto, Stanley Spind se aproximou e me convidou para o café da manhã do dia 26, conhecido como o dia do "enterro dos ossos" — ele havia convidado outras pessoas também. Considerando o fator surpresa e o convite em cima da hora, supus que alguém devia ter lhe dito que o coitado do Roy Opgard estava passando o Natal sozinho na oficina. Um sujeito legal, esse Stanley.

Mas pedi desculpas por recusar o convite e aleguei estar trabalhando durante todo o Natal, pois tinha dado folga aos funcionários, o que era verdade. Ele apoiou a mão no meu ombro e disse que *eu* era um bom homem. E ele, Stanley Spind, não era muito sagaz em se tratando de avaliar pessoas, porque naquele instante pedi desculpas e saí em disparada para ultrapassar Willumsen e Rita, que se dirigiam ao estacionamento. Willumsen havia voltado ao tamanho natural. Rita também estava muito bem, com bochechas rosadas e provavelmente um pouco de calor dentro daquele casaco de pele. E eu, o mulherengo que tinha acabado de ser reconhecido como um bom homem, peguei a mão de salsichas de Willumsen — que felizmente estava enluvada — e lhes desejei feliz Natal

— Bom Natal — respondeu Rita.

Eu me lembrava, é claro, de que ela havia me dito que em círculos requintados se diz "Feliz Natal" até a véspera, mas que do Natal propriamente até a véspera de Ano-Novo é *"Bom* Natal". Mas, se Willumsen percebesse que um caipira como eu estava familiarizado com essas sutilezas, isso poderia deixá-lo desconfiado, então assenti como se não tivesse registrado a correção. Bom homem é o caralho.

— Gostaria de lhe agradecer o empréstimo — eu disse entregando a Willumsen um único envelope branco.

— Hum?! — exclamou ele, sopesando-o e olhando para mim.

— Transferi o dinheiro para a sua conta ontem à noite — expliquei. — Aí dentro está o comprovante de depósito.

— Juros até o primeiro dia útil — disse ele. — São mais três dias, Roy.

— Sim, levei isso em consideração. E um pouco mais.

Ele assentiu com a cabeça devagar.

— É uma sensação boa, não é? Saldar uma dívida.

Entendi e não entendi o que ele quis dizer. O que quero dizer é que compreendi o significado literal das palavras, é claro, mas não o contexto.

Mas eu compreenderia antes do fim do ano.

38

Durante a conversa com Willumsen e a esposa do lado de fora da igreja no Natal, Rita não havia deixado transparecer nada, fosse na linguagem corporal, fosse nas expressões do rosto. Era boa nisso. Mas o encontro claramente despertou algo nela, algo forte o bastante para esquecer o que devia ficar esquecido e lembrar o que valia a pena ser lembrado. A mensagem de texto chegou três dias depois, no primeiro dia útil depois do feriado.

"Chalé depois de amanhã 12h."

A mensagem era tão curta e direta que senti um arrepio percorrer todo o meu corpo e comecei a babar igual um dos cães de Pavlov. *Reflexo condicionado* é o nome que se dá a isso.

Tive uma breve e acirrada discussão comigo mesmo enquanto decidia se devia ir ou não. O Roy ajuizado perdeu de lavada. Eu tinha me esquecido de por que tive a sensação de liberdade suprema quando paramos de nos encontrar, mas me recordei de todo o resto com detalhes ricamente sensuais.

Quando faltavam cinco para o meio-dia, cheguei àquela clareira no bosque de onde se podia avistar o chalé. Percorri todo o caminho com a mesma ereção que tinha sempre que via o Saab Sonett estacionado na trilha de cascalho. A neve tinha chegado tarde naquele ano, mas havia uma geada negra, o sol se exibia apenas de relance, o ar gélido estava gostoso de respirar. Subia fumaça da chaminé e as cortinas da janela da sala estavam fechadas. Ela não costumava fazer isso, e, só de pensar que talvez planejasse uma surpresa, que estivesse deitada pronta à minha espera diante da lareira e que o momento de alguma forma demandasse uma iluminação suave, senti ondas de choque percorrendo o meu corpo. Cruzei o trecho de terreno aberto e fui até a porta. Estava entreaberta. Antes ficava fechada, às vezes até trancada, de modo que eu era obrigado a estender a mão e tirar a chave extra do alto do batente. Suspeitei que ela gostasse da sensação de eu ser uma espécie de intruso, literalmente um ladrão na noite. Eu sabia que era por isso que ela havia me dado a chave do porão naquela vez, uma chave que eu ainda guardava comigo e que, de vez em quando, fantasiava usar. Abri a porta e entrei na semiescuridão.

Na hora percebi algo errado.

Cheirava errado.

A menos que Rita Willumsen tivesse começado a fumar charuto.

E, antes mesmo que os meus olhos se adaptassem à pouca luz, soube quem era o homem sentado na poltrona virada para mim no centro da sala.

— Que bom que você veio — disse Willumsen com uma voz tão amigável que me deu calafrios.

Ele usava casaco e boina de pele e parecia um urso. Nas mãos tinha uma espingarda apontada para mim.

— Entra e fecha a porta — ordenou.

Obedeci.

— Dá três passos na minha direção, devagar. E se ajoelha.

Dei os três passos.

— Se ajoelha — repetiu.

Hesitei.

Ele ofegou.

— Agora escuta bem. Todo ano eu gasto rios de dinheiro para viajar para o exterior e atirar num animal em que nunca atirei antes. — Ele ergueu a mão e deu um peteleco no ar. — Tenho a maioria das espécies, mas não um Roy Opgard. Portanto, *de joelhos*!

Me ajoelhei. Notei pela primeira vez que uma lona de plástico daquelas usadas para proteger o piso em caso de obra estava estendida desde a porta até a poltrona.

— Onde você estacionou o carro? — perguntou ele.

Expliquei o local. Ele assentiu com satisfação.

— A lata de fumo — explicou.

Não falei nada. A minha cabeça estava cheia de perguntas, não de respostas.

— Está se perguntando como eu descobri, Opgard? A resposta é a latinha de fumo. O médico me falou que a melhor coisa que eu poderia fazer pela minha saúde depois do câncer era passar a me alimentar com comidas saudáveis e fazer mais exercícios. Então comecei com caminhadas, inclusive por aqui, onde não vinha havia anos. E encontrei algumas dessas latinhas na geladeira.

Ele atirou uma latinha prateada da Berry sobre o plástico na minha frente.

— Não dá para comprar isso na Noruega. E muito menos nesse vilarejo. Perguntei à Rita e ela disse que provavelmente tinham sido esquecidas pelos pedreiros poloneses que estiveram aqui reformando o chalé no ano passado. E eu acreditei nela. Até o momento em que vi você abrir uma lata dessas quando foi no meu escritório pedir dinheiro emprestado. Somei dois mais dois. O fumo. O conserto no Saab Sonett. O chalé. E uma Rita que da noite para o dia se transformou na mais doce e simpática de todas as Ritas, o que ela nunca foi, a menos que houvesse algum interesse por trás. Então fui verificar o celular dela. E lá, sob o nome de Agnete, encontrei uma mensagem antiga que ela não tinha excluído. O chalé, o dia, a hora, só isso. Chequei com a central telefônica e sem dúvida o número de Agnete estava registrado no seu nome, Roy Opgard. Então anteontem peguei emprestado o celular da Rita de novo e reenviei a mesma mensagem para você. Só troquei o horário.

Ficar de joelhos significava que eu tinha que erguer os olhos para ele, mas então senti o pescoço doer e abaixei a cabeça.

— Se você descobriu tudo isso meses atrás — eu disse —, por que esperar até agora para agir?

— A resposta deveria ser óbvia para alguém tão bom em cálculos matemáticos quanto você, Roy.

Balancei a cabeça.

— Você pediu dinheiro emprestado. Se eu tivesse estourado a sua cabeça, quem ia pagar a dívida?

O meu coração não batia acelerado, mas devagar. Puta que pariu! Não dá para acreditar! Com o sangue-frio de um caçador, ele havia aguardado até a presa estar no lugar certo, até eu ter pagado a dívida, até eu ter pagado os juros compostos, até a vaca ter sido ordenhada até secar. E agora era hora do acerto de contas. Foi isso que ele quis insinuar com aquela pergunta que me fez fora da igreja; sobre como deve ser bom pagar uma dívida. Ele pretendia atirar em mim. Era isso. Nem me assustar nem me ameaçar, apenas me matar. Ele sabia que eu não havia informado a ninguém aonde ia e que tinha tomado todas as precauções para que não fosse visto vindo para cá, sem falar que eu tinha estacionado o carro tão afastado que ninguém cogitaria me procurar nesse chalé. Ele ia simplesmente enfiar uma bala na minha testa e me enterrar em algum lugar ali por perto. O plano era tão simples e direto que não consegui conter um sorriso.

— Tira esse sorriso do seu rosto — disse Willumsen.

— Faz anos que não me encontro com a sua esposa — eu disse. — Você não reparou na data da mensagem?

— Devia ter sido excluída, mas continuava lá, e deixou claro que vocês dois ficaram nisso por muito tempo — disse ele. — Mas não mais. Faça a sua última oração. — Willumsen suspendeu a espingarda até ela ficar na altura da sua bochecha.

— Ah, eu já rezei — falei. O meu coração ainda desacelerava. Pulso em repouso. Pulso de psicopata, como as pessoas dizem.

— Então você rezou, não foi? — Willumsen inspirou, e a pele da sua bochecha cobriu a coronha da espingarda.

Assenti e inclinei a cabeça novamente.

— Vai em frente, você vai me fazer um favor, Willumsen.

Uma risada seca.

— Está tentando me convencer de que você *quer* morrer, Opgard?

— Não. Mas de que eu *vou* morrer.

— Isso é verdade para todo mundo.

— Sim, mas não dentro dos próximos dois meses.

Ouvi estalidos vindos do gatilho.

— Quem disse isso?

— Stanley Spind. Talvez você o tenha visto, conversei com ele na igreja. Ele tinha acabado de receber as imagens mais recentes do meu tumor cerebral. Sofro com isso há mais de um ano, mas agora está crescendo rápido. Se você mirar bem aqui... — apontei para o lado direito da testa com o indicador, logo acima da linha do cabelo — ... então talvez eu me livre dele também.

Eu quase conseguia ouvir a calculadora do vendedor de carros usados tiquetaqueando e zumbindo.

— Você está desesperado, é claro, então está mentindo — acusou ele.

— Se você tem tanta certeza, vai em frente e atira — falei. Porque eu sabia o que o cérebro dele estava lhe dizendo. Que, *se* fosse verdade, então o problema Roy Opgard logo desapareceria sozinho sem que ele corresse o risco de ser pego. Mas, se fosse mentira, então teria desperdiçado uma chance perfeita que provavelmente nunca mais teria. Ou melhor, a chance ainda existiria, mas eu estaria prevenido, o que tornava as coisas bem mais difíceis. Risco e recompensa. Custo e receita. Débito e crédito.

— Você pode ligar para o Stanley — eu disse. — Só vou ter que ligar antes, avisando que ele está liberado do compromisso de confidencialidade.

Na pausa que se seguiu, a única coisa que se ouvia era a respiração de Willumsen. Esse dilema demandava maior oferta de oxigênio para o cérebro. Fiz uma prece, não pedi nada para a minha alma, mas que o estresse pudesse causar a ele um derrame ali e agora.

— Dois meses — disse ele de súbito. — Se você não morrer em dois meses, a partir de hoje, então eu vou voltar. Você não vai saber onde, quando, como nem quem. Mas pode ser que as últimas palavras que você escute sejam em dinamarquês. Isso não é uma ameaça, é uma promessa. Entendido?

Me levantei.

— Dois meses no máximo — eu disse. — Esse tumor é um desgraçado filho da puta, Willumsen, não vai te decepcionar. E mais uma coisa...

Willumsen ainda apontava a espingarda para mim, mas, com o erguer e baixar da pálpebra, sinalizou para que eu terminasse o que ia dizer.

— Tudo bem se eu levar as latas de fumo que estão na geladeira?

Claro que eu sabia que estava forçando a barra, mas devia assumir de fato o papel de moribundo que não se importava muito com as consequências.

— Não uso essas coisas. Faz o que quiser.

Peguei as minhas latas e saí. Desci por entre as árvores enquanto a luz do dia se esvaía. Tomei o sentido oeste fazendo uma curva; em seguida, me escondendo de olhares por trás das rochas, subi em direção ao lago onde tinha visto Rita pela última vez; nua, humilhada, envelhecida pela luz do dia e aos olhos de um jovem.

Voltei para o chalé pelo norte. Não havia janelas daquele lado, apenas paredes grossas de madeira, fortificações humanas, porque o ataque sempre vinha do norte.

Fui até a parede e me esgueirei pelo canto até a porta. Enrolei o cachecol na mão direita e fiquei de tocaia. Quando Willumsen emergiu, usei apenas o básico: um soco direto atrás da orelha, no ponto onde o crânio oferece menos proteção ao cérebro, e dois socos nos rins que, além de doer tanto que não se consegue gritar, deixa o adversário sem reação. Ele caiu de joelhos, e eu tirei a espingarda dele, que estava pendurada num dos ombros. Dei mais um soco que acertou a têmpora e o arrastei de volta para dentro do chalé.

Ele tinha enrolado a lona de plástico e empurrado a poltrona de volta para perto da lareira.

Esperei que ele recuperasse o fôlego, deixei que olhasse para cima e encarasse a boca do cano da própria espingarda antes de eu começar a falar.

— Como pode ver, eu menti — falei. — Mas apenas sobre o tumor. É verdade que não me encontro com a Rita há anos. E, considerando que bastou uma mensagem de texto para que eu aparecesse aqui abanando o rabo, você também vai entender que foi ela que terminou comigo, não o contrário. Não levanta!

Willumsen praguejou baixinho, mas fez o que eu disse.

— Em outras palavras — continuei —, essa podia ter sido uma história sobre como o que os olhos não veem, o coração não sente, e como todos vivemos felizes para sempre. Mas, já que você não acredita em mim e expressou a sua intenção de acabar comigo, não tenho escolha a não ser te matar. E, pode acreditar, não sinto nenhum prazer nisso e não tenho a menor intenção de aproveitar a oportunidade para reatar com a mulher que em breve vai ser a sua viúva. Em resumo, pode parecer desnecessário pra caralho matar você, mas infelizmente, do ponto de vista prático, é a única solução.

— Não faço a menor ideia do que você está falando — gemeu Willumsen. — Mas você nunca vai escapar impune de um assassinato, Opgard. Uma coisa assim tem que ser planejada.

— Verdade — respondi. — Tive os poucos minutos de que precisava para perceber que o seu plano de me matar me deu uma grande oportunidade de matar *você*. Estamos aqui sozinhos, num lugar onde ninguém nos viu entrar nem sair, e você sabe qual é a causa mais comum de morte de homens entre os 30 e os 60 anos, Willumsen?

Ele assentiu.

— Câncer.

— Não — eu disse.

— É, sim.

— Não é câncer — eu disse.

— Acidente de carro, então.

— Não. — Mas fiz uma anotação mental para pesquisar isso no Google quando voltasse para casa. — É suicídio.

— Isso é um absurdo!

— No nosso vilarejo vamos ter feito a nossa contribuição para essa estatística se incluirmos o meu pai, o xerife Olsen e você.

— Eu?

— Semana do Natal. Homem pega a espingarda e vai sozinho para o seu chalé sem avisar ninguém e é encontrado na sala com a espingarda ao seu lado. Mais clássico que isso impossível, Willumsen. Ah, já ia me esquecendo, geada negra. Portanto, não tem trilhas chegando ou saindo do chalé.

Apontei a espingarda e vi quando ele engoliu em seco.

— Estou com câncer — disse ele, a voz grossa.

— Você *estava* com câncer — corrigi. — Lamento, mas você se recuperou.

— Merda — disse ele, um soluço preso na garganta. Coloquei o meu dedo no gatilho. A testa dele ficou suada. Ele começou a tremer incontrolavelmente.

— Faça a sua última oração — sussurrei. Esperei. Ele soluçou. Uma mancha de suor se formou debaixo da pele de urso. — Mas, é claro, existe uma alternativa.

Willumsen abriu e fechou a boca.

Abaixei a espingarda.

— Isso se concordarmos em não matar um ao outro — eu disse. — E arriscarmos a confiar um no outro.

— Qu-Qual?

— O que acabei de provar é que estou tão certo de que você vai perceber que não tem motivo para me matar que abro mão da oportunidade mais ou menos perfeita de matar você. Isso é o que chamo de *voto de confiança*, Willumsen. Veja, confiança é uma doença benigna e contagiosa. Então, se você não me matar, não vou te matar. O que você diria sobre isso, Willumsen? Vai fazer esse voto comigo? Estamos combinados?

Willumsen franziu a testa e fez uma espécie de aceno titubeante.

— Bom. Obrigado pelo empréstimo.

Devolvi a espingarda para ele, que ficou pasmo. Nem pegou a arma, como se suspeitasse se tratar de um truque. Então, em vez disso, decidi apoiar a arma na parede.

— Você percebe, é claro, que eu... eu... — Ele escarrou uma mistura de catarro, lágrima e saliva. — ... eu teria dito sim a qualquer coisa agora. Não fiz nenhum movimento, só você. Então, como posso fazer com que confie em mim?

Refleti por um instante.

— Ah, isso já está de bom tamanho — eu disse estendendo a mão.

39

Nevou no Ano-Novo, e a neve permaneceu até o fim de abril. Na Páscoa, a quantidade de pessoas a caminho dos chalés foi extraordinária, e o posto registrou recordes em volume de vendas. Também recebemos o prêmio de melhor posto de gasolina do condado, de modo que todos da loja estavam empolgados.

Então veio o relatório sobre o desenvolvimento da malha rodoviária, em que ficou decidido que o túnel seria construído e que a estrada principal deveria contornar o vilarejo de Os.

— Ainda falta muito para acontecer — disse Voss Gilbert, o sucessor de Aas no partido. Podia até ser o caso, mas não faltava muito para as próximas eleições locais e o partido dele perderia. Porque, quando um vilarejo é ameaçado de ser apagado do mapa da Noruega com uma canetada, a conclusão lógica é de que alguém naquele lugar não está defendendo os interesses dos seus cidadãos.

Tive uma reunião com a sede e concordamos em continuar ordenhando a vaca enquanto fosse nossa. Depois disso: reajuste e redimensionamento, o que significava demissões. Postos de gasolina menores também são necessários. E, se as coisas não melhorassem, eles afirmaram que eu não deveria me preocupar.

— A porta estará sempre aberta para você, Roy — disse Pia Syse. — Se quiser tentar algo novo, tudo o que precisa fazer é ligar, você tem o meu número.

Resolvi acelerar as coisas. Passei a trabalhar mais que nunca. O que foi bom, porque gosto de trabalhar. E defini um objetivo para mim mesmo. Ter um posto de gasolina só meu.

Um dia, Dan Krane apareceu enquanto eu limpava a máquina de café e perguntou se poderia me fazer algumas perguntas para um artigo que estava escrevendo sobre Carl.

— Ouvimos dizer que ele está se dando muito bem no exterior — disse Dan Krane.

— É mesmo? — eu disse e continuei a limpeza. — Então, esse vai ser um artigo positivo, não é?

— Bom, o nosso trabalho é mostrar os dois lados.

— Não *todos* os lados?

— Olha só, você se expressou melhor que o editor do jornal — disse Dan Krane com um sorriso contido.

Eu não gostava dele. Mas, pensando bem, não sou de gostar de muita gente. Quando ele chegou ao vilarejo, logo de cara me lembrou de um daqueles setters-ingleses trazidos pelo pessoal que aluga os chalés nos seus suvs; cães magros e inquietos, porém bastante amigáveis. Mas era uma cordialidade fria, usada como meio para um objetivo mais adiante, e depois de um tempo comecei a perceber que Dan Krane era de fato um maratonista. Um estrategista que jamais perde a paciência em campo, que jamais desiste, apenas segue trabalhando com paciência, porque sabe que possui um tipo de resistência que, no fim, o levará ao topo. E essa certeza se manifestava na linguagem corporal, era ouvida na forma como ele se apresentava, aparecia até no brilho dos seus olhos. Dizia que, mesmo que hoje não passasse de um simples editor de jornal local, iria muito além disso. Estava destinado à grandeza, como dizem. Ele havia se filiado ao mesmo partido de Aas, e, embora o *Tribuna de Os* fosse declaradamente favorável ao Partido Trabalhista, os regulamentos internos do jornal estipulavam que o editor estava proibido de tomar qualquer posição política que pudesse lançar dúvidas sobre a sua integridade. Krane tinha filhos pequenos e vivia muito ocupado, então não se lançaria candidato na próxima eleição, mas talvez na seguinte. Ou nas seguintes. Porque era apenas questão de tempo até que Dan Krane segurasse com aquelas mãos magrelas o martelo do presidente do Conselho Municipal.

— O seu irmão se arriscou e ganhou um bom dinheiro com aquele investimento em shopping, quando ainda era estudante. — Krane catou um bloco de notas e uma caneta do bolso do seu casaco da Jack Wolfskin. — Você também participou dessa empreitada?

— Não faço ideia do que você está falando — respondi.

— Não faz? Pensei que você tivesse fornecido os últimos duzentos mil para a compra de ações?

Torci para que não tivesse notado o choque que levei.

— Quem disse isso para você?

De novo aquele leve sorriso, como se sorrir lhe causasse dor.

— Infelizmente fontes precisam ser protegidas até mesmo em jornais pequenos.

Será que foi o gerente do banco? Willumsen? Alguma outra pessoa do banco? Alguém que "seguiu o rastro do dinheiro", como dizem.

— Nada a declarar — eu disse.

Krane riu de leve e fez uma anotação.

— Você quer mesmo que a matéria diga isso, Roy?

— Diga o quê?

— Nada a declarar. É o que políticos e celebridades da cidade grande respondem quando estão com problemas. Pode causar um efeito esquisito.

— Tenho a impressão de que o mais provável é que você cause esse efeito.

Ainda sorrindo, Krane balançou a cabeça. Magro, durão e de cabelo escorrido.

— Só escrevo o que as pessoas dizem, Roy.

— Então faz isso. Relata essa nossa conversa, palavra por palavra. Inclusive o conselho em *proveito próprio* sobre não responder "nada a declarar".

— Entrevistas precisam ser editadas, você sabe. Então, a gente se concentra no que é importante.

— E é você que decide o que é mais importante. Então é você que cria o efeito.

Krane suspirou.

— Percebo pela sua atitude desdenhosa que você não quer que seja de conhecimento geral que você e Carl fizeram parte desse grupo de investimento de alto risco.

— Pergunta ao Carl — eu disse ao fechar a frente da máquina de café e apertar o botão Ligar. — Quer café?

— Quero, obrigado. Então, você também não quer comentar o fato de que Carl acabou de transferir os negócios para o Canadá depois de uma investigação da Autoridade Supervisora da Bolsa de Valores dos Estados Unidos sobre o que acreditam ser manipulação de mercado.

— O comentário que *tenho* a fazer — eu disse enquanto entregava a ele o copo descartável com café — é que você está escrevendo um artigo sobre o ex-namorado da sua esposa. Ainda quer o meu comentário?

Krane suspirou de novo, enfiou no bolso do casaco o caderno de anotações e tomou um gole de café.

— Se um jornal local num vilarejo como o nosso não puder escrever sobre alguém com quem tem alguma conexão, então não conseguiríamos escrever um único artigo.

— Compreendo, mas você vai incluir as informações abaixo do artigo, certo? Que esse artigo foi escrito pelo homem que assumiu o serviço depois de Carl Opgard.

Vi os olhos do maratonista faiscarem, agora que a sua estratégia de longo prazo estava sob pressão, e ele estava prestes a dizer ou fazer algo que não serviria ao seu propósito final.

E depois que o irmão dele, Roy, recusou o serviço.

Eu não disse isso. Claro que não. Só fiquei me perguntando como Dan Krane reagiria.

— Obrigado pelo seu tempo — disse Krane, fechando o zíper do casaco impermeável.

— Ao seu dispor — respondi. — Vinte coroas.

Ele olhou para mim e para o café. Tentei imitar o seu sorriso retesado.

* * *

O jornal publicou uma história sobre Carl Abel Opgard, um dos nossos rapazes que se deu bem do outro lado do Atlântico. O crédito do artigo era de um dos repórteres financeiros de Krane.

De volta em casa depois da conversa com Krane, dei uma corrida pelos fundos da fazenda, inspecionei alguns ninhos que havia encontrado, fui até o celeiro e soquei aquele velho saco de areia por meia hora. Então subi para o banheiro novo e tomei banho. Fiquei ali com o cabelo ensaboado pensando no dinheiro que tinha sido suficiente para pagar não apenas a obra do banheiro e o isolamento térmico como também as novas janelas. Ergui o rosto para o jato de água quente e o deixei lavar tudo daquele dia. Um novo dia me esperava. Encontrei o meu ritmo de vida. Tinha um objetivo e uma estratégia. Eu não queria ser presidente do Conselho Municipal, tudo o que queria era o meu próprio posto de gasolina. Mas, ao mesmo tempo, estava me tornando um maratonista.

Foi então que Carl ligou e disse que estava voltando para casa.

PARTE CINCO

40

UMA VELOCIDADE INACREDITÁVEL. A besta dispara em direção ao abismo. O aglomerado de metal cromado, couro, plástico, vidro, borracha, cheiros, sabores e lembranças que pensei que estariam comigo para sempre, aqueles a quem amava e pensava que jamais perderia, tudo se distanciando. Fui eu quem colocou tudo em movimento, quem deu início à cadeia de eventos dessa história. Mas, a certa altura — e é difícil pra cacete precisar quando e onde —, a própria história assume o comando, o peso da gravidade está no banco do motorista, a besta acelera, se torna autônoma, e, mesmo que eu mude de ideia, nada do que faça vai mudar o rumo dos acontecimentos. Uma velocidade inacreditável.

Se eu gostaria que tudo o que aconteceu jamais tivesse acontecido? Puta que pariu, é claro que sim.

Mesmo assim, é fascinante ver as avalanches de Ottertind em março, ver a neve salpicar a cobertura de gelo do lago Budal, ver um incêndio florestal em julho, mesmo sabendo que o velho carro de bombeiros da GMC não terá condições de subir as colinas. É emocionante ver a primeira e genuína tempestade outonal pôr à prova mais uma vez a solidez do telhado dos celeiros lá no vilarejo e pensar que esse ano a tormenta conseguirá levar pelos ares pelo menos um deles, que será avistado rodopiando através dos campos como a porra de uma lâmina de serra gigante até se desmantelar. E é exatamente isso que acontece.

E o pensamento seguinte é: e se alguém, alguma pessoa, estivesse lá quando a lâmina viesse? É claro que não se deseja isso, mas é impossível descartar por completo o pensamento de que teria sido uma visão e tanto. Não, não se deseja isso. Então, se eu soubesse a sequência de eventos que estava pondo em movimento, provavelmente teria feito as coisas de forma diferente. Mas não fiz, então não posso afirmar com certeza que teria feito as coisas de outro jeito se tivesse tido uma nova chance sem nenhuma informação extra.

E, mesmo que fosse a sua intenção direcionar a rajada de vento que arrancou o telhado do celeiro, o que aconteceu depois estaria fora de controle. O telhado do celeiro, agora um emaranhado de ferro corrugado e afiado como navalha, rodopia em direção àquela pessoa solitária lá no campo, e tudo o que se pode fazer é assistir com uma mistura de horror, curiosidade e remorso de que isso era parte de algo que se ansiava ver. Mas o pensamento seguinte talvez seja algo para o qual não se está preparado: você se vê desejando que a pessoa no campo fosse você mesmo.

41

Eu e Pia Syse assinamos um contrato de trabalho que dizia que após dois anos em Sørlandet eu estaria livre para voltar a ser chefe do posto em Os.

O posto de gasolina que me foi destinado ficava perto de Kristiansand, do outro lado da rodovia Europa, que passa pelo zoológico e pelo parque de diversões. Evidentemente, era muito maior que o de Os, com mais funcionários, mais bombas, uma loja maior com um estoque maior e um faturamento maior. A grande diferença, porém, era que o chefe anterior havia tratado a equipe como uma cambada de imbecis que secavam o caixa da empresa, então o que encontrei lá foi um bando de funcionários desmoralizados que odiavam o chefe e nunca faziam nada além do que lhes fora determinado na hora da contratação e às vezes nem isso.

— Cada posto de gasolina é único — afirmava Gus Myre, diretor de vendas da sede, nas suas palestras. — O logotipo é o mesmo, a gasolina é a mesma, a logística é a mesma, mas, no fim das contas, os nossos postos não são feitos por combustível, Corollas e Coca-Cola. São feitos por *pessoas*. Por aquelas que estão na frente e atrás do balcão, e pela comunicação entre elas.

Ele entoava a mensagem como uma música que ficava um pouco mais cansativa de repetir a cada ano, embora, apesar de tudo, fosse o seu grande hit. Desde a aliteração excessivamente divertida que deve ter sido de sua autoria — "combustível, Corollas e Coca-Cola" — à sinceridade igualmente exagerada e apelativa de "pessoas", que sempre me lembrava daquelas reuniões revivalistas em Årtun. Porque, assim como os pastores, a função de Myre era fazer com que os presentes à reunião acreditassem em algo que, no fundo, todos sabiam que era bobagem, mas que *gostariam* muito de acreditar que fosse verdade. Porque a crença faz com que a vida — no caso do pastor, a morte — seja algo muito mais fácil de lidar. Se você realmente acredita que é excepcional, e que cada encontro também é excepcional, fica fácil induzir a si mesmo a acreditar num tipo de pureza, numa inocência eterna e virginal que o impede de cuspir na cara dos clientes e vomitar de tédio.

Acontece que eu não me julgava excepcional. O posto de gasolina — não obstante as diferenças acima mencionadas — também não tinha nada de excepcional. A rede segue as regras rigorosas das franquias, o que significa que os contratados podem mudar de um pequeno posto numa região do país para um maior em outra que seria igual a trocar lençóis da mesma cama. Levei dois dias desde o instante em que cheguei para assimilar os detalhes técnicos que o distinguiam do posto em Os, quatro dias para conversar com todos os funcionários e descobrir quais eram as suas ambições, que mudanças achavam que poderiam transformar o posto num lugar melhor para trabalhar e para o cliente estar e três semanas para implantar noventa por cento dessas demandas.

Entreguei um envelope à gerente encarregada da segurança e disse a ela que não o abrisse por oito semanas, mas aguardasse até o dia da reunião de equipe que avaliaria as mudanças implementadas. Tínhamos contratado o serviço de uma cafeteria da região para o evento. Dei boas-vindas a todos e passei a palavra a um funcionário que nos informou sobre os resultados das vendas e dos lucros; em seguida, a outro membro da equipe que nos apresentou as estatísticas de ausências por doença; e a um terceiro, que anunciou os resultados de uma simples pesquisa de satisfação do cliente, juntamente com uma avaliação informal da convivência entre os funcionários. Fiquei só ouvindo enquanto a equipe, depois de muito debate, resolvia desistir de oitenta por cento das mudanças que ela própria tinha sugerido. Em seguida, fiz um resumo das mudanças que todos achavam que tinham funcionado e a quais daríamos sequência, então anunciei que poderíamos comer e que o bar estava aberto. Alguém da equipe, um velho ranzinza, ergueu o braço e perguntou se eu só era responsável por isso, pelo bar.

— Não — respondi. — Também sou responsável pelo fato de que nas últimas oito semanas vocês tiveram a permissão de ser os seus próprios patrões. Lotte, você pode abrir o envelope que lhe dei antes de introduzirmos as mudanças?

Ela o fez e leu em voz alta a lista de quais mudanças eu achava que funcionariam e quais não. Houve muito cochicho à medida que aos poucos foi ficando evidente que as minhas projeções — com apenas duas exceções — correspondiam ao que eles mesmos decidiram depois que os resultados se tornaram conhecidos.

— A intenção aqui não é convencê-los de que eu sou o Sr. Sabe-Tudo — eu disse. — Olha, eu estava errado em dois pontos, o vale-café, que achei que funcionaria, e a oferta de cinco pães doces dormidos pelo preço de um, que achei que não funcionaria. Mas, como eu estava certo sobre os outros doze, acho que dá para dizer que sei *alguma coisa* sobre como administrar um posto de gasolina, certo?

Vi algumas cabeças assentindo. Eles mexem a cabeça de um jeito diferente aqui no Sul. Ainda mais lento, na verdade. Conforme as concordâncias se multiplicavam, deu para ouvir uns resmungos, até que finalmente o velho ranzinza assentiu também.

— Estamos em penúltimo lugar na lista de melhores postos de gasolina do condado — eu disse. — Falei com a sede e fiz um acordo. Se a gente estiver entre os dez melhores na próxima avaliação, vão oferecer uma viagem de balsa dinamarquesa para toda a equipe. Mas, se a gente estiver entre os cinco melhores, a viagem vai ser para Londres. E, se formos os melhores, vocês vão ganhar uma quantia em dinheiro e vão poder decidir sozinhos qual deve ser o prêmio.

Eles ficaram me encarando. E depois começou a algazarra.

— Essa noite... — gritei, e o barulho cessou na hora. — Essa noite somos o segundo pior do condado, então o bar vai ficar aberto por apenas uma hora. Depois disso, todos vão para casa recarregar as baterias e se preparar para amanhã, porque é amanhã, e não depois de amanhã, que começamos a subir nessa lista.

Eu morava em Søm, uma área residencial tranquila na zona leste, um pouco antes das pontes para a cidade. Aluguei um apartamento espaçoso de três quartos, embora só tivesse mobília para dois. Imaginei que a essa altura os boatos sobre Carl ter sido abusado por papai estivessem se espalhando como fogo no palheiro pelo vilarejo de Os. Que os únicos que não tinham ouvido falar do assunto eram Carl e eu. Embora Grete tivesse guardado segredo por quinze anos, quando tomou a decisão de espalhar o que Carl havia lhe confidenciado, fui a primeira pessoa a quem ela contou, e agora ela deve estar tendo um dia de festa atrás do outro no salão de cabeleireiro. Se Carl descobrisse, provavelmente não teria problema para lidar com isso. E, se não descobrisse, também estaria tudo certo. De qualquer forma, a responsabilidade e a vergonha eram sobretudo minhas. Eu não suportaria. Me sentia fragilizado. Mas essa não foi a principal razão para deixar Os. Foi ela.

De noite eu sonhava com Shannon.

De dia eu sonhava com Shannon.

Comendo, dirigindo entre o trabalho e a casa, atendendo clientes, malhando, lavando roupa, sentado no banheiro, me masturbando, ouvindo um audiolivro ou vendo TV, eu sonhava com Shannon.

Com aquele olho sonolento e sensual. Um olho que expressava mais sentimentos, mais calor e frio que os dois olhos de qualquer outra pessoa. Ou sonhava com a voz dela, que era quase tão grave quanto a de Rita, embora totalmente diferente, tão suave que dava vontade de se deitar sobre ela como numa cama quente. Eu pensava em beijá-la e em transar com ela, em lavá-la, em segurá-la com força e em libertá-la. E sonhava com os cabelos ruivos que brilhavam à luz do sol, com a tensão da coluna arqueada, com o riso que continha tanto um rosnado predatório quase imperceptível quanto uma promessa velada.

Tentei dizer a mim mesmo que era a velha história de sempre, a mesma de Mari, em que me apaixono pela namorada do meu irmão. Que era algum tipo de doença ou curto-circuito no meu cérebro. Algo que me deixava louco com o que não posso ou não deveria ter. E que se por algum milagre Shannon também me quisesse seria apenas uma repetição do que tinha acontecido com Mari. Esse amor se dissolveria, do mesmo jeito que se vê o arco-íris no topo da montanha desaparecer quando se dirige. Não porque o amor fosse delirante, mas porque o arco-íris precisa ser visto de certo ângulo — de fora — e a certa distância — não muito de perto. E, se por acaso o arco-íris ainda estiver lá quando o topo da montanha for alcançado, não haverá pote de ouro no fim, apenas tragédia e vidas destruídas.

Eu disse a mim mesmo tudo isso, mas não adiantou nada. Era como a porra da malária. E pensei que talvez fosse verdade o que as pessoas dizem, que é só na segunda vez que se pega a febre que ela acaba com você. Tentei me livrar dessa sanha incontrolável, mas não parava de voltar. Tentei dormir e esquecer, mas fui acordado por gritos vindos do zoológico, mesmo que fosse improvável, o lugar ficava a quase dez quilômetros.

Tentei sair um pouco, alguém havia recomendado um pub em Kristiansand, mas acabei sentado sozinho no bar. Não tinha a menor ideia de como abordar pessoas, nem tinha vontade, era mais por *obrigação*. Porque eu não me sinto solitário. Ou melhor, me sinto, sim, mas isso não me incomoda, não o bastante para virar assunto de uma conversa. Eu estava era pensando que talvez mulheres ajudassem, que talvez pudessem ser um remédio para a febre. Mas nenhuma delas passou mais de um segundo olhando para mim. Se fosse no Fritt Fall, pelo menos depois de uma ou duas cervejas alguém teria perguntado quem eu era. Mas elas provavelmente viram naquele único segundo que eu era um caipira que passava uma noite na cidade, então não valia a pena o esforço, como dizem. Talvez tenham notado que o meu dedo médio se projetava quando eu erguia o copo. Então engoli o restante da cerveja — uma *pale lager* da Miller, que parecia água suja — e tomei o ônibus de volta para casa. Me deitei na cama e ouvi o som de macacos e girafas.

Foi quando Julie ligou com algumas perguntas técnicas sobre contagem de estoque que percebi que Grete havia mantido segredo sobre o abuso de papai. Depois que expliquei a Julie as tecnicalidades, perguntei quais eram as últimas fofocas, e ela as forneceu, embora um pouco surpresa, já que eu nunca tinha demonstrado interesse algum por esse tipo de coisa. Como não havia nada de interessante, perguntei se ela sabia de algum boato envolvendo a nossa família, qualquer coisa sobre Carl e papai.

— Não... por que deveria ter? — perguntou ela, e pude perceber que realmente não fazia ideia do que eu estava falando.

— Pode ligar se tiver mais alguma coisa que queira saber sobre contagem de estoque — eu disse.

Desligamos.

Cocei a cabeça.

Talvez não fosse tão estranho assim Grete não ter espalhado o segredo sobre Carl e papai. Ela manteve a boca fechada por todos esses anos porque em meio a toda a sua loucura ela era, acima de tudo, louca de amor, assim como eu. Ela não queria ferir Carl, e por esse motivo manteria a boca fechada. Mas então por que Grete me contou o que sabia? Me lembrei da pergunta dela sobre como resgatei Carl. *O que você fez, Roy?* Foi uma ameaça? Será que Grete estava tentando me dizer que tinha descoberto quem era o culpado por mamãe e papai terem caído em Huken? Que eu não devia fazer nada que atrapalhasse os seus planos com Carl?

Se fosse o caso, era tão louco que só de pensar nisso eu estremecia.

Mas isso significava que eu tinha um motivo a menos para ficar longe de Os.

Não passei o Natal em casa.

Nem a Páscoa.

Carl me ligava e me mantinha a par do que acontecia com o hotel.

O inverno chegou antes do previsto, e nevou por tempo demais, por isso estavam atrasados. Também tiveram que fazer alguns ajustes nos desenhos depois que o conselho insistiu em que queria ver mais madeira e menos concreto.

— A Shannon está puta da vida, ela não entende que, se o conselho não arrumasse aquelas merdas de paredes de madeira, não teríamos conseguido a autorização do departamento de planejamento. Ela chegou a argumentar que madeira não é sólida o suficiente, o que, é claro, é papo furado. A única preocupação dela é com a estética do lugar, que vai receber a sua assinatura. Mas não tem jeito, a gente sempre tem esse tipo de discussão com arquitetos.

Pode ser que sim, mas o que pude depreender do tom de voz dele foi que a discussão havia sido mais violenta que o usual em se tratando de arquitetos.

— Ela está... — Pigarreei para me interromper quando notei que não conseguiria terminar a pergunta em tom neutro. Ao menos neutro o suficiente para os ouvidos de Carl. Mas deu para perceber que ela não tinha lhe contado sobre aquela declaração de amor idiota que fiz durante a festa de lançamento no Fritt Fall, ou eu teria ouvido isso na voz dele, porque essa é uma via de mão dupla. Dava para ouvir, por exemplo, que ele tinha tomado algumas Budweisers. — Ela está se adaptando bem?

— Sim, sim. Leva tempo para se adaptar a algo tão diferente do que se conhece. Por exemplo, depois que você foi embora, ela passou um bom tempo muito silenciosa e triste. Claro, ela quer filhos, mas não é tão fácil, ela tem alguma coisa, então parece que fertilização in vitro é a única saída.

Senti os músculos na altura do estômago se contraírem.

— Por mim não tem problema, mas está tudo um pouco incerto no momento. Ah, e ela vai para Toronto no verão, tem uns projetos para terminar.

Eu tinha ouvido um tom de falsidade na voz dele? Ou era só algo que queria escutar? Eu não podia mais confiar na porcaria do meu próprio julgamento.

— Você podia tirar umas férias e vir para cá — disse Carl. — Vamos ter a casa inteira só para nós. O que acha? Pura curtição. Como nos velhos tempos!

Aquele conhecido entusiasmo na sua voz ainda era contagiante, e eu quase disse sim.

— Vou ver se consigo. Verão é alta temporada com todos os turistas aqui no sul.

— Vamos lá! Você também precisa de uma folguinha. Você tirou pelo menos um dia de folga desde que chegou aí?

— Tirei, sim — respondi. — Quando ela vai partir?

— A Shannon? Na primeira semana de junho.

Peguei o carro e voltei para casa na segunda semana de junho.

42

Algo estranho aconteceu enquanto eu dirigia por Banehaugen, passando pela placa que sinalizava o vilarejo de Os, o lago Budal calmo como um espelho à minha frente. Me senti engasgar, e a estrada começou a flutuar, e tive que fechar os olhos com força. Foi como naquelas vezes em que por puro tédio você se joga na frente da TV assistindo a um dramalhão de quinta categoria e, por estar totalmente relaxado e desprevenido, sente de repente a necessidade de engolir em seco.

Eu havia tirado quatro dias de folga.

Por quatro dias Carl e eu ficamos relaxando na fazenda vendo o verão passar por nós. Vendo aquele sol que parecia que jamais iria se pôr. Bebendo uma cerveja atrás da outra no jardim de inverno. Conversando sobre os velhos tempos. Sobre a escola, os amigos, as festas, os bailes em Årtun e o chalé de Aas. Carl falou sobre os Estados Unidos e sobre Toronto. Sobre o dinheiro que entrava num mercado imobiliário aquecido. Sobre o projeto que, ao fim, descobriram ter dado um passo maior que as pernas.

— O mais difícil é pensar que *podia* ter dado certo — disse Carl, acrescentando mais uma garrafa vazia de cerveja à fileira ao longo do peitoril da janela. A dele era três vezes maior que a minha. — Era só questão de tempo. Se a gente tivesse conseguido manter o projeto em atividade por mais três meses, hoje estaria podre de rico.

Quando tudo deu errado, os outros dois sócios ameaçaram entrar na justiça contra ele.

— Eu era o único que não tinha perdido absolutamente tudo, então eles julgaram que poderiam tirar um pouco de dinheiro de mim — disse com uma risada e abriu outra cerveja.

— Você não tem um monte de trabalho que devia estar fazendo? — perguntei.

Tínhamos visitado o canteiro de obras e visto como as coisas andavam. O trabalho havia começado, mas a impressão era de que não ia a todo vapor. Muito maquinário, mas nem tantos empregados. E, se me perguntassem, teria que admitir que não parecia que muita coisa havia acontecido nos nove meses desde que começaram a construção. Carl explicou que ainda estavam trabalhando nas escavações e que demoraram muito tempo para organizar as estradas, o abastecimento de água e esgoto. Mas, assim que a construção do hotel tivesse início, o restante realmente aceleraria.

— Na verdade, o hotel está sendo montado em outro local enquanto estamos aqui. Construção modular é como chamam. Mais da metade do hotel vai chegar aqui pré-fabricada como grandes caixas que vamos encaixar no lugar.

— Nas fundações?

Carl virou a cabeça para o lado.

— Sim, de certa forma. — Ele disse isso como quando as pessoas querem poupar o interlocutor dos detalhes, por serem complicados demais para explicar, ou esconder o fato de que não sabem direito do que se trata. Carl foi falar com alguns dos pedreiros que trabalhavam enquanto fiquei vagando pela urze à procura de novos ninhos de pássaros. Não encontrei nenhum. Talvez o barulho e o tráfego os tivessem assustado, mas não deviam estar longe.

Carl voltou e enxugou o suor da testa.

— Quer dar um mergulho?

Achei graça.

— Tá rindo do quê? — gritou Carl.

— O equipamento é tão velho que seria quase suicídio.

— Vamos nadar então?

— Tá bom.

Mas é claro que acabamos voltando para o jardim de inverno. Em algum momento entre a quinta ou sexta cerveja, Carl perguntou de repente:

— Você sabe como Abel morreu?

— Foi assassinado pelo irmão — eu disse.

— Estou me referindo ao Abel do qual herdei o nome, o secretário de Estado, Abel Parker Upshur. Ele estava fazendo uma excursão guiada ao USS *Princeton* no rio Potomac e o pessoal do navio resolveu fazer uma demonstração do poder de fogo de um dos canhões que acabou explodindo, matando Abel e cinco outros. Foi em 1844. Então Abel nunca presenciou a maior conquista da sua vida, a anexação do Texas em 1845. O que você acha disso?

Dei de ombros.

— Triste?

Carl deu uma gargalhada.

— Pelo menos você faz jus ao seu nome do meio. Você conhece a história da mulher que se sentou ao lado de Calvin Coolidge...?

Eu mal ouvia o que Carl estava dizendo, porque é claro que eu conhecia a anedota, papai adorava contar. A mulher sentada ao lado de Coolidge num jantar apostou que arrancaria mais de duas palavras do presidente famoso por ser taciturno. Quase no fim da refeição, o presidente se virou para ela e disse: "Você perdeu."

— Qual de nós dois é mais parecido com papai e qual é mais parecido com mamãe? — perguntou Carl.

— Você está de brincadeira? — eu disse, tomando alguns goles da minha Budweiser. — Você é mamãe e eu sou papai.

— Eu bebo como papai — disse Carl. — Você como mamãe.

— Essa é a única coisa que não faz sentido — retruquei.

— Então *você* é o pervertido?

Não falei nada. Não sabia o que dizer. Mesmo quando estava acontecendo, não conversávamos sobre o que estava acontecendo, eu apenas o consolava como se ele tivesse levado uma surra banal de papai. E eu prometia vingança sem entrar em detalhes. Muitas vezes me perguntei se as coisas poderiam ter sido diferentes se eu tivesse falado abertamente do assunto, libertado as palavras, as transformado em algo que pudesse ser ouvido, em algo real e não apenas num fato que aconteceu dentro da nossa cabeça e, portanto, que pudesse ser rejeitado como mero fruto da imaginação. Eu lá vou saber?!

— Você pensa nisso? — perguntei.

— Sim — respondeu Carl — e não. O que aconteceu comigo me incomoda menos do que as coisas que eu li.

— As coisas que você leu?

— Sobre outras vítimas de abuso. Mas é provável que a maioria que escreve ou comenta sobre o ocorrido é gente que ficou muito traumatizada. Acho que tem muitas pessoas como eu. Gente que supera o problema, que vira a página. É uma questão de contexto.

— Contexto?

— Abuso sexual é nocivo em grande parte por causa da condenação social e da vergonha que o cerca. Aprendemos que vamos ficar, *sim*, traumatizados por termos sofrido abuso, então tudo que dá errado na nossa vida colocamos a culpa nisso. Considere os meninos judeus que foram circuncidados. É mutilação sexual. Tortura. Muito pior que ser abusado. Mas nada sugere que muitos deles sofram danos mentais por causa da circuncisão. Porque ocorre dentro de um contexto que diz que está tudo bem, que é algo a ser esperado, que faz parte da cultura. Talvez o pior dano seja causado não exatamente quando o abuso ocorre, mas quando entendemos que está além do que é considerado aceitável.

Olhei para Carl. Ele estava falando sério? Ou era só um jeito de processar tudo? E, se fosse, qual o problema? *Whatever gets you through the night, it's all right.*

— Quanto disso você contou para a Shannon? — perguntei.

— Tudo. — Ele levou a garrafa aos lábios e a virou para cima em vez de inclinar a cabeça para trás, emitindo um som que parecia quase um choro.

— Bom, ela sabe que encobrimos tudo quando o Olsen entrou em Huken, mas também sabe que mexi nos freios e na direção do Cadillac quando mamãe e papai morreram?

Ele balançou a cabeça.

— Só conto para ela tudo o que diz respeito a *mim*.

— Tudo? — perguntei e olhei para fora, deixando o sol baixo da tarde me ofuscar.

Vi pelo canto do olho que ele me encarava com curiosidade.

— A Grete me procurou na cerimônia do começo das obras do hotel no ano passado, depois que a primeira pá foi desenterrada — eu disse. — E me contou que você e a Mari se encontravam às escondidas no chalé do Aas.

Carl ficou em silêncio por algum tempo.

— Merda — disse baixinho.

— Pois é — concordei.

No silêncio lá fora, ouvi duas grasnadas rápidas de um corvo. Sinal de alarme. Então veio a pergunta:

— Por que a Grete foi contar para *você*?

Eu já esperava pela pergunta. E essa tinha sido a razão para não ter revelado a ele antes. Para evitar a pergunta e a necessidade de mentir, para manter em segredo o que Grete achou que descobrira sobre mim: que eu queria Shannon. Porque, se eu dissesse as palavras, não importa o tamanho da insanidade delas, e mesmo que nós dois soubéssemos a dimensão da loucura de Grete, a possibilidade de isso ter um pingo de verdade já teria sido plantada na mente dele. Então seria tarde demais, Carl veria a verdade, como se estivesse impressa na minha testa em letras garrafais.

— Não faço a menor ideia — respondi em tom casual. Casual demais, provavelmente. — Ela ainda quer você. Mas, se o que você quer é pôr fogo no paraíso e sair impune, então se aproxime furtivamente, comece pelas beiradas e torça para que o fogo se espalhe. Ou algo parecido.

Coloquei a garrafa na boca, ciente de que a minha explicação tinha sido um pouco poética demais e a metáfora um pouco artificial demais para parecer espontânea. Foi preciso jogar a bola de volta para o campo dele.

— Mas é verdade? Você e a Mari?

— Claramente você não... — respondeu ele, pondo a garrafa vazia no parapeito da janela.

— Eu não o quê?

— Faz ideia, ou então teria me contado antes, me avisado, ou algo assim. Ou ao menos me dado um toque, chamado a minha atenção.

— Eu não acreditei nela, é claro — falei. — A Grete tinha bebido umas, o que a deixa ainda mais louca que o normal. E essa história simplesmente escapou da minha cabeça.

— Então o que fez com que lembrasse agora?

Dei de ombros. Acenei a cabeça indicando o celeiro.

— Cairia bem uma demão de tinta nova. Será que os rapazes que estão pintando o hotel não podem te dar um orçamento?

— Sim.

— A gente divide, então?

— O sim foi para a sua outra pergunta.

Encarei-o.

— Sobre a Mari e eu estarmos nos encontrando — concluiu e arrotou.

— Não é da minha conta — eu disse e tomei outro gole da cerveja que estava começando a ficar choca.

— Foi a Mari que tomou a iniciativa. Na festa de boas-vindas ela perguntou se a gente não poderia se encontrar, só nós dois, e conversar sobre o assunto, colocar as cartas na mesa. Mas ela disse que todos os olhos estavam sobre nós naquele momento, então era melhor nos reunirmos em algum lugar discreto para que não houvesse nenhuma fofoca. Ela sugeriu que a gente se encontrasse no chalé. Iríamos nos nossos próprios carros e estacionaríamos em lugares diferentes, e cheguei um pouco depois dela. Muito esperto, né?

— Muito esperto — concordei.

— A Mari teve essa ideia porque a Grete disse para ela que a Rita Willumsen já fez um arranjo parecido no chalé dela com um jovem amante.

— Deus do céu. Ela se mantém muito bem informada, essa Grete Smitt. — Senti a minha garganta seca. Não perguntei a Carl se ele se lembrava de ter contado a Grete sobre papai naquela vez em que ele bebeu em Årtun.

— Algo errado, Roy?

— Não. Por quê?

— Você ficou pálido.

Dei de ombros.

— Não posso dizer. Jurei pela sua alma.

— Pela *minha* alma?

— Sim.

— Ah, essa aí foi perdida há muito tempo. Deixa disso!

Dei de ombros. Não conseguia me lembrar se naquela época havia jurado ficar em silêncio por toda a eternidade — afinal de contas, eu era só um adolescente — ou apenas por um período determinado.

— O jovem amante da Rita Willumsen era eu.

— Você? — Carl me encarou com olhos arregalados de espanto. — É brincadeira, né? — Ele deu um tapa na coxa e uma gargalhada. Brindou com um tim-tim na minha garrafa. — Me conta como foi — ordenou.

Então contei. Ao menos em linhas gerais. Às vezes ele ria, às vezes ficava sério.

— E você vem escondendo esse segredo de mim desde que era adolescente? — disse ele quando terminei, balançando a cabeça de um lado para o outro.

— Bom, a gente tem muita prática em fazer isso nessa família — eu disse. — Agora é a sua vez de me contar sobre a Mari.

Carl me contou que já na primeira vez no chalé acabaram indo para a cama.

— É que ela tem muita prática quando se trata de me seduzir — comentou com um sorriso quase melancólico. — Ela sabe do que eu gosto.

— Então você acha que não teve opção — eu disse, com um tom mais acusador do que pretendia.

— Assumo a minha parte da culpa, mas é óbvio que esse era o objetivo dela.

— Seduzir você?

— Para provar a si mesma e a mim que ela sempre seria a minha primeira escolha. Para me mostrar que eu estava disposto a arriscar qualquer coisa. Que a Shannon ou qualquer outra eram e sempre seriam substitutas da Mari Aas.

— *Trair* qualquer coisa — eu disse, apanhando a minha caixa de fumo.

— Hã?

— Você disse "arriscar" tudo. — Dessa vez não consegui sequer tentar disfarçar o tom acusatório.

— Tanto faz — disse Carl. — A gente continuou a se encontrar.

Assenti.

— Todas aquelas noites que você disse que tinha reuniões e a Shannon e eu esperávamos em casa.

— Sim. Eu sou imoral, eu sei.

— E naquela vez que você disse que estava na casa do Willumsen, mas viu Erik Nerell e a esposa dando um passeio noturno?

— Sim, por pouco não me entreguei. Claro, eu estava voltando do chalé. Talvez eu *quisesse* me entregar. Andar por aí com a consciência pesada o tempo todo não é a porra de um passeio no parque.

— Mas você conseguiu sobreviver — eu disse.

Ele reconheceu a crítica mordaz e apenas abaixou a cabeça.

— Depois de nos encontrarmos algumas vezes, a Mari provavelmente sentiu que tinha conseguido o que queria e me dispensou. De novo. Mas foi bom para mim também. Era só... nostalgia. A gente não voltou a se encontrar desde então.

— Mas vocês se veem na cidade.

— Sim, acontece, é claro. Mas ela só sorri como se tivesse ganhado algum joguinho. — Carl riu com desprezo. — Exibe para a Shannon as crianças no carrinho de bebê que, é claro, estava sendo empurrado pelo seu jornalista todo saltitante feito a porra de um coolie. Tenho certeza de que ele suspeita de algo. Por trás daquela fuça esnobe e séria, vejo um cara que quer me matar.

— Será?

— É. Se quer saber o que eu acho, ele com certeza perguntou para a Mari, e ela deu uma resposta bem mais ou menos de propósito.

— Por que ela faria isso?

— Para fazê-lo andar na linha. Elas são assim.

— Elas quem?

— Ah... você sabe. As Mari Aases e as Rita Willumsens da vida. Elas sofrem da síndrome da rainha. E isso quer dizer que somos nós, os machos, os zangões, que *pagamos o pato*. Claro que até as rainhas querem que as suas necessidades sexuais sejam satisfeitas, mas o fundamental é que sejam amadas e adoradas pelos seus súditos. Então elas nos manipulam como verdadeiros fantoches nos seus malditos esquemas. Isso dá uma canseira do caralho.

— Você não está exagerando um pouco?

— Não! — Carl bateu com força a garrafa de cerveja no peitoril da janela, fazendo com que duas vazias caíssem no chão. — Não existe amor verdadeiro entre um homem e uma mulher que não sejam parentes, Roy. Tem que ter sangue envolvido. O mesmo sangue. O único lugar em que você encontra amor verdadeiro e altruísta é na família. Entre irmãos e irmãs e entre pais e filhos. Fora disso... — Ele gesticulou de forma expansiva e derrubou outra garrafa. Notei que estava bêbado. — Esquece. É a lei da selva. O melhor amigo do homem é ele mesmo. — Agora ele estava fungando. — Você e eu, Roy, somos tudo o que temos. Ninguém mais.

Me questionei onde Shannon se encaixava nessa história, mas não perguntei.

Dois dias depois, dirigi de volta para o sul.

Ao ultrapassar a placa que sinalizava o vilarejo, olhei pelo retrovisor. Pareceu estar escrito oz.

43

EM AGOSTO RECEBI UMA mensagem de texto.

O meu coração quase parou quando vi que era de Shannon.

Eu a reli inúmeras vezes nos dias que se seguiram, até descobrir o que significava.

Ela queria me ver.

Oi Roy, quanto tempo. Estarei em Notodden em 3 de setembro para encontrar um possível cliente. Você poderia me recomendar um hotel? Abraços, Shannon.

Quando li a mensagem pela primeira vez, imaginei que ela tivesse descoberto que eu costumava ir a Notodden para me encontrar com Unni num hotel. Mas eu nunca disse nada sobre isso a ela e não me lembrava de ter revelado a Carl. Mas por que não contei para ele? Não sei direito. Com certeza não era por vergonha de ter um caso com uma mulher casada. E dificilmente o taciturno Caim que habitava em mim teria se calado a respeito disso. Não sei. Talvez tenha sido apenas algo que compreendi mais para a frente: que Carl também não me revelava tudo.

Shannon deve ter suposto que eu teria uma ideia dos hotéis nas proximidades de Os, pensei. Analisei mais uma vez a mensagem, embora já a soubesse de cor e salteado, e disse a mim mesmo que não tentasse decodificar significados num texto que consistia em três frases bem comuns.

Ainda assim...

Por que entrar em contato comigo depois de um ano de silêncio e perguntar sobre *hotéis* em Notodden? Na verdade, havia dois, no máximo três para escolher, e o TripAdvisor tinha, é claro, as informações mais relevantes e atualizadas que as que eu teria a fornecer. Eu sabia disso porque verifiquei on-line no dia seguinte ao do recebimento da mensagem. E por que me passar a data que estaria lá? E que teria uma reunião com um cliente em potencial, o que, visto por outro ângulo, era uma forma de avisar que viajaria sozinha. E, por último, mas não menos importante, por que passar a noite lá quando estava a uma viagem de apenas duas horas de casa?

Certo, talvez ela não gostasse de dirigir à noite por aquelas estradas. Talvez ela e o cliente tivessem combinado de jantar juntos, e ela quisesse tomar uma taça de vinho. Ou talvez fosse simplesmente porque ela ansiava por passar a noite num hotel, para variar, em vez de ficar na fazenda. Talvez ela até quisesse arejar um pouco a relação com Carl. Talvez ela estivesse tentando me dizer isso com aquela mensagem de texto um pouco cifrada. Não, não! Era apenas uma mensagem de texto comum, uma oportunidade ligeiramente tênue de restabelecer comunicações normais com o cunhado depois que ele estragou tudo ao dizer que estava apaixonado por ela.

Respondi na mesma noite em que recebi a mensagem.

Oi. Faz tempo mesmo. O Brattrein é ótimo. Excelente vista. Abraços, Roy.

Cada maldita sílaba tinha sido cuidadosamente considerada, é claro. Tive que me esforçar para não enviar nada com ponto de interrogação, perguntar *como você está?* ou qualquer outra coisa que parecesse implorar uma continuação. Um eco da mensagem dela, nada mais, nada menos, era o que tinha que ser. Recebi uma resposta uma hora depois.

Obrigada pela ajuda. Um grande abraço.

Não havia nada que alguém pudesse elaborar sobre isso e, de qualquer maneira, tudo o que ela podia fazer era mesmo vincular a resposta à minha. Isso me levou de volta à primeira mensagem: seria um convite para ir a Notodden?

Nos dois dias seguintes vivi um tormento. Até contei as palavras e vi que ela escreveu vinte e quatro, eu respondi com doze e depois ela mandou seis. Será que foi acidental ou devo responder com três palavras e ver se ela responde com uma e meia? Haha!

Eu estava ficando doido.

Escrevi:

Uma boa viagem.

A resposta veio enquanto eu estava deitado tentando dormir.

Obrigada. X

Uma palavra e meia. Eu sabia, é claro, que o xis significava "beijos" em inglês, mas que tipo de beijo? Pesquisei no Google na manhã seguinte. Ninguém sabia, mas alguns julgavam que o xis derivava da época em que as cartas eram seladas com um xis e com um beijo por cima. Outros sugeriram que o xis — como um antigo símbolo de Jesus — era um beijo religioso, como um beijo de bênção. Mas a explicação de que mais gostei foi que o xis representa dois pares de lábios se encontrando.

Dois pares de lábios que se encontram.

Foi isso que ela quis dizer?

Não, pelo amor de Deus, não tinha como ela querer ter dito isso.

Examinei a minha agenda e comecei a contar quantos dias faltavam para 3 de setembro, até perceber o que estava fazendo.

Lotte enfiou a cabeça pelo vão da porta para dizer que o display na bomba número quatro tinha se soltado e perguntou o que a minha agenda estava fazendo no chão.

Certa noite, num bar em Kristiansand, quando eu estava me levantando para ir embora, uma mulher se aproximou de mim.

— Já está indo para casa?

— Talvez — eu disse e olhei para ela. Seria exagero dizer que era bonita. Talvez um dia tivesse sido. Não, não era bonita, mas, mesmo assim, teria sido uma das primeiras meninas da turma a chamar a atenção dos meninos. Porque ela era atrevida, um pouco despudorada e arrogante. *Promissora*, como costumavam dizer. E talvez tenha cumprido a promessa um pouco rápido demais, oferecido o que queriam antes que fizessem por onde. Achando que receberia algo em troca. Muita coisa aconteceu desde então, e a maioria ela preferia que não tivesse acontecido. Tanto as coisas que fez consigo mesma quanto as que fizeram com ela.

Agora ela estava um pouco bêbada e procurando alguém que ela sabia que, no fundo, iria desapontá-la de novo. Mas, se não houver nem esperança, o que sobra?

Então paguei uma cerveja para ela, disse o meu nome, o meu estado civil e onde trabalhava e morava. Em seguida fiz perguntas e deixei que ela falasse. Deixei que derramasse bile sobre todos os homens que ela conheceu e que arruinaram a sua vida. O nome dela era Vigdis, trabalhava numa floricultura, mas no momento estava de licença médica. Dois filhos. Cada um com o respectivo pai naquela semana. Apenas um mês atrás, expulsou um terceiro homem de casa. Me perguntei se tinha sido durante esse despejo que ela ganhou aquele hematoma na testa. Ela disse que ele passava de carro em frente à casa dela à noite para verificar se ela estava levando alguém para lá, então seria melhor se fôssemos para a minha casa.

Pensei a respeito. Mas a sua pele não era pálida o suficiente, e o seu corpo muito volumoso. Mesmo se eu fechasse os olhos, ainda haveria aquela voz metálica que eu já sabia que não ficaria em silêncio por muito tempo e destruiria a ilusão.

— Obrigado, mas tenho que trabalhar amanhã — eu disse. — Fica para a próxima.

A sua boca se torceu num esgar.

— Você não é lá grande coisa, se era nisso que estava pensando.

— Eu não estava pensando nisso.

Esvaziei o copo e fui embora. Na rua, ouvi saltos batendo no asfalto atrás de mim e soube que era ela. Vigdis enlaçou o seu braço ao meu e soprou a fumaça de um cigarro recém-aceso no meu rosto.

— Pelo menos me leva para casa de táxi — pediu ela. — Moro na mesma direção que você.

Chamei um táxi e a deixei sair depois da primeira ponte, do lado de fora de uma casa em Lund.

Eu tinha visto alguém num dos carros estacionados na calçada, e, enquanto o táxi se afastava, me virei e vi um homem sair do carro e seguir rapidamente em direção a Vigdis.

— Para — ordenei ao motorista.

O táxi diminuiu a velocidade e vi Vigdis caída na calçada.

— Dá a ré — pedi.

Se o motorista tivesse visto o mesmo que eu, provavelmente não teria voltado. Saltei do táxi e procurei nos bolsos algo em que pudesse enrolar a minha mão direita, enquanto seguia até o homem de pé ao lado de Vigdis, gritando algo que se perdia entre os ecos das paredes cegas e silenciosas das casas ao longo da rua. Imaginei que fossem imprecações, mas só ao chegar bem perto que pude ouvir que ele dizia:

— Eu te amo! Eu te amo! Eu te amo!

Fui até o sujeito e ataquei enquanto ele virava o rosto choroso para mim. Senti a pele dos meus dedos rasgar. Porra. Bati nele de novo, no nariz, que é mais macio, e não saberia dizer se o sangue que jorrava era dele ou meu. Acertei-o pela terceira vez. O imbecil ficou ali balançando na minha frente, sem tentar se defender nem evitar os socos, forçando-se a se manter de pé para continuar sendo atingido, como se achasse isso algo bem-vindo.

Bati nele rápida e metodicamente, da mesma forma que batia no saco de pancadas. Não forte o suficiente para causar mais danos aos meus dedos, mas o bastante para fazê-lo sangrar e o fluido se espalhar sob a pele do seu rosto até que gradualmente começou a inchar como a porra de um colchão inflável.

— Eu te amo — disse ele no intervalo entre duas sequências de socos. A declaração não era para mim, mas para si mesmo.

Os seus joelhos dobraram, então dobraram de novo, e tive que mirar cada vez mais para baixo. Ele era igual ao Cavaleiro Negro naquele esquete do Monty Python, aquele que tem as pernas cortadas, mas se recusa a desistir até que se torna um torso saltitante.

Recuei o ombro, me preparando para lhe desferir o último soco, mas o meu braço foi contido por Vigdis. Ela estava atrás de mim.

— Não! — gritou a sua voz metálica no meu ouvido. — Não! Não machuca ele, seu merda!

Tentei me livrar dela, mas ela não me largava. E no rosto cheio de lágrimas e inchado do homem à minha frente vi um sorriso insano começar a se espalhar.

— Ele é meu! — gritou ela. — Ele é meu, seu filho da puta!

Olhei para o homem. Ele olhou para mim. Assenti. Me virei e vi que o táxi tinha ido embora, então comecei a andar na direção de Søm. Vigdis continuou segurando o meu braço por mais dez ou quinze metros antes de me soltar, e ouvi o toc-toc dos seus saltos enquanto ela seguia no sentido contrário, depois ouvi as suas palavras de conforto e o choro do homem.

Continuei seguindo para o leste. Pelas ruas adormecidas em direção à E18. Começou a chover. E pela primeira vez era chuva de verdade. Os meus sapatos estavam encharcados quando comecei a percorrer o meio quilômetro da ponte Varoddbro até Søm. Na metade do caminho, me ocorreu que havia uma alternativa. E eu já estava todo molhado mesmo. Olhei por cima do parapeito da ponte para as águas esverdeadas tingidas de preto lá embaixo. Trinta metros? Mas naquele mesmo instante comecei a ter dúvidas antes que a minha mente informasse que era provável que sobrevivesse à queda e o instinto de sobrevivência entraria em ação fazendo com que eu me debatesse até a margem, quase certamente com alguns ossos quebrados e órgãos danificados que não significariam uma vida mais curta, mas uma vida ainda mais merda. E, mesmo que eu tivesse a sorte de morrer na água lá embaixo, será que haveria realmente algum ganho em estar morto? Porque havia acabado de me lembrar de algo. Da resposta que dei quando o ex-xerife perguntou por que deveríamos continuar vivendo quando isso não nos agradava. "Porque estar morto pode ser ainda pior." E, assim que me lembrei disso, me lembrei do que tio Bernard disse quando foi diagnosticado com câncer: "Quando se está atolado até o pescoço em merda, não dá para esquecer de manter a cabeça erguida."

Dei risada. Feito um louco, parei sozinho na ponte dando uma bela gargalhada.

E então, com os passos mais leves, segui na direção de Søm, e minutos depois comecei a assobiar aquela música do Monty Python, aquela em que Eric Idle está pendurado na cruz. Se até as Vigdises da vida seguem com esperança e acreditando em milagres, por que eu não deveria fazer o mesmo?

Às duas da tarde do dia 3 de setembro cheguei a Notodden.

44

CÉU AZUL PONTILHADO DE nuvens. Ainda havia um persistente calor do verão, o aroma dos pinheiros e da grama recém-cortada, mas também rajadas de vento numa intensidade quase nunca vista no ameno sul do país. A viagem de Kristiansand a Notodden levou três horas e meia. Dirigi devagar. Mudei de ideia várias vezes ao longo do caminho. No fim das contas, porém, concluí que apenas uma coisa seria mais patética do que seguir em frente: dirigir até metade do caminho para Notodden e dar meia-volta.

Estacionei no centro da cidade e comecei a vasculhar as ruas à procura de Shannon. Quando éramos crianças, Notodden nos parecia grande, estranha, quase ameaçadora. Agora, talvez porque tivesse passado tanto tempo em Kristiansand, me parecia estranhamente pequena e provinciana.

Fiquei de olho aberto para o Cadillac, embora imaginasse que ela teria alugado um carro de Willumsen. Procurei pelas cafeterias e pelos restaurantes pelos quais passava. Desci em direção à água e passei em frente ao cinema. Por fim, entrei numa pequena cafeteria e pedi um café forte, me sentei numa mesa com vista para a porta e dei uma folheada nos jornais da região.

Não havia muitos cafés e bares em Notodden, e, é claro, o ideal seria que Shannon me encontrasse, e não o contrário. Que ela entrasse, eu erguesse o olhar e encontrasse os olhos dela, e nessa troca de olhares eu conseguisse entender que a desculpa esfarrapada que havia fantasiado não seria necessária: que tinha vindo a Notodden para dar uma olhada num posto de gasolina à venda. Que lembrava que ela havia marcado uma reunião em Notodden, mas não sabia que seria hoje. E que, se não estivesse ocupada com o cliente o dia todo, talvez pudéssemos nos encontrar para beber alguma coisa depois do jantar. Ou até mesmo jantarmos juntos, caso ela já não tivesse planos.

A porta se abriu e olhei. Um bando de jovens numa conversa animada. Pouco depois, a porta se abriu de novo, outro bando deles, e me dei conta de que era hora da saída das escolas. Na terceira vez que a porta se abriu, vi o rosto dela. Estava mudado, nada parecido com o que eu me lembrava. Esse rosto parecia tranquilo. Ela não me viu, e pude estudar as suas feições sem ser reconhecido atrás do jornal. Ela se sentou e prestou atenção ao garoto que a acompanhava. Não sorria nem ria, e parecia um pouco cautelosa, como se estivesse na defensiva, vulnerável. Mas também pensei ter visto que havia algo rolando entre ela e aquele menino, algo que só acontece entre pessoas próximas. Então os seus olhos passearam pela sala e, quando encontraram os meus, ficaram tensos por um instante.

Não sei se Natalie sabia por que o pai, Moe, o telhador, a mandara fazer o ensino médio aqui em Notodden. Nem que explicação tinha dado para os machucados que havia recebido na cozinha de casa. O mais provável era que ela não soubesse que eu tinha algo a ver com qualquer uma das situações. Mas e se soubesse? E se ela viesse até mim e perguntasse por que eu havia feito o que fiz? O que eu devia responder? Que havia interferido na sua vida por causa da vergonha que sentia por não ter conseguido fazer o mesmo pelo meu irmão? Que quase acabei com o pai dela porque na minha mente ele era um saco de pancada estampado com o rosto do meu pai? Que na verdade tudo o que aconteceu tinha a ver comigo e com a minha família, não com a família dela?

O seu olhar perambulou pelo salão. Talvez ela não tenha me reconhecido. Mas é claro que reconheceu. Óbvio que sim. Mas, mesmo que não soubesse que eu tinha ameaçado o seu pai de morte, talvez quisesse fingir que não reconheceu o cara que vendia as pílulas do dia seguinte, especialmente agora que tinha a oportunidade de ser uma garota diferente daquela menina intimidada e retraída quando morava em Os.

Via que ela estava tendo dificuldade em se concentrar no que o menino estava dizendo. Ora se virava para a janela, ora evitava olhar na minha direção.

Levantei e saí. Em parte, para deixá-la em paz. Em parte, porque eu não queria ninguém de Os como testemunha, caso Shannon aparecesse.

Às cinco eu já tinha ido a todos os cafés, bares e restaurantes de Notodden, exceto ao restaurante do Brattrein, que eu achava que não abria as portas antes das seis.

Ao atravessar o estacionamento em direção à entrada principal, senti por um instante borboletas no estômago, algo que costumava sentir quando ia me encontrar com Unni. Mas o mais provável era que fosse um condicionamento como os cachorros de Pavlov que, reconhecendo a situação, começavam a salivar, porque no momento seguinte as borboletas foram substituídas pela ansiedade. O que raios eu estava fazendo? Era melhor ter me suicidado na ponte. Se eu pegasse o carro agora, poderia chegar lá ao pôr do sol. Mas segui em frente. Até a recepção do hotel, que parecia não ter mudado nada desde que saí de lá pela última vez... anos antes.

Ela estava sentada no restaurante vazio digitando num notebook. Usava blazer e saia azul-marinho com blusa branca. O cabelo ruivo curto estava repartido de lado e mantido na posição por grampos. Meias três quartos e, debaixo da mesa, dava para ver os pés bem juntinhos dentro de sapatos de salto alto pretos.

— Oi, Shannon.

Ela ergueu os olhos para mim. Sorriu sem um traço de surpresa, como se eu enfim tivesse chegado à reunião que combinamos. Tirou os óculos que eu nunca a tinha visto usando antes. Os olhos bem abertos expressavam a alegria do reencontro, uma alegria que poderia ter sido fraternal. Verdadeira o suficiente, mas sem segundas intenções. O olho meio fechado contava uma história bem diferente e me fez pensar numa mulher que tinha acabado de se virar para o amante na cama, com a luz matutina refletida na sua íris, cara de sono e rememorando a noite de amor. Senti um choque, algo pesado, como tristeza. Precisei engolir em seco e afundei na cadeira à sua frente.

— Você veio — disse ela. — Para Notodden.

O tom era inquiridor. Entendi, então começaríamos comendo pelas beiradas.

Assenti.

— Estou avaliando um posto de gasolina que talvez me agrade.

— E gostou do que viu?

— Muito — eu disse, sem afastar os olhos dela. — Esse é o problema.

— Por que é um problema?

— Não está à venda.

— Bom, você sempre pode encontrar outro.

Balancei a cabeça.

— Eu quero esse.

— E como você vai administrar isso?

— Convencer o proprietário de que, já que ele está perdendo dinheiro com o posto, mais cedo ou mais tarde vai acabar perdendo o negócio.

— Talvez ele esteja planejando mudar a forma como o administra.

— Tenho certeza de que ele planeja e promete que sim, e provavelmente acredita que vai conseguir. Mas, com o passar do tempo, tudo vai voltar à mesma. A equipe vai abandoná-lo, o posto vai falir e ele vai ter jogado fora mais alguns anos num projeto perdido.

— Então, quando você tirar o posto dele, vai estar lhe fazendo um favor. É isso que está dizendo?

— Que estarei fazendo um favor a nós dois.

Ela olhou para mim. Será que foi hesitação que vi no seu rosto?

— Quando é a sua reunião? — perguntei.

— Foi ao meio-dia. E a gente terminou antes das três.

— Você esperava que levasse mais tempo?

— Não.

— Então, por que reservou um quarto de hotel?

Ela me encarou e deu de ombros. Prendi a respiração. Podia sentir uma ereção se formando.

— Você já comeu? — perguntei.

Ela balançou a cabeça.

— O restaurante só abre daqui a uma hora — eu disse. — Quer dar uma caminhada?

Ela indicou com a cabeça o salto alto dos sapatos.

— A gente pode esperar aqui — eu disse.

— Sabe quem eu vi aqui? — indagou ela.

— Eu.

— Dennis Quarry. A estrela do cinema. Ele esteve no posto de gasolina procurando locações, lembra? Acho que ele vai ficar aqui. Li em algum lugar que estão rodando aquele filme agora.

— Eu te amo — sussurrei, mas naquele exato instante ela fechou a tampa do notebook com uma força desnecessária para que pudesse fingir que não tinha escutado.

— Me conta o que você tem feito ultimamente — pediu ela.

— Tenho pensado em você.

— Prefiro que você não faça isso.

— Eu também.

Silêncio.

Ela suspirou profundamente.

— Acho que foi um erro — disse ela.

"Foi". Pretérito. Se tivesse dito "é" um erro, significaria que as rodas ainda estavam em movimento, mas "foi" queria dizer que ela já havia se decidido.

— Provavelmente — respondi, acenando com indiferença para um garçom que reconheci e imaginei que estivesse vindo nos oferecer algo da cozinha, mesmo que ainda não estivesse aberta ao público.

— *Faddah-head* — sussurrou Shannon, cobrindo a testa com a palma da mão. — Roy?

— Sim?

Ela se inclinou por cima da mesa. Apoiou a pequena mão na minha e olhou nos meus olhos.

— A gente pode concordar que isso nunca aconteceu?

— Claro.

— Tchau. — Ela deu um sorriso breve como se estivesse com dor em algum lugar, pegou o notebook e se foi. Fechei os olhos. O barulho dos saltos no piso de madeira vindo de trás me lembrou dos passos de Vigdis naquela noite em Kristiansand com a diferença de que aqueles passos tinham vindo na minha direção. Abri os olhos de novo. Eu não havia movido a mão que permanecia sobre a mesa. A sensação do único toque entre nós desde que entrei no hotel ainda estava lá, como um formigamento sob a pele depois de um banho escaldante.

Fui até a recepção, onde um funcionário alto, magro e usando um paletó vermelho sorriu para mim.

— Boa tarde, Sr. Opgard. É bom tê-lo de volta.

— Oi, Ralf — respondi quando parei diante do balcão.

— Vi o senhor entrando e tomei a liberdade de reservar o último quarto vago para o senhor — disse e indicou na tela, com um aceno de cabeça, a posição do quarto. — Seria um aborrecimento se outra pessoa o reservasse no último instante.

— Obrigado, Ralf. Mas eu gostaria de saber em qual quarto Shannon Opgard ou Shannon Alleyne estava.

— Trezentos e trinta e três — respondeu Ralf, fazendo questão de nem sequer olhar para a tela.

— Obrigado.

Shannon tinha acabado de arrumar a bolsa que estava em cima da cama e lutava para fechar o zíper, quando abri a porta do quarto trezentos e trinta e três. Ela praguejou numa língua que presumi ser bajan-inglês, juntou os dois lados da bolsa e tentou de novo. Deixei a porta entreaberta ao entrar e me postei atrás de Shannon. Ela desistiu da bolsa, levou as mãos ao rosto e os seus ombros começaram a tremer. Abracei-a e senti o seu choro silencioso se transferir do seu corpo para o meu.

Ficamos de pé por um tempo.

Então a virei cuidadosamente, sequei as lágrimas dela com a ponta dos dedos e a beijei.

Ainda chorando, ela me beijou e mordeu o meu lábio inferior, o que fez o gosto doce e metálico do meu sangue se misturar ao gosto forte e picante da sua saliva e da sua língua. Me retesei, pronto para me afastar caso ela demonstrasse que não queria. Mas ela não se afastou, então aos poucos fui deixando de lado o que me segurava: o bom senso, a expectativa do que aconteceria — ou não — depois. Me lembrei então daquela noite que, deitado na cama de baixo do beliche, envolvi Carl nos meus braços. Eu, a única coisa que ele tinha, a única coisa que ainda não o havia traído. Mas a imagem se desfez e o que senti foram as mãos dela erguendo a barra da minha camisa, as unhas nas minhas costas pressionando o meu corpo contra o seu, a língua como uma sucuri ao redor da minha, as suas lágrimas escorrendo pelo meu rosto. Mesmo de salto alto, ela era tão baixa que precisei dobrar os joelhos para levantar a sua saia justa.

— Não! — Ela geme e se afasta. A minha primeira reação é de alívio. De que ela nos salvou. Dou um passo para trás, instável e ainda tremendo um pouco, e enfio uma das pontas da camisa dentro da calça.

A nossa respiração compartilha o mesmo ritmo ofegante. Ouço passos e uma voz falando ao telefone no corredor. E, conforme os passos e a voz se afastam, nos encaramos intensamente. Não como homem e mulher, mas como boxeadores, como dois cervos furiosos prontos para a luta. Porque é claro que a luta ainda não acabou; na verdade, mal começou.

— Fecha a porra dessa porta — sibila Shannon.

45

— Eu bato em homens — expliquei, entregando a Shannon um punhado de fumo e enfiando um pouco debaixo do meu lábio inferior.

— É isso que você *faz*? — perguntou ela erguendo a cabeça para que eu pudesse colocar o meu braço de volta no travesseiro.

— Não o tempo todo, mas já me envolvi em muitas brigas, sim.

— Você acha que está nos seus genes?

Fiquei observando o teto do quarto trezentos e trinta e três. Era diferente daquele em que Unni e eu passávamos horas juntos, embora parecesse exatamente o mesmo, e o cheiro era igual, provavelmente algum produto de limpeza com um leve perfume.

— O meu pai geralmente batia num saco de pancadas — eu disse. — Mas sim, devo ter herdado dele essa vontade de brigar.

— Repetimos os erros dos nossos pais — comentou ela.

— E os nossos erros também.

Ela fez careta, tirou da boca o punhado de fumo e pôs sobre a mesa de cabeceira.

— Você vai ter que se acostumar com isso — eu disse, me referindo ao fumo.

Ela se aconchegou a mim. O pequenino corpo era ainda mais macio do que eu imaginava, e a pele ainda mais lisa. Os seios eram suaves relevos numa extensão de pele coberta de neve nos quais os mamilos se erguiam como dois faróis em chamas. Ela cheirava a alguma coisa, uma especiaria doce e forte, e a sua pele tinha delicados matizes mais escuros sob as axilas e ao redor do sexo. E ela resplandecia como um forno.

— Você já teve a sensação de estar andando em círculos? — perguntou ela.

Assenti.

— Quando se percebe que está seguindo as próprias pegadas, não é sinal de que se está perdido?

— Talvez — eu disse. Mas naquele momento não parecia ser o caso. É claro, o sexo tinha sido mais uma cópula que um ato de amor, mais uma luta que afagos e ternura, mais raiva e medo que alegria e prazer. Em certo momento, ela recuou, deu um tapa no meu rosto e me mandou parar. E eu parei. Até que ela me deu outro tapa e perguntou por que raios eu tinha parado. E, quando comecei a rir, ela enterrou o rosto no travesseiro e chorou, e acariciei os seus cabelos, os músculos tensos das costas, beijei o seu pescoço. Ela parou de chorar e começou a respirar pesado. Então deslizei a mão entre as suas nádegas e a abocanhei. E ela praguejou algo em bajan-inglês, me empurrou para fora da cama e se deitou de bruços com a bunda para o alto. Eu estava com tanto tesão que não me importei nem um pouco que os gritos dela quando a penetrei fossem iguais aos que dava para ouvir do meu quarto quando ela transava com Carl. Só Deus sabe se era nisso que eu estava pensando quando gozei, porque fiquei tão distraído que saí de dentro dela tarde demais, mas a tempo de ver o que sobrou do meu esperma se esparramar nas costas dela como um cordão de madrepérolas acinzentadas e brilhando à luz da lâmpada que tinha sido acesa no estacionamento lá fora. Peguei uma toalha para secá-lo, assim como as duas nódoas escuras, até descobrir que eram manchas que não sairiam. E pensei que isso que tínhamos acabado de fazer também eram nódoas que não podiam ser apagadas.

Mas transaríamos outras vezes. E seriam diferentes, eu tinha certeza. Uma relação sexual que não fosse uma luta, que não fosse apenas o encontro de dois corpos, mas de duas almas. Sei que parece piegas, mas tenho dificuldade de me expressar de outra forma. Éramos duas almas, porra, e eu me sentia em casa. Ela era a minha pegada, e eu a havia encontrado. A única coisa que eu queria era andar em círculos, num delírio, completamente alucinado, contanto que estivesse com ela.

— Será que a gente vai se arrepender? — perguntou ela.

— Não sei — respondi, embora soubesse que eu não me arrependeria. Não queria assustá-la, o que poderia acontecer se ela percebesse que eu a amava tanto que não me importava com mais nada.

— Só temos essa noite — disse ela.

Fechamos o blecaute do quarto para prolongar ao máximo as horas que ainda seriam nossas.

Acordei com o grito de Shannon.

— Dormi demais!

Ela escapuliu da cama antes que eu tivesse a chance de contê-la, e o braço que eu havia esticado bateu no celular que estava na mesa de cabeceira, atirando-o para longe. Abri as cortinas já que aquela poderia ser a última vez que veria o corpo nu de Shannon por um longo tempo. A luz do sol banhou o quarto e tive um vislumbre das suas costas quando ela entrou no banheiro.

Olhei para o celular de Shannon caído à sombra da cama. A tela estava acesa e o vidro, trincado. E por trás das barras de prisão que era a tela rachada um Carl sorridente me encarava. Engoli em seco.

Um único vislumbre das costas dela.

Mas foi o suficiente.

Voltei para a cama. A última vez que vi uma mulher tão nua, tão despida pela luz do dia foi quando Rita Willumsen estava lá no lago da montanha, humilhada em seu traje de banho, com a pele azulada por causa do frio glacial. Se ainda me restava alguma dúvida, foi naquele instante que vi o sinal claro de que tudo estava acabado.

Entendi o que Shannon quis dizer quando perguntou se a vontade de bater em alguém estava nos meus genes.

46

CARL ERA MEU IRMÃO. Esse era o problema.

Ou problemas.

Mais especificamente, *um* dos problemas era que eu o amava. O outro era que ele havia herdado os mesmos genes que eu. Não sei por que fui tão ingênuo a ponto de acreditar que Carl não tinha a mesma propensão à violência que eu e papai. Talvez porque fosse um fato reconhecido por todo mundo que Carl era como mamãe. E nem mamãe nem Carl machucariam uma mosca sequer. Só pessoas.

Me levantei da cama, fui até a janela e vi Shannon correndo pelo estacionamento em direção ao Cadillac.

Ela deve ter se arrependido. Não devia ter compromisso nenhum, só havia acordado e entendido que isso era errado, que tinha que ir embora.

Ela havia tomado banho, se vestido no banheiro, provavelmente se maquiado e ao sair me deu um fraternal beijo na testa. Sussurrou algo a respeito de uma reunião em Os sobre o hotel, pegou a bolsa e saiu depressa do quarto. As luzes do freio do Cadillac se acenderam quando ela entrou na estrada e por pouco não bateu num caminhão de lixo.

O ar no quarto permanecia denso por causa do sexo, do perfume e de uma noite de sono. Abri a janela que eu mesmo havia fechado em algum momento, porque ela gritava tão alto de prazer que fiquei com medo de que alguém viesse bater na porta e porque eu sabia que não tínhamos terminado por aquela noite. E eu estava certo. Cada vez que um de nós acordava até mesmo o toque mais inocente iniciava uma nova sessão, como uma fome que não podia ser satisfeita.

Depois que as cortinas foram abertas pude ver que aquelas manchas escuras na sua pele eram hematomas. Não chupões e arranhões que também apareceram na sua pele branca durante a noite, os quais, com sorte, desapareceriam em um ou dois dias. Eram marcas deixadas por pancadas fortes e que levariam dias ou semanas para sumir. Se Carl acertou no rosto também, então se conteve o suficiente para que os hematomas pudessem ser disfarçados com um pouco de maquiagem.

Bater nela, como vi mamãe bater em papai naquela noite no corredor do Grand Hotel. E foi essa lembrança que atravessou a minha mente quando Carl tentou me convencer de que Sigmund Olsen caiu da beirada e despencou em Huken por acidente. Mamãe. E Carl. Quando se mora com alguém, acredita-se que se sabe tudo sobre a pessoa, mas o que de fato se sabe? Será que Carl alguma vez teria imaginado que eu seria capaz de fazer sexo com a esposa dele pelas suas costas? Dificilmente. Há muito tempo eu havia percebido que somos todos estranhos uns aos outros. E é claro que não foram apenas os hematomas em Shannon que me fizeram acreditar que Carl era violento. Que o meu irmãozinho era um assassino. Foram os fatos, simples assim. Hematomas e linhas de prumo.

47

QUATRO DIAS DEPOIS DE voltar para Sørlandet, achei que já era hora de Shannon ligar, enviar uma mensagem, um e-mail, qualquer coisa. Obviamente, a iniciativa teria que partir dela, porque era ela que tinha mais a perder. Pelo menos foi o que pensei.

Mas não recebi nada.

E não houve espaço para dúvidas. Ela se arrependeu, é claro. Tinha sido um conto de fadas, uma fantasia que eu havia plantado na cabeça dela quando disse que a amava e depois fui morar longe, uma fantasia que ela, na paz e no sossego, e na ausência de qualquer outro estímulo, havia transformado em algo fantástico enquanto dava o seu passeio diário pelo vilarejo e se entediava. E tudo era tão endeusado que o meu eu verdadeiro não tinha sido capaz de fazer jus às expectativas. Mas agora ela havia tirado isso a limpo e podia voltar à vida normal.

A questão agora era quando eu seria capaz de me libertar de tudo isso? Disse a mim mesmo que a nossa noite juntos era o objetivo, algo a ser tirado da minha lista de tarefas, e que agora eu devia seguir em frente. Mesmo assim, a primeira coisa que fazia toda manhã era verificar se havia uma mensagem de Shannon no celular.

Nada.

Então comecei a dormir com outras mulheres.

Não sei por quê, mas foi como se elas tivessem me descoberto de repente, como se houvesse uma sociedade secreta de mulheres em que a notícia de que eu tinha dormido com a esposa do meu irmão passou a circular, e isso só podia significar que eu era bom de cama. Não existe publicidade ruim, como dizem. Ou então só estava escrito na minha testa que eu não dava a mínima. Talvez fosse isso. Talvez eu tivesse me tornado o homem silencioso de olhos tristes do bar que elas ouviram dizer que poderia ter qualquer uma, exceto aquela que ele queria e que, por causa disso, não dava a mínima para nada. O homem de coração partido que todas queriam provar que estava errado, que havia esperança, que havia salvação, que havia outra, e eram elas.

E sim, segui a deixa. Fiz o papel que me foi atribuído, contei-lhes a história, só deixei de fora nomes e que envolvia o meu irmão, ia para a casa delas caso morassem sozinhas ou para Søm, caso não. Acordava ao lado de uma estranha e logo ia verificar as mensagens no celular.

Mas as coisas melhoraram, melhoraram, sim. Em certos dias, passava horas sem pensar nela. Eu sabia que malária é uma doença parasitária que nunca sai por completo do sangue, mas pode ser neutralizada. Se eu ficasse longe, se não a visse, calculei que o pior terminaria em dois anos, três no máximo.

Em dezembro, Pia Syse ligou e informou que o posto era agora o sexto melhor de Sørlandet. Claro que eu sabia que era função do gerente de vendas, Gus Myre, fazer contato com esse tipo de notícia, não da gerente do RH, e que provavelmente Pia tinha outras coisas em mente.

— Queremos que você continue administrando o posto depois do término do contrato no ano que vem — disse ela. — As condições vão refletir o fato de que estamos muito satisfeitos. E acreditamos que você pode alavancar ainda mais o seu posto.

Isso se adequava bem aos meus planos. Olhei pela janela do escritório. Paisagem plana, grandes prédios industriais, rodovia com entrada circular e rotas de saída que me faziam pensar na pista de carrinhos de corrida no piso da sala dos fundos do Carros Usados e Ferro Velho do Willumsen, onde as crianças podiam brincar se o pai estivesse na loja comprando um carro. Presumo que algumas vendas de carros usados tenham acontecido por causa de crianças que queriam brincar lá.

— Vou dar uma pensada — eu disse e desliguei.

Fiquei sentado olhando para a neblina que cobria o bosque perto do zoológico. Deus do céu, as folhas das árvores ainda estavam verdes. Eu não tinha visto um floco de neve sequer desde a minha chegada quatorze meses antes. Dizem que não tem inverno aqui no sul, só mesmo aquela garoa que nem é chuva de verdade, mas um nevoeiro gelado suspenso no ar que não chega a cair nem desaparece. Igual ao mercúrio no termômetro que marca seis graus dia após dia. Olhei para aquela neblina que se estendia como um edredom grosso sobre a paisagem e a tornava ainda mais plana e uniforme. Inverno em Sørlandet era uma pancada de chuva congelada no tempo. Ela *sempre* estava lá. Então, quando o telefone tocou mais uma vez e ouvi a voz de Carl, desejei, nos dois segundos que se seguiram — sim, desejei! —, aquelas rajadas de vento geladas e congelantes e aquela neve forte que castigava o rosto como grãos de areia.

— Como vão as coisas? — perguntou ele.

— Não tenho do que reclamar — eu disse. Às vezes Carl ligava só para perguntar como eu estava. Mas hoje saquei que não era isso.

— Não tem do que reclamar?

— Desculpa, é o jeito de falar daqui de Sørlandet.

Eu odiava a forma como eles diziam "não tenho do que reclamar". Era como os invernos, que nunca chegavam nem iam embora. Quando as pessoas aqui encontram alguém por acaso, dizem "pois então", que presumo ser um misto de pergunta e saudação, tipo "como vai", mas soando como se tivesse sido pego no flagra num ato condenável.

— E você?

— Tudo bem — disse Carl.

Percebi que as coisas não iam bem e esperei pelo "mas".

— Tirando o fato de que a gente estourou um pouco o orçamento — continuou.

— "Um pouco" quanto?

— Não muito. Na verdade é um pouco de descompasso no fluxo de caixa. As faturas das construtoras vencem antes do esperado. A gente não precisa de mais dinheiro investido no projeto, só que chegue um pouco antes. Eu disse ao banco que agora estamos um pouco adiantados nas obras.

— E você está mesmo?

— Nós, Roy. Nós. Você é coproprietário. Ou se esqueceu disso? E não, não estamos adiantados. É um grande truque de mágica administrar tanta gente cabeça-dura. O negócio da construção é uma bagunça de subcontratados que abandonaram a escola e acabaram em empregos que ninguém mais quer. Mas, como existe uma grande demanda para alguns deles, na verdade eles podem entrar e sair quando quiserem.

— Os últimos serão os primeiros.

— Também é uma expressão aí do sul?

— É, falam isso o tempo todo. Eles gostam de tudo que é vagaroso. Comparado com o que acontece aqui, as coisas em Os são todas aceleradas.

Carl deu sua risada calorosa, e eu me senti feliz e acolhido também. Acolhido pelo som da risada do assassino.

— O gerente do banco salientou que uma das condições do empréstimo é que certos marcos precisam ser alcançados antes que possamos ter acesso a mais crédito. Ele disse que foram dar uma olhada no local e o que eu falei sobre o progresso lá em cima não se confirmava. Então houve o que você pode chamar de crise de confiança. Claro, consegui dar um jeito nas coisas, mas agora o banco está dizendo que preciso informar os participantes antes que eles façam mais pagamentos. Diz no acordo com os participantes que, por terem responsabilidade ilimitada, precisam de uma resolução oficial do comitê para decidir se o projeto precisa de mais capital.

— Então é isso que você vai ter que fazer.

— Sim, sim, acho que é. É só que esse "isso" pode criar vibrações negativas e, em princípio, o comitê pode convocar uma assembleia geral e pôr fim a tudo. Especialmente agora que o Dan começou a xeretar as coisas.

— Dan Krane?

— Ele passou o outono inteiro tentando desenterrar algo para me derrubar. Fica ligando para os contratados e pergunta sobre o progresso e os orçamentos. Ele está procurando alguma coisa que possa transformar numa crise, mas não pode imprimir nada enquanto não tiver algo definitivo para seguir em frente.

— E não enquanto um quarto dos seus leitores e o sogro estiverem envolvidos no hotel.

— Exatamente — disse Carl. — Não se caga no próprio ninho.

— Bom, a menos que você seja um pinguim-gentoo — eu disse. — Nesse caso, se caga, sim, no próprio ninho. É assim que eles fazem o ninho.

— Sério? — perguntou Carl sem acreditar.

— A merda atrai a luz do sol, que derrete o gelo e cria um buraco e, como num passe de mágica, eis o ninho. É igual ao método dos jornalistas para atrair leitores. A imprensa sobrevive às custas da força sedutora das merdas.

— Uma imagem interessante — comentou Carl.

— Pois é — concordei.

— Mas para Krane isso é pessoal, você percebe?

— Percebo, e como você vai dar conta disso?

— Conversei com os empreiteiros e fiz com que eles prometessem manter a boca fechada. Felizmente, eles sabem o que é melhor para eles. Mas ontem soube por um amigo do Canadá que Krane começou a fuçar aquele negócio em Toronto.

— E o que ele vai descobrir lá?

— Não muito. É a minha palavra contra a deles, e a coisa toda é muito complexa para um jornalista imaturo como o Krane ser capaz de captar.

— A menos que ele esteja com sangue nos olhos — eu disse.

— Que merda, Roy, estou ligando para você para me dar uma animada.

— Vai dar tudo certo. E, se alguma coisa acontecer, você pode fazer com que o Willumsen coloque um dos capangas dele atrás do Krane.

Demos risada. Parecia que ele estava relaxando um pouco.

— E como estão as coisas em casa? — A pergunta era tão genérica que dificilmente faria tremer as minhas cordas vocais por medo de levantar alguma suspeita.

— Ah, você sabe, a gente vai levando. E a Shannon parece estar mais calma, a não ser quando se trata de todas aquelas objeções ao hotel, mas pelo menos ela parou de falar sobre termos filhos. Deve ter entendido que não é uma boa hora, já que estamos envolvidos com tanta coisa.

Emiti alguns sons que diziam a ele que essa foi uma informação interessante, mas nada além disso.

— Mas a verdade é que eu liguei porque o Cadillac precisa de uns ajustes.

— O que você quer dizer com "ajustes"?

— Você é o especialista. Não levo o menor jeito com essas coisas, você sabe. A Shannon estava dirigindo e ouviu uns barulhos esquisitos. Ela cresceu num Buick de Cuba e disse que tem uma queda por carros estadunidenses antigos. Ela sugeriu que você desse uma olhada na oficina quando estiver em casa para o Natal.

Não falei nada.

— Porque você *vem* passar o Natal em casa, não vem? — quis saber ele.

— Tem um monte de funcionário do posto querendo folga...

— Não! Tem um monte de funcionário do posto querendo receber *horas extras*. E eles moram aí. Você vem passar o Natal em casa! Você prometeu, lembra? Você tem família. Não é uma família grande, mas a família que você tem está ansiosa para te ver de novo.

— Carl, eu...

— *Pinnekjøtt* — disse Carl. — Ela aprendeu sozinha a fazer *pinnekjøtt*. Não estou brincando. Ela adora comida natalina norueguesa.

Fechei os olhos, mas lá estava ela, então os abri de novo. *Droga. Mas que droga.* Como é que não fui capaz de inventar uma desculpa convincente? Afinal de contas, eu sabia que a pergunta sobre o Natal iria surgir.

— Vou ver o que posso fazer, Carl.

Isso! Essa resposta me dava tempo para pensar em alguma coisa. Algo que, com sorte, ele iria aceitar.

— Você vai dar um jeito — exultou Carl. — Vamos organizar um Natal perfeito em família aqui, e você não vai ter que se preocupar com nada! Vai só passear pelo campo, sentir o cheiro do *pinnekjøtt* e ser servido de aquavit na porta de casa pelo seu irmão mais novo. Não vai ser Natal sem você, você tem que vir. Tá me ouvindo? Você tem que vir!

48

DOIS DIAS PARA O Natal. A carroceria do Volvo vibrava serenamente, e a neve acumulada jazia ao lado da estrada como enormes carreiras de cocaína. "Driving Home for Christmas" tocava no rádio, o que era bem apropriado para a ocasião, mas de qualquer forma troquei para "Cocaine", de J. J. Cale, no CD Player.

Agulha do velocímetro abaixo do limite de velocidade. Pulso normal.

Eu cantava junto. Não que eu cheirasse essas coisas. Exceto aquela única vez que Carl enviou um pouco junto com uma das suas raras cartas do Canadá. Eu já estava doidão antes de cheirar, e talvez tenha sido por isso que não notei nenhuma diferença. Ou talvez porque estivesse sozinho. Sozinho e eufórico, como agora. Havia uma placa do condado na beira da estrada. Eufórico, e com o pulso regular. Deve ser a isso que as pessoas se referem quando dizem que estão felizes.

Eu não tinha conseguido inventar uma desculpa para não estar em casa no Natal. E havia chances de eu *nunca* voltar a ver a minha família em outra ocasião, não é? Então eu tinha que ser capaz de sobreviver a três dias de comemorações de Natal.

Três dias na mesma casa que Shannon. E depois de volta para a solitária.

Estacionei em frente à casa ao lado de um Subaru Outback marrom. Deve haver um nome para aquele tom específico de marrom, mas não sou muito bom com cores. A neve tinha vários metros de profundidade, o sol começava a se pôr, e do outro lado de uma colina a oeste avistava-se o perfil de um guindaste.

Quando contornei a casa, Carl já estava parado à porta. O rosto dele parecia inchado, como da vez que teve caxumba.

— Novo possante? — gritei assim que o vi.

— Velho. A gente precisa de um veículo com tração nas quatro rodas para o inverno, mas a Shannon não me deixou comprar um novo. É um modelo 2007, comprado por cinquenta mil na loja do Willumsen. Um dos carpinteiros que tem um desse disse que foi uma pechincha.

— Caramba! Quer dizer que você barganhou com ele?

— Os Opgards não barganham. — Ele sorriu. — Mas as senhoras de Barbados, sim.

Carl me deu um longo e caloroso abraço lá mesmo na escada. O seu corpo parecia ainda maior que antes. E recendia a álcool. O Natal já começou, disse. Precisava relaxar depois de uma semana difícil. Seria bom pensar em outras coisas por um tempo. Nas miniférias, como Carl costumava dizer quando criança.

Carl ainda estava falando quando entramos na cozinha. Sobre o hotel, onde finalmente conseguiram colocar as coisas para funcionar. Carl havia pressionado os empreiteiros a levantar as paredes e um telhado para que pudessem fazer serviços internos sem precisar esperar pela primavera.

Não havia ninguém mais na cozinha.

— Os operários cobram menos se puderem trabalhar num lugar coberto durante os meses de inverno — disse Carl.

Pelo menos acho que foi isso que ele disse; eu prestava atenção a outros sons. Mas tudo o que ouvia era a voz de Carl e as fortes batidas do meu coração. A pulsação já não mais tão regular.

— A Shannon está no canteiro de obras — disse ele, então prestei atenção. — Ela cismou que tudo tem que ser exatamente como nos desenhos.

— Isso é bom, né?

— Sim e não. Arquitetos não levam em conta os custos, só querem ter certeza de que o projeto vai trazer glória. — Carl deu uma espécie de risadinha condescendente, mas consegui captar a cólera contida naquela risada. — Com fome?

Balancei a cabeça.

— Talvez eu leve o Cadillac para a oficina e já dê um jeito nisso de uma vez.

— Não dá. A Shannon saiu com ele.

— Foi lá para cima, para o hotel?

— Foi. A estrada ainda não está em boas condições, mas agora avança até o canteiro de obras — disse ele com uma estranha mistura de orgulho e pesar. Como se aquela estrada tivesse lhe custado um dinheirão. E, se fosse o caso, eu não me surpreenderia, porque o caminho era íngreme e havia muita rocha a ser explodida.

— Numa estrada nessas condições por que ela não usa o Subaru?

Carl deu de ombros.

— Não gosta de câmbio manual. Prefere os grandes carros estadunidenses. Ela cresceu com eles.

Levei a minha mala para o quarto dos meninos e desci as escadas.

— Cerveja? — ofereceu Carl com uma garrafa na mão.

— Não. Vou descer de carro até o posto, dar um alô para o pessoal e pegar uma camisa decente na oficina.

— Então vou ligar para a Shannon e avisar que ela pode levar o Cadillac direto para a oficina e pegar uma carona de volta com você. Pode ser?

— Sim, claro — respondi. Carl olhou para mim. Pelo menos achei que tivesse olhado para mim; eu estava ocupado examinando uma costura desfeita numa das minhas luvas.

Julie estava com Egil. Ela ficou radiante e gritou de felicidade ao me ver. Os clientes faziam fila no caixa, mas ela deu a volta no balcão e se atirou no meu pescoço como se fosse um reencontro de família. E era mesmo, porque já não havia nela aquele frenesi de anseio e desejo. Por um breve momento foi quase decepcionante reconhecer o fato de que eu a havia perdido ou pelo menos deixado de ser objeto daquela paixonite adolescente. E, embora nunca a tenha desejado nem correspondido às suas expectativas, eu sabia que em momentos de solidão imaginaria como teria sido se eu não tivesse dito não.

— Muita coisa acontecendo por aqui? — perguntei quando ela finalmente me liberou do abraço e tive tempo de passar os olhos pela loja. Parecia que Markus havia repetido a decoração e a seleção do estoque de Natal que tinha dado certo nos anos anteriores. Garoto esperto.

— Ã-hã — gritou Julie toda animada. — Eu e o Alex ficamos noivos. Ela ergueu a mão para mim. E de fato havia um anel no dedo dela.

— Sua sortuda. — Sorri já indo para trás do balcão para virar um hambúrguer que estava prestes a ser incinerado. — E você como vai, Egil?

— Bem — disse ele enquanto registrava no caixa um feixe de aveia de Natal e um barbeador a pilha. — Feliz Natal, Roy!

— Para você também — eu disse, e por um instante observei o mundo do meu antigo ponto de vista. Atrás do balcão daquele que deveria ter sido o meu posto de gasolina.

Depois saí de novo para o frio e para a escuridão do inverno, disse olá para as pessoas que passavam apressadas soprando nuvens brancas da boca ao expirarem. Vi um cara de terno skinny fumando perto de uma das bombas de gasolina e fui até ele.

— Você não pode fumar aqui — avisei.

— Posso, sim — respondeu ele numa voz baixa e rouca, o que me fez pensar que estivesse com a garganta inflamada. Duas palavras curtas não foram suficientes para identificar o sotaque, mas soou gutural, como o de Sørlandet.

— Não pode — repeti.

Pode ser que ele tenha sorrido, porque os olhos se transformaram em fendas estreitas no rosto esburacado.

— *Watch me* — disse ele em inglês.

Fiquei observando. Ele não era alto, mais baixo que eu, em torno dos 50 anos, mas com espinhas no rosto vermelho e inchado. De longe parecia rechonchudo em seu elegante terno cinturado, mas depois notei que quatro partes do seu corpo faziam com que o terno parecesse um pouco apertado. Ombros. Peito. Costas. Bíceps. Tantos músculos que devia precisar de esteroides para mantê-los, considerando a idade. Ele levou o cigarro à boca e deu uma longa tragada. A ponta cintilou. E de repente o meu dedo médio estava coçando.

— Você está na área das bombas da porra de um posto de gasolina — eu disse, apontando para a grande placa informando PROIBIDO FUMAR.

Não o vi se mexer, mas de repente ele estava bem ao meu lado, tão perto que eu não conseguiria ter força para dar um soco.

— E o que você propõe fazer a respeito? — indagou ele numa voz que não passou de mero sussurro.

Não, não era de Sørlandet, mas da Dinamarca. A velocidade me deixou mais preocupado que os músculos. Isso e a agressividade, a vontade... não, a *ânsia* de fazer o mal brilhando nos seus pequenos olhos. Era como encarar a boca da merda de um pitbull. Foi como naquela vez que experimentei cocaína. Experimentei apenas uma vez, mas foi o bastante para nunca mais. Eu estava assustado. Sim, assustado. E me ocorreu que era assim que aqueles rapazes e homens em Årtun deviam se sentir um segundo antes de levarem uma surra. Eles sabiam, como eu sabia agora, que o homem à frente era mais forte, mais rápido e estava disposto a cruzar certas linhas que eu sabia que não cruzaria. Foi encarar essa disposição e essa loucura que me fez recuar.

— Nada. Não vou fazer absolutamente nada — eu disse com a voz tão baixa quanto a dele. — Tenha um feliz Natal no inferno.

Ele abriu um sorriso largo e deu um passo atrás sem desviar os olhos de mim. Suponho que tenha visto em mim algo parecido com o que eu tinha visto nele e mostrou respeito não me dando as costas antes do necessário para entrar no carro esportivo branco com carroceria em formato de torpedo. Um Jaguar E-Type, um modelo do final dos anos setenta. Placa da Dinamarca. Pneus largos de verão.

— Roy! — A voz veio de atrás. — Roy!

Me virei. Era Stanley. Ele saía da loja carregado de sacolas das quais despontava papel de presente natalino. Ele veio na minha direção.

— Que bom ver você de volta!

Ele me ofereceu um lado do rosto, já que as mãos estavam ocupadas, e eu lhe dei um rápido abraço.

— Essa é boa! Homens comprando presentes de Natal em 23 de dezembro num posto de gasolina — eu disse.

— Típico, não é? — Stanley riu. — Vim aqui porque as filas nas outras lojas estão homéricas. O Dan Krane escreveu hoje no jornal que são vendas recorde em Os. Nunca tanta gente gastou tanto com presentes de Natal.

Ele franziu a testa.

— Você está pálido, espero que não tenha acontecido nada de errado.

— Não, não — eu disse e ouvi o ronco baixo que aumentava enquanto o Jaguar entrava na rodovia. — Já viu aquele carro antes?

— Já, sim, vi quando fui ao escritório do Dan hoje cedo. Essas bestas de metal elegantes. Ouvi dizer que tem muita gente comprando carros assim. Mas não você. Nem o Dan. Ele também estava pálido hoje, por acaso. Espero que não seja uma gripe se espalhando, porque conto com um Natal tranquilo, ouviu?

O carro branco e rebaixado deslizou para a escuridão de dezembro. Para o sul. A caminho de casa na Amazônia.

— Como está esse dedo?

Ergui a mão direita com o dedo do meio esticado.

— Ainda serve ao seu propósito.

Stanley riu educadamente da piada imbecil.

— E me diz, como está o Carl?

— Tudo como deveria estar, eu acho. Acabei de voltar para casa.

Stanley pareceu prestes a dizer alguma coisa, mas mudou de ideia.

— Mais tarde a gente conversa, Roy. A propósito, estou oferecendo o meu café da manhã anual onde todo mundo é bem-vindo no Dia do Enterro dos Ossos. Gostaria de aparecer?

— Obrigado, mas vou pegar a estrada antes disso, tenho muito trabalho.

— Ano-Novo, então? Vou dar uma festa. Principalmente solteiros, sabe como é.

Sorri.

— *Lonely Hearts Club?*

— De certa forma. — Ele sorriu também. — Te vejo lá?

Balancei a cabeça.

— Tirei o Natal de folga na condição de trabalhar na virada do ano. Mas obrigado pelo convite.

Desejamos feliz Natal um ao outro, atravessei o estacionamento e destranquei a porta da oficina. Senti aqueles antigos odores costumeiros ao abri-la. Óleo de motor, xampu automotivo, metal queimado e trapos oleosos. Nem mesmo *pinnekjøtt*, fogueiras e ramos dos pinheiros cheiram tão bem quanto aquele coquetel de odores dali de dentro. Acendi a luz. Tudo estava exatamente como eu havia deixado.

Fui para o quartinho e peguei uma camisa do armário. Entrei no escritório, que era o cômodo menor e o mais rápido para aquecer, liguei o aquecedor com ventilador no máximo. Olhei para o relógio. Ela podia chegar a qualquer momento. Quem fazia o meu coração bater feito um pistão não era mais aquele cara velho de cara esburacada perto das bombas de gasolina. Tum-tum. Me olhei no espelho e arrumei o cabelo. Garganta seca. Como quando eu fiz a prova teórica para tirar a carteira. Endireitei a placa da Basutolândia, que costumava cair do prego quando chegava o frio e as paredes se comprimiam, e a mesma coisa no verão, só que ao contrário.

Eu me balancei tanto que fiz a cadeira do escritório ranger quando ouvi uma batida repentina na janela.

Encarei a escuridão. Primeiro vi apenas o meu próprio reflexo, mas depois também o rosto dela inserido no meu reflexo, como se fôssemos uma única pessoa.

Me levantei e fui até a porta.

— Que frio! — disse ela com um tremor na voz ao entrar. — O bom é que estou conseguindo ficar mais resistente com o mergulho no gelo.

— Mergulho no gelo? — repeti, e a minha voz se espalhou por toda a oficina. Fiquei lá de pé empertigado, os braços pendurados, tão natural quanto um espantalho.

— Sim. Dá para imaginar? A Rita Willumsen faz mergulho no gelo e ela me convenceu e a algumas outras mulheres a nos juntarmos a ela três vezes por semana, de manhã, mas agora sou a única que ainda vai. Ela faz um buraco no gelo e então *tchibum*, lá vamos nós. — Ela falava depressa e sem tomar ar, então fiquei aliviado por não ser o único apreensivo.

E então ela se aquietou e olhou para mim. Havia trocado o blazer simples e elegante de arquiteta por um casaco acolchoado preto, o mesmo material do chapéu que lhe cobria as orelhas Mas era ela. Era mesmo Shannon. A mulher com quem estive no sentido físico e bem concreto; no entanto, aqui e agora, era como se ela tivesse saído de um sonho. Um sonho que se repetia desde 3 de setembro. E aqui estava ela, com olhos brilhando de felicidade, a boca risonha que eu tinha sonhado em beijar cento e dez vezes desde aquele dia.

— Não ouvi o Cadillac se aproximar — comentei. — E sim, é muito bom ver você.

Ela jogou a cabeça para trás e riu. E essa risada afrouxou algo dentro de mim, como um monte de neve que se avolumou tanto que poderia colapsar ao menor degelo.

— Estacionei num lugar iluminado em frente ao posto — explicou Shannon.

— E eu ainda te amo — declarei.

Ela abriu a boca para dizer alguma coisa, mas logo a fechou. Eu a vi engolir em seco, vi os seus olhos brilharem, sem saber se eram lágrimas até que uma escorreu pela sua bochecha e continuou descendo.

E então estávamos nos braços um do outro.

Quando voltamos para a fazenda, duas horas depois, Carl tinha pegado no sono sentado na poltrona de papai.

Avisei que estava indo para a cama e, enquanto subia as escadas, ouvi Shannon acordar Carl.

E naquela noite, pela primeira vez em mais de um ano, não sonhei com Shannon.

Em vez disso sonhei que estava caindo.

49

VÉSPERA DE NATAL PARA três

Dormi até o meio-dia. Tinha trabalhado feito um condenado nas últimas semanas e precisava dormir bastante para recuperar as muitas noites perdidas de sono. Desci as escadas, desejei feliz Natal, esquentei o café, folheei uma antiga revista dedicada às festas natalinas, expliquei algumas das singulares tradições norueguesas para Shannon e ajudei Carl a amassar os nabos-redondos para o purê. Carl e Shannon mal trocaram uma palavra. Limpei a neve, embora fosse óbvio que não nevava havia alguns dias, troquei o feixe de aveia natalino, preparei mingau e levei uma tigela para o celeiro, bati no saco de pancadas algumas vezes e calcei os esquis no pátio. Esquiei os primeiros metros acompanhando algumas marcas excepcionalmente largas deixadas por pneus de verão. Atravessei os montes de neve ao lado da estrada e depois fiz a minha própria trilha enquanto partia para o canteiro de obras do hotel.

Por algum motivo, avistar a construção lá na montanha descampada me fez pensar no pouso na lua. Aridez, quietude e a sensação de algo feito pelo homem que não fazia o menor sentido naquela paisagem. Os grandes módulos de madeira pré-fabricados de que Carl havia falado estavam fixados nas fundações por cabos de aço que, de acordo com os engenheiros, manteriam tudo no lugar mesmo sob rajadas de vento fortes feito um furacão. Por ser semana de Natal e feriado, não havia luzes acesas nos galpões dos pedreiros. Começou a escurecer.

No caminho de volta, ouvi um som longo, triste e familiar, mas não vi nenhum pássaro.

Não sei por quanto tempo ficamos sentados à mesa, provavelmente não mais de uma hora, mas a sensação foi de que se passaram quatro. O *pinnekjøtt* devia estar excelente. Carl pelo menos não parava de elogiar, e Shannon olhava para a comida, sorria e dizia um educado obrigada. Carl ficou encarregado da garrafa de aquavit, mas ele continuou enchendo o meu copo, o que significava que eu também estava bebendo. Carl descreveu o grande desfile do Papai Noel em Toronto, onde ele e Shannon se encontraram pela primeira vez, quando se juntaram ao desfile na companhia de amigos em comum que construíram e decoraram o trenó em que se sentaram. A temperatura estava abaixo de vinte e cinco graus, e Carl se ofereceu para manter as mãos de Shannon aquecidas sob as mantas de pele de carneiro.

— Ela estava tremendo feito vara verde, mas ainda assim disse não, obrigada.

Carl riu.

— Eu não conhecia você — disse Shannon. — E você estava usando uma máscara.

— Máscara de Papai Noel — disse Carl se virando para mim. — Em quem mais se pode confiar se não se confia no Papai Noel?

— Tudo bem, você tirou a máscara agora — disse Shannon.

Depois da refeição, ajudei Shannon a tirar a mesa. Na cozinha ela enxaguou os pratos com água morna e passei a mão nas suas costas.

— Não — disse ela baixinho.

— Shannon...

— Não! — Ela se virou para mim. Havia lágrimas nos seus olhos.

— A gente não pode simplesmente tocar a vida como se nada tivesse acontecido.

— Mas é o que a gente tem que fazer.

— Por quê?

— Você não entende. É o que a gente tem que fazer, vai por mim. Então, faça o que eu digo.

— Que é...?

— Segue em frente como se nada tivesse acontecido. Meu Deus, não *aconteceu* nada. Foi só... Foi só...

— Não — eu disse. — Não foi nada. Foi tudo. Eu sei que foi. E você também sabe.

— Por favor, Roy. Estou pedindo.

— Tá bom — eu disse. — Mas do que você tem medo? De que ele bata em você de novo? Porque, se ele encostar em você...

Ela emitiu um som, uma mistura de risada e soluço.

— Não sou eu quem está em perigo, Roy.

— Está falando de mim? Você tem medo de que Carl possa me bater? — Tive que sorrir. Não queria, mas sorri.

— Não te bater — disse ela ao cruzar os braços como se estivesse com frio, o que devia ser verdade porque a temperatura lá fora havia caído rápido e as paredes tinham começado a ranger.

— Hora dos presentes! — gritou Carl da sala de estar. — Alguém colocou presentes debaixo de uma porcaria de pinheiro aqui!

Shannon foi para a cama cedo reclamando de dor de cabeça. Carl queria fumar e insistiu para que nos agasalhássemos bem e nos sentássemos no jardim de inverno, o que obviamente é a porra de um nome traiçoeiro quando o termômetro cai para menos quinze.

Carl tirou dois charutos do bolso do casaco. Mostrou um deles para mim. Balancei a cabeça e lhe mostrei a minha caixinha de fumo.

— Vamos lá — disse Carl. — Temos que treinar para quando você e eu acendermos os charutos da vitória, sabe?

— Voltou a ser otimista?

— Sempre o otimista, esse sou eu.

— Da última vez que a gente conversou, havia alguns problemas — eu disse.

— Havia?

— Fluxo de caixa. E o Dan Krane bisbilhotando.

— Problemas existem para serem resolvidos — disse Carl, exalando uma mistura de vapor e fumaça de charuto.

— E como você os resolveu?

— O importante é que foram resolvidos.

— E a solução para ambos os problemas está conectada de alguma forma ao Willumsen?

— Willumsen? O que levou você a pensar isso?

— O charuto que você tem aí é da marca que ele distribui para as pessoas com quem faz negócios.

Carl tirou o charuto da boca e olhou para a faixa vermelha que o envolvia.

— É mesmo?

— Ã-hã. Mas eles não são exatamente exclusivos.

— Não? Você podia ter me enganado nessa.

— E que tipo de acordo você fez com o Willumsen?

Carl deu uma tragada no charuto.

— O que você acha?

— Acho que você pediu dinheiro emprestado a ele.

— Caramba! E ainda acham que eu sou o irmão inteligente.

— Foi isso que você fez? Vendeu a alma para o Willumsen, Carl?

— A alma? — Carl derramou a última gota da garrafa de aquavit num copo ridiculamente pequeno. — Não sabia que você acreditava em almas, Roy.

— Deixa disso.

— O mercado está sempre aquecido quando se trata de almas, Roy, e, visto sob essa luz, ele deu um bom preço pela minha. Além do mais, os negócios dele não aguentariam se o vilarejo afundasse. E agora ele está tão investido no hotel que, se eu cair, ele cai junto. Se você for pedir emprestado de alguém, Roy, é importante pegar *muito*. Assim vai ter tanto controle sobre a pessoa quanto ela sobre você.

Ele ergueu o copinho na minha direção para brindar.

Eu não tinha copo nem o que dizer.

— O que ele exigiu como garantia? — perguntei.

— Que garantia o Willumsen costuma pedir?

Assenti. A nossa palavra. A nossa alma. Mas nesse caso o empréstimo não devia ser tão alto assim.

— Mas vamos falar de outra coisa além de dinheiro, é tão chato...
O Willumsen convidou a Shannon e a mim para a festa de Ano-Novo.

— Parabéns — eu disse, seco. A festa de Ano-Novo de Willumsen
era onde todas as figuras de alguma forma importantes no vilarejo
se encontravam. Antigos e novos presidentes do Conselho Municipal,
proprietários de terras vendendo áreas para a construção de chalés,
endinheirados e gente com fazendas grandes o suficiente para *fingir*
que tinha muita grana. Todo mundo que estava dentro de uma cerca
divisória invisível aqui no vilarejo, embora quem estivesse dentro ne-
gasse peremptoriamente a sua existência, é claro.

— Mudando de assunto — disse Carl —, qual era o problema com
o meu querido Cadillac?

Pigarreei.

— Coisas pequenas. Não é de admirar, quilometragem alta, muito
rodado pelas montanhas íngremes aqui em Os.

— Nada que não possa ser consertado, então.

Dei de ombros.

— Claro que posso fazer um reparo temporário, mas pode ser a
hora de pensar em se livrar daquela velharia. Compra um carro novo.

Carl olhou para mim.

— Por quê?

— Cadillacs são carros complicados. Quando pequenas peças começam a estragar, é um aviso de que tem problemas maiores a caminho.
E você não tem muita experiência quando se trata de carros, não é?

Carl franziu o cenho.

— Talvez não, mas esse é o único carro que eu quero. Dá para
consertar ou não?

Dei de ombros.

— Você é quem manda.

— Que bom — disse ele e deu uma tragada no charuto. Depois o
examinou. — De certa forma, é uma pena que eles nunca vão ver o
que você e eu conquistamos na vida, Roy.

— Mamãe e papai, você quer dizer?

— Isso. O que você acha que papai estaria fazendo agora se estivesse vivo?

— Arranhando a tampa do caixão — eu disse.

Carl me encarou e depois começou a rir. Senti um arrepio. Olhei para o relógio e forcei um bocejo.

Naquela noite, sonhei de novo que estava caindo. Estava parado na borda de Huken e ouvi mamãe e papai me chamando lá do fundo, me chamando para me juntar a eles. Me inclinei na borda, do jeito que Carl havia descrito o velho xerife fazer antes de cair. Eu não conseguia ver a parte dianteira do carro, que estava mais próxima da face da rocha, mas na parte traseira, em cima do porta-malas, havia dois enormes corvos, que logo alçaram voo na minha direção. Ao se aproximarem, vi que tinham os rostos de Carl e Shannon. Quando passaram por mim, ouvi Shannon gritar duas vezes e acordei assustado. Encarei a escuridão e prendi a respiração, mas nenhum som veio do quarto deles.

No Natal, fiquei deitado na cama o máximo que pude suportar. Quando me levantei, Carl e Shannon já haviam partido para as cerimônias religiosas. Eu os tinha visto da janela, singelamente vestidos como gente de classe média. Eles foram no Subaru. Fiquei perambulando pela casa e pelo celeiro, consertei algumas coisas. Ouvi as batidas secas dos sinos da igreja flutuando desde o vilarejo pelo ar frio até ali em cima. Depois dirigi até a oficina e comecei a trabalhar no Cadillac. Havia o suficiente para me manter ocupado até tarde da noite. Às nove, liguei para Carl, avisei que o carro estava pronto e sugeri que viesse buscá-lo.

— Não estou em condições de dirigir — respondeu ele, como se eu não tivesse contado com essa resposta.

— Manda a Shannon então.

Percebi a hesitação.

— Mas assim o Subaru vai ter que ficar aí embaixo na sua casa — disse ele. E dois pensamentos sem sentido me ocorreram: que por "sua casa" ele se referia à oficina, o que significava que considerava a fazenda como a casa dele.

— Eu levo o Subaru e a Shannon, o Cadillac — sugeri.

— Desse jeito o Volvo fica para trás.

— Tá bom — eu disse. — Então eu levo o Cadillac até aí, e a Shannon pode me trazer de volta para pegar o Volvo.

— Raposas e galinhas — disse Carl.

Prendi a respiração. Ele disse isso mesmo? Que deixar Shannon e eu sozinhos no mesmo lugar era como deixar a raposa cuidando do galinheiro? Há quanto tempo ele sabia? E o que ia acontecer agora?

— Ainda está aí? — perguntou Carl.

— Ã-hã — respondi estranhamente calmo. E naquele instante senti alívio. Sim. Seria brutal, mas pelo menos agora eu poderia parar de me esgueirar como a porra de um adúltero. — Calma aí, que papo foi esse de galinhas e raposas?

— Não tem uma história de atravessar a raposa pelo rio? Ou é uma cabra? Tenho certeza de que tem algum bicho envolvido. Mas sei que tem um barco. Deixa para lá, é complicado demais. Só *deixa* o Cadillac do lado de fora da oficina e volta para cá. A Shannon ou eu podemos buscá-lo mais tarde. Obrigado pelo trabalho, mano. Agora vem tomar uma bebida comigo.

Eu sentia que segurava o telefone com tanta força que o meu dedo médio latejava. Carl estava falando de logística. Eu podia voltar a respirar.

— Tá bom — eu disse.

Terminamos a ligação.

Encarei o telefone. Ele estava se referindo à logística, não é? Claro que estava. Nós, os homens Opgard, podíamos nem sempre dizer tudo o que pensávamos, mas não falávamos por enigmas.

Quando voltei para a fazenda, Carl estava sentado na sala de estar e me ofereceu uma bebida. Shannon tinha ido para a cama. Eu disse que não estava com vontade de beber, que também estava cansado e que tinha trabalho me esperando assim que chegasse a Kristiansand.

Passei a noite me revirando no beliche, meio sonhando, meio dormindo até às sete e então me levantei.

411

Estava escuro na cozinha e dei um pulo quando ouvi o sussurro perto da janela.

— Não acende a luz.

Eu podia fazer tudo naquela cozinha, mesmo de olhos fechados. Peguei uma caneca e me servi de café do bule quente. Não tinha visto o inchaço até que fui para a janela e aquele lado do seu rosto foi iluminado pela neve lá de fora.

— O que aconteceu?

Ela deu de ombros.

— A culpa foi minha.

— Ah, é? Você o aborreceu?

Ela suspirou.

— Vai para casa agora, Roy, não pensa mais nisso.

— A minha casa é aqui — sussurrei. Ergui a mão e cuidadosamente a coloquei sobre o inchaço do seu rosto. Ela não me impediu. — E não consigo parar de pensar. Penso em você o tempo todo. É impossível parar. Não podemos parar. Os freios não funcionam, não têm mais conserto.

Eu havia levantado a voz enquanto falava, e ela olhou automaticamente para o tubo de aquecimento e para o furo no teto.

— E o caminho que tomamos agora leva direto para a beirada — sussurrou ela. — Você está certo, os freios não funcionam, então a gente tem que pegar outra estrada, uma que não nos leve para perto da beirada. *Você* precisa tomar outro caminho, Roy. — Ela tomou a minha mão e a levou aos lábios. — Roy, Roy. Vai embora enquanto ainda há tempo.

— Meu amor...

— Não diz isso.

— Mas é verdade.

— Sei que é, mas dói muito ouvir.

— Por quê?

Ela fez uma careta que baniu abruptamente toda a beleza do seu rosto e me fez querer beijá-lo, beijá-la. Eu precisava fazer isso.

— Porque eu não te amo, Roy. Quero você, sim, mas amo Carl.

— Você está mentindo — eu disse.

— Todo mundo mente — disse ela. — Mesmo quando se acredita estar dizendo a verdade. O que chamamos de verdade é apenas a mentira que melhor nos convém. E não existem limites para a nossa capacidade de acreditar em mentiras necessárias.

— Mas você mesma sabe que isso não é verdade!

Ela colocou um dedo nos meus lábios.

— *Tem* que ser verdade, Roy. Então vai embora agora.

Ainda estava escuro como breu quando o Volvo e eu passamos pela placa do condado.

Três dias depois liguei para Stanley e perguntei se ainda estava de pé o convite para a festa da virada do ano.

50

— Estou feliz por você ter vindo — disse Stanley, apertando a minha mão e me dando um copo com uma coisa amarelada que parecia neve meio derretida.

— Feliz Natal — eu disse.

— Finalmente alguém que sabe quando dizer "feliz" e quando dizer "bom"! — disse com uma piscadela. Eu o segui para a sala onde estavam os demais convidados.

Seria exagero dizer que a casa de Stanley era luxuosa, já que não havia casas luxuosas em Os, com a possível exceção dos Willumsens e dos Aases. Mas, se por um lado a casa da família Aas era mobiliada com uma mistura de bom senso camponês e discrição autoconfiante de dinheiro antigo, a de Stanley era uma mistura desordenada de rococó e arte moderna.

Na sala de estar, acima das cadeiras e da mesa redonda, havia pendurado um grande quadro pintado de forma rudimentar e que lembrava a capa de um livro com o título *Death, What's in It for Me?*.

— Harland Miller — disse Stanley, que havia seguido o meu olhar. — Custou uma fortuna.

— Você gosta tanto assim?

— Acho que sim. Mas tudo bem, pode ter havido um toque de desejo mimético envolvido. Quero dizer, quem não deseja um Miller?

— Desejo mimético?

— Desculpa. René Girard. Filósofo. Ele chamou de desejo mimético quando desejamos automaticamente as mesmas coisas que as pessoas que admiramos. Se o seu herói se apaixona por uma mulher, o seu objetivo inconsciente passa a ser ganhar essa mesma mulher.

— Entendi. Nesse caso, por quem você está apaixonado, pelo homem ou pela mulher?

— Cabe a você me dizer.

Passei os olhos pelo cômodo.

— O Dan Krane está aqui. Achei que ele fosse um frequentador assíduo da festa de Ano-Novo do Willumsen.

— Nesse momento, ele tem amigos melhores aqui do que lá — explicou Stanley. — Com a sua licença, Roy, preciso providenciar algumas coisas na cozinha.

Fui dar uma circulada. Doze rostos familiares, doze nomes familiares. Simon Nergard, Kurt Olsen. Grete Smitt. Fiquei lá me balançando nos calcanhares como um marinheiro, entreouvindo as conversas, revirando o copo nas mãos e evitando olhar para o relógio. Os assuntos eram: o Natal, a rodovia, o tempo, as mudanças climáticas e a anunciada tempestade que já provocava acúmulos de neve na rua.

— Tempo extremo — disse uma pessoa.

— A tempestade normal de Ano-Novo — rebateu outra. — É só verificar o anuário, publicado a cada cinco anos.

Contive um bocejo.

Dan Krane estava perto da janela. Foi a primeira vez que vi o jornalista controlado e cerimonioso daquele jeito. Ele não falava com ninguém, apenas nos observava com uma curiosidade feroz no olhar enquanto bebia copo atrás de copo do forte drinque amarelado.

Não queria, mas fui até ele.

— E você, como está? — perguntei.

Ele me encarou, parecendo surpreso que alguém lhe dirigisse a palavra.

— Boa noite, Opgard. Você conhece o dragão-de-komodo?

— Você quer dizer aqueles lagartos gigantes?

— Precisamente. Eles são encontrados em apenas algumas pequenas ilhas asiáticas, uma delas é Komodo. Mais ou menos do tamanho do condado de Os. E não são tão grandes, não tão grandes quanto as pessoas imaginam, pelo menos. Pesam quase tanto quanto um homem adulto. E se movem lentamente, você e eu seríamos capazes de escapar deles. Por causa disso, eles fazem emboscadas, isso, uma emboscada covarde. Mas não, essa emboscada não chega a matar ninguém. É só uma mordida. Em qualquer parte do corpo. Talvez só uma mordidinha inocente na perna. E aí a pessoa vai embora achando que se safou, certo? Mas a verdade é que ao morder eles injetam um veneno. E é um veneno fraco, de ação lenta. Agora vou voltar ao assunto de por que ele é fraco. Vou mencionar apenas que custa ao animal uma enorme quantidade de energia para produzir o veneno. Quanto mais forte o veneno, mais energia ele gasta. O veneno do dragão-de-komodo impede a coagulação do sangue. Então o sujeito de repente começa a sangrar, a ferida na perna não cicatriza, nem a hemorragia interna provocada pela mordida. Portanto, não importa para onde se corra nessa pequena ilha asiática, a língua longa e olfativa do dragão-de-komodo sente o cheiro de sangue e vai lentamente atrás da presa. Os dias se passam e a pessoa fica cada vez mais fraca. Logo não vai conseguir correr mais rápido que o dragão, e ele vai ser capaz de dar outra mordida. E mais outra. Todo o corpo está sangrando e sangrando, o sangue não para, mililitro por mililitro a vítima vai se esvaziando. E não pode escapar, é claro, porque está presa nessa pequena ilha e o seu cheiro está em toda parte.

— E como acaba? — perguntei.

Dan Krane parou e olhou para mim. Parecia ofendido. Talvez ele tenha interpretado a pergunta como um desejo de que o seu monólogo terminasse de uma vez.

— Criaturas venenosas que vivem em lugares pequenos dos quais as suas presas, por razões práticas ou por qualquer outro motivo, não conseguem escapar não têm necessidade de produzir um veneno precioso e de ação rápida. Elas podem praticar essa forma lenta e maligna de tortura. É a evolução na prática. Ou estou errado, Opgard?

Opgard não tinha muito a dizer. Percebi, é claro, que estava falando de uma versão humana do animal venenoso; mas ele se referia ao capanga? Ou a Willumsen? Ou a outra pessoa?

— De acordo com a previsão do tempo, o vento vai diminuir durante a noite — eu disse.

Krane revirou os olhos, se virou e olhou pela janela.

Só quando estávamos sentados à mesa que o assunto da conversa mudou para o hotel. Dos doze ali sentados, oito estavam envolvidos no projeto.

— De qualquer forma, espero que o prédio esteja bem ancorado — comentou Simon com um olhar para a grande janela panorâmica que rangia com as rajadas de vento.

— E está — disse uma voz com absoluta certeza. — O meu chalé seria levado pelo vento antes do hotel, e olha que esse chalé está de pé há cinquenta anos.

Não consegui mais me conter e olhei para o relógio.

No nosso vilarejo havia a tradicional aglomeração na praça pouco antes da meia-noite. Não havia discursos, nem contagem regressiva ou formalidades desse tipo. Era apenas uma oportunidade para as pessoas se reunirem para o show de fogos de artifício e depois — numa atmosfera de caos carnavalesco e anarquia social — aproveitar o grande abraço da comunidade à meia-noite para encostar o corpo e a bochecha em alguém que, nas nove mil horas restantes do ano, seria ultrapassar os limites. Até a festa de Ano-Novo no Willumsen seria interrompida para que os convidados pudessem se mesclar à multidão.

Alguém disse algo sobre esse ser um momento de crescimento para o vilarejo.

— O crédito deve ir para Carl Opgard — interrompeu Dan Krane. As pessoas estavam acostumadas a ouvi-lo falar com voz calma e anasalada, mas que naquele instante soava seca e irritada. — Ou a culpa. Tudo depende.

— Depende do quê? — perguntou alguém.

— Ah, é claro, do discurso revivalista do capitalismo que ele pronunciou em Årtun e que fez com que todos dançassem ao redor do bezerro de ouro que, por sinal, deveria dar nome ao hotel. Spa Bezerro de Ouro. Embora — o olhar de Krane passeou pela mesa — Os Spa talvez seja um nome bem apropriado. "Ospa" é a palavra polonesa para varíola, a doença que exterminou vilarejos inteiros até o século XX.

Ouvi a risada de Grete. As palavras de Krane podem até ter sido o que as pessoas esperavam dele — inteligentes, espirituosas —, mas foram proferidas com tamanha agressividade e frieza que fizeram a mesa se calar.

Para realçar o lado cômico da situação embaraçosa, Stanley ergueu o copo com um sorriso.

— Muito divertido, Dan. Mas você está exagerando, não é?

— Estou? — Dan Krane deu um arremedo de sorriso e fixou o olhar num ponto na parede acima da nossa cabeça. — Esse tipo de negócio em que todo mundo pode investir sem ter dinheiro para isso é uma réplica exata do que aconteceu na quebra da bolsa de outubro de 1929. Aqueles banqueiros saltando do topo dos arranha-céus ao longo da Wall Street eram só a ponta do iceberg. A verdadeira tragédia envolveu os mais pobres, os milhões de pequenos investidores que confiaram nos corretores da bolsa quando falavam em línguas sobre um retumbante crescimento eterno e tomaram emprestado bem mais do que podiam para comprar ações.

— Tudo bem — disse Stanley. — Mas olha ao redor, há otimismo em toda parte. Não vejo exatamente os grandes sinais de perigo, por assim dizer.

— Mas essa é precisamente a natureza de um desastre — continuou Krane com uma voz que ficava cada vez mais estridente. — Ninguém vê nada até que de repente vê tudo. O inafundável *Titanic* tinha afundado dezessete anos antes, mas mesmo assim as pessoas não aprenderam nada. No final de setembro de 1929, a bolsa de valores estava no seu nível mais alto. As pessoas julgam que a sabedoria da maioria é incontestável, que o mercado está certo, e, quando todo mundo quer comprar e comprar, é claro que ninguém faz soar o alarme. Somos animais gregários que se iludem achando que é mais seguro ficar do lado do rebanho, da multidão...

— Mas é isso mesmo — eu disse calmamente. Mas o silêncio caiu sobre nós tão rápido que, embora eu não tivesse tirado os olhos do meu prato, sabia que todos olhavam para mim. — É por isso que os peixes formam cardumes e as ovelhas, rebanhos. E pelo mesmo motivo formamos sociedades anônimas e consórcios. Porque é de fato mais seguro operar como rebanho. Não cem por cento seguro, já que uma baleia pode vir a qualquer momento e engolir o cardume inteiro, mas é mais seguro. Foi aí que a evolução tentou e falhou.

Levei um garfo cheio de gravlax à boca e fui mastigando, sentindo aqueles olhos fixos em mim. Foi como se um surdo-mudo tivesse falado de repente.

— Vamos beber a isso! — gritou Stanley, e, quando enfim olhei para a frente, vi todos com os copos erguidos na minha direção. Tentei sorrir e levantei o meu, embora estivesse vazio. Totalmente vazio.

Vinho do Porto foi servido depois da sobremesa, e me sentei no sofá em frente à pintura de Harland Miller.

Alguém se sentou ao meu lado. Era Grete. Tinha um canudo no cálice de vinho do Porto dela.

— *Death* — disse ela. — *What's in It for me?* — acrescentou em inglês.

— Você está só lendo ou perguntando?

— As duas coisas — disse Grete, olhando ao redor. Todo mundo estava envolvido numa conversa.

— Você não deveria ter dito não — disse ela.

— Dito não ao quê? — perguntei, embora soubesse a que ela se referia. Eu estava apenas tentando fazê-la entender, ao fingir que não entendia, que deveria mudar de assunto.

— Tive que fazer sozinha — continuou.

Olhei para ela sem acreditar.

— Você quer dizer que...

Ela assentiu com ar solene.

— Você andou fofocando sobre o Carl e a Mari?

— Tenho espalhado *informações*.

— Você está mentindo! — simplesmente escapou da minha boca e olhei em volta rapidamente para ter certeza de que ninguém mais tinha ouvido o meu súbito ataque.

— Será mesmo? — Grete deu um sorrisinho debochado. — Por que você acha que o Dan Krane está aqui e a Mari não? Ou, melhor dizendo, por que você acha que eles não estão na casa dos Willumsens, como sempre? Alguém precisava cuidar das crianças? Sim, é uma possibilidade, e é justamente o que eles querem que as pessoas pensem. Quando revelei ao Dan, ele me agradeceu e me fez prometer não contar a mais ninguém. Essa foi a reação inicial, percebeu? Por fora, eles agem como se nada estivesse acontecendo. Mas por dentro, pode acreditar em mim, a separação é total.

O meu coração batia forte e dava para sentir a minha camisa justa colar no suor do corpo.

— E a Shannon, você também foi fazer fofoca com ela?

— Não é fofoca, Roy. São informações que eu acho que qualquer um tem o direito de saber caso tenha um parceiro infiel. Contei para ela durante um jantar na casa da Rita Willumsen. E ela me agradeceu. Viu como são as coisas?

— Quando foi isso?

— Quando? Deixa eu ver... A gente tinha parado de tomar banho de gelo então deve ter sido na primavera.

O meu cérebro trabalhava freneticamente. Durante a primavera. Shannon tinha viajado para Toronto no início do verão e ficado fora por um tempo. Retornou, entrou em contato comigo. Merda. Merda, merda, merda. Eu estava com tanta raiva que a mão que segurava o copo começou a tremer. Senti vontade de derramar o resto do vinho do Porto naquela merda de permanente no cabelo de Grete e torci para que surtisse o mesmo efeito de aguarrás quando eu empurrasse a cara dela num castiçal com velas acesas perto de onde estávamos. Cerrei os dentes.

— Então você dever ter ficado decepcionada ao saber que o Carl e a Shannon ainda estão juntos.

Grete deu de ombros.

— É óbvio que estão infelizes, e isso sempre serve de consolo.

— Mas se estão infelizes por que estariam juntos? Eles nem mesmo têm um filho.

— Ah, têm sim — disse Grete. — O hotel é o filho deles. Vai ser a obra-prima da Shannon, e isso faz com que ela dependa do Carl. Para obter algo que se deseja, depende-se de alguém que se odeia. Isso parece familiar?

Grete olhou para mim enquanto tomava o vinho do Porto de canudinho. Bochechas encovadas, lábios franzidos, como se beijasse o canudo. Me levantei. Não aguentava mais ficar sentado ali. Fui para o hall e vesti o meu casaco.

— Já vai? — perguntou Stanley.

— Vou dar uma passada na praça. Preciso arejar a cabeça.

— Ainda falta uma hora para meia-noite.

— É que ando e penso devagar — respondi. — A gente se vê lá.

Andando pela rodovia, tive que me inclinar contra o vento, que me atravessava levando tudo. As nuvens do céu. A esperança do coração. O nevoeiro que permeava tudo o que tinha acontecido. Shannon sabia da infidelidade de Carl. Ela entrou em contato comigo antes de ir para Notodden para que pudesse se vingar. Exatamente como Mari queria. É claro. Uma repetição. Eu havia cruzado os meus próprios passos; era a porra do mesmo ciclo de novo. Impossível escapar disso. Então, por que resistir? Por que não apenas me sentar e mergulhar num sono congelado?

Um carro passou. Era o Audi A1 vermelho novo que estava parado em frente à casa de Stanley Spind. O que significava que aquela pessoa devia estar dirigindo bêbada, porque eu não tinha visto ninguém na festa que não estivesse tomando aquela bebida amarelada forte. Vi as luzes do freio quando o carro fez a curva antes da praça indo na direção da fazenda de Nergard.

Gente vinda de todo canto já havia começado a se reunir na praça, a maioria jovens, perambulando em grupos de quatro ou cinco. Cada movimento, cada gesto por mais diminuto que fosse, tinha um propósito, fazia parte da caçada. E, mesmo que o vento varresse a praça aberta, dava para sentir cheiro de adrenalina no ar, como o que antecede uma partida de futebol. Ou uma luta de boxe. Ou uma tourada. Sim, era isso. Algo estava prestes a morrer. Fiquei num beco entre a loja de esportes e a Roupas Infantis Dals, de onde conseguia ver tudo sem ser visto. Ou pelo menos era o que eu pensava.

Uma garota se separou do grupo em que estava, pareceu uma divisão celular. Ela veio meio cambaleante na minha direção.

— Oi, Roy! — Era Julie. A voz estava rouca e arrastada por causa do álcool. Ela colocou a mão no meu peito e foi me empurrando para dentro do beco. Então me deu um abraço apertado e sussurrou: — Feliz Ano-Novo. — Antes que eu tivesse tempo de reagir, pressionou os lábios nos meus, e senti a sua língua nos meus dentes.

— Julie — gemi, tensionando a mandíbula.

— Roy — gemeu também, claramente tendo entendido tudo errado.

— Não podemos — eu disse.

— É só um beijo de Ano-Novo — argumentou ela. — Todo mundo...

— O que está acontecendo aqui?

A voz tinha vindo de trás de Julie. Ela se virou e lá estava Alex. O namorado de Julie estava na fila para assumir a fazenda em Ribu, e rapazes na fila para assumir uma fazenda tendem a ser — com algumas exceções, nas quais me incluo — grandalhões. Ele tinha um cabelo curto e grosso que parecia ter sido pintado na cabeça, repartido, com gel e listras, como um jogador de futebol italiano. Avaliei a situação. Alex também parecia um pouco bêbado e ainda estava com as mãos nos bolsos do casaco. Ele teria algumas coisas a dizer antes de atacar. Tinha um objetivo a declarar. Empurrei Julie para longe de mim.

Ela se virou e percebeu o que estava acontecendo.

— Não — gritou ela. — Não, Alex!

— Não o quê? — perguntou Alex, fingindo surpresa. — Só queria agradecer ao Opgard e ao irmão dele pelo que fizeram pelo vilarejo. — Ele estendeu a mão direita.

Tá bom, então sem declaração de objetivo. Mas a postura — um pé na frente do outro — deixava claro o que tinha em mente. O velho truque do aperto-de-mão-soco-na-cara. Ele devia ser muito jovem para saber quantos caras já tinham levado uma surra minha. Ou talvez soubesse, mas também percebesse que não tinha escolha, que era homem e tinha que defender a sua propriedade. Tudo o que precisei fazer foi ficar de um lado da sua linha de visão, oferecer a minha mão e desequilibrá-lo enquanto ele ajustava a postura. Peguei a sua mão e no mesmo instante vi medo nos seus olhos. Então ele estava com medo de mim, no fim das contas? Ou com medo por achar que estava prestes a perder a menina que amava, aquela que torcia para ser dele. Bom, logo ele estaria deitado de costas sentindo a dor de mais uma derrota, mais uma humilhação, mais um lembrete de que não era grande coisa, e o consolo de Julie seria como sal nas feridas. Em suma, uma repetição daquela noite em Lund, em Kristiansand. Uma repetição daquela manhã na cozinha da casa do telhador. Uma repetição de cada merda de sábado à noite em Årtun quando eu tinha 18 anos. Eu sairia do local com mais um escalpo como troféu para pendurar no cinto e ainda assim seria o perdedor. Eu não queria mais isso. Eu tinha que escapar, sair da mesmice, desaparecer. Então deixei acontecer.

Ele me puxou para a frente e me golpeou, tudo ao mesmo tempo. Ouvi o estalo quando a testa encontrou o meu nariz. Recuei um passo e vi o seu ombro direito esticado para trás, pronto para atacar. Teria sido fácil me esquivar, mas em vez disso avancei para receber o soco. Ele gritou quando a mão me atingiu embaixo do olho. Consegui me equilibrar, pronto para o próximo soco. O seu pulso direito estava doendo, mas o garoto tinha duas mãos. Em vez disso, ele chutou. Boa escolha. Me pegou no estômago e me curvei. Então ele deu uma cotovelada, atingindo a minha têmpora.

— Alex, para!

Mas Alex não parou. Senti a vibração no córtex cerebral, a dor pulsando como um raio na escuridão antes que tudo se apagasse.

Será que houve algum momento em que eu teria recebido o fim de braços abertos? A rede, a tarrafa que me prendeu e me puxou para o fundo, a certeza de que finalmente receberia o meu castigo, tanto pelo que fiz quanto pelo que não fiz? O pecado da omissão, como dizem. O meu pai devia estar queimando no inferno porque não parou de fazer o que fazia com Carl. Afinal de contas, ele poderia ter parado. E eu não fiz nada para impedi-lo. Então, eu também deveria queimar no fogo do inferno. Fui arrastado para o fundo, onde eles me aguardavam.

— Roy?

A vida é, em essência, simples. O único objetivo é maximizar o prazer. Até mesmo a nossa tão enaltecida curiosidade, a nossa disposição para explorar o universo e a natureza humana, não passa de uma manifestação do desejo de intensificar e prolongar esse prazer. Então, quando o saldo da vida é devedor, quando a vida nos oferece mais dor que prazer e não há mais esperança de que as coisas mudem, botamos um fim nela. Comemos ou bebemos até morrer, nadamos para onde a corrente é forte, fumamos na cama, dirigimos embriagados, adiamos a consulta com o médico mesmo que o caroço na garganta esteja crescendo. Ou simplesmente nos enforcamos no celeiro. É banal quando se percebe pela primeira vez que essa é uma alternativa completamente prática; na verdade, nem parece a decisão mais importante da vida. Construir tal casa ou estudar tal coisa — essas são decisões maiores que escolher acabar com a vida antes da hora.

E dessa vez decidi que não iria reagir, que ia congelar até morrer.

— Roy.

Congelar até morrer, eu disse.

— Roy.

A voz que me chamava era grave como a de homem, porém suave como a de uma mulher, sem nenhum sotaque, e adorei ouvi-la dizer o meu nome, o jeito prolongado e meigo com que pronunciou o erre.

— Roy.

O único problema é que o rapaz, Alex, arriscou receber uma multa e possivelmente até uma sentença de prisão que não daria a mínima para o fato que o levou a brigar. Na verdade, não foi nem mesmo um "fato", mas uma reação bastante razoável, dado como ele entendeu mal as coisas.

— Você não pode ficar aqui, Roy.

Uma mão me balançava. Era uma mão pequenina. Abri os olhos e dei de cara com os olhos castanhos e preocupados de Shannon. Eu não saberia dizer se ela era real ou se eu estava sonhando, mas também não importava.

— Você não pode ficar aqui — repetiu ela.

— Não? — eu disse, levantando ligeiramente a cabeça. Estávamos sozinhos no beco, mas eu conseguia ouvir pessoas cantando em uníssono na praça. — Eu peguei o lugar de alguém?

Shannon ficou me olhando por um longo tempo.

— Pegou — disse ela. — Você sabe que sim.

— Shannon — chamei com a voz rouca —, eu te...

O restante sucumbiu à barulheira quando o céu explodiu em luzes e cores crepitantes.

Ela segurou a minha lapela e me ajudou a me levantar, tudo ao meu redor ondulava, e uma náusea bloqueava a minha garganta. Shannon me ajudou a sair do beco pelos fundos da loja de esportes. Depois me guiou para a estrada; é provável que ninguém tenha nos visto, já que todos se amontoavam na praça olhando para os fogos de artifício que eram soprados de um lado para o outro pelo vento forte. Um rojão passou baixo em cima dos telhados, enquanto outro, provavelmente um dos potentes sinalizadores de Willumsen, subiu aos céus onde descreveu uma parábola branca enquanto se dirigia para as montanhas a duzentos quilômetros por hora.

— O que você está fazendo aqui? — perguntou ela enquanto nos concentrávamos em colocar um pé na frente do outro.

— A Julie me beijou e...

— Eu sei, ela me contou, antes que o namorado a arrastasse para longe. Mas o que estou perguntando é o que você está fazendo aqui, em Os?

— Comemorando o Ano-Novo — eu disse. — Na festa do Stanley.

— O Carl me contou. Você não está respondendo à minha pergunta.

— Você está perguntando se vim por sua causa?

Ela não respondeu. Então respondi por ela.

— Sim. Vim aqui para ficar com você.

425

— Você é louco.

— Sou, sim, louco por acreditar que você me queria. Eu devia ter percebido. Você ficou comigo para se vingar do Carl.

Senti um puxão no braço e percebi que ela havia tropeçado e perdido o equilíbrio.

— Como você sabe disso? — perguntou ela.

— A Grete. Ela me disse que contou para você sobre o Carl e a Mari na primavera passada.

Shannon assentiu com a cabeça lentamente.

— Então é verdade? — perguntei. — Você e eu, para você foi só uma vingança?

— É meia verdade.

— Meia?

— A Mari não foi a primeira mulher com quem o Carl me traiu. Mas ela é a primeira com quem ele se importava. Por isso tinha que ser você, Roy.

— Hã?

— Para que a minha vingança ficasse em pé de igualdade, tinha que ser com alguém que eu gostasse.

Não me contive e dei uma risada breve e forte.

— Que besteira.

Ela suspirou.

— Sim, é besteira mesmo.

— Pronto, viu?

De repente, Shannon largou o meu braço e parou bem na minha frente. Atrás dela a estrada se estendia como um cordão umbilical branco em direção à noite.

— É besteira — repetiu. — É besteira se apaixonar pelo irmão do marido por causa da maneira como ele acaricia o peito de um passarinho que se tem nas mãos enquanto fala sobre o pássaro. É besteira se apaixonar por ele por causa das histórias que o irmão contou.

— Shannon, por favor, não...

— É besteira! — gritou ela. — É besteira se apaixonar por um coração que não conhece o significado da palavra traição.

Shannon colocou as mãos no meu peito enquanto eu tentava andar mais rápido que ela.

— E isso é besteira — disse calmamente. — É besteira não conseguir pensar em nada além desse homem por causa de algumas horas num quarto de hotel em Notodden.

Fiquei parado, aturdido.

— Vamos? — sussurrei.

Assim que a porta da oficina se fechou atrás de nós ela me puxou para perto. Inspirei o seu perfume. Ainda meio zonzo e inebriado, beijei aqueles lábios doces, senti quando ela mordeu os meus até sangrar, e experimentamos mais uma vez o gosto doce e metálico do meu sangue enquanto ela desabotoava a minha calça e sussurrava algumas palavras raivosas que julguei ter reconhecido. Me segurou ao mesmo tempo que enfiava as pernas debaixo das minhas e acabei caindo no piso de pedra. Fiquei ali olhando enquanto ela se equilibrava num pé só para tirar os sapatos e uma das meias. Depois ela levantou o vestido e se sentou em mim. Não estava molhada, mas mesmo assim agarrou o meu pau duro e o forçou para dentro dela, e pareceu que a pele do meu pau estava sendo arrancada. Mas, felizmente, ela não se mexeu, apenas ficou lá sentada olhando para mim como uma rainha.

— Está bom? — perguntou ela.

— Não — respondi.

E começamos a rir ao mesmo tempo.

A risada fez o seu sexo se contrair em torno do meu, e ela deve ter sentido isso também, porque riu ainda mais.

— Tem óleo de motor na prateleira ali em cima — eu disse apontando.

Ela virou a cabeça de lado e me lançou um olhar amoroso, como se eu fosse uma criança e já tivesse passado da hora de dormir. Então ela fechou os olhos, ainda sem se mexer, mas pude sentir o seu sexo ficando quente e úmido.

— Espera — sussurrou ela. — Espera.

Pensei na contagem regressiva para meia-noite na praça, que o ciclo havia finalmente se rompido, que saímos do outro lado e que eu estava livre.

Ela começou a se mexer.

E, quando gozou, foi com um grito de raiva triunfal, como se ela também tivesse acabado de chutar a porta que a mantinha prisioneira.

Nos deitamos entrelaçados na cama e ficamos em silêncio, ouvindo. O vento havia se acalmado, e de vez em quando ouvíamos a explosão de um rojão atrasado. E então fiz a pergunta que vinha fazendo a mim mesmo desde aquele dia que Carl e Shannon entraram no pátio de Opgard.

— Por que vocês dois vieram para Os?

— O Carl nunca contou para você?

— Só aquele negócio de colocar o vilarejo no mapa. Ele estava fugindo de alguma coisa?

— Ele não te contou?

— Só algo sobre uma disputa legal sobre algum projeto de incorporação no Canadá.

Shannon suspirou.

— Foi um projeto em Canmore que teve que ser encerrado por causa dos custos crescentes e da falta de recursos. E não tem disputas legais. Não mais.

— O que você quer dizer?

— Que o caso está encerrado. O Carl foi condenado a pagar indenização aos sócios.

— E...?

— Como não conseguiu, ele fugiu. Veio para cá.

Eu me ergui apoiado num cotovelo.

— Você quer dizer que Carl é... um fugitivo?

— Em princípio, sim.

— É disso que se trata o hotel spa? Uma forma de saldar a dívida de Toronto?

Ela deu um leve sorriso.

— Ele não planeja voltar para o Canadá.

Tentei assimilar tudo isso. Quer dizer que a volta de Carl não foi nada além de uma fuga de um vigarista insignificante?

— E você? Por que veio com ele?

— Porque fiz os desenhos para o projeto Canmore.

— E...?

— Era a minha obra-prima. O meu prédio da IBM. Não consegui que fosse construído em Canmore, mas Carl prometeu me dar outra chance.

Então ficou claro para mim.

— O hotel spa. Você já o havia projetado.

— Já, com algumas modificações. A visão das montanhas rochosas nas cercanias de Canmore não é muito diferente do que temos aqui. Não tínhamos dinheiro nem ninguém disposto a investir no nosso projeto. Então o Carl sugeriu Os. Ele disse que era um lugar onde as pessoas confiavam nele, onde o consideravam o garoto-maravilha local que tinha se dado bem no exterior.

— Então vocês vieram para Os sem dinheiro no bolso. Mas dirigindo um Cadillac.

— O Carl diz que aparências são tudo quando se está tentando vender um projeto como esse.

Pensei em Armand, o pastor ambulante. Quando veio à tona que ele estava enchendo o bolso de dinheiro obtido de pessoas ingênuas que esperavam por uma cura ao mesmo tempo que as impedia de obter a ajuda médica de que precisavam, ele teve que fugir para o norte. Quando o pegaram, descobriram que ele havia fundado uma seita, construído uma igreja de cura milagrosa e tinha três "esposas". Ele foi preso por sonegação de imposto de renda e fraude e, quando foi indagado perante o juiz sobre o motivo pelo qual continuava ludibriando as pessoas, ele respondeu:

— Porque é isso que eu faço.

— Por que vocês dois não me contaram? — perguntei.

Shannon sorriu consigo mesma.

— Por quê? — insisti.

— Ele disse que não seria bom para você. Estou tentando me lembrar exatamente das palavras. Foi assim: ele disse que, mesmo que você não seja sensível e não entenda muito de empatia, é um moralista. Ao contrário dele, que é um cínico sensível e simpático.

Senti um ímpeto de praguejar aos quatro ventos, mas acabei caindo na gargalhada. Esse desgraçado tinha mesmo um talento especial para descrever as coisas. Ele não apenas corrigia a ortografia das minhas redações escolares mas às vezes acrescentava uma ou duas frases. Para acrescentar um pouco de fantasia, dar asas àquela invencionice. Dar asas a invencionices. É, esse era o talento dele.

— Mas você estaria errado se achasse que as intenções do Carl não são boas — disse Shannon. — Ele deseja o bem para todos. Mas é claro que deseja para si um bem ainda maior. E, olha, no fim das contas ele dá um jeito.

— Provavelmente tem algumas pedras no caminho. O Dan Krane, por exemplo, está planejando escrever um artigo.

Shannon balançou a cabeça.

— O Carl disse que esse problema foi resolvido. E que as coisas estão bem melhores agora. A construção está de volta ao cronograma, e em duas semanas ele vai assinar um contrato com um hoteleiro sueco para administrar o lugar.

— Então Carl Opgard salva o vilarejo. Consegue erguer um monumento eterno para si mesmo. E fica rico. Qual dessas duas coisas você acha que é mais importante para ele?

— Acho que os nossos motivos são tão complexos que nem nós os entendemos por completo.

Acariciei o hematoma debaixo da maçã do rosto.

— E os motivos do Carl para bater em você também são complexos?

Ela deu de ombros.

— Antes de eu deixá-lo e ir para Toronto no verão passado, ele nunca tinha encostado um dedo em mim. Mas, quando voltei, algo havia mudado. *Ele* havia mudado. Bebia o tempo todo. E começou a me bater. Ficou tão perturbado depois da primeira vez que me convenci de que não aconteceria mais. Mas então se transformou num padrão, um comportamento compulsivo, algo que ele se sentia *obrigado* a fazer. Às vezes, ele chorava antes mesmo de começar.

Pensei no choro lá embaixo no beliche, daquela vez que percebi que não era Carl, mas papai que chorava.

— Então por que você não foi embora? — perguntei. — Porque voltar de Toronto? Você o ama tanto assim?

Ela meneou a cabeça.

— Eu tinha deixado de amá-lo.

— Você veio por minha causa?

— Não — disse e acariciou a minha bochecha.

— Você veio por causa do hotel — eu disse.

Ela assentiu.

— Você ama esse hotel.

— Não. Eu odeio o hotel. Mas é a minha prisão, não me deixa ir embora.

— E ainda assim você o ama — eu disse.

— Assim como a mãe ama o filho que a mantém refém.

Pensei no que Grete tinha me dito.

Shannon se virou.

— Quando se cria algo que tomou tanto tempo, dor e amor, como eu dediquei à criação daquele projeto, ele se torna parte de si. Não, não *uma* parte, mas a maior parte, a mais importante. O filho, o prédio, a obra de arte são as nossas únicas chances de sermos imortais, sabe? Mais importantes que qualquer outra coisa que se possa amar. Você entende?

— Então é também o seu próprio monumento pessoal?

— Não! Eu não projeto monumentos. Projetei um prédio simples, funcional e belo. Porque nós, seres humanos, precisamos de beleza. E a beleza do meu projeto para o hotel está na simplicidade, na sua inequívoca lógica. Não tem nada de monumental nos desenhos.

— Por que você diz projeto, desenhos e não hotel? Quero dizer, está quase pronto.

— Porque ele está sendo destruído. Todas as concessões feitas ao conselho quanto à fachada. Os materiais vagabundos que o Carl concordou em usar para ficar dentro do orçamento. Todo o saguão e o restaurante foram alterados enquanto eu estava em Toronto.

— Então você voltou para salvar o seu filho.

— Mas cheguei tarde demais. E o homem que eu achava que me amava tentou me controlar com uma surra.

— Então, se você já perdeu a batalha, por que ainda está aqui?

Ela deu um sorriso triste.

— Você me diz. Acho que a mãe talvez se sinta na obrigação de estar presente no velório do filho.

Engoli em seco.

— Não tem mais nada prendendo você aqui?

Ela me olhou por um bom tempo. Então fechou os olhos e balançou a cabeça lentamente.

Respirei fundo.

— Preciso ouvir você dizer isso, Shannon.

— Por favor. Não me pede isso.

— Por que não?

Vi os seus olhos se encherem de lágrimas.

— Porque é um "abre-te, sésamo", Roy. E é por isso que você está me perguntando.

— Quê?

— Se eu me ouvir dizendo isso, o meu coração se abre e então enfraqueço. Até tudo ter terminado por aqui, preciso me manter forte.

— Preciso me manter forte também — eu disse. — E para me manter forte o suficiente preciso ouvir você dizer isso. Pode falar baixinho, assim só eu vou ouvir. — E coloquei as minhas mãos em concha sobre as suas orelhas pequenas e brancas.

Ela me encarou. Respirou fundo. Parou. Tornou a respirar. E então sussurrou as palavras mágicas, mais poderosas que qualquer senha, qualquer declaração de fé, qualquer juramento de fidelidade:

— Eu te amo.

— E eu também te amo — sussurrei em resposta.

Eu a beijei.

Ela me beijou.

— Seu desgraçado — disse.

— Quando isso acabar — falei —, quando o hotel estiver pronto, você vai estar livre?

Ela assentiu.

— Posso esperar. Mas aí vamos fazer as malas e dar no pé.

— Para onde? — perguntou ela.

— Barcelona. Ou Cidade do Cabo. Ou Sydney.

— Barcelona — disse ela. — Gaudí.

— Combinado.

Como se para selar o acordo nos entreolhamos. Da escuridão lá de fora veio um som. Um maçarico-dourado? Por que o maçarico teria descido da sua montanha? Por causa dos rojões, talvez?

Uma expressão diferente surgiu no rosto dela. Ansiedade.

— O que foi? — perguntei.

— Presta atenção — disse ela. — Esse som não é bom?

Prestei atenção. Não, não era o maçarico. Essa nota subia e descia.

— É a porra de um caminhão dos bombeiros — eu disse.

Como num estalar de dedos saímos da cama e corremos para a oficina. Abri a porta bem a tempo de ver o velho carro de bombeiros desaparecer na direção do vilarejo. Eu havia feito um reparo nele; era um GMC. O Conselho Municipal o havia comprado das Forças Armadas que o usavam num aeroporto. Argumentaram para a compra que o preço era razoável e vinha com uma caixa-d'água com capacidade para mil e quinhentos litros. Um ano depois, argumentaram para a venda que o veículo gigante era tão lento em terreno íngreme que, se um incêndio ocorresse nas montanhas, não haveria nada para aqueles mil e quinhentos litros de água apagar quando chegassem lá. Mas não houve compradores para o monstrengo e ele continuava por aqui.

— Com o tempo assim não deveria ser permitido soltar fogos de artifício no centro de um vilarejo — comentei.

— O incêndio não é no centro — disse Shannon.

Segui o olhar dela. Subindo a montanha em direção a Opgard. O céu acima era de um amarelo encardido.

— Merda! — sussurrei.

Manobrei o Volvo no pátio. Shannon vinha no Subaru logo atrás de mim.

Opgard estava lá, torta, brilhante, ligeiramente inclinada para o leste, para a luz da lua. Intacta. Saímos do carro. Segui para o celeiro e Shannon, para a casa da fazenda.

Dentro do celeiro vi que Carl já tinha estado lá e pegado os esquis. Peguei os meus e os bastões de esqui e corri para casa com Shannon parada à porta segurando as minhas botas. Fixei as botas nos esquis e parti em passo duplo por entre as árvores em direção ao céu amarelo. O vento tinha diminuído tanto que os rastros dos esquis de Carl não tinham sido varridos pela neve e consegui aproveitá-los para ganhar velocidade. Presumia que o vento tinha sido reduzido a uma brisa forte, e já se podia ouvir gritos e o crepitar do fogo antes de alcançar o cume. Por isso fiquei surpreso e aliviado quando enfim pude avistar o hotel, a estrutura e os módulos. Fumaça, mas não chamas — os bombeiros devem ter conseguido apagá-las. Mas então notei um brilho na neve do outro lado do prédio, na lataria vermelha do carro de bombeiros e nos rostos inexpressivos dos que estavam lá parados quando se viraram para mim. E, quando o vento diminuiu por uns instantes, vi aquelas labaredas amarelas se espalhando por todo lado e entendi que o vento tinha, por alguns minutos, soprado as chamas a sota-vento. E também entendi os problemas enfrentados por aqueles que tentavam apagá-las. A estrada só ia até a frente do hotel, e o carro de bombeiros teve que estacionar a certa distância porque a neve não tinha sido removida da área frontal. Isso significava que, mesmo com a mangueira totalmente desenrolada, não conseguiriam dar a volta pelos fundos do hotel e direcionar o jato de água com o vento atrás deles. Agora, mesmo que estivessem com o registro de água da mangueira totalmente aberto, o jato se dissipava ao sabor do vento e soprava de volta para eles como chuva.

Eu estava a menos de cem metros de distância e não sentia o calor do fogo. Mas, quando vi Carl no meio da multidão, com o rosto molhado de suor ou talvez da água da mangueira, vi que era inútil. Tudo estava perdido.

51

A LUZ CINZENTA DO primeiro dia do ano surgiu.

O tempo nublado fez com que a paisagem parecesse plana e indistinta, e, quando dirigi da oficina até o hotel, tive por um instante a sensação de que havia me perdido, de que essa não era a paisagem que eu conhecia como a palma da minha mão, que eu estava em algum lugar estranho, em algum planeta estranho.

Quando cheguei lá, vi Carl parado com três homens ao lado das ruínas escurecidas e fumegantes do que deveria ser o orgulho do vilarejo. Ainda poderia ser, é claro, embora dificilmente naquele ano. Pedaços de madeira preta carbonizados apontavam para o céu como dedos dando uma advertência, dizendo a nós, a eles, a qualquer um, que não se constrói a porcaria de um hotel spa numa montanha descampada, isso vai contra a natureza, desperta os espíritos.

Quando saí do carro e fui em direção a eles, vi que os três outros homens eram o xerife Kurt Olsen, o presidente do Conselho Municipal Voss Gilbert e o chefe dos bombeiros, um homem chamado Adler que trabalhava como engenheiro para o conselho quando não estava de serviço no corpo de bombeiros. Não sei se eles se calaram porque cheguei ou se tinham acabado de trocar teorias.

— E então? — eu disse. — Alguma teoria?

— Encontraram os restos de um rojão da noite de Ano-Novo — respondeu Carl tão baixinho que eu mal conseguia ouvi-lo. O seu olhar estava focado em algo bem, bem distante.

— Isso mesmo — disse Kurt Olsen, com o cigarro entre o indicador e o polegar, voltado para a palma, como um soldado em vigília noturna. — Claro, ele pode ter sido trazido do vilarejo pelo vento e ateado fogo nas árvores.

Claro, claro. Pela maneira como enfatizou o "pode", era evidente que ele próprio não botava fé na teoria.

— Mas...? — eu disse.

Kurt Olsen deu de ombros.

— *Mas* o chefe dos bombeiros diz que, quando chegaram aqui, viram dois conjuntos de pegadas meio cobertas pela neve indo em direção ao hotel. Com um vento desses, elas não devem ter sido feitas muito antes da chegada do carro de bombeiros.

— Não foi possível identificar se as pegadas eram de duas pessoas indo ou de uma pessoa que tivesse ido e vindo — disse o chefe dos bombeiros. — Tivemos que trabalhar com o que consideramos o pior cenário e mandamos alguns homens para verificar se havia alguém nos módulos, mas eles já estavam queimados e estava quente demais.

— Não tem corpos — disse Olsen. — Mas parece que alguém esteve aqui durante a noite. Então evidentemente não podemos descartar incêndio criminoso.

— Criminoso? — quase gritei.

Olsen talvez tenha julgado que eu parecia um pouco surpreso demais, mas ainda assim me lançou aquele olhar de xerife investigador.

— Mas quem teria algo a ganhar com isso? — perguntei.

— Pois é, quem poderia ser, Roy? — disse Kurt Olsen, e não gostei nada da maneira como ele pronunciou o meu nome.

— Bom — disse o presidente do conselho com um aceno de cabeça indicando o vilarejo que estava meio escondido sob uma camada de névoa que tinha vindo pairando pelo gelo que cobria o lago Budal. — Uma merda acordar com uma notícia dessas.

— Olha, quando se está atolado até o pescoço em merda, a única coisa a fazer é começar a reconstruir.

Os outros me olharam como se eu tivesse dito algo em latim.

436

— Pode até ser, mas vai demandar muito esforço para concluir um hotel esse ano — comentou Gilbert. — E isso significa que as pessoas não vão poder vender terrenos para a construção de chalés por um bom tempo.

— Sério? — Olhei para Carl. Ele não disse nada, nem parecia ter acompanhado a nossa conversa. Apenas olhava inerte para o local do incêndio com uma expressão no rosto que me lembrou cimento recém-assentado.

— Esses são os termos do acordo com o conselho. — Gilbert ofegou de tal forma que percebi que estava repetindo algo que tinha acabado de dizer. — Primeiro o hotel, depois os chalés. Infelizmente, algumas pessoas na aldeia têm contado com o ovo no cu da galinha e compraram carros mais caros do que deveriam.

— Ainda bem que o hotel estava totalmente segurado contra incêndio — disse Kurt Olsen olhando para Carl.

Gilbert e o chefe dos bombeiros deram leves sorrisos, como se para dizer que sim, era verdade, mas agora não passava de um mísero consolo.

— Com certeza — disse o presidente do conselho enfiando as mãos nos bolsos do casaco como sinal de que estava pronto para ir embora. — Feliz Ano-Novo.

Olsen e o chefe dos bombeiros seguiram atrás dele na neve.

— É mesmo? — perguntei baixinho quando eles estavam longe o bastante para não me ouvirem.

— Um feliz ano-novo? — perguntou Carl com voz de sonâmbulo.

— O hotel está mesmo totalmente segurado?

Carl virou o corpo inteiro para me encarar, como se realmente tivesse sido moldado em cimento.

— E por que raios não estaria totalmente segurado? — disse bem devagar e bem baixinho. Não era efeito do álcool. Será que ele andava tomando algum tipo de remédio?

— Mas está *mais* que totalmente segurado?

— Como assim?

Senti a raiva começando a fervilhar dentro de mim, mas sabia que tinha que manter a voz baixa até que todos estivessem dentro dos seus carros.

— O que quero dizer é que o Kurt Olsen está mais ou menos insinuando que o incêndio foi iniciado de propósito e que o hotel está segurado além da conta. Ele está acusando você de fraude de seguro. Ou você não percebeu?

— Que eu comecei o fogo?

— Você fez isso, Carl?

— Por que eu faria isso?

— O hotel foi um tiro no escuro, os gastos ultrapassaram o orçamento, mas até agora você conseguiu manter tudo escondido. Talvez essa fosse a única saída para que os seus vizinhos do vilarejo evitassem pagar a conta e para você evitar a vergonha. Sendo assim, agora você pode recomeçar do zero, construir o hotel da forma como deve ser construído, com materiais adequados e com a nova injeção de dinheiro do seguro. Viu só? Você ainda pode erguer aquele monumento a Carl Opgard.

Carl olhou para mim com uma espécie de fascínio, como se eu tivesse mudado de forma diante dos seus olhos.

— Será que você, o meu próprio irmão, acredita mesmo que eu sou capaz de algo assim? — Então ele inclinou ligeiramente a cabeça para o lado. — Acredita, pelo visto, acredita, sim. Então me responde: por que eu estou aqui parado com vontade de cometer *hara-kiri*? Por que não estou em casa estourando o champanhe?

Olhei nos olhos dele. E começou a me ocorrer que Carl podia mentir, mas não fingir estar triste de um jeito que conseguisse me enganar. Sem chance.

— Não — sussurrei. — Isso não, Carl.

— Não o quê?

— Eu sei que você estava desesperado e cortando custos. Mas isso não.

— O quê? — rugiu ele, repentinamente furioso.

— O seguro. Você não parou de pagar o seguro do hotel antes do incêndio, né?

Ele desviou o olhar, e a fúria pareceu ter passado. Devia estar tomando algum remédio mesmo.

— É, isso teria sido burrice — sussurrou ele. — Parar de pagar o seguro pouco antes do incêndio. Porque aí... — lentamente um sorriso se espalhou pelo seu rosto, o tipo de sorriso que imagino no rosto de alguém numa experiência psicodélica no parapeito de uma sacada antes de provar que pode voar — ... porque aí o que ia acontecer, Roy?

52

EM TERRENOS MONTANHOSOS COMO o nosso, a escuridão não cai, emerge. Emerge dos vales, das florestas e do lago lá embaixo, e por um tempo podemos ver que a noite chegou ao vilarejo e aos campos, enquanto aqui ainda é dia. Mas naquele dia, o primeiro do ano, foi diferente. Talvez fosse por causa da nuvem que estava tão pesada acima de nós, colorindo tudo de cinza, talvez fosse o terreno escurecido pelo fogo que parecia sugar toda a luz da encosta da montanha, ou talvez fosse o desespero que pairava sobre Opgard, ou o frio do espaço sideral. Pouco importa. A luz do dia simplesmente desapareceu como se tivesse queimado.

Carl, Shannon e eu jantamos em silêncio e ficamos atentos aos sons enquanto a temperatura caía nas paredes. Quando terminei, peguei um guardanapo, limpei o bacalhau e a gordura dos lábios e abri a boca.

— No site do *Tribuna de Os*, o Dan Krane diz que o incêndio significa apenas um atraso.

— Sim — disse Carl. — Ele ligou e eu disse que começaríamos a reconstrução na semana que vem.

— Então ele não sabe que o lugar não tinha seguro contra incêndio?

Carl apoiou os cotovelos na mesa, um de cada lado do prato.

— As únicas pessoas que sabem, Roy, são as sentadas em volta dessa mesa. E vamos manter assim.

— Há de convir que, sendo jornalista, ele teria olhado mais de perto a questão do seguro. Afinal, o futuro do vilarejo está em jogo.

— Não precisa se preocupar. Vou resolver isso, ouviu?

— Ouvi, sim.

Carl comeu mais bacalhau. Olhou de relance para mim. Parou e bebeu mais água.

— Se o Dan tivesse qualquer suspeita de que o hotel não tinha seguro contra incêndio, ele não teria escrito que estava tudo sob controle. Você entende isso, né?

— Então, tá. Se é o que você diz.

Carl largou o garfo.

— O que você está tentando dizer, Roy?

E por um instante eu o vi. A linguagem corporal imperiosa, a voz baixa porém autoritária, o olhar penetrante. Por um instante foi como se Carl tivesse se transformado nele, se tornado papai.

Dei de ombros.

— O que acho que estou dizendo é que pode parecer que alguém disse ao Dan Krane que não escrevesse nada negativo sobre o hotel. E que isso aconteceu bem antes do incêndio.

— Como quem, por exemplo?

— Um capanga dinamarquês que estava aqui na cidade. Alguém viu o Jaguar dele estacionado na frente da redação do *Tribuna de Os* pouco antes do Natal. E depois as pessoas disseram que o Dan Krane parecia pálido e doente.

Carl sorriu.

— O capanga do Willumsen? O cara de quem a gente falava quando era criança?

— Eu não acreditava nele naquela época. Mas agora acredito.

— Entendi. E por que o Willumsen iria querer silenciar o Dan Krane?

— Não silenciar. Só guiar a caneta. Quando o Dan Krane estava falando do hotel na festa do Stanley ontem, ele não foi exatamente elogioso.

Quando falei isso, algo surgiu nos olhos de Carl. Algo que eu nunca tinha visto antes. Um brilho severo e sombrio como a lâmina de um machado.

— O Dan Krane não escreve o que pensa. O Willumsen o censura — eu disse. — Então a minha pergunta é: *por quê?*

Carl pegou o seu guardanapo e limpou os lábios.

— Ah, o Willumsen pode muito bem ter um milhão de bons motivos para censurar o Dan.

— Ele está preocupado com o empréstimo que fez a você?

— Pode ser. Mas por que você pergunta para mim?

— Porque na véspera do Natal vi marcas de pneus na neve aqui fora. Marcas largas, como pneus de verão.

O rosto de Carl ficou estranhamente afunilado. Quase como se eu olhasse para ele dentro de uma Casa dos Espelhos num parque de diversões.

— Nevou dois dias antes do Natal — eu disse. — Essas marcas de pneu devem ter sido do mesmo dia ou do dia anterior.

Não era preciso dizer mais nada. Ninguém no vilarejo usa pneus de verão em dezembro. Carl lançou o que poderia ser um olhar casual para Shannon. Ela retribuiu o olhar, e nos olhos dela também havia algo severo, algo que eu também nunca tinha visto antes.

— Terminamos? — perguntou ela.

— Ã-hã — disse Carl. — Isso é tudo que precisamos dizer sobre isso.

— Eu estava me referindo à refeição; terminamos de comer?

— Sim — disse Carl, e eu assenti.

Ela se levantou, juntou os pratos e os talheres e foi para a cozinha. Nós a ouvimos abrir a torneira.

— Não é o que você está pensando — disse Carl.

— E o que é que estou pensando?

— Você acha que fui eu quem colocou aquele capanga em cima do Dan Krane.

— E não foi?

Carl balançou a cabeça.

— Esse empréstimo do Willumsen obviamente é confidencial e não faz parte da contabilidade, onde parece que estamos utilizando um crédito que não temos. Mas, em termos de fluxo de caixa, o empréstimo permitiu que realizássemos a fase final da construção, e agora as coisas estão de pé novamente, cortamos custos drasticamente e ainda conseguimos recuperar quase todo o atraso desde a primavera. Então foi uma grande surpresa quando aquele capanga apareceu... — Carl se inclinou para a frente e sibilou entre os dentes cerrados. — ... aqui, na minha própria casa, Roy! Ele veio aqui para me dizer o que vai acontecer se eu não pagar o que devo. Como se eu precisasse ser lembrado. — Carl fechou os olhos com força, se recostou na cadeira e suspirou fundo. — De qualquer forma, no fim das contas o motivo do aviso era que o Willumsen estava começando a ficar preocupado.

— Mas por quê, se tudo estava de pé novamente?

— Porque um tempo atrás o Dan ligou para o Willumsen querendo entrevistá-lo como um dos participantes mais proeminentes do vilarejo e para perguntar como ele se sentia a respeito do projeto e de mim. No decorrer da entrevista, o Willumsen percebeu que o Dan finalmente tinha material suficiente para escrever um artigo com um tom negativo que teria impacto sobre a crença dos participantes do projeto e sobre a indulgência do conselho. Sobre a prestação de contas, ou melhor dizendo, a falta de prestação de contas. E o Dan tinha conversado com gente em Toronto que disse a ele que eu tinha fugido da falência e que existia uma série de semelhanças entre aquele caso e o projeto do Hotel na Montanha e Spa Os. Então o Willumsen ficou preocupado que eu fosse aplicar outro golpe e que o Dan fosse arruinar o projeto com a publicação desse artigo sobre fraude. Ele chamou o capanga para dois serviços.

— Acabar com o artigo do Dan e fazer você abandonar qualquer plano que tivesse de não pagar a dívida.

— Isso.

Olhei para Carl. Não havia dúvida de que ele estava dizendo a verdade.

— E, agora que aquela merda toda queimou, o que você vai fazer?

— Preciso de um tempo para pensar — disse Carl. — Seria bom se você também passasse um tempo aqui.

Olhei pra ele. Não era apenas gentileza. Quando surge uma crise, algumas pessoas tentam resolver as coisas por conta própria. Outras, como Carl, precisam de gente ao redor.

— Claro — respondi. — Posso tirar uns dias de folga e ficar aqui. Pode ser que você precise de ajuda.

— Mesmo? — disse ele, me lançando um olhar de agradecimento. Nesse instante Shannon entrou com as xícaras de café.

— Boas notícias, Shannon, o Roy vai ficar.

— Que bom — disse Shannon com o que parecia um entusiasmo genuíno, sorrindo para mim como se eu fosse o seu querido cunhado. Eu não tinha certeza se gostava do seu talento para atuação, mas naquele momento apreciei a habilidade.

— Bom saber que tenho uma família em que posso confiar — disse Carl, arrastando a cadeira para trás, arranhando as tábuas rústicas do piso. — Não vou tomar café, tem dois dias que não durmo direito. Vou para a cama agora.

Carl saiu e Shannon se sentou na cadeira dele. Tomamos café em silêncio até ouvirmos a descarga do vaso sanitário e a porta do quarto se fechar.

— E então? — eu disse baixinho. — O que você acha disso?

— Disso o quê? — A voz era neutra e o rosto inexpressivo.

— O seu hotel pegou fogo.

Ela balançou a cabeça.

— Não era o meu hotel. Como você bem sabe, o meu hotel desapareceu em algum ponto um tempo atrás.

— Tá bom, mas vão declarar a falência da sociedade limitada Hotel na Montanha e Spa Os quando descobrirem que o hotel não tinha seguro. E, sem hotel, não vai ter terreno à venda para os chalés e, nesse caso, o valor de mercado do terreno volta para algo em torno de zero. Acabou para todo mundo agora. Nós, o Willumsen, o vilarejo...

Ela não disse nada.

— Tenho pesquisado um pouco sobre Barcelona — eu disse. — Não sou uma pessoa da cidade, gosto de montanhas. E tem muitas montanhas bem perto de Barcelona. As casas também são mais baratas.

Ela continuava calada, apenas olhava para a xícara de café.

— Tem uma montanha chamada Sant Llorenç que parece muito boa — continuei. — Quarenta minutos de Barcelona.

— Roy...

— E deve dar para comprar um posto de gasolina por lá. Tenho algum dinheiro comigo, o suficiente para...

— Roy! — Ela ergueu os olhos da xícara de café e me encarou. — Essa é minha chance. Você não entende?

— A sua chance?

— Agora que aquele aborto da natureza pegou fogo, eu tenho a chance de conseguir o meu edifício. Da forma como *deve* ser.

— Mas...

Calei a boca quando as suas unhas cravaram na minha axila. Ela se inclinou para a frente.

— Roy, o meu bebê. Você não entende? O meu projeto ressuscitou dos mortos.

— Shannon, não tem dinheiro.

— Estradas, água, esgoto, o terreno, está tudo ali.

— Você não entende. Talvez em cinco ou dez anos alguém construa algo lá, mas ninguém vai construir o *seu* hotel, Shannon.

— É *você* que não entende. — Havia nos seus olhos um brilho estranho e febril que eu nunca tinha visto. — O Willumsen, ele tem muito a perder. Conheço homens assim. Eles *têm* que vencer; eles não aceitam derrota. O Willumsen vai fazer de tudo para não perder o dinheiro que devem a ele e o lucro dos lotes de chalés.

Pensei em Willumsen e Rita. Sim, Shannon tinha um bom argumento.

— Você acha que o Willumsen vai tentar outra vez — eu disse. — Tipo dobro ou nada?

— Ele *tem* que fazer isso. E eu tenho que ficar aqui até o meu hotel estar pronto. Olha, você deve achar que estou louca! — exclamou ela em desespero e encostou a testa no meu braço. — Mas você precisa entender que esse edifício é o empreendimento que nasci para construir. E, quando tudo estiver pronto, você e eu podemos ir para Barcelona. Prometo. — Ela pressionou os lábios na minha mão. Depois se levantou.

Eu estava prestes a me levantar também e abraçá-la, mas ela me forçou a voltar para a cadeira.

— A gente tem que manter a cabeça e o coração no lugar agora — sussurrou. — Pensa bem. Precisamos pensar, Roy, para mais tarde podermos ficar tranquilos. Boa noite.

Ela me deu um beijo na testa e se foi.

Deitei na cama do beliche e pensei sobre o que Shannon tinha dito.

Era verdade que Willumsen odiava perder. Mas ele também era um homem que sabia quando precisava dar o braço a torcer para limitar as perdas. Será que ela acreditava no que tinha dito só porque queria muito? Porque amava aquele hotel, e o amor cega? Será que foi por isso que deixei que ela me levasse a acreditar também? Eu não sabia qual das duas forças opostas — ganância ou medo — venceria quando Willumsen descobrisse que o hotel não tinha seguro; mas Shannon provavelmente estava certa ao dizer que ele era o único que poderia salvar o projeto.

Me inclinei para fora da cama e olhei para o termômetro do lado de fora da janela. Vinte e cinco graus negativos. Nenhuma alma viva lá fora hoje. Mas então ouvi o grito de advertência do corvo. Havia alguma coisa lá no fim das contas. Algo estava a caminho. Vivo ou morto.

Prestei atenção. Nenhum som dentro de casa. E de repente eu era uma criança de novo, dizendo a mim mesmo que monstros não existem. Mentindo para mim mesmo que monstros não existem.

Porque no dia seguinte o monstro veio.

PARTE SEIS

53

ASSIM QUE ACORDEI PERCEBI que a *sprengkulda* havia chegado. Não era apenas a sensação da temperatura na pele mas também outras reações sensoriais. No frio extremo os sons se propagam mais rápido. Eu ficava mais sensível à luz e ao ar que respirava, agora que as moléculas estavam mais comprimidas, o que de certa forma fazia com que me sentisse mais vivo.

Eu poderia dizer, por exemplo, pelo barulho dos passos na neve lá fora, que foi Carl quem saiu da cama mais cedo para cuidar de alguns afazeres. Abri as cortinas e vi o Cadillac passando lenta e cuidadosamente pelo gelo na Geitesvingen, embora tivéssemos espalhado areia pelo asfalto e a superfície estivesse fria e áspera feito uma lixa. Fui para o quarto de Shannon.

O corpo aquecido pelo sono exalava o seu aroma deliciosamente picante com ainda mais intensidade.

Beijei-a até despertá-la e disse que, mesmo que Carl só tivesse saído para comprar jornal, teríamos no mínimo meia hora só para nós.

— Roy, eu falei que a gente tem que manter o coração frio e pensar! — sibilou ela. — Sai daqui!

Me levantei. Ela me puxou de volta.

Foi como emergir tremendo do lago Budal e deitar numa rocha aquecida pelo sol. Dura e macia ao mesmo tempo, mas também uma sensação de bem-estar tão intensa que fazia o corpo cantar.

Ouvi a respiração dela no meu ouvido, sussurrando obscenidades num misto de bajan, inglês e norueguês. Ela gozou aos gritos e arqueou o corpo inteiro como se fizesse uma reverência. E, quando gozei, enterrei o rosto no travesseiro para não berrar no seu ouvido e acabei por inspirar o cheiro de Carl. Sem dúvidas era o cheiro de Carl. Mas havia algo mais. Um som. Vindo da porta atrás de nós. Fiquei tenso.

— O que foi? — perguntou Shannon ofegante.

Me virei para a porta. Estava entreaberta, mas fui eu que não a fechei, não foi? Claro que sim. Prendi a respiração e ouvi Shannon fazer o mesmo.

Silêncio.

Será que existia a possibilidade de eu não ter escutado o Cadillac se aproximando? Porra! Claro que sim, porque não estávamos exatamente em silêncio. Olhei para o relógio ainda no meu pulso. Carl havia saído apenas vinte e dois minutos atrás.

— Não foi nada — eu disse e me deitei de costas. Ela se aconchegou a mim.

— Barbados — sussurrou no meu ouvido.

— Quê?

— A gente conversou sobre Barcelona. Mas e quanto a Barbados?

— Lá tem carros movidos a gasolina?

— Claro que tem.

— Combinado.

Ela me beijou. A língua era macia e forte. Buscava e oferecia. Dava e recebia. Por Deus, como eu estava envolvido. Prestes a penetrá-la de novo, ouvi o ronco do motor. O Cadillac. Os olhos e as mãos dela estavam em mim quando deslizei para fora da cama, vesti a cueca e andei pelo piso frio até o quarto dos meninos. Me deitei no beliche e fiquei atento aos sons.

O carro parou e a porta de casa se abriu.

Carl bateu os pés para tirar a neve dos sapatos no hall e, pelo buraco, ouvi quando ele entrou na cozinha.

— Vi o seu carro lá fora — disse Carl. — Você entrou por conta própria?

Ainda deitado, senti o meu corpo congelar.

— A porta estava aberta — disse uma segunda voz, baixa e rouca, como se estivesse com a garganta inflamada.

Me ergui com os cotovelos e afastei as cortinas para o lado. O Jaguar estava estacionado perto do celeiro, onde a neve havia sido removida.

— O que posso fazer por você? — disse Carl com a voz controlada, mas tensa.

— Pagar o meu cliente.

— Então ele mandou você vir porque o hotel pegou fogo? Trinta horas. Até que não demorou.

— Ele quer o dinheiro agora.

— Vou pagar assim que receber o dinheiro do seguro.

— Você não vai receber dinheiro do seguro coisa nenhuma. O hotel não tinha seguro.

— Quem disse?

— O meu cliente tem as suas fontes. As condições para o empréstimo não foram cumpridas. Isso significa que o vencimento tem efeito imediato. Você está ciente disso, Sr. Opgard? Bom. Você tem dois dias. Isso quer dizer quarenta e oito horas a partir de... agora.

— Olha só...

— Na última vez que estive aqui você recebeu um aviso. Isso não é um espetáculo em três atos, Sr. Opgard; então esse é o martelo.

— O martelo?

— O fim. Morte.

Silêncio lá embaixo. Eu conseguia visualizar a cena. O dinamarquês com as espinhas vermelhas e raivosas sentado à mesa. A linguagem corporal relaxada, o que o tornava ainda mais ameaçador. Carl suando, embora tivesse acabado de entrar com trinta graus negativos lá fora.

— Por que esse desespero? — perguntou Carl. — O Willumsen tem garantias.

— Que ele diz não valerem muito sem um hotel.

— Mas qual seria a vantagem de me matar? — A voz de Carl já não estava tão controlada. Agora lembrava mais o chiado de um aspirador de pó. — Se eu estiver morto, aí sim o Willumsen definitivamente não recebe o dinheiro.

— Não é você que vai morrer, Opgard. Pelo menos não num primeiro momento.

Eu já sabia o que viria a seguir, mas duvidava que Carl soubesse.

— É a sua esposa, Opgard.

— Sh... — Carl engoliu o "a" — ... nnon?

— Belo nome.

— Mas isso é... homicídio.

— Uma reação que condiz ao valor devido.

— Mas *dois dias*. Como você e o Willumsen presumem que eu vá conseguir meter a mão nessa dinheirama em tão pouco tempo?

— Posso imaginar que você vai ter que fazer algo muito drástico, talvez até desesperado. Isso é tudo o que posso dizer, Sr. Opgard.

— E se eu não conseguir...?

— Então vai ser viúvo e ter mais dois dias.

— Por Deus, quero dizer...

Eu já estava de pé, tentando não fazer barulho enquanto vestia a calça e o pulôver. Não ouvi em detalhes o que aconteceria depois de quatro dias, mas também não precisava.

Desci as escadas furtivamente. Talvez — *talvez* — eu pudesse derrubar o dinamarquês se contasse com o elemento surpresa a meu favor. Mas tinha minhas dúvidas. Me lembrei da velocidade dos seus movimentos do lado de fora do posto de gasolina e, pela acústica, entendi que ele estava sentado de frente para a porta e me veria assim que eu entrasse.

Calcei os sapatos e saí porta afora. O frio parecia pressionar as minhas têmporas. Eu podia ter feito um desvio e corrido em arco em direção ao celeiro, longe do campo de visão da cozinha, mas calculei que só tinha alguns segundos, então apostei que o dinamarquês estava sentado de costas para a janela. A neve seca rangeu sob as minhas passadas ligeiras. A principal tarefa do capanga é aterrorizar, então imaginei que ele estivesse detalhando a ameaça. Por outro lado, provavelmente já nem havia mais tanto a se falar.

Corri para o celeiro, abri as torneiras e coloquei um balde de zinco debaixo de cada uma. Ambos se encheram em menos de dez segundos. Agarrei-os pela alça e corri em direção à Geitesvingen. O movimento fez derramar um pouco de água, que molhou a minha calça. Na curva, botei um balde sobre o gelo da pista e esvaziei o outro em formato de arco diante de mim. A água escorreu pelo gelo sólido e pela camada de areia, que ficou parecendo grãos de pimenta-do-reino nos pontos em que a água havia penetrado até chegar à crosta de gelo abaixo. Cobriu imperfeições e pequenos buracos e rumou para a beirada do precipício. Fiz o mesmo com o outro balde. Estava, é claro, muito frio para que a água derretesse o gelo, por isso formou uma camada fina que aos poucos penetrava nas camadas inferiores. Eu ainda estava parado observando o gelo quando ouvi darem a partida no motor do Jaguar. E, quase como se estivessem em sincronia, ouvi o som distante, porém claro, de sinos de igreja começando a badalar lá embaixo no vilarejo. Olhei para casa e vi o carro branco do capanga se aproximar cuidadosa e vagarosamente. Talvez ele tenha ficado surpreso com a facilidade com que conseguiu subir as montanhas geladas com pneus de verão. Mas a maioria dos dinamarqueses não está muito familiarizada com o gelo e não sabe que a superfície se torna áspera quando a temperatura baixa o suficiente.

Mas que, quando aumenta, vamos dizer, para cerca de menos sete graus, essa mesma superfície se transforma num rinque de hóquei no gelo escorregadio.

Não me mexi, fiquei onde estava, segurando os baldes que oscilavam. O dinamarquês olhou para mim através do para-brisa; as pequenas fendas entre as pálpebras das quais me lembrava daquele dia no posto de gasolina agora estavam cobertas por óculos escuros. O carro se aproximou, passou, e nos encaramos, as cabeças se movendo como planetas em torno do próprio eixo. Talvez ele tivesse uma vaga lembrança do meu rosto ou talvez não. Talvez ele tenha inventado uma explicação plausível para o porquê de esse sujeito estar parado ali segurando dois baldes ou talvez não. E quem sabe tenha sacado tudo quando de repente perdeu a aderência entre pneus e solo e instintivamente pisou fundo no freio ou talvez não. Agora o carro também era um planeta girando lentamente sobre o gelo ao som dos sinos da igreja, idêntico a um patinador artístico. Pude vê-lo girar o volante em total desespero, as rodas dianteiras com pneus largos de verão virarem para lá e para cá como se tentassem escapar daquilo que as prendia, mas o Jaguar tinha caído numa armadilha e estava fora de controle. Quando o carro fez uma volta de cento e oitenta graus e foi derrapando de ré em direção à borda externa da curva, olhei para ele bem de frente e o seu rosto era como um planeta vermelho com pequenos vulcões ativos. Os óculos escuros tinham deslizado pelo rosto enquanto ele se debatia para controlar o volante. Então me viu e parou de se agitar. Porque ele entendeu. Entendeu o propósito dos baldes e se deu conta de que, se tivesse entendido na hora, com certeza teria tido tempo de saltar imediatamente do carro. Mas agora entendia que era tarde demais.

Suponho que tenha agido por instinto quando sacou a arma. A resposta automática de um capanga, de um soldado, era o ataque. E eu provavelmente também respondia a outro instinto quando ergui a mão que segurava um balde num gesto de despedida. Mal ouvi o estalo dentro do carro quando ele atirou, depois um som de chicotada quando a bala atravessou o balde de zinco bem perto do meu ouvido. Só tive tempo de ver o buraco da bala, igual a uma rosa de cristais de gelo no para-brisa, antes que o Jaguar desaparecesse dentro de Huken.

Prendi a respiração.

O balde de zinco na minha mão erguida ainda oscilava por causa do tiro. Os sinos da igreja badalavam cada vez mais rápidos.

E então finalmente veio um baque surdo.

Fiquei parado, ainda sem me mexer. Devia ser um enterro. Os sinos da igreja continuaram por mais um tempo, porém com pausas cada vez mais longas entre os repiques. Olhei para o vilarejo, para as montanhas e para o lago Budal enquanto o sol enfim ultrapassava o pico de Ausdaltinden.

Então os sinos se silenciaram, e pensei: Meu Deus, como esse lugar é lindo.

Acho que esse é o tipo de coisa que as pessoas pensam quando estão apaixonadas.

54

— VOCÊ JOGOU ÁGUA SOBRE o gelo? — perguntou Carl sem acreditar.

— Isso aumenta a temperatura — eu disse.

— E transforma o revestimento num rinque de patinação — completou Shannon trazendo do fogão o bule. Ela serviu café para nós.

Vi que Carl a encarava.

— Toronto Maple Leafs! — gritou ela como se houvesse uma acusação no olhar dele. — Você nunca percebeu que eles molhavam o rinque durante os intervalos?

Carl se virou para mim.

— Então tem outro corpo em Huken.

— Vamos torcer para que sim — eu disse, assoprando o café.

— O que vamos fazer? Avisar ao Kurt Olsen?

— Não — eu disse.

— Não? E se ele for encontrado?

— Então não tem nada a ver com a gente. Nunca vimos o carro sair da estrada nem nunca ouvimos nada, por isso não informamos nada.

Carl olhou para mim.

— Meu irmão — disse ele. Os dentes brancos brilhavam. — Eu *sabia* que você ia ter um plano.

— Olha — eu disse. — Se ninguém sabe nem suspeita que o capanga esteve aqui, então não temos um problema e ficamos de boca fechada. Pode demorar cem anos até que alguém encontre os destroços em

Huken. Mas, se alguém descobrir que ele esteve aqui, ou encontrar o Jaguar, então essa vai ser a nossa história...

Carl e Shannon se aproximaram, como se eu fosse sussurrar estando na cozinha da nossa casa.

— Em geral o melhor é ficar o mais próximo possível da verdade, então dizemos o que aconteceu, que o capanga esteve aqui para nos pressionar por causa do dinheiro que o Carl deve para o Willumsen. Dizemos que nenhum de nós viu o cara ir embora, mas que estava escorregadio pra caralho na Geitesvingen. Então, quando a polícia descer até Huken e vir os pneus de verão do Jaguar, vai deduzir o restante da história por conta própria.

— Os sinos da igreja — disse Carl. — A gente pode dizer que não ouviu o acidente por causa dos sinos da igreja.

— Não — eu disse. — Nada de sinos de igreja. Não havia sinos de igreja no dia que ele esteve aqui.

Eles me olharam intrigados.

— Por que não? — perguntou Carl.

— O plano ainda não está cem por cento concluído — eu disse. — Mas isso não aconteceu hoje, o dinamarquês viveu por mais tempo.

— Por quê?

— Não se preocupa com o dinamarquês — continuei. — Imagino que um capanga mantenha em segredo onde e quando está trabalhando. Então é provável que sejamos os únicos que sabem que ele esteve aqui hoje. Portanto, se ele for encontrado morto, é a nossa história que vai determinar a hora da morte. O nosso problema agora é o Willumsen.

— Sim, porque ele deve saber que o seu homem esteve aqui — disse Carl. — E ele poderia contar para a polícia.

— Acho que não — falei.

Houve um breve silêncio.

— Exatamente — disse Shannon. — Porque nesse caso teria que contar à polícia que foi ele que contratou o capanga.

— Claro — disse Carl. — Não é, Roy?

Não respondi. Tomei um gole longo e barulhento de café. Coloquei a caneca na mesa.

— Esquece o dinamarquês — eu disse. — O Willumsen é o problema porque é *claro* que não vai sossegar até recuperar o que você deve a ele apenas pelo fato de o dinamarquês ter sumido.

Shannon fez careta.

— E ele está disposto a matar. Você acha que o capanga falou sério mesmo, Roy?

— Só ouvi através do buraco do tubo de aquecimento — eu disse. — Pergunta para o Carl, que estava sentado bem na frente dele.

— Eu... acho que sim — disse Carl. — Mas eu estava com tanto medo que teria acreditado em qualquer coisa. O Roy é o único de nós três que entende como o... como um cérebro funciona.

Ele não disse por muito pouco. *O cérebro de um assassino.*

Mais uma vez foi para mim que olharam.

— Sim, ele teria matado você — eu disse e olhei para Shannon.

As suas pupilas se dilataram e ela balançou a cabeça lentamente, como alguém de Os.

— E depois seria a sua vez, Carl — eu disse.

Carl olhou para as próprias mãos.

— Acho que preciso de uma bebida — avisou ele.

— Não — eu disse. Respirei fundo e me acalmei. — Preciso de você sóbrio. E preciso de uma corda de reboque e de um motorista que tenha feito isso antes. Shannon, você pode ir até lá e espalhar mais areia na curva?

— Posso. — Ela estendeu a mão para mim e eu congelei. Por um instante tive a impressão de que ia acariciar o meu rosto, mas apenas apoiou a mão no meu ombro. — Obrigada.

Carl, sentado ali, de repente pareceu acordar.

— É, claro, obrigado! Obrigado! — Ele se inclinou por cima da mesa e agarrou a minha mão. — Você salvou a vida da Shannon e a minha, e aqui estou eu, choramingando e reclamando como se o problema fosse seu.

— O problema *é* meu — eu disse. E por pouco não falei algo bem pretensioso, como se fôssemos uma família e estivéssemos do mesmo lado numa guerra, mas preferi deixar para outra oportunidade. Afinal de contas, menos de meia hora atrás eu estava na cama comendo a minha cunhada.

— Dan pegou pesado mesmo nesse editorial hoje — disse Carl da cozinha enquanto eu me vestia no corredor e pensava que tipo de bota seria melhor se houvesse gelo na superfície da rocha. — Ele acha que Voss Gilbert e o conselho são populistas e covardes, que a tradição foi estabelecida durante o tempo em que Jo Aas era presidente do Conselho Municipal, só que naquela época era um pouco menos óbvio.

— Ele quer levar uma surra — eu disse e escolhi os velhos coturnos noruegueses de papai.

— E existe alguém nesse mundo que *queira* levar uma surra? — perguntou Carl, mas a essa altura eu já estava com metade do corpo do lado de fora.

Fui até o celeiro onde Shannon enchia de areia um dos baldes de zinco.

— Você e a Rita Willumsen ainda tomam banho de gelo três vezes por semana? — perguntei.

— Sim.

— E são só vocês duas?

— Sim

— E dá para vocês serem vistas?

— O banho é às sete da manhã e ainda está escuro, então... não.

— Quando é a próxima vez?

— Amanhã.

Cocei o queixo.

— No que você está pensando? — perguntou ela.

Observei a areia escapando do balde pelo buraco da bala.

— Estou pensando em como você poderia matá-la.

Mais tarde naquela noite, depois de ter repassado o plano com Carl e Shannon pela sexta vez e Carl ter assentido, nós dois ficamos olhando para Shannon e ela definiu as suas condições.

— Se é para eu fazer parte disso e se der tudo certo, o hotel tem que ser reconstruído usando o meu projeto original — disse ela. — Nos mínimos detalhes.

— Tudo bem — disse Carl depois de refletir por uns segundos. — Vou fazer tudo o que for possível.

— Você não vai precisar fazer nada — disse Shannon. — Porque eu vou estar no comando, não você.

— Agora escuta...

— Não é uma proposta, é um ultimato — declarou ela.

Provavelmente Carl podia ver tão bem quanto eu que ela falava sério. Ele se virou para mim. Dei de ombros para deixar claro que não poderia socorrê-lo nesse caso.

Ele suspirou.

— Tudo bem, os homens Opgard não barganham. Se der certo, o trabalho é seu, mas espero poder contribuir.

— Ah, eu tenho certeza de que vamos manter você ocupado — disse Shannon.

— Tudo bem — eu disse. — Então vamos repassar o plano mais uma vez.

55

ERAM SETE DA MANHÃ e ainda estava escuro.

Fui pé ante pé pelo quarto escuro, ouvindo a respiração compassada que vinha da cama de casal. Parei quando o piso rangeu. Fiquei imóvel, à escuta. Nenhuma alteração de ritmo. A única luz vinha da lua através de uma brecha nas cortinas. Segui em frente, coloquei os joelhos no colchão e deslizei com cuidado até ele, que dormia. O outro lado da cama ainda estava quente do calor do corpo de que estivera deitado ali. Não resisti, pressionei o rosto no lençol e inalei o cheiro de mulher, e de súbito — como num filme — as imagens de nós dois voltaram à tona. Nus e suados de tanto fazer amor, mas sempre com fome de mais.

— Bom dia, querido — sussurrei.

E pousei o cano da arma na testa do dorminhoco.

A respiração parou. Houve roncos vibrantes e raivosos. E então ele abriu os olhos.

— Você dorme bem para um homem tão gordo — eu disse.

Willum Willumsen piscou algumas vezes na semiescuridão como se para ter certeza de que não estava sonhando.

— O que é isso? — perguntou ele com a voz rouca.

— É o martelo — eu disse. — O fim. Morte.

— O que você está fazendo, Roy? Como você entrou aqui?

— Pela porta do porão.

— Está trancada — disse ele.

— Está — foi tudo o que eu disse.

Ele se sentou empertigado na cama.

— Roy, Roy, Roy. Não quero machucar você. Dá o fora daqui e juro que vou esquecer que isso aconteceu.

Eu acertei a ponte do nariz dele com o cano da pistola. A pele se rasgou e começou a sangrar.

— Não tira as mãos do edredom — eu disse. — Deixa o sangue escorrer.

Willumsen engoliu em seco.

— Isso aí é uma pistola?

— Correto.

— Entendi. Então isso é meio que uma repetição do que aconteceu da última vez?

— É. A diferença é que, quando a gente se despediu naquele dia, os dois saíram vivos.

— E agora?

— Agora já não tenho tanta certeza. Você ameaçou matar a minha família.

— É a consequência do não pagamento de uma dívida tão alta, Roy.

— Sim, e essa aqui é a consequência por ter colocado em prática a consequência do não pagamento de uma dívida tão alta.

— Você acha que eu deveria permitir que os meus credores me arruinassem sem fazer nada? Você realmente acha isso? — Havia mais indignação que medo na sua voz, e fui obrigado a admirar Willum Willumsen pela rapidez com que foi capaz de cair na real, como dizem.

— Não sou capaz de opinar a respeito, Willumsen. Você faz o que tem que fazer, eu faço o que tenho de fazer.

— Se você acha que assim vai salvar o Carl, está enganado. O Poul vai fazer o trabalho de qualquer maneira, a ordem não pode ser cancelada porque não tenho como entrar em contato com ele agora.

— Não tem mesmo — confirmei e me lembrei de uma citação meio esquecida da história da música pop: — *Poul is dead.*

Os olhos de polvo de Willumsen se arregalaram. Agora ele deu atenção à pistola. E por certo a reconheceu.

— Tive que voltar a Huken — eu disse. — O Jaguar está caído em cima do Cadillac, ambos com as rodas para cima, ambos com a carroceria achatada, como a porra de um sanduíche de carros vintage. E o que sobrou do dinamarquês está gotejando do cinto de segurança feito a porra de uma linguiça de porco.

Willumsen engoliu em seco.

Acenei com a arma.

— Encontrei isso aqui espremido entre a alavanca de câmbio e o teto afundado, e precisei dar um chute nela para que se soltasse.

— O que você quer Roy?

— Quero que você não mate ninguém da minha família, nem mesmo os parentes por casamento.

— Combinado.

— E quero que cancelemos a dívida do Carl com você. Além disso, que você concorde em nos dar um novo empréstimo no mesmo valor.

— Não posso fazer isso, Roy.

— Li a via do Carl do contrato de financiamento que vocês dois assinaram. Rasgamos a sua via e a dele aqui e agora e assinamos o contrato para um novo empréstimo.

— Não vai funcionar, Roy, o contrato está no escritório do meu advogado. E tenho certeza de que o Carl disse que foi assinado no escritório na presença de testemunhas e, por isso, não vai desaparecer assim, num passe de mágica.

— Quando digo "rasgar", estou falando em sentido figurado. Aqui está um contrato de empréstimo que substitui o anterior.

Acendi o abajur da cabeceira com a mão livre, apanhei duas folhas tamanho A4 do bolso interno do casaco e as estendi sobre o edredom diante de Willumsen.

— Diz aqui que o empréstimo de trinta milhões deve ser reduzido para uma quantia bem menor. Na verdade, duas coroas. Também diz na exposição de motivos que a razão para a redução do valor do empréstimo é que você pessoalmente aconselhou o Carl a cortar os custos do seguro do hotel e que, portanto, se considera igualmente culpado pela situação em que o Carl se encontra agora. Em resumo, o infortúnio dele é o seu infortúnio. Além disso, você está assinando um novo empréstimo de trinta milhões para ele.

Willumsen balançou a cabeça vigorosamente.

— Você não entende. Eu *não tenho* todo esse dinheiro. Pedi emprestado para poder fazer o empréstimo para o Carl. Vou falir se não recuperar esse dinheiro. — Ele quase choramingava ao continuar. — Todo mundo acha que estou rico agora que os moradores de Os estão gastando tanto dinheiro. Mas todo mundo tem ido a Kongsberg e a Notodden para comprar carros *novos*, Roy. Não querem ser vistos num carro usado comprado de mim.

O queixo duplo que cobria a gola da camisa do pijama listrado estremeceu de leve.

— Mesmo assim você vai assinar — falei e lhe entreguei a caneta que eu havia trazido.

Vi os seus olhos correndo pelo texto. Então ele franziu o cenho interrogativamente.

— Vamos dar um jeito nas testemunhas e nas datas depois de você ter assinado.

— Não — disse Willumsen.

— Não... o quê?

— Não vou assinar. Não tenho medo de morrer.

— Talvez não. Mas de falir tem, não tem?

Willumsen assentiu em silêncio e deu uma breve risada.

— Você se lembra da última vez que a gente esteve nessa mesma situação, Roy? E eu disse que o câncer havia voltado? Era mentira. Mas agora voltou. Ainda me resta um curto tempo de vida. É por isso que não posso nem desistir de cobrar uma dívida tão alta nem emprestar mais. Quero deixar um negócio sólido para a minha esposa e para os meus outros herdeiros. É tudo o que importa agora.

Por um bom tempo fiquei assentindo lentamente para que ele percebesse que eu havia refletido muito sobre o assunto.

— Que pena — eu disse. — É uma pena de verdade.

— É mesmo, não é? — disse Willumsen estendendo para mim a papelada com os adendos que Carl havia escrito durante a noite.

— Pois é — concordei sem pegar as folhas. Em vez disso, peguei o celular. — Porque, nesse caso, vamos ter que fazer algo muito pior.

— Considerando o tratamento que tenho feito, uma sessão de tortura não vai surtir efeito nenhum, Roy.

Não retruquei. Cliquei em "Shannon" e abri o FaceTime.

— Me matar? — perguntou Willumsen com um tom de voz que salientava a idiotice que era matar a pessoa de quem se está tentando arrancar dinheiro.

— Você, não — eu disse e olhei para o celular.

Shannon apareceu na tela. Ela estava num lugar escuro, mas a luz da câmera foi refletida pela neve no congelado lago Budal. Ela falou, não comigo, mas com a pessoa do outro lado da câmera.

— Tudo bem se eu gravar um vídeo, Rita?

— Sim, claro — ouvi Rita dizer.

Shannon virou o telefone e Rita apareceu sob o foco de luz da câmera. Ela vestia um casaco de pele e um chapéu sobre a touca de banho branca. A respiração deixava o rosto dela embaçado enquanto saltitava num ponto diante de um buraco quadrado no gelo, largo o bastante para uma pessoa passar. Havia uma serra ao lado do buraco, além do pedaço de gelo que tinham cortado e tirado para abrir espaço.

— Matar a sua esposa — eu disse, e girei a tela para Willumsen. — Tirei essa ideia do Poul.

Eu não duvidava de que Willumsen tivesse câncer. Vi a dor nos seus olhos quando compreendeu que poderia perder algo que achava que jamais perderia, algo que amava talvez mais que a si mesmo, e o seu único conforto era que ela viveria mais que ele e seguiria vivendo por ele. Senti pena de Willumsen naquele instante, senti mesmo.

— Afogamento — eu disse. — Um acidente, é claro. A sua esposa mergulha. Tchibum! E, ao tentar voltar para a superfície, descobre que o buraco não está mais lá. Então ela vai tateando e sente que o gelo acima está solto e percebe que se trata da seção que elas mesmas cortaram e vai tentar erguê-la. Mas tudo o que Shannon precisa fazer é manter o pé sobre a tampa, porque a sua esposa não tem nada em que se escorar exceto água. Água congelante.

Willumsen soluçou baixinho. Se senti prazer com isso? Espero que não, porque significaria que sou um psicopata, o que, é claro, não é algo a se desejar.

— Vamos começar com a Rita — eu disse. — Então, se você não assinar, passaremos para os outros herdeiros. Vale lembrar que a Shannon ainda desconfia que a sua esposa contribuiu para a sentença de morte do Poul contra ela, o que a deixa verdadeiramente motivada para essa tarefa.

Na tela havia uma Rita Willumsen despida e com certeza morta de frio, o que não seria de admirar. A pele pálida estava arrepiada e tingida de azul sob o flash do celular. Percebi que usava o mesmo maiô de quando saímos para remar no lago naquele verão. Não parecia mais velha, e sim mais jovem. Como se o tempo nem mesmo andasse em círculos, mas para trás.

Ouvi o arranhar de caneta no papel.

— Pronto — disse Willumsen, jogando as folhas e a caneta sobre o edredom à minha frente. — Agora faz ela parar!

Vi Rita Willumsen se aproximar da beira do buraco e se posicionar como se estivesse prestes a mergulhar.

— Não antes de você assinar as duas cópias — eu disse sem tirar os olhos da tela. Ouvi Willumsen pegar de volta as folhas e a caneta e começar a escrever.

Verifiquei as assinaturas. Pareciam corretas.

Willumsen gritou e olhei para a tela. Não tinha ouvido nenhum som de mergulho. Rita era perfeita. A seção solta de gelo preencheu a tela e vimos uma pequena e pálida mão segurá-la e erguê-la.

— Pode parar Shannon. Ele assinou.

Por um instante pareceu que Shannon ia colocar a tampa no buraco de qualquer maneira. Mas mudou de ideia e a puxou para o lado. Logo depois, Rita surgiu da água escura como uma foca, com o cabelo liso e brilhante emoldurando o rosto sorridente e a respiração lançando lufadas brancas para a câmera.

Encerrei a conexão.

— Muito bem — eu disse.

— Muito bem — disse Willumsen.

Estava frio no quarto, e eu havia gradualmente deslizado para debaixo do edredom. Não o corpo todo, mas o suficiente para que não fosse um completo equívoco dizer que estávamos compartilhando a cama.

— Presumo que você esteja indo embora.

— Se fosse assim tão fácil... — eu disse.

— O que você quer dizer?

— Está na cara o que você vai fazer assim que eu sair daqui. Vai chamar outro capanga ou assassino para acabar com a família Opgard antes de a gente entregar esse documento para o seu advogado. Mas, ao perceber que não vai ter tempo suficiente, vai nos denunciar à polícia por extorsão e contestar a validade do que acabou de assinar. E, é claro, também vai negar a existência de um capanga.

— Você acredita que isso que vai acontecer?

— Ã-hã, Willumsen. A menos que consiga me persuadir do contrário.

— E se eu não conseguir?

Dei de ombros.

— Você pode tentar.

Willumsen olhou bem para mim.

— É por isso que está usando luvas e touca de banho?

Não falei nada.

— Para não deixar nenhum fio de cabelo, nem impressões digitais? — concluiu ele.

— Não se preocupa com isso, Willumsen. Aproveita o tempo para achar um jeito de viabilizarmos o acordo.

— Vamos ver. — Willumsen juntou as mãos no peito, onde havia chumaços de pelos pretos escapando do pijama. No silêncio que se seguiu, pude ouvir o tráfego na rodovia mais acima. Eu adorava aquelas madrugadas no posto de gasolina, assistir ao despertar do vilarejo para o novo dia, quando as pessoas saem de casa para ocupar os seus devidos lugares na máquina burocrática da nossa pequena sociedade. Ter uma visão panorâmica, perceber a mão invisível por trás de tudo o que acontecia, que fazia com que tudo funcionasse mais ou menos como deveria.

Willumsen tossiu.

— Não vou entrar mais em contato com nenhum capanga nem com a polícia, porque nós dois temos muito a perder se eu fizer isso.

— Você já perdeu tudo — eu disse. — Então só tem a ganhar. Vamos lá, você é um vendedor de carros usados. Me convence.

— Hum.

Seguiu-se um novo silêncio.

— O tempo está se esgotando para você, Willumsen.

— *Um voto de confiança* — disse ele.

— Agora você está querendo vender o mesmo calhambeque duas vezes seguidas. Anda! Você conseguiu empurrar aquele Cadillac para o meu pai, fez o Carl e eu pagarmos pelo que mais tarde descobrimos ser o dobro do preço do equipamento de mergulho usado à venda em Kongsberg.

— Preciso de mais tempo para pensar — disse Willumsen. — Volta de tarde.

— Lamento, a gente precisa resolver isso antes de eu partir e antes que clareie o bastante para as pessoas me verem saindo daqui. — Encostei o cano da pistola na testa dele. — Eu queria mesmo que houvesse outra maneira, Willumsen. Não sou um assassino, e até que gosto de você. Sim, é verdade. Mas é você que vai ter que arranjar uma solução, porque não consigo ver nenhuma. Você tem dez segundos.

— Isso é tão injusto — disse Willumsen.

— Nove — avisei. — Você acha injusto da minha parte dar a você a chance de lutar pela própria vida, mesmo que a Shannon nunca tenha tido a chance de lutar pela vida dela? É injusto da minha parte privar você dos poucos meses que lhe restam em vez do resto da vida da sua esposa? Oito.

— Talvez não, mas...

— Sete.

— Eu desisto.

— Seis. Quer que eu espere até o fim da contagem regressiva ou...?

— Todo mundo quer viver o máximo possível.

— Cinco.

— Quero um charuto.

— Quatro.

— Me deixa fumar um charuto. Qual é?!

— Três.

— Estão na gaveta da mesa ali, me deixa...

O estampido foi tão alto que parecia que alguém tinha atravessado os meus tímpanos com alguma coisa afiada.

Claro, eu tinha visto nos filmes que tiros na cabeça como esse sempre resultam numa cascata de sangue escorrendo pela parede. Ainda assim fiquei surpreso ao ver que era isso mesmo que acontecia.

Willumsen caiu de costas na cama com o que parecia uma expressão de dor, talvez porque trapaceei e lhe roubei dois segundos de vida. Pouco depois tive a sensação de que o colchão debaixo de mim estava molhado, e então senti cheiro de bosta. Os filmes não costumam registrar imagens do que acontece quando a pessoa morre e todos os seus orifícios se abrem como comportas.

Coloquei a pistola na mão de Willumsen e saí da cama. Quando eu trabalhava no posto de gasolina em Os, costumava ler não só a *Popular Science* como também a *True Crime*. Então, além da touca de banho e das luvas, usei fita adesiva para prender as pernas da calça às meias e as mangas da jaqueta às luvas para que nenhum pelo escapasse deixando vestígios de DNA para a polícia, caso essa morte viesse a ser investigada como assassinato.

Desci correndo a escada para o porão, peguei uma pá que encontrei lá embaixo, deixei a porta do porão destrancada e segui de volta pelo jardim, apagando as pegadas que eu ia deixando na neve. Tomei o caminho que descia para o lago Budal, onde não havia muitas casas. Descartei a pá numa caçamba de lixo na entrada de uma casa recém--construída e só então notei que as minhas orelhas estavam geladas e me lembrei do gorro de lã que tinha no bolso, então o enfiei por cima da touca de banho e fui em direção a um dos píeres. Eu havia estacionado o Volvo atrás da casa de barcos. Semicerrei os olhos para esquadrinhar a área e dei com duas das três mulheres da minha vida. E eu havia matado o marido de uma delas. Esquisito. O motor ainda estava quente, e o carro deu a partida sem dificuldade. Tomei o caminho para Opgard. Eram sete e meia da manhã e ainda estava escuro como breu.

Naquela mesma tarde a notícia saiu na rádio nacional.

"Homem é encontrado morto em sua casa no condado de Os, em Telemark. A polícia está tratando a morte como suspeita."

A notícia da morte de Willumsen atingiu a aldeia como uma marretada. Acho que é uma imagem apropriada. Presumo que o golpe tenha sido maior que quando o hotel pegou fogo. Porque foi um choque para todos saber que aquele vendedor de carros usados mesquinho, amigável, esnobe e popular que sempre esteve lá se foi para sempre. Era disso que as pessoas falavam em todas as lojas e cafeterias, em cada esquina e entre as quatro paredes de casa. Até aqueles com quem conversei e que sabiam que o câncer de Willumsen havia voltado foram tomados pelo luto.

Dormi mal nas duas noites seguintes. Não porque estava com a consciência pesada. Eu havia tentado ajudar Willumsen a se salvar, mas como alguém como eu, um xadrezista, poderia ajudar o oponente quando era xeque-mate? Não era a vez de ele jogar, simples assim. Não, havia uma razão totalmente diferente. Uma sensação desagradável de ter esquecido algo. Algo crucial em que não pensei quando planejei o assassinato. Eu simplesmente não conseguia descobrir o que poderia ser.

No terceiro dia depois da morte de Willumsen, dois dias antes do enterro, descobri. Percebi onde eu tinha feito merda.

56

ERAM ONZE DA MANHÃ quando Kurt Olsen parou em frente à casa. Dois outros carros atrás dele. Placas com a numeração de Oslo.

— Aquela curva ali é escorregadia pra caramba — disse Kurt, que esmagava com o pé uma guimba fumegante quando abri a porta para ele. — Está montando um rinque de patinação ou o quê?

— Não — eu disse. — A gente espalhou areia. Devia ser obrigação do conselho, mas nós é que fazemos.

— Não vamos começar a falar disso de novo — disse Kurt Olsen. — Esses aqui são Vera Martinsen e Jarle Sulesund, da KRIPOS. — Atrás dele vinha uma policial com aquela calça preta combinando com a jaqueta curta e um homem que parecia paquistanês ou indiano. — Temos algumas perguntas para você, então vamos lá para dentro.

— Gostaríamos de saber se podemos lhe fazer algumas perguntas — interrompeu a mulher, Martinsen. — Se não for incomodar. E se você nos permitir entrar.

Ela olhou para Kurt. E depois para mim. Sorriu. Baixa, cabelo claro preso numa trança, ombros largos. Presumi que praticasse handebol ou esqui cross-country. Não que dê para saber só com uma olhada de quais esportes a pessoa é fã, mas porque esses são os esportes mais populares entre as mulheres e se tem maiores chances de acertar se prestar atenção às estatísticas em vez de seguir intuições. Esse era o tipo de pensamento irrelevante que me ocorria naquele momento. Mas ao olhar para Martinsen percebi que teria que ficar esperto; caso contrário, eu seria comido vivo, como dizem. Mas tudo bem, nós também estávamos preparados.

Entramos na cozinha onde Carl e Shannon estavam sentados.

— Gostaríamos de conversar com todos vocês — disse Martinsen. — Mas preferimos um de cada vez.

— Vocês podem esperar no nosso antigo quarto — eu disse com pretensa indiferença olhando para Carl e percebendo que ele tinha entendido a minha mensagem, que assim poderiam escutar as perguntas e as respostas, para que pudéssemos garantir que estivéssemos tão sincronizados no interrogatório quanto na hora em que ensaiamos as respostas.

Assim que Carl e Shannon se foram, ofereci:

— Café?

— Não, obrigado — responderam Martinsen e Sulesund, num tom que por pouco não abafou o sim de Kurt.

Servi uma xícara para Kurt.

— A KRIPOS está me ajudando na investigação do assassinato de Willumsen — disse Kurt, e vi quando Martinsen revirou os olhos para Sulesund. — Porque dificilmente aquilo foi um suicídio, mas um assassinato. — A voz de Olsen ficou gravíssima na palavra "assassinato". Ele a deixou suspensa no ar para que cumprisse o seu propósito, então olhou para mim e verificou como eu reagiria. — Um assassinato disfarçado de suicídio. O truque mais antigo do mundo.

Senti que já tinha lido essa expressão num artigo da *True Crime*.

— Mas o assassino não conseguiu nos enganar. Sim, o Willumsen estava segurando a arma do crime, mas não havia nenhum resíduo de pólvora na mão dele.

— Resíduo de pólvora — repeti como se saboreasse as palavras.

Sulesund deu uma tossidela.

— Na verdade, um pouco mais que resíduo de arma de fogo. É chamado de RDC, resíduos de descarga de cartucho. Minúsculas partículas de bário, chumbo e outras substâncias químicas da munição e da arma que se prendem a quase tudo num raio de meio metro quando um tiro é disparado. E gruda na pele e nas roupas e é muito difícil de limpar. Felizmente. — Ele deu uma risada rápida e ajustou os óculos de armação metálica. — É invisível, mas felizmente trouxemos o equipamento.

— Enfim — interrompeu Kurt —, não encontramos nada no Willumsen. Entendeu?

— Entendi.

— Além do mais, a porta do porão estava aberta, e a Rita tinha certeza de que estava trancada. Então, o nosso palpite é de que ela tenha sido arrombada. O assassino também revirou a neve para esconder as pegadas no jardim ao sair. Encontramos a pá, que a Rita identificou, numa caçamba de lixo não muito distante.

— Caramba — eu disse.

— Pois é — disse Kurt. — E temos as nossas suspeitas sobre quem deve ser o autor do homicídio.

Não fiz nenhum comentário.

— Você não está curioso para saber? — Kurt me olhou com aquele seu olhar idiota de quem quer ver através de mim.

— Claro que estou, mas você é obrigado a preservar o sigilo profissional, não é?

Kurt se virou para os dois integrantes da KRIPOS e deu uma breve risada.

— Isso é uma investigação de assassinato, Roy. Divulgamos e retemos informações dependendo do andamento das investigações.

— Ah, entendi.

— Como nesse caso estamos lidando com um assassinato profissional, o nosso foco se voltou para um carro. Mais especificamente um Jaguar antigo registrado na Dinamarca que foi visto na região e que, desconfio, pertença a um executor profissional.

"Como nesse caso". "O nosso foco". Por Deus, quem vê assim acha que ele está metido até o pescoço em casos de assassinato. E essa suspeita envolvendo um executor obviamente não era dele, mas algo que o pessoal do vilarejo vinha comentando havia anos.

— Então entrei em contato com a polícia dinamarquesa e encaminhei a arma e o projétil. Encontraram uma correspondência com o caso de um assassinato ocorrido nove anos atrás em Århus. Esse caso nunca foi solucionado, mas um dos suspeitos era dono de um Jaguar E-Type branco vintage. O nome dele é Poul Hansen, e já foi comprovado que ele trabalha como assassino. — Kurt se virou para os investigadores da KRIPOS. — Ele é dono de um Jaguar, mas é tão mão de vaca que não consegue nem se livrar da arma do crime. Coisa de dinamarquês, né? — disse ele com um sorriso.

— Para mim é mais coisa de sueco — disse Martinsen com descaso.

— Ou de islandês — disse Sulesund.

Kurt se virou de volta para mim.

— Você viu esse Jaguar por aqui nesses últimos dias, Roy? — perguntou com indiferença, mas com tanta indiferença que percebi que era ali que contava em me atrair para uma armadilha e me induzir a cometer um erro. Eles sabiam bem mais do que estavam deixando transparecer. Mas nem tanto a ponto de não precisarem jogar verde para colher maduro, porque ainda lhes faltavam alguns dados. Óbvio que o que eu mais queria era dizer que não tinha visto o carro, ouvi-los agradecer e ir embora, mas isso nos deixaria encurralados. Porque havia um motivo para estarem aqui. E esse motivo era o Jaguar. Eu teria que tomar cuidado agora, e instintivamente soube que devia me preocupar mais com a mulher, Martinsen.

— Eu vi esse Jaguar — eu disse. — Ele esteve aqui.

— Aqui? — disse Martinsen quase sussurrando e botou o celular na mesa diante de mim. — Você se importa se a gente gravar, Opgard? Só para ter certeza de que não vamos nos esquecer de nada que você disser.

— Imagina — respondi. Ela falava de um jeito cortês que era contagiante.

— Então — disse Kurt colocando os cotovelos na mesa e se inclinando para mais perto de mim.

— O que o Poul Hansen veio fazer aqui?

— Tentar arrancar dinheiro do Carl.

— É mesmo? — disse Kurt me encarando. Notei que os olhos de Martinsen começaram a vagar pelo cômodo, como se buscassem alguma coisa, qualquer coisa diferente daquilo que acontecia bem na frente deles, já que, no fim das contas, estavam gravando. O seu olhar parou no tubo de aquecimento que saía do fogão.

— Ele disse que dessa vez não tinha vindo a Os para extorquir dinheiro para o Willumsen, mas *do* Willumsen — continuei. — Ele parecia muito irritado para dizer o mínimo. Pelo que entendi, o Willumsen devia dinheiro por vários trabalhos. E agora tinha dito que estava falido.

— Willumsen *falido*?

— Quando o hotel pegou fogo, o Willumsen decidiu perdoar a dívida do empréstimo que havia concedido ao Carl. Era um bocado de dinheiro, mas o Willumsen se considerava em parte culpado pelas decisões que foram tomadas e que fizeram com que as perdas do Carl fossem ainda maiores depois do incêndio.

Aquele era o momento de agir com a máxima cautela. Nós ali em Opgard ainda éramos os únicos do vilarejo que sabiam que o hotel não tinha seguro contra incêndio. Os únicos vivos, pelo menos. Mas eu ia falar a verdade. Os documentos relativos ao cancelamento do primeiro empréstimo e a provisão para um novo empréstimo estavam agora nas mãos do advogado de Willumsen e seriam apresentados como prova no tribunal.

— Além disso — continuei —, o Willumsen tinha câncer e não tinha mais muito tempo de vida. Então imagino que quisesse que o seu legado consistisse em contribuir generosamente para a construção do hotel e por isso não permitiu que complicações financeiras decorrentes do incêndio o impedissem.

— Espera um pouco — disse Kurt. — Quem está devendo dinheiro para o Willumsen é o Carl ou a empresa proprietária do hotel?

— É complicado — eu disse. — Vão ter que conversar com o Carl a respeito disso.

— Não somos do departamento de crimes econômicos e ambientais; então, por favor, prossiga — interveio Martinsen. — Poul Hansen exigiu que Carl lhe desse o dinheiro que Willumsen devia?

— Exigiu. Mas é claro que a gente não tinha dinheiro, só a dívida cancelada. E ainda não tínhamos recebido o dinheiro do novo empréstimo, que só vai acontecer daqui a duas semanas.

— Deus do céu — disse Kurt.

— Então, o que o Poul Hansen fez? — perguntou Martinsen.

— Desistiu e foi embora.

— Quando foi isso? — As perguntas dela vinham rápido, com a intenção de reduzir o tempo das respostas também. Somos facilmente sugestionados por isso. Molhei os lábios.

— Foi antes ou depois do assassinato do Willumsen? — perguntou Kurt num impulso, impaciente. E, quando Martinsen se virou para ele, notei pela primeira vez algo além da calma e do sorriso. Se olhares matassem, Kurt estaria morto. Porque agora eu sabia o que eles procuravam. A sequência de eventos. Eles sabiam de algum detalhe sobre a visita de Poul Hansen aqui na fazenda.

Na história que elaboramos, Poul Hansen não tinha vindo a Opgard na véspera do assassinato, o que de fato aconteceu, mas imediatamente *após* o assassinato, para exigir de Carl o dinheiro que não tinha conseguido tirar de Willumsen. Porque só uma sequência de eventos como essa poderia explicar Poul Hansen ter matado Willumsen *e* vindo com o seu Jaguar para Huken. Mas a gafe de Kurt foi o chamado do corvo que eu precisava. Tomei uma decisão e torci para que Carl e Shannon estivessem muito atentos no tubo de aquecimento no andar de cima e percebendo como eu tinha dado um novo rumo à nossa história.

— Foi um dia antes do Willumsen ser morto — eu disse.

Martinsen e Kurt trocaram olhares.

— Isso mais ou menos se encaixa com a hora que Simon Nergard nos contou que viu um Jaguar E-Type passando na estrada que traz até aqui e só aqui até — disse Martinsen.

— E para o canteiro de obras do hotel — eu disse.

— Mas ele esteve aqui?

— Esteve.

— Então é estranho Simon Nergard ter dito que não viu o Jaguar voltar pela estrada.

Dei de ombros.

— Mas, é claro, o Jaguar é branco e tem muita neve — disse Martinsen. — Correto?

— Pode ser — respondi.

— Nos ajude, você que entende de carros; por que Simon Nergard não viu nem ouviu o Jaguar?

Ela era esperta. E não desistia.

— É fácil ouvir um carro esportivo desses subindo montanhas em marcha lenta, não é? O que não acontece na descida, caso ele deixe o carro em ponto morto. Acha que foi isso que Hansen fez? Passou por Nergard em silêncio?

— Não — respondi. — É preciso frear muito nas curvas, e o Jaguar é pesado. E em geral pessoas que dirigem carros como esse não descem em ponto morto, não são do tipo que se preocupa com gasolina. Pelo contrário, *gostam* de ouvir o ronco do motor. Então, se tenho que sugerir alguma coisa, eu diria que o Simon Nergard estava no banheiro cagando.

Usei o silêncio que se seguiu para coçar a orelha.

Então Martinsen me oferece um aceno com a cabeça quase imperceptível, como uma lutadora de boxe reconhecendo que a sua finta tinha sido revelada. O plano era me deixar um tanto ávido para ajudar a explicar por que Simon não tinha visto o Jaguar e, ao fazer isso, revelar como era importante para mim que acreditassem que o Jaguar havia passado por Nergard e voltado para o vilarejo. Mas por quê? Martinsen verificou se o seu telefone ainda estava gravando como deveria, e Kurt rapidamente interrompeu:

— Quando você descobriu que o Willumsen estava morto, por que não disse nada sobre o assassino de aluguel?

— Porque todo mundo disse que foi suicídio — respondi.

— E você não achou estranho ter acontecido exatamente na mesma hora que você soube que a vida dele estava sendo ameaçada?

— O sujeito não disse nada sobre ameaçar a vida de ninguém. O Willumsen tinha câncer, e a alternativa talvez fossem meses de dor. Vi o meu tio Bernard morrer de câncer, então não, não achei que fosse tão estranho.

Kurt respirou fundo e estava prestes a seguir o interrogatório, mas Martinsen indicou com a mão que ele já tinha dito o bastante, então Kurt se calou.

— E Poul Hansen não voltou mais aqui? — perguntou Martinsen.

— Não — eu disse.

Vi como o seu olhar seguiu o meu até o tubo de aquecimento.

— Tem certeza?

— Tenho.

Eles tinham outras informações, mas quais? Quais? Vi Kurt displicentemente mexer na capa de couro do celular presa ao cinto. Era parecida com a que o pai dele usava. O celular. Ali estava ele outra vez. A coisa que me mantinha desperto, aquilo que eu havia esquecido, a minha falha. O que eu não vi.

—- Porque... — começou Martinsen, e naquele instante eu soube.

— Não, na verdade, não — eu a interrompi e dei a ela o que eu desejava que fosse um sorriso acanhado. — Na manhã da morte do Willumsen eu acordei com o ronco de um Jaguar. Do carro. Não do animal.

Martinsen parou de falar e me olhou com indiferença.

— Prossiga — disse ela.

— Tem um som muito característico nas marchas baixas. Ele rosna, como um dos grandes felinos, como um... bom, um jaguar, presumo.

Martinsen parecia impaciente, mas preferi não me apressar, pois sabia que nesse campo minado o menor passo em falso seria punido sem piedade.

— Mas, quando estava totalmente acordado, o som havia desaparecido. Abri a cortina já meio que esperando ver o Jaguar. Estava escuro, mas deu para ver que não havia carro nenhum. Então achei que tivesse sonhado.

Mais uma vez Martinsen e Kurt trocaram olhares. O tal Sulesund não participou dessa etapa da investigação. Ele era o que chamam de perito da cena do crime, então o que estava fazendo aqui eu ainda não sabia. Mas tinha a sensação de que logo descobriria. Bom, pelo menos eu havia lhes dado uma história que seria válida e sólida *mesmo* que encontrassem o Jaguar no fundo de Huken. Então daria a impressão de que Poul Hansen havia dirigido o Jaguar até aqui na manhã seguinte ao assassinato talvez para tentar mais uma vez extorquir dinheiro de nós, mas os pneus de verão do carro perderam a aderência ao passar pela Geitesvingen e o carro derrapou e despencou em Huken sem que ninguém tivesse notado. Respirei fundo. Perguntei a mim mesmo se deveria me levantar para tomar mais café, porque sentia que precisava, mas permaneci sentado.

— Estamos perguntando porque passamos algum tempo rastreando um número de celular que poderia pertencer a Hansen — disse Martinsen. — É provável que, por causa da profissão, ele não tivesse um aparelho registrado no seu nome. Mas verificamos as estações da região e elas registraram o sinal de apenas um aparelho com número da Dinamarca nos últimos dias. Quando checamos quais estações receberam sinais desse número, os dados batem com as declarações da testemunha ocular do Jaguar. O estranho é que, se olharmos o período em torno da hora do assassinato, ou seja, mais ou menos desde o instante em que ele esteve aqui, o telefone permaneceu dentro da área dessa mesma estação, que tem uma cobertura bem limitada. *Essa aqui.* — Martinsen descreveu um círculo no ar com o indicador. — E não tem mais ninguém além de vocês, Opgards, morando aqui. Como você explica isso?

57

A MULHER DA KRIPOS — que devia ter um cargo com um título mais formal que esse — havia finalmente chegado aonde queria. O celular. Era evidente que o dinamarquês tinha um celular. Mas eu havia ignorado esse item quando preparamos o plano, e agora Martinsen havia rastreado o telefone dele até uma pequena área nos arredores da nossa fazenda. Do mesmo jeito que aconteceu com o telefone de Sigmund Olsen. Puta merda! Como foi que eu consegui cometer o mesmo erro duas vezes? Agora eles tinham chegado à conclusão de que o telefone do assassino tinha ficado em algum ponto nas imediações de Opgard antes, durante e também depois do assassinato de Willum Willumsen.

— E então — disse Martinsen e repetiu a pergunta: — Como você explica isso?

Era como um daqueles jogos de videogame em que um monte de objetos vem voando na sua direção em diferentes velocidades e em diferentes padrões e o jogador *sabe* que é apenas questão de tempo até colidir com pelo menos um deles e dar *game over*. Não fico preocupado com facilidade, mas agora as minhas costas estavam molhadas de suor. Dei de ombros e tentei desesperadamente demonstrar tranquilidade.

— E como *você* explica isso?

Martinsen pareceu considerar que eu tinha feito uma pergunta retórica e a ignorou. Mas pela primeira vez se inclinou para a frente.

— Será que Poul Hansen nunca saiu daqui depois que chegou? Será que passou a noite aqui? Porque ele não se hospedou com ninguém com quem falamos, em nenhuma pensão nem com ninguém, e o aquecedor daquele velho Jaguar não é muito bom, então devia estar frio demais para dormir no carro naquela noite.

— Então ele deve ter feito reserva no hotel — eu disse.

— No hotel?

— É brincadeira. Quero dizer, ele deve ter dirigido até os escombros e ficado numa das cabanas dos trabalhadores, porque elas estão desocupadas no momento. Se ele for mesmo tão bom em arrombar fechaduras, não teria o menor trabalho.

— Mas o celular mostra...

— O canteiro de obras do hotel fica logo depois do morro aqui — eu disse. — É a mesma estação daqui, não é, Kurt? Porque você já esteve aqui procurando um celular.

Kurt franziu os lábios quase sugando o bigode e os seus olhos faiscaram de ódio. Ele se virou para os dois investigadores da KRIPOS e assentiu rapidamente.

— Isso significa — disse Martinsen sem tirar os olhos de mim — que ele deixou o telefone na cabana dos funcionários quando saiu para matar Willumsen. E que ainda está lá. Você pode chamar reforços, Olsen? Parece que vamos precisar de um mandado de busca para essas cabanas e que vai dar bastante trabalho.

— Boa sorte — eu disse e me levantei.

— Ah, mas a gente ainda não terminou — disse Kurt.

— Tudo bem então — eu disse e me sentei de novo.

Kurt se remexeu na cadeira, como se quisesse provar que se sentia ainda mais confortável.

— Quando perguntamos a Rita se Poul Hansen poderia ter a chave da porta do porão, ela disse que não. Mas então notei que ela contorceu o rosto, e sou policial há tempo suficiente para ser capaz de ler *um pouquinho* de expressões, por isso a pressionei e ela admitiu que certa vez você recebeu essa chave, Roy.

— Certo — foi tudo o que eu disse. Eu estava cansado.

De novo Kurt se inclinou para a frente e se apoiou nos cotovelos.

— Então, a pergunta é: você deu essa chave para Poul Hansen? Ou entrou na casa do Willumsen na manhã em que ele morreu?

Tive que conter um bocejo. Não por estar cansado, mas porque supunha que o cérebro precisasse de mais oxigênio.

— O que levou você a pensar nisso?

— Estamos apenas perguntando.

— Por que eu mataria o Willumsen?

Kurt sugou o bigode e olhou para Martinsen que lhe deu um OK para continuar.

— Certa vez Grete Smitt me disse que você e a Rita Willumsen tiveram alguma coisa que rolava no chalé do Willumsen. E, quando confrontei a Rita Willumsen a respeito disso depois que ela me contou sobre a chave do porão, ela admitiu.

— E daí?

— E daí? Sexo e ciúmes. Essas são as causas mais comuns de homicídio em todas as nações desenvolvidas do mundo.

Essa informação também vinha direto da *True Crime*, a menos que eu estivesse enganado. Não consegui mais conter aquele bocejo.

— Não — eu disse de boca escancarada. — É claro que eu não matei o Willumsen.

— Não — disse Kurt. — Porque, é claro, você acabou de nos dizer que estava roncando na cama aqui mesmo na hora que o Willumsen foi assassinado, ou seja, entre seis e meia e sete e meia da manhã?

Kurt remexeu na capa do celular de novo. Era como se fosse um aviso. E enfim entendi; eles também verificaram os movimentos do meu celular.

— Não. — Me levantei. — Depois fui de carro até um píer do lago Budal.

— Sim, temos uma testemunha que acha que viu um Volvo igual ao seu passando por lá pouco antes das oito. O que você estava fazendo lá?

— Fui espionar as ninfas tomando banho.

— Hein?

— Depois de acordar pensei ter ouvido o Jaguar e lembrei que a Shannon e a Rita iam tomar banho de gelo, mas eu não sabia exatamente onde. Então, imaginei que seria em algum lugar numa linha reta entre a casa do Willumsen e o lago. Estacionei numa das casas de barcos e fui procurar por elas, mas estava muito escuro e não consegui localizá-las.

O rosto de Kurt pareceu implodir, como quando o ar sai de uma bola de praia.

— Mais alguma coisa? — perguntei.

— Só por garantia, vamos verificar se tem RDC na sua mão — disse Martinsen, ainda com a expressão apática, embora a linguagem corporal tivesse mudado. Ela havia perdido aquela tensão de quem está em alerta, algo que talvez só quem tivesse conhecimento de artes marciais ou briga de rua fosse capaz de notar. Talvez ela mesma nem tenha percebido, mas em algum lugar no seu íntimo concluiu que eu não era o inimigo e agora reduziu a tensão quase imperceptivelmente.

Entra em ação o técnico de cena do crime, que abre a bolsa de onde retira um notebook e algo que parece um secador de cabelo.

— Escâner de FRX — explicou ele e abriu o notebook. — Só preciso escanear a sua pele e o resultado sai na mesma hora. Mas antes preciso conectar o escâner ao software de análise.

— Certo. Enquanto isso posso subir e buscar o Carl e a Shannon para que vocês possam falar com eles também?

— Para que você possa lavar as mãos antes? — perguntou Kurt Olsen.

— Obrigada, mas não precisamos falar com eles — disse Martinsen. — Temos o que precisamos para o momento.

— Estou pronto — disse Sulesund.

Arregacei as mangas da camisa, ergui as mãos e ele me escaneou como se eu fosse um produto na loja do meu posto de gasolina.

Sulesund conectou o secador de cabelo ao notebook com um cabo USB e digitou. Vi que Kurt estava examinando minuciosamente o rosto do técnico. Senti os olhos de Martinsen nos meus enquanto eu encarava a vista pela janela e pensava em como tinha sido uma boa ter queimado as luvas e o restante das roupas que havia usado naquela manhã. E que eu deveria me lembrar de lavar a camisa manchada de sangue que vesti no Ano-Novo para que pudesse usá-la no enterro de amanhã.

— Ele está limpo — avisou Sulesund.

Não tenho certeza, mas acho que ouvi Kurt Olsen praguejar baixinho.

— Bom — disse Martinsen ao se levantar. — Obrigada pela colaboração, Opgard. Espero que não tenha sido muito desagradável. Mas precisamos ser um pouco mais exigentes em casos de homicídio, você entende.

— Você está só fazendo o seu trabalho — eu disse e desdobrei a manga da camisa. — E isso é tudo o que se pode fazer. E... — enfiei um punhado de fumo na boca, olhei para Kurt Olsen e acrescentei, sendo bastante sincero: — ... torço para que encontrem o Poul Hansen.

58

DE CERTA FORMA, o enterro de Willum Willumsen pareceu o enterro do Hotel na Montanha e Spa Os.

Tudo começou com o elogio feito por Jo Aas.

— Não nos deixe cair em tentação, mas livrai-nos do mal — disse ele.

E seguiu explicando como, de tijolo em tijolo, o falecido tinha construído uma empresa que prosperou por ter desempenhado um papel natural na sociedade local. E foi e continua sendo uma resposta a uma necessidade real experimentada por aqueles entre nós que vivem aqui, disse Aas.

— Todos conhecíamos Willum Willumsen como um homem de negócios rigoroso, mas justo. Ele ganhou dinheiro onde havia dinheiro a ser ganho e nunca fez um negócio que não acreditasse que seria vantajoso para si. Mas ele mantinha a palavra, mesmo quando o vento mudava de rumo e o lucro se transformava em prejuízo. Sempre. E esse é o tipo de integridade cega que define um homem, a prova definitiva da sua integridade.

Àquela altura, o olhar de Jo Aas estava fixo em Carl sentado ao meu lado na segunda fileira de bancos de uma igreja lotada em Os.

— Infelizmente, me parece que nem todos os empresários de hoje daqui do vilarejo vivem à altura dos padrões de Willum.

Não olhei para Carl, mas foi como se pudesse sentir o calor do rubor da vergonha queimando no rosto dele.

Presumo que Jo Aas tenha escolhido aquela ocasião específica para o assassinato do caráter do meu irmão mais novo porque sabia que era a melhor plataforma para o que desejava dizer. E desejava porque o mesmo propósito ainda o impulsionava: ele queria definir o rumo da opinião pública. Alguns dias antes, Dan Krane havia escrito um editorial sobre os atuais e os ex-presidentes do conselho, no qual descreveu Jo Aas como um político cujo talento notável era ter ouvidos apurados, compreender o que ouvia e então adaptar as respostas de tal forma que parecessem, como num passe de mágica, uma solução conciliatória das opiniões de todas as partes envolvidas. Isso significava que as suas sugestões eram sempre aceitas, o que por sua vez dava a impressão de que era um líder poderoso, quando na verdade ele simplesmente se adaptava ao público ou então seguia o fluxo. "Era o cachorro que abanava o rabo ou o rabo que abanava o cachorro?", escreveu Dan Krane.

Claro que isso provocou uma tremenda discussão. Quem aquele recém-chegado arrogante achava que era para ter a ousadia de investir contra o próprio sogro, o amado antigo presidente do Conselho Municipal? Não faltaram reações impressas e on-line, às quais Dan Krane respondeu que não havia criticado Jo Aas. Afinal, não era esse o ideal democrático? Que o povo fosse representado? E será que é possível haver um representante mais democrático que um político que interprete os desejos do povo e harmonize as suas respostas a esses interesses? E, de certa forma, o argumento de Krane estava bem claro, porque o que ouvíamos do palanque não era Jo Aas, mas o eco das ideias de todo o vilarejo transmitido pelo homem que sempre interpretou e depois comunicou o que a maioria desejava. Porque, mesmo para aqueles diretamente interessados, isto é, nós, em Opgard, era impossível não saber que as pessoas estavam começando a falar. Talvez tenha vazado a notícia de que Carl havia perdido o controle do projeto do hotel depois de ter despedido os principais empreiteiros, que Carl estava tendo dificuldades com o financiamento, que havia feito empréstimos pessoais em segredo e que a contabilidade não revelava a verdadeira história, que o fogo *talvez* tenha sido o golpe fatal. Às vezes nem havia nada de concreto para se falar, mas era a soma das pequenas coisas conhecidas aqui e ali por determinadas pessoas que construía uma imagem que não era do agrado de ninguém. Por outro lado, Carl passou o outono sendo muito otimista, proclamando aos quatro ventos que tudo estava de pé outra vez, e isso era, é claro, o que o povo *queria* ouvir depois de ter investido no projeto.

E agora, se desse para confiar nos jornalistas que invadiram o vilarejo, Willum Willumsen tinha sido morto por um assassino contratado. O que isso significava? Alguns achavam que ele devia muito dinheiro a alguém. Corria o boato de que Willumsen havia investido mais no hotel que qualquer outro e que havia tomado grandes empréstimos. Seria então essa morte a primeira rachadura nas fundações, o aviso de que a coisa toda estava prestes a ir pelo ralo? Será que Carl Opgard, aquele sujeito charmoso e com a lábia de um pastor, teria retornado à cidade natal e envolvido todos nesse frágil castelo de cartas?

Quando saímos da igreja, vi Mari Aas — o habitual brilho quente do seu rosto agora pálido em contraste com o casaco preto — de braços dados com o pai.

Dan Krane não estava por lá.

O caixão, carregado por parentes usando ternos grandes demais, foi colocado no carro funerário e levado embora enquanto ficamos ali parados, observando, em contrita devoção.

— Não vão cremá-lo agora — sussurrou uma voz. Era Grete Smitt, que de repente apareceu ao meu lado. — A polícia quer ficar com o corpo o maior tempo possível, caso surja alguma coisa que precise ser verificada. Eles só cederam o corpo para o velório. Agora vai direto para a geladeira.

Continuei observando o carro funerário que ia tão devagar que parecia estar parado, enquanto a fumaça branca saía do escapamento. Quando finalmente desapareceu ao dobrar uma curva, me virei para onde Grete estava, mas ela já havia ido embora.

A fila daqueles que desejavam prestar condolências a Rita Willumsen era longa, e eu não sabia se ela gostaria de ver o meu rosto naquele momento, então me afastei, me sentei no banco do motorista do Cadillac e esperei.

Anton Moe e a esposa, vestidos para a ocasião, passaram na frente do Cadillac. Nenhum dos dois ergueu os olhos.

— Deus do céu — disse Carl assim que ele e Shannon se sentaram e eu liguei o motor. — Sabe o que a Rita Willumsen acabou de fazer?

— O quê? — perguntei ao sairmos do estacionamento.

— Quando eu ia oferecer os meus pêsames, ela me puxou para perto e achei que ia me dar um abraço, mas então sussurrou "assassino" no meu ouvido.

— Assassino? Tem certeza de que ouviu direito?

— Ouvi. Ela sorriu. Dizem que o segredo é sorrir e seguir em frente. Mas me chamar de...

— Assassino.

— Pois é.

— Ela deve ter sido informada pelo advogado que o marido cancelou trinta milhões em dívidas e deu para você outros trinta antes de morrer — disse Shannon.

— E isso me torna um *assassino*? — gritou Carl indignado. Eu sabia que ele estava chateado, não porque fosse inocente, mas porque a acusação era injusta, dado o pouco que Rita Willumsen poderia saber. Era assim que o cérebro de Carl funcionava. Ele achou que Rita Willumsen o havia julgado com base em quem ele era, não pelos fatos, e isso o magoou.

— Não é de admirar que ela suspeite — disse Shannon. — Se ela sabia da dívida, então deve ter achado estranho que o marido não a tenha informado que havia cancelado um crédito tão alto. E, se não sabia, então provavelmente acha que tem algo cheirando mal no fato de o seu advogado ter recebido um documento depois do assassinato, mas assinado e datado de vários dias antes.

Como resposta Carl apenas resmungou. Ele obviamente sentia que nem mesmo um raciocínio tão lógico seria desculpa para o comportamento de Rita.

Olhei para o céu à frente. A previsão era de tempo bom, mas agora nuvens escuras vinham do oeste. As coisas mudam rapidamente nas montanhas, como dizem.

59

ABRI OS OLHOS. TUDO ardia em chamas. Os beliches e as paredes ao meu redor estavam em chamas, o fogo avançava para mim. Saltei para o chão e vi labaredas longas e amarelas subirem para o teto. Como eu não sentia nada? Olhei para o meu corpo e vi que eu também estava em chamas. Ouvi as vozes de Carl e Shannon do seu quarto e corri para a porta, mas estava trancada. Corri para a janela e afastei as cortinas em chamas. O vidro se foi, substituído por barras de ferro. E lá fora, na neve, havia três vultos. Pálidos, imóveis e com os olhos pregados em mim. Anton Moe. Grete Smitt. E Rita Willumsen. O carro de bombeiros vinha se arrastando da escuridão até a Geitesvingen. Luzes e sirene desligadas. A cada redução da marcha o motor rugia mais alto e o carro subia mais devagar. Até parar por completo e começar a escorregar de volta para a escuridão de onde havia surgido. Um homem de pernas arqueadas saiu do celeiro. Kurt Olsen. Ele calçava as luvas de boxe de papai.

Abri os olhos. O quarto estava escuro, não havia fogo. Mas o ronco estava lá. Não, não um ronco, mas um motor girando furiosamente. Era o fantasma do Jaguar escalando o paredão de Huken em sua fuga para a liberdade. Então, conforme saía do estado de torpor, percebi que era um som semelhante ao de um trator produzido por um Land Rover. Vesti a calça e desci.

— Acordei você?

Kurt Olsen estava parado nos degraus com um cigarro entre os lábios e os polegares enganchados no cinto.

— Ainda está cedo — eu disse. Embora não tivesse verificado a hora, não havia visto sinal algum da alvorada ao me virar para o leste.

— Não consegui dormir — disse ele. — Concluímos as buscas nas cabanas dos trabalhadores do hotel ontem, mas não encontramos o Poul Hansen, nem o carro dele, nem nenhum indício de que tivesse ficado lá. E agora a estação-base parou de receber sinais do celular; pode ser bateria arriada ou telefone desligado. Mas então algo me ocorreu ontem à noite e quis verificar o mais rápido possível.

Tentei organizar os meus pensamentos.

— Você veio sozinho?

— Está se referindo à Martinsen? — perguntou Olsen. Ele sorriu para mim. Eu não fazia ideia do que isso significava. — Não vi nenhuma razão para acordar o pessoal da KRIPOS. Não vai demorar.

Um estalo na madeira dos degraus atrás de mim.

— O que aconteceu, Kurt? — Era Carl, bêbado de sono, mas irritantemente bem-humorado como costumava ser ao acordar. — Uma batida policial logo cedo?

— Bom dia, Carl. Roy, da última vez que estivemos aqui, você disse que tinha sido acordado na manhã que Willumsen morreu pelo que suspeitou que fosse um Jaguar. Mas então o som desapareceu e você concluiu que devia ter sido um sonho.

— E daí?

— Me lembrei de como a pista na Geitesvingen estava escorregadia quando viemos aqui. E que isso *talvez*, e veja bem, é só o meu cérebro que não consegue parar de procurar possíveis soluções para esse enigma, *talvez* não tenha sido um sonho, que foi o Jaguar mesmo que você ouviu, mas que depois não conseguiu completar aquela última curva e foi derrapando para trás, e então...

Olsen fez uma pausa deliberada enquanto batia a cinza do cigarro.

— Você acha que... — tentei parecer surpreso. — ... acha que...

— Gostaria de verificar mesmo assim. Noventa por cento de todo o trabalho de um detetive...

— ... envolve seguir pistas que não levam a lugar nenhum — completei. — *True Crime*. Também li essa matéria. Textos incríveis, né? Você deu uma olhada no fundo de Huken?

Kurt Olsen deu uma cusparada que foi parar no canto do degrau. Parecia descontente.

— Tentei. Mas estava escuro e é muito íngreme, então preciso de alguém para me dar suporte para que eu possa me debruçar o bastante e dar uma olhada.

— Claro. Vai precisar de uma lanterna?

— Tenho uma — disse ele, colocando o cigarro de volta no canto dos lábios e segurando um objeto preto que parecia uma linguiça defumada.

— Vou com você — avisou Carl que, ainda de chinelos, subiu a escada para se vestir.

Fomos andando para a Geitesvingen com a beirada iluminada pelos faróis do Land Rover de Olsen no acostamento. A mudança de tempo havia aumentado a temperatura e fazia apenas poucos graus abaixo de zero. Kurt Olsen pegou uma corda na parte de trás do carro e a amarrou na cintura.

— Se um de vocês segurar isso — disse ele e entregou uma das pontas a Carl e avançou cuidadosamente até a beira da estrada, onde havia alguns metros de encosta íngreme e rochosa antes da beirada, onde não dava para ver a face da rocha. E, enquanto estava lá, curvado para a frente, de costas para nós, Carl se inclinou para perto do meu ouvido.

— Kurt vai encontrar o corpo — disse ele num silvo sussurrado. — E vai perceber que tem algo errado. — O rosto de Carl brilhava de suor e eu sentia o pânico na sua voz. — A gente precisa... — Carl indicou com a cabeça as costas de Olsen.

— Pensa bem! — sibilei o mais baixinho que pude. — Ele *vai encontrar* o corpo e não *tem* nada de errado com isso.

Nesse momento, Kurt Olsen se virou para nós. No escuro, o cigarro dele brilhou como uma luz de freio.

— Talvez seja melhor prender a corda no para-choque — disse ele — ou nós três vamos acabar lá embaixo.

Tomei a ponta de Carl e dei um nó lais de guia ao redor do para-choque, acenei para Kurt que era seguro e dei a Carl um discreto olhar de advertência.

Kurt desceu pela encosta e se inclinou enquanto eu segurava a corda esticada. Ele acendeu a lanterna e direcionou o feixe para o fundo.

— Viu alguma coisa? — perguntei.

— *Pode crer* — respondeu Kurt Olsen.

Nuvens baixas e de um azul metálico filtravam a luz na horizontal enquanto o pessoal da KRIPOS ajudava na descida de Sulesund e outros dois colegas em Huken. Sulesund vestia um conjunto acolchoado e carregava o equipamento que parecia um secador de cabelo. Martinsen ficou ali de braços cruzados, observando todo o processo.

— Você veio rápido.

— Há previsão de neve — disse ela. — Cenas de crime debaixo de um metro de neve dão muito trabalho.

— Você sabe que é perigoso lá embaixo?

— Foi o que o Olsen disse, mas em geral não há pedras se soltando quando está abaixo de zero — disse ela. — A água na montanha se expande quando congela, força a abertura dos espaços necessários, mas atua como cola. É quando vem o degelo que as pedras caem.

Ela parecia saber do que estava falando.

— Certo, chegamos aqui embaixo. Câmbio. — Era a voz de Sulesund saindo do walkie-talkie de Martinsen.

— Aguardamos ansiosos. Câmbio.

Ficamos esperando.

— O walkie-talkie não é um pouco da Idade da Pedra? — perguntei. — Dava para vocês usarem apenas os celulares.

— Como você sabe que pode conseguir sinal lá embaixo? — perguntou ela e olhou para mim.

Ela estava sugerindo que eu acabara de revelar que tinha ido lá? Será que ainda havia algum resquício de suspeita no ar?

— Bom — eu disse e coloquei outro punhado de fumo na boca. —
Se a estação estava captando sinais do Poul Hansen depois que ele foi
parar lá, com certeza isso prova que tem sinal lá embaixo.

— Primeiro vamos confirmar que Hansen e o celular dele estejam
lá — disse Martinsen.

Em resposta, o walkie-talkie deu uns estalidos.

— Tem um corpo aqui — disse Sulesund. — Está esmagado, mas é
o de Poul Hansen. Está congelado, duro feito uma pedra, a gente pode
esquecer o propósito de estabelecer a hora exata da morte.

Martinsen respondeu com uma pergunta:

— Dá para ver o celular em algum lugar por aí?

— Não — disse Sulesund. — Opa, talvez sim, Ålgard acabou de
encontrá-lo no bolso do paletó. Câmbio.

— Escaneia o corpo, pega o celular e volta. Câmbio.

— Câmbio. Câmbio e desligo.

— Essa fazenda é sua? — indagou Martinsen enquanto prendia o
walkie-talkie no cinto.

— Minha e do meu irmão — eu disse.

— É lindo aqui. — O olhar dela perambulou pela paisagem da
mesma forma que havia perambulado pela cozinha no dia anterior.
Tenho a impressão de que não deixou escapar muita coisa.

— Você sabe alguma coisa sobre como uma fazenda é administra-
da? — perguntei.

— Não — disse ela. — E você?

— Também não.

Caímos na gargalhada.

Peguei a minha latinha de fumo. Tirei um punhado. Ofereci-lhe
a lata.

— Não, obrigada.

— Largou o vício? — perguntei.

— É tão óbvio assim?

— Você fez cara de que queria quando eu abri a lata.

— Certo, então me dá um.

— Não quero ser a...

— Só um pouco.

Passei-lhe a lata.

— Por que o Kurt Olsen não está aqui? — perguntei.

— O seu xerife já está trabalhando, resolvendo novos casos — disse ela com um sorriso irônico. Com o indicador e o dedo médio estendidos ela pressionou o fumo entre os lábios vermelhos e úmidos. — Fizemos uma busca nas cabanas dos trabalhadores e encontramos um sujeito da Letônia que trabalhava na construção do hotel.

— Pensei que as cabanas estivessem fechadas até o trabalho recomeçar.

— Elas estão, sim, mas o letão queria economizar dinheiro, por isso em vez de passar o Natal em casa estava vivendo ilegalmente na cabana. A primeira coisa que ele disse quando a polícia bateu na porta foi: "Não fui eu que comecei o incêndio." Ele contou que foi até o vilarejo ver os fogos de artifício da virada do ano e, quando estava voltando para o hotel, pouco depois da meia-noite, viu um carro vindo da direção oposta. Quando chegou, a construção estava em chamas. Foi ele que ligou para a polícia informando sobre o incêndio. Anonimamente, é claro. Ele disse que não falou nada do carro porque ia ficar evidente que estava morando numa das cabanas durante o período do Natal e seria demitido. De qualquer forma, os seus olhos estavam tão ofuscados pelos faróis do carro que não teria condições de dizer à polícia nem o modelo nem a cor do carro. Tudo o que ele percebeu de detalhe foi que uma das luzes de freio não estava funcionando. Enfim, o Olsen está falando com ele agora.

— Você acha que isso tem alguma coisa a ver com o assassinato do Willumsen?

Martinsen encolheu os ombros.

— Não excluímos a possibilidade.

— E o imigrante ilegal?

— É inocente — disse ela. Havia alguma coisa diferente nela, um tipo de relaxamento. A calma da nicotina.

Assenti.

— Em geral, você tem muita convicção sobre quem é culpado e quem é inocente, não é?

— Tenho — respondeu. Ela estava prestes a acrescentar alguma coisa, mas naquele momento o rosto de Sulesund apareceu acima da beirada do precipício. Ele havia usado um jumar para escalar a corda e depois de se livrar do arnês de escalada foi se sentar no banco do carona no carro da KRIPOS. Em seguida, conectou o secador de cabelo ao notebook e digitou um comando.

— RDC! — gritou pela porta aberta. — Não há a menor dúvida, Poul disparou uma arma não muito antes de morrer. E pelo visto corresponde à arma da cena do crime.

— Dá para saber isso também? — perguntei a Martinsen.

— Podemos ao menos ver se é da mesma classe de munição e, se tivermos sorte, veremos se os vestígios de RDC no Poul Hansen podem ter vindo desse tipo de pistola. Mas a cadeia de eventos está bem clara agora.

— E qual é?

— Poul Hansen atirou em Willum Willumsen durante a manhã e depois veio dirigindo até aqui para tentar obter de Carl o dinheiro que Willumsen devia a ele, mas então o Jaguar derrapou no gelo em Geitesvingen e ... — Ela parou de repente. Sorriu. — O seu xerife provavelmente não vai gostar de saber que você está acompanhando a nossa investigação tão de perto, Opgard.

— Prometo não revelar nada.

Ela riu.

— De qualquer forma, para o bem da nossa relação de trabalho, acho que é melhor se eu disser que você esteve dentro de casa a maior parte do tempo em que estivemos aqui.

— Combinado — eu disse, fechando o zíper do casaco. — Parece que o caso está resolvido.

Ela pressionou os lábios juntos como se dissesse que não respondemos a perguntas como essa, mas ao mesmo tempo piscou um "sim" com os olhos.

— Que tal um café? — perguntei.

Percebi uma breve perturbação no seu olhar.

— Por causa do frio — eu disse. — Posso trazer um bule para vocês.

— Obrigada, mas trouxemos o nosso — respondeu ela.

— Claro — eu disse, me virei e fui embora. Tive a nítida sensação de que ela estava me observando. Não que estivesse necessariamente interessada, mas é claro que ninguém perde a oportunidade de dar uma olhada nas bundas alheias. Pensei no buraco naquele balde de zinco e em como a bala do dinamarquês esteve perto de acertar a minha cabeça. Muito profissional, considerando que o carro estava em movimento. Ainda bem que tinha sido uma queda de tão alto, que não havia mais nenhum para-brisa com buraco de bala para embaralhar as ideias sobre quando e onde Poul Hansen havia disparado aquele tiro.

— E aí? — indagou Carl, sentado à mesa da cozinha com Shannon.

— Vou dizer o mesmo que o Kurt Olsen — respondi, indo em direção ao fogão. — *Pode crer.*

60

Às TRÊS COMEÇOU A nevar.

— Olha — disse Shannon, encarando pelas janelas de vidro fino do jardim de inverno. — Tudo está sumindo.

Grandes flocos de neve caíam em desalinho ao sabor dos ventos e das correntes de ar e se derramavam como um edredom de penas por toda a paisagem. Shannon estava certa, em algumas horas tudo teria desaparecido sob a camada de neve.

— Vou de carro para Kristiansand essa noite — eu disse. — Parece que o feriado pegou algumas pessoas de surpresa e o trabalho está se acumulando.

— Vê se mantém contato — disse Carl.

— Sim, pode deixar — repetiu Shannon.

O pé dela roçou no meu debaixo da cadeira.

A neve tinha dado uma trégua quando saí de Opgard, às sete. Achei que seria melhor abastecer com gasolina e entrei no posto a tempo de ver Julie desaparecendo detrás das novas portas de correr. Havia apenas um carro estacionado no antigo ponto de encontro dos adolescentes, o Ford Granada tunado de Alex. Parei sob as luzes brilhantes das bombas, saí do carro e comecei a encher o tanque. O Granada estava a apenas alguns metros e, com a luz de um poste próximo incidindo sobre o capô marrom metálico e o para-brisa, podíamos nos ver claramente. Ele estava sozinho no carro, Julie havia entrado para comprar alguma coisa, talvez uma pizza. Então eles iriam para casa e assistiriam a um filme, e essa era a coisa mais comum a se fazer por aqui quando a relação começava a ficar estável. Sair de circulação, como dizem. Ele fingiu que não tinha me visto, isso até eu enganchar o bico da bomba na abertura da tampa do tanque de combustível e ir andando na direção dele. Então, de repente, ele ficou muito ocupado, se ajeitou atrás do volante, jogou o cigarro recém-aceso pela janela, fazendo faíscas dançarem no asfalto sem neve sob a cobertura das bombas, e começou a fechar o vidro da janela. Talvez alguém tenha lhe dito que teve muita sorte por Roy Opgard não estar a fim de brigar no Ano-Novo e lhe contado algumas histórias dos velhos tempos em Årtun. Chegou inclusive a trancar a porta do seu lado.

Me aproximei e bati no vidro com o nó do dedo indicador.

Ele baixou o vidro alguns centímetros.

— Quê?

— Tenho uma sugestão.

— Tem? — disse Alex e olhou para mim como se achasse que o que estava por vir era uma proposta de revanche, o tipo de coisa na qual ele não tinha o menor interesse.

— Julie deve ter contado o que aconteceu antes de você aparecer no Ano-Novo e dito que você me devia desculpas. Mas não é tão fácil para um cara como você. Eu sei porque já fui assim também, e não estou pedindo que faça isso por mim ou por você. Mas é importante para a Julie. Você é o namorado dela e eu sou o único chefe que ela teve que a tratou com dignidade.

Alex ficou boquiaberto, e percebi que o que eu disse fazia sentido para ele.

— Para que pareça verdade, vou terminar de abastecer devagar. E, quando a Julie voltar, você sai do carro e vem andando até mim, e você e eu resolvemos o problema entre nós para que ela veja.

Ele olhou para mim com a boca entreaberta. Eu não fazia a menor ideia de quão inteligente Alex era, mas, quando ele enfim fechou a boca, imaginei que tivesse percebido que isso de fato resolveria algumas pendências. Em primeiro lugar, Julie iria parar de acusá-lo de não ser homem o bastante para ousar pedir desculpas a Roy Opgard. Em segundo lugar, significaria que ele poderia baixar a guarda, sem ficar na expectativa de que eu me vingasse a qualquer momento.

Ele assentiu.

— A gente se vê — eu disse e fui andando para o Volvo. Me escondi atrás da bomba de gasolina para que Julie não me visse quando ela apareceu um minuto depois. Eu a ouvi entrar no carro e bater a porta. Alguns segundos depois, a porta de um carro se abriu. E de súbito Alex estava parado na minha frente.

— Foi mal — disse ele ao estender a mão.

— Acontece — respondi e, ao me virar, vi Julie dentro do carro, de olhos arregalados fixos em nós.

— Mas, Alex...?

— O quê?

— Duas coisas. Número um. Seja gentil com ela. Número dois. Não se joga um cigarro aceso no chão quando estiver estacionado tão perto das bombas de combustível.

Ele engoliu em seco e assentiu com a cabeça novamente.

— Pode deixar que eu pego — disse ele.

— Não. Eu pego depois que vocês forem embora. Tá bom?

— Tá — disse Alex, acrescentando um "obrigado" com os olhos.

Julie acenou alegremente para mim quando passaram.

Entrei no carro e fui embora. Lentamente, o clima mais ameno tornou as estradas ainda mais traiçoeiras. A placa do condado passou. Não olhei pelo retrovisor.

PARTE SETE

61

NA SEGUNDA SEMANA DE janeiro fui convidado para participar de uma reunião empresarial do Hotel na Montanha e Spa Os Ltda., programada para a primeira semana de fevereiro. A agenda era simples e restrita a um único item: *Para onde vamos daqui em diante?*

A questão dava margem a todo tipo de possibilidade. O hotel deveria ser demolido? Ou o melhor seria vendê-lo a terceiros e apenas a sociedade limitada ser encerrada? Ou o projeto deveria continuar com novo cronograma?

A reunião só começaria às sete, e ainda era uma da tarde quando entrei no pátio de Opgard. Um sol branco metálico brilhava num céu sem nuvens, bem mais acima dos picos das montanhas que da última vez que estive em casa. Quando saí do carro, dei de cara com Shannon parada ali, tão linda que chegava a doer.

— Aprendi a usá-los — disse ela segurando com orgulho um par de esquis. Tive que me segurar para não tomá-la nos meus braços. Apenas quatro dias antes tínhamos compartilhado uma cama em Notodden. Eu ainda sentia o seu sabor e o calor da sua pele.

— Ela é boa nisso! — comentou Carl ao sair de casa carregando as minhas botas de esqui. — Vem, vamos fazer um passeio até o hotel.

Pegamos os esquis no celeiro e, depois de instalados, partimos. Percebi que Carl havia exagerado: Shannon conseguiu ficar de pé a maior parte do caminho, mas não era *boa*.

— Acho que foi o surfe que eu praticava quando criança — disse ela, obviamente satisfeita consigo mesma. — Ajuda no equilíbrio e...

Ela deu um grito quando um esqui empinou bem na sua frente e caiu de bunda na neve fresca. Carl e eu gargalhamos e, depois de uma tentativa fracassada de se fazer de ofendida, Shannon também começou a rir. Enquanto a ajudávamos a se levantar, senti a mão de Carl nas costas e um leve beliscão no pescoço. E os seus olhos azuis brilharam para mim. Ele parecia mais bem-disposto que no Natal. Um pouco mais magro, mais ágil, com o branco dos olhos um pouco mais claro e a dicção também mais clara.

— E então? — disse Carl, se apoiando nos bastões de esqui. — Consegue ver?

Tudo o que vi foram os mesmos destroços calcinados do mês anterior.

— Você não consegue ver? O novo hotel?

— Não.

Carl riu.

— Então aguarde quatorze meses. Falei com o meu pessoal e vamos ter tudo pronto dentro de quatorze meses. Daqui a um mês, vamos cortar a fita lá embaixo para marcar o início da nova construção. E vai ser um evento maior que o primeiro. A Anna Falla aceitou o convite para cortar a fita comemorativa.

Assenti. Ela era membro eleito do Storting, líder do Comitê de Negócios e Indústria. Não era pouca coisa.

— E depois uma festa para todo o vilarejo em Årtun, como nos velhos tempos.

— Nada pode ser como nos velhos tempos, Carl.

— Espere e verá. Estou pedindo ao Rod que reúna a antiga banda para uma apresentação.

— Você está de brincadeira! — Achei graça. O Rod? Isso era bem melhor que qualquer um dos membros que o Storting pudesse enviar.

Carl se virou.

— Shannon?

Ela havia subido com dificuldade o morro atrás de nós.

— É *bakglatt*. Eu não parava de escorregar para trás — disse ela ofegante e sorridente. — Ótima palavra norueguesa. Fácil de deslizar para trás, mas para a frente...

— Quer mostrar para o tio Roy como você aprendeu a esquiar morro abaixo? — Carl apontou para uma encosta protegida. A neve fresca cintilava como um tapete de diamantes.

Shannon fez careta para ele.

— Não está nos meus planos entreter vocês dois.

— Imagina que está surfando no Surfer's Point, de volta em casa — disse ele para provocá-la.

Ela se lançou contra ele com o bastão de esqui e quase perdeu o equilíbrio de novo. Carl riu.

— Quer mostrar para ela como esquiar? — perguntou Carl.

— Não — respondi e fechei os olhos, que estavam ardendo, embora eu estivesse de óculos de sol. — Não quero estragar.

— Ele quer dizer que não quer estragar a neve fresca — ouvi Carl dizer para Shannon. — Isso deixava papai maluco. A gente ia até algum declive perfeito com neve em pó intocada, e ele pedia que o Roy descesse primeiro, porque o Roy era o melhor de nós três nos esquis, e ele nunca ia. Dizia que era lindo demais e que não queria estragar com os rastros dos esquis.

— Consigo entender — disse Shannon.

— Mas papai não — continuou Carl. — E ele dizia que, se não estragasse, não ia chegar a lugar nenhum.

Tiramos os esquis, nos sentamos neles e dividimos uma laranja em três.

— Você sabia que a laranjeira vem de Barbados? — perguntou Carl piscando para mim.

— É o que dizem da toranjeira — disse Shannon. — E ninguém sabe se isso é verdade. Mas, por outro lado... — Ela olhou para mim. — São as coisas que não sabemos que tornam uma história verdadeira.

Assim que terminamos de saborear a laranja, Shannon disse que ia voltar antes de nós para não nos atrasar.

Carl e eu ficamos olhando enquanto ela desaparecia morro abaixo.

Então Carl deu um suspiro profundo.

— Essa porcaria de incêndio...

— Descobriram mais alguma coisa sobre como aconteceu?

— Só que foi iniciado por alguém e que um foguete foi colocado lá para que parecesse o motivo. Esse lituano...

— Letão.

— ... não conseguia dizer nem mesmo a marca do carro que tinha visto, então não excluem a possibilidade de ele mesmo ter começado.

— E por que ele faria isso?

— Piromaníaco. Ou então foi pago por alguém. Existem algumas almas invejosas nesse vilarejo que odiavam aquele hotel, Roy.

— Que nos odiavam, você quer dizer.

— Isso também.

Ouvimos um uivo distante. Um cachorro. Alguém afirmou ter visto pegadas de lobo aqui na montanha. E até mesmo rastros de urso. O que não é impossível, apenas bastante improvável. Quase nada é impossível. É apenas questão de tempo, então tudo acontece.

— Eu acredito nele — eu disse.

— No lituano?

— Nem mesmo um piromaníaco gostaria de continuar vivendo no pedaço de terra que ele próprio queimou. E, se ele foi pago para fazer isso, por que complicar as coisas dizendo que viu um carro com uma luz de freio defeituosa descendo do canteiro de obras do hotel? Ele poderia ter dito que já estava pegando fogo quando chegou ou que estava dormindo na cabana, que não sabia nada. E deixar a cargo da polícia descobrir se foi o foguete ou outra coisa.

— Nem todo mundo pensa tão racionalmente quanto você, Roy.

Enfiei na boca outro punhado de fumo.

— Talvez não. Quem odeia você tanto assim a ponto de botar fogo no hotel?

— Vejamos: o Kurt Olsen, porque ainda está convencido de que a gente teve algo a ver com a morte do pai. O Erik Nerell, depois de ter sido humilhado com aqueles *nudes* que fizemos com que ele enviasse para a Shannon. O Simon Nergard, porque ele... porque ele mora em

Nergard, porque você deu uma surra nele e porque ele sempre odiou a gente.

— E quanto ao Dan Krane?

— Não. Ele e a Mari são coproprietários do hotel.

— E está no nome de quem?

— Da Mari.

— Se conheço a Mari, eles devem ter assinado um contrato de copropriedade da casa onde moram

— Com certeza. Mas aí o Dan nunca faria nada para prejudicar a Mari...

— Será? Pensa num marido com uma esposa infiel, e foi com você que ela transou. Um marido enganado que tenha sido ameaçado, censurado e humilhado por querer escrever uma matéria negativa, mas correta, sobre o hotel; que perdeu os amigos em cargos de prestígio e acabou tendo que se misturar com pessoas como eu na festa de *réveillon*. Aquele casamento já estava respirando por aparelhos, e no Ano-Novo ele planejava bater o último prego no caixão da moral do sogro, na principal coluna do seu jornal. Você acha que um homem desses *nunca* faria mal àquele que foi o estopim de todo o seu sofrimento, caso conseguisse nessa mesma matéria denunciar o hotel e acabar com você? Na festa do Stanley, conheci um Dan Krane que tinha sido colocado contra a parede.

— Colocado contra a parede?

— Você faz ideia de como é assustador ter a vida ameaçada por alguém que conhece todos os seus pontos fracos?

— Mais ou menos — disse Carl, olhando para mim de viés.

— Isso corrói a alma, como dizem.

— Pois é — respondeu Carl tranquilamente.

— E o que acontece depois?

— Chega um momento em que a pessoa simplesmente não aguenta mais viver com medo.

— Isso — eu disse. — Não dá a mínima para nada e prefere morrer. Destruir a si mesma ou ao outro. Queimá-lo, matá-lo. Qualquer coisa para se libertar do medo. É isso que significa ser colocado contra a parede, estar com a faca no pescoço.

— Sim — disse Carl. — Essa é a parede. E é melhor estar do outro lado dela, custe o quer custar.

Ficamos sentados em silêncio. Veio do céu um som de batidas apressadas de asas, e uma sombra atravessou a neve. Um tetraz, talvez. Não olhei para cima.

— Ela parece feliz — comentei. — A Shannon.

— É claro — disse Carl. — Ela acha que vai conseguir o hotel do jeito que projetou.

— Ela *acha*?

Carl assentiu. Ele parecia levemente constrangido e o sorriso, aquele sorriso brilhante, havia desaparecido.

— Ainda não contei para ela, mas por algum motivo a notícia de que o hotel não tinha seguro contra incêndio acabou se espalhando, de que era apenas o dinheiro do Willumsen que mantinha o projeto vivo até agora. O Dan Krane deve ser a fonte.

— Cretino!

— As pessoas estão preocupadas com o dinheiro que investiram. Até os membros do conselho estão debatendo em segredo sobre sair enquanto as coisas estão boas. A reunião dessa noite pode ser o começo do fim, Roy.

— O que você planeja fazer?

— Preciso, de alguma forma, mudar o estado de ânimo das pessoas. Mas, depois daquele discurso estrondoso do Aas no enterro do Willumsen e da matéria de Dan e do que ele vem espalhando pelo vilarejo, tenho que confessar que perdi um pouco da confiança em mim mesmo.

— As pessoas daqui conhecem você. E, no fim das contas, isso tem mais valor do que as baboseiras de um jornalista de araque. E todo mundo vai esquecer as palavras do Aas assim que vir que você deu a volta por cima mais uma vez, quando compreender que o homem de Opgard não desiste, nem mesmo depois de ter levado uma surra da vida.

Carl me encarou.

— Você acredita mesmo nisso?

Dei-lhe um soco amigável no ombro.

— Você conhece o ditado. *Everybody loves a comeback kid.* De qualquer forma, o grosso do trabalho pesado e os investimentos mais altos no hotel ficaram para trás, tudo o que falta é o prédio em si. Seria idiotice desistir agora. Você consegue, meu irmão.

Carl pousou a mão no meu ombro.

— Obrigado, Roy. Obrigado por acreditar em mim.

— O problema é fazer com que todos concordem com o projeto original da Shannon. Sem dúvida o conselho exige a presença de trolls e toras de madeira. É preciso fazer com que os investidores sancionem o custo extra dos insumos mais caros e também as soluções que a Shannon quer usar.

Carl se aprumou. Acho que eu lhe injetei um pouco de otimismo.

— A Shannon e eu temos conversado sobre isso. O problema é que, quando a gente apresentou o projeto na primeira reunião de investidores, não havíamos caprichado o bastante no aspecto visual, que acabou tendo uma atmosfera austera e sombria. A Shannon fez alguns desenhos e esboços com uma iluminação completamente diferente usando perspectivas totalmente novas. A maior diferença é que se trata de uma paisagem de verão, não de inverno. Da outra vez todo o concreto se mesclava com a paisagem de inverno monótona e incolor, e o hotel parecia uma extensão do inverno, que é o que as pessoas por aqui detestam, certo? Agora que temos uma paisagem colorida que empresta luz e cor ao concreto, o hotel se destaca contra o fundo, não dá mais aquela impressão de ser um bunker tentando sumir na paisagem.

— *Same shit, new wrapping?* — eu disse.

— E ninguém vai perceber. Prometo para você, eles vão vibrar de tanto entusiasmo. — Ele havia retomado as rédeas da própria vida, e a luz do sol se refletia nos seus dentes brancos.

— Como oferecer contas de vidro a tribos isoladas — acrescentei com um sorriso.

— As pérolas são bastante reais, só que dessa vez vão receber um bom polimento antes de serem oferecidas.

— Isso é honesto o suficiente.

— Honesto o suficiente — disse Carl

— As pessoas fazem o que precisa ser feito.

— Pois é — disse Carl, e voltou a encarar o oeste.

Ouvi quando ele respirou fundo. Se encolheu um pouco. Será que tinha caído do cavalo de novo?

— Mesmo quando sabem que estão muito, muito erradas — continuou Carl.

— Verdade — concordei, embora soubesse que ele estava falando de outra coisa. Os meus olhos seguiram os rastros de Shannon até onde ela havia saído do campo de visão.

— E ainda assim continuam fazendo a mesma coisa — prosseguiu ele lentamente e com a voz renovada e mais clara. — Dia após dia. Noite após noite. Cometendo o mesmo pecado.

Prendi a respiração. É claro que ele poderia muito bem estar falando de papai. Ou sobre ele e Mari. Mas, salvo engano, isso era sobre mim e Shannon.

— Por exemplo... — disse Carl. A sua voz estava tensa e ele engoliu em seco. Me preparei para o pior. — Como quando o Kurt Olsen ficou parado, olhando para Huken à procura do Jaguar. E eu surtei e pensei "lá vamos nós de novo, agora vamos ser desmascarados". Exatamente igual a quando o pai dele ficou no mesmo lugar e olhou para baixo para ver se as rodas do Cadillac estavam furadas.

Não falei nada.

— Mas daquela vez você não estava lá para me impedir. Eu empurrei o Sigmund Olsen, Roy.

A minha boca estava completamente seca, mas ao menos eu tinha voltado a respirar.

— Mas você sempre soube — disse ele.

Mantive o olhar fixo nos rastros de esqui. Movi a minha cabeça ligeiramente. Assenti.

— Então por que nunca me deixou contar para você?

Dei de ombros.

— Você não queria virar cúmplice de um assassinato?

— Você acha que tenho medo disso? — perguntei com um sorriso amarelo.

— O Willumsen e o assassino são um caso diferente — disse Carl. — No meu caso foi um xerife inocente.

— Você deve tê-lo empurrado com força. Ele foi parar bem longe da borda.

— Eu o fiz voar. — Carl fechou os olhos, talvez o brilho do sol estivesse muito forte. Então ele os abriu de novo. — Você já sabia, quando liguei para a oficina, que não tinha sido um acidente. Mas não perguntou. Porque é sempre mais fácil assim. Fingir que a feiura não existe. Como quando papai entrava no nosso quarto à noite e...

— Cala a boca!

Carl se calou. Batidas apressadas de asas. Parecia o mesmo pássaro voltando.

— Não quero saber, Carl. Eu queria acreditar que você era mais humano que eu, que não seria capaz de matar a sangue-frio. Mas você ainda é o meu irmão. E, quando o empurrou, talvez tenha me poupado de ser acusado do assassinato de mamãe e papai.

Carl fez careta. Recolocou os óculos de sol e atirou a casca da laranja na neve.

— *Everybody loves a comeback kid.* As pessoas dizem isso ou é só uma coisa que você acabou de inventar?

Não respondi. Em vez disso olhei para o meu relógio.

— Estão tendo problemas com o inventário do estoque do posto de gasolina e perguntaram se eu poderia ajudar. Vejo você em Årtun às sete.

— Mas você vai passar a noite com a gente?

— Obrigado, mas vou direto para casa depois da reunião. Tenho que estar no trabalho amanhã de manhã bem cedo.

Embora apenas os investidores tenham direito a voto, a reunião de Årtun foi anunciada como aberta a todos. Eu havia chegado cedo. Peguei uma cadeira na última fila e fiquei observando enquanto o salão lotava aos poucos. Contudo, enquanto o primeiro encontro dezoito meses antes tinha sido marcado por uma atmosfera de confiante expectativa, o humor dessa vez era muito diferente. Sombrio e sério. Um clima pesado, como dizem. Todos estavam presentes quando a reunião começou. Na primeira fila, Jo e Mari Aas se sentavam ao lado de Voss Gilbert. Algumas fileiras atrás, Stanley se acomodou ao lado de Dan Krane. Grete Smitt estava sentada ao lado de Simon Nergard e ficava se inclinando para ele e sussurrando algo no seu ouvido. Só Deus sabe quando os dois se tornaram tão íntimos. Anton Moe estava lá com a esposa. Assim como Julie e Alex. Markus havia tirado folga do posto de gasolina, e pude vê-lo trocar olhares com Rita Willumsen sentada duas fileiras atrás. Erik Nerell e a esposa estavam ao lado de Kurt Olsen, mas, quando Erik tentou começar uma conversa, ficou óbvio que Kurt não estava com a menor disposição, e Erik provavelmente se arrependeu de ter escolhido aquele lugar, e agora mal conseguia se levantar ou se mexer.

Pontualmente às sete horas, Carl apareceu no palco. A sala ficou em silêncio. Carl ergueu os olhos. Não gostei do que vi. Justo agora, quando era importantíssimo que ele desse o melhor de si para virar a maré negativa, abrir as águas como Moisés, ele parecia esmagado pela gravidade da ocasião. Parecia cansado antes mesmo de começar.

— Queridos moradores de Os — começou. A voz soava fraca e o olhar saltava de um ponto ao outro como se buscasse contato visual, mas fosse rejeitado por todos. — Somos um povo da montanha. Vivemos num lugar onde a vida tem sido tradicionalmente difícil, onde aprendemos a nos defender sozinhos.

Acho que foi uma forma bem incomum de abrir uma reunião de investidores, mas a maioria das pessoas na sala provavelmente não sabia muito mais que eu sobre as práticas e os rituais de assembleias de investidores.

— Portanto, para sobrevivermos tivemos que adotar a mesma máxima que o meu pai ensinou ao meu irmão e a mim. Faça o que tiver que ser feito. — O seu olhar encontrou o meu. E enfim se deteve. Ainda tinha o ar atormentado, mas deu um leve sorriso. — É isso que fazemos. Todos os dias, o tempo todo. Não porque podemos, mas porque precisamos. Então, toda vez que encaramos uma adversidade, toda vez que um rebanho vaga e cai do topo de um penhasco, que uma safra congela ou que a aldeia é isolada por um deslizamento de terra, abrimos um caminho de volta ao mundo. E, quando o trajeto da rodovia principal é alterado e não há mais uma *entrada* para o mundo lá fora, abrimos outra. Construímos um hotel na montanha. — A voz soava um pouco mais viva agora e, quase imperceptivelmente, ele se endireitou. — E, quando o hotel pega fogo e sobram apenas escombros, olhamos para a cena de destruição e nos desesperamos... — ele ergueu o dedo indicador e falou mais alto — ... por um único dia.

O seu olhar se afastou de mim e foi à caça de outros lugares, de outros convites para aceitar.

— Quando organizamos os nossos planos e as coisas não saem como o esperado, fazemos o que tem que ser feito. Partimos para outra. Por isso as coisas não são exatamente como imaginávamos que seriam. Mas tudo bem. Então, vamos imaginar outra coisa. — De novo o seu olhar encontrou o meu. — Para pessoas da montanha como nós, não há lugar para sentimentalismos bobos, nem a opção de olhar para trás. Como o nosso pai dizia: *"Kill your darlings and babies."* Vamos olhar para a frente, meus amigos. Todos juntos.

Carl fez uma longa e deliberada pausa. Será que vi errado ou Jo Aas tinha acabado de acenar com a cabeça? Sim, ele assentiu. Era como se aquele fosse o sinal verde para Carl seguir adiante.

— Porque *estamos* juntos, quer gostemos ou não. Como uma família, você, eu, todos nós aqui essa noite estamos juntos numa união memorável da qual não se pode sair. Nós, o povo da montanha de Os, tombaremos juntos. Ou nos ergueremos juntos.

O clima mudou. Lentamente, mas dava para sentir. A atmosfera pesada se foi. Ainda havia certo ceticismo negativo, é claro. E, como era de esperar, uma exigência ainda não verbalizada para que Carl desse respostas a determinadas questões primordiais. Mas eles gostavam do que ouviam. Tanto do que ele disse quanto da forma como disse. E compreendi que a hesitação na abertura da apresentação tinha sido proposital, que ele havia registrado tudo o que eu havia lhe dito. *Everybody loves a comeback kid.*

Mas então, justamente quando pareceu que ele tinha fisgado a atenção da plateia, Carl deu um passo para trás, ergueu os braços e mostrou a palma das mãos.

— Não posso garantir nada. O futuro é muito incerto, e os meus dons de profecia, muito fracos. A única coisa que *posso* garantir é que, como indivíduos, estamos condenados ao fracasso. Somos como ovelhas que se desgarraram do rebanho e que vão servir de alimento ou morrer congeladas. Mas juntos, e somente juntos, teremos pelo menos a *possibilidade* única de sair da enrascada em que inegavelmente estamos por causa do incêndio.

Imóvel na penumbra do fundo do palco, ele fez mais uma pausa. Só me restava admirá-lo. A última frase tinha sido uma obra-prima da retórica que fez três coisas. Um: admitiu com toda a honestidade que foi um revés, mas colocou toda a culpa no fogo. Dois: por uma espécie de moralismo, pregou a solidariedade, enquanto transferia a responsabilidade de tomar uma atitude a respeito da situação para todos que estavam sentados à sua frente. Três: foi cauteloso ao salientar que um hotel recém-construído não era uma solução garantida, mas apenas uma *possibilidade*, ao mesmo tempo que sugeria que o hotel era singular na sua categoria e, portanto, especial.

— Mas, se agirmos corretamente, então faremos mais do que apenas sair de uma enrascada — disse Carl, ainda da semiescuridão.

Tenho certeza de que um dos motivos para ele ter chegado a Årtun com alguma antecedência foi para cuidar da iluminação. Porque, quando ele mais uma vez avançou para a luz que incidia sobre o pódio, o efeito visual foi tão impressionante quanto as palavras. Aquele homem com aparência cansada e preocupada ao subir ao palco foi subitamente transformado num obstinado demagogo.

— Faremos o vilarejo de Os florescer — gritou ele. — E faremos isso construindo um hotel sem espaço para concessões, e com isso quero dizer sem esses itens caros como trolls e madeira, porque acreditamos que o homem moderno em busca de uma experiência autêntica vai se sentir entrando no universo de um conto popular norueguês no instante em que sair dos limites da cidade. A montanha é o que eles querem, e quanto a isso também não faremos concessões. Então vamos construir um hotel que se submeta ao natural, que se adapte a ele, que obedeça às regras inexoráveis da própria montanha. O concreto é o material que mais se aproxima do conglomerado de rochas da própria montanha. Vamos construí-lo assim, não apenas por ser mais barato, mas pela beleza do concreto.

Ele olhou para os espectadores como se os desafiasse, incitando-os a reclamar. Mas o silêncio foi completo.

— Concreto, esse concreto, o *nosso* concreto — quase cantou ele no ritmo de um cântico hipnotizante de um pastor salvacionista, ao mesmo tempo que, na mesma cadência, batia com o indicador no notebook sobre o púlpito — é como nós. É simples, pode resistir às tempestades do outono e do inverno, desafiar avalanches, raios e trovões, condições meteorológicas extremas, furacões e fogos de artifício da virada do ano. Em suma, é um material que, como nós, sobrevive. E porque é como nós, meus amigos, isso o torna bonito!

Essa foi obviamente a *deixa* para o encarregado do projetor, pois naquele instante começou a vir música dos alto-falantes. E o hotel — o mesmo hotel que eu tinha visto nos primeiros desenhos de Shannon — apareceu na tela iluminada. Florestas verdes. Luz do sol. Um riacho. Crianças brincando, pessoas caminhando em roupas de verão. E agora o hotel não parecia nem um pouco estéril, mas uma tela em branco, sólida e tranquila para a vida que se desenhava ao redor, algo permanente, como a própria montanha. E era simplesmente tão fantástico quanto Carl o havia descrito.

Pude ver que ele estava prendendo a respiração. Droga, eu também. E então a sala explodiu.

Carl se aproveitou ao máximo da situação e deixou os aplausos ressoarem. Avançou até o púlpito e pediu silêncio ao erguer as mãos.

— E já que vocês evidentemente aprovaram, que tal uma salva de palmas para a arquiteta, Shannon Alleyne Opgard?

Ela emergiu da coxia, ficou sob os holofotes, e mais uma vez a sala explodiu.

Ela parou depois de alguns passos, sorriu, acenou para nós, riu alegremente e permaneceu lá apenas o tempo suficiente para nos informar ter apreciado as palmas, mas que não desejava distrair a atenção deles do verdadeiro herói do vilarejo.

Depois que ela se foi e os aplausos morreram, Carl pigarreou e agarrou as laterais do púlpito.

— Obrigado, amigos. Obrigado. Mas esse encontro é mais que o projeto arquitetônico do hotel. Trata-se também dos acontecimentos futuros: do cronograma, das finanças, da contabilidade e da eleição dos representantes dos proprietários.

Naquele instante ele os tinha na palma da mão

Ia avisar a todos que o trabalho de ressurreição do hotel começaria em dois meses, em abril, que levaria apenas quatorze meses e que o custo aumentaria apenas em cerca de vinte por cento. E que haviam feito um novo acordo com o operador sueco que administraria o hotel.

Dezesseis meses.

Daqui a dezesseis meses, Shannon e eu estaríamos fora dali.

Shannon enviou uma mensagem dizendo que não iria a Notodden conforme o combinado e que, de agora até o reinício das obras em abril, ela, como líder do projeto, teria que dedicar toda a atenção a ele.

Concordei.

Sofri.

Contei os dias.

Em meados de março, com a chuva castigando Søm e a ponte Varodd na escuridão do anoitecer lá fora, a campainha tocou. E lá estava ela. A chuva escorria do seu cabelo ruivo emplastrado no couro cabeludo. Desconcertado, pisquei. Pareciam riscos de ferrugem ou sangue escorrendo pela pele branca do pescoço. Ela carregava uma bolsa. E havia nos seus olhos um misto de desespero e determinação.

— Posso entrar?

Cheguei para o lado.

Só no dia seguinte vim a descobrir por que ela estava aqui.

Para me contar as novidades.

E me pedir que matasse de novo.

62

O SOL TINHA ACABADO de nascer, a terra ainda estava úmida da chuva da noite anterior, e o canto dos pássaros era ensurdecedor enquanto Shannon e eu andávamos de braços dados pelo bosque.

— São aves migratórias — eu disse. — Elas voltam mais cedo aqui no sul do país.

— Parecem felizes — comentou Shannon, então encostou a cabeça no meu braço. — Provavelmente estão ansiosas para voltar para casa. Quais eram mesmo os pássaros de cada um de nós?

— Papai era a cotovia-da-montanha; mamãe, o chasco. Tio Bernard era o pardal. Carl era...

— Não diz! O peruinho-do-campo.

— Correto.

— Eu sou o borrelho. E você é o melro-de-peito-branco.

Assenti.

Mal tínhamos nos falado naquela noite.

— A gente pode conversar sobre isso amanhã? — havia perguntado Shannon depois de eu abrir a porta para ela e a ajudar a tirar o casaco molhado enquanto disparava uma pergunta atrás da outra. — Preciso dormir — dissera, envolvendo a minha cintura com os braços e pressionando o queixo contra o meu peito, e eu sentira a minha camisa ficar encharcada. — Mas primeiro preciso de você.

Tive que me levantar cedo, porque estávamos aguardando uma grande entrega de mercadorias no posto de gasolina pela manhã e eu precisava estar presente. Durante o café da manhã, ela também não tinha dito nada sobre o motivo de ter vindo, e eu também não havia perguntado. Era como se, assim que eu soubesse o porquê, tudo fosse mudar. Então agora fechamos os olhos e aproveitamos o breve tempo que tínhamos, a queda livre antes de atingir o chão.

Falei para ela que eu tinha que ficar no posto pelo menos até o almoço para conseguir alguém que me cobrisse, mas que, se ela fosse comigo, poderíamos dar um passeio depois da entrega. Ela concordou. Ao chegarmos, ela ficou esperando no carro enquanto eu verificava e liberava todos os pallets.

Depois fomos andando para o norte. Atrás de nós ficava a rodovia com o seu sistema de rotas de entrada e saída de veículos semelhante aos anéis de Saturno, à nossa frente o bosque que nesse início de março já exibia toques de verde. Descobrimos uma trilha que conduzia ao interior do bosque. Perguntei se em Os o inverno ainda era rigoroso.

— Ainda é inverno em Opgard — disse. — Mas no vilarejo já houve duas primaveras de mentira.

Dei risada e beijei o seu cabelo. Tínhamos chegado a uma cerca alta que impedia qualquer avanço e nos sentamos numa grande pedra à margem da trilha.

— E o hotel? — perguntei, dando uma olhada no relógio. — Como está indo?

— O início oficial das obras vai ser daqui a duas semanas conforme planejado. Então está indo bem. De certa forma.

— Certo. Então me diz o que *não* está indo bem.

Ela endireitou as costas.

— Esse é um dos assuntos que vim falar com você. Surgiu um problema inesperado. Os engenheiros descobriram uma área frágil no solo da montanha.

— Descobriram? Mas o Carl sabe que a montanha é instável, essa é a razão dos deslizamentos de rochas em Huken, e foi por isso que o túnel da rodovia não foi construído décadas atrás. — Eu conseguia ouvir a minha própria irritação, talvez por pensar que ela havia se dado ao trabalho de dirigir até Kristiansand não por minha causa, mas por causa do seu hotel.

— O Carl não contou nada a ninguém sobre a instabilidade da rocha — disse ela. — Porque, como você bem sabe, ele prefere suprimir qualquer coisa que acha que pode ser um problema.

— E...? — perguntei com impaciência.

— Dá para dar um jeito, mas vai precisar de mais dinheiro, e o Carl disse que não temos, então sugeriu que ficássemos calados sobre isso, que levaria pelo menos vinte anos antes que o prédio começasse a ficar um pouco torto. Claro, eu não aceitaria isso e dei uma verificada na situação financeira por conta própria para ver se havia espaço para pedir mais dinheiro ao banco. Eles me disseram que para isso precisariam de mais garantias, e, quando eu disse que conversaria com você e com o Carl para ver se estavam dispostos a oferecer em garantia ao banco todas as terras ao redor de Opgard, eles me disseram... — ela fez uma pausa e engoliu em seco antes de continuar — ... disseram que, de acordo com o registro de imóveis, todas as terras em torno de Opgard foram dadas em garantia para o Willumsen. E que, além disso, Carl Opgard era o único proprietário registrado depois que comprou a sua parte no outono.

Encarei-a. Tive que pigarrear para recuperar a voz.

— Mas isso não está certo. Deve haver algum engano.

— Foi o que eu disse também. Então me mostraram uma via impressa do registro de propriedade com as assinaturas de Carl e a sua. — Ela ergueu o celular para mim. E lá estava. A minha assinatura. Quero dizer, algo que *parecia* a minha assinatura. Era tão igual que só uma pessoa poderia fazê-la, a pessoa que aprendeu a copiar a caligrafia do irmão para usar nas redações na escola.

Algo me ocorreu. Algo que Carl tinha dito ao capanga quando os dois estavam sentados na cozinha. "O Willumsen tem garantias." E a resposta do assassino: "Que ele diz não valerem muito sem um hotel." Willumsen, que normalmente acreditava na palavra de um homem, não confiou em Carl e exigiu a terra como garantia.

— Sabe como papai chamava aquela nossa pequena e miserável fazenda?

— Como?

— O reino. Opgard é o nosso reino, ele sempre dizia isso. Como se estivesse preocupado que Carl e eu não levávamos a sério o fato de sermos donos de terras.

Shannon não disse nada.

Pigarreei.

— Carl falsificou a minha assinatura. Ele sabe que eu teria recusado usar as nossas terras como garantia de um empréstimo do Willumsen, então ele transferiu a propriedade para si mesmo em segredo.

— E agora o Carl é dono de toda a terra.

— No papel, sim. Vou recuperá-la.

— Tem certeza? Ele teve tempo o bastante para devolver discretamente depois que o Willumsen cancelou a dívida. Por que ele não fez isso antes?

— Deve ter andado muito ocupado.

— Acorda, Roy. Ou será que eu conheço o seu irmão melhor que você? Enquanto o nome dele estiver no registro de propriedade, ele é o dono da terra. Estamos falando de alguém que não hesitou em enganar o sócio e amigos no Canadá e depois fugir. Quando estive em Toronto no verão, descobri um pouco mais sobre o que aconteceu naquela época. Conversei com um dos sócios dele que também era meu amigo. Ele me contou que o Carl o ameaçou de morte quando ele disse que diria aos investidores o tamanho das perdas no projeto para que pudesse ser interrompido antes que perdessem ainda mais.

— O Carl tem muita lábia.

— Ele foi visitar esse amigo nosso quando estava sozinho em casa. O Carl apontou uma arma para ele, Roy. Disse que o mataria e mataria a família dele se não ficasse de boca fechada.

— Ele entrou em pânico.

— E o que você acha que ele está fazendo agora?

— O Carl não rouba de mim, Shannon. Eu sou irmão dele. — Senti a mão dela no meu braço, quis afastá-la, mas desisti. — E ele não mata pessoas — eu disse e ouvi a minha voz tremer. — Não assim. Não por causa de dinheiro.

— Talvez não — disse ela. — Não por causa de dinheiro.

— O que você quer dizer com isso?

— Ele não vai me deixar ir embora. Pelo menos não agora.

— Não agora? O que tem de diferente agora?

Ela me olhou nos olhos. Ouvimos um gemido nas árvores atrás de nós. Então ela me abraçou.

— Eu queria nunca ter conhecido o Carl — sussurrou no meu ouvido. — Mas aí não teria conhecido você, então não sei... Mas a gente precisa de um milagre. A gente precisa de uma intervenção divina, Roy.

Ela apoiou o queixo no meu ombro e ficamos olhando para direções opostas: ela para o bosque escuro através da cerca, eu para a clareira e para a rodovia que conduzia para fora, para longe, para outros lugares.

Ouvimos outro gemido, uma sombra caiu sobre nós e o coro do canto dos pássaros parou abruptamente, como se um maestro tivesse erguido a batuta.

— Roy... — sussurrou Shannon. Ela ergueu o queixo do meu ombro.

Olhei para ela e vi que estava olhando para cima, com um olho bem aberto e o outro quase fechado. Me virei e vi quatro patas logo atrás da cerca. Fui subindo os olhos. Subindo mais um pouco. E finalmente havia um corpo e, acima do corpo, um pescoço que continuava subindo, paralelo aos troncos das árvores.

Uma coisa maravilhosa de se ver: uma girafa.

Mastigando e nos olhando sem interesse. Os cílios como Malcolm McDowell em *Laranja mecânica*.

— Esqueci de dizer que isso aqui é um zoológico — eu disse.

— Pois é — disse Shannon enquanto os lábios e a língua da girafa puxavam um dos galhos finos e desfolhados, abrindo um vão para a luz do sol brilhar no rosto de Shannon, voltado para cima. — Eles se esqueceram de dizer para a gente que isso aqui é um zoológico.

Depois da caminhada pelo bosque, Shannon e eu voltamos para o posto.

Eu disse que ela poderia levar o Volvo e que ligaria para ela quando terminasse para que viesse me buscar. Eu tinha contas para analisar, mas não conseguia me concentrar. Carl havia me traído, me enganado, subtraído o meu direito de nascença e o vendido pelo lance mais alto. Ele abriu espaço para eu me tornar um assassino, deixou que eu matasse Willumsen para salvar a própria pele. Como sempre. E não disse nada sobre como havia me traído. Sim, *ele* havia *me* traído.

Eu estava com tanta raiva que o meu corpo inteiro tremia sem parar. Acabei tendo que ir ao banheiro para vomitar. Depois fiquei sentado lá dentro chorando e torcendo para que ninguém escutasse.

O que eu devia fazer, caralho?

Os meus olhos pousaram no cartaz diante de mim, igual àquele que eu tinha feito para o banheiro dos funcionários do posto de gasolina em Os. FAÇA O QUE TEM QUE SER FEITO. TUDO DEPENDE DE VOCÊ. FAÇA AGORA.

Acho que tomei a decisão naquele instante. Disso eu tenho certeza. Mas é claro que poderia ter sido mais tarde naquele mesmo dia, à noite, quando ouvi a outra coisa que Shannon tinha vindo a Kristiansand me contar.

63

Me sentei em silêncio à mesa da cozinha que Shannon e eu havíamos carregado para a sala.

Ela havia ido ao mercado e preparou um *cou*, que explicou ser o prato nacional de Barbados feito com fubá, bananas, tomates, cebolas e pimentões. Embora tenha usado bacalhau no lugar de peixe-voador, ficou satisfeita por ter encontrado quiabo e fruta-pão.

— Algo errado? — perguntou Shannon.

Balancei a cabeça.

— Parece delicioso.

— Finalmente mercados com pelo menos um pouquinho de variedade — disse ela. — Vocês têm o padrão de vida mais alto no mundo, mas comem como se fossem pobres.

— Verdade.

— E acho que o motivo para todos vocês comerem tão rápido é que não estão acostumados a pratos que tenham gosto.

— Concordo. — Servi o vinho branco que Pia Syse e a sede me enviaram duas semanas atrás, quando ficou claro que o posto ocuparia o terceiro lugar na lista de classificação. Coloquei a garrafa na mesa, mas não toquei na taça.

— Você ainda está pensando no Carl — disse ela.

— Estou.

— Está se perguntando como ele pôde traí-lo assim?

Meneei a cabeça.

— Estou me perguntando como *eu* pude traí-lo assim.

Ela suspirou.

— Você não pode decidir por quem se apaixona, Roy. Você disse que o povo da montanha se apaixona sempre levando em conta a praticidade, mas agora viu que não é bem assim.

— Talvez não — eu disse. — Mas pode não ser tão aleatório, afinal de contas.

— Não?

— O Stanley me falou de um francês, de quem não lembro o nome, que acredita que desejamos as coisas que outras pessoas desejam. Que imitamos.

— Desejo mimético — disse Shannon. — René Girard.

— Isso mesmo.

— Ele acredita que é uma ilusão romântica que uma pessoa possa seguir o coração e os próprios desejos, porque, além de satisfazer as nossas necessidades mais básicas, não temos desejos próprios. Desejamos o que vemos os outros ao nosso redor desejar. Como cães que não se interessam por um osso de brinquedo até que de repente *têm* que tê-lo quando veem outro cão o desejando.

Assenti.

— É como quando se sente um forte desejo de possuir o próprio posto de gasolina, quando se sabe que outras pessoas também querem possuí-lo.

— E os arquitetos que *têm* que ganhar da concorrência quando sabem que estão competindo com os melhores.

— E o irmão feio e burro que tem que ter a mulher do irmão bonito e inteligente.

Shannon cutucou a comida à sua frente.

— Você está dizendo que, na verdade, os seus sentimentos têm mais a ver com o Carl do que comigo?

— Não, não estou dizendo nada. Porque não sei nada. Talvez a gente seja um enigma tanto para si mesmo quanto para os outros.

Shannon encostou a ponta dos dedos na taça de vinho.

— Não é triste só conseguir amar o que os outros amam?

— Tio Bernard dizia que muita coisa parece triste se for analisada por tempo demais e muito de perto — eu disse. — Que é preciso ser cego de um olho.

— Talvez.

— Vamos tentar ser cegos? — eu disse. — Por uma noite, pelo menos.

— Vamos — respondeu ela dando um sorriso forçado.

Ergui a minha taça. Ela ergueu a dela.

— Eu te amo — sussurrei.

Ela abriu um sorriso, os seus olhos brilhavam como o lago Budal num dia calmo de verão, e por um instante consegui esquecer todo o resto e desejei apenas que pudéssemos ter essa noite para então deixar a bomba nuclear cair. Sim, eu *queria* que uma bomba nuclear caísse. Porque eu já tinha me decidido, ou ao menos acho que me lembro de já ter me decidido. E uma bomba nuclear teria sido melhor.

Quando coloquei a taça na mesa, vi que Shannon não tinha sequer tocado na dela.

Ela se levantou, se inclinou por cima da mesa e soprou as velas.

— O tempo é curto — disse ela. — Curto demais para não estar deitada nua ao seu lado.

Faltavam oito minutos para as quatro quando Shannon novamente desabou em cima de mim. O seu suor se misturou ao meu, tínhamos o mesmo cheiro e o mesmo sabor. Ergui a cabeça para olhar o relógio na mesa de cabeceira.

— Temos três horas — disse Shannon.

Caí de volta no travesseiro e tateei ao redor do relógio até achar a caixa de fumo.

— Eu te amo — disse ela. Shannon dizia isso sempre que acordava, antes de fazermos amor de novo. E antes de voltar a dormir.

— Eu te amo, borrelho — eu disse no mesmo tom que ela usou. Era como se o significado profundo dessas palavras nos fosse agora tão familiar que não precisávamos adicionar emoção, significado nem convicção a elas, bastava verbalizá-las, entoá-las como um mantra, um credo que sabíamos de cor e salteado.

— Eu chorei hoje — eu disse, colocando um punhado de fumo sob o meu lábio.

— Deve ser algo que você não faz com frequência — comentou Shannon.

— Não.

— Por que você chorou?

— Você sabe por quê. Por tudo.

— Sim, mas o que exatamente? E por que hoje?

Pensei a respeito.

— Chorei pelo que perdi hoje.

— As terras da família — disse ela.

Dei uma breve risada.

— Não, não a fazenda.

— A mim?

— Eu nunca tive você — eu disse. — Chorei por causa do Carl. Hoje perdi o meu irmão mais novo.

— Ah, claro — sussurrou Shannon. — Desculpa. Desculpa a minha burrice.

Então ela apoiou a mão no meu peito. Senti que era um toque diferente daquele aparentemente inocente que nós dois sabíamos se tratar de um prelúdio para uma nova sessão de amor. E tive uma premonição quando a sua mão me tocou. Foi quase como se ela estivesse tentando segurar o meu coração. Ou não, não segurar, mas *sentir*. Ela estava tentando sentir as batidas do meu coração e qual seria a reação quando dissesse o que estava prestes a dizer.

— Hoje mais cedo eu disse que o hotel era só uma das coisas que eu tinha vindo aqui contar.

Ela respirou fundo, e eu prendi a respiração.

— Estou grávida.

Eu ainda prendia a respiração.

— Você me engravidou. Notodden.

Embora essas palavras contivessem respostas para todas as dúvidas que eu teria levantado sobre o que aconteceu, uma avalanche de pensamentos invadiu a minha mente, e cada um deles tinha um ponto de interrogação no final.

— E a endometriose... — comecei.

— A endometriose dificulta engravidar, mas não descarta a possibilidade — explicou ela. — Fiz um teste de gravidez e na hora não acreditei, mas agora fui ao médico e tive a confirmação.

Voltei a respirar. Encarei o teto.

Shannon se aconchegou a mim.

— Pensei em interromper, mas não posso, não quero. Talvez essa seja a única vez na minha vida em que todos os planetas se alinharam de forma a permitir que esse corpo engravidasse. Mas eu te amo, e a criança é tanto sua quanto minha. O que você quer?

Fiquei ali em silêncio, respirando na escuridão e me perguntando se o meu coração tinha dado à mão de Shannon no meu peito as respostas que ele queria.

— Quero que você tenha o que quiser — eu disse.

— Você está com medo? — indagou ela.

— Estou.

— Você está feliz?

Será que estava?

— Estou.

Eu poderia dizer pela sua respiração que ela estava prestes a chorar de novo.

— Mas você está muito confuso e quer saber o que devemos fazer agora, é claro — disse ela. A voz tremia e ela falou rápido para conseguir terminar antes de começar a chorar. — E não sei o que responder, Roy. Tenho que ficar em Os até o hotel estar de pé. Talvez você considere essa criança mais importante que um prédio, mas...

— Shhhh — eu disse e acariciei os seus lábios macios com o dedo.

— Eu sei. E você está enganada. Não estou confuso. Sei exatamente o que tenho que fazer.

Na escuridão, vi o branco dos seus olhos quase acenderem e apagarem quando ela piscou.

FAÇA O QUE TEM QUE SER FEITO, pensei. TUDO DEPENDE DE VOCÊ. FAÇA AGORA.

Como disse, não tenho certeza se já havia tomado a decisão lá no banheiro dos funcionários ou se tomei mais tarde, na cama com Shannon, depois que ela me disse que estava carregando o meu filho. Mas talvez nada disso importe muito, talvez seja só uma tecnicalidade, como dizem.

Seja como for, me inclinei para perto do ouvido de Shannon e sussurrei o que tinha que ser feito.

Ela assentiu.

Passei o resto daquela noite acordado.

As obras seriam retomadas dali a quatorze dias, o convite anunciando Rod em Årtun depois da cerimônia de reinício estava fixado em cima da bancada da cozinha.

Eu já estava contando as horas.

Eu sofria.

A enorme besta preta se movia indolente, quase relutante, o rangido do cascalho sob os pneus. Nas nadadeiras se projetando na parte de trás, duas luzes longas, finas e vermelhas se acenderam. Um Cadillac DeVille. O sol havia se posto, mas atrás da curva um debrum alaranjado emoldurava Ottertind. E uma fenda de duzentos metros de profundidade na montanha parecia ter sido aberta a golpes de machado.

— Você e eu, Roy, somos tudo o que temos — era o que Carl costumava dizer. — Todos os outros que achamos que amamos, aqueles que achamos que nos amam, são miragens no deserto. Mas você e eu somos um. Somos irmãos. Dois irmãos no deserto. Se um desiste, o outro desiste também.

Sim. E a morte não nos separa. Ela nos aproxima.

A besta corria mais rápido agora. A caminho daquele inferno para o qual estamos todos destinados, todos nós com alma de assassino.

64

O RECOMEÇO DAS OBRAS do projeto só aconteceria depois das sete da noite.

Mesmo assim, deixei Kristiansand ao raiar do dia, e o raio de sol da manhã cintilou na placa de sinalização do condado quando entrei em Os.

Com exceção dos restos de neve encardida deixados pelas pás dos veículos limpa-neve depois do serviço, a neve havia sumido. O gelo que cobria o lago Budal parecia opaco, como sorvete. Aqui e ali dava para se ver a superfície da água.

Liguei para Carl uns dias antes e avisei que estava indo, mas que passaria os dias ocupado até a inauguração porque o posto de Os havia sido obrigado a mostrar os livros de registro da empresa dos últimos cinco anos. Verificações pontuais, coisas de rotina, eu menti, só ia ajudá-los a repassar os números dos meus anos na chefia. Eu não sabia quanto tempo ia levar: algumas horas ou alguns dias, mas se necessário eu dormiria na oficina. Carl respondeu que tudo bem, que de qualquer maneira ele e Shannon estariam ocupados preparando as coisas para a cerimônia de inauguração e a festa em Årtun na sequência.

— Mas tem uma coisa que eu queria falar com você — disse ele.

— Posso ir ao seu encontro no posto se for mais fácil.

— Vou avisar se houver um tempo livre e a gente pode tomar uma cerveja no Fritt Fall — eu disse.

— Café — disse ele. — Parei com o álcool. A minha promessa de Ano-Novo era me tornar entediante, e, de acordo com Shannon, até agora estou me saindo bem.

Ele parecia de bom humor. Rindo e brincando. Um homem que deixava o pior de si para trás.

O oposto de mim.

Estacionei o carro em frente à oficina e ergui os olhos para Opgard. À luz oblíqua do sol da manhã, a montanha parecia pintada de dourado. As encostas rochosas estavam nuas, mas ainda havia neve nas áreas com sombra.

A caminho do posto, vi lixo na área das bombas. E, é claro, Egil estava atrás da caixa registradora. Ele estava atendendo um cliente e demorei alguns segundos para reconhecer a quem pertenciam as costas encurvadas. Moe. O telhador. Parei na porta. Egil, que até então não havia notado a minha presença, estendeu a mão para a prateleira atrás do balcão. A prateleira onde estavam as pílulas do dia seguinte EllaOne. Prendi a respiração.

— Mais alguma coisa? — perguntou Egil, colocando uma caixa de remédio na frente de Moe.

— Não, obrigado. — Moe pagou, se virou e veio andando na minha direção. Dei uma boa olhada na caixa que ele carregava.

Paracetamol.

— Roy Opgard — disse ele e parou na minha frente com um sorriso largo. — Que Deus te abençoe.

Eu não sabia o que dizer. Fiquei de olho nas suas mãos enquanto ele colocava a caixa de comprimidos para dor de cabeça no bolso do casaco. Consigo ler a linguagem corporal de pessoas com intenção de brigar, e a de Moe não falava essa língua agora. A minha primeira reação quando ele pegou a minha mão foi a de me afastar; talvez tenha sido a sua calma e o brilho doentio e suave dos seus olhos que me convenceram a ficar onde estava. De forma quase cuidadosa, ele apertou a minha mão entre as suas.

— Graças a você, Roy Opgard, estou de volta ao rebanho.

— Ah, é? — foi tudo o que consegui dizer.

— Eu era um prisioneiro do diabo, mas você me libertou. Eu e a minha família. A surra que você me deu afastou os demônios de mim, Roy Opgard.

Me virei e o acompanhei com os olhos. Tio Bernard dizia que às vezes, quando não há solução para um problema mecânico, o melhor a fazer é pegar um martelo, bater o mais forte que puder e o problema estaria resolvido. Às vezes. Talvez tenha sido isso o que aconteceu.

Moe entrou na sua picape Nissan Datsun e foi embora.

— Chefe — chamou Egil atrás de mim —, você está de volta?

— É o que parece — eu disse e me virei para ele. — Como vão as vendas de salsichas?

Demorou um pouco para ele desconfiar que talvez eu estivesse apenas brincando, então riu meio envergonhado.

Na oficina abri a bolsa que tinha trazido de Kristiansand. Ela continha certas peças de automóveis obtidas durante mais de uma semana de buscas em ferros-velhos, desmanches e cemitérios de veículos. A maioria desses lugares ficava numa área pouco povoada a oeste da cidade, onde há pelo menos cem anos adoravam tudo o que fosse estadunidense — sobretudo carros — com tanto fervor quanto a Jesus nas suas igrejas e nos seus templos.

— Essas peças não estão boas — disse o último ferro-velho, enquanto eu examinava as mangueiras de freio podres e o cabo do acelerador desgastado que eu havia desparafusado de duas das suas carcaças, um Chevy El Camino e um Cadillac Eldorado. Atrás dele estava pendurado um retrato meio brega de um sujeito de cabelos compridos segurando um cajado de pastor cercado por um monte de ovelhas.

— Então posso levar por um preço bem em conta — eu disse.

Ele fechou um olho e me deu um preço que me fez entender que também existem Willumsens em outros lugares além de Os. O meu consolo foi acreditar que a maior parte do dinheiro iria para caridade, entreguei-lhe uma nota de cem e confirmei que não precisava de recibo.

Peguei o cabo do acelerador e o examinei. Não era de um Cadillac DeVille, mas era parecido o bastante, então serviria. E com certeza estava com defeito. E tão desgastado que, quando encaixado da maneira correta, iria travar na hora que o motorista colocasse o pé no pedal, e, mesmo que retirasse o pé, a velocidade continuaria aumentando. Se o motorista fosse mecânico de automóveis, talvez entendesse o que estava acontecendo, e, se além disso fosse ágil e mantivesse a cabeça fria, talvez desligasse a ignição ou colocasse o carro em ponto morto. Mas Carl não era nada disso. Ele iria, mesmo supondo que tivesse tempo, apenas tentar frear.

Peguei as mangueiras de freio podres e furadas. Eu já havia removido mangueiras nessas condições, mas nunca instalado. Coloquei ao lado do cabo do acelerador.

Qualquer mecânico que examinasse os destroços posteriormente diria à polícia que as peças não tinham sido danificadas de propósito, mas apresentavam sinais de desgaste normal e que era provável que tivesse entrado água sob o colar de plástico do cabo do acelerador.

Joguei as ferramentas que precisaria na bolsa, fechei-a e fiquei lá respirando em arfadas. Senti como se o meu peito estivesse envolvendo os meus pulmões.

Verifiquei o relógio: 10h15. Eu tinha tempo de sobra.

De acordo com Shannon, Carl iria se reunir com os organizadores da festa no canteiro de obras às duas. Depois disso, todos iriam até Årtun para cuidar da decoração. Isso levaria pelo menos duas horas, talvez três. Tudo bem. Eu precisaria de no máximo uma hora para trocar as peças.

E, como não havia auditoria nos livros contábeis coisa nenhuma, isso me deu bastante tempo.

Tempo demais.

Fui até a cama e me deitei. Botei a mão no colchão onde Shannon e eu tínhamos ficado. Olhei para aquela placa de carro de Barbados na parede acima do nicho da cozinha. Eu tinha me informado um pouco. Havia mais de cem mil veículos na ilha, um número surpreendente para uma população tão pequena. E o padrão de vida era alto, o terceiro mais alto da América do Norte, e tinham dinheiro para gastar.

E todos falavam inglês. Definitivamente, devia ser possível gerenciar um posto de gasolina lá. Ou uma oficina.

Fechei os olhos e avancei dois anos no tempo. Shannon e eu numa praia com uma criança de 18 meses debaixo de um guarda-sol. Os três branquíssimos, e Shannon e eu com as pernas queimadas de sol. *Redlegs.*

Atrasei o relógio do tempo e agora estávamos apenas quatorze meses no futuro. Havia malas prontas no corredor. Uma criança chorava no quarto do andar de cima e Shannon falava com uma voz reconfortante. Só faltam os detalhes. Desligar a eletricidade e a água. Pregar as venezianas nas janelas. Juntar as últimas pontas soltas antes de sair.

As pontas soltas.

Verifiquei a hora outra vez.

Já não importava, mas eu odiava pontas soltas. Não gostava de ver sujeira na área das bombas de gasolina.

Eu deveria deixar isso para lá. Havia outra coisa na qual tinha que me concentrar agora.

Keep your eyes on the prize, era como papai sempre dizia no seu inglês estadunidense.

Sujeira na área das bombas de gasolina.

Às onze me levantei e saí.

— Roy! — disse Stanley ao se levantar da pequena escrivaninha no seu consultório. Deu a volta e me abraçou. — Você teve que esperar muito? — perguntou ele com um aceno de cabeça em direção à sala de espera.

— Só vinte minutos — eu disse. — A sua recepcionista me encaixou, então não vou tomar muito do seu tempo.

— Sente-se. Está tudo certo? Como vai esse dedo?

— Está tudo bem. Na verdade, só vim perguntar uma coisa.

— Ah, é mesmo?

— No Ano-Novo, depois que fui para a praça do vilarejo, você consegue se lembrar se o Dan Krane também saiu? Lembra se ele estava de carro? Ou se ele só apareceu na praça um pouco mais tarde?

Stanley balançou a cabeça.

— E quanto ao Kurt Olsen?

— Por que você está perguntando isso, Roy?

— Depois explico.

— Certo. Não, nenhum deles saiu. Estava um vento danado e a festa estava tão boa que continuamos sentados bebendo e conversando. Até ouvir o carro dos bombeiros.

Assenti lentamente. A mesma teoria de antes.

— Os únicos que saíram antes da meia-noite foram você, o Simon e a Grete.

— Mas nenhum de nós estava dirigindo.

— Não é bem assim. A Grete estava de carro. Ela disse que tinha prometido aos pais que estaria com eles quando o relógio batesse meia-noite.

— Entendo. E que tipo de carro ela dirige?

Stanley riu.

— Você me conhece, Roy. Não consigo diferenciar um carro do outro. Só sei que é novo e vermelho. Sim, na verdade, é um Audi, eu acho.

Assenti ainda mais devagar.

Imaginei aquele Audi A1 vermelho virando para Nergard no Ano--Novo, onde a única outra coisa além de Nergard e Opgard é o terreno do hotel.

— Falando em coisas novas — ressaltou Stanley —, me esqueci completamente de lhe dar os parabéns.

— Parabéns?

Automaticamente pensei naquele terceiro lugar na lista dos melhores postos; mas então percebi, é claro, que as notícias do mundo dos postos de gasolina são exclusivas para quem tem interesse no assunto.

— Você vai ser titio — disse ele.

Alguns segundos e então Stanley riu ainda mais alto.

— Vocês são irmãos mesmo! O Carl reagiu exatamente do mesmo jeito. Ficou branco feito um lençol.

Eu não sabia que tinha empalidecido, mas agora sentia como se o meu coração também tivesse parado de bater, mas consegui me recompor.

— Foi você que examinou a Shannon?

— Quantos outros médicos tem por aqui? — disse Stanley, abrindo bem os braços.

— Então você disse para o Carl que ele ia ser pai?

Stanley franziu a testa.

— Não, estou presumindo que a Shannon tenha feito isso. Mas o Carl e eu nos encontramos na loja e eu o parabenizei e mencionei algumas coisas em que a Shannon deveria ficar de olho com o avançar da gravidez. E o Carl ficou lívido, assim como você está agora, o que é plenamente compreensível. Imagina alguém vir sem mais nem menos e contar que tem um bebê a caminho, toda a responsabilidade deve parecer assustadora demais. Eu só não sabia que a mesma coisa acontecia com tios, mas parece que sim. — Ele riu de novo.

— Você contou para mais alguém além de Carl e eu? — perguntei.

— Não, estou impedido por sigilo profissional. — Ele fez uma pausa abrupta. Levou três dedos à testa. — Ops! Você não sabia que a Shannon estava grávida? Achei que soubesse... já que você e o Carl são tão próximos.

— Eles deviam querer manter em sigilo até terem certeza de que estava tudo correndo bem — eu disse. — Dado o histórico das tentativas da Shannon de engravidar...

— Pois é, foi muito antiprofissional da minha parte — disse Stanley. Ele parecia genuinamente arrependido.

— Não se preocupa — eu disse, me levantando. — Se você não contar para ninguém, eu também não conto.

Eu já tinha ido embora antes que Stanley pudesse me lembrar de que eu havia ficado de explicar o porquê da minha curiosidade sobre o Ano-Novo. Fora da clínica. Dentro no Volvo, olhando pelo para-brisa.

Então Carl sabia que Shannon estava grávida. Ele sabia, e não tinha confrontado Shannon. Também não tinha me contado. Isso significava que ele sabia que não era o pai? Será que se deu conta do que estava acontecendo? De que éramos Shannon e eu contra ele. Peguei o celular. Hesitei. Entre outros assuntos, Shannon e eu planejamos tudo minuciosamente de modo a evitar mais contato telefônico do que seria normal entre cunhados. De acordo com a *True Crime*, essa é a primeira coisa que a polícia verifica, quem são os parentes mais próximos da vítima e outros suspeitos em potencial que tiveram contato por telefone logo antes do assassinato. Eu me decidi, digitei o número.

— Agora? — perguntou a voz do outro lado da linha.

— Agora. Tenho algum tempo livre agora.

— Tudo bem — disse Carl. — Fritt Fall em vinte minutos.

65

O FRITT FALL ESTAVA apinhado com a turma de sempre do início da tarde, formada por viciados em corridas de cavalo e aqueles que mantêm o sistema de seguridade social em funcionamento.

— Uma cerveja — pedi a Erik Nerell

Ele me lançou um olhar indiferente. Eu o tinha na lista de suspeitos de incendiarem o hotel, mas hoje essa lista havia sido reduzida a um.

Ao me dirigir à mesa vazia perto da janela, vi Dan Krane em outra mesa, sentado sozinho com a sua cerveja. Ele olhava fixamente para fora pela janela e parecia — como devo dizer? — um tanto desalinhado. Optei por deixá-lo a sós e presumi que ele devolveria a cortesia.

Eu estava na metade da cerveja quando Carl entrou com passos rápidos e decididos.

Ele me deu um abraço de urso e pegou uma xícara de café, recebendo no balcão a mesma recepção fria. Vi Dan Krane registrar a presença de Carl, terminar a cerveja e deixar o local com passos propositalmente pesados.

— Sim, eu vi o Dan — disse Carl antes que eu tivesse tempo de perguntar e se sentou. — Parece que ele não está mais morando na casa do Aas.

Assenti bem lentamente.

— Algo mais?

— Ah, sim... — disse Carl e tomou um gole de café. — Animado com a reunião dos proprietários hoje à noite, é claro. E a Shannon está cada vez mais encarregada de tomar as decisões em casa. Hoje ela decidiu que vai de Cadillac para a reunião, então vou dirigir o esposa--móvel. — Ele indicou com a cabeça o Subaru no estacionamento.

— O mais importante é que você chegue para a cerimônia em grande estilo.

— Claro, claro — disse ele e tomou outro gole. Esperou. Quase parecia estar com medo. Dois irmãos sentados ali, apreensivos. Deitados no beliche, temendo o som da porta se abrir.

— Acho que sei quem colocou fogo no hotel.

Carl ergueu os olhos.

— Sabe?

Não vi razão para fazer suspense, então disse de uma vez.

— A Grete Smitt.

Carl deu risada.

— A Grete está um pouco maluca, Roy, mas nem *tanto*. E ela se acalmou agora. Ficar com o Simon está sendo bom para ela.

Eu o encarei.

— Simon? Você quer dizer o Simon Nergard?

— Você não sabia? — Carl deu uma risada sem graça. — Dizem por aí que o Simon a fez levá-lo para casa em Nergard no Ano-Novo e ela ficou por lá. E desde então são como unha e carne.

O meu cérebro estava processando isso o mais rápido que conseguia. Será que Grete e Simon botaram fogo no hotel *juntos*? Refleti sobre essa possibilidade. Era engraçado. Por outro lado, muitas coisas andavam parecendo engraçadas nos últimos tempos. Mas isso não era algo que eu precisava discutir com Carl. Na verdade, eu não precisava discutir isso com ninguém; afinal de contas, que diferença faria descobrir quem causou aquela merda de incêndio? Pigarreei.

— O que você queria falar comigo?

Carl olhou para a xícara de café à sua frente e assentiu. Olhou para cima, verificou se os outros seis clientes estavam sentados longe o suficiente, se inclinou para a frente e disse em voz baixa:

— A Shannon está grávida.

— Uau! — Sorri, tentando não exagerar. — Parabéns, irmão!

— Não — disse Carl balançando a cabeça.

— Não? Algo errado?

O abanar de cabeça se transformou num assentir.

— Com a criança? — perguntei. Mesmo que estivesse mentindo, o simples pensamento de haver algo de errado com a criança que Shannon estava carregando, com o *nosso* filho, fez com que eu me sentisse mal.

A cabeça de Carl voltou a menear.

— Então o que é? — perguntei.

— Eu não sou...

— Você não é o quê?

A sua cabeça finalmente se aquietou e ele me lançou um olhar de derrota e humilhação.

— Você não é o pai?

Ele assentiu.

— Como...?

— A Shannon e eu não transamos desde que ela voltou de Toronto. Ela não me deixa tocá-la. E não foi ela que me disse que estava grávida, foi o Stanley. A Shannon nem sabe que eu sei.

— Puta que pariu — eu disse.

— Pois é, puta que pariu. — O seu olhar pesado não me deixou. — E sabe de uma coisa, Roy?

Ele esperou, mas eu não falei nada.

— Acho que sei quem é.

Engoli em seco.

— Sabe?

— Sei. No início do outono passado, a Shannon de repente teve que ir para Notodden, sabe? Uma entrevista sobre um projeto de arquitetura, segundo ela. Quando voltou, ela passou dias a fio absolutamente surtada. Não comia, não dormia. Achei que era porque a oportunidade de trabalho não tinha dado em nada. Quando descobri pelo Stanley que a Shannon estava grávida, perguntei a mim mesmo como ela tinha conseguido conhecer outro homem. O que quero dizer é que a

Shannon e eu estamos sempre juntos. Foi aí que comecei a pensar de forma diferente sobre aquela viagem para Notodden. A Shannon me conta tudo, e o que ela não me conta posso facilmente ler no seu rosto. Mas tem uma coisa que não consegui descobrir. Uma coisa que ela está escondendo de mim. Parece que ela está com a consciência pesada ou coisa assim. E, quando parei para pensar, percebi que tudo começou depois daquela noite que ela passou em Notodden. Aí, do nada, ela começou a fazer viagens de um dia para lá, dizendo que precisa fazer compras. Está me acompanhando?

Tive que tossir para conseguir falar em voz alta.

— Acho que estou.

— Então, no outro dia eu perguntei a ela onde ficou hospedada quando passou a noite em Notodden, e ela disse que tinha sido no Hotel Brattrein, liguei para verificar. O recepcionista confirmou que Shannon Alleyne Opgard reservou um quarto lá em 3 de setembro. Mas, quando perguntei com quem, ele disse que ela fez a reserva sozinha.

— E a recepção te passou tudo isso? Fácil assim?

— Eu *talvez* tenha dito que era Kurt Olsen e que estava ligando do escritório do xerife em Os.

— Pelo amor de Deus — eu disse, e pude sentir as costas da camisa ficando molhadas.

— Então pedi a eles que analisassem o registro de hóspedes para essa data específica. E então um nome interessante apareceu, Roy.

A minha boca ficou seca. O que caralhos tinha acontecido? Será que Ralf lembrou que eu estive lá e deu o meu nome? Não, espera um pouco, lembrei o que aconteceu: ele disse que tinha reservado um quarto para mim quando me viu entrando no restaurante, porque presumiu que eu fosse ficar. Será que ele havia feito uma reserva no meu nome e se esqueceu de excluí-la quando descobriu que eu não precisava de um quarto?

— Um nome interessante e *bastante* conhecido — disse Carl.

Me preparei para o pior.

— Dennis Quarry.

Encarei Carl.

538

— Quê?

— Dennis Quarry. O ator. O diretor. O estadunidense que parou no posto de gasolina. Ele estava hospedado no hotel.

Só percebi que havia prendido a respiração quando voltei a inspirar.

— E daí?

— E daí? Ele deu um autógrafo para a Shannon no posto de gasolina, você não lembra?

— Certo. Mas...

— A Shannon me mostrou o pedaço de papel depois, quando estávamos no carro. Ela inclusive achou graça porque ele deu também o número do telefone e o e-mail. E disse que esperava passar um bom tempo na Noruega. Porque ia... — Carl fez aspas com os dedos — ... *dirigir.* Não pensei mais nisso, e acho que ela também não. Até depois do que aconteceu entre mim e a Mari...

— Você acha que ela foi se encontrar com ele para se vingar?

— Não parece óbvio?

Dei de ombros.

— Talvez ela o ame?

— A Shannon não ama ninguém. A única coisa que ela ama é aquele hotel. Ela precisa é de uma boa surra.

— E acho que alguém providenciou isso.

Simplesmente escapou. Carl deu um murro na mesa, e os seus olhos pareciam capazes de sair da órbita.

— Aquela piranha disse isso?

— Shhh — eu disse e agarrei o copo de cerveja como se fosse o meu salva-vidas. No silêncio que se seguiu, percebi que todo mundo no bar tinha se virado para nós. Carl e eu permanecemos em silêncio até ouvirmos o burburinho recomeçar e vermos Erik Nerell voltar a se debruçar sobre o celular.

— Vi os hematomas quando estive em casa para o Natal — sussurrei. — Ela tinha acabado de sair do banheiro.

Percebi que o cérebro de Carl estava bolando uma explicação. Por que raios fui deixar escapar isso, justamente quando mais precisava que ele confiasse em mim?

— Carl, eu...

— Está tudo bem — disse ele com a voz embargada. — Você está certo. Aconteceu algumas vezes depois que ela voltou de Toronto. — A respiração dele foi tão pesada que vi o seu tórax expandir. — Eu estava tão estressado com todo aquele caos no hotel, e ela não parava de reclamar do que tinha acontecido com a Mari. E, quando eu bebia um pouco, às vezes eu... às vezes eu batia. Mas isso não aconteceu nem uma única vez desde que parei de beber. Obrigado, Roy.

— Obrigado?

— Por me confrontar com isso. Faz tempo que eu estava querendo conversar com você a respeito. Eu estava começando a ficar com medo de ter a mesma coisa que papai, de começar a fazer coisas que não queria de verdade e um dia descobrir que não conseguia mais parar, sabe? Mas consegui. Eu mudei.

— Você está de volta ao rebanho — eu disse.

— Estou?

— Você tem certeza de que mudou?

— Tenho, pode apostar.

— Aposta você. Na verdade, por que não aposta por nós dois já que está tão animado?

Ele apenas olhou para mim como se fosse um trocadilho idiota que não entendeu. E eu estava mesmo falando um monte de coisas que nem eu entendia.

— De qualquer forma — disse ele, passando a mão no rosto. — Eu só precisava falar com alguém sobre essa criança. E esse alguém sempre acaba sendo você. Desculpa.

— Que nada — eu disse e apontei a faca para mim. — Eu sou o seu irmão, afinal.

— Sim, você é aquele que sempre aparece quando preciso de alguém. Juro por Deus, estou tão feliz por pelo menos ter você.

Carl colocou a mão sobre a minha. A dele era maior, mais macia, mais quente que a minha, que estava fria como gelo.

— Sempre — eu disse com a voz embargada. Ele olhou para o relógio.

— Tenho que resolver um negócio com a Shannon mais tarde — disse ao se levantar. — E essa história sobre eu não ser o pai... fica entre nós, tá bom?

— Claro. — E, por mais estranho que possa parecer, por pouco não caí na gargalhada.

— O início do novo prédio. Vamos provar para todo mundo, Roy. — Ele cerrou os maxilares, fechou os olhos numa expressão de luta e fingiu que ia dar um soco. — Os rapazes Opgard vão vencer.

Sorri e ergui o meu copo, como se dissesse que pretendia ficar e terminar a minha bebida.

Vi Carl correr para a porta. Vi pela janela quando ele entrou no Subaru. Shannon tinha combinado que usaria o Cadillac hoje. Mas Carl dirigiria o Cadillac para a cerimônia no canteiro de obras. Ou, melhor dizendo, dirigiria *naquela direção*.

Uma única luz de freio se acendeu quando o Subaru parou para deixar um trailer passar antes de entrar na estrada principal.

Pedi outra cerveja. Bebi lentamente enquanto pensava.

Pensava em Shannon, naquilo que nos motiva como seres humanos. E pensei em mim. Por que eu praticamente pedi que fosse desmascarado? Contei a Carl que sabia que ele batia em Shannon. Insinuei que sabia que ele tinha falsificado a minha assinatura. Praticamente implorei para ser descoberto, porque assim não precisaria passar por tudo isso. Não precisaria continuar enchendo Huken de carros e cadáveres.

66

DEPOIS DE SEIS CERVEJAS no Fritt Fall fui embora.

Ainda era uma e meia, o que me dava tempo suficiente para ficar totalmente sóbrio, mas eu sabia que aquelas cervejas eram um sinal de fraqueza. Uma reação precipitada. Um único passo em falso seria suficiente para estragar todo o plano. Então por que beber agora? Devia ser um aviso de que havia uma parte de mim que talvez não quisesse que desse certo. O meu lado reptiliano. Não, o cérebro reptiliano não tinha nada a ver com isso, sabe, eu não estava raciocinando direito, já estava confundindo as ideias. De qualquer maneira, o meu *eu*-eu estava certo do que queria: conseguir o que era meu por direito, seja lá o que tenha sobrado. E me livrar daqueles que se metessem no caminho e ameaçassem quem eu tinha a obrigação de defender. Porque eu não era mais o irmão mais velho. Eu era o homem dela. E o pai para a criança. Essa era a minha família agora. Ainda assim, havia algo que não fazia sentido.

Tinha deixado o Volvo na oficina, então do centro fui andando para o sudeste pela pista de pedestres e ciclistas que margeava a estrada principal. Quando cheguei à oficina, parei e olhei para o outro lado da rua, para a parede da casa com o cartaz anunciando o Salão de Cabeleireiro e Banho de Sol da Grete.

Verifiquei o meu relógio novamente.

Ainda daria tempo, mas eu devia ter deixado para lá. Não era hora de lidar com isso. Talvez hora nenhuma fosse hora de lidar com isso.

Então só Deus poderia saber por que de repente me vi do outro lado da estrada, olhando para o interior da garagem, para o Audi A1 vermelho estacionado ali.

— Oi! — saudou Grete da cadeira de cabeleireiro. — Não ouvi o telefone nem a campainha.

— Não toquei — eu disse e fui verificar se estávamos sozinhos. O fato de que ela estava fazendo um permanente em si mesma indicava que não tinha nenhum compromisso próximo. Mesmo assim, tranquei a porta depois de entrar.

— Posso atender você em dez minutos — disse ela. — Só tenho que dar uma arrumada no meu cabelo primeiro. É preciso estar apresentável quando se é cabeleireira, certo?

Ela soava aflita. Talvez porque eu tivesse chegado sem avisar. Talvez porque tivesse notado algo diferente em mim, que eu não tinha ido lá para um corte de cabelo. Ou talvez porque, no fundo, soubesse há um tempão que eu apareceria.

— Belo carro — comentei.

— O quê? Não consigo ouvir muito bem daqui.

— Belo carro! Eu o tinha visto na frente da casa do Stanley no Ano-Novo, mas não sabia que era seu.

— Ah, sim. Tem sido um bom ano para o mercado de beleza. Da mesma forma que tem sido um bom ano para todos os negócios daqui.

— A mesma marca e a mesma cor do carro que passou por mim pouco antes da meia-noite a caminho da praça. Não tem muitos Audis vermelhos no vilarejo, então presumo que tenha sido você, certo? Mas o Stanley me disse que você estava indo para a casa dos seus pais passar a virada do ano com eles, e isso fica na direção oposta. Além disso, o carro seguiu em direção a Nergard e à subida para o hotel. Não tem muito para onde ir lá, além de Nergard, Opgard. E o hotel. E isso me fez pensar...

Me inclinei para a frente e olhei para as tesouras na bancada em frente ao espelho. Pareciam todas iguais para mim, mas acho que era a famosa tesoura Niigata 1000 que estava na caixa aberta, quase como se estivesse em exibição.

— Você me disse no Ano-Novo que a Shannon odeia o Carl, mas que precisa dele para o hotel. Você achou que, se o hotel pegasse fogo e o projeto fosse abandonado, a Shannon não ia precisar mais do Carl, e aí você poderia tê-lo?

Grete Smitt me analisou bem devagar; qualquer traço de nervosismo havia desaparecido. Os antebraços permaneciam estáticos nos braços da cadeira grande e pesada, e a cabeça estava envolta numa coroa de plástico e fios. Ela parecia a porra de uma rainha sentada no trono.

— Claro que esse pensamento me ocorreu — disse ela, em voz mais baixa agora. — E ocorreu a você também, Roy. Foi por isso que suspeitei que você tivesse começado o fogo. Você desapareceu pouco antes da meia-noite.

— Não fui eu.

— Bom, então só tem mais uma pessoa que pode ter feito isso — disse Grete.

A minha boca estava seca. Não fazia diferença alguma quem incendiou a porra do hotel. Houve um zumbido; eu não saberia dizer se vinha de dentro do capacete do secador de cabelo ou da minha própria cabeça.

Ela parou de falar quando viu que eu tinha tirado a tesoura da caixa. E deve ter visto algo nos meus olhos, porque ergueu as mãos à frente do corpo.

— Roy, você não vai...

E eu não sei. Não sei que merda estava fazendo. Só sei que tudo saiu de dentro de mim numa espécie de explosão. Tudo o que tinha acontecido, tudo o que não devia ter acontecido, tudo o que estava para acontecer e não podia acontecer, mas que não havia mais como evitar. Essas coisas se ergueram dentro de mim como merda numa privada entupida, já vinham crescendo havia algum tempo; e agora tinham alcançado a beirada e estavam transbordando. A tesoura era afiada, tudo o que faltava era apunhalar aquela boca repulsiva, dilacerar aquelas bochechas brancas, arrancar aquelas palavras horríveis.

Ainda assim não fiz nada.

Parei, olhei para a tesoura. Aço japonês. E as palavras de papai sobre *hara-kiri* passaram pela minha mente. Não era eu que estava falhando, no fim das contas? Não era eu, em vez de Grete, que devia ser extirpado do corpo da sociedade como um tumor maligno?

Não. São os dois. Nós dois devemos ser punidos. Carbonizados.

Peguei o velho cabo flexível preto preso ao secador de cabelo, abri a tesoura e cortei. As lâminas afiadas atravessaram o isolamento e, quando o aço fez contato com o cobre, o choque elétrico quase me fez soltar a tesoura. Mas eu estava preparado e consegui manter uma pressão uniforme sem cortar por completo o cabo.

— O que você está fazendo? — gritou Grete. — Isso aí é uma Niigata 1000! E isso aqui é um secador de cabelo vintage dos anos cinquenta...

Com a minha mão livre agarrei a mão dela, e a boca de Grete cerrou quando o circuito foi fechado e passou a correr eletricidade. Ela tentou se soltar, mas não deixei. Vi o seu corpo tremer, os olhos se revirarem enquanto as faíscas estalavam e brilhavam dentro do capacete. Um grito contínuo, primeiro fraco e suplicante, depois selvagem e ferrenho saiu da sua garganta. O meu peito palpitava forte, eu sabia que havia um limite de tempo que o coração conseguia suportar duzentos miliamperes, mas não ia soltar porra nenhuma. Porque Grete Smitt estava onde merecíamos estar agora, juntos num anel de dor. E então vi chamas azuis se alastrando pelo capacete. E, mesmo que tenha precisado de toda a minha concentração para me segurar, senti cheiro de cabelo queimado. Fechei os olhos, firmei mais as mãos e murmurei palavras mudas, como tinha visto o pastor fazer quando estava curando ou salvando almas em Årtun. Os gritos de Grete eram ensurdecedores, tão altos que eu mal conseguia ouvir o alarme de fumaça que começou a tocar.

Então me soltei e abri os olhos.

Vi Grete arrancar o capacete. Vi um misto de bobes derretidos e cabelos em chamas antes de ela correr para a pia, abrir a ducha de mão e começar a apagar o fogo.

Fui até a porta. Ouvi passos trôpegos descendo os degraus da escadaria do lado de fora. Parecia que o neuropata estava no seu dia de folga. Me virei e olhei para Grete novamente. Ela estava em segurança. Saía uma fumaça cinza do que restou do permanente, que acabou não sendo tão permanente assim. Naquele momento era como uma churrasqueira ao ar livre cujas chamas tinham sido apagadas por alguém que esvaziou um balde de água sobre o carvão em brasa.

Fui para o corredor, esperei até o pai de Grete ter descido a escada o bastante para ver bem o meu rosto, vi quando ele disse algo, o meu nome, talvez, os sons estavam abafados pelo alarme do detector de fumaça. Então fui embora do salão.

Uma hora se passou. Eram três e quinze.

Me sentei na oficina e encarei a bolsa.

Kurt Olsen não tinha vindo para me levar para a prisão e acabar com a coisa toda.

Não havia escapatória. Hora de começar.

Peguei a bolsa, entrei no Volvo e dirigi até Opgard.

67

Saí de baixo do Cadillac. Em pé naquele celeiro congelante, Shannon tremia de frio no pulôver preto e fino, de braços cruzados e com uma expressão preocupada. Eu não disse nada, apenas me levantei e espanei a poeira do macacão.

— E aí? — perguntou ela com impaciência.

— Está feito — eu disse e comecei a baixar o carro com o macaco hidráulico.

Depois Shannon me ajudou a empurrar o carro para fora do celeiro e deixá-lo perto do jardim de inverno com a frente apontada para a estrada que dá para a Geitesvingen.

Olhei para o relógio. Quatro e quinze. Um pouco mais tarde que o previsto. Fui rapidamente até o celeiro para buscar as ferramentas, e, enquanto as guardava na bolsa em cima da bancada, Shannon apareceu e me abraçou por atrás.

— A gente ainda tem a opção de recuar — disse ela, encostando o rosto nas minhas costas.

— É isso que você quer?

— Não. — Ela acariciou o meu peito. Não tínhamos nos tocado, nem mesmo olhado um para o outro direito desde que eu havia chegado. Comecei imediatamente a trabalhar no Cadillac para ter certeza de que teria tempo de trocar as peças em uso pelas defeituosas antes de Carl voltar da reunião. Mas não foi essa a única razão para ainda não termos nos tocado. Havia algo mais. De repente havíamos nos tornado estranhos. Assassinos tão escandalizados um com o outro quanto consigo mesmos. Mas isso ia passar. FAÇA O QUE TEM QUE SER FEITO. E FAÇA AGORA. Era tudo o que importava.

— Então vamos seguir com o plano — eu disse.

Ela assentiu.

— O borrelho está de volta — comentou ela. — Eu o vi ontem.

— Já? — eu disse, me virei e emoldurei o seu lindo rosto com as minhas mãos ásperas e os meus dedos grossos. — Que bom.

— Não — continuou e balançou a cabeça com um sorriso triste. — O borrelho não devia ter vindo. Ele estava caído na neve no lado de fora do celeiro. Morreu congelado.

Uma lágrima surgiu naquele olho semicerrado.

Puxei-a para perto.

— Me diz mais uma vez por que a gente está fazendo isso — sussurrou ela.

— A gente está fazendo isso porque existem apenas dois resultados possíveis. Porque eu peguei o que era dele. Porque nós dois somos assassinos.

Ela assentiu.

— Mas temos certeza de que essa é a única maneira?

— Já é tarde demais para mim e para o Carl resolvermos as coisas de outro jeito. Já expliquei isso, Shannon.

— Já, sim. — Ela fungou na parte da frente da minha camisa. — Quando acabar...

— Sim — eu disse. — Quando acabar.

— Acho que é um menino.

Abracei-a por um bom tempo. Mas então escutei os segundos passando, se arrastando de novo como numa contagem regressiva, uma contagem regressiva para o mundo perder o sentido. Mas não era isso que ia acontecer. Não ia acabar agora, ia começar. Vida nova. Uma vida nova para *mim*.

Soltei-a do abraço e guardei na bolsa o macacão, as mangueiras de freio e o cabo do acelerador de Carl. Shannon me observava.

— E se não funcionar? — perguntou ela.

— A *ideia* é que não funcione — eu disse, embora, é claro, soubesse o que ela queria dizer, e talvez ela tenha percebido a irritação na minha voz e se perguntado o que havia por trás disso. Provavelmente entendeu o que havia por trás. Estresse. Nervosismo. Medo. Arrependimento? Será que *ela* estava arrependida? Com certeza. Mas em Kristiansand, quando fizemos o plano, conversamos sobre isso também. Sobre essa dúvida que viria sorrateiramente e sussurraria para nós, do mesmo jeito que sussurra nos ouvidos dos noivos no dia do casamento. Uma dúvida que é como a água, que sempre encontra o furo no teto e que agora pingava na minha testa como na tortura chinesa da água. Aquilo que Grete disse sobre só ter *uma* outra pessoa que poderia ter incendiado o hotel. Aquela única luz de freio que não funcionava no Subaru. O carro visto pelo letão perto do canteiro de obras no Ano-Novo.

— O plano vai funcionar — eu disse. — Quase não resta fluido de freio no sistema, e o carro pesa duas toneladas. Velocidade colossal. Só pode acontecer uma coisa.

— Mas e se ele perceber antes da curva?

— Nunca vi o Carl testar os freios antes de precisar deles — falei com calma, repetindo algo que já tinha dito muitas vezes. — O carro está em terreno plano. Ele acelera, chega ao declive, tira o pé do pedal e, como é tão íngreme, não percebe que a aceleração se dá também porque o cabo do acelerador está preso, fazendo com que o carro que já é muito pesado vá ainda mais rápido. Dois segundos depois, ele está na curva e se dá conta de que a velocidade é muito maior do que normalmente é aqui. Entra em pânico e enfia o pé bem fundo no freio. Mas não tem resposta. Talvez consiga pisar no pedal mais uma vez, talvez consiga girar o volante, mas não tem chance. — Passei a língua nos lábios, já tinha provado o meu argumento, podia ter parado por aí. Mas continuei girando a faca. Em mim e nela. — Ele vem em alta velocidade, o carro é muito pesado, a curva muito acentuada, e, mesmo se a superfície fosse asfalto e não cascalho, não ia adiantar de nada. E então o carro está suspenso no ar, em queda livre. Um comandante de uma nave espacial com o cérebro funcionando em alta velocidade que tem tempo para se perguntar como, quem e por quê. E talvez tenha tempo de responder antes de...

— Basta! — gritou Shannon. Ela tapou os ouvidos e parecia que o seu corpo inteiro tremia. — E se ele... E se mesmo assim ele descobrir que tem algo errado e não dirigir o carro?

— Nesse caso ele vai descobrir algo errado. Naturalmente, vai mandar o carro para uma oficina e o mecânico vai dizer que o cabo do acelerador está desgastado, que as mangueiras de freio estão podres, nada mais complicado que isso. E vamos ter que bolar outro plano, fazer de outro jeito. Isso é tudo.

— E se o plano funcionar, mas a polícia ficar desconfiada?

— Eles examinam os destroços e descobrem as peças gastas. Já conversamos sobre isso, Shannon. É um bom plano, ok?

Com um soluço, Shannon me abraçou.

Gentilmente me desvencilhei do abraço.

— Estou indo agora.

— Não! — Ela soluçou. — Fica aqui!

— Vou assistir da oficina. Dá para ver a Geitesvingen de lá. Liga para mim se alguma coisa der errado, tá bom?

— Roy! — gritou como se essa fosse a última vez que me veria vivo, como se eu estivesse me afastando dela em mar aberto, como recém-casados num barco a vela que se embriagaram com uma bela dose de champanhe, mas que agora estavam, de repente, sóbrios.

— A gente se vê mais tarde — eu disse. — Lembra de ligar para a emergência imediatamente. Lembra de como aconteceu, de como o carro se comportou, e descreve para a polícia exatamente o que aconteceu.

Ela assentiu, se recompôs e endireitou o vestido.

— O que... O que você acha que eles vão fazer?

— Depois disso acho que vão finalmente colocar uma mureta.

68

ERAM SEIS E DOIS e tinha acabado de começar a escurecer.

Me sentei perto da janela do escritório com o binóculo apontado para a Geitesvingen. Eu havia estimado que, quando o Cadillac passasse da borda, ficaria visível por quase três décimos de segundo, então eu precisaria piscar bem rápido.

Imaginei que ficaria menos nervoso quando terminasse a minha parte e o resto ficasse nas mãos de Shannon, mas foi o contrário. Sentado ali de braços cruzados, eu tinha agora muito tempo para pensar em tudo o que podia dar errado. E continuei pensando em coisas novas. Cada uma era mais improvável que a anterior, mas nada parecia capaz de me trazer paz de espírito.

O plano era que, quando chegasse a hora de ir até o canteiro de obras para cortar a fita na cerimônia de inauguração, Shannon ia reclamar que não estava se sentindo bem e precisava subir e se deitar, então Carl teria que ir sozinho; que, se ele pegasse o Cadillac e fosse para a cerimônia de abertura, ela poderia ir com o Subaru para a festa em Årtun, caso se sentisse melhor.

Olhei de novo para o relógio: 18h03. Três décimos de segundo. Ergui o binóculo de novo. Passei pela janela dos Smitts, onde as cortinas permaneciam na mesma posição desde cedo, encontrei a montanha atrás, depois a Geitesvingen. Talvez já tivesse acontecido. *Talvez* já tivesse acabado.

Ouvi o som de um carro estacionando em frente à oficina e virei o binóculo para lá, mas estava fora de foco. Afastei o binóculo do rosto e vi que era o Land Rover de Kurt Olsen.

O motor foi desligado e ele saiu do carro. Não tinha como me ver porque eu havia apagado a luz, mas ainda assim olhava diretamente para mim, como se soubesse que eu estava sentado ali. Ele continuou de pé, com as pernas arqueadas e os polegares enganchados no cinto, feito um cowboy me chamando para um duelo. Depois foi em direção à porta da oficina, saindo do meu campo de visão. Pouco depois ouvi a campainha tocar.

Suspirei, me levantei e abri a porta.

— Boa noite, xerife. O que foi dessa vez?

— Oi, Roy. Posso entrar?

— No momento é...

Ele me tirou do caminho e entrou na oficina. Passou os olhos pelo lugar como se nunca tivesse entrado ali. Foi até as prateleiras onde havia várias coisas. Fritz para limpezas pesadas, por exemplo.

— Andei pensando no que aconteceu por aqui, Roy...

Congelei. Será que ele enfim descobriu que o corpo do seu pai veio parar aqui? Que desapareceu, literalmente, no Fritz para limpezas pesadas?

Mas então vi que ele batia com o indicador repetidamente na têmpora e notei que estava falando do que acontecia na minha da cabeça.

— ... quando você ateou fogo na Grete Smitt.

— Foi isso que a Grete disse? — indaguei.

— A Grete, não. O pai dela. Ele viu você saindo do local enquanto a Grete ainda fumegava, foram as palavras dele.

— E o que a Grete disse?

— O que você acha, Roy? Que algo deu errado com o secador de cabelo. Uma sobrecarga ou algo assim. Que você a ajudou. Mas eu não acredito nesse papinho de merda porque o cabo estava quase cortado ao meio. Então, a minha pergunta para você agora é, e reflita bem sobre isso antes de responder, o que você usou como ameaça a ponto de fazer com que ela mentisse?

Kurt Olsen esperava uma resposta, enquanto se alternava entre chupar o bigode e estufar as bochechas como uma rã-touro.

— Você está se recusando a responder, Roy?

— Não.

— Então o que você está fazendo?

— O que você me mandou. Refletindo bem.

Vi um estalo nos olhos de Kurt Olsen e soube que ele havia chegado ao limite. Deu dois passos na minha direção e levou o braço direito para trás, pronto para atacar. Estou certo disso porque sei como ficam pessoas prestes a atacar, elas parecem tubarões cujos olhos se reviram enquanto mordem. Mas ele parou, algo o parou. O pensamento em Roy Opgard numa noite de sábado em Årtun. Nada de mandíbulas ou narizes quebrados, só sangramentos nasais e dentes perdidos, então nada com que Sigmund Olsen fosse se preocupar. Roy Opgard, um homem que nunca se descontrolou numa briga, mas que, de um jeito frio e calculista, humilhava quem perdia. Então, em vez de atacar, um indicador de advertência saltou do punho cerrado de Kurt Olsen.

— Sei que a Grete sabe algumas coisas. Sabe coisas sobre você, Roy Opgard. O que ela sabe? — Ele deu mais um passo à frente e senti os perdigotos no meu rosto. — O que ela sabe sobre Willum Willumsen?

O celular tocou no meu bolso, mas a voz de Kurt Olsen abafou o som.

— Você acha que eu sou burro? Que acredito que o cara que matou o Willumsen *acidentalmente* derrapou no gelo na porta da sua casa? Que o Willumsen, sem dizer nada a ninguém, perdoou uma dívida de milhões de coroas? Porque ele achou que era o certo a ser feito?

Será que era Shannon me ligando? Eu precisava ver quem tinha ligado, *precisava*.

— Para com isso, Roy! Como se o Willum Willumsen algum dia tivesse perdoado uma única coroa que alguém devia a ele.

Peguei o celular. Olhei para a tela. Merda.

— Sim, eu sei que você e o seu irmão estiveram envolvidos. Assim como quando o meu pai desapareceu. Porque você é um assassino, Roy Opgard. É e sempre foi!

Assenti para Kurt, e por um instante a torrente de palavras cessou e ele arregalou os olhos como se eu tivesse acabado de confirmar as acusações, até que compreendeu que eu tinha acenado com a cabeça para avisar que atenderia a ligação. Então ele recomeçou.

— Se você não tivesse ouvido uma testemunha se aproximar, teria matado a Grete Smitt hoje. Você teria...

Eu virei um pouco as costas para Kurt Olsen, enfiei um dedo no ouvido e pressionei o telefone no outro.

— Diga, Carl.

— Roy? Preciso de ajuda!

Foi como se as luzes se apagassem e eu fosse arremessado dezesseis anos para trás no tempo.

Mesmo lugar.

Mesmo desespero na voz do meu irmão mais novo.

Mesmo crime prestes a ser cometido, só que dessa vez a vítima seria ele.

Mas ele estava vivo. E precisava de ajuda.

— O que foi? — consegui dizer enquanto o xerife berrava atrás de mim.

Carl hesitou.

— É o Kurt Olsen que estou ouvindo?

— É. O que foi?

— O corte da fita na cerimônia de inauguração está prestes a acontecer e é meio importante que eu chegue de Cadillac — disse ele. — Mas tem algo errado com o carro. Pode ser uma coisa pequena, mas você pode vir aqui e ver se consegue resolver o problema?

— Vou direto aí — eu disse, desliguei e me virei para Kurt Olsen. — Foi um prazer falar com você, mas, a menos que tenha um mandado de prisão, estou indo embora.

A sua boca ainda estava aberta quando saí.

Um minuto depois eu dirigia o Volvo pela rodovia. Eu tinha a bolsa com ferramentas no banco ao meu lado, os faróis do Land Rover de Olsen no espelho retrovisor e a advertência ao sair de que botaria a mim e o meu irmão na cadeia ainda ressonando nos ouvidos. Por um instante cheguei a me perguntar se ele pretendia me perseguir por todo o caminho até a fazenda, mas, quando peguei a curva para Nergard e Opgard, ele seguiu em frente.

De qualquer forma, não era Olsen quem mais me preocupava.

Algo errado com o Cadillac? O que raios poderia ser? Será que Carl entrou no carro e percebeu que os freios e o volante não estavam funcionando direito *antes* de partir? Não. A não ser que ele tenha suspeitado de alguma coisa ou que alguém tenha contado. Será que foi isso que aconteceu? Será que Shannon perdeu a coragem de levar o plano adiante? Será que ela desistiu e confessou tudo? Ou ainda pior: será que ela trocou de lado e contou a verdade para Carl? Ou a sua versão da verdade. Sim, foi isso. Ela lhe contou que o plano de assassiná-lo era meu e somente meu, que eu sabia que ele havia forjado a minha assinatura nas escrituras, que eu a tinha estuprado, engravidado e ameaçado matá-la, à criança e a Carl se ela dissesse alguma coisa. Porque eu não era um tímido e amedrontado melro-de-peito-branco, mas, sim, papai, uma cotovia-da-montanha, um pássaro predador com uma máscara preta de bandido nos olhos. E então Shannon teve que dizer a ele o que os dois precisavam fazer agora. Me atrair até a fazenda e se livrar de mim como eu e Carl nos livramos de papai. Porque é claro que ela sabia, ela já sabia que os irmãos Opgard eram capazes de matar, sabia que conseguiria o que queria de uma forma ou de outra.

Arquejei e consegui afastar esses pensamentos doentios e indesejáveis. Fiz uma curva, e um túnel escuro se abriu diante de mim num lugar onde nenhum túnel deveria estar. Um impenetrável paredão escuro de pedra que seria inútil tentar atravessar. E ainda assim era para onde a estrada me levava. Será que isso era depressão, a coisa sobre a qual o antigo xerife havia conversado comigo? Será que a mente sombria de papai finalmente surgiu em mim, não caindo como a noite, mas subindo das profundezas do vale? Pode ser. E o mais notável era que a cada curva fechada que eu fazia, subindo mais e mais, a minha respiração se acalmava.

Porque estava tudo bem. Se acabasse aqui, se eu não fosse viver nem mais um dia, por mim tudo bem. Com alguma sorte, a minha morte uniria Carl e Shannon. Carl era um sujeito pragmático e suportaria criar e educar um filho que não fosse totalmente seu, mas membro da família. É, talvez a minha morte fosse a única oportunidade de um final feliz para tudo isso.

Contornei a Geitesvingen, acelerei um pouco e ouvi o cascalho voando atrás dos pneus traseiros. Lá embaixo o vilarejo já estava envolvido pela noite escura, e nos resquícios da luz do dia vi Carl parado na frente do Cadillac, de braços cruzados, esperando por mim.

E outro pensamento me ocorreu. Não outro, mas o primeiro.

Que tudo se resumia a isso: algo errado com o carro.

Algo trivial que não tinha nada a ver com as mangueiras de freio nem com o cabo do acelerador e podia ser facilmente corrigido, que em algum lugar da cozinha iluminada, atrás das cortinas, Shannon aguardava por mim para resolver isso e depois o plano estaria de pé novamente.

Saí do carro e Carl se aproximou e me abraçou. Ele me segurou de tal forma que senti todo o seu corpo, da cabeça aos pés, tremer daquele jeito que acontecia depois que papai visitava o nosso quarto e eu descia para a sua cama para confortá-lo.

Ele sussurrou algumas palavras no meu ouvido e eu entendi.

Entendi que o plano *não* estava de pé novamente.

69

NOS SENTAMOS NO CADILLAC. Carl ao volante, eu no banco do passageiro.

Olhávamos para além da Geitesvingen, para os picos das montanhas ao sul, debruados de alaranjado e azul-claro.

— Falei ao telefone que tinha algo errado com o carro porque sabia que o Olsen estava lá — explicou Carl com os olhos marejados de lágrimas.

— Entendi — eu disse e tentei mover o meu pé que havia ficado dormente. Não, não dormente, mas fraco, tão fraco quanto o resto de mim. — Me conta com mais detalhes o que aconteceu.

A minha voz parecia e soava como a de outra pessoa.

— Tudo bem — disse Carl. — A gente estava pronto para sair para o canteiro de obras, estava se trocando. A Shannon ficou pronta, toda chique. Eu estava na cozinha passando a minha camisa. E aí, de repente, ela falou que não estava se sentindo bem. Eu disse que tínhamos paracetamol, mas ela falou que precisava subir e se deitar, que eu devia ir para a inauguração sozinho e que ela usaria o Subaru para ir à festa caso se sentisse melhor. Fiquei chocado, eu disse para ela se recompor, que isso era importante. Mas ela se recusou, disse que a sua saúde vinha em primeiro lugar e assim por diante. E, sim, fiquei muito puto, é tudo conversa fiada. A Shannon nunca fica mal a ponto de não conseguir passar umas horas de pé, certo? E esse é, como você bem sabe, o grande momento dela, tanto quanto o meu. Por um instante, perdi o controle e deixei escapar num impulso...

— Deixou escapar num impulso — eu disse e pude sentir a dormência avançando para a minha língua.

— Deixei escapar que ela deve estar se sentindo tão mal por causa do filho bastardo que está carregando.

— Filho bastardo — repeti. Estava muito frio no carro. Frio pra caralho.

— Pois é, e ela questionou isso também, como se não estivesse entendendo do que eu estava falando. Então falei que sabia tudo sobre ela e aquele ator dos Estados Unidos, Dennis Quarry. E ela repetiu o nome, e eu não aguentei nem mesmo ouvir a maneira como ela disse: *Denn-is Qu-arry*. E aí ela começou a rir. A *rir*. E eu fiquei lá segurando o ferro de passar e alguma coisa explodiu dentro de mim.

— Explodiu. — Inexpressivo.

— E eu bati nela — disse ele.

— Bateu nela. — E eu tinha me transformado na porra de uma câmara de eco.

— O ferro de passar atingiu a lateral da cabeça, ela caiu para trás e esbarrou no tubo de aquecimento do fogão, que quebrou e espalhou uma nuvem de fuligem.

Não digo nada.

— Então, me inclinei sobre ela, coloquei aquele ferro escaldante bem na frente do seu rosto e falei que, se ela não confessasse, eu ia passá-la a ferro até ficar tão lisa quanto a minha camisa. Mas ela continuou rindo. E ficou lá, rindo sem parar, enquanto escorria sangue para dentro da boca e os seus dentes iam ficando vermelhos. Ela ficou parecendo a merda de uma bruxa e não era mais tão bonita assim, está me entendendo? E ela confessou. Não só o que perguntei, mas ela enfiou a faca bem fundo e confessou tudo. Ela confessou o pior de tudo.

Tentei engolir, mas não havia mais saliva.

— E o que era o pior de tudo?

— O que você acha, Roy?

— Não sei.

— O hotel — disse ele. — Foi a Shannon que ateou fogo no hotel.

— A Shannon? Mas como...?

— Quando a gente estava saindo da festa do Willumsen para ir até a praça ver os fogos de artifício, a Shannon disse que estava cansada e queria ir para casa. Ela pegou o carro. Eu ainda estava na praça quando ouvimos o carro de bombeiros. — Carl fechou os olhos. — A Shannon estava sentada perto do fogão e disse que foi de carro até o canteiro de obras, começou o incêndio num lugar onde sabia que o fogo se espalharia e deixou para trás a carcaça de papelão de um rojão para que parecesse ser a causa do incêndio.

Sei o que perguntar. O que tenho que perguntar, embora saiba a resposta. Devo perguntar para não revelar que já sei, que conheço Shannon provavelmente tão bem quanto ele. Então pergunto:

— Por quê?

— Porque... — Carl engoliu em seco. — Porque ela é Deus criando à sua própria imagem. Ela não conseguia conviver com aquele hotel, tinha que ser do jeito que havia projetado. Era isso ou nada. Ela não sabia que não estava no seguro e acreditou que não seria um problema recomeçar do zero e aí, na segunda tentativa, ela insistiria que usássemos o seu projeto inicial.

— Foi isso que ela disse?

— Foi, e quando perguntei se ela não tinha consideração pelo restante de nós, por você e por mim, e pelas pessoas do vilarejo que trabalharam e investiram nisso, ela disse não.

— Não?

— "Tô cagando", foi o que ela disse. E riu. Foi quando bati nela de novo.

— Com o ferro?

— Com a parte de cima. O lado frio.

— Com força?

— Com força. E vi a luz se apagar dos seus olhos.

Tive que me concentrar para respirar.

— Ela...

— Tomei o pulso dela, mas não consegui sentir porra nenhuma.

— E depois?

— Carreguei-a até aqui.

— Ela está deitada na mala do carro?

— Está.

— Me mostra.

Saímos do carro. Quando Carl abriu a mala, ergui os olhos e olhei para o oeste. Acima do topo da montanha, o alaranjado se mesclava ao azul-claro. E pressenti que essa talvez fosse a última vez que eu teria condições de pensar que alguma coisa fosse bonita. Mas por uma fração de segundo, antes de olhar para o porta-malas, cheguei a pensar que tudo tinha sido apenas uma piada, que não haveria ninguém lá dentro.

Mas lá estava ela. Uma Bela Adormecida, alva como a neve. Ela dormia do mesmo jeito que dormira nas duas noites que passamos juntos em Kristiansand. De lado, com os olhos fechados. E não consegui evitar e pensei: na mesma posição fetal que a criança dentro dela.

Os ferimentos na cabeça não deixavam margem para dúvidas de que estava morta. Toquei com os dedos naquela testa esmagada.

— Isso não é apenas de uma pancada com o ferro de passar — comentei.

— Eu... — Carl engoliu em seco. — Ela se mexeu quando a coloquei do lado do carro para abrir o porta-malas e... entrei em pânico.

Automaticamente olhei para o chão, e lá, sob a luz do interior do porta-malas, vi um brilho num dos pedregulhos que papai nos obrigou a carregar até a parede de casa para melhorar a drenagem durante um outono mais chuvoso que o normal. Havia sangue no pedregulho.

O sussurro choroso de Carl ao meu lado soava como mingau fervilhando.

— Pode me ajudar, Roy?

O meu olhar voltou para Shannon. Queria desviar os olhos, mas não conseguia. Ele a havia matado. Não, ele a havia *assassinado*. A sangue-frio. E agora me pedia ajuda. Eu o odiava. Odiava, odiava, e então senti o coração voltar a bombear, e com o sangue correndo nas veias veio a dor; enfim veio a dor, e cerrei os dentes com tanta força que senti que ia esmagar a mandíbula. Respirei fundo e relaxei os músculos o suficiente para articular três palavras:

— Ajudar você? Como?

— A gente pode levá-la para o bosque. Deixá-la em algum lugar onde certamente vão procurar e largar o Cadillac perto dela. Então vou dizer que ela pegou o Cadillac e saiu para dar uma volta no início da manhã e que ainda não tinha voltado quando precisei sair para a cerimônia de abertura. Se a gente for agora e a deixar em algum lugar, ainda vou chegar a tempo para poder relatar o seu desaparecimento quando ela não aparecer na festa conforme o combinado. Parece bom?

Dei um soco no estômago dele.

Ele se curvou ao meio e ficou lá como a porra de um L, tentando respirar. Não tive dificuldade de empurrá-lo no cascalho, então me sentei em cima dele de forma que os seus braços ficassem contidos. Ele ia morrer, ele ia morrer do mesmo jeito que ela. A minha mão direita pegou o pedregulho, mas estava pegajoso e escorregadio de sangue e escapuliu da minha mão. Eu estava prestes a secar a mão na camisa, mas consegui pensar com clareza suficiente para, em vez de usar a camisa, esfregar a mão duas vezes no cascalho e tornar a pegá-lo. Suspendi-o acima da cabeça de Carl, que ainda não respirava e estava deitado de olhos bem fechados. Eu queria que ele assistisse ao que ia acontecer. Então apertei o seu nariz com a minha mão esquerda.

Ele abriu os olhos.

Ele chorou.

Os seus olhos estavam em mim, talvez ele ainda não tivesse visto a pedra que eu segurava acima da cabeça ou talvez não entendesse o que significava. Ou então havia chegado ao mesmo ponto que eu e nada mais importava. Senti o peso da gravidade na pedra, ela queria cair, queria esmagar, eu nem precisaria usar força. Foi quando *parei* de usar força, quando não mais a mantive a um braço de onde estava o meu irmão que o pedregulho faria o trabalho para o qual foi planejado. Carl havia parado de chorar e comecei a sentir a queimação do ácido láctico no braço direito. Desisti. Deixei acontecer. Mas então eu vi.... Como a porra de um eco da infância. Aquele olhar nos olhos dele.

Aquela porra de olhar do irmãozinho humilhado e indefeso. E o nó na minha garganta. Era eu que ia começar a chorar. Mais uma vez. Deixei o pedregulho baixar, adicionei velocidade e bati com tanta força que senti a pancada no ombro. Permaneci sentado, ofegante como a porra de um perdigueiro em ação.

E, depois de recuperar o fôlego, saí de cima de Carl, que estava lá, imóvel. Por fim em silêncio. Olhos bem abertos, como se finalmente tivesse visto e entendido tudo. Me sentei ao lado dele e olhei para o monte Ottertind, a nossa testemunha silenciosa.

— Foi muito perto da minha cabeça — gemeu Carl.

— Mas não perto o suficiente.

— Tá bom, eu estraguei tudo — disse ele. — Está se sentindo melhor?

Tirei a caixa de fumo do bolso da calça.

— Falando em pedras na cabeça — eu disse, sem me importar se ele percebia o tremor na minha voz —, quando a encontrarem no bosque, como você acha que vão explicar os ferimentos na cabeça? Hein?

— Alguém a matou, eu acho.

— E quem vai ser o primeiro suspeito?

— O marido?

— Quem é o culpado em oitenta por cento dos casos, de acordo com a *True Crime*? Ainda mais quando não tem álibi para a hora do assassinato.

Carl se apoiou nos cotovelos.

— OK. E daí, irmãozão, o que nós vamos fazer?

Nós. É claro...

— Me dá uns segundos — eu disse.

Olhei em volta. O que eu via?

Opgard. Uma casa pequena, um celeiro, alguns campos afastados. Mas o que era esse nome na verdade? Uma palavra de seis letras, uma família com dois membros sobreviventes. Porque, no fim das contas, quando se tira todo o resto, o que é uma família? Uma história que contamos uns aos outros porque família é uma necessidade. Porque por milhares de anos funciona como uma unidade de cooperação? Pois é, por que não? Ou tem algo que vai além da mera praticidade, algo no sangue que une pais, irmãos e irmãs? Dizem que não se pode viver apenas de ar fresco e amor. Mas também não se pode viver sem isso, caralho. E, se há algo que queremos, é preciso ir atrás. Eu finalmente havia entendido isso, talvez ainda melhor porque a morte estava no porta-malas bem à nossa frente. Eu queria viver. E era por isso que tínhamos que fazer o que precisava ser feito, que tudo dependia de mim.

Que tinha que ser feito agora.

— Em primeiro lugar — eu disse —, quando dei uma geral no Cadillac no outono passado, eu disse para a Shannon que você deveria substituir as mangueiras do freio e o cabo do acelerador. Você fez isso?

— O quê? — Carl tossiu e colocou a mão sobre o estômago. — A Shannon nunca disse uma palavra sobre isso.

— Bom, então a gente está com sorte — eu disse. — Vamos colocá-la no banco do motorista. Antes de lavar a cozinha e o porta-malas, junta todo o sangue que houver e espalha pelo volante, pelo assento e pelo painel. Entendeu?

— Entendi. Mas...

— A Shannon vai ser encontrada no Cadillac em Huken e isso vai explicar os ferimentos na cabeça.

— Mas... esse é o terceiro carro em Huken. A polícia vai ser forçada a examinar o que raios está acontecendo.

— Sem dúvida nenhuma. Mas, assim que encontrarem aquelas peças deterioradas de que estou falando, vão entender que se trata realmente de um acidente.

— Acha mesmo?

— Tenho certeza.

Um brilho tênue de luz alaranjada ainda pairava por Ottertind quando Carl e eu colocamos em movimento a pesada besta preta. Shannon parecia muito pequena atrás daquele volante. Soltamos o carro que avançou lentamente, quase vacilante para a frente, enquanto o cascalho rangia sob os pneus. Na parte superior das barbatanas que se projetavam na traseira do carro, as duas luzes montadas na vertical brilhavam em vermelho. Era um Cadillac DeVille. Da época em que os estadunidenses faziam carros como naves espaciais que podiam levar uma pessoa para o céu.

Acompanhei o carro com os olhos. O cabo do acelerador deve ter emperrado porque continuou a acelerar, e pensei que dessa vez iria acontecer, ele iria decolar para o céu.

Ela disse que achava que era um menino. Eu não falei nada, mas é claro que não pude deixar de pensar em nomes. Não que eu achasse que ela teria aceitado Bernard, mas foi o único em que consegui pensar.

Carl colocou um braço em volta dos meus ombros.

— Você é tudo o que eu tenho, Roy.

E você é tudo o que eu tenho, pensei. Dois irmãos num deserto.

70

— Para muitos de nós, estamos de volta ao ponto de partida — disse Carl.

Ele estava no palco em Årtun, diante de um dos microfones que em breve seriam ocupados por Rod e sua banda.

— E não estou pensando na primeira reunião de investidores que tivemos aqui, mas em quando eu, o meu irmão e muitos de vocês aqui presentes costumávamos estar juntos nos bailes do vilarejo. E em geral era depois de alguns drinques que nos empolgávamos o bastante para começar a nos gabar de todas as grandes coisas que jurávamos que íamos alcançar. Ou então perguntávamos ao mais exibido como as coisas andavam só para provocar. E haveria risadas zombeteiras de uma turma, palavrões de outra, e, se ele fosse do tipo sensível, seria o alvo das nossas piadas.

Risos dos que estavam de pé no hall.

— Mas, quando alguém nos perguntar no próximo ano como vão as coisas com o hotel do qual nós, moradores de Os, tanto nos orgulhamos, vamos responder que sim, o construímos muito bem. Duas vezes.

Explosão de aplausos. Troquei o pé de apoio. Uma persistente náusea rodeava a minha garganta, uma dor de cabeça latejava ritmada atrás dos meus olhos, a dor no peito era insuportável, como eu imaginava que seria a dor de um ataque cardíaco. Mas tentei não pensar, tentei não sentir. No momento, parecia que Carl estava lidando melhor que eu com a situação, o que já era de esperar. Ele era o mais frio de nós dois. Ele era como mamãe. Um acessório passivo. Frio.

Ele abriu bem os braços, como um diretor de circo ou um ator.

— Aqueles de vocês que estiveram presentes na inauguração dessa noite puderam apreciar os desenhos expostos e sabem como vai ser fantástico. E, na verdade, a nossa arquiteta, a minha esposa Shannon Alleyne Opgard, deveria estar aqui no palco comigo. Mas isso vai ficar para mais tarde. No momento ela está em casa, de cama, porque essas coisas acontecem quando se está grávida...

Seguiu-se um momento de silêncio, então voltaram as palmas que se transformaram em estrondosos aplausos.

Eu não aguentava mais, corri para a saída.

— E agora, todos, por favor, deem as boas-vindas a...

Abri caminho a força e mal tinha contornado o canto do prédio quando não consegui mais segurar o vômito, que encheu a minha garanta e espirrou no chão à minha frente. Vieram as contrações, algo que precisava sair, como a porcaria de um parto. Quando enfim passou, caí de joelhos, vazio, acabado. Lá de dentro ouvi o sino de vaca que marcava o ritmo da rápida introdução que Rod e a sua gangue sempre usavam no início das apresentações: "Honky Tonk Women". Pressionei a testa na parede e comecei a chorar. Ranho, lágrimas e gosma fedendo a vômito escorreram de mim.

— Deus do céu — ouvi uma voz dizer atrás de mim. — Alguém finalmente deu uma surra no Roy Opgard?

— Não, Simon! — disse uma voz de mulher, e senti quando colocou a mão no meu ombro. — Está tudo bem, Roy?

Eu me virei um pouco. Grete Smitt tinha um lenço vermelho enrolado na cabeça e, na verdade, ficava até bem com ele.

— A bebida não caiu bem, só isso. Mas obrigado mesmo assim.

Os dois foram andando de braços dados para o estacionamento.

Me levantei e segui para o bosque de bétulas, chapinhando no chão macio que cedia, pesado com o degelo. Limpei as narinas, uma de cada vez, cuspi e respirei fundo. O ar da noite ainda estava frio, mas tinha um sabor diferente, como uma promessa de que as coisas mudariam para algo novo e melhor. Eu não conseguia compreender o que poderia ser.

Estava embaixo de uma árvore desfolhada. A lua havia nascido e banhado o lago Budal com uma luz misteriosa. Em alguns dias, o gelo teria acabado e a corrente levaria as banquisas. Assim que as coisas começassem a rachar por aqui, não demoraria muito para tudo acabar.

Alguém apareceu ao meu lado.

— O que um tetraz faz quando a raposa rouba os seus ovos? — Era Carl.

— Põe novos — eu disse.

— Não é engraçado? Quando somos pequenos e os nossos pais dizem coisas assim, nunca levamos a sério. Até que um dia de repente a gente entende o que eles queriam dizer.

Dei de ombros.

— É lindo, não é? — disse ele. — Quando a primavera finalmente chega aqui.

— É mesmo.

— Quando você vai voltar?

— Voltar?

— Para Os.

— Para o enterro, presumo.

— Não vai ter enterro aqui, vou mandá-la num caixão para Barbados. Quero dizer, quando você vai se mudar de volta para cá?

— Nunca.

Carl riu como se eu tivesse acabado de contar uma piada.

— Talvez você ainda não saiba, mas vai estar de volta antes do fim do ano, Roy Opgard. — E então ele foi embora.

Fiquei lá por bastante tempo. Por fim, olhei para a lua. Devia ser um pouco maior, como um planeta, algo que pudesse realmente dar a mim e a todos os outros em nossa vida trágica e apressada uma perspectiva adequada. Era do que eu precisava. De algo que pudesse me dizer que todos nós — Shannon, Carl e eu, mamãe e papai, tio Bernard, Sigmund Olsen, Willumsen e o assassino dinamarquês — estivemos aqui, partimos e nos esquecemos de tudo imediatamente, pouco mais que um flash no vasto oceano do universo de tempo e espaço. Esse é o único conforto que temos, de que absolutamente nada tem significado. Nem admirar as suas terras. Nem administrar o próprio posto de gasolina. Nem acordar ao lado de quem se ama. Nem ver o próprio filho crescer.

Era só isso: insignificante.

Mas a lua era pequena demais para fornecer conforto para isso.

71

— OBRIGADA — DISSE MARTINSEN AO pegar a xícara de café que lhe ofereci. Ela se encostou à bancada da cozinha e olhou pela janela. O carro da KRIPOS e o Land Rover de Olsen ainda estavam na Geitesvingen.

— Então você não encontrou nada? — perguntei.

— Óbvio que não — disse ela.

— Parece assim tão óbvio para você?

Martinsen suspirou e passou os olhos pela cozinha como se quisesse se assegurar de que ainda estávamos sozinhos.

— Falando francamente, em circunstâncias normais teríamos rejeitado o pedido de assistência num caso que foi obviamente um acidente. Quando o seu xerife nos contatou, os defeitos no carro que sem dúvida foram a causa já haviam sido descobertos. As extensas lesões sofridas pela falecida são aquelas que se esperaria de uma queda tão longa. O médico local obviamente não pôde precisar a hora da morte, já que se passou um dia e meio antes de ele conseguir descer até o carro, mas a sua estimativa sugere que ela tenha saído da estrada em algum momento entre seis horas e meia-noite.

— Então, por que você fez a viagem até aqui, afinal?

— Bom, um dos motivos é que o seu xerife insistiu. Ele foi quase truculento quanto a isso. Ele está convencido de que a esposa do seu irmão foi assassinada e ele tinha lido no que qualificou como uma revista técnica que em oitenta por cento dos casos o culpado é o marido.

E na KRIPOS gostamos de manter um bom relacionamento com os gabinetes regionais dos xerifes. — Ela sorriu. — Aliás, o café está ótimo.

— Obrigado. E qual foi o outro motivo?

— O outro?

— Você disse que o xerife Olsen foi um dos motivos. Qual foi o outro então?

Martinsen voltou os olhos azuis para mim, e foi um olhar difícil de avaliar. Não olhei nos olhos dela. Não queria. Não estava no clima. Além do mais, eu sabia que, se permitisse que me olhasse muito direta e longamente nos olhos, ela poderia descobrir a ferida.

— Agradeço a sua franqueza, Martinsen.

— Vera.

— Mas você não acha nem um pouco estranho que ao todo três carros saíram da estrada e caíram no mesmo precipício e que agora está falando com o irmão de alguém intimamente ligado a todo mundo que perdeu a vida ali?

Vera Martinsen assentiu.

— Não me esqueço disso nem por um segundo qualquer, Roy. E o Olsen me faz lembrar desses acidentes o tempo todo. Agora ele defende a teoria de que o primeiro acidente fatal também pode ter sido um assassinato e quer que verifiquemos se houve sabotagem nas mangueiras do freio do Cadillac que está por baixo.

— O do meu pai — eu disse, torcendo para estar com uma expressão impassível. — E vocês verificaram?

Martinsen riu.

— Em primeiro lugar, os destroços estão esmagados debaixo de dois outros carros. E, *se* a gente encontrar alguma coisa, o caso é de dezoito anos atrás e está sujeito à prescrição. Além do mais, acredito muito no que as pessoas chamam de bom senso e lógica. Você sabe quantos carros saem da estrada na Noruega por ano? Cerca de três mil. E em quantos lugares diferentes? Menos de dois mil. Quase metade dos carros que saem da estrada fazem isso num lugar onde a mesma coisa aconteceu no início do mesmo ano. Três carros saírem da estrada ao longo de um período de dezoito anos num lugar que obviamente deveria ter uma proteção melhor me parece não apenas razoável, acho que é até um pouco estranho não ter acontecido mais acidentes.

Assenti.

— Poderia fazer a gentileza de mencionar a necessidade de melhores medidas de segurança para as autoridades locais daqui?

Martinsen sorriu e pousou a xícara.

Eu a segui para o corredor.

— Como está o seu irmão? — perguntou ela enquanto abotoava o casaco.

— Bem, ele está bastante chateado. Acompanhou o caixão a Barbados. Ele vai encontrar os parentes dela lá. Depois disso, disse que vai se afogar completamente no trabalho no hotel.

— E você?

— Vai ficar melhor — menti. — Claro que foi um choque, mas a vida continua. Nos dezoito meses que a Shannon viveu aqui eu estive em outros lugares, então a gente nunca se conheceu bem o suficiente para... Bom, você sabe o que eu quero dizer. Não é como perder alguém da própria família.

— Eu entendo.

— Hum, bom — eu disse e abri a porta da frente para ela, já que ela não havia aberto por conta própria. Mas ela não se mexeu.

— Ouviu isso? — sussurrou ela. — Isso foi um maçarico?

Assenti. Devagar.

— Você se interessa por pássaros?

— Muito. Puxei ao meu pai. E você?

— Ã-hã, também me interesso bastante.

— Suponho que tenha muitos espécimes interessantes por aqui.

— Sim, temos.

— Talvez eu possa vir um dia para você me mostrar.

— Seria uma boa — eu disse. — Mas eu não moro aqui.

E então encontrei os seus olhos e deixei que ela visse o tamanho do estrago em mim.

— Certo — disse ela. — Me avisa se você voltar, então. Vai encontrar o meu número no cartão que deixei embaixo da xícara de café.

Assenti.

Depois que ela saiu, subi para o quarto, me deitei na cama de casal, cobri o rosto com o travesseiro e inspirei os últimos resquícios de Shannon. Um cheiro leve e picante que desapareceria em alguns dias. Abri o guarda-roupa do lado dela da cama. Estava vazio. Carl havia levado a maioria das coisas dela para Barbados e jogado fora o que restou. Mas nos recessos escuros do armário vi algo. Shannon deve tê-los encontrado em algum lugar da casa e guardado ali. Era um par de sapatinhos de crochê, tão comicamente pequenos que não tinha como não sorrir. A vovó os tinha feito de crochê e, de acordo com mamãe, foram meus primeiro e depois de Carl.

Desci para a cozinha.

Da janela pude ver que a porta do celeiro estava escancarada. O brilho de um cigarro. Kurt Olsen agachado, esquadrinhando o chão.

Fui pegar o binóculo.

Ele correu os dedos sobre alguma coisa. Eu sabia o que era. As marcas do macaco hidráulico nas tábuas macias. Kurt foi até o saco de pancadas, encarou o rosto pintado ali. Experimentou dar um soco. Provavelmente Vera Martinsen já tinha lhe dito que a KRIPOS estava de partida. Mas Olsen não desistiria. Li em algum lugar que o corpo leva sete anos para substituir todas as suas células, inclusive as células do cérebro, e que depois de sete anos somos, em teoria, uma nova pessoa. Mas o nosso DNA, o programa em que as células se baseiam, não muda. Que, se cortarmos o cabelo, a unha ou a ponta de um dedo, o que cresce no lugar será igual, uma repetição. E que as novas células cerebrais não são diferentes das antigas e conservam muitas das mesmas reminiscências e experiências. Não mudamos, fazemos as mesmas escolhas, repetimos os mesmos erros. Tal pai, tal filho. Um caçador como Kurt Olsen continuará caçando, um assassino vai — caso as circunstâncias sejam uma repetição exata — escolher matar de novo. Há um círculo eterno, como as previsíveis órbitas dos planetas e a progressão regular das estações.

Kurt Olsen estava saindo do celeiro quando parou para olhar outra coisa. E agora ele a erguia contra a luz. Era um dos baldes de zinco. Ajustei as lentes do binóculo. Ele estava analisando o buraco de bala. Primeiro de um lado, depois do outro. Passado um tempo, ele colocou o balde no chão, entrou no carro e foi embora.

A casa estava vazia. Eu estava sozinho. Mais sozinho que nunca. Será que era assim para papai, mesmo com todos nós ao seu redor?

Do oeste veio um som baixo e ameaçador, então virei o binóculo para olhar.

Era uma avalanche na face norte de Ottertind. A neve "açucarada", pesada e úmida que não conseguia mais permanecer lá em cima e precisava descer. Agora retumbava pelo gelo, criando uma cascata de água que caía no vazio até chegar à margem afastada do lago Budal.

Pois é, a impiedosa primavera estava a caminho mais uma vez.

Este livro foi composto na tipologia Sabon LT Std,
em corpo 11/15, e impresso em papel off-white,
no Sistema Cameron da Divisão Gráfica
da Distribuidora Record.